U0052853

一、九二八種。新創刊之重要雜誌，計有「東方雜誌」、「中央月刊」、「綜合月刊」、「純文學」、「女性」、「婦女雜誌」、「今日遊樂」等。停刊之主要雜誌，為「文星」月刊。

廣播電視方面：中國廣播公司正致力於調頻（FM）電臺之建設。電視近年呈突飛猛進之現象。如民國五十五年，全國約有電視機十萬架(按民國七十年已達四百五十萬架。)「中國電視公司」，已於民國五十七年九月三日成立，民國五十八年雙十節正式開播。「中華電視公司」亦於民國六十年十月三十一日開播。

新聞學術團體：民國五十七年十月十一日，「中華新聞學會」在臺北成立。由中央社社長馬星野任會長。

報業團體：民國五十七年十二月十八日，「世界中文報業協會」在香港成立。由香港「星島日報」總經理與臺北「聯合報」發行人王惕吾分任正副主席。

報業自律：這是當前我國報業最重要的問題之一，本史增訂部份有較為詳細的敍述。惟究應如何改進報業自律之效能，提高報業之水準，進而達成國家現化代之目標，這個問題，本研究所已有專著出版，以供社會人士之參考。

本史初版發行後蒙程其恒先生自動詳細校閱並提供寶貴意見。程先生對中國新聞事業之熱心與對本史之愛護，謹代表編纂同人致共同敬佩之忱。

曾虛白

民國七十一年五月

再版序

中國新聞史民國五十五年四月發行初版兩千部，五十七年十二月售罄再版，幸得讀者之重視，至感欣慰。

我國新聞事業之發展垂數千年，資料浩繁，非數十萬言可概其全。本史之纂祇求作一啓端，逐步予以充實。例如本史第三章「漢唐邸報至清末官報」卽爲一範圍廣大之課題，絕非數萬言所能盡述。卽以宋代言，當時報業已包括邸報、朝報、小報、邊報、榜文、以及言論自由與出版事業之槪況，政大新聞研究所出版之叢書中已有「宋代新聞史」問世。至明清報業，中央日報副刊曾先後刊載下列論文：蘇同炳先生著五十七年九月七日至十日之「明代的邸報」，同年十月廿四日之「清代的邸報，京報，小報與塘報」，五十八年一月九日至十二日之「萬曆邸抄述評」；劉兆祐先生著五十七年十月十一日之「記萬曆邸抄」。至萬曆邸抄原件三十二册，現存國立中央圖書館，政大新聞研究所存有縮影照相軟片。凡此書刊資料，皆足爲充實本史之參考，惟漢唐部份之資料最感不足，尙待捜集。

新聞史應隨新聞事業之發展而增訂，此又爲編纂本史應繼續努力之工作。本史五十五年初版出版迄今，我國新聞事業之重要發展如左：

日報方面：「公論報」與「農工日報」停刊，「經濟日報」與「工商日報」創刊。「徵信新聞報」易名「中國時報」。各報設備力求更新，新聞報導及編輯亦有進步。

雜誌方面：民國五十五年一月，全國雜誌計有八三一種；至民國六十九年十二月內政部登記者已達

© 中國新聞史

主編者　曾虛白
發行人　劉振强
出版者　三民書局股份有限公司
印刷所　三民書局股份有限公司
地址／臺北市重慶南路一段六十一號
郵撥／〇〇〇九九九八－五號
初　版　中華民國五十五年四月
六　版　中華民國七十八年九月
編　號　S 89004
基本定價　拾元貳角貳分
行政院新聞局登記證局版臺業字第〇二〇〇號
著作權執照臺內著字第一七八八八號

中國新聞史

曾虛白主編

三民書局印行

序

中國新聞事業之發展，亟需有系統之記載，已成新聞從業者與新聞所系同學共同迫切之要求，尤以從事新聞教育者感覺最深。政治大學新聞研究所同仁，注意此項研究之重要而深感着手進行之困難。綜合同仁所感困難計有下列三點：

一、播遷來臺所需資料多留大陸，編史難求完整；

二、在臺資料又復散處南北各學術史料機構，往返閱讀紀錄，需時需費，非個人時間與經濟能力所能負擔；

三、同人各有固定之職務，不易騰出餘暇致力此繁重之工作。

然，編史之需要仍紜縕同仁腦際，不願因此困難而擱置。適美國亞洲協會在臺主持者巴克先生感我動機確應時代之需要，慨願斥資合作促成。爰於五十一年六月着手計劃，約請新聞研究所任教同仁李瞻、陳聖士、閻沁恒、黎劍瑩，及畢業校友常崇寶、亓冰峯、張玉法等，分章負責進行研究。繼得擁有大量新聞史料之朱傳譽兄生力軍參加，漸感陣容之堅實。其分章負責之分配如下：

第一章　總論　曾虛白

第二章　民意的形成與發展　閻沁恒

第三章　漢唐邸報至清末官報　陳聖士

第四章　外人在華創辦的報紙　李瞻
第五章　政論報紙的興起及其發展　亓冰峯
第六章　民國初年的報業　朱傳譽
第七章　從「五四」到「北伐」的報業　朱傳譽
第八章　從「北伐」到「抗戰」的報業　張玉法
第九章　「抗戰」時的報業　朱傳譽
第十章　抗戰勝利後的報業　常崇寶
第十一章　自由中國的報業　黎劍瑩
第十二章　新聞通訊事業　李瞻
第十三章　廣播電視事業　陳聖士
第十四章　新聞教育　李瞻
第十五章　華僑報業　李瞻
第十六章　中共控制下的新聞事業　黎劍瑩
第十七章　新聞自由與新聞自律　曾虛白

五十四年元月一日初稿完成，彙交本人詳加核閱，並搜尋各稿重複矛盾之處，發回重行改寫。五十四年四月一日改寫本再加複核，再度發回改寫。此改寫稿，於十一月五日油印分送國內新聞從業與新聞教育之先進陶希聖、程滄波、成舍我、蕭同茲、胡健中、許孝炎、黃少谷、阮毅成、黃天鵬、朱虛白、馬星野、謝然之、呂光、曹聖芬、王惕吾、李樸生、李白虹、吳道一諸先生，請求分章指正後再予發刊。承諸位先生於百忙中惠予審查，並賜寶貴意見，除一一修正外，特致謝忱！惟因分章審閱，時間匆促，如仍有遺誤之處，當由作者負責。

同仁等深感，亞洲協會合作所予之鼓勵促成本史之問世，固足感佩，惟前述三點困難，祗得部份解決。同人等咸以有其他專職之身，奔走南北，抄閱資料，難免有掛一漏萬之譏，而大量資料淪陷大陸，更爲欲求完整先天之缺憾。惟念任何艱鉅工作必先有其起步，同仁等四年來之努力，旨在拋磚引玉，引發研究者之興趣，進而促成更完整中國新聞史之誕生。

本書寫作，承蒙中央研究院圖書館、中央圖書館、黨史會及中央三組資料室惠借資料，深爲感謝。在出版方面，李瞻先生主持編輯；朱傳譽先生審閱稿件，並提供資料；陳聖士、閻沁恒、黎劍瑩先生籌劃出版；林煌村同學負責編製索引，並綜理庶務；張長智、林倖一、高峯榮、韋宗德、鍾陳達、張全聲諸位同學擔任校對，均併此誌念。

曾虛白

序於國立政治大學新聞研究所
中華民國五十五年四月

中國新聞史目錄

第三章　漢唐邸報至清末官報……六一—一二四

中國新聞史插圖目次

中國新聞史

第一章 總論

第一節 研究範圍的新認識

近代新聞學的研究，已經把新聞的範圍擴大而包括一切大衆傳播的媒介，研究新聞學不再以研究報紙爲限，而研究新聞史自也應把一切有關大衆傳播的媒介列爲研究的對象。那末，我們在着手編撰新聞史之前，先得了解大衆傳播的意義。

大衆傳播是近代新聞學創造出來的新術語。（英文原名是Mass Communications. Mass譯爲「大衆」尚能符合原意，可是 Communications 譯爲「傳播」卻失掉了原意的一半。因爲傳播意味着片面的行動，而Communications的意義卻是交流的。或者譯爲「大衆傳遞」較切原意。惟「傳播」譯名已爲社會習用，另創新名反覺生硬，故仍其舊。）可是，命名雖新，這活動卻是人類有史以來就有的社會現象。因爲，人是合群的動物，每一個人的生存與發展是要靠大家合力支持的。「我爲人人，人人爲我」，並不是高超的道德標準，而是人群社會組織的客觀描寫。群體中各方面的活動，都跟群體中每一個組成份子的生存與發展發生密切的關係。因此我們要了解這些活動是人類本能的要求，爲了要滿足這要求，就產生了人類社會中大衆傳播的作業。

人類接受傳播的器官是能視的眼睛和能聽的耳朵。「視」與「聽」是開啓人類內外交通的兩扇大門。通過「視」這扇大門人類吸收客觀映象的媒介是「符號」，通過「聽」這扇大門的媒介是「聲音」。「符號」中最有力的傳播媒介是「文字」，「聲音」中最有力的傳播媒介是「語言」。當社會組織在原始型簡陋的形態中時，人類交通多半靠個人的接觸，因此語言的傳遞力量最大，可是它影響的範圍，十分狹窄。文字的創造，擴大了大衆傳播影響的範圍，從聽的領域擴展到視的領域，從個人的直接接觸擴大到利用媒介交通工具了。再進一步，文字不用手抄，可以用印刷機在很短時間內成千成萬份印出來分送給大家，大衆傳播在視的領域裡發揮了更大的功能，這也就是報紙之所以變成了大衆傳播有力的媒介。

報紙在傳播功能上克服了空間的限制卻不能克服時間，無線電廣播的發明，卻在廣播功能上，同時克服了空間和時間的限制。於是，在傳播發展中，聽的作用打破了個人接觸的限量，又恢復了它舊日的效能而與視的作用並肩競賽。直到最近，電視的異軍突起，不獨一手打破了時間空間的限制，並且把視聽兩種作用熔之於一鑪。倘然，它技術的改進，能配合大衆經濟能力的要求，人手一機，其傳播效力的鉅大可以想象。

當傳播媒介跟社會接觸時，帶給這社會的是報導、智識和意見，因此就擴大這社會中大衆的視聽境界，而促進這社會組織的發展。因爲傳播媒介帶給社會成員們的報導、智識和意見，會指點出他們要滿足某種要求的新路線。當然，人群社會或受舊觀念舊傳統的牽制，或給自己經濟和才智能力所限制，未必一下子就能接受這新路線。但這一個啓發，激發了他們的新要求、新慾望，使他們以走上這新路線爲目標而加緊努力。

因此新報導，新智慧透過傳播媒介不斷灌輸是給社會不斷打着興奮藥針，加緊它政治經濟各方面向前邁進的活動；換言之，促使它日新又新的進步。

人是喜歡摹仿的動物。自從我們呱呱墮地時起，我們是在摹仿中學習長大而成一個充滿了智識經驗的成人。傳播媒介擴大了我們摹仿的範圍和機會。透過傳播媒介，我們看到聽到我們個人接觸可及的小世界以外的事事物物。這些事物可能在我們這小世界裡從來沒有看到聽到的，因此激發了我們的好奇心而增加了我們摹仿的興趣。摹仿新的就改造了舊的，社會就給傳播媒介帶進了一個進步的境界。

人群社會，正像我們的身體一樣，是一個有機體的組織，研究我們的社會，應該像研究我們的身體一樣也有一套社會生理構想的。

先就我們身體的生理研究來說，我們的眼、耳、鼻、舌、身種種官能把外界的色、聲、香、味、觸種種現象吸收進來，透過神經系統，報告給大腦。經過大腦的綜合運用，形成了我們的意旨，再像司令臺傳令那樣，由神經系統傳令給我們的肢體而變成我們的行動。比方，有人打你，你舉手擋這一個小動作，雖在一刹那間，仔細分析，也必需經過這三個步驟：眼睛看到對方舉起拳頭，由神經系統報告大腦，大腦形成擋的意旨再透過神經系統命令手去擋。

人群社會從開始形成組織的時候起就具備了像我們身體上一樣的傳播功能。這種功能帮助我們經常檢點我們的環境，不斷發現那裡安全要發生危險，那裡發展有可能的機會，那裡快樂可以追求，然後再把檢點所得加以解釋，而形成我們共同的意旨，以決定我們共同的行動。這種傳播功能就是人群社會的神經系統。一般社會就在這種傳播功能連聯緊用的生理作用中相互影響而生長繁榮追求共同的福利。

在傳播事業不發達的社會中，正像初民的生理構造，他們的神經系統是單純而遲鈍的，因此反映功能的效率很差。傳播事業的發展，把我們視聽的範圍推進到無限的空間，把我們的觀衆聽衆擴大到無盡的數量。變成了一套社會生理上最高效率的神經系統，使社會傳播發揮它最敏捷最廣大的功能，而促成社會的進步。因此，傳播事業是帶着社會步步高昇，同時社會的進步又培養傳播事業發揮它更大的效能，如此互爲影響生生不已而構成多采多姿的社會形態。

我們根據着這樣的認識，作編撰中國新聞史的嘗試。

第二節　初期傳播功能的分析

以大衆傳播的標尺來研究中國新聞史，應置重點於大衆傳播的如何形成民意、如何決定社會形態以及如何影響政治的變遷。

人類的傳播功能與人類的歷史同其悠久，但在人類沒有發明以文字作傳播媒介之前，彼此意見和思想的溝通祇能靠個人的接觸和聲音的傳遞。實際，傳播事業發達到現代這種地步，個人接觸的效能仍超過任何其他傳播媒介之上。因爲，人與人的關係，必須面對面才倍見親切，說服力量比較什麼都大。一個人有意見、有發現，總不願悶在肚子裡，要找共鳴、同情的伙伴。因此，中國的茶樓酒肆以及其他群衆集合的場所變成了「事與意」(News and Views)交流的交易所，再由參加這交易所的人帶到街頭巷尾，一傳十、十傳百，把一粒種子散佈開來，而在社會裡開花結果。

這種社會活動今日如此，二千年前亦復如是。我們上溯秦漢以前及秦漢時代，那時候文字寫在竹木做成的簡牘上，不能發生廣泛傳播的功能，學術的傳授是靠口與耳，民意的形成也祇靠聚會與議論。市、井，以及廟堂都是聚會和議論的處所。可是，這口耳的傳播功能，卻給中華民族的文化傳統奠定了「民本主義」的基礎。孟子是承認傳播功能有最高價值的人，因此他主張，一國人都說某人賢，可察而用之，都說某人可殺，可察而殺之。這是傳播事業帶來民意，民意決定政治的粗淺說明。秦始皇也是一個認識傳播功能效力無邊的人，可是他做的是反面文章，他怕會說話的人的一張嘴，於是就挑選那些在「朝議」中最喜歡說話的儒生四百人把他們活活埋死，想封了他們的嘴，也就殺一儆百封了大家的嘴。他看到文字在傳播上可能發生的效力，雖然他那時候的文字刻在竹木簡牘上發生的效力還不大，他也不肯放過，搜集公私藏書而付之一炬。然而，他這樣做，並沒有削減傳播的功效，反而因此刺激而促成了陳勝吳廣的揭竿起事，推翻了他鉗制輿論的皇朝。

秦亡之後，傳播功能發生效力而影響政治者，見於漢、唐、宋、明。漢代朝廷取士，以鄉評里選爲根據。唐代皇室與士大夫之間不僅交換政見並且以詩詞爲唱和。宋代皇室以不殺士大夫，保障知識份子的發言權。明代重視鄉官與生員，他們的意見往往影響朝廷用人行政。至漢唐之間的南北朝與唐宋之間的五代，中原板盪，民意消沉；蒙古入主的元朝，以征服者的姿態臨朝，受抑制的民意爆炸而成種族革命；民意之表現在這消極與積極的兩極端，皆無軌跡可循。故研究中國民意之發展，仍應以上述四朝爲準。

綜觀四朝民意的發展，其所取傳播通道，仍置重點於個人的接觸。按社會傳播形成的程序分「編者」Encoder，「釋者」Interpreter與「受者」Decoder 三步驟。編者吸收資料，使之形成「符號」Signal(文字、語言、圖畫等多是傳播的符號)，釋者把這符號加以解釋傳遞給受者，受者接受這符號而完成了傳播的最終步驟。仔細研究，四朝能利用傳播功能的中心人物都是知識份子構成的士大夫階級。他們吸收了接觸到的民間的「事與意」，構成文字語言，加以解釋而傳播出去。這些士大夫同時是編者與釋者，可是接受他們傳播而能發生效果的受者，他們心目中祗是帝王一人。因此，這種傳播功能如以近代健全的傳播功能爲準，是畸形的。因爲，從多線來源經過編者、釋者、受者三步驟而作多線的放送才是傳播功能健全的程序。可是，中國古代的傳播程序，吸收多線的來源之後，編者的動機集中注意在單線的放送，其效果自不能與健全的近代傳播相比。實際，編者的動機雖集中在單線傳播，然其放送的效果必定是多線的，但這也是古代編者的期待。他希望多線的反映，仍能帮助他影響單線放送的目標。

這單線放送的目標就是帝王。論理，帝王獨裁，可以把自己的意旨來做施政決策的標準，沒有利用傳播通道吸收民間反應的必要。然而，中國歷代帝王却認定「民爲邦本，本固邦寧」的原則，凡是開明求治的帝王，沒有一個不是廣開言路，接受民間反映上去的意見的。這是帝制在中國的特點，也就是「民本主義」在中國文化傳統中發揮特殊傳播功能的表現。

在這時期知道利用傳播功能的雖然祗限於知識份子，並且知識份子可以利用的傳播通道極爲有限，可是他們的活動却也能發生驚天動地的效果。玆擧漢、宋、明三代知識份子的活動情形以爲例。東漢黨錮之獄，攻擊宦官專政，參加的太學生多至三萬多人，因此下獄者以千計。黨人遭禍雖酷，他們的社會名望却因此益高：一般士大夫都以結交黨人，名列黨籍為榮；黨人所至之處，大家情願冒破家的危險，予以收容。這是中國知識份子發揮傳播功能發生效力最先一個例子。宋代的黨爭，新舊對立，知識份子作精神與道義的對峙結合，歷幾個帝王的統治而不衰。他們對朝廷的決策都有基本上不同的看法，因此反覆辯論，相互指責。因為他們爭辯的內容多涉及國計民生，故其影響能轟動朝野，普及社會。這也是中國知識份子發揮傳播功能很大效力的又一個例子。明代的東林黨是知識份子中之處領導地位者，因朝政腐敗以講學為名，結合同志，議論時事，臧否人物的一個結合。後經專政宦官魏忠賢勾結朝臣，拘捕黨人，廢毀他們講學的書院，把黨人姓名榜示天下，禁止他們的活動。東林黨的活動雖經鎮壓而告消沉，魏忠賢仍在下一代明帝的手裡明正典刑。這也是中國知識份子發揮傳播功能又一個足以示範的例子。

這時代中的知識份子可能利用的傳播通道不外兩條路：一是講學，一是著書。講學之風，倡於先秦諸子，經漢代帝王的獨尊儒術而發生了政治領導的作用。到了唐朝，舉行科舉制度來網羅知識份子，並設京師學校，最多時學生增到八千多人，然當時社會注意在以科舉為進身仕途之階，參加學校只為應試的準備，學校尚非講學之地。直到宋代，學術思想和文藝才顯出特殊的光芒，各種講學機構，號稱書院，由知識份子的領導者以私人號召力量，紛紛設立。當時石鼓書院、白鹿洞書院、嶽麓書院、應天陵書院、嵩陽書院都有學生數千人，成了知識份子朝夕相處的集合場所，自然也具有了影響社會的傳播功能。到了明代，東林書院以講學為名，成了一個政治活動的集合中心，更使傳播功能發揮它最大的效力。

著書屬於文字傳播，自有待於工具的進步。最早的文字傳播工具是把漆寫在竹木做成的簡牘上。到了戰國時代，才把染料代替了漆，把縑帛代替了竹木。秦代發明了毛筆，增進了書寫的便利。大概縑帛製造艱難，成本昂貴，到了漢代用竹木寫字者仍多。直到東漢，蔡倫以舊布，魚網和樹皮做成了紙，這才使文字傳播發生了初步有效的功能。文字的傳播，有輕便省錢的紙代替了簡牘縑帛自然是一大進步，可是，祇靠繕寫而成的書本流傳，究竟傳播的功能十分有限。直到隋代，彫版印刷的發明，使手抄的版本可以用印刷複製，書本產量激增，文字的傳播又進一步。

及至宋代，彫版印刷又改良而爲活字排版，將彫成的字由整塊的版分成每個字的單獨一塊，印刷時拼排成章，不用時折散儲藏，於是文字傳播又開一新紀元，刻書之風因而大盛。政府各級機構以及私人家塾，都刋印大批書籍，書店也就應時而生。這些書店，不但經售官刻的書籍，並且也自行刋刻書籍，以一般知識份子的需要，流行四方。買書既然方便，很多士大夫就以藏書爲樂，家藏萬卷的私人藏書樓也相互比美，成了一時的風尚。

傳播事業，利用講學和書籍兩個通道發揮它的功能，一直維持到清初報紙問世，才擴大範圍，走上多線放射傳播的正軌。

第三節　以論政為目的的報紙

報紙是繼書籍之後在中國一枝獨秀的傳播事業。一般編新聞史者，都以漢唐流傳下來的邸報，以及清代變質而成的京報算是報紙的濫觴。實際，這些刋物只是供給一部份在帝制下討生活的知識份子所急切要知道的朝廷動態的報導，還沒有具備傳播媒介應有的基本條件。因此嚴格說來，這些刋物不能算是報紙。

一部份研究中國報業發展的學者，以爲中國粗具報紙型態的刋物是由外國傳教士首先創導的。倫敦佈道會派遣到中國來的英國傳教士，於淸嘉慶年間在馬六甲創辦的察世俗每月統記傳，該算是在海外編印的最早華文報紙。此後，英國傳教士道光年間在廣州創辦的東西洋考每月統記傳，該算是在中國境內發刋的第一份報紙。可是，仔細研究，這些刋物，仍舊沒有具備報紙應有的條件。因爲，它們的主要任務在宣傳教義，介紹新知、報導新聞反成了附帶的貢獻。並且，它們的出版，有的一月一次，有的一星期一次，充其量祇是定期出版的書籍、或雜誌，決不是報紙。

但，上述兩種刋物，報導朝政的邸報與宣揚教義的統記傳，雖然沒有配合大衆需要、帮助其滿足了解時事的要求，却也知道利用公開發行以達成其某種傳播的目的。因此，我們今日追溯中國新聞事業的發展，應該承認這兩種類型的刋物，雖沒有具備報紙的條件，却爲中國新聞事業下了種，形成胚胎，使它逐漸成長而成具備大衆傳播條件的近代報紙。

實際大衆傳播事業，必需配合大衆的要求才會發展的。閉關自守的中國，經甲午國恥的打擊，跟着戊戌政變，擧國騷然，這是一個全國人民發奮圖强，民族醒覺的大時代。在那時候，國人眼看强隣壓境，帝室闒茸，豆剖瓜分，禍在旦夕，憂時憂國的情緒彌漫全國，大家都抱着怎麼辦的研討熱誠，急求「事與意」的交流，於是作爲大衆傳播重要工具的報紙就應時代的呼召而初露頭角。

中國報業的發展，比之美國報紙的發展有許多類似的地方。美國開國之前，移民反抗英國政府的革命，以印花稅法爲爆發的火源，而報紙首當其衝，遂成領導革命的前驅，此後革命進行中，報紙參加鬪爭，任務亦甚重要。中國報紙初由西方傳教士及商人携來試辦，未見十分功效；直到後來配合着政治的需要，激盪而成重要的傳播媒介。於是蔚爲風氣，把辦報的重心放在配合政治的運用上，在這時期，文人與報人打成一體，能文之士就必定是辦報的能手。

就傳播事業發展的沿革來講，報紙是繼承書籍做了新時代的傳播新工具，可是在它發展的初期還沒有蛻去其母體的型態。因此，以近代眼光辦報，報紙的重心必在新聞，可是當年經常利用書籍做傳播媒介的社會，看報的要求重心還祗在知道某某問題某某人怎樣看法。他們要的是「意」不是「事」。因此能文之士變成了辦報的專才，而報紙內容就多偏重於言論了。

甲午國恥，戊戌政變，清末兩大事變發生之後，革新政治的呼聲，響澈全國，激盪而生辦報以推動政治的新潮流。光緒推行新政，康有爲、梁啓超以强學會書局爲基礎，先後在北京、上海創辦報紙，宣揚其變更國體的主張。維新運動因慈禧復政而遭挫折，康梁移其保皇運動到海外去發展，與 國父孫中山先生展開溫和改革與澈底革命的論戰。論戰要有發言壇，於是在東京、香港、新加坡、曼谷、檳榔嶼、仰光、馬尼剌、泗水、檀香山、舊金山、溫哥華、利馬、雪梨、墨爾鉢以及巴黎等海外僑民集中居住的都市中，雙方搶着創辦報紙，擴充其鬪爭陣容。保皇黨所辦的報紙，在最初階段，大張旗鼓，氣勢甚盛；但人心思變，最後卒難支持其掙扎而使革命報紙獲得傳播爭奪戰的全面勝利。

革命報紙在海外活躍的時候，在國內也同時掀起了鬪爭的高潮。國內革命報紙的大本營在上海，因爲上海有租界，言論可以比較自由；但租界當局也時常徇清廷之請，封閉上海報館或拘禁記者，因此革命黨員在上海辦報也有一段輝煌的奮鬪史。吳敬恒等創辦蘇報被封，主筆鄒容、章炳麟相繼入獄以及于右任創辦民呼、民吁、民立三報，封後再辦、辦後再封前仆後繼的鬭爭經過，充份表現了革命黨人怎樣運用傳播工具發生震聾發瞶的效果，變成了清帝政權嚴重的威脅。

第四節 以企業為目的的報紙

中國知識份子的傳統觀念，祗知利用傳播以達成其政治活動中爭取廣大群衆的共鳴與同情。這是他們從講學，著書以至辦報的一貫精神。他們始終沒有想到傳播事業可以當作一種營利的企業辦的。傳播事業可以當作企業辦是西方傳來的新觀念。

外國傳教士到中國來辦傳教的報，給中國帶來了西方傳播觀念的種子，逐漸地先後在香港、上海等華洋雜處的大都市裡面，西洋人創辦自己文字的報紙給自己看之後，擴展而成寫中國文字辦報給中國人看的傾向。這些報紙，漸漸蛻去傳教以及其他任何政治作用的色彩，轉入以營利為目的的純企業化的經營。中國人尤而效之，遂為中國傳播事業開闢一條新途徑。

為企業化報紙打先鋒的中國人有兩位，一位是辦中外新報的伍廷芳，一位是辦循環日報的王韜，香港國人創了為辦報而辦報之風，實開中國企業性報紙的先河。因為上海第一份成功的企業性報紙—申報，就是羨慕香港華文報紙的成功，仿效其經營管理而創辦起來的。申報的創刊號「本館告白」明白說明：「新聞紙之製，創自西人，傳之中土。向見香港唐字新聞，體例甚善，今仿其意，設申報於上海。」申報創辦人，英商美查在籌備期間曾派專員到香港去實習過的。

外人辦報究難配合中國讀者的要求，申報在美查手裡未見特殊的發展，後轉讓給他的買辦席裕福，也無起色，直到史量才接管，才使申報走上企業化的正軌，業務蒸蒸日上。史氏是有辦報成功的信心和決心的。他接辦申報的時候，報館負債累累，他不獨不求緊縮，反而建築新館址，購置輪轉機，以是提高申報之社會地位與服務效率；同時又添聘外埠通訊員，佈置全國電訊郵訊通訊網，不斷增設各種附刋，以滿足讀者讀新聞以及其他求知識求娛樂的要求。申報在史量才的經營下，發生了中國報紙企業化可以成功的示範作用。

企業發展必有競爭，報紙走上了企業化的道路，必然會展開同業競爭的場面。新聞報是申報在上海遇到的勁敵。新聞報雖由美商福開森投資經營，其業務實皆由汪漢溪與汪伯奇父子主持。他們以配合上海商界心理爲編報目標，竟獲成功，使新聞報的銷數在上海超過申報，永遠領先。新聞報的新聞並沒有特色，但其新聞網廣泛，新聞數量過人，使讀者永遠保持新聞報的新聞總比別報多的印象。實際新聞報的成功因素還在營業。它的發行取薄利多賣主義，批價比申報低，爭取了一部份申報的讀者，同時，組織銷報網，擴展外埠市場，也幫助它永遠維持着銷數領先的紀錄。總之，新聞報比申報更進一步把報紙認認眞眞當做一種企業經營着。

在申、新兩報獨佔上海新聞市場的情況下，前有時報，後有立報，皆以純粹企業的立場，採取重點主義，期以異軍突起，爭取讀者打破獨佔局面。時報重點在爭取靑年讀者，故注重體育新聞，社會新聞，並美化版面。立報以小型報爲企業性報紙闢一新天地，以一張四開的小報要容納所有大型報應有盡有的新聞，並主張廉價廣銷以售價養報。

報紙企業化的發展，香港繼上海之後，急起直追，其中最突出而成功者有華僑日報，工商日報和星島日報星島晚報。此三家中最值得注意的是星島日晚報，這是永安堂主人胡文虎所創辦的南洋星系報紙中的一環。所謂星系報紙，除香港二報外，還有新加坡的星洲日報、星中晚報，檳榔嶼的星檳日報，曼谷的星暹日報、星泰晚報，汕頭的星華日報，厦門的星光日報，福州的星閩日報。這是中國報業企業化向聯鎖經營進一步發展的開始。

第五節　企業報與政論報的合流

當企業性報紙在大都市中發展而見成效之時，若干政論性的報紙也在思想傳播中擁有了廣大的讀者，於是促成了這兩股中國報業發展潮流的會合。

特別值得我們注意的是中國報業發展的兩大潮流，都集中在沿海幾個大都市裡。所以然者，理由很簡單：沿海大都市是人文薈萃之區，在政治觀點上是重要傳播的優勢據點，再加以這些沿海大都市都有外國人控制的租借地，是政治壓力無法干涉的禁區，因此也是報人發揮言論自由作政治鬬爭的理想園地，這是以政論爲重點的報紙所以集中在沿海大都市發展的主因。至於以企業爲重點的報紙，爲什麼也都集中在沿海大都市的理由更十分明顯。沿海大都市是經商孔道，經濟重心，一般企業都以之爲活動據點，報紙既經被視爲一種企業，自也會選定這些都市作發展的根據地，更何況，傳播新聞是企業性報紙的主要業務，而沿海大都市是產生新聞和集散新聞的中心點，要辦成功的報紙，自不能不趨之若騖了。

這兩種不同動機，不同性質的報紙，在十分接近的空間同時發展，必然會因爲爭取讀者而生同業競爭的活動，更必然會因爲競爭而彼此觀摹，採彼之長，補我之短，而發生相互影響，摹仿改進的交流作用。一部份以政論爲重心的報紙，因立場鮮明，言論受群衆歡迎而擁有廣大讀者之後，開始感覺到要爲這份報紙建立穩固的基礎，一定應該把它企業化。一部以企業爲重心的報紙，看着若干言論起領導作用的同業脫穎而出，也感覺到辦報不是純粹商業性的業務，應該採取若干政治立場，才可以獲得更大規模的讀者。以政論爲重心的報人逐漸覺悟，爭取群衆的傳播媒介，有時候客觀的事實報導要比主觀的言論說服效力大得多。同時以企業爲重心的報人也逐漸感到，平舖直敘的新聞報導會使讀者感到枯燥無味，新聞版面之外，更應該用解釋性的，激發性的，抽繪性的文章來滿足讀者的需要。於是這兩種不同動機，不同性質的報業，從民元一直到現在相互激盪，彼此影響，觀摹，改進，逐漸接近了近代報業的規模。

政論性報紙在配合革命運動的奮鬭過程中發揮了傳播功能最大的效力。及北伐成功，全國統一，政論性報紙在安定中求發展，逐漸向企業化的目標邁進了。在此以前，凡是辦政論性報紙的人，辦報目的祗求達成其在政治活動中得廣大傳播功能之目的，並不把報紙當作一種企業辦。甚至有人，遇到重要抉擇關頭，竟可以毅然決然犧牲他慘淡經營的報館，以求取得其政治上的某種效果。國民黨北伐成功之後，建國事業，百端待理，有待團結民心，擁護國策，合力以赴始可完成其國民革命的最後任務。於是，國民黨宣傳部門開始感覺到黨員個人辦報，力量單薄，黨要在這新階段中圓滿達成這樣艱鉅的任務，應該以全力擔負起自辦黨報的責任。

同時，國民黨的政治路線逐漸由破壞性的撻伐轉變而入建設性的建國，其在辦報的觀念上，亦必然要由創立一條十萬毛瑟的鬪爭陣線，轉變而成建設一座與全國人民思想交流永久性的傳播機構。過去國民黨黨員辦報都在大都市裡，在大都市裡許多企業性報紙的成效足供他們達成這個目標的觀摹；更有若干國民黨員在國外研究新聞回國，更一新了黨內辦報的觀念，於是中央日報遂以嶄新的企業姿態產生了。

在民營報紙方面，配合政論性與企業性兩股報業潮流會合而產生的報紙，其具有代表性的，南方有上海的「四社」，北方應推天津的大公報。

「四社」是「時事新報」、「大晚報」、「大陸報」、「申時電訊社」，早報、晚報、英文報與通訊社四個新聞機構組成的一個公司的總名。這是中國第一次想把大衆傳播工作作多面發展的嘗試。「四社」經營有一個共同遵守的原則，那就是編輯營業一元化，總經理必兼任總編輯，這就充份表現他們企業化與政論化必需合流的新認識。

大公報在天津創造了企業與政論合流的典型。這是吳達詮、張季鸞、胡霖三人合辦的一張報。三人創辦時曾作協議，吳負責基金，張主持筆政，胡擔當業務，但在事實上，三位一體，遇事協商決定，充份表現了企業與政論合流的精神。創刊初期，三人約定，三年之內決不擔任任何有俸給的公職，要全心全力辦好這份報，此後張季鸞始終堅守大公報的崗位，可說是鞠躬盡瘁，其企業精神足爲報人的表率。同時，大公報的社訓是「不黨、不私、不賣、不盲」，他們以此爲原則，積極發揮大公無私的精神而博得了廣大讀者的擁護，而其政論精神更足爲報人的楷模。大公報的成功，奠定了中國報界企業與政論合流的信心。

第六節　戰爭激起了傳播轉變

民國廿六年抗日戰爭的發動，使中國的傳播事業受戰爭刺激而發生了汰舊生新的作用。就報紙方面說，舊式型態的報紙，以營利爲其唯一企業動機，在劇烈變動的戰爭環境中，因患得患失而瞻顧徬徨，遂致決策遲鈍，行動膠着，不勝時代巨浪的激盪而卒遭淘汰。新式型態的報紙，把握住爲民服務爲國盡忠的政治意識爲其企業基礎，隨着戰爭潮流的澎湃，益增其機動流轉的活力而揭開了中國報業向前發展的另一新頁。

抗戰發動之後，中國報業響應政府的愛國號召，同仇敵愾的忠貞動機本來是一致的，但其行動，因本身條件的各殊，大概分成三條路線，各自選擇着走：第一條路線的目標是大後方，距離戰線遠，準備配合着長期作戰的國策，做固定的新聞傳播中心。第二條路線的目標是戰區，混在戰鬪部隊裡，準備着跟戰爭潮汐進退作機動的新聞傳播站；第三條路線是留在敵後，準備在頑敵控制下，作出生入死的搏鬪。留在敵後這條路是最艱險的一條，然而當時報業中最保守的申報、新聞報却偏偏選定這條路走，主要原因，是它們被困於廠房設備和印刷機器等不易移動的資產，難於應付戰爭引起的劇變環境。抗戰初期，上海還因英、法中立，保留着租界不致淪陷的期待。新聞報自始至終不作遷地爲良的打算，申報出過漢口、香港版，最後仍以外商名義爲掩護，打銷了內遷的計劃。及日軍佔領上海租界，兩報同遭接收的慘刧。

太平洋戰爭爆發後，港滬報業盡遭敵軍扼殺，但在此時大批政治警覺敏銳的報紙已在各戰區和大後方培養新生活力，各自打定發展的新基礎。當然，這些在戰區和大後方的報紙，就物質條件來加以估計，可以說一律都倒退了半世紀。紙張簡陋，印刷模糊，讀者需仔細猜摹才可卒讀。但，戰時報業雖受到這物質條件的限制，仍舊有飛躍的進步。沿海各省有基礎的報社既多內遷，而許多撤退到後方的報人也紛紛組織新報社。原因是：戰爭增加了後方的人口，同時又刺激了群衆的讀報慾，使每一個人都有迫切讀報的需要，造成報紙暢銷的條件，予報人以空前的鼓勵。

戰區的報紙可分成兩種典型：一種是配合戰爭動向機動發展的，一種是選擇有利地區固定發展的。機動發展的戰區報，當以大光報為一代表，在整個抗戰期中它由香港遷曲江，再遷坪石，又遷回曲江，繼設寸金橋粵南版，粵南版又遷鎮隆墟，繼設連縣分版，其配合戰局之靈活運用足為戰時辦機動報的典範。固定性的戰區報紙可以東南日報作代表，東南日報本為國民黨所辦，設在杭州，戰局逆轉，杭州淪陷，東南日報遷至金華。滬杭淪陷後，金華變成了自由區與淪陷區交通的孔道，政治和經濟雙重條件的配合使金華獲得了意外的繁榮，也使東南日報塡上了上海被扼殺許多報紙留下來的空隙，而業務蒸蒸日上。

抗戰期中大後方的中心是在陪都重慶，那時候的重慶，可以說是集合全國各路報紙的一個群英會。由南京遷渝的有中央日報、新民報、南京晚報；由上海遷渝的有時事新報；大公報、益世報來自天津；世界日報來自北平；掃蕩報和英文的自由西報來自漢口；商務日報、新蜀報、國民公報、西南日報都是土生土長的重慶本地報；此外再加上一份共產黨的機關報「新華日報」，一共十四份報紙，掌握着自由區新聞傳播的中心。

戰爭的刺激澈底改變了大家辦報的觀念。廿八年五月三日與四日，日機大規模轟炸重慶，市中心變成一片焦土，各報房舍大都被毁。內勤者以防空洞為其工作室，外勤者在彈片橫飛中追逐新聞；到晚上，電流中斷，祇能在如豆的燈光燭影中進行他們的編輯撰稿工作。然而，沒有一人因而抱怨，沒有一人因而氣餒，因爲大家知道明晨報紙一上市，記者筆下發生殺敵的威力可以勝過十萬毛瑟。在這時候辦報的目的純粹受政治要求的支配，營利的企業動機都扔到腦後去了。

第七節　戰爭帶起了兩種傳播新事業

戰爭激發了群衆的鬪爭情緒，群衆在戰事進行中對傳播的要求是多了還要多、快了還要快，永遠沒有饜足的時候的。因此，報紙工作者雖然那樣努力，群衆還要找別的傳播媒介求滿足，於是通訊事業和廣播事業就應運而起，在戰火中得到了空前的發展。

通訊事業是傳播事業中間的一種加工業務，它是輔助各種傳播機構擴大加强其採訪網，使他們得到更豐富、更迅速、更完備新聞的一種服務。它的重要性是跟着大衆對傳播要求的强弱比例增減的。戰事一發生，每一個人的安全與幸福多發生了影響，每一個人都不肯放過一分一秒的時間去了解那瞬息萬變局勢的發展，於是，報紙的傳播需要通訊事業的加工輔助就成了迫切的時代要求。

抗戰發展的初期，報業在轉輾播遷中，不易兼顧週密完備採訪網的部署，及播遷安定下來，多數報紙在物質條件相當落後的農村中工作，更難求採訪網的週密完備，因是，通訊事業以無線電報經常供應新聞變成這一時期不可或缺的一種服務了。

抗戰把戰區從沿海的一條線發展而掩蓋及全國的一片面，戰區面積的遼濶、和戰區交通的艱險，使一般資力不够充實的報紙想部署一個週密完備的採訪網，都望洋興嘆，於是通訊機構就應時而起塡補了這個缺憾。以精選的幹才配合機動的戰事發展，每日透過電訊把各戰區的實況送到各報的編輯室裡，通訊業務在這樣運用中發揮了最高的傳播功能。

中國戰場成了世界戰場的一部份，中國戰訊受到了全世界的注意，因此中國新聞的價値也跟着提高了。每天能够把中國戰場實況迅速而詳實地分送到國外傳播機構去的祇有設備完善的通訊社。於是，受到戰爭的迫促，中國通訊事業又進一步加强電訊設備，以備本國傳播事業的服務擴大而至國際。

抗戰以前，中國通訊事業機構雖已有了百家以上，可是，大半規模不大，未得全國新聞界的重視，卽國民黨主辦的中央通訊社也非例外。抗戰却把中央通訊社變成一隻廢墟裡飛出來的鳳凰，凌霄而起，它是配合着上面列擧的條件，應時代的需要而成了時代的寵兒。除掉了利用無線電的傳播，一方面吸收廣大戰區自己記者潮湧而至的報導，一方面把這些報導供應分散在廣大自由地區裡的各報之外，中央通訊社在抗戰期中更重要的任務是把戰火中的中國，實情實況報導給世界各國。

中國報紙，在自己沒有一家信用卓著的通訊社之前，主要的國際情勢和外交消息，多取材於外國通訊社的報導。因此，遠在民國九年「全國報界聯合會」卽有聯合各報自辦通訊社的建議，其創辦動機就因爲外國通訊社「多以己國之利害計，含有宣傳煽惑作用，故當有顚倒是非，變亂眞僞之擧。」不幸「全國報界聯合會」的這個有理想、有魄力的建議，祗停滯於議論階段而未克實現。全面抗戰初期，中國單鎗匹馬作孤軍奮鬪，這一時期的外國通訊社，責我以卵擊石，自不量力，譏視譏諷的報導盈篇累牘；及後期中國成了盟軍的一部份，外國通訊社，期望過殷，又懸高不可及的目標，期待歷年困戰疲憊的中國立成精壯，這多是「以己國之利害計」不諒不解的外國心理反映在新聞報導上歪曲了中國的眞面目。中央通訊社就在這苦悶中打開了一條傳播的新路，用中國人自己的眼睛看，自己的口舌講，說明中國的眞相，表達中國的意旨，在國際間發生澄淸的作用。

廣播事業在中國，經陳果夫先生先知先覺的創導，早在民國十七年就有了空中之音，抗戰開始之前，公私營的廣播電臺也已經遍佈了全國。但廣播的業務雖然發達，其重要性尙未得一般的認識，直到蘆溝橋響起了戰砲，中國人才在砲火中估計到廣播事業所佔傳播功效的份量。

無線電廣播在傳播功能上同時克服了時間和空間的限制，因此，它比報紙有更快更遠的效果，同時，報紙祇有識字的人可以看，廣播却是任何知識程度的人都可以聽得懂。廣播最大的傳播效果是令聽衆對廣播員發生面對面談話的親切感，人的因素，在廣播效果上佔着很重的份量。一室中面對廣播，聽廣播員娓娓道來，聲音聽熟了好像老朋友，逐漸地對這廣播員發生了感情，建立了信心，因此，廣播的說服力比較報紙强，廣播消息的採信率也比報紙高。換言之，廣播電臺是化整個社會爲一個大茶館，把先民在街頭上茶館裡人的接觸所發生的效果搬到空中這個大茶館裡來儘量發揮。

抗戰初期，淪陷區的電臺無法內遷的很多，因此就量的方面講，廣播事業受戰爭的打擊的確不小。可是戰局越逆轉，政府對廣播的重要性認識越深，因此，當時軍事委員會有一個嚴格的規定，任何城市棄守的時候，廣播電臺一定要留在最後撤退，最後的一聲廣播再見，一定要在敵兵開進這淪陷的城市後再說的。反過來說，抗戰進行中，戰局好轉，我們克服任何一個城市時、司令官第一件要做的事就是佔領廣播電臺，在空氣中作安撫軍民的工作。

根據了這樣的認識，抗戰期中的中央廣播事業管理處在努力擴增廣播與加强廣播電力以後，可以在陸、海、空之外，負起了第四種作戰兵種的任務，那就是廣播戰。因此各地廣播電臺都引起了敵方的注意，不斷遭受到敵機的轟炸。尤以民國三十年夏秋之間，重慶中央、國際兩電臺雖受到十次猛烈的轟炸，仍未停止其播音。東京報紙說：「我皇軍飛機大炸重慶，那裡的青蛙都炸死無聲，為什麼那個擾人心緒的中央電臺，還是叫個不停。」敵人忿恨之情反映了這種傳播工具的最高威力。

第八節　戰後的企業發展

中國的傳播事業在蘆溝橋事變以前已經醞釀着向企業化發展的傾向，不料抗戰軍興，政治意識的昂揚，使這企業化的傾向中途受挫。但，即當此時，就報紙部份說，亦在戰爭的新環境中得到許多發展企業性報紙的新經驗；例如如何擴大其新聞網，捨點求面，移其重心於國際；又如如何改善其業務部署，化膠着為機動，聯合獨立單位而成聯鎖的系統組織等。抗戰勝利，政治史上展開了民主憲政的新頁，政府不獨把戰時全國限制新聞的條例概予廢除，並且還規定白報紙的補給制度，以使報業在歡呼凱旋捲起復員浪潮聲中，又復展開了向企業化發展的競賽。

當時傳播事業的復員比任何文化機構為早。一般觀念以為勝利的確保，有恃於傳播的正確與迅速，一字出入，足以影響民心的向背。新聞記者與廣播員在收復期中擔負着一新淪陷區同胞耳目的重要任務，因此他們就享受了隨先遣部隊優先進入收復區的特殊待遇。這些新聞人員一入收復區，有的接收被敵人霸佔的舊業、有的恢復過去努力的基礎，有的把自由區新創的事業遷入收復區，有的在收復區聯合創辦新事業，一時報業與廣播業發展的蓬勃氣象為歷來所未有。

報業方面趨向企業化的顯著現象是各報紛紛在各地設分版自成一聯營的報系。例如，益世報有天津版，北平版，南京版；大公報有天津版，上海版，重慶版；東南日報有杭州版，上海版；新民報有南京版，上海版，北平版，重慶版；大剛報有南京版，漢口版；力報有長沙版，衡陽版，桂林版；大光報有廣州版，汕頭版，廣州灣版，海口版。這是中國報人在戰爭中學習到的教訓。他們知道工作要機動，業務網要分散，澈底掃除了過去報紙集中在幾個大都市裡的傳統觀念，確定了報業企業化堅固基礎的主要條件。

同時中國國民黨結束訓政實施憲政之後，由黨經營的報紙也依照公司法組成企業組織，自成一聯營的系統。其中繼續採用中央日報名稱者有南京、上海、重慶、貴陽、昆明、桂林、長沙、福州、廈門、海口、瀋陽及長春十二家。此外則北平稱華北日報，天津稱民國日報，漢口稱武漢日報，成都稱中興日報，西康稱國民日報，廣州稱中山日報，梅縣稱中山日報，西安稱西京日報，江西稱民國日報，另北平的英文時事日報共十家不用統一名稱而實為同一系統的國民黨黨營報紙，先後兩類共廿一家黨營報紙聯合經營，自成一遍佈全國的有力報系。同時軍報掃蕩報，勝利後改為和平日報，也在漢口、上海、南京、廣州發刊地方分版，成為吸收部隊讀者獨立經營的報系。

中央通訊社勝利復員之後，亦積極籌劃按照美國聯合通訊社之先例，希望把它改組成為全國報業共有、共營、共享之新聞供應企業機構。在社長蕭同茲努力推動之下，中央通訊社到了民國三十七年，組織之龐大，業務之繁重，實已發展到一般國際電訊社的水準。倘能繼續安定，中央通訊社實施其報業聯營的改組計劃之後，將予中國報業企業化以莫大推動的助力。

廣播方面復員之後，中央廣播事業管理處，把抗戰時期的十一臺，擴展到九區卅九臺，抗戰時期的總電力一十四萬餘瓦，擴展到三十九萬六千瓦强。在抗戰時期，中央廣播事業管理處已有改組爲中國廣播公司的擬議，復員之後經國防最高會議通過，由陳果夫代表中國廣播公司與行政院簽訂合約，接受政府徵用，但當時推選的公司董事長戴季陶因事未能就職，公司也未能正式執行業務。在此過渡時間，廣播業務仍由中央廣播事業管理處繼續處理，直到卅八年遷臺之後中國廣播公司才正式成立。至民營電臺，上海原爲其發祥地，復員期中舊臺全部復業外，新臺更如雨後春筍，爭先成立，南京、臺灣等地亦有響應，廣播事業的發展漸達旺盛的顛峯。

第九節　曇花一現又陷低潮

不幸，勝利復員之後，中國傳播事業企業化的發展，又遭遇到政治上的障碍。在日本軍閥的侵略戰沒有結束以前，中國就接觸到蘇俄帝國主義者嗾使中國共產黨發動侵略攻勢，遂使中國報業再度捲進了政治鬬爭的漩渦。

中共的參加抗戰，根本就是打進政府陣營，折散政府與人民間團結的一種統戰謀略。其謀略實施不外三個步驟：第一、掌握群衆，第二爭取游離份子，第三中立次要敵人；其最終目的要把主要敵人孤立起來。其主要敵人就是執政黨國民黨，參加抗戰工作的非國民黨人員是其次要敵人，而一般知識份子，特別是被認作民衆耳目喉舌的新聞記者，就變成中共要以全力爭取的游離份子了。

中共爭取這些游離份子的策略十分簡單。他們看到政治民主、言論自由是中國群衆普遍的要求，於是把自己僞裝成最擁護政治民主、要力爭言論自由的前鋒鬬士，同時，他們用種種方法把誠意實踐三民主義的國民黨執政的政府描繪成壓迫民主蹂躪自由的暴力政權。他們儼然以不惜犧牲本位利益、願結合同志從事保衞民主、爭取自由鬪爭的姿態、來實現其顚覆政府奪取政權的陰謀。世人不察，竟會接受中共製造的這副有色眼鏡，把他們看成了溫和主義的「土地改革者」，相信他們的確有一套實現民主自由的理想，反把勝利後領導創造三民主義新中國的政府，認作是一個「貪汚無能的獨裁政權」。謀士如雲的美國政府、還受到中共這一套蠱惑、而以中共配給的眼光來估計中國政府，難怪當時若干報紙要競藉暴露政府弱點以確定其「前進」身份，不知不覺之間，多變成了中國共產黨的宣傳工具了。

這時期的報紙就厘然劃成親共與反共兩個對峙的陣容。親共的那些報紙，竟以「爲民前鋒」的鬪士自居，昂首天外，氣概不可一世；而反共的那些報紙反而感到荒漠呼聲得不到一點廻聲的孤寂。這是中共欺世政策利用傳播媒介、得到最大收穫的顚峰時期。列寧說：「在革命鬪爭中，布爾雪維克必須懂得掩護自己的眞實意向，必須善於僞裝自己，必須毫無姑息的向敵人施以欺詐，施以詭騙。」中共在這一階段中利用傳播媒介的成功，可以說是徹頭徹尾實施了列寧的教條，一網打到許多大魚。使大多數爲民主自由作鬪爭的新聞從業人員，眼看是非顚倒，黑白混淆到如此地步，大勢所趨，挽救無方，多懷着一肚子苦悶而無法宣洩。

然而欺騙究竟經不起時間的考驗。大陸淪陷固然是自由鬪士慘痛的失敗，但在新聞記者的立場說，經過了眞民主假民主苦悶鬪爭之後，現在鐵幕內外傳播事業的發展，清清楚楚劃開黑暗光明兩面的對比，涇渭之分厘然在目，應該是中國傳播事業中爲自由而奮鬪戰士們苦盡甘來的一種快意收穫了。

第十節　今日大陸暗無天日

中共奪取大陸政權之後，扼殺民主，控制自由，立刻暴露了他們的本來面目。全國的新聞發佈，統一在「新華社」社稿的一元標準下，報紙廣播電臺沒有任何採訪的自由，全國的言論經由中共宣傳部社論委員會統一撰寫，交新華社廣播全國各報，全文照登。

共產主義者的新聞觀念與自由世界的是完全不同的。因此，倘然拿自由世界的標尺來衡量大陸今日的傳播事業，可以說，我們想象中的傳播事業早給共產黨消滅得一乾二淨，現在留下來給大家看的和聽的祇剩了傳單、標語和宣傳文字與演講了。

俄共機關報「眞理報」說：「報紙是教育民衆，增加民衆社會主義意識，加速蘇維埃社會的進步，和增强黨的權力和光榮的最有力工具。」陸匪定一說：「唯物論者的新聞報導是限於鬭爭性、階級性與政治性的。」新華社提示社員工作說道：「人民的新聞事業是一個有力的思想鬭爭武器。這一支軍隊必須練好，更須加强，帮助人民戰勝敵人。」

根據上面三節共產黨新聞定義的引述，我們可以下結論說：共產主義者把傳播事業當作工具，作爲教育的工具，也作爲鬭爭的工具；傳播事業是武器，傳播人員是軍隊。因此他們要把傳播事業精簡統一，以便他們一元運用，教育人民，鬭爭敵人。

日本讀賣新聞副總編輯高本健夫訪問大陸回到日本時說：「中共的報紙不在報導新聞，只是人民的教科書。」這是切合實況的批評，因爲中共的確要人民把報紙當教科書讀的。現在大陸同胞沒有一個不參加中共組織，在中共組織的每一個基層小組裡都有讀報組，每天晚上開會，指定專人報告讀當天報紙的心得，並由主席幹部領導討論。因此，不論報紙編得怎樣枯燥無味，每一個人也得每天花上幾個小時把它讀得心領神會，才可以應付晚上讀報組主席幹部的指名質詢。中共把傳播媒介變成教育工具，鬬爭武器，都是在這種組織控制的方式中發生了很大的效果。

我在前面分析中國初期帝皇時代的傳播程序，是由知識份子多元的「編者」「釋者」向一元的「受者」—帝王放送；現在我們研究共產主義者的傳播程序，發現剛剛相反。他們把「編者」「釋者」集中而一元化，然後向全體民衆作多元的放送，這足以為共產主義者獨裁控制的澈底遠超過帝皇時代的一個證明。

第十一節　自由中國蓬勃現象

大陸傳播事業給中共摧殘到暗無天日，同時，自由中國反攻基地的臺灣傳播事業，却在政府遷臺之後表現了驚人進步的成績。

就報業方面講，當民國卅四年臺灣光復之初，整個臺灣祗有一家「臺灣新報」日出一張的小型報，可是二十年之後，臺灣已有報紙卅家。此三十家中，十五家在臺北出版，其餘十二家分散在臺灣本島，另三家則分別在金門、馬祖、澎湖出版。各報總銷數每年增加，據行政院新聞局出版的英文中國年鑑載五十三年底已達七十五萬分，以臺灣人口計，每一百人讀報七份，讀報率之高，遠東除日本外當推臺灣第一。

通訊事業中中央通訊社的發展足爲典型。當其還臺之初，舊有基礎殘破，一切都需從頭做起，跟着報業的向榮，中央通訊社不獨恢復了舊觀，並且擴張了新的發展。據五十三年英文中國年鑑載其海外通訊據點已增加到廿六單位，遍及亞、非、歐、美、澳五大洲；與外國通訊社二十家訂有交換新聞的合同。其發送新聞，除每天用中、英、日文字作電碼廣播外、復以無線電文字傳眞方式將原稿廣播分送當地及國內外訂戶。

廣播事業的發展也有驚人的績效。據五十四年的統計，全臺灣的廣播電臺有六十三家，發射機有一百五十架，此中短波有卅六架，發電總量爲八十一萬七千瓦，收音機總數超過一百萬架。換言之，最少每一縣市有一家廣播電臺，每十個人有一架收音機。此中以中央廣播事業管理處改組而成的中國廣播公司規模最大，全省有分臺十處，發電量爲七十萬八千餘瓦，佔全省總量的百分之八十五。

在自由中國傳播事業中異軍突起的是電視。到五十四年爲止，臺灣有兩家電視臺：一家是教育部主辦的教育電臺，一家是民營的臺灣電視公司。教育電臺主要目的在推進空中教育，與國立政治大學合作測驗在國民小學中實施電視教育的效果，同時，分配時間亦注意社會成人教育，裨無力升學的成人也有接受高等教育的機會。臺灣電視公司則爲純粹民營企業。創辦之初，與日本電業合作，吸收部份日本投資，初步計劃，放射範圍祇能及臺灣北部中部未能遍及全省。社會接受這傳播新媒介之熱烈，可由電視機銷數得一概念，電視公司創辦不及一年，電視機的銷數已超過一萬架，五十四年十月一日該公司微波轉訊站建設完成之後，放射地區擴大遍及全省，電視機銷數已在十萬架以上。

自由中國傳播事業能有這樣斐然的成績，社會環境的繁榮，教育成效的普及，當然都是很重要的因素。但，最主要的因素，還應推各種傳播事業都能在民主自由的政治氣氛中、循企業發展的正常途徑、作公平合理的競爭，因相互刺激而相互激勵，遂形成這樣同時起飛的進步趨勢。

不幸，自由中國的傳播事業有此進步，反遭遇國際間新聞無自由之侮蔑。實際在無自由的新聞環境中，能不能產生這樣蓬勃競爭的現象，事實勝於雄辯。同時，臺灣隔海，面對隨時來犯的敵人，傳播從業者都要作平時即戰時的警戒，在新聞和言論的發播上決不能無所限制，然而這限制是基於國家利益自發自動的自律，決不是被動的强制，因此，常有外國記者競相報導的新聞，中文報紙及電臺不見不聞。外國記者能自由報導，足證新聞在臺灣的絕對自由；可以報導的新聞，中文報紙與電臺不予採用，足見中國傳播從業者爲國家利益自律的謹嚴。

自由中國正由農業建設進到工業建設的新階段，傳播事業亦正在蛻去其過去的舊傳統而進入企業化的新境界，報業的一枝獨秀轉變而成報業、廣播業、電視業綜合而成的百花齊放。

第二章　民意的形成與發展

第一節　新聞史內容的擴大

研究我國新聞史的演進，不應僅限於討論報紙雜誌廣播等傳播工具的變遷沿革，而應追溯古代一切溝通意見，形成輿論的媒介與方法。

清代中葉外人開始在華創辦報紙是我國新聞發展的一大分野，在這以後，報紙變成主要的新聞傳播媒介，而以前的報紙祇能擔當部份的此項任務。因此，我們要研究古代傳播事業的全貌，除了明瞭報紙的演進蛻變而外，更重要的必須把其他傳播的方法，特別是民意的形成與發展，加以檢討。

民意的存在與人類的歷史同樣悠久，其表達的形式與形成的方法，就是當時最主要的傳播與溝通的途徑。數千年來民意的形成一直在代替報紙執行它的任務，發生了很大的影響作用。

我國民意表達的形態，自來變化甚多，常能推陳出新而加以巧妙的運用，但民意形成的核心仍在知識份子群中。士大夫受儒家思想的薰陶，一向以代表人民說話爲天賦權責，所以明君當道，他們要精益求精，昏君在位，他們更不能緘口不言。歷代史籍以及劄記隨筆中保存着豐富而生動的資料，玆就其重要部份擇要敍述，俾能認識我國民意的發展過程，並且探知古代傳播的方法與形態，俾有助於瞭解近代新聞事業史的來龍去脈。

第二節　古代聖賢對民意的認識

我國古代的聖王賢哲雖然還沒有以「民意」一詞代表當時的輿論反響，但是每當古籍中提到「民」、「民心」或「民之所欲」的時候，往往隱含有今日所謂「民意」的意義在內。夏書五子之歌說：

「民爲邦本，本固邦寧。」

這句話揭示了三代以來逐漸形成的「民本主義」政治思想，承認人民爲國家的要素和政治的主體。

困學紀聞卷二說：

「聖王畏天畏民，人有畏心，然後敬心生。謂天下不足畏，民不足畏，爲桀、紂、秦、隋。」

又說：

「民心之得失，爲興亡之大機。」

作賢君的應該對人民有畏心，對天有敬心；有了敬畏之心，才能夠兢兢業業，行親民愛民之政；戒懼謙恭，唯恐悖逆了天意。泰誓說：

「民之所欲，天必從之。」

「天視自我民視，天聽自我民聽。」

天之視聽，既然悉本乎民意，則天命、人事和民意形成密切的聯鎖。國君縱使不畏民，然不可不畏天，而天和民則又密不可分，於是民意在這種巧妙的運用之下，不但受到重視，並且得以伸張。

從詩書所述及古史所傳，我們知道三代及三代以前的聖王賢哲對民意的重要性早有認識，並特別予以尊重。自周室東遷，共主衰微，王命不行，諸侯兼併，競相稱霸，以民爲本，尊重輿論的政治習尚遂逐漸動搖。由春秋演進到戰國，軍國主義的思想充斥於諸侯與謀士之間，列國皆以富國強兵，擴張侵略爲務，對於民心所嚮，民意所趨，都置之不顧。一時商君變法於秦，力事耕戰；申不害相韓，主重令尊君之說；而張儀、蘇秦又各以縱橫之術游說列國君侯，並以此位至卿相。於是風氣所趨，莫不認定君貴民賤，君權駕凌一切之上。處此天下擾攘，權謀術數盛行的時代，孟子乃脫穎而出，主張：

「民爲貴，社稷次之，君爲輕。」（孟子：盡心章）

他闡述了人民至上的理論，亦暗示君民平等的存在。君之所以爲君，是因爲他能得到人民的擁護。可是一國之君一旦失去人民的支持，則這一至高無上的領導地位，便隨時可能有所更易。堯、舜、禹、湯的得有天下，是因爲他們都能先得民心，而桀、紂、秦、隋的失去天下，也是因爲他們先失了民心。孟子主張民貴，故極重視民意。凡君主的廢立，固可以民意的取捨爲依據，而國家的重大決策，尤須視民意的去從爲準繩。一國之內的人都說某人爲賢，則這人可察而用之；反之，一國之內的人都說某人可殺，則這人可察而殺之。因此，政府雖有養民安國的責任，人民却無絕對服從的義務。故政府失職，則人民可以不忠，若遇到「上慢而殘下」，人民可以起來反對。根據這些論點，他引述湯之放桀，武王之伐紂，爲應乎天而順乎人的事情。這些暴君的被推翻，完全是順乎輿情的壯舉，非但不受篡逆之議，而且宜受後人之歌頌。紂的被誅，只算除了一個罪惡昭彰的禍首，與誅一匹夫無異，更無所謂「弒君」之罪了。

我國古代聖王賢哲對於瞭解民意與尊重民意，均已具有深度的認識。及至孟子，更加以發揚，倡導「民貴君輕」的學說，確定人民在國家體制中的崇高地位，並直認政治設施應以民意作基礎，即使君主的顯位亦不能與民意擷抗。此種重視民意的思潮，雖因秦代絕對集權政治的建立而一度阻滯不前，但以後擧凡清明之世，仍能大體順應民意，贏得民心，使中央政府爲廣大民衆所擁護，惟在程度上甚少超出孟子的理想。

我國古代，不僅有精細的輿論思想，而且很多君主都很尊重輿論，故在政府組織中，不論平時或遇重大事項，均設有專門負責徵詢輿論的官員。

一、平時徵詢輿論之情形：君主爲求下情上達，特設「太師」以求民情。其下設有大量之行人、遒人、迊人，使之深入民間求詩。其工作猶如現代之新聞記者。而此等人員之來源及其工作，據公羊傳宣公十五年何休注曰：「男年六十，女年五十，無子者，官衣食之，使之民間求詩；鄉移於邑，邑移於國，國以聞於天子。」但「行人」於民間所求之詩，是否代表人民之意見，公羊傳亦有說明，其曰：「男女有怨恨，則相從而歌；飢者歌其食，勞者歌其事。」漢書藝文志亦有云：「古有采詩之官，王者所以觀風俗，知得失，自考證也。」因古代文字之應用尙未普及，印刷亦未發明，人民情感及意見之發抒多寄託於詩歌，故「太師」所采之詩歌，實卽當時人民之輿論。

二、臨時重大事項徵詢輿論之情形：據「周禮」小司寇條下記載：「小司寇掌外朝之政，以致萬民而詢焉：一曰詢國危；二曰詢國遷；三曰詢立君。其位：王南鄉，三公及州長百姓北面，群臣西鄉，群吏東面，小司寇嬪以序進而問焉。」據上所述，可知我國古代人民，可與公卿群臣共聚一堂，在君王之前，直接討論國家大事，並循序進行，各有平等發言之機會。此種情形，是何等民主的一幅畫圖，卽理想之直接民主政治，亦不過如此，以上爲中央政府重視輿論之情形，至於地方人民，亦有討論及批評政治之場所，此卽「鄉校」。「左傳」襄公三十一年載：鄭人遊於鄉校，以論執政。然明謂子產曰：「毀鄉校如何？」子產曰：「何爲？夫人朝夕退而遊焉，以議執政之善否。其所善者，吾則行之，其所惡者，吾則改之。是吾師也，若之何毀之！吾聞忠善以損怨，不聞作威以防怨，豈不遽止，然猶防川，大決所犯，傷人必多，吾不克救也。不如小決使道，不如吾聞而藥之也。」

據上所述，可知我國古代人民有充份之言論自由。亦卽今日之新聞自由。尤其可貴者，係認人民之批評，爲執政者之藥石。

第三節　秦代的蔑視民意

秦王政二十六年（西元前二二一），六國盡滅，中國歷史上第一次走向大一統的路。秦之統一，不僅是乘六國的腐敗，亦乘人心之所趨以及文化之運會；因爲當時的人民久苦於擾攘不寧和戰禍連年的痛楚，人民的意願，政治的思潮，均趨向和平統一，再加上秦君臣的力事耕戰，東方六國便似摧枯拉朽般的覆亡了。

秦始皇的一生，就其對後世的影響而言，至少是功過相抵的，尤其在制度的改革與疆域的開拓方面，更非以後歷代帝王所可比擬。但是，所不幸的他留給後人的印象却和桀、紂等暴君一樣。追究其原因，他的不體恤人民苦痛與他的蔑視人民的自由權利，實爲遭致惡評的原由。秦始皇相信了「五德終始」的理論，於是他認爲凡是一個正統的皇帝，都和五行的性質有密切的關係。因此周朝是火德，代替周朝的秦，便應當是水德，如是方能符合水尅火與秦代周的事實。秦是水德，水屬陰性，所以在政治上要：

「剛毅戾深，事皆決於法，刻削毋仁恩和義。」（史記卷六秦始皇本紀）

秦法本來就很嚴苛，再加上前述的原因，以及法家重刑罰尚交涉的作風，終於做出許多剝奪人民自由，蔑視民意反響的事情。

秦始皇既然自認德蓋三皇，功過五帝，他自己當然是不容人有所議論的。所以統一之後，首先廢除了謚法，他頒的制說：

「朕聞太古有號毋謚，中古有號，死而以行爲謚。如此，則子議父，臣議君也，甚無謂，朕弗取焉，自今已來除謚法。」（史記卷六秦始皇本紀）

謚法的好壞，以帝王生前的行爲爲準，多少有警惕和約束的功效。而今，始皇帝不再讓「子議父，臣議君」，更不讓天下黔首對他有所議論了。

秦始皇三十四年（西元前二一三），始皇置酒咸陽宮，博士七十人前來進酒。僕射周青臣進頌，說以諸侯爲郡縣，人人自安樂，無戰爭之禍。博士齊人淳于越指責周青臣面諛，他主張實行封建。始皇帝把雙方的意見交給大臣們去討論，丞相李斯奏言：

「……今諸生不師今而學古，以非當世，惑亂黔首。丞相臣斯昧死言，古者天下散亂，莫之能一。是以諸侯並作，語皆道古以害今，飾虛言以亂其實。人善其所私學，以非上之所建立。今皇帝並有天下，別黑白而定一尊，私學而相與非法，教人聞令下，則各以其學議之。入則心非，出則巷議，夸主以爲名，異取以爲高，率群下以造謗。如此弗禁，則主勢降乎上，黨與成乎下，禁之便，臣請史官非秦紀皆燒之，非博士官所職，天下敢有藏詩書百家語者，悉詣守尉雜燒之。有敢偶語詩書棄市，以古非今者族，吏見知不舉者與同罪，令下三十日不燒，黥爲城旦。所不去者，醫藥、卜筮、種樹之書。若有欲學，以吏爲師。」（史記卷六秦始皇本紀）

對於這一出色的奏書，始皇很感滿意，李斯的建議，均經付之實施，而其中除廢止封建外，其餘均與壓制輿論有關。秦令民間不得有所私學，燔詩書百家語，欲學，以吏爲師，此乃使人民喪失閱讀的自由。同時，禁止是古非今，偶語，巷議和造謗，又使人民沒有了言論表達的自由。知識的來源堵塞了，人民的嘴被封了，大家只好緘口不言。

又過了一年，方士侯生和盧生逃跑了，始皇大怒，因說：

「吾前收天下書，不中用者盡去之，悉召文學方術士甚衆，欲以興太平，方士欲練以求奇藥。今聞韓衆去不報，徐市等費以巨萬計，徒姦利相告。且聞盧生等吾尊賜之甚厚，今乃誹謗我，以重吾不德也，諸生在咸陽者，吾使人廉問，或爲妖言以亂黔首。」（史記卷六秦始皇本紀）

於是，使御史案問諸生，諸生傳相告引，被坑四百六十多人，雖經太子扶蘇的諫諍，結果仍無法挽救。始皇堅持要做給天下人看看，並且警惕後來的人。坑儒事件的引發，始皇的一意孤行，固爲主因，但諸生的一去不返與其見機遁逃的不負責態度，自然也促成了事態的惡化。所可惜的是凡奉行儒術的人，均認爲對國君規過勸善是人臣的天職，所以，關於國家大事，他們常不避生命的危險加以辯析和論難，而今他們四百多人被坑了，誠如始皇所希望的，給後來者一個警惕，直言是再不可得了，大家只有昧着良心去阿諛附和。

始皇帝的壓迫輿論與敵視知識份子，其目的在保持既得的天下，使傳之二世三世，以至千世萬世而無窮。可是到了三十二年（西元前二一五），燕人盧生便奏錄圖書說：「亡秦者，胡也。」三十六年，人民在墜地的一塊隕石上刻了：「始皇死而地分」六個使始皇看了為之心碎的字。在昔日楚國境內，也流行着：「楚雖三戶，亡秦必楚。」的諺語。秦行苛政，並未消除了覆亡的危機，相反的，更提早結束了秦祚的壽命。秦人雖絕耳不聞諍言、誹謗與偶語，但等到陳勝、吳廣揭竿而起，六國遺民群起響應之際，秦人想再謀補救已為時太晚。唐詩人杜牧說：「亡秦者，秦也，非天下也。」這就是說秦人先自棄於民，於是民心也背棄了秦。因此，就因果關係言，這話是不錯的。秦之興亡關鍵，實繫於民心之得失。

第四節　漢代民意的形成

民意的形成，必須在上者恐人不言，在下者克盡言責。漢初諸臣。除張良、張蒼及叔孫通而外，餘多為下吏諸生與販繒屠狗之流。他們雖祇够稱作下級平民知識份子，但卻為當時常識豐富，潛藏活力的新力量。初期任丞相的蕭何、曹參、周勃、陳平諸人，均能洞察時弊，接受黃老清靜無為的學說，以省事息民為大政方針。除挾書律，三族罪、妖言令以廣言路，詔舉賢士大夫及孝悌力田以正社會風氣。因為在上者思賢若渴，知識份子亦能發揮很大的安定力量，所以在政治上達到最偉大的成功，眞是作到了老子說的「治大國若烹小鮮」的境地。

兩漢的言論尺度較寬，西漢又過於東漢。漢代自高帝平天下，中國又復歸統一。但漢之君臣，咸認秦之所亡是失於苛細，對人民干涉太多，所以，秦與漢在制度上雖如出一轍，惟漢之執法態度務期寬大，對言論的限制，也盡量放寬。西漢自高帝、孝惠、文景、武帝、昭宣；東漢自光武以迄明章，均爲一代賢君。他們豁達大度，求言納諫，懷有與天下共治的精神。

漢代傳播的方法，一爲文字，二爲口述。文字的傳播，僅能作君臣或親朋友好間的單途及雙途的傳播，其他如詔諭令旨，著書立說等，雖亦可達到多途的目的，但與現代傳播事業所發生的功效相較，則尙難相提並論，故客觀而論，漢代的傳播方法，仍以口述方法爲普及。「十口相傳」是人類最原始、最便捷的傳播方法，在漢代教育還未十分普及與大衆傳播事業尙未形成之前，這是應用最廣的一種。由漢代保留下來的許多歌謠諺語，亦可窺知口述傳播在當時民意形成中的重要性。

漢代民意形成的方式，可分爲：

一、諫諍　諫諍在我國歷代政治上的運用，佔有極重要的地位，亦爲儒家政治思想的精華之一。上古王權盛行，無議會以爲箝制，無輿論以爲約束，因而諫諍就是唯一可放膽評論的機會，民意由此遂得伸張。言官得規勸皇帝的過失，批評政治的良窳，反映民意，制衡君權，職司類似議員，直言不隱，不遜於報紙。

進諫不同於讚頌，非人人可以容納，因此必須借重道德的力量鼓勵進諫，並且拿道德的力量鼓勵納諫。古時君主能否容納直言，往往是衡量他好壞的一個標準，所以凡是賢君多能勇於認過，凡是忠臣必直言無隱。

諫諍的範圍，大概多屬皇帝的行爲和施政的得失，言事必關乎國計民生，且爲一般士庶所關懷。言官的身份無嚴格限制，凡三公九卿，守相令長都可審度時事，規過勸善，糾擧秕政。不過諫不諫在臣，納不納在君，臣下依違而無諍言，是臣之惰；君上飾非拒諫，是君之昏，如做到「主聖臣直」，那便是清明太平的治世。

漢代明君輩出，屢下詔徵直言極諫之士，故言路特寬，諫諍之事不絕於書，以諫諍而留名史册的自樊噲、叔孫通、蕭何、周昌以降，不下五六十人之多。（見報學二卷七期：「漢代民意的形成與其對政治之影響」）

二、奏疏　漢儒多兼習刑名之學，具有以天下爲己任的抱負，對國家大事至爲關懷，且積極參加，故士風特盛，無論位致公卿抑邊鄙令佐，不分在朝與在野，對於當時國家的政策，社會的風尚，以及應該興革的事項，均能率直陳辭，形成言論的一股主流，而他們表達意見最習見的方式卽爲奏疏。玉海卷六十一說：

「奏漢之輔，上書稱奏。奏者進也，敷下情進于上也。」

使下情上達，是百官群僚對皇帝的責任，也是對人民的一種義務。上進有爲的官吏，往往自動的對時政提出批評與建議，供皇帝之採納與參考，賢君也常詔求吏民踴躍發言，各抒己見，因此奏疏包括了當代知識份子對國家社會重大問題的評論與建議。

全漢文和全後漢文收錄了兩漢大臣們的許多奏疏，覽讀之餘，亦可證奏議多在論政。高帝時陸賈的新語十二篇，文帝時賈誼的新書十卷和賈山的至言八篇，武帝時董仲舒的上疏條教凡百二十三篇，都是奏疏中的傑作。

奏疏與報刊不同，不能視作民意形成的媒介，但未有報紙以前，奏疏也可間接傳達人民的心聲，代行現代報刊的一部分使命，在民意表達的方式中，仍佔重要的地位。

三、御前會議 御前會議相當於今日的行政會議，是備諮詢或參預決策的機構，雖非爲表達民意而設，然而就當時實際情況而論，由於參加人員的數目之多，討論又容易引起爭議，故發言常超出範圍，且有時正反意見論爭激烈，雙方不僅表示個人的意見，也慣於追溯往事或援引輿情，以强調個人見解的正確，部分民意，亦可由此予以反映。

漢代御前會議的召開，往往是因爲朝野人士對於某項公共事務產生兩種或兩種以上的意見，而皇帝本人也猶豫不決，難定取捨，於是必須召開御前會議，公卿博士大夫百官群僚都可有機會出席。會議的主席就是皇帝，百官群僚均得各本所學，各申所見，辯析是非，直言無隱，有時正反雙方各持一端，贊成反對各不相讓，雄辯滔滔，面紅耳赤的緊張場面，每可見到。

西漢會要和東漢會要稱御前會議爲「集議」，凡國家有大造大疑的時候卽行召開。漢世會議的次數很多，據史書所載至少有一百二十七次，西漢八十八次，東漢三十九次。綜合兩漢的情形來看，因爲外交和軍事問題而開會的次數共二十九次，爲總次數的四分之一，可見當時最能引起爭議的就是邊政。武帝時爲討匈奴曾召開過兩次御前會議，一次在建元六年（西元前一三五），雖有辯難，並不激烈。另一次在元光二年（西元前一三三），這次以韓安國和王恢爲首的主和主戰兩派，針鋒相對，發言激烈，會中五次申說，五次反駁，眞是具有現代會議的精神。

四、辯論會 漢昭帝始元六年（西元前八十一），詔郡國舉賢良文學，問以國家治亂及人民痛苦之由，這些民間的代表們均主張罷鹽鐵酒榷均輸之政，而主其事者出而與之相論難，雙方引經據典，暢所欲言，實為國史上少見的一次政策性辯論會。

參加的人員，政府方面有丞相御史及兩府之士，賢良文學則有六十人。雙方的首腦人物，政府有丞相車千秋和御史大夫桑弘羊，而後者尤為重要；賢良文學有茂陵的唐生，魯之萬生和九江的祝生。至於發言的立場，丞相御史大夫等是官方的代表，他們的言論背景多本乎法家的思想，處處以充實國庫，制服邊夷為着眼點，故為政府的政策辯護；賢良文學是來自民間的民意代表，他們的言論背景多本乎儒家的思想，立論多在揭發政府弊病，要求休養便民，故為人民的利益力爭不懈。辯論的過程，緊張熱烈，詞鋒銳利。時而面紅耳赤，雄辯滔滔，時而感情衝動，詆毀謾罵。這次辯論的主題是鹽鐵酒榷和均輸，由此一局部的問題牽涉到全面的經濟問題，由經濟問題擴及政治和軍事政策的辯論。辯論的結果，昭帝只允許罷榷酤，其他方面仍維持既定的政策。

眞理因辯論而益明，雖然論難之際可能失去君子之風，但雙方的申辯只有使眞象更明，而有助於作是非取捨的判斷。昭帝公開召集六十位民間領袖和當時執政諸公公開辯論國家要政，聽取民間的反應，其探求民隱，重視民意的開明作風，實為我國民意發展史中一個最佳的範例。

五、探訪民瘼　漢代有兩種制度是專門糾舉不法，存問民間疾苦的：一為御史，一為遣使。使者的派遣雖無定期，惟循行的範圍很廣，權力較大，可彌補各部刺史的不週之處，也可實地觀察各地的情況，反映一般人民的意見。

秦始皇分天下為三十六郡，並設監郡御史，但非常制。漢武帝初年，遣丞相史分行各郡。到元封五年（西元前一〇六），才分天下爲十三部，分遣部刺史一人，視察所轄郡國，他們的任務是省察治狀，黜陟能否，斷治冤獄。刺史秩卑而命尊，內隸御史中丞，但奉無常制，吏不成臣，故與守令有所不同。以後或改名州牧，或刺史與州牧並設，猶如後來的巡按御史。

兩漢皇帝，均喜派遣臨時特使，循行天下。遣使的動機，主要是爲撫慰民心，施行賑濟，另外也可能舉賢觀風，宣揚德教或羅致人才。奉使者的資格向不固定，三公九卿以至大夫謁者均可膺命。兩漢遣使巡行共四十九次：西漢三十二次，東漢十七次，因爲任務是宣揚威德，存問疾苦，所以能和普遍的大衆接觸；又因爲他們要採風觀俗，薦舉奇才異稟之士，所以能深入民間，瞭解人民的意見，反映他們的意見。

六、文章　以文章的體式，表達對時政的批評和意見，是現代形成民意最爲廣泛的一種方式。漢代一般文學之士，雖尚無紙張印刷之便，但往往在提筆作書之際，情不自禁的想到時政的得失，引發由衷的感懷與議論。

全漢文及全後漢文佔篇幅最多的即名臣的奏疏，可見嚴可均氏是將奏疏也歸之於文。就事實而論，每篇奏疏都是文章的佳構，前面已經討論過，不贅述。

漢代論政之書頗多，如桓譚的新論，王充的論衡，崔實的政論，仲長統的昌言，王符的潛夫論，劉廙的政論，應劭的人物志，荀悅的申鑒，徐幹的中論，都是著名論政之書。他們各本所見所識，對國家大事及社會風氣等，提出很多的議論和批評。

兩漢的史學名著史記與漢書，亦爲當代的散文典範。司馬遷與班固在著史中，慣於加以評論。史記篇尾的「太史公曰」，漢書卷末的「贊曰」，都是借題發揮的評論文字。全後漢文記明帝給班固的詔說：

「司馬遷著書成一家之言，揚名後世，至以身陷刑之故，反微文刺譏，貶損當世，非誼士也。」

司馬遷除了微言譏世之外，又善於在選材述事中，有所影射，而班固則竭力模仿他這點長處。日知錄卷二十六云：

「古人作史，有不待論斷，而于序事之中，即見其指者，惟太史公能之。平準書未載卜式語，王翦傳未載客語，荆軻傳未載魯句踐語，鼂錯傳未載鄧公與景帝語，武安侯田蚡傳未載武帝語，皆史于序事中寓論斷法也。後人知此法者鮮矣，惟班孟堅一有之，如霍光傳載任宜與霍禹語，見光多作威福，黃霸傳載張敞奏，見祥瑞多以不實，通傳皆褒，獨此寓貶，可謂得太史公之法者矣。」

書生論政是兩漢盛行的風氣，他們常借著述文字，表達對公共事務的評斷以及對人物的褒貶。

七、賦　漢人之賦，可分作兩類：一爲賢人失志之賦，以感懷身世，唏噓太息爲主，可以賈誼的弔屈原賦和董仲舒的士不遇賦爲例；二爲說理述事之賦，以敍事爲表，以說理陳事爲實，司相如的游獵賦和楊雄的甘泉賦卽可屬之。

辭賦雖被人視爲雕蟲小技或廟堂文學，但兩漢的文士並不是只顧聲韻的優美及辭藻的瑰麗，而常把語重心長的意思隱含其內，利用文字的技巧表達對郡國要政的意見，或諷諫皇帝某些缺點。作之者不指出何人與何事，閱之者却可能心照不宣而知所警惕，這種手法的運用，以司馬相如和楊雄最爲成功，後漢的蔡邕也差可媲美。

辭賦可以寫景、敍事、陳意，雖下筆較難，但頗易爲人所接受和傳誦。漢代皇室自高帝起，多雅好歌賦。武帝則更提倡音律，優禮文士。賦爲純文學作品之一，天子常藉此自娛，高雅之士如司馬相如和楊雄等，能在人主消遣歡娛之餘，隱含諷諫規勸之意，既不面折廷爭損至尊之威嚴，又能娓娓道來使人感動。漢人不祇長於辭賦，更會善於運用，使不流於空言。

八、歌謠諺語　詩經云：

「心之所憂，我歌且謠。」

歌謠的產生，有時出於有意的，有時是出於無意的。凡人心有所感，就希望有機會表達出來，而歌謠卽爲我古代先民表示意見最普遍的方法。以歌謠發抒內心情感或刺譏時政，其第一個好處是傳播便捷。歌謠的用辭極爲通俗順口，歌謠的內容往往婉轉微妙，所以一經傳出，卽不脛而走；其第二個好處是不必爲後果擔憂。不管是個人有意的編織，抑或大衆哄傳而成，流佈以後就變成一般人的口歌，欲追查禁止，幾爲不可能，所以歌謠表示的意見較享有更多的自由。林語堂氏在「中國報業及民意史」（英文本）說：

「中國在沒有文字報以前，歌謠就是當日的口語新聞，換言之，歌謠也可視作文字報的前身。」

漢代流行的歌謠，至今可見於記載的爲數不少。依內容分別：一爲歌頌讚美之詞。凡丞相、郡守、令長及其他文武官員，如行有德政，人民多作歌以宣揚他的功績；二爲人民對當時國家大事發生感觸，往往以歌去發洩，史記、兩漢書及太平御覽保存了很多這類資料。

說文云：

「諺，傳言也，俗言謂諺」。

諺語本身，雖極平易通俗，但却有領導輿論和控制輿論的功能。每當我們遇到一項難題，或談論某些重大事件，只要能找出一句適當的諺語加以引用，便可帮助我們得到一個滿意的結論，所以諺語在人類的心目中實具有相當的權威性。

諺語對人類思想的影響，古代較今日爲大，農業社會較工業社會重要。我國歷代累積下來的諺語極爲豐富，善用諺語，相信諺語的習慣，也較其他民族更甚。漢代流行的諺語，依性質之差異，可分兩類加以說明：第一類是利用諺語本身的權威性，在談話或奏疏裏不時的引用，藉以加强自己見解的正確性，使反對者欲辯無辭。這種方式的運用，特別是在對皇帝諫諍時，效力最著。沒有一位皇帝敢否定諺語的權威，因爲它是當時一般大衆所公認的眞理。

人類的心理，常希望賦予繁雜事物一個簡單的徽幟，使抽象具體化，複雜簡單化，這樣才容易瞭解，並且便於記憶。歌謠諺語均能滿足人類的此項要求，所以在漢代廣爲流佈，成爲公共意見之表達與形成的有效方法。

九、察擧策對　詔擧的動機可分爲主動與被動兩種，大略都是因爲災異、瑞應、或求賢、崇儒而擧辦，目的在「遠求博選，開不諱之路，冀得至謀，以鑒不逮。」（後漢書卷五）兩漢下詔察擧賢良見於記載的共有四十三次，其中提到要羅致「能直言極諫者」就佔二十一次，可見詔擧與開廣言路關係極爲密切。

賢良方正侯選人到達京師，例由皇帝親加策試，每次參預對策者經常是在百餘人左右，但也有六十人的時候。策題由天子按當世之務，親自命題，內容以經世致用爲主，也常涉及國家的重要政策。策對的方式，自文帝策試鼂錯以後，都是由皇帝親策親覽，以第優劣，只有昭帝因年幼而有一次例外。西漢賢良方正共擧出二十一人，儒生出身的佔十五人；東漢擧出五十人，出身儒生的佔三十七人，由此可知儒生在當時的實際政治中所居地位之重要。

孝廉之察擧，西漢時非定制，東漢以後才把察孝擧廉合而爲一，並定爲歲擧。孝廉名額較少，資格較嚴，所以選出的人才也較多。其目的雖在美風俗，敦教化，但因進身者受人重視，所以一代名臣，多出於此，猶不失爲知識份子一條最佳出路。

察擧策對，雖無民主政治的意義，但却是專制政體下君主與人民間的橋樑。察擧的意義，不僅使布衣以致公卿，更重要的是這一部份人，在一般人民的心目中早已默認了他們是領導者和代言人，故應擧士人，不僅在策對時對軍國大計發表意見，形成一種有力的輿論，且一旦厠身朝廷，參預政事以後，也本着儒家傳統的政治思想，反映民意，箝制君權，使下情上達，上德化下，專制政體與民本主義並行不悖。

十、清議　是存於鄉里之間的正義之聲，可以議論時政，臧否人物，其本身雖無法令之效力，但影響之大，有時遠在法令之上。士人在政治社會上勢力的表現，最先卽爲清議。

清議力量的有效發揮，最早是在東漢晚期，而促成之由，可分兩方面來說：漢家再造，光武帝尊崇節義，敦勵名實，故所擧之人，都是經明行修之輩，流風所及，獨行逸民競以名行相高，而郡國的察擧，中央的徵辟，也隨一時的清議爲轉移。這種風氣維持到東漢晚年，猶不稍衰。但當時政治上的轉變，實與此相背而行。桓帝卽位，恨外戚專權，藉宦官的力量誅殺梁冀。自此而後，朝廷「前門走狼，後門進虎」，宦官又取代了外戚原來的地位，然其惡劣情況，則較外戚更甚。於是知識份子轉移了他們原先反對的目標—外戚，變成對宦官的堅決反對。他們以爲，外戚專權，固不可忍，但其身份高超，知識尚夠水準。宦官則出身微賤，見識淺陋，且是「刑餘之人」，讓他們蠱惑亂政，破壞紀綱，實爲奇恥大辱！而且兩漢以來，士人靠以進身爲吏，獲得平民參政權的徵辟及察擧，也成爲宦官豢養私人，逞私納賄的所在，知識份子不能再退讓，祇有團結一致，以清議爲武器，向宦黨展開反擊。

清議的第一步驟是消極的退隱，形成一種輿論與道義的力量。士人因無法在政治上有所表現，只有在個人的行爲中樹立風範，與宦黨的卑汚恰成對比，藉以激勵士氣，保留清譽。

清議力量的成長，應以太學生群聚京師說起。桓帝時太學生已有三萬人，他們雖爲求學而來，但因見聞所及，不免注意政局，遇到政事不修，朝綱不振的時候，更不免形成一股巨大的力量，專事譏評議論，與腐敗的惡勢力對抗。

東漢的太學生亦如西漢的博士，朝廷凡有大議，例得參預。但桓靈之際，朝綱大亂，宦官不僅杜塞了直言之路，也扼殺了士人進身之途，於是知識份子憤而以輿論的力量，貶議宦豎，譏評朝政，此卽所謂清議。東漢清議是我國知識份子首次以空前無比的團結力量向惡勢力挑釁，此後雖引致黨錮之獄，慘遭毒害，但輿論力量之不可侮，也獲得明證。

十一、人民上書　漢高祖創業之初，爲悅服民心，求見者多能遂願。武帝時更禮賢下士，廣開言路，懷才者多能自達。漢書卷六十五東方朔傳說：

「四方士多上書言得失，自衒鬻者以千數。」

當時吏民踴躍上書，陳述意見的情形可見一斑。

依上書者的身份言，可分爲吏和民。漢代臣屬上書言政事的風氣很盛，如文帝時的賈誼，成帝時的劉向，均能直言無隱，毫無忌諱。臣僚言事前文已提到很多，不贅，茲僅就人民上書部份略有陳述。歸納言之，人民上書約分三類：第一爲有所冤屈而申不平者；第二是藉言政事上書而作進身之階者；第三類則是反映民意，坦白陳言。以上三類中以後者較爲單純，故與民意形成的關係也較密切。沒有現代報紙及其他傳播媒介以前，人民慣於直接向皇帝上書。此種表達方式，其意見之代表性雖然不大，但仍不可抹殺它在反映民意中的貢獻。

十二、災異　災異是一種自然界的反常現象，古人初不甚瞭解，所以常和人事發生關聯。易經之言，明於天道。尚書洪範，備言五福六極之徵，而其他的詔誥，也多以惠迪從逆爲吉凶。孔子作春秋，記人事兼及天變，是仍本乎三代以來天人相應的傳統觀念，漢代災異之說非常盛行，首創其說的是武帝時的董仲舒，他推演陰陽，提倡天人感應之說，及宣帝與元帝之後，劉向又根據洪範五行傳，發凡爲十一篇，於是陰陽五行乃成爲災異學說的依據。

以災異運用到政治上去，是儒者箝制君權的另一手法。言官之諫諍，雖能犯顏直諫，但採納與否，端視人主的高興。如若不能動之以仁義，也就束手無策了。漢儒洞察及此，故時以災異諫君，藉天威以震懾人主。

藉災異以訐時政，漢儒經常採用兩種辦法：第一是指陳某事處理不當，而預言因此將有災異發生，日後如果一切應驗，則君臣士庶無不深信是天降的責罰，因此，竭力補救既往，以息天怒。成帝時，京房以易六十四卦爲依據，每有占驗，必先上疏言某事卽將發生，近者數月，遠或一歲，無不屢中。第二是災異發生以後，臣僚每感於時政之弊，乃上疏言事。

災異之說在政治上所發生的作用，可使臣下藉天罰而上諱，使皇帝規過向善，多備謙遜之德。西漢文帝、宣帝；東漢光武帝、明帝、章帝，雖生當太平之世，均爲有道之君，但每見災異，則下詔罪己，以示戒懼之心。西漢成帝、東漢和帝，雖屬庸弱之主，也屢因日蝕下詔，以災異爲憂。更有進者，天子欲修德弭災，往往下詔求言，徵賢良方正直言極諫之士，於是四方俊秀，天下英才，或應舉而對策言事，或上書而有所議論，因此言路大開，士無不言，言無不盡，天子因此可明瞭輿情，收攬人心，吏民亦得藉此各申所見，善盡輔佐之責。

據兩漢書帝紀中的記載，爲舉賢良而頒佈的詔書有四十三件，而其中憚於災異而發者卽有三十件，可見災異對於開廣言路確有決定性的影響。

漢代的言路廣，知識份子的出路也廣，因此民意的形成方式很多，同時亦有啓發和示範的作用。

第五節　唐代民意的復蘇

自東漢晚年迄隋之統一，中間近四百年，在政治上的表現時見黑暗與自私，在士大夫之間則尙淸談，不務實際，民意的發展陷於長期的停滯。

隋文帝十分注意民間的疾苦和輿情的反響，煬帝則因言行不一與不喜人諫，致使喪失民心而衆叛親離。

李唐兵起晉陽，務在贏得民心，自太宗以降，多英明豁達之君，所以召言納諫，形成風尙，論事名臣，代出不窮。而政治制度的完善，尤其有助於民意的表達與形成。唐代民意的形成，除了採用諫諍、奏疏、上書、災異等方式，其運用方法與漢代相同，不擬重複外，茲將當時比較特殊而有效的方式略述如下：

一、**政事堂議事與廷議**　政事堂議事與廷議類似今日的政務會議，是爲備作諮詢或參預決策而召開。但既是會議，就有各抒所見，集思廣益的意思。參加的人數不論多寡，而意見却未必經常一致，故引起爭議，在所難免，於是援引故事，剖析輿情，說服反對一方，自是屢見不鮮。部份民意也可反映出來。

唐初宰相門下省議事，謂之政事堂，所以長孫無忌爲司空，房玄齡爲僕射，魏徵爲太子太師，皆知門下省事。及裴炎於弘道年間爲中書令，政事堂才遷到中書省。開元年間，張說奏請改政事堂爲中書門下，所以吐蕃請頒賜毛詩、春秋、禮記等，玄宗即交中書門下研議。

政事堂是宰相的議事之所，唐代宰相原只有三省長官，以後有許多與中書令和侍中同等品級的朝臣，也有實際宰相的權責，所以也可入政事堂議事。議事內容以邊政和藩鎭爲多。貞觀四年（西元六三〇），爲了討論區處突厥降衆問題所召集的會議情況最爲熱烈，先後發言的人有顏師古、李百藥、竇靜、溫彥博、魏徵等，反覆論難，得失利弊故而易見。議論不僅有助於太宗的決策，而且反映了一般輿論所持的看法。

二、封事與封駁　封事是把奏疏密封以進，在皇帝未親覽之前，不得洩露。封駁則爲給事中以事有不便，將敕書封還。因爲可以上封事，言路自然廣開；因爲封還敕書，其於事不宜與於民不便之事，尙有重新研議的機會。

令群臣上封事，始見於太宗貞觀十一年（西元六三七），其內容有關於皇帝言行及皇室諸事者，有言邊事者，有訟官吏之作威作福者，太宗、高宗、武后時史籍中都記有上封事的事例。

唐代在門下省設給事中四員，凡百司奏抄，侍中審定，則先讀而署之，以駁正違失。如果詔敕有不便的，給事中可在黃紙後批寫，塗竄而奏還，謂之塗歸，亦稱封駁或封敕。

唐代給事中封還詔書的事例，穆宗、文宗、宣宗朝史册中均有記載。唐制賦予給事中以封還敕書之權，一方面使慮有未週之事，尙可補救；另一方面也有以天下公利爲依歸，不以皇帝個人好惡爲取捨的精神，所以封駁不但要有堅定有力的理由，而且必須以民意爲後盾。

三、詩　日知錄卷二十一顧炎武論作詩之旨云：

『舜曰：「詩言志」，此詩之本也。王制命太師陳詩以觀民風，此詩之用也。荀子論小雅曰：「疾今之政以思往者，其言有文焉，其聲有哀焉。」此詩之情也。故詩者王者之迹也。建安以下洎乎齊梁，所謂辭人之賦麗於淫，而作詩之旨失之遠矣！』

可見詩之爲詩，不僅應有富麗的辭藻，而且須具備嚴正的主題；不僅是文字的玩賞，而且要反映時代。詩三百篇能傳誦千古，受人激賞，理由也是在此。

唐代之詩，初唐之時尙在醞釀揣摩時期，晚唐則氣格萎靡，亡國哀思之音頗多，而盛唐和中唐，詩的內容趨向寫實，遣辭則力求通俗，所以流傳廣佈，影響深遠，它可以表達民意，也可以形成輿論。

盛唐的杜甫最善描寫民間的亂離和紓陳時政的意見。他的詩篇如新安吏、潼關吏、石壕吏、新婚別、垂老別、無家別、兵車行、前出塞、悲青坡、洗兵馬、北征等，都是憂國傷時，反映一般輿情的力作。中唐詩人白居易作詩注重實義，以補察時政，洩導人情爲宗旨。所以他的詩老嫗能解，深受歡迎。在秦婦吟、賀雨詩、哭孔戡、登游樂原、宿紫閣村、讀史詩、寓意、重賦等篇，都表現了悲天憫人，申訴民情的一貫作風。

以詩歌感諷時政，常能委婉致意，盡情的發揮；詩歌的傳播可使老嫗童稚朗朗上口，所以在表達民意和形成民意時運用便捷，效果最大。

四、劄記隨筆 涉讀詩書，觀察時事，每有所感，則書之以文，成爲劄記隨筆。此類記述皆出乎自然，又所述亦是親身感受，故不僅可補充史籍之缺遺，更可印證事實之眞象。而對舊聞的回憶，時事的評斷，也是研究民意史的珍貴資料。

唐人的劄記隨筆，留傳於後世的至爲豐富，如王定保的唐摭言、李肇的唐國史補、范攄的雲溪友議、崔令欽的教坊記、孫棨的北里志、趙璘的因話錄、薛用弱的集異記、谷神的博異志，都是做到了摭拾一朝遺事，而隱含諷諭示戒的美意。

劄記隨筆，就是街談巷議的記錄和野叟村夫的一得之見，這些篇册雖未必上聞於天廷，却可廣爲流傳，形成輿論的一支。

五、國史與露布 自古史家作書，有聞必錄，務存其直。後世雖有「班生受金，陳壽求玉」；「人君觀史，宰相監修」之譏，但少數的敗筆不能抹煞史書的公正性。

唐室諸帝對撰修國史，頗爲重視，有時發現語或不實，微隱含混時，便下詔修改，以存其眞。太宗詔直書六月四日玄武門之事，高宗令劉仁軌改修國史，都是出於這一動機。國史記當代之事，兼及善惡。人君懼留惡名於後世，不能不好自約束。史官記事，務求其眞，雖數字之易，也不苟從，其與現代新聞記者的精神，實無二致。

露布是用兵時的捷報，有時也用以把敕令或赦令下達州郡。它雖出自官府，如現代報社發出的號外，但民間也有仿製品，藉以表示民衆對某事的看法和反應，偶然也可表現一些民意。

六、時論評語　唐人對於時政的得失，人物的臧否，經常都有敏銳的反應與客觀的評論。這種輿論形成的主要份子，可能是知識份子，也可能是一般的民衆，或者是兩者之間合作的結果。其表達方式，可能用文字，也可能是口傳，宋司馬光撰資治通鑑，對輿論的反響十分重視，凡是書中提到「議者」「人」、「朝野」、「中外」、「時論」、「爲時」、「天下」、「遠近」、「時稱」以爲如何如何，這就是當時的輿論對某事的評斷，自然是民意形成最有效的方法之一。

通鑑所記唐代的時論，計有三十二種，自太宗迄僖宗中間歷代君主在位時，都有這類的事例。

唐人對於時人或時事每有所感而想表達自己的意思時，往往不直說出來，而是藉一句評語，作一個比喻，或編成口禪，用語巧妙，言事恰到好處，這樣表達和形成的民意，最爲直接和可靠。如高宗永徽六年（西元六五五），李義府參知政事，他容貌溫恭，與父語必嬉怡微笑，而實際上則狡險忌刻，於是時人謂之：「笑中有刀」，又謂之：「李貓」。唐代像這類的事例，可以從史籍中找出二十八例之多。

第六節　宋代的民意與黨爭

唐末五代，政局動盪，除了後唐明宗的深體民艱，後周世宗欲聞逆耳之言而外，中央無穩定的政府，知識份子也都隨波逐流，任其浮沉，國事民生，更無人關懷。

宋代立國，禁殺言事之人，故不採嚴厲手段壓制言論。但諫垣獨立，諫官由皇帝親擢，無異削弱言事之臣約束君權，代替人民說話的地位。

宋代雖經常處在內憂外患的交迫之下，但對士大夫却優禮有加，極爲重視，所以他們多本着「國家興亡，匹夫有責」的精神，討論國事，形成輿論。范仲淹主張「以天下爲己任」與「士當先天下之憂而憂，後天下之樂而樂」，他確是士大夫自覺運動中的典型代表。

宋代民意的形成，除沿用一般的方式外，另有三項特殊的途徑，玆分述如後：

一、黨議　黨議是黨爭的前奏，也是君子與小人的對立。這時君子人被誣爲朋黨，而他們不甘受辱，遂奮起而予以反擊。

黨議最初緣起於范仲淹與呂夷簡的不和。仁宗景祐三年（西元一〇三六），仲淹進「百官圖」，諷刺夷簡執政，多用私人，之後仲淹作「四論」譏切時政，夷簡乘機報復，說他引用朋黨，離間君臣，這是二人交惡的開始。及至余靖、尹洙、歐陽修爲仲淹鳴不平，蔡襄作「四賢一不肖」詩擧仲淹、靖、洙、修，而貶司諫高若訥，於是邪正之分，賢不肖之別，漸臻明顯。以後爭執時斷時續，一般民意的趨向多同情君子人。慶曆三年（西元一〇四六），韓琦、范仲淹復位，蔡襄對仁宗說：

「陛下罷(夏)竦而用琦、仲淹，士大夫賀於朝，庶民歌於路，至飲酒叫號以爲歡。且遇一邪，進一賢，豈能關天下輕重哉！蓋一邪退，則其類退；一賢進，則其類進。衆邪並退，衆賢並進，海內有不泰乎。」(宋史卷三二〇蔡襄傳)

蔡襄的話雖不免有偏袒之處，但是當時民意支持君子人的事實，却不可否認。宋史卷三一八載章得象語云：

「仲淹素有虛名，今一請遽罷，恐天下謂陛下輕黜賢臣，不若且賜不允，若卽有謝表，則是挾詐要君，乃可罷也。」

這是反對者的讒言，惟無意間也洩露了仲淹是深得人望，受民意擁戴的士大夫領袖。

慶曆黨議，雙方爭的是用人問題，小人之輩希望贏得皇帝的信任，排除異己。君子賢士則希望在民意的支援下，鞏固地位，根除邪小，爭議的產生，使朝野俱加注目，是非曲直，需要人民作客觀的評論，民意的形成幾乎是必然的。

二、黨爭　宋代新舊兩黨的對立，與民主制度下政黨競爭的意義顯然有所不同。所謂黨的存在只是外界人的看法，他們本身既無現代政黨的組織，也沒有明確持久的政綱，僅僅是意見相投的人，在道義和精神上的一種無形的結合，於朝廷的用人和決策常常表示兩種相對的意見。因爲時間甚久，而且大部份的名流學者都牽涉在內，所以反覆的申論，互相的指責，不僅限於爭議者的本身，復轟動朝野，普及於社會。爭議的內容，多與國計民生有關，爭議者都希望贏得人民的支持。黨人的言論，也就是當時輿論的一種，當然他們也更需要普遍輿論的擁護。宋代輿論的形成，黨爭便成爲重要的一擾。

慶曆變政沒有成功，熙寧新法却倖得實施。新法的本身旨在勵精圖治，富國强兵，故爲無可厚非之事。但是當時的士人君子認爲王安石不是執行變法的適當人選，而且但求富國而不謀富民，也是可商榷之處，所以輿論的批評大部分是針對這兩方面的。在宋史紀事本末卷二十七記批評王安石的幾段話中，

吳奎說：

「臣嘗與安石同領群牧，見其護前自用，所爲迂濶，萬一用之，必紊綱紀。」

韓琦說：

「安石爲翰林學士則有餘，處輔弼之地則不可。」

唐介說：

「安石難大任。」「安石好學而泥古，故議論迂濶，若使爲政，必多所更變。」「安石果大用，天下必困擾，」

孫固囘答神宗問云：

「安石文行甚高，處侍從獻納之職可矣。宰相自有度，安石狷狹少容，必欲求賢相，呂公著、司馬光、韓維其人也。」

反對安石最力的呂誨說的更爲露骨，他說：

「安石雖有時名，然好執偏見，輕言姦囘，喜人佞己，聽其言則美，施於用則疏，置諸宰輔，天下必受其禍。」「大姦似忠，大詐似信，安石外示朴野，中藏巧詐，驕蹇慢上，陰賊害物，誠恐

陛下悅其才辯，久而倚毗。大姦得路，群陰彙進，則賢者盡去，亂由是生。臣究安石之迹，固無遠略，唯務改作，立異於人，徒文言而飾非，將罔上而欺下，臣竊憂之。誤天下蒼生，必斯人也。」

安石未獲神宗不次擢用之前，屢召不應，行誼日高，輿論對他也極爲有利。但是自處輔弼之佐，力行變法，反對者愈來愈多，抨擊責難之聲，紛至叠來，呈不可遏止之勢，這是神宗和安石始料所不及的。

安石的改革，確有他遠大的抱負和崇高的理想，批評者的見解，有時不免流於瑣碎和偏激，但是既是一世名流都這樣說，他們的意見就有相當的代表性。宋史卷三三八蘇軾傳記軾反對均輸法之言云：

「上糜帑廩，下奪農時，隄防一開，水失故道，雖食議者之肉，何補於民？臣不知朝廷何苦而爲此哉？」

宋史卷三三六司馬光呂公著傳載光反對青苗法之言云：

「臣之所憂，乃在十年之外，非今日也。夫民之貧富，由勤惰不同，惰者常乏，故必資於人；今日出錢貸民，而斂其息，富不願取，使者以多散爲功，一切抑配；恐其逋負，必令貧富相保，貧者無可償，則散而之四方；富者不能去，必責使代償數家之負，春算秋計，展轉日滋，貧者既盡，富者亦貧，十年之外，百姓無存者矣。又盡散常平錢穀，專行青苗，他日若思復之，將何所取？富室既盡，常平已廢，加之以師旅，因之以饑饉，民之羸者必委死溝壑，壯者必聚而爲盜，此事者必至也。」

與蘇軾、司馬光持同一看法的人尚多，而其他反對免役法、市易法、保甲法、三舍法者也不在少數。熙寧七年（西元一〇七四），曾經受過王安石賞識和提拔的監生鄭俠，因見天旱十月不雨，流民扶携塞道，贏疾愁苦，身無完衣，於是繪了一幅流民圖呈上，並且討論及時政得失，他的大意說：

「陛下南征北伐，皆以勝捷之勢，作圖來上，並無一人以天下憂苦，父母妻子不相保，遷移困頓，遑遑不給之狀，爲圖而獻者。臣謹按安上門逐日所見，繪成一圖，百不及一，但經聖覽，亦可流涕，況於千里之外哉！陛下觀臣之圖，行臣之言，十日不雨，卽乞斬臣宣德門外，以正欺君之罪。」（宋史紀事本末卷三十七）

王安石推行新法的失敗，並非肇因於新法本身的缺點，而是忽視了知識份子的反對力量，進而失去了輿論的支援。

三、太學　宋代太學爲人才薈萃之地，也是當時輿論的中心之一。太學生評論朝政和臧否人物漸成風尚，尤其在國家危難困窘的時候，他們表示意見的態度十分積極，有時甚至變成一種具體的愛國運動。齊東野語卷十九云：

「自開禧之初，迄更代之後，天下公論，不歸於上之人，多歸於兩學之士。凡政令施行之舛，除拜黜陟之偏，禁廷私謁之過，涉於國家盛衰之計，公論一鳴，兩學雷動，天子虛己以聽之，宰相俯首而信之，天下傾心而是之；由是四方萬里，或聞兩學建議，父告其子，兄告其弟，師告其徒，必得其說，互相歆艷。」

太學生的意見，極受朝野重視，是輿論的中心，也是公論之所在。北宋晚年，太學生陳東等屢次上書，希望能挽回大局，免於淪陷。此風至南宋而不衰，可見當危急存亡的關頭，太學生仍然負起領導輿論的責任。他們的忠言，固無補於實際，但是可以代表一般人民的願望。太學在此時成爲形成與表達民意的唯一有效途徑。

第七節　明代的書院與民意

明太祖開基建國，因對文義特別重視，所以儒生頗受禮遇；又因關心民間疾苦，所以嚴吏治，廣言路，內外臣僚，不拘身份地位，都可建議批評；草野微賤，也可以上書言事，直達天聽。明史列傳中這類例子很多，無一一枚舉的必要。其他如御史爲天子之耳目，六科給事中封駁制敕，參預廷議等，都是洪武以來樹立下的好制度，建言者皆以好惡是非爲中心，沒有偏激攻訐的陋習。正德以後，漸有意氣用事，結黨求勝之現象。中間雖然也有蔣欽劾劉瑾亂政，許天賜之尸諫等一類敢言耿直之士，但概括而言，風氣已大不如前。

書院始於唐代，爲圖書館性質，到宋代書院已變成講學之地，四大書院，尤其有名。明代實行八股考試，國學制度漸行破壞，中期以後，有心者提倡講學，書院大盛，王守仁之闡揚學說就是一例。此後書院講學，因受政治敗壞，奸人當道的影響，乃成爲批評政治的所在，天下輿論的所寄。

講學變爲議論，書院卽失去研究學問的立場，而捲入政治的鬪爭。顧憲成於神宗二十二年（西元一五九四）被謫，遂講學東林書院，朝廷屢徵不應，名聲益高，於是在與宦官邪黨的對立下，天下人漸漸以東林黨視之，着上了政治的色彩，形成了評論時政的論壇。其他如鄒元標與劉宗周等也俱以講學書院，兼爲政爭而著名。

明代晚期的講學，已變質爲對時政的批評。由於政爭的關係，他們的意見未必卽可視爲正確而客觀的民意反響，有時矯激狂縱，不是平心靜氣的公允之言。

明代的書院講學，已經實際上變成反對官的時事講論會，知識份子雖未必就能藉講學遙領朝政，但他們的言論可代表大多數同等身份的人。

第八節　傳統民意形成方式之改變

滿清入關，以少數民族統治多數之漢族，民族意識成爲表現民意的主要內容。明末遺老的復明行動與復明思想，均足以說明當時反對新政權的一般情緒。

清初諸帝慣於運用懷柔與高壓兩種手段　對付知識份子。開科取士，編纂巨籍，都是安撫士人的策略。如果懷柔不成，便有高壓方法，文字獄即爲懾服士大夫的殘酷手段。遺老凋謝之後，士大夫接受安撫或遭迫害，後來的人望而生畏，只有另謀他方以表達深藏心底的願望，會黨的形成，就是含有民族意識的組織。

上層的知識份子，已經喪失了代表民意的資格，他們不是偷安苟生，便是埋首於考據訓詁，只有屬於中下層社會的會黨份子，是不受安撫而能形成一種輿論的趨向。會黨的活動是秘密的，不能正大光明的表達，所以最終還是　國父看清了國民的眞正願望，毅然領導革命，百折不回，創建民國。這就是應乎天而順乎人的壯舉，是順應民意而完成的偉業。

自清嘉慶二十年（西元一八一五），察世俗每月統紀傳誕生開始，我國步入擁有現代報紙的時期。此後各種報刊陸續問世，傳統民意表達的方式遂爲之一變，報紙成爲輿論形成的主要媒介，它是社會的公器，是定期而傳佈極快極廣的讀物，民意的表達不再以士大夫的諫諍奏議、著述等爲唯一途徑，而步向放射式的多途傳播。

第三章　漢唐邸報至清末官報

第一節　春秋戰國時代

中國口傳新聞起源至少可溯至堯舜時代，漢書云：

「古之治天下，朝有進善之旌、誹謗之木，所以通治道而來諫者也。」（註一）又注：

「應劭曰：『旌，幡也，堯設之五達之道。令民進善也。』如淳曰：『欲有進者，立於旌下言之。』」（註二）而舜亦有「誹謗之木。」（註三）

所謂進善之旌，係在道路當中立一旗幡，凡有要進言之人，便立在幡下進言。而誹謗之木，係於道路之中，立一木牌，上面書明各種告示或是關於政治得失的評語。此類要進之言及批評政治得失之語，就是口傳的新聞與言論，實與後世報紙的內容相類似。而當時之歌謠、古諺、詩經之類，都是最佳的口傳新聞，而近年發現之殷墟甲骨文子；似可說是最古之新聞圖版，最近出土之楚簡，亦有甚多之新聞資料。

世人常稱報紙起源於「春秋」一書，典出宋史：

「黜春秋之書，不使列於學官，至戲目爲斷爛朝報。」（註四）又所謂：

「王安石初欲釋春秋行天下，孫莘老之書已出，自知不能出其右，遂詆而廢之曰：『此斷爛朝

鐸圖

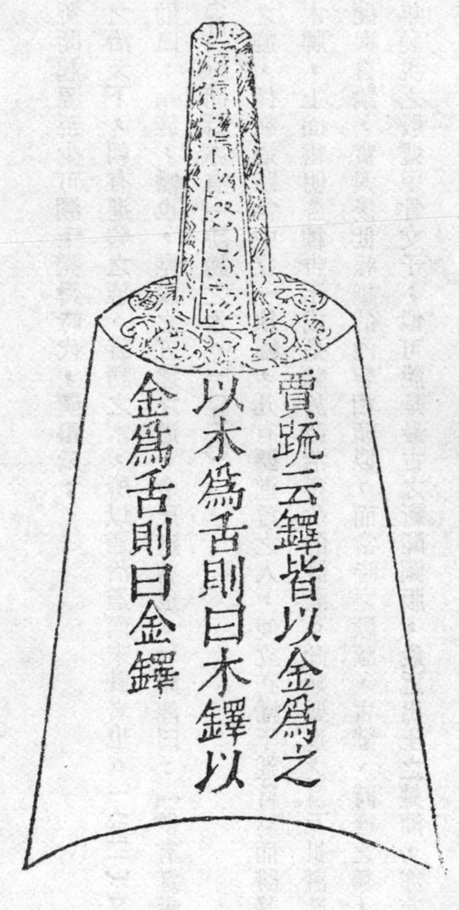

殷之刻骨

周之刻金

秦之活字

漢之紙片

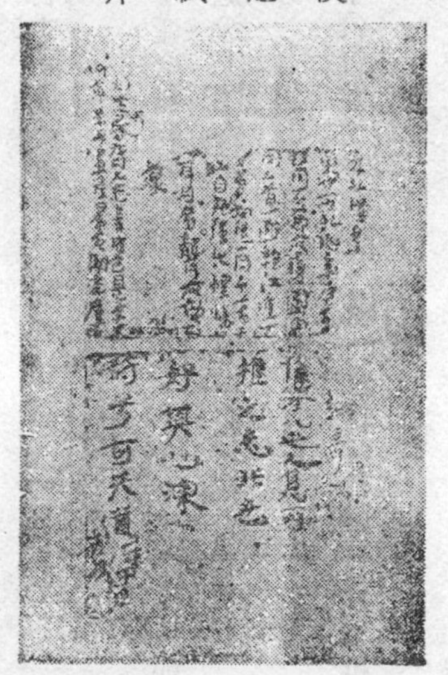

報也。』」（註五）等語，確有其理論根據。「斷爛朝報」意卽殘破不全之「條報」，卽「政府公報」也。而春秋前之尙書所載之內容，應是最古之新聞史料。

復據中國古代哲學史：

「鄭國多相縣以書者（這就是出報紙之起點），子產令無縣書，鄧析致之。子產令無致書，鄧析倚之。（縣書是把議論張掛在一處叫人觀看，致書是送上門去看，寄書是混在他物裡夾帶去看）。令無窮而鄧析應之亦無窮矣。」（註六）

而此類議論、詔令、或通告旣是張掛令人觀看，必合乎公告性、時宜性、與一般性，均與後世報紙性質相近。

春秋戰國時代，爲我國文化之黃金時代。在學術方面；思想與言論自由，百家齊鳴，可能已有討論或發表自己意見的媒介物（如新聞信等）之產生。在政治方面；合縱連橫，群雄並立，國家政事日繁，政府要求於百姓者日多，因有詔令通告等資料之公佈。此皆類似政府公報。「春秋」一書卽記載此類議論、詔令及通告之書。因此，我們雖不能稱「春秋」或春秋戰國時代的縣書就是報紙，其爲報紙最早之雛型應無疑義。

第二節　漢代邸報

研究中國報業史者，從「邸報」之名稱，政府之組織及歷史故事中，確認漢代已有「邸報」。惟漢代印刷術尙未發明，此種邸報只是抄寫的新聞信，不能視爲複製的新聞紙。

壹、「邸報」之意義：邸報之產生。由「邸」而來，所謂「邸」，據其解釋爲：

「邸，屬國舍也。」（註七）

「郡國朝宿之舍，在京師者率名邸。」（註八）

「諸侯來朝，所舍爲邸。」（註九）

「舍燕邸。」（註一〇）

「諸侯王及諸郡朝宿之館在京師者謂之邸。」（註一一）

「邸，舍也，漢諸侯王，置邸京師，唐藩鎭亦然，邸中傳抄詔令章奏等，以報於諸藩，故稱邸報。」（註一二）

由上可知，「邸」即諸侯王或諸郡國之駐京辦事處。邸之制度，創始很久，其主要功能爲：

第一：爲地方政府首長進京朝宿之用。

第二：將地方政府之消息、文件轉達於中央政府。

第三：將京部一切詔令奏章及京都動態，負責轉報地方政府之首長。

此種「傳抄詔令奏章」即爲「邸報」之源起。「邸報」並不是一個報的專用名詞，而是「藩邸條報」的總稱。「報」之一詞，由漢代已被確定。故「邸報」者，即地方政府駐京之「邸」發行之報紙。其次，亦爲對本地方政府之一種「京都新聞報告」，但以後由於社會對於新聞之需要，故亦對外發行。

貳、「邸」制起源於西漢：西漢會要記載：「九卿之一大鴻臚下，設有屬官郡邸長丞，其職責爲『主諸郡之邸在京師者也。』並注云：『按郡國皆有邸，所以通奏報：待朝宿也。』」此處之「通奏報者」，卽傳達君臣間消息之謂，亦卽「邸報」發行之原因。

「邸報」最早存在的時期，可能是在春秋戰國時候，因爲戰事頻仍，官道四通八達，各國之間往來方便，且諜報紛繁，新聞不僅爲當政者重視，卽一般士子與人民亦感興趣。至漢武帝在位時（公元前一四〇—八十七年之間）因爲武帝之武功鼎盛，工商繁榮，文化發達，各藩王與漢武帝之間關係密切，對於京師的政治情報，必定有殷切的需求，而邸報自然應運而產生。

叁、漢代的驛制、郵亭與邸報的關係：秦代統一全國後，爲便於控制，廢封建，行郡縣，將國土皆直轄於天子，分天下爲四十三郡，郡下置縣，縣下置鄉，鄉下置亭。並由京師向各要地大修馳道，據史記：

「馳道，天子道也，若今之中道。」（註一三）

按秦所治之馳道，東窮燕、齊，南極吳、楚，廣五十步，三丈而樹，故交通便利，宜於行軍與傳遞消息。

漢代秦而興，其鄉亭制度亦爲所承繼。尤其西漢更毫無變更地全部保留秦制，據史料所載：

「秦法，十里一亭，十亭一鄉，國語有寓室，卽今之亭也。」（註一四）

「秦法，十里一亭，亭長者，主亭之吏也，亭爲留行旅宿食之館也。」（註一五）

「設十里一亭，亭長亭侯，五里一郵，郵間相去二里半。」（註一六）

「亭，停也，人所停集也，凡驛亭、郵亭、園亭、並取此義爲名。」（註一七）

「郵，行書之舍，亦如今之驛及行道館舍也。」（註一八）

「傳若今之驛，古者以車謂之傳車，其後單置馬謂之驛騎。」（註一九）

「馬遞曰置，步遞曰郵。」（註二〇）

「郵，境上傳書舍也。」（註二一）

「漢改郵爲置，置者，度其遠近之閒置之也。」（註二二）

「郵，行書者也，若今傳送文書矣。」（註二三）

由上可知，秦漢時之「郵」、「驛」關係，古時之「郵」固爲通信機關，亦負傳送消息之責任，是依附「驛站」而存在。

漢制每三十里置驛，有驛馬，亦稱驛騎，驛各有傳，傳置車稱爲傳車，旋又改置馬，稱爲傳馬。由此可見漢代驛站與郵亭制度之發達，不僅具有車馬，且有供膳宿之客棧，其傳遞消息自較前代更爲迅速而進步。因之，皇帝注意邊疆，大事瞭如指掌，而地方政府首長注意京都動態，「邸」即負起傳遞消息與各種情報之責任。驛站與郵亭之貢献極大。

肆、筆與紙的利用：漢時最大的進步，乃在筆與紙的發明，使欲傳遞之消息，不再是刻在竹簡上，而是書寫在紙上的「新聞信」了。關於筆墨利用的情形，據史料所載：

古今注：「牛亨問曰『自有書契以來，便應有筆；世稱蒙恬造筆，何也？』答曰：『自蒙恬始造，卽秦筆耳。以枯木爲管，鹿毛爲柱。羊毛爲被，所謂蒼毫，非兎毫竹管也。』」（註二四）

洞天清錄：「上古以竹梃點漆而書，中古有墨石（古稱石煤卽煤）可磨汁以書，魏晉開始有墨丸，以漆烟和松烟爲之，」（註二五）

漢之帛書

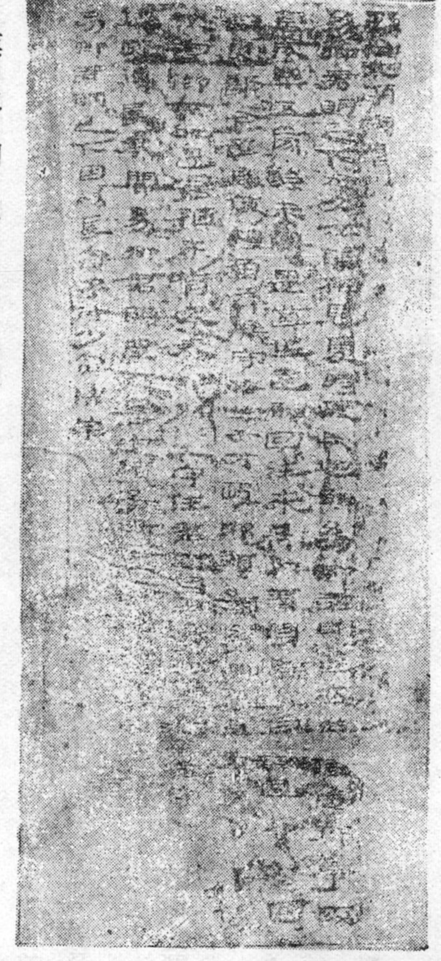

漢之刻木

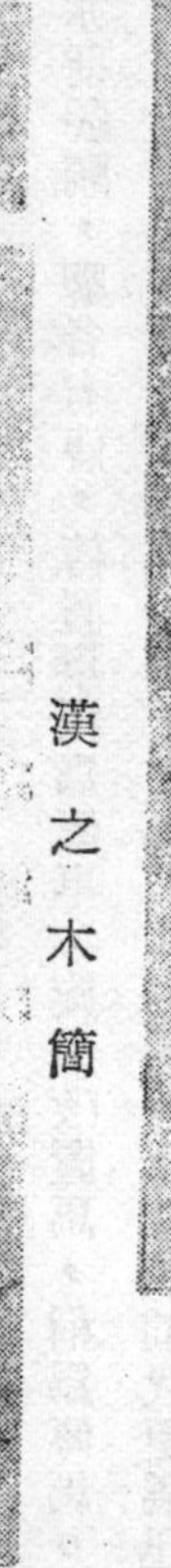

漢之木簡

蔡倫傳：「自古書契多編以竹簡。其用縑帛者謂之爲紙。縑貴而簡重，並不便於人。倫乃造意用樹膚（即樹皮）、麻頭、及敝布、魚網以爲紙；元興元年（漢和帝）奏上之，帝善其能，自是莫不從用焉；故天下咸稱『蔡侯紙。』」時爲公元一〇五年。

由此可知，秦以前的筆用竹作的，竹硬漆膩，只能用以書竹簡木板，後來蒙恬造毛筆，始用以書帛絹與紙。而以竹筆、以漆、以簡爲書，既笨重，又費時費工，對於「藩邸條報」之通訊要求迅速輕便爲極大之煩阻。迨毛筆與墨發明後通訊可書於帛絹之上，邸報的形式改進，及至紙之產生，京師通訊才可以書寫在紙上，而開始以「報紙」的形態出現。

伍、傳抄新聞的證據：西漢昭帝時，燕王旦派人密告昭帝謂霍光謀反。霍光畏懼，不敢見帝。帝使人召光，光免冠謝罪。帝曰：

「將軍冠！此事朕知其誣也。不然，更調羽林，事方八日，燕王何由知之，已使告變矣？」

關於更調羽林軍事，與燕王旦無關，昭帝未昭諭燕王使知其事，群臣亦不敢以朝廷機密私告外藩，藩王亦絕不敢僅據民間傳聞即告大臣謀反之理，而昭帝所謂燕王何由知之者，可能指當時已有「邸報」傳知朝政之事。

又西漢哀帝時，大司空師丹擬改革幣制，擬定奏摺一份，命文書人員抄寫。該文書人員認爲頗有新聞價值，乃另抄一份。於是輾轉抄襲，風聞京都。哀帝認國家機密被洩露，乃交議處。結果師丹罷官免職。

又西漢元帝時，樂陵侯史高以外戚的關係，做了大司馬車騎將軍並兼領尚書事，前將蕭望之爲副。望之爲當時名儒，又曾爲天子師傅，故得帝之信任，而史高僅處有其位而已，於是長安令楊興向高說：

「將軍以親戚輔政，貴重於天下無二，然衆庶論議，令問休譽，不專在將軍者何也？彼誠有所聞也。以將軍之幕府，海內莫不仰望，而所擧不過私門賓客，乳母子弟，人情以不自知，然一夫竊議，語流天下。夫富貴在身而列士不譽，是以狐白之裘而反衣之也。」（註二六）

所謂一夫竊議，語流天下，可見京師新聞傳布至天下各地既廣且速也。

由上數事，可證明數點：

第一：當時的「藩邸邸報」對於京師之消息與政治情報極爲重視，轉遞亦極迅速。

第二：藩主對於有關係國家之傳聞或情報，採取有聞必報。

第三：當時的官員與人民，對新聞價值已有正確的認識。

第四：社會上可能常常有輾轉抄襲的新聞紙存在。故每遇大事發生，必語流天下。

第五：政府已知統制新聞。

陸、邸報的內容：邸報消息的來源，至東漢明帝時更益豐富，大部份來自宮廷的記錄，而以「起居注」「日曆」和「月曆」一類資料爲主。由內廷摘要通傳，然後各藩邸才可以抄錄。所謂「起居注」：

「先帝故事，有起居注，日用動靜之節，必書焉。」（註二七）所謂「日曆」：

「凡史官記事所因者有四：一曰時政記，則宰執朝夕議政君臣之間奏對之語也；二曰起居注，則左右史所記言動也，三曰日曆，則因時政記、起居注潤色而爲之也；四曰臣僚墓碑行狀，則其家之所上也。」（註二八）所謂「月曆」：

「史官預記一月中須頒行之政令，以備有司宣告百官者。」（註二九）又：「每月朔旦，太史上其月曆，有司侍郎尚書見讀其令，奉行其政。」（註三〇）

由上而知「起居注」「月曆」「日曆」所以記錄帝王在宮廷日常言語動靜，或政令時事，以備國史採錄而傳信也。其初皆史官所錄，後亦有非史官或起居注專官而撰述者。然記載其時君臣上下日常處理國事之實況，捨起居注、日曆、月曆、無可求之處也。至於皇帝的詔書與敕令，通常有固定的方式公佈之，各藩邸不難獲知，但是有關朝臣重要奏摺，邸報亦需記敘，其來源當必另費工夫採集。

第三節　唐代邸報與開元雜報

壹、唐代邸報：邸報至唐益盛行，內容豐富，編抄技術亦大有進步，其原因有二：

第一：各地藩王，皆置進奏院於京師，以通文報：唐定都於長安，疆土統一，海內昇平，整軍經武，揚威域外。唐代初期，其藩鎮稱爲節度使，仍然各在京師設邸，統名「上都留後院」，經常保持與朝廷的聯絡，作爲重要的京師通訊的邸報，繼續存在，並更充實完備。至代宗大歷十二年（公元七七八年），敕改「上都留後院」爲「上都知進奏院」，各地藩王，皆置進奏院於京師，五代時，任各郡自置邸。國初緣舊制，各置進奏院，太平興國八年十月詔，於大內之側近，置都進奏之官，每人兼三四州。（註三一）

而當時長安崇仁坊，是各地藩邸集中之區，據兩京城坊考記載：

「崇仁坊有東都、河南、商、汝、汴、淄、青、淮南、交州、太原、幽州、冀州、豐州、滄州、天德、荆南、宣歙、江西、福建、廣、桂、安南、邕寧、黔南等進奏院。」（註三二）而這些藩邸都需要有宮廷正式發佈的消息，於是邸報漸由內廷統一編印，以分發給各進奏院，俾傳遞至各節度使本部。

第二：雕版印刷的盛行：在唐以前，邸報傳抄，全靠毛筆用墨寫於紙上，至隋文帝於開皇十三年，即公元五九三年，雕版印刷發明，據明陸深河汾燕閒錄載：「隋文帝開皇十三年（公元五九三年）十二月八日，敕廢像遺經悉令雕板，此印書之始也」（註三三）又：「太隋永陀羅尼本經上面，左有施主李和順一行，右有王文沼雕板一行，宋太平興國五年（公元九八〇年）翻隋雕本。」（註三四）又費長房歷代三寶記亦謂隋代已有雕本。證之前述羅氏考證，隋朝有雕刻印板，可以覆按。（註三五）唐初普遍採用。又據唐馮贄雲仙雜記說：

「玄奘以回鋒紙，印普賢像，施於四衆，每歲五馱無餘。」（註三六）又全唐文：

「馮宿請禁印時憲書疏。」（註三七）

唐懿宗咸通九年（公元八六八年），王玠爲其父母病雕刻木板金剛般若波羅密經，上有：「唐懿宗咸通九年四月十五日爲二親敬造普施。」字樣，在敦煌石室發現。（註三八）

唐僖宗中和二年（公元八八二年）劍南西川成都府樊賞家曆本。（註三九）又唐柳玭家訓序有云：「中和三年（公元八八三年）癸卯夏鑾輿立蜀之三年也。余爲中書舍人，旬休，閱書於重城之東南，其書多陰陽雜記，占夢相宅，九宮五緯之流，又有字書小學，率雕板印紙，」（註四〇）

可見唐初雕版印刷已甚流行。雕版印刷對於邸報的流傳有重大的幫助，因爲採用了印刷術之後，邸報便可以成爲印刷的報紙，俾便大量刊印。

貳、「邸報」一詞之正式出現：唐德宗建中元年（公元七八〇年）據全唐詩話：

「韓翃久家居，一日，夜將半，客扣門急，賀曰：『員外除駕部郎中知制誥。』翃愕然曰：『誤矣！』客曰：『邸報，制誥闕人，中書兩進君名，不從，又請之。』」邸報時又稱爲邸鈔，後之閣鈔與科鈔皆類此也。（按：舊時諭旨章奏等，由內閣鈔發者，謂之閣鈔。）此爲邸報一詞正式見於典籍之始。亦可見邸報之內容已較爲廣泛，閱讀之人亦日趨普及，並不限於藩王與京師大臣。

叁、「開元雜報」：唐德宗時，大儒學家孫樵，著有經緯集，其雜著內有「讀開元雜報」一篇：

「樵曩於襄漢間，得數十幅書，繫日條事，不立首末，其略曰：『某日皇帝親耕藉田，行九推禮。某日百僚行大射禮於安福樓南。某日諸蕃君長請扈從封禪，某日皇帝自東封還，賞賜有差，某日宣政門宰相與百僚廷爭十刻罷』。如此，凡數十百條。樵當時未知何等書，徒以爲朝廷近所行事，有自長安來者，出其書示之。則曰：『吾居長安中，新天子嗣國及窮虜自潰，則行南郊禮，安有藉田事乎？況九推非天子禮耶？又嘗入太學，見叢甓負土而起若堂皇者，就視若石刻，乃射堂舊址，則射禮廢已久矣。國家安能行大射禮耶？自關以東，水不敗田，則旱敗苗，百姓入常賦不足，至有賣子爲豪家役者。吾嘗背華走洛，遇西戍還兵千人，縣給一食，力屈不支。國家安能東封？從官禁兵安能仰給耶？此虜驚囓邊甿，勢不可控，宰相馳出責戰，尚未報功。況西關復驚於西戍，安有扈從事耶？武皇帝以御史竊議宰相事，望嶺南走者四人，至今卿士齰舌相戒。況宰相陳奏於仗乎？安有廷奏諍事耶？』語未及終，有知書者自外來，曰：『此皆開元政事（西元七一三—七四一年），蓋當時條布於外者。』樵後得開元錄驗之，條條可復云。然尚以為前朝所政不當盡為墜典及來長安，日見條報朝廷事者，徒曰今日除某官，明日授某官，今日幸於某，明日畋於某，誠不類數十幅書。」按孫樵集、唐文粹、及全唐文，均作「讀開元雜報」。楊守敬（一八三九—一九一五年）日本訪書志亦作「開元雜報」。惟四庫全書總目提要却作「讀開元雜記」，此「記」當係「報」字之誤。

「讀開元雜報」既為我國討論報紙之最早文獻，其重要性可縷列之為：

第一：「讀開元雜報」篇中暢談時事，有類今日報端之社論。我國從報觀政局者，以孫氏為最早。

第二：據中國文化史評「讀開元雜報」一文曰：「樵為此文，在大中五年（唐宣宗公元八五二年），是唐自開元至大中，曰日有朝報也。世以新聞紙創自泰西，實則吾國早有此制，特朝報祇載朝廷之事，不紀民間社會之狀況，且不著議論，與今之報紙不同。然其性質之為傳播消息，使人易於周知，則一也。」（註四一）

第三：「開元雜報」乃「當時條布於外」的「開元政事」，是公元八世紀上半期唐朝的政府公報。一百多年以後，孫樵在長安仍得「日見條報朝廷事」，是唐朝的政府公報乃係日刊無疑，此為孫樵「讀開元雜報」記載中最重要的一點。

第四：「開元雜報」係最早採用雕板印刷之報紙：據中國雕板源流考記載：

「近有江陵楊氏藏開元雜報七葉，云是唐人雕本，葉十三行，每行十字，字大如錢，有邊線界欄，而無中縫，猶唐人寫本款式，作蝴蝶裝。墨影漫漶，不甚可辨。」（註四二）

唐之雕板

金代之活字版

更說明該報之形式、大小、行數、字數、字之大小、邊線界欄、中縫、及裝訂的款式等。

復據河汾燕閒錄記載：

「雕板肇自隋代，唐刻留於後世者，僅開元年間（公元七一三—七五五年）之「開元雜報」及唐僖宗三十年（公元八六八年）印刷之「金剛經」兩種。」（註四三）

據此記載隋煬帝曾用雕板印刷佛經、佛像行世。唐代曾印佛經，五代後唐明宗時曾印儒經，惟均已失傳。而「開元雜報」係以雕板印刷，當無疑義。

第五：「開元雜報」係開元年間，由地方政府駐京都之「邸」根據政府公佈之「條報」所發行，否則不能條條可復。其稱為「雜報」者，當可見其選錄新聞範圍甚為廣泛。

第六：「讀開元雜報」並未說明「條報」起於開元年間，因此我們可以推測此種政府公佈之「條報」，可能以前即已存在。

雕板印刷肇於隋、行於唐、盛於五代。後唐明宗長興三年刻印九經，後漢隱帝乾祐元年，雕造禮記左傳四經，後周廣順六年，成印板九經，五經各二部共一百卅冊，五代長樂老人馮道，對雕印出版極有貢献。有謂雕板始自馮道，其實不然。蓋官印監本，自馮始耳。其時毋昭裔在蜀，廣印經史文選，和凝篆板槓印，分惠時人。敦煌石室所出唐韻、切韻二種，係五代細書小板刊本，為法人伯希和所收去，今藏於巴黎圖書館。亦為世人公認之印刷瓌寶。此種雕板印刷之風行，對知識傳播之貢献歷史文化之發揚，自有其不可磨滅的功效。（註四四）

第四節　宋代「朝報」「邸報」「小報」與「邊報」

「邸報」至宋，已發展成國家之制度，考其原因，除與「邸」制有關外，印刷之進步亦爲另一原因

邸之制度，宋因唐制，各州鎭亦設進奏院於京師，最初由州鎭補人爲進奏院官，太宗時改爲簡派，以京官監理之。藩邸並正式頒給旌節：

「光宗紹熙五年閏十月九日，天章等閣狀，將來安奉今上皇帝旌節，兩浙轉運司合行雅飭修換物件，並合用朱漆靑地金字牌二面，一面上題寫太上皇藩邸旌節，一面上題寫今上皇帝藩邸旌節。」（註四五）

當時之「藩邸」又稱「侯邸」，據朝野類要記載：

「本朝禮制，有元日大朝會，如古之諸侯述職也，凡監司帥守，悉赴正旦大宴，鄉貢進士亦預焉，諸道之進奏官亦預焉，蓋進奏官，乃唐之藩鎭質子留司京都承發文字，如今之機宜，故謂之侯邸。」（註四六）

宋代之政府公報已定名爲「朝報」，邊遠各省之奏報稱爲「邊報」，而「邸報」有時亦稱爲「小報」。

宋初，仍用雕刻木板，大都採用梨木棗木，其厚薄與所刻字量成正比例，每版可刻兩頁。先塗漿糊或熟飯於版面，使和軟平滑，易於雕刻。再將原稿反貼其上，雕刻時如發現錯誤，另備小木一塊，補刻於錯

誤之處。印刷方法，則甚簡單。用一刷子蘸墨，刷於版面，再用白紙覆於其上。用另一無墨刷子一刷，一張即告成功。平均每人每日可印二十餘張，倘人數較多，分工合作，其數量自可增高。此種雕刻印刷，由隋唐以迄宋仁宗時代，風行達五百年，公家私人，均有刻書行世。惟其間以宋太祖開寶五年(公元九七二年)大藏經印成時，爲中國雕刻印刷最燦爛之黃金時代。大藏經共有一千二百五十一種，五千餘册，十三萬餘頁之多。當時之雕刻印刷術，能完成如此大數量著作，自可知其印刷事業發達之盛況。(註四七)

上述各報以「邸報」最爲流行，印刷仍爲雕板，可以販賣。政府有官派記者，並有新聞檢查之制度現分述於後：

壹、「朝報」：據中國新聞法概論一書中討論「朝報」與「小報」之起源時稱：

「蓋宋政事最爲紛雜，內有黨事，外有強敵，僅賴朝廷統一發佈之邸報，似已不能滿足需要，同時，各地一般民衆及退職官吏，也同樣需要獲得國事消息，於是邸吏爲適應社會需要，另外創辦了類似「新聞紙」的「小報」「朝報」等，乃成爲中國新聞紙的起源。」(註四八)

宋神宗四年，詔諭朝廷擢用方能，賞功罰罪而事可懲勸者由樞密院檢詳官每月謄報天下一次。

「朝報之內容」：據朝野類要載：(註四九)

「朝報，日出事宜也。每日門下後省編定，請給事判報，方行下都進奏院，報行天下。」

又據辭海解釋之朝報內容與其發展：

「朝報之內容，上載詔令、章奏之屬，猶今之政府公報也。漢唐諸朝由諸藩京邸傳鈔轉報，謂之邸鈔，後世有由內閣鈔發者，謂之閣鈔，有由六科鈔發者，謂之科鈔，在外省者統稱爲朝報，亦曰京報。」

宋時之「朝報」發行量甚多，據志雅堂雜鈔所載：

「本齋所抄本朝帝紀所修國史五十餘卷，並志，理宗朝報一厨。」（註五〇）

此爲宋代對發佈政府公報程序最詳盡之記載。

宋神宗時諸臣曾有簡化朝報發行程序之建議，以免邸吏未經政府公佈，私自先行發佈消息：

「熙寧（神宗）三年，初置樞密院。諸房檢詳文字，以太子中允居吏房。先是進奏院每日具定本報伏上樞密院，然後傳之四方。而邸吏輒先期報下，或矯爲家書以入郵置。奉世乞革定本，去實封，但以通函謄報，從之。」（註五一）

這種五日刊性質的邸報，似乎不能滿足各邸報記者之需要，於是有些進奏官便私自抄錄，印成小報條，先期傳知州郡，或者當作家書付郵。而私印之小報條或稱爲「條報」，常與「朝報」或「邸報」一樣，公開發售。據靖康要錄載：

「靖康二年二月十三日，是日，百官赴秘書省……集議推戴張邦昌事……初百官至秘書省，不知所議何事，凌晨，有賣朝報者……云金人許推擇趙氏賢者，實乃奸僞之徒，用此以結百官，使畢集也，百官各各趨赴，既集，卽以兵環秘書省門下，乃連名薦舉張邦昌。」（註五二）

由此可知宋時「朝報」已公開發售，讀者所需數量之大，絕非手抄可以供應，且宋之印刷活字術已發明，因此宋時已有公開發售印刷的報紙了。

貳、「邸報」之流行：宋代邸報，既已根據政府命令公開發行，其在政府與一般士大夫階級中，自然成爲主要之意見媒介物。有關此種情形，在宋史及文集中甚多發現，兹將其重要者，節錄如左：

第一：汪文定集與朱元晦書：

「見報有旨引見而未報登對之日。竊計誠心正論，從容献納，所以開寤上意者多矣。」

第二：又與李運使書：

「墾田之議，頃於邸報中見之，頗訝其首尾不貫串，今得見全文，甚幸！」

由此可知宋代邸報略而不詳。

第三：呂溱傳：

「儂智高寇嶺南，詔奏邸毋得輒報。溱言一方有警，使諸道聞之，與得爲備。今欲人不知，此意何也？」

第四：曹輔傳：

「政和後，帝多微行，乘小轎子，數內臣導從。置行幸局，局中以帝出日，謂之有排當。次日未還，則傳旨稱瘡痍，不坐朝。始民間猶未知，及蔡京謝表，有輕車小輦，七賜臨幸語，自是邸報聞四方。」

第五：王荆公文詩有：「讀鎭南邸報」篇。

第六：蘇東坡集：

「坐觀邸報談迂叟，閑說滁山憶醉翁。」之句。

第七：楊萬里致周必大函：

『近讀邸報，得感事詩。』

第八：東坡志林：

「前日見邸報，范景仁乞上殿，不知其爲何也。」（註五三）

由上擧例，可知宋代邸報，不僅政府官員閱讀，而且普及民間。邸報不僅議論朝政，批評時事，成爲重要意見之媒介物，而且成爲日常生活的消遣品。觀「邸報」之重要性與趣味性，當時的一般知識份子，已有讀邸報之習慣了。其普遍流行之程度，自不難想象。

叁、「小報」之被禁止發行：「小報」爲邸吏對於未能發佈或尚未確定之消息，或先抄錄部份重要「邸報」，以小紙書之，飛報遠近，謂之小報，實爲邸報之「簡報」，對社會具有强大的影響力。南宋時曾多次命令禁止發行，玆就史料所載輯錄如後：

海陵集，內有「論禁小報」篇曰：「方陛下頒詔旨，布命令，雷厲風飛之時，不無小人譸張之說，眩惑衆聽。如前日所謂召用舊臣，浮言胥動，莫知從來。臣嘗究其然矣，此皆私得之小報。小報者。出於進奏院，蓋邸吏輩爲之也。比年事有疑似，中外不知，邸吏必競以小紙書之，飛報遠近，謂之小報。如曰：『今日某人被召，某人罷去，某人遷除。』往往以虛爲實，以無爲有。朝士聞之，則曰：『已有小報矣！』州郡間得之，則曰『小報到矣！』他日驗之，其說或然或不然。使其然耶，則事涉不密；其不然耶，則何以取信？此於害治，雖若甚微，其實不可不察。臣愚欲望陛下深詔有司，嚴立罪賞，痛行禁止。使朝廷命令，可得而聞，不可得而測，可得而信，不可得而詐，則國體會而民聽一。」（註五四）

仁宗康定元年五月有令：「訪聞，在京無圖之輩，及書肆之家，多將諸色人所進邊機文字，鏤刻鬻賣，流布於外，委開封府密切根捉，許人告陳，勘鞫聞奏。」（註五五）可見宋時之小報，不僅將朝廷內之會要實錄刊行，且將外邦所進軍機文字流佈，甚至傳至國外，因之引起仁宗明令禁止。

哲宗元祐五年七月二十五日，禮部更上言：「凡議政得失，邊事軍機文字，不得寫錄傳佈，本朝會要實錄，不得雕刻，違者徙二年，告者，賞紙錢十萬內……以翰林學士蘇徹言，奉使北界，見本朝民間印行文字，多以流傳在北，請立法故也。」（註五六）可見哲宗時流傳在外邦之刋物甚多，故亦有明令禁止。又哲宗元祐五年七月，禮部上書中，除禁止刋佈軍機外，同時，還禁止刋佈戲褻文字：

「……國史實錄乃不得傳寫，即其他書籍欲雕刻者，選官詳定有益於學者，方許鏤版。俟印訖，送秘書省，如詳定不當，取勘施行。諸戲褻之文，不得雕印，違者杖一百，委州縣監司國子監覺察。」（註五七）

又哲宗元符元年五月十五日，尚書省曾上言禁止漏洩秘密：

「進奏官許傳報常程申奏及經尚書省已出文字，其實封文字，或事干機密者，不得傳報，如違，並以違制論。即撰造事端謄報，若文結誘訕惑衆者，亦如之。並許人告，賞錢三百貫，事理重要者，奏裁，從之。」（註五八）

至孝宗時更認爲「小報」係屬撰造之無根語，淳熙十五年正月二十日詔曰：

「近聞不逞之徒，撰造無根語，名曰小報，轉播中外，駭惑聽聞。」（註五九）

淳熙十六年閏五月二十日，更下詔規定了處罰辦法：

「今後有私撰小報，唱說事端，許人告首，賞錢三百貫文，犯人編管五百里。」（註六〇）

宋光宗時曾實行「保甲法」以禁「小報」，可謂較爲具體之辦法。光宗紹熙四年十月四日有臣僚上言：

「近年有所謂小報者，或是朝報未報之事，或是官員陳乞未曾施行之事，先傳於外，固已不可，至有撰造命令，妄傳事端，朝廷之差除，臺諫百官之章奏，以無爲有，流佈於外。訪聞有一使臣提及閤門院子，喜以採報此等事爲生，或得於省院之漏泄，或得於街市之剽聞，又或意見之撰造，日出一紙……坐獲不貲之利，以先得者爲功，一以傳十，十以傳百，以至遍達於州郡監司，人情喜新而好奇，皆以小報爲先，朝報爲後，眞僞亦不復辨也。欲乞在內臨安府重立賞牓，緝捉根勘，重行施行，其令進奏院官，以五人爲甲，遞保委保覺察，不得仍前小報於外，如違，重實典憲，從之。」（註六一）

但是，這個「保甲制」並不生效，禁者自禁，而「小報」依然刋行無阻。

以上所舉各例，皆係宋代諸大臣呈給皇帝的奏摺，所述內容，自有其事根據。但綜合這些奏摺而言，可見「小報」之報導不盡確實可靠，只圖滿足一部份讀者的好奇心，而不究消息的眞僞。於是「小報」在這種評價之下，自然更不能公開傳播，而祇有假借「新聞」這個名詞，以作掩飾。事實上「小報」是越禁越盛。而部份投機之士，認爲有利可圖，專門經營這「小報」，供給情報的進奏官或邸吏，自然也會獲得若干報酬。

肆、「新聞」二字之由來：「小報」既被查禁，可是並未絕跡，反而愈禁愈盛，考其原因，「小報」已由改裝門面的方式以「新聞」出現了。據「朝野類要」載：

「其所謂內探、省探、衙探之類，皆衷私小報，率有漏洩之禁，故隱而號曰『新聞』。」（註六二）

內探是內廷的消息，省探是高級機關的消息，衙探是普通官廳的消息。這種「小報」是私人傳遞的小報條，其內容係採取朝報一類消息，而不屬於朝報的定型。早在北宋神宗的時候，已有這種小報條出現，「小報」可能是流行以後的名詞。小報因非正式官報之故，便可盡量刊載「新聞」，不管其眞實性如何。又因爲小報所發表的消息，有時會比較快些，所以更爲吸引讀者注意。那些進奏官或邸吏明知洩漏機密，有違宮廷的禁例，才想出了「新聞」一詞，以逃避官廳的查禁。

「新聞」一詞，不僅對宮廷消息之稱，亦泛指一般故事，據夷堅志就有「花月新聞」字樣：

「已志書奏姜秀才劍仙事，以爲舒人，今得淄川姜子簡廉夫手鈔『花月新聞』一編，紀此段甚的，故復書之，貴於志審實，不嫌復重，然大概米水略同也。」（註六三）

以後，「新聞」一詞，普遍被採用，且很流行，至淸代時被採爲酒令中，據方氏五種散采二十七色中載：

「金紫勛階（一紅二十九點）逡尊官，喜字畫者，出入貴遊門下者，好談朝市新聞者，兄弟同席者，乃兄飲，新得頭銜者。」（註六四）

伍、「邊報」：宋代除了「邸報」、「朝報」、「小報」、「新聞」外，尙有「邊報」，「邊報」事實上並不能稱爲報紙，其性質類似奏摺，係州郡向朝廷奏陳邊情的文書，其對象祇是樞密院。據「朝野類要」曾對「邊報」加以解釋：

「邊報，係沿邊州郡，列日具幹事人探報平安事宜，實封申尙書省樞密院。」（註六五）

宋時，邊報眞驛站傳送，而驛站傳送又分數等，據夢溪筆談：

「驛傳舊有三等，曰步遞、馬遞、急脚遞。急脚遞最遽。日行四百里，唯軍興前用之，熙寧中又有金字牌急脚遞，古之羽檄也。以木牌朱漆黃金字，光明眩目，過如飛電，望之者，無不避路，日行五百里。有軍前機速處分，則自御前發下，三省樞密院，莫得與也。」（註六六）

第五節 元代邸報

元朝爲異族統治中國，其文化短暫，故關於元代報紙之演進，未見有何詳盡之敍述。但據常識判斷，宋代邸報既已普遍流行，至元代不可能遽然停止。

據周密癸辛雜識續集：

「浙之東，言語黃王不辨，自昔而然。王克仁居越，桊邸近屬也。所居嘗獨燬於火，於是鄉人呼爲『王火燒。』同時有黃瑰者，亦越人，嘗爲評事，勿遭臺評，云其積惡以遭天譴，至於獨焚其家，鄉人有『黃火燒』之號。蓋誤以王爲黃耳。邸報既行，而評事之隣有李應麟者爲維揚幕，一見大驚，知有被火之事，亟告假而歸。制史李應山憐之，饋以官楮二萬。及歸，則家無患，乃知爲誤

耳。」（註六七）

由此可知元代邸報於士大夫階級中仍極流行，並時有社會新聞，以娛讀者。

元人入主中國，雖只短短的九十年，但是官私刻書的風氣，仍不下於兩宋。活字到了元代，經研究改進，頗爲風行。元仁宗延祐元年（公元一三一四年）王禎著書，深感於活字之需要，將其排板、檢字、造輪、鏤修以至刷墨等過程，悉心研究，卒底於成。有紀錄可考者，爲其所著農書上的活字印書法。載於清乾隆時代武英殿聚珍板的農書後。其言曰：「古時書皆寫本，學者艱於傳錄，故人以藏書爲貴。五代唐明宗長興二年，宰相馮道、李愚，請令判國子監田敏校正九經刻板印賣，朝廷從之。鋟梓之法，其本於此。因此天下書籍遂廣。然而板木工匠所費甚多，至有一書字板，功力不及數載難成。雖有可傳之書，人皆憚其工費，不能印造傳播。後世有人，別生技巧，以錢爲印盔界行，內用薄泥，將燒熟瓦字排之，再入窰內燒爲一段，亦可爲活字板印之。近世又鑄錫作字，以鐵條貫之作行，嵌於盔內介行印書。但上項字樣，難於使墨，率多印壞，所以不能久行。今又有巧便之法，造板墨作印盔，削竹片爲行雕板木爲字，用小細鋸鏤開，各作一字，用小刀四面修之，比試大小高低一同。然後排字作行，削成竹片夾之。盔子既滿用木屑摒之使堅牢，字皆不動，然後用墨刷印之。」（註六八）這一時期，在印刷術上又有一重要的貢獻，即「朱墨套印法」的發明，使我國印刷術更趨於藝術化。據少室山房載：

「凡印有朱者，有墨者，有靛者，有雙印者，有單印者，雙印與朱必貴重用之。」（註六九）

我們很容易看出來，這所謂雙印就是指用兩種顏色套印的。雖然無法證明「邸報」有套色的可能，但是至少可知元朝的邸報印刷必較前代有長足的進步。

第六節　明代「邸報」、「朝報」與「京報」

壹、明之邸報，具有三大特色：

第一：改用活版印刷：活版印刷術之發明，始自宋代，已無疑問，據天祿琳瑯：「宋本毛詩唐風內：『自』字橫置，可證其爲活字版。」（註七〇）又皇朝事實類苑載：「宋慶歷中（仁宗，公元一〇四一年）有布衣畢昇爲活板，其法用膠泥刻字，薄如錢唇，每字爲一印，火燒令堅。」（註七一）

而夢溪筆談中較爲詳盡，其原文如次：「板印書籍，唐人尚未盛爲之。自馮瀛王始印五經，以後典籍，皆爲板本。慶曆中，有布衣畢昇，又爲活版。其法用膠泥刻字，薄如錢唇，每字爲一印，火燒令堅。先設一鐵版，其上以松脂臘和紙灰之類冒之。欲印則以一鐵範置鐵板上，乃密布字印。滿鐵範爲一板，持火就煬之，藥稍鎔則以一平板按其面，則字平如砥。若止印三二本，未爲簡易，若印數十百千本，則極爲神速。常作二鐵板，一板印刷，一板已自布字，此印者纔畢，則第二板已具，更互用之，瞬息可就。每一字皆有數印，如「之」「也」等字，每字有二十餘印。以備一板內有重覆者。不用則以紙貼之。每韻爲一貼，木格貯之。有奇字素無備者，旋刻之，以草火燒，瞬息可成。不以木爲之者，木理有疏密，沾水則高下不平，兼與藥相粘不可取。不若燔土，用訖則火令藥鎔，以手拂之，其印自若。殊不沾汚。昇死，其印爲予群從所得，至今寶藏。」（註七二）

關於活版之發明，西洋之史家多否認中國早於西洋之說，據西洋通史載：

明萬曆邸抄封面

明萬曆邸抄內容

「關於活版之發明，荷蘭人謂始於可斯特 Coster，德人則謂始於葛登堡 Gutenberg（一三九七—一四六八年），其他異說尚多。要以可斯特發明刻板於一四二〇年之說爲近（明永樂十八年）。葛登堡則由訪問可斯特之工場，見其木板。後於一四三八年（明正統三年）始改良而爲木製活字。其後更與佛奧斯忒 John Fust 等共製金屬活字板，時在一四五二年（明景泰三年）。」

由此可知畢昇之活字板較諸西洋人之活字板至少早四百年。

到了元朝的時候，有一個農學家王楨，改良畢昇的活字印刷法，就是以木質製成活字，以代替膠泥活字。首先把字刻在木板上，然後由小鋸把那些木字逐個鋸開，排在一個轉動的圓盤上，以便排字者安坐採字。此種方法似乎簡陋，却符合現代印刷技術的原則。元代的邸報雖尚未採用活字排印，但在中國報業史上，此種發明實有非常重大的價值。

至報紙之以活版排印，則自明崇禎時開始。據顧亭林與公肅甥書所載：

「竊意此番纂述，止可以邸報爲本，粗具草藁，以待後人；如劉昫之舊唐書是也。憶昔時邸報，至崇禎十一年（公元一六三八年）方有活板；自此以前，並是寫本。而中秘所收，乃出涿州之獻，豈無意爲增損者乎？訪問士大夫家，有當時舊鈔，以俸薪別購一部，擇其大關目處，略一對勘，便可知矣。」

又據書隱叢說所載：

「印板之盛，莫盛於今矣。吾蘇特工；其江寧本多不甚工。此有用活字板者。宋畢昇爲活字板，用膠泥燒成。今用木刻字，設一格於桌，取活字配定。印出，則攪和之，復配他頁。大略生字少刻，而熟字多刻，以便配用。余家有活板蘇斜川集十卷，惟字大小不劃一耳。近日邸報，往往用活板配印，以便屢印屢換，乃出於不得已。卽有訛謬，可以情恕也。」

由上可知，報紙最初用手寫，其費時可知。其後改爲雕板印刷，雖較手寫爲速，然而整板亦不經濟。至改用活板，其所需之字可視其生熟而備其多寡，排版便利，其出數亦可隨意增加，至爲理想。

第二：邸報關於夷人之記載：明萬曆四十四年（公元一六一六年）南京發生教案，時徐光啓爲天主教徒，本其愛護西士之心，至不顧其自身之危險，上疏曰：

「臣見邸報，南京禮部參泰西陪臣龐迪峨等。內言：『其說浸淫，卽士君子，亦有信向之者。』又云：『妄爲星官之言，士大夫亦墜其雲霧。』部臣根株連及，略不指名，然廷臣之中，臣嘗與諸陪臣講究道理，書多刋刻，則信向之者臣也。」（註七三）

又破邪集亦有記載：

「更可駭者，臣疏向未發抄。頃七月初，才有邸報，而彼夷卽於七月具揭，及至二十一日，已有番書訂寄揭稿，在王豐肅處矣。夫置郵傳命，中國所以通上下，而廣宣達也。狡焉醜類，而橫弄線索於其間，神速若此，又將何爲乎？」（註七四）

由此可知明代邸報不僅刋登有議論性文字，且有關夷人之事亦有記敍。

清順治元年，攝政王多爾袞入關，卽購買邸報，可見其對邸報之重視：

「弘光（公元一六四四，清順治元年）時封事，有曰今日之患，不在於寇，而在於北，攝政王購得之，大不懌，蓋山東監軍方大猶密達之，遂決策南牧。」（註七五）

第三：新聞之檢查：明承受宋制，設通政司，掌受一切內外章奏。並置驛傳，在京城的叫會同館，在京外的叫馬驛、水驛、或遞運所，掌理交通行政。而通政司等官，爲把持朝政者所必需控制者。故當嚴嵩當政時，就任命其私黨趙文華爲通政司，一方面可預知內外消息而欲所欲爲，對彼等不利之消息當然不准傳抄，是爲新聞檢查制度之始，據皇明典故紀聞所載：

「故事、章奏既得旨，諸司抄出奉行，亦互相傳報，使知朝政。自成化時汪直用事，其黨千戶吳綬，以爲洩漏機密，請禁之。奸人恐不便己私，遂往往諸傳報者，然卒未有不傳，亦可笑矣。」

可見禁者自禁，而傳者自傳，新聞是無法封鎖的。

明末自嚴嵩父子當權後，培植私黨，控制朝政。萬曆間，宦官魏忠賢繼之。黨禍愈烈，排除異己，不遺餘力，邸報所載消息，多不利異黨。朝野上下，空氣緊張，據碧血錄所記：

「予一意杜門謝客，而邸報中聲息洶洶，不敢寧居，倉卒與濂兒畢姻，以四月十一日。二十一日而逮者至，二十四日就逮。」（註七六）

此中邸報所發消息，當然都經魏黨檢查過，成爲私人工具。

明末之新聞檢查，萬曆年間最烈，至崇禎時禁之，據棗林雜俎科抄條所述：

「紅本下科發抄，萬曆中疏多留內，不付閣，故先行科抄，崇禎時禁之。」（註七七）

貳、明之朝報：各代都有朝報，是朝廷條報之義，並非某一報紙之專稱，乃習慣之稱也。明代不例外，邸報亦稱朝報。據五雜俎一書中曾提及朝報的內容：

「一日看除目，三年損道心。除目；今之推升朝報也，其中沉得喪，毀譽公私，人情世態，畔

揆敍羨，種種畢具。」（註七八）

同時又提及朝報的收藏：

「王元美先生藏書最富，二典之外，尙有三萬餘，其他卽墓銘朝報，積之如山，共考核該博，固有自來。」（註七九）

因之可知明朝的朝報爲政府的公報，發佈人事命令，卽宦海升沉的消息。而當時的學者對於朝報，也視爲重要的參考資料，勤加蒐集收藏。

叁、「京報」之出現：「京報」一詞，多被視爲清代在京師所出之報之通稱。據清朝俞正燮所著之「癸巳存稿」，有如下的記載：

「平話中說熊廷弼、汪文言、傅櫆、吳孔嘉、吳養春事甚詳，前於王氏（王喬年）見明時不全「京報」，天啓四年四月，傅櫆參內閣中書汪文言，卽休寧縣犯贓遣戍之庫吏汪守泰。六月，審確，杖革爲民，檢『熹宗本紀』，不載。……十月，『本紀』有丙申逮中書舍人吳懷賢下鎭撫司獄，杖殺之，不見『京報』。……」（註八〇）

此處提及之「京報」，可有兩種解釋：

第一：明若有「京報」，其必在明末。因明初及中期之「邸報」或「朝報」一類的京師報紙，習稱「朝報」，僅至清朝才稱「京報」，而「京報」並非某報之專稱，故可能明末在京師之報紙，有些人稱之爲「京報」，惟無法證實。

第二：俞正燮爲清人，清稱京師之報紙爲「京報」，也許俞正燮在翻閱明之京師報紙亦習稱爲

宮門鈔

泥版印

十月初一日禮部學部下[illegible]值日 內閣奉派驗放之王
大臣 派出倫貝子戴鴻慈張德彝文海 欽天監呈進時
憲書 吏部呈慶月官表 武昌假滿請安 召見軍機
皇上明日辰正二刻還宮至 坤寧宮入座吃肉畢還頤

活字版印

◎宮門鈔◎
十月二十九日 內務府 八旗兩翼值日 延秀續假十五日 黃沅謝授翰林院侍
講[illegible]恩 御前大臣奏 派查驗箭枝
派出洵貝勒 色楞額
召見軍機 文海琦

「京報」，惟未加說明耳。

肆、「宮門鈔」之起源：明代之政府公報，係以「宮門鈔」代替宋代之「朝報」。其內容有上諭、奏摺等，但仍無評論文字（部份奏摺會議論政事性質）。而各省城，則出「轅門鈔」，藉以報導省衙之命令及重要人事之動態。類似今日之地方性報紙。惟「宮門鈔」必送至地方傳閱，而「轅門鈔」亦送至京師呈閱，兩者讀者均以士大夫階級爲主。

伍、「塘報」與「堂報」：一般論者，多以「塘報」係清代產物，事實上，「塘報」或「提塘報」，在明代已經存在，又稱「堂報」，其與明之驛制有關。明時驛制，設有兵部車駕司，於東華門左邊，設兩機關，一曰馬館，專司夫馬。一曰捷報處，收發來去文移。兵部另派武職十六員，駐紮各省會，歸按察使司管轄，經管該處直接寄京之文報，名曰「提塘」或「塘報」。明時關於「塘報」或「堂報」之記載爲：

明熹宗時閩撫南居益有「觀塘報」云：

「看得夷情反復，既經投款，復皆佔據澎湖、北港……。」（註八一）

可是其內容是向政府的一種奏報。又關於「塘報」卽「堂報」之記載：

「今軍情緊急走報者，國初有刻期百戶所，後改曰『塘報』，惟報之取義未解所謂，其說亦不著。閱馬塍藝花記云：『凡花之蚤放者曰堂花，堂一曰塘，其取之此與』。（註八二）

第七節　清代「京報」「塘報」與「良鄉報」

壹、「京報」之意義及其內容：清代北京報房發行之報紙，均曰「京報」，「京報」發行之時期，可推斷大約為清雍正年間（即公元一七二三—一七三五年）。據明齋小識默報條，可證明雍正時邸報仍在流行：

「趙蓟林幼宿舅氏家，適有持『邸報』來者，閱竟置於案，客來攜去，傍晚舅索報，對客攜去，舅慍曰：『我猶未看也。』趙曰：『此易耳。』即伸紙錄出，字不錯落。」（註八三）

雍正之後，「京報」代替了「邸報」，並嚴禁邸報發行，或係因異族統治，實行中央集權所致。

據俞正燮推定清代「京報」在雍正時流行，其在「癸巳存稿」中曾提及「京報」兩字，可謂「京報」最早之記載：

「雍正十二年十二月初三日，寧陽孫永祥家，牛產麟。見『京報』川督黃延桂、川撫憲德奏。（註八四）」

雍正以前並無提及京報之史料，因此可推測在順治及康熙時尚無「京報」之名，而雍正以後才大為流行。

至嘉慶時已有夷人閱讀京報之記載，嘉慶六年六月二十七日（一八〇一年八月六日）紅毛公司（英東印度公司）大班末氏哈 Mr. Richard Hall 自稱：

「哈等近日看見『京報』，叩賀大人高陞協辦大學士。天朝大皇帝和大人清正廉明，兩粵之人名得其所。大人若俯准將此轉奏，自可上達天聽，則遠夷感恩不淺矣。」（註八五）

京報之形式，係以竹紙或毛太紙印刷。每日多者十餘頁，少者五頁。每頁文字八行，每行二三十字

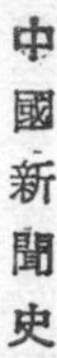

京報封面

京報

集文報房

京報內容

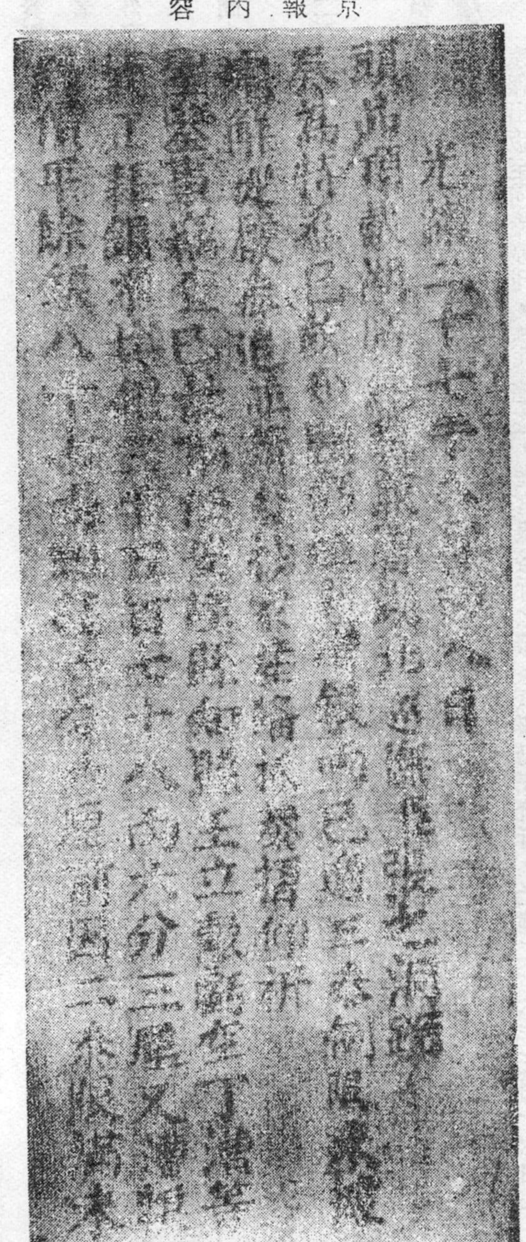

。以黃色紙爲面，長約六寸（一說長九吋，寬三吋半）寬三寸，活體宋字木字排印，無中縫及書邊，色淡而不很清楚。

京報之內容，首爲宮門鈔（宮廷消息、人事升沉任免等），次爲上諭（皇帝敕令或公告），再次爲奏摺（群臣奏議或報告）。按次排列，無新聞標題，皆由內閣每日所抄發。北京城內最初有榮祿堂商號者，因與滿清宮廷有密切關係，乃得利用內線，竊取宮廷重要消息，印成「縉紳錄」及獨家「京報」對外發售。惟後因京報係由數家發行，而內閣發抄之文件甚多，往往一件長至萬餘字者，而京報之篇幅有限，不能全登，因此某些京報所登，某些京報未刊，或某些京報所有，而某些京報又缺，故內容常有詳簡之不同。以致讀者常購多份方能明瞭全況。

京報每日黃昏或晚上發行，猶如今日之晚報。每册售價十文。若在京師，則附送宮門鈔，每月收費二百文，光緒年間，另有「諭摺彙存」發行，係積數日之京報而成，有似政府公報之合訂本。

至京報改用鉛字排印後，既省事又省時，及改由北洋與京華兩書局印售，其所刋之新聞，常爲南方報紙所轉載。而京中消息，亦以此兩書局發行之京報爲詳盡，故其他報房所出之京報漸漸因乏人閱讀而趨淘汰。

京報出版至何時停刊，無法確查，惟官報盛行之際，京報仍在流行，光緒二十六年三月十六日（一九〇〇年四月十五日）曾有禁止義和拳之上諭，公佈於「京報」，可見京報至二十世紀初仍在出刋，迨無疑問。

「邸報」既禁，「京報」流行，惟一般人心目中仍有視「京報」爲「邸報」者，據津門雜記光緒九年九月有：

「恭錄邸報，言李鴻章片……事。」（註八六）

此處所謂「邸報」必是「京報」之通稱，否則清雍正後既有禁止邸報發行之命令，而無馳禁邸報發行之昭諭，清末又無「京報」與「邸報」並行之記載。李鴻章何敢公開言明邸報之事。

貳、「朝報」與「晚帖」「小報」與「小抄」：清之京報，名稱甚雜，有稱爲「邸報」者，有稱爲「朝報」者，甚至有「晚帖」、「小報」、「小抄」等名。據池北偶談朝報條：

「今之朝報，或曰邸報，亦有所本，見王明清揮塵錄，趙昇朝野類要云：『朝報日出事宜也，每日門下後省編定，請給事判報，方行下都，進奏院報行天下，其有所謂內探省探衙探之類，皆衷私小報，率有漏洩之禁，故隱而號之曰新聞。』蓋自宋時已然。又六科綸音册子，號『晚帖』，以當晚卽知之，次日乃登邸報，故曰『晚帖』，亦有『小報』，謂之『小抄。』」（註八七）

叁、「塘報」或「提塘報」：清之驛制，與明無異。兵部車駕司，於東華門左近，設兩機關，一曰馬館，專司夫馬，一曰捷報處，收發來去文移。兵部另派武職十六員，駐紮各省會，歸按察使司管轄，經管該處直接寄京之文報，名曰「提塘」。又據大清會典：

「國家設官分職，各有專司。逐日所降明發諭旨及應行發鈔內外臣工摺奏，例由內閣傳知各衙門通鈔，卽由各該管衙門行知直省，或由驛站，或交提塘分遞。」（註八八）

因此可知清代各省的總督與巡撫，都派有官員駐在京師，負責遞送本省與朝廷間的來往文書，這一種官職稱爲「提塘」，而由「提塘」官所傳遞的文書，稱爲「塘報」或「提塘報」。其意義是提塘官的文報，而非指一種報紙。此種由郵驛傳遞的文書，又有人稱爲「驛報」。可見「塘報」、「提塘報」、「驛報」祇是一個通稱的名詞，而非報紙的專稱。

清代由驛傳遞之命令又稱「廷寄」：

「列聖天縱聰明，凡詔諭外吏剴切機宜，輒中窾要恐傳抄後有所洩漏，反使幹臣難以施爲，故一時機密事件，皆命軍機大臣封緘嚴密，由驛傳遞名曰『廷寄。』向列封面標軍機首揆名姓，自阿文成公沒後，純皇帝嫌涉事擅，命改爲軍機大臣等寄云，每月兵部將所寄封數，及寄外任何人名目彙奏一次，蓋亦杜大臣有所私請託，實一代之良法，較諸前代綸音未降而輿隸咸聞者，眞不啻霄壤之別也。」（註八九）

肆、「良鄉報」：上述之「提塘制度」，除向呈送「塘報」外，並由塘兵傳遞京報。後「提塘制度」歷久生弊，傳遞往往誤時，因有改由信局郵遞者，此信局特設於良鄉，於京報出京後，由良鄉信局按站雇人接遞，故又稱「良鄉報」。省中大官多出資購閱，惟價較貴。

伍、「軍報」：清初，平定國內諸亂，對於用兵之前線向朝廷專門報告軍事消息者有「軍報」，據嘯亭雜錄載有乾隆聽「軍報」事：

「上自甲戌後，平定西域，收復回疆，以及緬甸金川諸役，每有軍報，上無不立時批示，洞徹利害，萬里外如視燎火，無不輒中，每逢午夜，上必遣內監出外，問有無「報」否？嘗自披衣坐待竟夕，直機近臣罔敢退食，其勤政也若此。」（註九〇）

第八節　現代報業思想的萌芽

我國報業思想，自漢唐邸報，至清代京報，雖歷時一千餘年，但始終無何重大改變。其讀者係以士大夫階級為主體；其內容則以宮廷生活詔令奏章及官員之升遷任免為範圍。這種報紙，不僅與廣大之人民無關，即對國家之政治發展亦無影響。而近代報業思想，其主要特點，在發揮輿論的影響力，以期促進政治、經濟、教育及社會之普遍改革與進步，藉以增强國力並提高人民之生活。

鴉片戰爭以前，西人已有報紙輸入中國，並在中國出版報紙，介紹西方思想與文化。鴉片戰爭以後，西方文化更以排山倒海之勢，湧入我國。自此以後，國人與在華之外人，一致認為非報紙無以提高中國人之教育水準，非報紙無法灌輸中國人之新知識。因之紛紛提出建立現代報業之芻議。其中以太平天國軍師洪仁玕與廣學會領袖李提摩太 Timothy Richard 等為最著名。

壹、太平天國軍師洪仁玕之報業思想：清咸豐九年（公元一八五九年）太平天國軍師洪仁玕向天王洪秀全呈獻一篇奏摺，曰資政新篇，有關報業部份計有二項：

第一：設立國家報館：

「所謂以法治之者，其事大關世道人心，如綱常倫紀，教養大典，則宜立法以為準焉。是以下有所趨，庶不陷於僻而登於道者，必又教法兼行，如設書信館以通各省郡縣市鎮公文；設新聞館以收民心公議及各省郡縣貨價低昂事勢常變。上覽之得以資治術，士覽之得以識貫通，農商覽之得以通有無，服法律別善惡勵廉恥教忠孝，皆借以行其教也。教行則法著，法著則知恩，於以民相勸戒，才德日生，風俗日厚矣。」（硃批：欽定此策是也。）

第二：各省普設新聞特派員；其曰：

「一與各省新聞官，其官有職無權，性品誠實不阿者，官職不受衆官節制，亦不節制衆官，即賞罪亦不准衆官褒貶，專收十八省及萬方新聞篇有招牌圖記者，以資聖鑒，則奸者股慄存誠，忠者清心可表，於是一念之善，一念之惡，難逃人心公議矣。人豈有不善，世豈有不平哉。」（硃批：此策現不可行，恐招妖魔反間。俟殺絕殘妖後，行未遲也。）

此資政新篇一書，現存英國牛津圖書館。該書爲我國討論新政與新報業思想最早之著作。

貳、英人李提摩太之建議：中日甲午戰後，清廷廣徵善後之策，英人李提摩太乃擬新政策以進。其中關於辦報者曰：

「教民之法，欲通上下有四事，一曰立報館。欲强國必先富民，欲富民必須變法。中國苟行新政，可以立致富强。而欲使中國官民皆知新政之益，非廣行日報不爲功。非得通達時務之人，主持報事，以開耳目，則行之者一，泥之者百矣。其何以速濟，則報館其首務也。」又謂：「中國目下應辦之事，其目有九……六曰國家日報，關係安危，應請英人傅蘭雅（John Eryer），美人李佳白（Gilbert Reid）總管其事，派中國熟悉中西情勢之人爲主筆。並請增設廣學部以總攬其成」。

李氏爲天津「時報」之主筆，廣學會之領袖。該會成立於光緒十三年（公元一八八七年），係由英美旅華基督教新教派之官吏與教士所組成，以贊助中國之革新運動相標榜。李氏對報業之新思想，不久卽爲我國知識階級及少數官員所接受。

叁、李端棻奏廣立報館：中日戰爭結束，國人始知教育之重要。光緒二十二年（公元一八九六年）五月，刑部左侍郎李端棻奏上推廣學校以勵人才一摺，主張應推廣者，約有五點。其中第四點曰：「廣立報館。」

其他如袁世凱、張之洞、孫家鼐、文廷式、黃遵憲、康有爲、汪康年、梁啓超、章太炎與 國父孫中山先生等亦接受這類建議，紛紛創辦新報紙，揭開我國政論報紙之新頁。

第九節 清代官報

我國自清季以來，迭經外力壓迫，朝野人士，創導變法圖强，創設新政。其最著者，例如設製造局以備軍械，創招商局以事航利，練軍隊以固國防，興學校以培人才。而對於促進文化，啓迪民智之編譯事業，亦隨時代之需要，爲時人所注意。清季之編譯事業，對於傳播消息與介紹新知，都有定期性與專門性的刊物出版。當時之編譯事業，當以京師同文館爲首創。同文館之設立，注意於一般新知識之介紹，而兼及於語文之學習，我國近世翻譯之風，因之而興。江南製造局創立後，附設翻譯館，編譯國防書籍，於是編譯之風，爲之一變。嗣後學部成立，設編譯圖書局，以編譯教科應用之書籍，於是編譯之風，爲之再變。惟製造局與圖書局時代之編譯工作，專以介紹西洋之新知識爲主，故偏重於翻譯工作。當時無論民間報紙或政府官報，皆載有譯稿，或刋載各國新聞。

清代流行之京報，其消息來源，雖得自內廷，惟係民營，且消息或未完備，或荒誕不經，並不能代表政府之立場。政府所發佈之消息或命令，其對象爲官吏而非人民，故率用提塘。提塘報內容簡單，多係人事命令或章奏詔書，無法滿足士大夫階級之需要。故咸豐元年（公元一八五一），張芾奏請刊刻「邸報」，發交各省，以代替民營之「京報」與政府之「提塘報」。其建議不獨未被採納，且奉諭嚴行申斥，謂其：

「識見錯謬，不知政體，可笑之至。」更謂：「國家設官分職，各有專司。逐日所降明發諭旨及應行發鈔內外臣工摺奏，例由內閣傳知各衙門通鈔，即由各該管衙門行知各直省，或由驛站，或交提塘分遞。該衙門自能斟酌緩急輕重，遵令妥辦，豈有各省大吏無從聞知之理？所有刊發鈔報，乃民間私設報房，轉向遞送，與內閣衙門無涉。內閣為經綸重地，辦事之侍讀中書，從無封交兵部發遞事件。若令其擅發鈔報，與各督撫紛紛交涉，不但無此體制，且恐別滋弊端。」

當時清廷因循畏事，故不問其事之可行與否，及有益與否，即加深拒，其實清政府對於機密消息恐其走漏，所有發鈔之消息有批本處以管制之，據嘯亭續錄批本處條：

「國初鑑明季秉筆太監專擅弄權之弊，特簡滿翰林官一員，滿內閣侍讀一員，滿中書舍人六員，在內廷行走，專司批發之責，凡本章大學士票擬上經上批覽畢，即交該處用清字批示，然後交付內閣學士恭錄聖旨發抄，故機宜慎密，從無敢遲滯刪改者。」（註九一）

孰知一些民營報紙紛紛創立，清廷又復畏懼此等民報之勢力；一方面將民間報紙收為官辦，是乃官報刊行之始。一方面公佈造妖書妖言，以管制當時發行之報紙刊載不實之新聞。現錄大清律例刑律盜賊類中的「造妖書妖言」數條：

「造妖書妖言」

「凡造讖緯妖書妖言，及傳用惑衆者，皆斬。（監候，被惑人不坐。不及衆者，流三千里，合依量情分坐。）若（他人造傳）私有妖書，隱藏不送官者，杖一百，徒三年。」

「條律」

「一、凡妄布邪言，書寫張貼，煽惑人心，爲首者斬，立決。爲從者，斬，監候。若造讖緯妖書妖言傳用惑人，不及衆者，改發回城，給大小伯克及力能管束之回子爲奴。至狂妄之徒，因事造言，揑成歌曲，沿街唱和，及以鄙俚褻穢之詞，刊刻傳播者，內外各地方官，卽時察拿，審非妖言惑衆者，不應坐以重罪。

一、凡坊肆市賣一應淫詞小說，在內交與八旗都統、都察院、順天府，在外交督撫等，轉行所屬官弁嚴禁，務搜板書，盡行銷燬。有仍行造作刻印者，係官革職，軍官杖一百，流三千里。市賣者杖一百，徒三年，買看者杖一百，該管官弁不行查出者，交與該部，按次數分別議處。仍不准借端出首訛詐。

一、各省抄房，在京探聽事件，揑造言語，錄報各處者，係官革職，軍民杖一百，流三千里。該管官不行查出者，交與該部，按次數分別議處。其在貴近大臣家人子弟，倘有濫交匪類，前項事發者，將家人子弟並不行約束之家主，照例議處治罪。」（註九二）

光緒二十一年七月（公元一八九五年九月），康有爲、陳熾、沈曾植、袁世凱、張孝謙、文廷式、楊銳、徐世昌、丁立鈞、王運鵬等因受日本侵佔臺灣之變故，在京師成立「强學會」與「强學會書局」，以梁啓超爲書記（正式開辦約在十一月間）。同年十一月，張之洞、梁鼎芬、張謇等加入，並在上海成立分會。同月二十八日（一八九六年一月十二日），康有爲等之「强學報」在上海刋行。並仿照京報的形式，在京師刋行「中外紀聞」（亦稱『中外公報』）但此新派作風，爲守舊派所忌，到是年十二月强學會被解散，「强學報」與「中外紀聞」皆被封禁。

在「强學報」與「中外紀聞」被封禁之前，光緒二十一年十二月二十二日（一八九六年二月五日）御史胡孚辰奏請籌設書局（尋從總署議，立官書局，聘訂通曉中西學問之人，專司選譯書籍，各國新報，及指授西學。由管理大臣評定章程，定期開設。）翌年正月二十一日（一八九六年三月四日）從總理衙門奏，設「官書局」，選刻中西各種圖籍，並選譯外報印行，命孫家鼐管理。同年二月十一日，孫家鼐奏上官書局條款。官書局所出之報卽「官書局報」。而所選譯之外報稱爲「官書局譯報」（光緒二十四年四月二十四日曾有『命將官書局譯報』呈遞之詔。）至於「官書局彙報」祗是官書局所出之「官書局報」與「官書局譯報」之合訂本。光緒二十四年五月一日（一八九八年六月十九日）詔命所有官書局課印各報，自本日起，每五日彙訂一册，封送軍機處呈遞。並可知「官書局彙報」第一册合訂本始於光緒二十四年五月一日。此類官報仍與京報形式相仿，長約六寸，寬三寸，黃色紙爲封面，左上方刋報名。內容除了上諭和奏摺之外，尙有若干關於新事新藝譯文，仍然避免議論時政之文字，故其章程中有：

「印送各路電報，只選擇有用者，照原文鈔錄，不加議論，凡有關涉時政，臧否人物者，概不登載。」之聲明。

「官書局報」雖無社論，惟介紹新知新事不遺餘力，是維新份子之喉舌，到了光緒二十四年八月六日（一八九八年九月二十一日）「戊戌政變」失敗後，慈禧太后幽囚德宗，親自臨朝聽政，維新派完全失勢，官書局報也遭受了停刊的命運。

光緒二十二年七月一日（一八九六年八月九日）黃遵憲、梁啓超、汪康年等之「時務報」旬刊在上海刊行，以汪康年爲經理，梁啓超爲主筆，共出六十九期。（至光緒二十四年元月二十一日，即一八九八年二月十一日停刊）每期約三十頁，每頁約千字。（袁昶超之中國報業小史作每册約二十頁）裝訂成册如雜誌型，每册共約三萬字。其中以介紹新知新事之譯述（即域外報譯）所佔份量最重，約三分之一。其他內容則爲論說、諭摺、京外近事等。每期首爲封面，封面正中刻報名，右方爲出版日期，左方爲刊行册次，採用連史紙石版印刷。其經費來源，據康有爲稱皆由士夫捐助，而張之洞所捐特多。其銷路，數月銷行至萬二千份，爲中國有報以來所未有，舉國趨之如飲狂泉。（註九三）。時京中大臣並非眞正贊成新政及創辦報館，特忌康有爲屢有陳奏，爲帝所重，多與康有爲不睦，欲排康有爲出京。五月二十九日（七月十七日）御史宋伯魯奏請將上海「時務報」改爲官辦。六月八日（七月二十六日）孫家鼐又奏請改上海「時務報」爲官報事，光緒如其請，並諭：「派康有爲督辦其事，所出之報，隨時呈進。」而張之洞對於梁啓超之言論亦表不滿。汪康年欲攬「時務報」權，擬改「時務報」爲「昌言報」，以拒康有爲與梁啓超。其實早於五月十五日（七月三日）總署奏上京師大學堂章程，詔派孫家鼐管理京師大學堂事務，並節制各省所設學堂，所有原設官書局及新設譯書局均併入大學堂，由管學大臣督率辦理（旋以工部侍郎許景澄爲大學堂總教習），同日又召見舉人梁啓超，賞六品銜，辦理譯書局事務。時梁啓超仍兼主「時務報」筆政，爲汪康年所不容。孫家鼐於六月八日之奏中，乃擬請梁啓超專管譯書局事，派康有爲赴上海主特「時務報」一事，其原奏爲：

「五月二十九日（七月十七日）內閣奉上諭：『御史宋伯魯奏請將上海時務報改爲官報一摺，著總理大學堂大臣孫家鼐酌核妥議，奏明辦照，欽此。』……該御史請將時務報改爲官報，進呈御覽，擬請准如所奏。該御史請以梁啓超督同向來主筆人等，實力辦理。查梁啓超奉旨辦理譯書事務，現在學堂旣開，急待譯書以供士子講習，尙恐分譯書功課。可否以康有爲督辦官報之處，恭請聖裁。」帝准其奏。孫家鼐又在同奏中稱：

「抑臣更有請者，唐臣魏徵對唐太宗曰：『人君兼聽則明，偏聽則暗。』泰西報館林立，人人閱報，其報能上達於君主，亦不問可知。今時務報改爲官報，僅一處官報得以進呈，尙恐見聞不廣。現在天津、上海、湖北、廣東等處，皆有報館，擬請飭各省督撫飭各處報館，凡有報單，均呈送都察院一份，大學堂一份，擇其有關時事無甚背謬者，均一律錄呈御覽，庶幾收兼聽之明，無偏聽之蔽。如此，則皇上雖法宮高拱，萬里之外，如在目前，於用人行政，似有裨益。」

光緖帝似有同感，一面准如其奏，一面又於七月二十七日（九月十二日）從學士瑞洵之請在北京創設報館，以爲上海官報之續，卽命瑞洵辦理。並令順天府尹五城御史勸導官紳士民創辦報館，以廣言路，博採民意。

孫家鼐於六月八日之奏中，對於刋行時務官報的辦法，又提出三項建議：

第一：「時務報雖有可取，而龐雜猥瑣之談，夸誕虛誣之語，實所不免。今旣改爲官報，宜令主筆者愼加選擇。如有顚倒是非，混淆黑白，挾嫌妄議，瀆亂神聽者，一經查出，主筆者不得辭其咎。」

第二：「官書局雖有彙報，係遵總理衙門奏定章程，不准議論政事，不准臧否人物，專譯外國之事，俾閱者略知各國情形。今新開官報，既得隨時進呈，臚陳利弊，將官書局報亦請開除禁忌，仿陳詩之觀風，准鄉校之議政。惟各處報紙送到，臣仍督飭書局辦事人員，詳慎選擇，不得濫爲印送。」

第三：「原奏官報紙經費一節，臣查官書局印報例，令閱者出價。惟所售無多，故每月經費不足，由書局貼補。茲新設報館，閱報者自應一體出價。擬請將此項官報隨時寄送各省督撫，通行道府州縣，均令閱看。每月出價銀一兩，統十八省一千數百州縣，約計每月得價近一千兩。常年核算約在兩萬四千兩之譜。加以官商士庶閱報出價，經費亦可得鉅款。於紙墨印刷工本，自當游刃有餘，可無庸另籌經費。惟創設之始，需費必在數千金。若在上海開辦，或由上海道代爲籌劃，可令該員自往籌商。以上遵旨議奏，及所籌辦法，是否有當，伏乞皇上聖鑒訓示。」

旋奉上諭：

「孫家鼐奏遵議上海時務報改爲官報一摺。報館之設，所以宣國是而通民情，自應亟爲倡辦，該大臣所擬章程三條，均尚周妥。所請將時務報改爲官報，派康有爲督辦其事。所出之報，隨時呈進。其天津、上海、湖北、廣東等處報館，凡有報單，均着該督撫咨送都察院及大學堂各一册，擇其有關時務者，由大學堂一律呈覽。至各報體例，自應以指陳利害，開擴見聞爲主。中外時事，均據實昌言，不必意存忌諱，用副朝廷明目達聰勤決治理之至意。所籌官報經費，亦依議行。」

是年六月，孫家鼐又奏：

「本月十六日，工部主事康有爲轉傳軍機大臣面奉諭旨：『將籌辦事宜與孫家鼐說。』」臣詢之康有爲云：『時務報之設，經費皆由士夫捐助。今改爲官報，則無人捐款。』此報前經湖廣督臣張之洞等札行州縣閱看，每州縣每年報費共銀四元，未便驟增至十二兩。捐款既無，價有難增。既爲官報，自應撥以官款。擬照官書局月撥千金，請旨飭下兩江督臣在上海洋務局按月撥交官報局一千兩，以資經費。另撥六千兩，以資開辦。官報既發明國是民隱，各省群僚皆應閱看，以開風氣。且教案既煩，交涉日多，官欲通外國之故，尤以閱報爲要。應請旨飭下直省督撫，令司道府廳州縣文武衙門，一律閱看。用報若干份，將報費解向上海官報局，按期照數由驛遞交各省會，分散各衙門，每年仍收四元，仍按湖廣督臣張之洞舊例，由善後局先行墊解官報局，以資辦公。至報律由康有爲采譯各國報律，交臣送呈御覽，恭候欽定。臣以康有爲所籌，事尙可行，請俯如所請，謹具摺呈明。」

六月二十二日（八月九日）朝廷申明設立報館之義，在發明國是，宣達民情，臚列利弊，不必拘牽忌諱，致多窒礙，命兩江總督籌撥上海官報經費，並命各省訂閱。其諭曰：

「孫家鼐奏，遵議上海時務報館改爲官報，派康有爲督辦其事，並據廖壽恒面奏，嗣後辦理官報事宜，應令康有爲向孫家鼐商辦。當諭令由總理衙門傳知康有爲遵照。玆據孫家鼐奏陳官報一切辦法。報館之設，義在發明國是，宣達民情，原與古者陳詩觀風之制相同。一切學校、工商、兵制、賦稅、均准臚陳利弊，藉爲輶鐸之助。兼可翻譯各國報章，以便官商士庶開擴見聞。其於內政外交，裨益非淺，所需經費，自應先期妥籌，以爲永遠之計。著照官書局之例，由兩江總督按月籌撥銀一千兩，並另撥開辦經費銀六千兩，以資布置。各省官民閱報，仍照商報例價，著各督撫解至報館。所著論說，總以昌明大意，決去壅弊爲要義，不必拘牽忌諱，致多窒礙。泰西律例，專有報律一門，應由康有爲詳細譯出，參以中國情形，定爲報律，送交孫家鼐呈覽。」（註九四）

光緒二十四年七月一日（一八九八年八月十七日）汪康年將「時務報」改名「昌言報」在上海刊行。而「時務日報」改名「中外日報」亦於是日在上海刊行。七月六日（八月二十二日）汪康年復以「時務報」已改名爲「昌言報」爲由，抗旨不交，上命黃遵憲查明嚴議。八月二日（九月十七日）上諭命康有爲迅速前往上海督辦官報局：

「工部主事康有爲，前命其督辦官報，此時聞尚未出京，實堪詫異。朕深念時艱，思得通達時務之人，與之治理。康有爲素日講求時務，是以召見一次，命其督辦官報。誠以報館爲開通民智之本，職任不爲不重。現已籌辦公款，着康有爲迅速前往上海，毋得遷延觀望。」

八月四日，慈禧太后自頤和園還宮。康有爲訪英人李提摩太，請英使相助，無成，又訪伊藤博文，請其游說太后，容閎亦訪美使請其贊助。八月五日，光緒帝三次召見袁世凱，世凱請召張之洞贊襄，主持變法，袁世凱卽回天津，盡洩譚嗣同等密謀於榮祿。事急，康有爲離北京走天津。八月六日太后臨朝訓政，戊戌政變後，康有爲自天津乘英船赴香港，梁啓超晤李提摩太後卽避入日本使館。八月八日（九月二十三日），太后行臨朝訓政禮，幽囚光緒帝於南海瀛臺。八月十一日下諭：

「時務官報無裨於治，徒惑人心，着卽裁撤。」時務報由改名官報至裁撤前後不及兩月，且主持人康有爲尙未到職。在上海創辦官報的計劃，暫時停頓。

商務官報

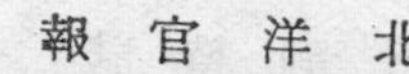

北洋官報

內閣官報

政治官報

戊戌政變表面上是新舊黨思想之事，實際上則爲帝后權力之爭。新黨以翁同龢、張蔭桓爲領袖，舊黨以榮祿、剛毅爲領袖，舊黨多半滿人，新黨則全係漢人，故又形成滿漢階級之爭。外人多誤會慈禧反對變法，其實慈禧但知權利，絕無政見。新黨既然失敗，舊黨自然當權。舊黨排斥維新，故仇視外來文化、宗教、思想，甚至洋物、洋人，演變而成庚子之變，固由於外來新文化不能適合中國國情，引起民族自覺，然其由歷年來教案所予人民之積憤亦大。益以自五口通商以後，關稅不能自主，外國貨品儘量輸入，洋人之經濟勢力，逐漸控制市場，固有之舊式工業，遭受壓迫，民族經濟日趨凋殘，人民生活遭受壓迫，無以聊生。戊戌之後，康有爲、梁啓超等逃往海外，主張保皇，西太后雖奪獲政權，但名不正言不順，不得不製造光緒帝病重之謠，欲實行廢立，以求澈底解決。各國公使聞之，皆表不滿，慈禧大恨。剛毅遂日言仇洋，見談洋務者皆斥爲漢奸，乃有引拳匪入直，召致八國聯軍進攻北京之役。亂後，慈禧曾下罪己詔，宣言變法。其後數年，注重施行新政，以適輿情，時爲光緒二十七年，即公元一九〇一年。是年九月二十七日（一九〇一年十一月七日）李鴻章卒，袁世凱署理直隸總督（至二十八年五月四日實授）兼北洋大臣。同年冬，袁世凱在天津設立官報局，刊行「北洋官報」及「北洋學報」、「北洋政學旬報」等，以鼓吹其新政。

「北洋官報」在其「序」代「創刊詞」中曾說明其創刊「直隸官報」之主旨：

「泰西報紙之興，所以廣見聞，開風氣，而通上下，爲國家之要務。中外大通以來，中國識時之士，亦稍稍仿西法，立報館矣。然皆私家之報，非官報。官報嘗一設於京師，未久而旋罷。夫私家之報，識議宏通，足以覺悟愚蒙者，誠亦不少。獨其間不無詭激失中之論，及或陷惑愚民，使之莫知所守，然則求其所以交通上下之志，使人人知新政新學爲今日立國必不可緩之務，而勿以狃習舊故之見，疑阻上法，固不能無賴於官報也。今設直隸官報，以講求政治學理，破錮習，濬智識，期於上下通志，漸致富強爲宗旨。」

北洋官報之形式爲雙日刊（間日一出），類雜誌型，裝訂成册，每册由八頁至十餘頁不定，以活板鉛字印刷。其內容除首頁封面通常刊載本期目錄與報局啓事外，有時亦有「宮門鈔」。裡頁則爲接首宮門鈔之聖諭、廣訓、諭旨等，直隸省之政治、學務、兵事、時務各學之新理、農工商業之近效，教務洋務之交涉，各國各省之新聞。其組織爲北洋官報局，設總辦一人，一如今日之報社社長。下分六處：總纂處；有總纂，有副纂，猶如今日報社之總編輯和編輯，司撰述論注選錄校勘等事，可見該報已有言論刊載。譒譯處；專譯東西各國現售之新聞紙及諸雜誌新書。繪畫處；專摹外國新圖，以輿圖爲大宗，旁及名人勝跡，凡足資觀摩之一名一物，每圖必有說以發明之，可見該報已注重地圖和揷圖。印刷處；專司印刷。文案處；除司稟啓移咨公牘各件外，並刊發公私告白，可見該報已有廣告。至於收支處；則司發售官報之責。

北洋官報總局設於天津，分局設於保定與北京，其初專爲直隸而設，每期則按期免費遞送直隸各府、廳、州、縣，各村長各學堂閱看，一月爲限，外省則以十日爲限，超過此限，則照章收價。山東以北的沿海地區，皆爲北洋官報行銷的範圍。北洋官報無論型式、組織、內容、多仿外人經營之報紙，是其特色。

北洋官報創刊後，發行十分成功。光緒二十九年三月十日（一九〇三年四月七日），盛宣懷、袁世凱、張之洞、呂海寰、伍廷芳等會議商約事宜。三月二十五日訂商律。五月十七日，各國商約在京開議，呂海寰、盛宣懷、伍廷芳、張之洞等至京與議。八月十八日，商約大臣呂海寰、盛宣懷、伍廷芳，與美國代表駐華公使康格等，續訂通商行船條約十七款。同日，呂海寰等與日本代表日置益等，訂通商行船條約十三款，續議內港行輪修補章程十款畫押。商約既成，商約大臣呂海寰、伍廷芳等感南方之洋務與商務日繁，乃奏請仿北洋官報推廣至南方成立「南洋官報」。時總理衙門已改為外務部，據外務部之議覆：

「推廣官報，實為轉移整頓之要義。現北洋所刊官報，首刊聖諭　廣訓、恭錄諭旨，並載奏議、公牘、時政、新聞等類，與該大臣等所擬條例，大致相同。且月出一冊，尤便觀覽。南洋現尚無官報，應令仿照北洋官報章程，妥酌開辦，一體發交各屬，銷售各學堂閱看。南北洋官報如能暢行，各省亦可逐漸推廣。」

於是「南洋官報」奉准創刊，亦為雙日刊（間日一出）行銷在江蘇以南沿海地區和長江各地，以江蘇總督兼南洋大臣督辦該報。

自「北洋官報」及「南洋官報」創刊後，不論中央或地方政府，均紛紛創辦官報，茲先述地方官報再述中央官報如左：

壹、地方官報：

㈠湖北官報：為光緒二十九年（一九〇三年）由湖廣總督張之洞創辦之旬刊。內容有聖訓、上諭、宮門鈔、轅門鈔、要電、要聞、政務、科學、實業、雜纂、圖表、論述、國粹篇、新說郛、糾繆篇

轅門鈔內容

上諭電傳

十一月廿二日內閣奉

中華民國公報

中華民國公報

臨時政府公報

中華民國元年元月二十九日

臨時政府公報

第一號

軍政府公報

中華民國六年九月十七日 星期一 第一號

軍政府公報

軍政府公報處發行

等。張之洞爲一提倡洋務運動之實踐者，爲喚醒人民研究西學，故對科學、實業、雜纂、圖表、論述、國粹、新說、糾繆等特別注重，爲其他官報所無。該報甚注重文字之雅馴，常百改不厭，甚爲讀者雅愛，銷路亦廣，其第一期贈送者即達二萬份，爲當時官報所鮮見。

（二）山西官報：爲繼北洋官報後出刊之官報，較南洋官報早。

（三）安徽官報：五日刊之報。

（四）江西日日官報：官商合資創辦。

（五）豫省中外官報：官督而商辦。

（六）漢口日報：始商辦而終官辦。

（七）山東官報：始官辦而終商辦。

（八）陝西官報：始官辦而終商辦。

貳、中央官報：

（一）諭旨閣鈔：光緒三十年（一九〇四年）御史黃昌年奏請刊「諭旨閣鈔」：

「各衙具奏奉旨准駁之件，須令各衙門皆知。重要則明發諭旨；次要則編發閣鈔。擬請飭政務處妥擬辦法。凡政務處、練兵處、學務處、及銀行、鐵路、礦務、電報一切舉行要政，或揭署前，或發閣鈔，或刊刻告示。」由政務處議覆：「嗣後具奏摺件，除事關慎密及通例核覆之件毋庸鈔送外，所有創改章程及議定事件，皆於奉旨後咨送政務處，陸續發刊，以廣傳佈。凡軍機處於京外摺件，向係明發諭旨及有辦法者，概交發鈔。」

㈡ 商務官報：光緒三十二年（一九〇六年）由商務部發行，是爲旬刊。每月三冊，每冊約四十頁。內容有論說、譯稿、公牘、法律、章程調查、報告、事件、紀事諸類等。

㈢ 學務官報：光緒三十二年（一九〇六年）由學務部發行。亦爲旬刊。每月三冊，每冊約四十頁。內容有上諭、學務、報告、文牘、章程、奏摺、雜誌、各國學務新聞、審定教科書目錄等。商務官報與學務官報皆含有專門性質之官報也。

㈣ 外交官報：光緒二十九年（一九〇三年）直隸總督北洋大臣袁世凱請飭外務部仿照藍皮書辦法，刊發交涉事件，未准。據外務部議覆：

「交涉重要，不得不加愼密，未便一律宣播。臣部條約章程，均經刊布，其餘或通行知照，或有案可稽，辦事者並非毫無根據，所請應無庸議。」

至光緒三十二年（一九〇六年），外務部曾有將商辦之外交報改歸官辦，以張元濟爲經理之議，但未實行。

㈤ 政治官報：光緒二十九年十二月二十四日（一九〇四年二月九日），日俄戰爭爆發，日本得勝。清廷外大臣駐外使節與一般士子，咸認日本之勝，應歸功於立憲之效。於是要求立憲之聲，喧騰全國。慈禧太后爲敷衍輿情起見，乃下詔預備立憲。至光緒三十二年（一九〇六年），御史趙炳麟請創辦官報，其奏中先述創辦官報與立憲之關係：

「朝廷立法行政，公諸國人，擬請參用東西各國官報體例，設立官報，以仰副七月十三日懿旨，使紳民明悉國政，爲預備立憲基礎之意。竊惟預備立憲之基礎之必先造成國民之資格，必自國民皆能明國家之政治。東西各國，開化較遲，而進化獨速。其憲法成立，乃至上下一體，氣脉相通，莫不藉官報以爲行政之機關。是以風動令行，纖悉畢達。或謂英國人民政治智識最高，故其憲法程度最高，蓋收效於官報非淺也。」

於是定名爲「政治官報」。宣統三年（一九一一），新官制之內閣成立，又改「政治官報」爲「內閣官報」。一切新法令，以報到之日起發生效力。至是，官報始成爲公布法律命令之機關，其用途則更爲廣大了。

政治官報（卽內閣官報）之內容；第一爲諭旨、批牘、宮門抄。第二爲電報、奏咨。第三爲奏摺，如外務、吏政、民政、典禮、學校、軍政、法律、農工、商政、郵電、航路政等十門。第四爲咨劄。第五爲法制章程，如改定官制、軍制、民法、刑法、商律、鑛律、部章、省章等。第六爲條約、合同。第七爲報告、示諭。第八爲外事。第九爲廣告。第十爲雜錄。惟私家論說及風聞不實之事，一概不錄。該報可公開出售或訂閱，每份每月大洋八角，每年八元，郵費在外，概不另售。

本章註解

註一：漢書文帝紀篇。
註二：管子桓公問篇。
註三：淮南子主術篇。
註四：宋史王安石傳。
註五：周麟之春秋經解跋。
註六：胡適中國古代哲學史上卷。
註七：見說文。
註八：見漢書。
註九：錯注。
註一〇：漢書盧綰傳。
註一一：漢書盧綰傳注。
註一二：見辭源。
註一三：史記秦始皇紀集解應邵之言。
註一四：史記正義（張守節）。
註一五：顏師古註史記。
註一六：漢官儀。
註一七：說文高部釋名。
註一八：漢書注。
註一九：顏師古註漢書。

註二〇：字書說文解字。
註廿一：說文解字。
註廿二：風俗通。
註廿三：漢書注。
註廿四：晉崔豹古今注。
註廿五：宋趙希鵠洞天清錄。
註廿六：漢書卷八十一匡張孔馮傳。
註廿七：荀悅申鑒時事篇。
註廿八：宋王明清揮塵後錄。
註廿九：見辭海。
註三〇：後漢書禮儀志。
註卅一：宋史會要。
註卅二：徐松兩京城坊考。
註卅三：據葉德輝氏考證。
註卅四：敦煌石室書錄。
註卅五：近人昌彼得先生以此說不可信。
註卅六：唐馮贄雲仙雜記卷五引僧園逸錄語。
註卅七：全唐文卷六二四。
註卅八：史梅岑著印刷學一六頁。
註卅九：同上。
註四〇：同上。

註四一：柳貽徵著中國文化史。
註四二：孫毓修著中國雕板源流考。
註四三：陸深著河汾燕閒錄。
註四四：史梅岑著印刷學一七頁。
註四五：宋岳珂著愧郯錄卷十四。
註四六：宋趙昇著朝野類要卷一大朝會條。
註四七：史梅岑著印刷學一七—一八頁。
註四八：呂光潘賢模著中國新聞法概論頁二。
註四九：宋趙昇著朝野類要卷四。
註五〇：宋周密著志雅堂雜鈔卷下。
註五一：宋史劉奉世傳。
註五二：宋人著靖康要錄第十五卷。
註五三：宋蘇軾撰東坡志林卷四。
註五四：宋周麟之海陵集卷三。
註五五：蘇徹著文欒集第四十一卷。
註五六：呂光潘賢模中國新聞法概論頁四。
註五七：呂光潘賢模中國新聞法概論頁四—頁五。
註五八：宋會要稿刑法第二上。
註五九：宋會要稿刑法第二下。
註六〇：宋會要稿刑法第二下。
註六一：宋會要稿刑法第二下。

註六二：宋趙昇著朝野類要卷四。

註六三：宋洪邁著夷堅志卷三十二。

註六四：清方絢著方氏五種采蓮船。

註六五：宋趙昇著朝野類要卷四。

註六六：宋沈括撰夢溪筆談卷十一。

註六七：周密爲宋人，字公謹，號草窗，先世濟南人，其曾祖隨高宗南渡，因家湖州，宮義烏令，宋亡不仕，後流寓杭州，著有癸辛雜識、武林舊事、絕妙好詞、齊東野語、志雅堂雜鈔、雲煙過眼錄等。周密既爲宋人，此段所記當爲元初之事。

註六八：史梅岑著印刷學二三頁。

註六九：胡應麟著少室山房筆叢經籍會通卷四。

註七〇：又稱天祿琳瑯書目，清乾隆朝編。

註七一：宋江少虞著皇朝事實類苑。

註七二：沈括夢溪筆談。

註七三：見天主教傳行中國考卷上。

註七四：破邪集卷一南宮署牘參遠夷疏二。

註七五：明談孺木撰棗林雜俎邸報條（仁集）。

註七六：明黃煜碧血錄卷上所載魏廓園先生自譜。係述明萬曆年間黨事。

註七七：明談孺木著棗林雜俎智集。

註七八：明謝在杭著五雜俎。

註七九：明謝在杭著五雜俎。

註八〇：俞正燮癸巳存稿書盧城平話後。

註八一：沈國元兩朝從信錄卷十九頁一一。
註八二：明朱國禎湧潼小品卷十二塘報條。
註八三：清諸晦香明齋小識卷五。
註八四：俞正燮癸巳存稿卷十一。
註八五：達衷集頁二〇五—二一一。
註八六：清張燾津門雜記卷上恭錄邸報條。
註八七：清王士禎池北偶談卷四朝報條。
註八八：清欽定大清會典第十五卷。
註八九：清汲修主人嘯亭續錄卷一。
註九〇：清汲修主人嘯亭續錄卷一。
註九一：清汲修主人嘯亭續錄卷一。
註九二：呂光潘賢模中國新聞法概論頁六。
註九三：蕭一山清代通史。
註九四：戈公振中國報學史謂孫家鼐此奏係在光緒二十四年七月，有誤。蓋光緒二十四年六月二十二日清廷有申明設立報館之諭，內容與此同，孫家鼐之奏當在光緒二十四年六月。

第四章　外人在華創辦的報紙

我國近代報業，肇始於外人在華創辦之報刊。最初爲月刊，次爲週刊，再次爲日報。所用文字包括中文、英文、日文、法文、俄文、德文等。外報不僅爲我國現代報業之始，並與我國政治、經濟、社會、文化亦有深切關係。本章所述，包括外人在華發行之中文雜誌、中文日報及外國文報紙等。

第一節　外人在華發行之中文雜誌

（一）察世俗每月統記傳（Chinese Monthly Magazine）

「察世俗每月統記傳」爲我國近代第一種雜誌，於一八一五年（嘉慶二十年）八月五日，由英國傳教士馬禮遜（Robert Morrison）在南洋馬六甲創刊。（註一）

該刊之發行，原以傳教爲目的，但在客觀上，却將西洋現代報業的觀念輸入我國。當時馬禮遜很想在廣州發行報紙，但因在江寧條約（一八四二年）簽訂以前，滿淸政府嚴禁基督教（新教）在國內有任何活動，也不許居住。所以馬禮遜的第一種報紙，乃選定在英屬殖民地南洋馬六甲（Malacca）的華僑社會中發行。

一、馬禮遜的生平

十九世紀初，英美兩國的基督教國外佈道會組織，漸趨完善，乃紛紛派遣教士，至國外傳教。第一個派到我國來的便是倫敦佈道會（London Missionary Society）教士馬禮遜。

馬禮遜生於一七八二年一月五日。十九歲時，立志做傳教工作。因之乃入神學院深造。一八〇四年五月，上書倫敦佈道會，請求到國外傳教，佈道會乃派他到中國，並設法爲他學習中國語文，以便將來傳授及翻譯中文聖經。（註二）

一八〇五年（嘉慶十年）八月，馬禮遜到倫敦學習醫學、天文和中國語言文字，並在倫敦得識粵人楊善達學習中文。此外又在倫敦博物院圖書館得讀舊譯本中文「新約」聖經殘卷，在文學會中得讀拉丁文中文字典合璧（當係天主教神父所編纂），均一一謄錄，從此，便準備啓程來華。

一五五三年（明嘉靖卅二年）葡萄牙租得澳門爲經商地區。一六三五年（崇禎八年），英國東印度公司也得到中國政府的許可，在廣州經商，但受嚴格限制。最初，東印度公司，怕影響自己的貿易特許權，不願馬禮遜至廣州。而澳門爲天主教勢力範圍，自然也不願基督教前往傳教。馬禮遜來華時，東印度公司輪船不許搭乘，他不得不搭船先至美國，然後經太平洋來中國。

一八〇七年（嘉慶十二年）一月八日，馬禮遜受禮爲牧師。一月卅一日，自倫敦乘船赴美，費時三個月抵紐約。從美國政府得一介紹信致美國駐廣州領事，給予協助。然後於五月啓程，繞道南美洲，經太平洋，八月底抵澳門。九月七日始抵廣州。（註三）

在廣州由於美領事及東印度公司譯員司陀騰爵士(Sir G. Staunton)之助，幸得安居。並聘兩位中國教師，學習華文。但他既不經商又不傳教，頗受國人懷疑。一九〇九年（嘉慶十四年），本擬去檳榔

馬禮遜、梁沼、梁亞發

「察世俗」封面

米憐

「察世俗」內容

嘉慶乙亥年七月

子曰多聞擇其善者而從之

察世俗每月統記傳

博愛者纂

察世俗每月統記傳序

無中生有者乃神也。神乃一、自然而然。當始神創造天地人萬物。此乃根本之道理。神至大、至尊、生養我們世人。故此善人無非敬畏神。但世上論神多說錯了。學者不可不察。因神在天上而現著其榮、所以用一個天字指着神亦有之。既然萬處萬人皆由神而原被造化、自然學者不可止察一所地方之各物、單嶼暫住，希望以後再回中國圖謀發展。然此時適接東印度公司譯員聘書，故未成行。自此以後，於廣州、澳門可自由居住。

馬禮遜一面擔任東印度公司譯員，一面從事文字工作，如編輯「華英辭典」、「中文法程」，翻譯「新約」、「舊約」及編著其他宗教小册。但因不能公開佈道，效果不著。

二、米憐來華

一八一三年（嘉慶十八年），倫敦佈道會，再派米憐（Willian Milne 一七八五年——一八二二年）前來中國協助馬禮遜。七月四日抵澳門，因葡督下令限制其十八天內出境，所以米憐即赴廣州。（註四）但當時粤督已奉有諭旨，嚴查傳教及奉教之人，所以米憐在粤無法安身。因此，馬禮遜請其到南洋各地，勘查適當地點，做爲傳教基地。米憐曾至爪哇、蔴六甲、檳榔嶼等地，最後他回到廣州，建議以馬六甲爲佈道中心。因該地距中國不遠，華僑很多，又爲東西交通要道，同時當地官署，不僅不禁止傳教，而且贊同協助。

米憐建議，立即得到認可。一八一四年（嘉慶十九年）馬禮遜委託米憐長駐馬六甲，開辦一所學校，教導華人子弟。開辦印刷所，準備發行報紙。同時馬禮遜收刻工蔡高（我國奉基督教之第一人）及梁亞發（譯音）爲教徒。於一八一五年（嘉慶二十年）四月十七日隨米憐同去馬六甲。（註五）

三、「察世俗每月統記傳」的創刊

米憐與刻工蔡高、梁亞發於一八一五年五月廿一日抵馬六甲。費時卅五天。同年八月五日（嘉慶二十年七月初一日）即創刊「察世俗每月統記傳」。這就是以我國文字出版的第一種現代報紙。「察世俗」爲木刻雕版印刷，每月一册，每册約五張（十面），每半頁八行，每行二十字，文句在右圈斷。封面正中爲報刊名稱；左下角題「博愛者纂」；右上角題有「子曰：多聞擇其善者而從之。」按「博愛者」是米憐的筆名。

「察世俗」之內容，以宣揚教義爲主，新聞及新知識之介紹次之。第二期中，有一文米憐自述辦報宗旨如下：「……至本報宗旨，首在灌輸知識，闡揚宗教，砥礪道德，而國家大事之足以喚醒吾人之迷惘，激發吾人之志氣者，亦兼收並蓄焉。本報雖以闡發基督教義爲唯一急務，然其他各端，亦未敢視爲緩圖而掉以輕心。知識科學之於宗教，本相輔而行，足以促進人類之道德，又安可忽視之哉。……」。（註六）

「察世俗」最初每期印五百份，三年後至一千份，後增至二千份。銷行地區包括馬六甲、婆羅洲、檳榔嶼、安南、暹羅、吉隆坡、丁加奴等華僑薈萃之區及廣東等地。

該刊自一八一五年發行至一八二一年停刊，共七卷，計五二四頁。內數期由馬禮遜、麥都思（Walter Henry Medhurst）及梁亞發編輯，餘均出自米憐之手。

四、英華書院

米憐在馬六甲，一面發行雜誌，一面設立學校，想在華僑社會中展開佈道工作。他起先曾試辦一學塾，初時無人願意入學，他乃想出辦法，每星期給學童一些補助費，使他們高興來學。此後漸漸得到學生家長的信任，乃開辦「英華書院」；該院於一八一八年九月十日（嘉慶二十三年八月十日）正式舉行奠基典禮。一八四二年依「江寧條約」香港割英，「英華書院」乃遷香港，一八七一年停辦。

五、我國近代第一位報人

對「察世俗」貢獻最大的，除米憐之外，恐怕要算刻工梁亞發了。梁亞發亦譯名梁發。他是我國服務近代報業的第一人。一七八九年（乾隆五十四年）生於廣東高明縣，家境貧困，十一歲始就塾讀書，十四歲輟學。次年，赴廣州學習製造毛筆，不久改習雕版印刷技能。

一八一〇年（嘉慶十五年），馬禮遜要找一位工人雕印「使徒行傳」，乃雇了梁亞發的師父，師父將這件工作交其學徒梁亞發去做。自此以後，梁亞發即開始與馬禮遜接觸。（註七）一八一五年，梁亞發隨米憐到馬六甲刻印「察世俗每月統記傳」，對於聖經更加熱心研究。一八一六年十一月三日，終於皈依基督，在米憐手中領洗。梁亞發雖讀書不多，但常在「察世俗」寫稿，他的筆名叫做「學業」。

一八一九年（嘉慶廿四年），梁亞發（三十歲）返國宣傳教義，惟清政府視該教為異端，捕梁拘禁之。後由馬禮遜保釋再赴馬六甲。一八二一年（道光元年），米憐患肺病，咯血。「察世俗」於是年停刊，可能係由米憐健康不佳所致。米憐曾赴檳榔嶼養病，後返馬六甲，於一八二二年六月二日（道光二年四月十三日）去世。

一八二三年（道光三年），梁亞發由馬禮遜聘為倫敦佈道會助手，可能係接替米憐之職務。一八二七年（道光七年），正式受教士職。一八三四年（道光十四年），年已四十六歲，再返國傳教，又被清政府拘捕。幸馬禮遜之子服務於英領署，出資斡旋，乃得釋放。此後梁氏携子去南洋，往來馬六甲與新加坡之間，宣傳教義。五十歲（道光十九年）返國，每日向鄉人傳道，老而不倦，至一八五五年（咸豐五年）逝世。享年六十六歲，葬廣州河南鳳凰崗。（註八）著述有「救世撮要略解」、「熟學聖理略論」、「眞理問答淺釋」、「聖書日課」與「初學便用勸世良言」小書等。後者洪秀全曾加翻印，銷行最廣。

（二）其他著名中文雜誌（註九）

一、特選撮要（Monthly Magazine）

「特選撮要每月統記傳」發行於巴達維亞，係繼「察世俗每月統紀傳」而發行，由麥都思（Walter Henry Medhurst）主編。自一八二三至一八二六年（道光三年至六年），凡四卷所載有宗教、歷史、新聞、雜俎等。

二、天下新聞（Universal Magazine）

「天下新聞」發行於馬六甲，自一八二八至一八二九年（道光八年至九年），亦由麥都思主編。內容有中國新聞、歐洲新聞、宗教、科學、歷史等。活版白報紙印刷，在當時爲僅見。

遐邇貫珍

英文目錄　　封面　　中文紀事

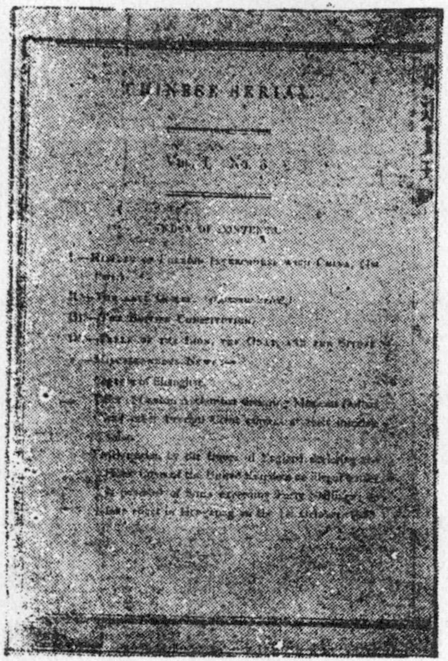

CHINESE SERIAL.

Vol. I. No. 3

TABLE OF CONTENTS.

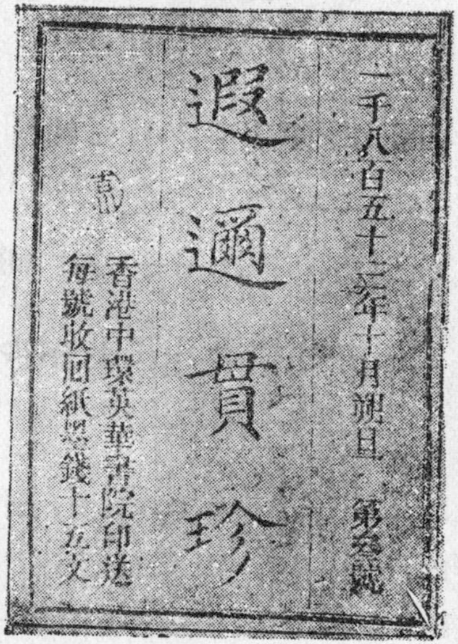

一千八百五十三年十月朔日　第三號

遐邇貫珍

香港中環英華書院印送
每號收回紙墨錢十五文

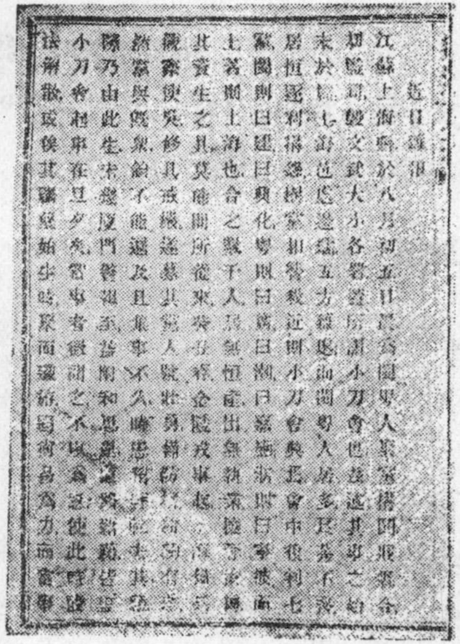

三、東西洋考每月統記傳 (Eastern-Western Monthly Magazine)

「東西洋考每月統記傳」，一八三三—一八三七年(道光十三—十七年)發行於廣州，此為國內發行最早之中文雜誌。凡四卷，由馬禮遜主編。一八三七年，因中英關係緊張，不容於廣州，乃遷新加坡發行，由郭實獵(Charles Gutzlaff)主持，麥都思亦參與編輯。內容有宗教、政治、科學、商業及雜俎等。一八三七年復讓與在華傳播實用知識會 (The Society for the Diffusion of Useful Knowledge in China)。

四、各國消息 (The News of All Nations)

「各國消息」，一八三八年（道光十八年），麥都思發行於廣州，內容有各國及廣州新聞，暨廣州洋商與各國交易市況等。月刊，石印，每冊八頁。

五、遐邇貫珍 (Chinese Serial)

「遐邇貫珍」，一八四二年（道光廿二年），香港割英後，英華書院卽自馬六甲遷香港。一八五三年（咸豐三年）麥都思於香港創辦「遐邇貫珍」。中英文對照，月刊，活版精印，每冊十二—廿四頁。為香港最早的中文刊物。翌年由奚里爾(C. B. Hillier) 主編，內容以宗教、科學、新聞為主。一八五六年改由理雅谷 (James Legge) 主持，旋卽停刊。

六、六合叢談 (Shanghai Serial)

六合叢刊封面

六合叢談
九月朔日
江蘇松江上海墨海書館印

六合叢刊內容

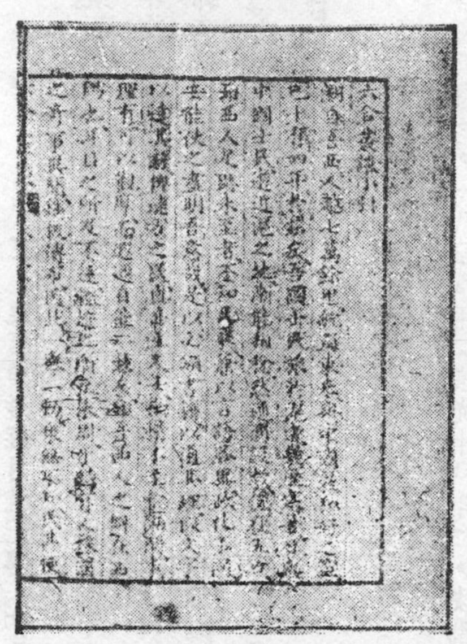

日本翻印外人在華發行雜誌

「六合叢談」，一八五七年（咸豐七年）偉烈亞力（Alexander Wylie）發行於上海。月刊，以宗教、科學、新聞、文學為主。為上海最早之中文刊物。翌年遷日本，宗教文字被刪去，隨即停刊。

七、中外新聞七日錄（Chinese and Foreign Weekly News）

「中外新聞七日錄」，一八六五年（同治四年正月八日）由查美司（Chalmers）發行於廣州。內容以國內外新聞及宗教為主。十六開，分上下兩欄，上為報頭，署「中外新聞七日錄」，報頭右有「廣州城」左有「遠人釆」字樣。創刊號上欄小引曰：「我儕耶蘇教會，忻忻而創是新聞七日錄，非欲藉以邀利也，蓋欲人識世事變遷而增其聞見。……」下欄介紹「花旗國」。次頁上欄為「地球圓體論」，下欄為天主教簡介。其他尚有轉載香港報紙之新聞等。該刊發行至一五二期止，銷行很廣。

八、「教會新聞」與「萬國公報」（Church News and Chinese Globe Magazine Or Review of The Times）

「教會新聞」，一八六八年（同治七年），林樂知（Young J. Allen）發行於上海。慕維廉（Willian Muirhead）艾約瑟(Joseph Edkine)助之。週刊，因專言宗教，致不暢銷。故自第三百期起（一八七四年）易名「萬國公報」月刊，兼言政教。一八七六年（光緒二年），增出「益智新錄」（A Miscellany of Useful Knowledge)專言科學。一八九一年又增「中西教會報」(Missionary Review)。專言宗教，惟後者銷路困難，即停刊。「萬國公報」，係宗教、新聞及論述併刊，為研究我國近代史之

林樂知像

天主降生一千八百七十八年十二月十六日

大清光緒四年十一月廿三日 本書館開設上海徐家匯

益聞錄

益聞錄創刊號

西歷一千八百七十二年

中西聞見錄

每月一次

中西聞見錄

寶貴資料。該刊文字，以「中東戰紀」最爲著名。林氏主持至一九〇四年（光緒三十年）共計卅七年）

九、中西聞見錄（Peking Magazine）

「中西聞見錄」，一八七二年（同治十一年）發行於北京，由京都施醫院主辦。月刊，爲北京最早之中文報刊。內容有各國新聞、天文、地理、格致之學。時北京多水災，該刊對於防洪，言之甚詳，頗得學者稱道。一八七六年（光緒二年）移上海發行，易名「格致彙編」（Chinese Scientific Magazine）月刊，後改季刊。由傅蘭雅（John Fryer）主持，至一八九〇年（光緒十六年）停刊。

十、小孩月報（Child's Paper）

「小孩月報」，一八七五年（光緒元年）上海清心中學發行，月刊，由范約翰（John M. W. Farnham）主編。文字淺近易讀，有詩歌、故事、名人傳記、博物、科學等，爲兒童讀物，挿圖均以銅板紙精印。民國四年，易名「開風報」，至五期停刊。與「小孩月報」同時發行者，尙有「圖畫新報」，爲我國畫報之始。

十一、「益聞錄」與「聖教雜誌」Chinese Scientific Magazine or Catholic Magazine）

「益聞錄」係一八七八年（光緒四年），天主教發行於上海。始半月刊，不久改爲週刊，由南滙李

中外雜誌封面

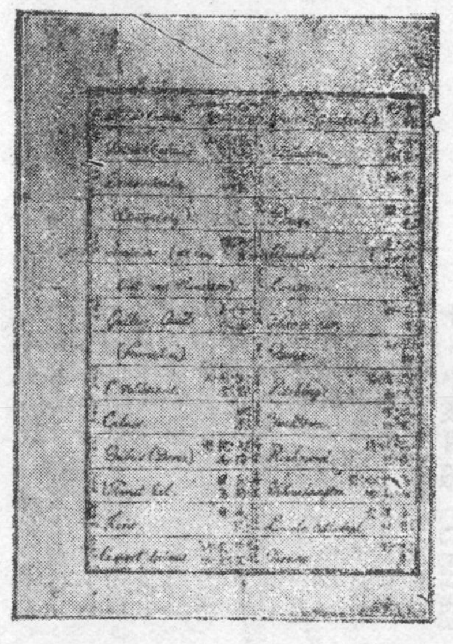

中外雜誌內容

教會新報創刊號

西國近事彙編

杕主編。一八九八年與「格致新聞」(Scientific News)合併，易名「格致益聞滙報」(半週刊)。一九〇八年，簡稱「滙報」，而分別出版「時事彙編」(半週刊)與「科學彙編」(兩週刊)。科學問答由比人赫師慎(Van Hee)任之。赫師慎返國，科學彙編停刊，此後「滙報」乃成爲專紀時事宗教之半週刊。至民國元年，又易名「聖教雜誌」，每月發行。至民國二十六年，仍照常出版。此刊爲天主教之機關報，繼續發行五十餘年，在外人創辦之雜誌中，當以此爲最久。

十二、亞東時報

「亞東時報」：一八九八年—一九〇〇年(光緒廿四年五月至廿六年三月)日人乙未會發行於上海。始爲旬刊，繼改爲半月刊。每册卅六頁，連史紙印。宗旨係宣傳日本國策，標榜中日合作。

十三、大同報

「大同報」：廣學會一九〇六年(光緒卅二年)發行於上海。週刊，內容以論說、譯著、新聞爲主。其中以譯著最有價值，包括哲學、教育、歷史、宗教、農業、動植物學等，該刊發行至民國六年停刊。

此外尙有一八五四年發行於寧波的「中外新聞」，一八六一年香港的「香港新聞」，一八六二年上海的「中外雜誌」，一八八〇年上海的「圖畫新報」與一八八七年漢口的「益文月刊」等。

第二節　外人在華發行的中文日報

我國現代日報之產生、亦發端外人，蓋斯時交涉日繁，商業日盛，其材料自非雜誌所能盡載。一八五八年（咸豐八年）香港孖剌西報首先發行中文「中外新報」，繼之而起者有上海「字林西報」之「上海新報」、「字林滬報」，香港「德臣西報」之「華字日報」，上海英人美查之「申報」，丹福士之「新聞報」，天津德崔林之「時報」，與北京日人之「順天時報」等，其中以上海之「申報」、「新聞報」與香港之「華字日報」歷史最久。

（一）中外新報

「中外新報」爲香港孖剌西報（Daily Press）之中文版，爲我國近代最早之日報。「孖剌西報」前爲倫敦佈道會印刷「中英字典」，曾購中文活字一副，旋從伍廷芳之建議，附刊中文報紙，並延伍氏主其事。當時華報經營不易，故一切營業實際由伍氏獨立主持。該報初爲隔日晚刊，旋改日刊，採白報紙單張印刷，一改過去之書本形式。每日四開一小張，廣告佔三分之二，注重船期及商業消息。新聞多譯自西報與轉載京報，論說譯述亦兼有之。民元該報攻擊龍濟光頗力，很受粵人歡迎，銷數逾萬，爲該報最盛時期。歐戰時，反對中國參戰，遭港政府從輕罰鍰一〇一元。經此波折，穩健股東，不欲再辦，時值龍濟光退守瓊崖，擬再圖粵，乃收買該報。故該報由「反龍」而「擁龍」，前後判若兩報，此誠最大之汚點。民國八年，龍再敗，卽告停刊。

（二）上海新報

香港中外新報

上海新報正面

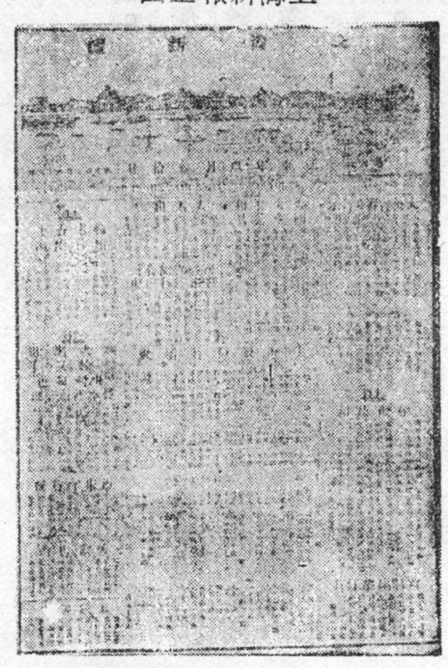

上海新報背面

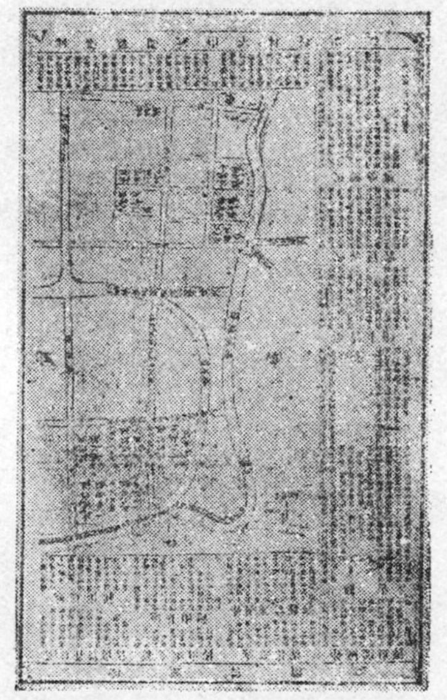

一、國內最早之中文報紙

「上海新報」爲字林西報（North China Herald）之中文版，爲國內近代最早之中文報紙（按「中外新報」係於香港發行）。該報於一八六一年（咸豐十一年）十一月下旬創刊。（註十）初爲週報，一八六二年五月七日，改每週發行三次，每逢星期二、四、六出版。後於一八七二年七月二日。始改爲日報。

「新報」係用上等白報紙兩面印刷，篇幅採八開型，爲我國報紙兩面印刷之始。（註十一）以後「申報」創刊，採竹紙單面印刷，一時相沿成風。直至一八九八年（光緒廿四年），上海「蘇報」與「時務日報」始再採用白報紙雙面印刷。

二、創刊宗旨

「新報」創刊之目的，以報導經濟及一般新聞爲主。其發刊辭曰：「大凡商賈貿易，貴乎信息流通。本行印此新報，所有一切國政軍情，市俗利弊，生意價值，船貨往來，無所不載。類如上海地方，五方雜處，爲商賈者，或以言語莫辨，或以音信無聞，以致買賣常有阻滯；觀此新報，即可知某貨定於某日出售，屆期親赴看貨面議，可免經手輾轉宕延，以免買空盤之誤。」（註十二）此外對於廣告之效力，在發刊詞中亦特別予以分析說明。

「新報」之創刊，正值太平革命軍與清軍激戰之時。一八五三年（咸豐三年），太平軍攻克江寧，定為天京，上海租界因宣佈中立，而成為「孤島」。一八六〇年（咸豐十年），太平軍攻佔杭州，並進迫上海近郊，清廷乃勾結洋人，利用外兵，反攻太平軍，卽所謂「洋槍隊」之組織。上海市民，對戰爭消息，極為關心。而「新報」為英人發行，可自由報導有關戰爭之兩面消息，尤其「常勝軍」之消息，最受讀者歡迎。

「新報」之主編均為精通中國語文之英美傳教士，在其發行之十二年中，第一任主編為華美德（M. F. Wood），第二任為傅蘭雅（John Fryer），第三任為林樂知（Young J. Allen）。林樂知後來發行「萬國公報」，創辦「中西書院」，對中西文化交流，貢獻極大。傅蘭雅則參加江南製造局，譯書甚多。

三、版面之革新

一八六八年（同治七年）二月一日，「新報」革新版式，充實內容。每期四開一張，對摺分為四頁。各頁內容如左：（註十三）

第一頁：廣告；

第二頁：中外新聞，選錄「香港近事編錄」、香港「中外新報」、「中國教會新報」及蘇省日報等；

第三頁：廣告、船期表、行情表；

第四頁：行情表、機器圖說。

一八七〇年（同治九年）三月廿四日，「新報」開始用新聞標題，如「劉提督陣亡」、「種樹得雨」等。（註十四）係用頭號活字排印，正文用四號活字。以前不按新聞內容標題，只有「中外新聞」、「選錄某某報」字樣，亦用頭號字排印。

四、與「申報」競爭

「新報」獨佔上海報業，計有十一年歷史。報紙訂價，每年銀洋四元，每月銀洋半元，每份銅錢三十文。由於售價高昂，市場獨佔，利潤豐厚，因此引起了「申報」的創刊。

「申報」於一八七二年（同治十一年）四月卅日創刊。「新報」於五月二日之新聞版中特獻賀辭，略曰：「……得閱申報，竊幸同志有人。初次頒發，觀者甚夥。尤望日新月盛，四海流傳，與本館暨香港各館華文新報，不脛而走，洵盛事也。予西人雅重新報，若各省華人接踵而行，多多益善，更幸矣。」（註十五）

「申報」創刊後，採廉價毛太紙單面印刷，壓低報價，每份只售銅錢八文，不及「新報」報價三分之一。同時「申報」每日發行，又刊載詩文小品，頗投詞林文人之愛好。因此，「新報」遭遇勁敵。

「新報」爲了與「申報」競爭，第一、自一八七二年七月二日改爲日報（星期日停刊）。第二、減低報價：每年銀洋二元，半年一元二角五分，零售每份銅錢八文，與「申報」同。第三、刊登詩詞，迎合文人墨士之興趣。

一八七二年八月十七日，「新報」報頭加以改良。以前僅橫書「上海新報」四個大字；新報頭改繪黃埔江風景，巨厦與帆檣相映，報名則改書美術字，橫綴背景之上。

五、自動停刊

「申報」每份售價八文，係以廉價紙印刷。而「新報」係以上等白報紙印刷；同時「新報」大減報價，又由二日刊改爲日刊，成本自難維持。適時「申報」主人美查，挽人游說，謂「同係英商，何苦相煎？」字林洋行此時已發行英文北華捷報（North China Herald）與字林西報（North China Daily News），認爲與「申報」競爭，似無必要，故「新報」發行至一八七二年十二月卅一日，自動停刊。

（三）華字日報

「華字日報」爲香港英文德臣西報（China Mail）之中文版。一八六四年（同治三年）由陳藹亭發起及其戚伍廷芳、何啓協助發行之。陳氏原任「德臣西報」譯員，國學極有造詣。因鑒華人以買辦爲榮，視祖國文化爲陳腐，乃向教會購鉛字一付，思藉辦報以挽救人心。陳氏自任編輯，印刷發行由「德臣西報」任之。該報八開型，初爲二日刊，十年後改爲日報。內容亦係譯自西報與轉載京報。以後，陳氏奉命爲我國駐美使館參贊及駐古巴總領事，乃由其子斗垣繼任。民國八年（一九一九），報館失火焚燬，從此與「德臣西報」各立門戶。直至民國卅年十二月廿五日，日軍佔領香港，始被迫停刊。故「華字日報」在我國報紙中，歷史頗爲悠久。

（四）申報

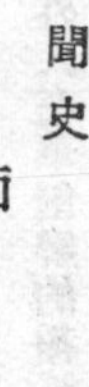

華字日報

背面

正面

香港華字日報

第一章

申報

大清同治壬申三月二十三日

第一號

癸酉三月十一日

本館告白

本館條例

申報創刊號

「申報」創刊於一八七二年四月卅日（同治十一年三月廿三日），爲上海歷史最久，影響最大之中文日報。該報之創刊，係因英茶商美查（Ernest Major）經商失敗，由買辦陳莘庚建議發行（陳鑒當時「上海新報」十分賺錢）。創辦人計有美查、伍華德（L. Woodward）、蒲賴爾（W. B. Pryer）及瓦其洛（J. Wachillop）四人。一八七一年，四人簽訂合同，每人出規銀四百兩，合計以一千六百兩創辦「申報」。（註十六）

「申報」創刊後，聘趙逸如爲買辦（卽報社經理），蔣芷湘爲主筆，並派錢昕伯赴香港考察報業，做爲辦理「申報」之參考。

一、創刊宗旨及其型式

「申報」最初爲雙日刊，自第五號起改爲日報（週日停刊）。紙質係用毛太紙單面印刷，每日八頁，每頁高約十吋，寬約九吋半。本文和題目均用三號活字排印，通欄長行，不分欄編輯，每頁約爲七百字。（註十七）茲將創刊號之內容簡述於左：

第一頁：本館告白；

第二頁：本館條例；

第三頁：駿馬角勝；

第四頁：完人夫婦得善報；

第五頁：選錄京報；

第六頁：廣告；

第七頁：行情表；

第八頁：船期。

在「本館告白」中，說明創刊之旨趣，略曰：「新聞紙之製，創自西人，傳之中土，而見香港唐字新聞，體例甚善，今仿其意，設申報於上海。」此外並於「告白」中說明刊登新聞之三大原則；一曰「新人聽聞」；二曰「眞實無妄」；三曰「明白易曉」。(註十八)

在「本館條例」中，對發行，廣告均有詳細規定。(註十九)

發行網在求普遍化，由上海而逐漸遍及全國。報紙售價，規定批發每份六文；零售八文；郵寄十文。最初無直接訂戶。

廣告費：規定華人刊登廣告，以五十字起算，一天收費二百五十文；每加十字，加收五十文。外人刊登廣告，每五十字收銀洋一元。刊登文稿，須付廣告費，不付稿費。惟此辦法，不久修改，規定詩詞及名人政論不收廣告費。

一八七四年(同治十三年)九月十二日，改用連史紙印刷，版面較前略大，但編排方式未變。

二、內容及業務之改進

「申報」創刊時，銷數約六百份，一八七六年(光緒二年)增至二千份。該報在創刊號中，雖以「明白易曉」相標榜，但所刊文字，仍難爲一般市民所閱讀。美查爲求普及化，乃於一八七六年三月卅日，另出白話「民報」二日刊，每週逢二、四、六出版，每月報費六十五文。在白話「民報」發刊辭中，說明宗旨如下：「本報專爲民間所設，故字句俱如尋常說話，每句人名及地名盡行標明，庶幾稍識字者，便於解釋。」（註二十）此種白話報，可能爲我國白話運動之祖先。

申報館除發行報紙外，並附出數種月刊。如一八七二年十一月發行的「瀛寰瑣記」；一八七五年一月發行的「四溟瑣記」；一八七六年二月發行的「寰宇瑣記」。以上均爲月刊，連續發行，每本八十文。一八七七年九月又創刊「瀛寰畫報」，內容包括世界時事及各地風景圖畫，此種圖畫出於英國畫家之手，而由蔡爾康作說明。每本十餘頁，刊期不定。

一八七九年（光緒五年）四月廿七日，「申報」增出星期日版，自此以後，週日不再停刊。

一八八一年（光緒七年）十二月廿四日，我國第一條電報線，自天津至上海敷設完成。三週後（一八八二年元月十六日）「申報」即採用電報傳遞諭旨。此爲我國報紙以電訊傳遞新聞之始。（註二十一）一八八四年八月，北京與天津間之電報線相繼完成，因之北京與上海間之新聞傳遞更爲便利。

一八八四年（光緒十年），正值中法戰爭，「申報」雇用俄人爲戰地特派員，親至戰地觀察法國戰艦攻擊寧波之實況。此種戰訊報道，特別詳明，使「申報」聲譽大振，發行廣告均有增加。同年（一八八四年），蔣芷湘中進士，由錢昕伯繼任主筆。是年五月八日，「申報」又創刊「點石齋畫報」旬刊。該刊係選擇較有興趣的新聞，繪製圖畫，附加文字說明，頗受讀者歡迎。

三、美查返國

一八八九年（光緒十五年），美查因年老有歸國計劃，乃將「申報」改組爲美查有限公司，收回資本，當時資本約計三十萬銀兩，分六千股，美查獨得二千股返國。（註二十二）同時自「申報」創立後，美查將歷年獲利，先後創辦點石齋石印書局，圖書集成鉛印書局，申昌書局，燧昌火柴廠與江蘇藥水廠等，均獲厚利。

美查於一九〇八年（光緒卅四年），在英國逝世。其於一八八九年返國後，「申報」即由董事阿伯諾（E. O. Abuthnot）主持，以席裕祺爲買辦、黃協塤爲主筆。此後「申報」極爲保守，讀者以官紳爲主，特重科舉與士紳新聞，致內容及版面均不求改進。一八九四年（光緒廿年）甲午戰後，新報相繼產生，「申報」則屬落伍。一八九七年十二月席裕祺去世，由其弟席裕福（子佩）繼任買辦，但編輯政策仍無改變；僅於十二月廿日起改爲油光紙印刷。

四、歸華人經營

一九〇五年（光緒卅一年）二月七日，「申報」負行改革計劃，以與上海其他報紙競爭。其要點如左：（註二十三）

1. 改變言論政策，贊同變法維新，選刊有關時事投稿；
2. 改變編輯政策，擴充篇幅爲正副兩張，編輯及標題均須醒目；
3. 多用專電，擴譯外報，增加訪員，加强新聞報導。

此時由金劍華任主筆，大事改革後，銷數增至五千份以上。

一九〇九年（宣統元年），「申報」各董事欲擴充所營之其他工商業，乃於同年五月卅一日以七萬五千元，將「申報」售予買辦席裕福。自此以後，「申報」在名義上以葡人爲經理，而實際已歸華人經營。

廿世紀初，「申報」在版面及篇幅方面，均有改進。一九〇五年，採用分欄編輯法，新聞分類編輯。（註二四）一九〇七年，改良圈點法，以便利閱讀。同年篇幅增爲三大張，翌年（一九〇八年）增爲四大張。一九〇九年一月廿五日，由單面印刷改爲雙面印刷，並以白報紙代替油光紙。版式乃成現代報紙之形式。（註二五）一九一一年八月廿四日，新闢「自由談」副刊，專刊文藝詩詞作品。

一九一二年，民國建立。「申報」售予張謇、陳陶遺及應德閎等，史量才爲社長兼任總經理。同年四月廿三日訂約，售價十二萬元。

（五）字林滬報

「字林滬報」亦爲「字林西報」之中文版。「上海新報」停刊後，鉛字置而不用，該報主筆巴爾福（Frederic Henry Balfour）商得該報同意，乃延戴譜笙、蔡爾康爲主筆，於一八八三年（光緒九年）四月二日創刊「滬報」。內容雖多譯自西報與轉載京報及港報消息，但因此時「字林西報」已取得「路透社」電訊之獨佔使用權，故有關國際新聞，「滬報」可與英文報同日刊出。惜當時讀者並不重視國際新聞，故於一九〇〇年，因營業不振售予日人之東亞同文會，易名「同文滬報」。

滬報創刊號

滬報

時報（天津）

新聞報創刊號

（六）天津「時報」

天津「時報」發刊於一八八六年（光緒十二年）十一月六日。此爲北方第一張中文報紙。該報爲天津海關稅務司德崔林（G. Detring）及怡和洋行經理加臣所創辦，延李提摩太（Richard Timothy）爲主筆。除注重商業新聞外，並每日論說一篇，七日刋圖一幅，鼓吹中國實施新政，以期躋於富强之境。「時事新論」一書，卽集該報論說而成。該報後易名爲「直報」，至庚子之亂停刋。

（七）新聞報

「新聞報」發刋於一八九三年二月十七日（光緒十九年元旦），由中外商人合辦，推英人丹福士（A. W. Danforth）爲總董，斐禮思（F. F. Ferries）爲經理，聘華人蔡爾康爲主筆。該報形式與「申報」相似，以四號字長行排印，不分欄編輯。售價每份七文，最初銷數百份，不及「申報」四分之一。未久，華股退出，由丹福士獨資經營。一八九九年（光緒廿五年）丹福士經商失敗，由美公堂宣佈破產。同年十一月四日，「新聞報」由美人福開森（John C. Ferguson）購得。當時福開森任南洋公學校長，未能親自主持，乃聘汪漢溪爲總理。未數年，銷數卽達一萬二千份，超出「申報」銷數。（註二六）

一九〇六年（光緒卅二年）六月一日。「新聞報」改組爲有限公司，在香港註册。福開森任總董，克樂凱（J. D. Clark）爲副總董，華人董事有朱葆三、何丹書、蘇寶森等。一九〇九年（宣統元年）遷入公共租界漢口路五層大樓新厦，時銷數已達一萬五千份，爲上海銷數最大的報紙。

申報館

時報館（上海）

新聞報館

民國以後，廣告、銷數均有增加。民國五年，改組爲美國公司，在美國註册。仍以福開森爲總董，汪漢溪爲經理。後增聘汪漢溪之子汪伯奇爲協理。北伐成功後，國人要求收回外報由國人自營。福開森乃於十八年元旦，將「新聞報」售予華商領袖吳在章、錢永銘（新之）與史量才等，惟仍由汪伯奇爲社長。

「新聞報」注重商業經濟新聞，並以代表工商界之利益自居。自清末以來，其銷數在全國報紙中，一直居領導地位。抗戰勝利後，號稱有二十萬份銷數，爲我國銷數最大之日報。

（八）閩報

「閩報」於一八九八年元月（光緒廿三年十二月）在福州發行。由日人宗方小太郎及中曾根武創辦。原爲二日刊，民國四年十月改爲日報，直至民國廿六年上海「八一三」戰役後始自動停刊。宗方於明治十七年至上海。後遍遊長江、華北及東北各地。甲午戰後，先後於福建創辦「閩報」，於漢口發行「漢口報」，於上海創立「東亞同文會」，均爲日本侵華之宣傳機關。日俄戰後，宗方任上海「同文書院」監督，民國三年再辦「東方通訊社」，自任社長。至民國十二年（一九二三年）二月死去，計在我國四十多年。

（九）同文滬報

「同文滬報」創始於一九〇〇年（光緒廿六年），以田野橋次爲經理，井手三郎爲主筆，爲東亞同文會之機關報。該報闢一副刊版，名「同文消閑錄」，極爲成功。按「東亞同文會」成立於一八九八年十月，由「東亞會」及「同文會」合併而成。前者由日本民間浪人所組成，成立宗旨自稱係「促進日清兩國經濟上之密切關係」，並主張爲達此目的，應先設立特殊的教育機關與通訊機關。同文會成立之宗旨，亦以教育文化相標榜。兩者性質相近，旋卽合併。東亞同文會總會設於東京，會長爲近衞篤磨公，副會長爲長岡護美子爵，經費由政府補助。其主要事業，是在上海設立東亞同文書院，開辦「同文滬報」，設立支那研究所，調查中國國情，編刊支那年鑑等。（註二十七）

（十）順天時報

「順天時報」於一九〇一年（光緒廿七年）十月在北京發行。原爲國人創辦，但未久卽由日人中島眞雄主持。該報原名「燕京時報」，由日本財閥及外務省支持，爲日本在華之半官方機關報。該報初期，京兆官廳，甚加提倡，據光緒廿九年六月九日「大公報」有紀事一則，略稱：「陳京兆尹，對『順天時報』竭力支持，代向順屬廿四州縣派銷，並前後墊交報價五百兩云云。」（註二十八）此雖寥寥數語，足見該報當時頗受歡迎。

民國以前，「順天時報」並無特殊發展，但民國以後，軍閥跋扈，對新聞界之迫害，不遺餘力，致本國報界，言論記載，動輒得咎。而「順天時報」因不受官廳干涉，故遇有重大事故，可言所欲言，盡情披露，因此銷數甚大，反成爲華北第一大報。惟日本乃利用其特殊地位，進而任意造謠，顚倒是非，挑撥離間，阻礙我國統一。此種政策，以在大隈、寺內及田中三內閣時期爲尤甚。（註二十九）

民國十七年，及國民革命軍進駐北平，排斥「順天時報」之運動隨之卽起，該報銷路亦因之大減，至民國十九年三月廿六日，自動停刊，共計發行九千二百八十四號。（註三十）

（十一）盛京時報

「盛京時報」，一九〇六年（光緒卅二年）九月一日在奉天發行，由順天時報公司創辦。民國以後，張作霖取締中國報紙極爲嚴格，致「盛京時報」在東北之地位，正如「順天時報」在華北之地位相同。該報於廿六年「七七」事變後，仍繼續發行。

日本人在華發行的中文日報，以一八九四年（光緒二十年）一月上海「東本院寺別院」出版的「佛門日報」爲最早，由佐野則悟主編，其次爲一八九七年胡璋之妻日人生駒悅發行的「蘇報」。（註三十一）

此外日人在華創刊之中文日報，尙有大連一九〇八年十一月由金子平吉發行的「泰東日報」；民國八年（一九一九）十二月由都甲文雄發行的「關東報」；民國十一年（一九二二）七月廿四日由西片朝三發行的「滿洲報」；鐵嶺民國六年（一九一七）的「鐵嶺每日新聞」；哈爾濱民國十一年（一九二二）十月一日由中島眞雄發行的「大北日報」；青島民國十三年（一九二四）七月中島勇一發行的「膠東日報」；民國十四年（一九二五）一月鬼頭玉汝發行的「大靑島報」等。

第三節　外人在華發行的英文報紙

外人在我國辦報，最初僅在研究我國文字與風土人情，以做來華傳教經商者之嚮導。而其發榮滋長，亦藉教士及商人之力。後時勢變遷，外人報紙多成帝國主義之喉舌。以時間論，外人報紙以葡文爲最早（一八二二年發行於澳門之 A Adelha da Chine「蜜蜂華報」）；數量以日文爲最多（主要報刊有五十六家）；勢力以英文、日文爲最大。列强對我之野心，可於此推而知之。並外文報刊之發行，原係供其本國僑民閱讀，然時勢所趨，我國留心外事之商人、知識份子及高級官員，亦多訂閱。故外報對於我國輿論，亦有極大影響。玆將英文主要報刊，分區予以敍述。

（一）華南地區

外人在華發行之英文報紙，最先起源於廣州，如「廣東紀錄報」、「廣東新聞」、「中國文庫報」等。嗣香港割英，則香港成爲英文報紙之發祥地。如「香港公報」、「中國之友」、「德臣西報」、「孖刺西報」、「香港電訊報」與「南華早報」等。其後隨英人之勢力，向北方發展，首爲上海，次爲天津，而後至北京、青島名地。（註三十二）

1、廣東紀錄報（Canton Register）與廣東新聞（Canton Press）

「廣東紀錄報」，於一八二七年（道光七年）十一月八日，由怡和洋行經理馬德生（James Mat-

上海泰晤士報

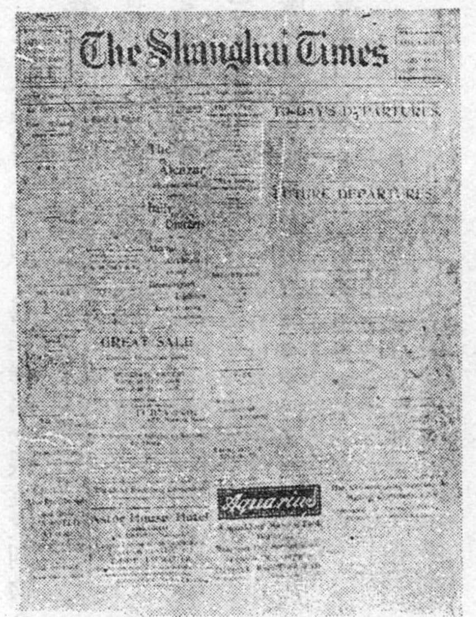

The Shanghai Times

TO-DAY'S DEPARTURES

FUTURE DEPARTURES

GREAT SALE

Aquarius

香港公報

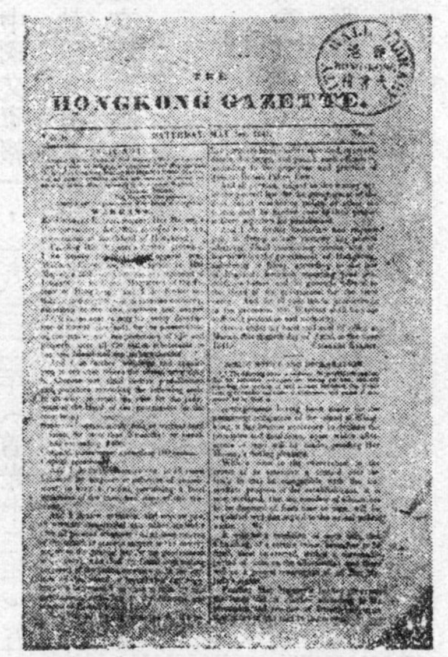

THE HONGKONG GAZETTE.

京津泰晤士報

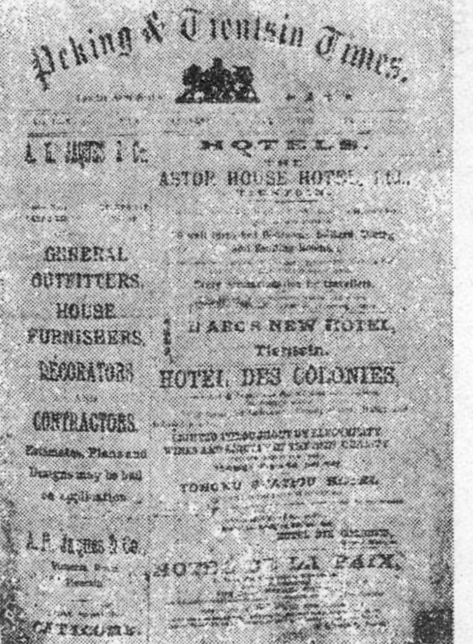

Peking & Tientsin Times.

HOTELS.

ASTOR HOUSE HOTEL

GENERAL OUTFITTERS, HOUSE FURNISHERS, DECORATORS AND CONTRACTORS.

HOTEL DES COLONIES

HOTEL DE LA PAIX

THE FIRST ISSUE CALLED "PEKING AND TIENTSIN TIMES."

中國評論天津

THE CHINA REVIEW

An Evening Journal of MEN AND MATTERS

heson）發行於廣州。週刊，爲在華第一張英文刊物。執筆者有馬禮遜、施賴德（John Slade）等。一八三九年（道光十九年）遷澳門發行。嗣香港割英，一八四三年又遷香港，易名香港紀錄報（Hongkong Register）。一八三三年在廣州曾附刊 Canton General Price Current。一八四五年起在香港附刊 The Overland Register and Price Current，於中英之初期商務言之甚詳。該報至一八五三年（咸豐三年）停刊。

「廣東新聞」亦爲廣州英僑所發行，創刊於一八三五年（道光十五年）十一月十二日，週刊。一九三九年遷澳門，至一八四四年停刊。

二、中國文庫報（Chinese Repository）

「中國文庫報」，一八三二年（道光十二年）五月發行於廣州，美國醫生柏克（Peter Parker）創辦。執筆者有馬禮遜、郭實獵等。至一八五三年停刊。其中所記，多爲當時外人在華之商務報告。對於中國文字及華人生活，亦有精細研究。（註三十三）

三、香港公報（Hongkong Gazette）與中國之友（The Friend of China）

「香港公報」爲香港第一種英文報刊，一八四一年（道光廿一年）五月一日，由馬禮遜創辦。翌年（一八四二年）三月十七日發行「中國之友」，易名「中國之友與香港公報」，仍由馬禮遜主辦。該報爲半週刊。執筆者有懷特（James White）、卡爾（Jorr Carr）、特潤特（William Tarrant）等。一八五〇年特潤特收買該報，對香港政府猛烈攻擊。一八五八年英政府不滿該報言論，遭停刊數月。一八六〇年遷廣州發行。一八六六年復遷上海，改爲晚報。一八六九年易名 The Friend of China and Shipping Gazette ，未久停刊。

四、德臣西報（China Mail）

「德臣西報」於一八四五年（道光廿五年）二月二十日由英人蕭德銳（Andrew Shortrede）創辦，後歸狄克遜(Andrew Dixson）所有。初爲週刊，是一張半官方性的報紙。一八七六年二月一日，收買香港晚郵報及船期紀錄報(Hongkong Evening Mail and Shipping List)，而後改爲晚刊日報。（註二十四）

「香港晚郵報」係由英人尼古拉•但尼士於一八六四年（同治三年）創刊。兩報合併後，但尼士即任「德臣西報」主筆，直至一九〇〇年，始由柏內特繼任。

「德臣西報」的宗旨，在維護英人在遠東的利益，對於我國內政問題，較少涉及。滿清末年，曾同情革命黨，攻擊滿清政府。該報於一八六四年曾發行「華字日報」中文版，由陳藹亭主持。

五、孖刺西報（Daily Press）

「孖刺西報」發刊於一八五七年（咸豐七年）十月一日，爲英人賴德（Ges M. Ryder）創辦，後由孖刺（Yorick J. Murrow）任主筆。「德臣西報」創刊雖早，但最初爲週報，所以「孖刺西報」爲香港第一張日報（早刊）。該報於一八五八年發行中文版「中外新聞」，亦為我國近代第一張日報。

自一八六七年（同治六年）起，「孖剌西報」每逢週五增刊「香港週報暨大陸商業彙報」，約三十頁，內載商業及船舶消息。

六、士蔑西報（Hongkong Telegraph）

「士蔑西報」發行於一八八一年（光緒七年）六月十五日，由美籍牙醫約瑟夫•諾貝爾創辦。士蔑氏（Robert Frazer-Smith）為主筆。士蔑氏是位胆大敢言的主筆，雖因誹謗坐牢，但極受讀者的支持。他直至一八九五年逝世，始放棄主筆的職務。（註三十五）

一九〇〇年，「士蔑西報」落入鄧肯（Chesney Duncan）與法蘭西斯（T. T. Francis）之手，組成有限公司，大部股份為港僑華人持有。他們認為該報言論公正，頗能代表他們的意見。

七、南華早報（South China Morning Post）

十九世紀末，香港僅有三家英文日報，即「德臣西報」、「孖剌西報」與「士蔑西報」。而目前銷數最大的「南華早報」却是二十世紀的產兒。

一九〇三年（光緒廿九年）三月十八日克寧漢（A. Cunningham）組成南華早報有限公司，資本十五萬元。克寧漢曾於星加坡、上海、香港新聞界服務。其於同年十一月七日創刊「南華早報」。每天出紙一張，售價一角，較他報為廉。

「南華早報」的發行政策，與「孖刺西報」相反，前者以普通市民爲對象，而後者則以名商巨賈爲對象。所以「南華早報」爲香港第一張大衆化的英文報。一九〇六年，它的銷數僅有六百份，與「孖刺西報」接近。(註三十六)

八、戰前香港英文報概況

民國三十年(一九四一)太平洋戰爭爆發前夕，香港英文報，計有兩家早報：「南華早報」與「孖刺西報」；兩家晚報：「德臣西報」與「士蔑西報」。(註三十七) 另外還有一張星期前鋒報 (Sunday Herald)，爲「南華早報」之星期增刊。

「南華早報」已成爲香港銷數最多和影響力最大的報紙，銷數約五千份。廣告收入極佳，戰後銷數增至九千份，星期增刊亦仍發行。

「士蔑西報」已成爲「南華早報」的晚刊，每日對開一張。而它的對手「德臣西報」原爲小型報，但消息靈通，聲譽較好，戰後改爲大型報。現亦歸屬「南華報業公司」。

「孖刺西報」經營不良，銷數很少，戰時「國民日報」在香港創刊後，該報與「國民日報」合作，爲中國政府宣傳。(註三十八) 民國三十年(一九四一年)十二月，日軍進攻香港時，報社中彈全毀。

(二) 華中的英文報紙

外人在華中之英文報紙，係以上海爲中心；漢口亦曾出版過幾家英文報，根據上海市通志館出版的

「上海的定期刊物」記載，自一八五〇年至一九三五年，僅上海市發行的英文期刊，就有九十六種之多。(註三十九)其中重要者有「北華捷報」、「遠東釋疑」、「密勒氏評論報」與「遠東評論」等。在英文日報中，計有「字林西報」、「上海泰晤士報」、「文匯報」、「益新西報」(Shanghai Daily Press)、「捷報」(China Gazette)、晚報(Evening Gazette)、大美晚報(Shanghai Evening Post)與「大陸報」等。其中發行最久影響最大者，以「字林西報」、「文匯報」、「上海泰晤士報」及「大陸報」爲最著。

漢口英文報紙，可供查考者計有四家：最早爲一八六六年(同治五年)發行的漢口泰晤士報(Hankow Times)，以後有一九〇四年(光緒三十年)的楚報(Central China Post)、漢口每日新聞(Hankow Daily News)與「自由報」等，茲將重要者分別予以說明。

一、北華捷報(North China Herald)

「北華捷報」爲上海最早、歷史最久而影響力最大的英文報紙，創刊於一八五〇年(道光三十年)八月三日，由雪爾曼(Henry Shearman)主編，每週出版一次。一八六一年，增出中文版「上海新報」(週刊)，後改爲二日刊及日報，計發行十二年。一八六七年四月八日，「北華捷報」增加商情，易名北華捷報與市場報導(North China Herald and Market Report)。一八七〇年一月四日增刊The Supreme Court and Consular，但不久卽合併爲North China Herald and Supreme Court and Consular。(註四十)

字林西報館（上海）

漢口英文每日新聞報館

德臣西報館（香港）

二、字林西報（North China Daily News）

一八六四年（同治三年）七月一日，因船舶及商業消息增多，乃增刊「字林西報」，每日發行。該報爲純英國式報紙，代表英國利益，爲上海工部局之機關報。其立論常與華人相反，對我國政治極有影響力。戰前銷數約有五千份。（註四一）發行至大陸淪陷（一九四九年）停刊。

三、遠東釋疑（Notes and Queries On the Far East）

「遠東釋疑」，一八六七年（同治六年）英人偉烈亞力（Alexander Wylie）創辦。季刊，泛論中國歷史、宗教、語言、及批評有關中國遠東問題之書籍。一八七二年易名China Review，至一九二三年，又易名 China Journal of Science and Art，改月刊，由蘇爾西（C. Sowersy）編輯，科學方面，蘇氏自行主持；美術方面，由福開森任之，極爲美觀。

四、文匯報（The Shanghai Mercury）

「文匯報」，一八七九年（光緒五年）四月十七日，爲英人克樂凱（J. D. Clark）、李溫登（C. Rivington)所創辦。爲上海重要晚報之一。民國十二年（一九二三年）其股份大部爲日人所有，言論傾英祖日。民國十九年（一九三〇年），該報併於大美晚報（Shanghai Evening Post）。（註四十二）

五、上海泰晤士報（Shanghai Times）

「上海泰晤士報」，亦爲重要英文日報之一，於一九〇一年（光緒廿七年）爲美人創刊，後歸英人。其歷史較「字林西報」爲晚。（註四十三）民國後，印度人侯普（I. Hope）曾任該報主筆。後被日本人收買，爲日本在華之機關報。抗戰勝利後其資產爲我國政府接受，易名中國論壇（China Tribune）。後又易名爲上海前鋒報（Shanghai Herald），至民國卅八年上海撤退停刊。

六、大陸報（China Press）

辛亥革命成功後，伍廷芳出任外長，其出資發行英文「大陸報」。（註四十四）於一九一一年（宣統三年）八月廿三日正式創刊，由弗萊世（B. W. Fleisher）主持，聘米蘇里大學畢業生密勒（Thomas C. Millard）爲主筆。是純美國式的英文報紙。民國六年（一九一七年）售與英籍猶太人伊茲拉（Edward Ezra）。民國十九年轉售華商團，由張竹平爲總經理，以董顯光爲主筆。當時星期增刊達四十頁，銷數約二千份。（註四十五）民國三十年太平洋戰爭爆發後，曾短時停刊，戰後復版，至卅八年上海撤退再停。

七、密勒氏評論報（Weekly Review of Far East）

「密勒氏評論報」（週刊）係於民國六年六月九日由主編英文「大陸報」的密勒氏創辦。（註四十六）內容以評論政治、財政爲主。民國十年，易名遠東週刊（Weekly of Far East）。民國十二年六月，密勒氏擔任我國政府顧問，改由鮑威爾（John B. Powell）主持。並易名爲中國每週評論（The China Weekly Review），董顯光爲該報大股東，並任副主編。（註四十七）太平洋戰爭爆發，該報停刊。勝利後，由小鮑威爾接辦，因爲他的太太是共產黨，所以爲共產黨宣傳。共匪竊据大陸後，仍繼續發行。韓戰期間，竟報導美國使用細菌戰，引起軒然大波，爲人所不齒。

八、遠東評論（Far Eastern Review）

「遠東評論」創刊於一九〇四年（光緒卅年）由澳人端納（William H. Donald）發行。月刊，內容偏重商業報導，但也有政治評論。端納於民國十七年轉任張學良顧問（民國廿三年轉任 蔣總統顧問），乃將該刊售予布朗生•瑞（Bronson Rea）續辦。該刊在「九一八」至民國廿四年，同情我國。以後發行人被日本收買，因之言論態度轉變。（註四十八）

九、漢口「自由西報」（Hankow Herald）

英文漢口「自由西報」是民國十二年（一九二三年）四月三十日由美人舒華茲(Bruno Schwartz)與華人周培德（Peter Jowe）創辦。自創辦至民國十五年由林芳伯（Wilfred Ling）任主筆。後主筆數易，而以陳欽仁爲最久（自民國廿五年至卅二年）。民國廿一年，刁作謙任外交部情報司長時收買該報而成外交部機關報。（註四十九）民國廿七年十月，於日軍進攻漢口前，自動停刊。翌年三月在重慶復版，最初仍用原名，後易名 National Herald，中文譯名仍用「自由西報」。

民國卅五年在重慶停刊，機器設備由政府出售。該報同仁至上海接收日人之「上海泰晤士報」設備，創刊中國每日論壇報（China Daily Tribune）不久易名爲上海前鋒報（Shanghai Herald）。該報至民國卅八年停刊。

（三） 華北的英文報紙

華北的英文報紙，以天津、北平爲中心，靑島、芝罘也各有一家英文報紙。

天津先後計有四家英文日報，卽「中國時報」、「京津泰晤士報」、「華北明星報」與「華北郵報」。

一、中國時報（China Times）

「中國時報」發刋於一八八六年（光緒十二年）十一月，主筆爲亞歷山大•密基，是位極有才華的主編。雷穆生所著之「天津小史」，稱「中國時報」爲遠東最好的報紙之一。（註五十）一八九一年，密基退休該報隨之停刋，其設備爲天津印刷公司收買。

二、京津泰晤士報（Peking and Tientsin Times）

天津印刷公司爲英人貝令罕（W. Bellingham）所經營，他收買「中國時報」後，於一八九四年三月創刋「京津泰晤士報」週刋。

一九〇二年（光緒廿八年）十月一日，改爲日報。第一次大戰後，該報由伍德海（George Woodhead）擔任主筆。他對中外重要問題，都有堅強主張。同時該報爲天津工部局機關報，勢力很大。當時一位美國記者，曾評該報爲「外人在華北的聖經」。（註五十一）民國十九年（一九三〇年）十月，伍德

中國時報（天津）

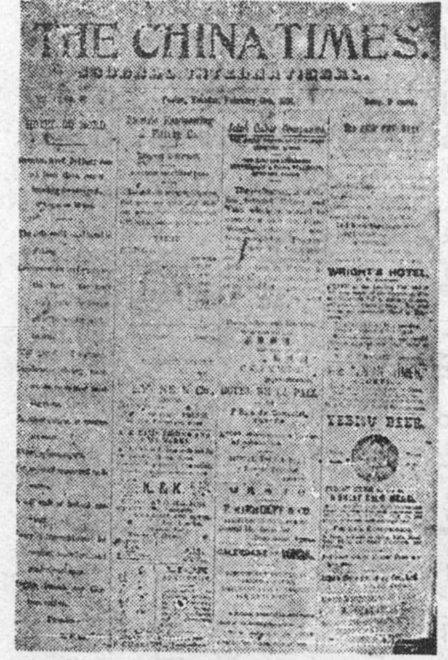

THE CHINA TIMES.

WRIGHT'S HOTEL

YEBISU BEER.

中國時報館

海辭職，由彭內爾（W. V. Pennell）繼任。民國廿七年九月，被日本强迫停刋。

三、華北明星報（North China Star）

「華北明星報」是美國人法克斯博士（Dr. Charles J. Fox）發行，刋於民國七年（一九一八年）八月。法克斯博士，曾任記者、律師，並在北洋大學任教。（註五十七） 董顯光曾任該報董事，亦參與編輯工作。該報與北平的每日新聞(Peking Daily News)相似，新聞豐富，報導迅速。民國十五年，法克斯博士退休，董顯光改辦中文「庸報」，乃售與依凡斯（Evans）續辦。至民國廿八年（一九三九年）六月亦被日本强迫停刋。

四、華北郵報（North China Daily Mail）

「華北郵報」是份晚報，爲日本的宣傳機關報，創刋日期不詳。民國廿六年（一九三七年）國人在天津發行英文郵報（Evening Post），但「七七」事變後卽停刋。

北平的英文報紙，比較著名者計有「北京英文日報」、「北京時報」、「北京導報」與「北平英文時事日報」等。

五、北京英文日報（Peking Daily News）

「北京英文日報」於宣統二年（一九一〇年）創刋，係顏惠慶用總理各國事務衙門的錢辦的。顏本人任主筆。民國後，袁世凱當政，不願出錢續辦，乃售廣東人朱琪。朱氏已辦有中文「北京日報」，他買了「北京英文日報」後，聘英人伍德海為主筆。民國三年（一九一四年）五月伍德海辭職自辦報紙。乃由董顯光接任。並延印人侯普為副主筆。當時該報祇重評論，不重新聞。自董氏主編後，完全採用美國的辦報方式，充實內容，加强新聞報導。（註五十三）在言論政策方面是反袁反日。民國七年，該報由段祺瑞系紅人徐樹錚收買，採親日政策，董乃辭職，一年後隨卽停刊。該報最多銷數約一千份。

六、北京時報（Peking Gazette）

英人伍德海脫離「北京英文日報」後，約於民國三年（一九一四年）五月創刊英文「北京時報」。該報仍重評論，不重新聞。第一次大戰結束後，伍德海聘至天津英文「京津泰晤士報」擔任主筆，乃將「北京時報」售予當時財政總長周自齊，而由陳友仁以七萬元出面購得。陳延辜鴻銘撰特寫，銷數乃超出「北京英文日報」，約一千多份。（註五十四）以後該報數易其主，大約於民國廿五年停刊。

七、人民論壇報（People's Tribune）

「人民論壇報」民國十四年國民黨在北平創辦，由美國人普魯姆（Mr. Prome）任發行人。十六年春，革命軍攻下武漢，張作霖任大元帥，加强壓迫報紙，因不能立足，遷武漢出版。武漢淸共，普魯姆以親共離華赴俄；改由林語堂任社長。寧漢合作，該報停刊。

八、北平導報（Peking Leader）與北平時事日報（Peiping Chronicle）

「北京導報」原由美人柯樂文所主持。民國十八年（一九二九年）多售予國民黨中央宣傳部。民國十九年易名「北平導報」。民國廿一年二月，因刊載高麗獨立黨宣言，且配有社論，涉及日本天皇，日使館乃堅請華北綏靖公署公開道歉，懲辦發行人刁作謙，並勒令永久停刊。（註五十五）上海中文「民國日報」亦遭同一命運。是年夏，「北平導報」易名「北平英文時事日報」，於民國廿一年六月七日發行，仍由刁作謙主持。但爲免於外力干涉起見乃由英人舍爾頓・李治出面負責。（註五十六）「七七」事變後，李治被捕，後死於獄中。而「時事日報」由日本接管。報名易爲「北京英文時事日報」（Peking Chronicle）。抗戰後於民國卅四年十月一日復刊，後增至每日三大張。民國卅七年六月，增出天津版。是年底平津淪陷，兩版隨之均停。

九、青島時報（Tsingtao Times）

「青島時報」創刊於民國十三年二月六日，由英國仁德公司出版。主筆爲茂蘭，是一份小型英文報。其他外人發行之英文報紙，尚有英人發行的厦門公報（Amoy Gazette）；福州的每日回聲報（Foochow Daily Echo）；日人在天津發行的中國廣知報（China Advertiser）與日人在北京的華北正報（North China Standard）等。後者與日人之「順天時報」，同於民國十九年三月停刊。

第四節 在華發行的日文報紙

（一）在華日文報紙的創始

根據一八九四年（明治廿七年）二月二日東京「自由新聞」記載，日人在華發行之日文報紙，以「上海新報」、「上海時報」及「上海週報」爲最早。（註五十七）

「上海新報」發行於一八九〇年（光緒十六年）六月五日，由松野平三郎主持的修文書館創刊。週報，每份訂價十文錢。「上海時報」係一八九二年由上海日本青年會創辦。以上兩報，發行均不及一年停刊。「上海週報」係上海乍浦路共同活版所於一八九四年一月創刊。內容注重中日商情，以擴充日清貿易之木鐸自許。中文「佛門日報」亦於同時（一八九四年）創刊，以佐野則吾爲主筆。爲日人在華發行之中文報紙最早者。

據東京「讀賣新聞」一八九六年四月十三日記載：同年三月廿七日，上海美租界乍浦路一八九號創刊日文「上海時事」。發行宗旨略謂：「馬關條約訂定後，清國續開四港，兩國貿易，勢必日熾，本邦貿易家，應審知上海商界之形勢，故出此刋以助之云。」（註五十八）

早期文献資料，除以上記載外，已無可稽考。茲就「七七」事變前，日人在華發行之日文報紙概況，分區予以說明。（註五十九）

（二）華中及華南地區

華中及華南地區之日文報紙，以上海爲中心，其他城市有日文報紙發行者，尚有漢口、閩侯、思明、廣州、及香港等地。

二次大戰前，上海日文報紙，計有「上海週報」、「上海日報」、「上海日日新聞」與「上海每日新聞」等四家，同時發行。

「上海週報」，係一九〇三年（光緒廿九年）十二月廿四日發行，由竹川藤太郎創刊。

「上海日報」，原名「上海新報」（週報），係一九〇三年十二月廿六日創刊。次年三月十六日改爲日刊，並易名「上海日報」，爲華中日文報之領袖。

以上「上海週報」及「上海新報」與一八九〇年及一八九四年分別發行之「上海新報」與「上海週報」是否相關，尙待查考。

「上海日日新聞」，係民國三年（一九一四年）十月一日由宮地貫道創刊。

「上海每日新聞」，原名「上海經濟日報」，係民國七年（一九一八年）十一月三十日，由深町作次郎創辦。該報由上海日本證券交易所支持（每月津貼三萬元），經濟報導特別出色。民國十三年十月，易名「上海每日新聞」。

漢口計有日文報三家：

「漢口日報」，係岡幸七郎於一九〇七年（光緒卅三年）八月一日創刊。

「漢口日日新聞」，係宮地貫道於民國七年（一九一八年）元旦創刊。

「漢口公論」週刊，係民國十二年（一九二三年）創刊。

閩侯「福州時報」（半週刊），係津田七郎於民國七年（一九一八年）五月創刊。

思明「南支那」週刊，民國十二年（一九二三年）創刊。

廣州「廣東日報」，係平井眞澄於民國廿二年（一九三三年）六月創刊。

香港「香港日報」，係松島宗衞於一九〇九年（宣統元年）九月一日創刊。

香港「南支那新報」，係平井眞澄於民國十年（一九二一年）六月十七日創刊。

（三）東北地區

一九〇四年日俄戰爭後，日本勢力侵入我國東北。中東鐵路的長春經瀋陽至大連支線，爲日本據有，改稱南滿鐵路，南滿地區卽屬日本勢力範圍。其僑民及經濟勢力，自屬與日俱增。而日本在華之報業亦隨之蓬勃發展。「九一八」事變後，日人强佔東北，建僞「滿洲國」，其勢力自不待言。

一、大　連

大連計有「滿洲日報」、「滿洲新報」、「滿洲重要商況日報」、「滿洲商業新報」、「大連新聞」、「埠頭日報」與「滿洲報」等。其中以「滿洲日報」及「大連新報」較著名。

「滿洲日報」原名「遼東新報」，一九〇五年（光緒卅一年）十一月廿五日由未永純一郎創刊。大連爲日人經營東北之基地，該報創刊最早，並得南滿鐵路公司的支持，勢力很大。民國十二年一月合併「大陸日日新聞」，民國十六年十一月，又合併「滿洲日日新聞」，並易名「滿洲日報」。銷數在日文報中佔第一位。「滿洲日日新聞」係星野錫於一九〇七年十一月三日創刊。

「滿洲新報」係一九〇九年（宣統元年）二月創刊。

「滿洲重要物產商況日報」，係井長次郎於民國二年（一九一三年）七月廿八日創刊。

「滿洲商業新報」，原名「大連經濟日報」，係松本杉於民國六年（一九一七年）十二月四日創刊。一九二三年易名「滿洲商業新報」。

「大連新聞」，係立川云平於民國九年（一九二〇年）一月創刊，爲輿論之權威。

「埠頭日報」，係富田喜代三於民國九年（一九二〇年）十一月十八日創刊。

「滿洲報」，係藤田溫二於民國十年（一九二一年）四月廿九日創刊。

二、遼　陽

「遼陽每日新聞」，係渡邊德重於一九〇八年（光緒廿四年）三月十日創刊。

三、瀋　陽

「奉天日日新聞」，原名「南滿日報」，係矢野勘於一九〇八年十二月創刊，民國元年九月一日易名「奉天日日新聞」。

「奉天新聞」，係佐藤善雄於民國六年（一九一七年）九月一日創刊，爲輿論之權威。

「奉天每日新聞」，係松宮幹樹於民國七年（一九一八年）七月一日創刊；係收買當地「內外通訊」易名。該刊於一九〇七年七月創刊。

四、鐵　嶺

「鐵嶺時報」，係西尾信於一九一一年（宣統三年）八月一日創刊，爲日領事館及日僑民之機關報。

「鐵嶺每日新聞」，係由田釆之助於民國六年（一九一七年）十一月三日創刊。

五、開　原

「開原新聞」，係山田民五郎於民國八年（一九一九年）二月十一日創刊。

六、四　平　街

「四洮新聞」，係泉本章太郎於民國九年（一九二〇年）十月十日創刊。

七、長　春

「新京日報」，原名「長春日報」，係箱田琢磨於一九〇九年（宣統元年）元旦創刊。民國六年易名「北滿日報」。民國廿一年僞滿洲國成立後，定都長春，該報再易名爲「新京日報」。

「新京日日新聞」，原名「長春實業新聞」，係染谷保藏於民國九年（一九二〇年）十　月十五日創刊，一九三二年易名「新京日日新聞」。

「大滿蒙報」，係大石隆基於民國廿一年（一九三二年）九月十八日創刊。

「大新京日報」，係中尾龍夫於民國廿四年（一九三五年）九月十八日創刊。

八、永　吉

「吉林時報」（週刊），於民國元年（一九一二年）創刊。

「松江新聞」，係三橋政明於民國十二年（一九二三年）創刊。

九、濱　江

「北滿洲」週刊，係水野清一郎於民國三年（一九一四年）七月創刊。

「哈爾濱日日新聞」，係大澤集於民國十一年（一九二二年）一月十二日創刊。

「哈爾濱新聞」，係大原厚仁於民國二十一年（一九三二年）創刊。

十、間　島

「間島時報」（半週刊），係山崎慶之助於一九一〇年（宣統二年）創刊。

「間島新聞」，係安東貞元於民國十年（一九二一年）創刊。

十一、撫　順

「撫順新報」，係坂本格於民國十年（一九二一年）二月十四日創刊。

十二、營　口

「滿洲新報」，係岡部次郎於一九〇八年（光緒卅四年）二月十一日創刊。

「營口經濟日報」於民國十二年（一九二三年）創刊。

十三、安東

「安東新報」，係金子彌平於一九〇六年（光緒卅二年）十月十七日創刊。民國元年（一九一二年）九月合併「安東每夕新聞」。該報於一九〇八年由嘉納三治創刊。

「滿韓日報」，係野口多內於一九〇七年六月創刊。

「安東時報」，係金村長於一九〇七年六月創刊。

「滿洲實業新報」，係椿井必治於一九〇七年九月創刊。

「東邊時報」，係金村長於一九〇八年九月創刊。

「國境每日新聞」，係吉永成一於民國十七年（一九二八年）元旦創刊。

（四）華北地區

華北地區之日文報紙，分佈於青島、濟南、天津及北平四地。其中以天津爲最早，北平次之，而第一次大戰爆發後，日本乘機侵入山東，隨於青島及濟南發行報紙。

一、天津

「天津日報」，原名「北支那每日新聞」，係豐岡保平於一九〇三年（光緒廿九年）八月創刊。一九一〇年合併西村博之「北清時報」，易名「天津日報」。

「京津日日新聞」，係森川照太及田原楨次郎於民國七年（一九一八年）十月創刊。

「天津經濟新報」（週刊），係小宮山繁於民國九年（一九二〇年）八月創刊。

二、北　平

「新支那週報」，係藤原鎌兄於民國元年（一九一二年）三月創刊。民國十二年（一九二三年）九月，增出「新支那日報」。

「北京新聞」，係森川照太於民國十二年八月卅一日創刊。

三、青　島

「青島新報」，係鬼頭玉汝於民國四年（一九一五年）一月十五日創刊，代表資產階級。

「山東每日新聞」，原名「山東新報」，係長谷川清於民國六年（一九一七年）創刊。

「青島實業日報」，係渡邊文治於民國八年（一九一九年）十月十五日創刊。

「青島商況日報」，係鬼頭玉汝於民國九年（一九二〇年）九月創刊。

「青島日日新聞」，係小川雅三於民國十一年（一九二二年）十月卅一日創刊，代表無產階級，與「青島新報」對立。

四　濟　南

「齊魯時報」(二日刊)，係岡伊太郎於民國四年(一九一五年)八月創刊。

「山東新聞」，係川村倫道於民國五年(一九一六年)六月七日創刊。

「膠濟時事新報」，原名「濟南經濟報」，係岡伊太郎於民國五年(一九一六年)七月創刊，民國十二年易名。

第五節　在華發行的法、俄、德文報紙

(一)　法文報紙

二次大戰前，法國在我國的僑民，共約三千餘人。當時發行的法文報紙，計有「上海日報」、「北京新聞」與「天津人報」，而「天津人報」係「北京新聞」的天津版，並在北平印刷，所以實際僅有兩家。不過上海爲在華法文報紙的中心，前後有十五家之多，其中最著名者，有「上海新聞」、「中法新彙報」與「上海日報」等。(註六十)

「上海新聞」(Le Nouvelliste De Shanghai) 係一八七〇年(同治九年)十二月五日由比爾(H. A. Beer) 主編，是上海最早的法文雜誌(週刊)，計發行三年，至一八七二年十二月卅一日停刊，共一百八十二期。另一種法文期刊，爲「進步週報」(Le Progress) 創刊於一八七一年三月廿一日，至次年一月廿三日停刊。「上海差報」(Le Courrier de Shanghai) 週刊，創刊於一八七三年元月十六日，僅發行三期停刊。

一八八五年（光緒十一年），法人薩拉陪利將他的印刷所自日本搬至上海，發行「上海回聲報」（L' Echo de Shanghai）結果僅發行八個月。

一八九六年（光緒廿二年）六月，瑞士人喀斯推剌出版一種法文週刊，叫做「中國差報」（Le Courrier de Chine）營業情形不佳，同年九月，易名「中國通訊」(Le Messager de Chine)，亦未成功。

上海第一家成功的法文報紙，為一八九七年（光緒廿三年）七月由上海法租界發行的「中法新彙報」（L' Echo de Chine），該報由雷墨爾（M. Lemiere）主編。雷墨爾原於「中國差報」任職，曾發行一個附刊，每日出版四頁。該報刊登廣告，內容有進出口船期報告，郵政消息，滙率表，氣象報告及本地新聞等。每日六點鐘附刊印好，送至「中國差報」的訂戶家中，不收費。以後法租界當局聘請雷墨爾主編「中法新彙報」。

「中法新彙報」連續發行卅年始停刊。繼之而起者為「上海日報」（Le Journal de Shanghai)，為中國最大而最有勢力的法文報紙。該報創刊於民國十六年十二月十日，讀者除上海外，尚有外埠的法國僑民、教士等。二次大戰前，由馬雷司德主編。每日出版二大張至四大張，銷數約二千份。

「北京新聞」（Jourual de Pekin）為北京最早的法文報，係馮勒培於一九一一年創刊。（註六十一）歐洲大戰爆發後，其返法國，由弗烈德主持。民國五年售亞爾培•那巴，其經營該報直至民國廿二年去世為止。民國十年「北京新聞」增出「天津人報」（Le Tientsinois），其內容除報名外，與「北京新聞」完全相同，兩報均在北京印刷。

民國廿二年亞爾培去世後，由其子安特烈•那巴繼續發行，銷數約六百份。讀者包括法國、義大利

中法新彙報

L'ECHO DE CHINE

德文新報

Der Ostasiatische

Leonhardi's Tinten

的教士、僑民以及平、津一帶的法國駐軍。

「天津人報」發行後曾有法文「天津回聲報」(Echo de Tientsin)創刊，但因法國僑民太少，所以不久卽告停刊。

(二)俄文報紙(註六十二)

在華發行的俄文報紙，係以哈爾濱及上海爲中心。在哈爾濱發行的俄文報紙，計有「新生活報」、「霞報」、「傳聲報」、「俄聲報」、「回聲報」、「風聞報」及「中東路經濟週刊」等。其中以「新生活報」、「霞報」及「回聲報」較重要。在上海發行之俄文報紙，計有「上海霞報」、「俄國報」、「俄國回聲報」、「東方報」與「設計者報」等。其中以「上海霞報」及「俄國報」較著名。

「新生活報」(日刊)係俄國白黨於一九〇五年(光緒卅一年)創刊，每週增出畫刊一張，以後言論漸左傾。

「霞報」，亦係白俄創辦，分早晚兩版，每日發行。早刊稱「朝霞」，晚刊稱「晚霞」。以前在哈爾濱最有影響力；後在上海設有分版。

「回聲報」，爲蘇聯共產黨在東北之機關報。

「上海霞報」，爲哈爾濱「霞報」之分版，反對俄共政策。

上海「俄國報」，係俄國前皇族尼可來公於民國十四年發行，鼓吹復辟，執筆者多武人，持論頗激。當時因張作霖、張宗昌收容白黨要人，故該報對其極爲推崇。

除俄文報紙外，俄人曾於上海發行英文觀察報（China Observer）。

（三）德文報紙（註六十三）

二次大戰前，德僑以居住上海者爲最多，約計一千八百人。故在華發行之德文報紙，係以上海爲中心。青島亦有德文報紙，但尙無資料可供查考。上海之德文報紙，前後計有六種：

「德文新報」（Der Ostasiatische Lloyd）週刊，係芬克（C. Fink）於一八八六年（光緒十二年）創刊，爲德國在華宣傳商業的機關報。同時發行華文「協和報」，至一九一七年，我國對德宣戰，兩報均停刊。

「遠東報」（Der Ferne Osten）係「德文新報」主筆芬克於一九〇二年（光緒廿八年）創刊，發行滿三卷卽停。

「東亞教師報」（Ostasiatische Lehrerzeitung），一九一一年（宣統三年）創刊。

「德華新聞週報」（Deutsche China Nachrichten Weekly），民國十一年九月十八日創刊，德人李希德（G. W. Richter）創辦，內容以商務爲主，以德、華、英三種文字併刊。

「衡橋週刊」（Die Brucke Weekly）係斯特洛司（G. Straus）於民國十四年創辦，內容以轉載歐洲新聞，及譯述中文報之消息言論爲主，亦有廣告，銷數僅兩百份。

「德文協和報」（China-Dienst）半週刊，民國廿一年十月一日創辦。

本章註解

註一：戈公振：中國報學史（臺北，學生書局，民國五十三年）第八十七頁。
註二：胡道靜：新聞史上的新時代（上海，世界書局，民國卅五年）第六頁。
註三：同上
註四：同上，第七頁。
註五：同上
註六：戈公振：中國報學史，第九十一頁。
註七：胡道靜：新聞史上的新時代，第八頁。
註八：戈公振：中國報學史，第九十頁。
註九：參照戈著中國報學史，第九十二頁至一百頁。
註十：胡道靜：新聞史上的新時代，第十頁。
註十一：同上
註十二：同上
註十三：同上，第十二頁。
註十四：同上
註十五：同上，第十四頁。
註十六：胡道靜：申報六十六年史（上海，民國二十年）。
註十七：詳見「申報」創刊號（國立中央圖書館珍藏室）。
註十八：同上
註十九：同上
註二十：袁昶超：中國報業小史（香港，新聞天地社，民國四十六年）第七十八頁。

註廿一：胡道靜：申報六十六年史。

註廿二：同上

註廿三：同上

註廿四：申報社：申報五十週年紀念（上海，民國十一年）

註廿五：同上

註廿六：袁昶超：中國報業小史，第八十二頁。

註廿七：胡道靜：新聞史上的新時代，第卅四頁。

註廿八：天津「大公報」社論，民國十九年三日廿七日（見「國聞週報」第七卷十二期第七頁）

註廿九：同上

註三十：同上

註卅一：胡道靜：新聞史上的新時代，第卅三頁。

註卅二：Patterson, D. D., The Journalism of China (The University of Missouri Bulletin, 1922)
P.P. 23-24

註卅三：Ibid

註卅四：林友蘭：香港報業發展史略（報學：二卷十期，民國五十一年八月，第一〇一頁）

註卅五：同上，第一〇七頁。

註卅六：同上

註卅七：同上，第一一四頁。

註卅八：同上

註卅九：胡道靜：上海的定期刊物（上海，通志館，民國廿四年）第五十二至六十九頁。

註四十：同上，第五十二頁。

註四一：Patterson: The Journalism of China P. 69

註四二：胡道靜：上海的定期刊物，第五十三頁。

註四三：董顯光：在中國辦的英文報紙（臺北，報學，二卷六期，民國四十九年四月，第六十四頁）。

註四四：同上

註四五：同上

註四六：胡道靜：上海的定期刊物，第五十六頁。

註四七：董顯光：在中國辦的英文報紙，第六十四頁。

註四八：同上

註四九：同上

註五十：胡道靜：新聞史上的新時代，第廿六頁。

註五一：同上

註五二：董顯光：在中國辦的英文報紙，第六十三頁。

註五三：同上

註五四：同上

註五五：徐詠平：中國國民黨黨報發展史略（臺北，報學，一卷九期，第十九頁）。

註五六：同上

註五七：胡道靜：新聞史上的新時代，第廿九頁。

註五八：同上，第三十頁。

註五九：本節資料，係根據胡道靜著之「新聞史上的新時代」、「上海的定期刊物」，戈公振之「中國報學史」與 Patterson: The Journalism of China 寫成。

註六十：胡道靜：上海的定期刊物，第六十九頁至七十二頁。

註六一：胡道靜：新聞史上的新時代，第廿八頁。
註六二：戈公振：中國報學史，第一二二頁；胡著：上海的定期刊物，第七十三頁。
註六三：胡道靜：上海的定期刊物，第七十二頁。

第五章　政論報紙的興起及其發展

第一節　政論報紙的起源

一八九四年甲午戰爭爆發，在政治上，它爲中國自鴉片戰爭之後五十多年船堅砲利的自强運動，敲了最後的喪鐘；在新聞事業的發展中，它替中國新聞史揭開了嶄新的一頁—這就是政論報紙的興起。

在甲午戰爭之前，中國的新聞事業，在官報方面已經有好幾千年的歷史了。在外報方面，自一八一五年察世俗統記傳（Chinese Monthly Magazine）創刊以來，也有了八十年的歷史，而且有了長足的進展。就是中國人自己獨資經營的日報，如果從一八七三年艾小梅在漢口創辦「昭文新報」算起，也已經有二十二年了。但是官報只能宣達官方的消息，毫無民意，自不待言；外報不是爲傳教，就是爲賺錢，根本不能代表國人的意思；至於中國人獨資創辦的報紙，雖已具備民間日報的雛型，但是當時國人民智錮塞，風氣不開，看報的人寥寥無幾，所以這些報紙多以銷路不佳，經費無着而停廢，卽有勉强持續者，也不能爲社會所重視。

直到甲午戰爭震碎了國人的迷夢，一般悲時憂國的知識份子，知道不能再瞢於世界大勢了，而且也開始懂得利用報紙作爲啓迪民智及製造輿論的利器了。於是一般文人碩士先後在京滬一帶創刊報紙，發表政論。接着全國各地報紙踵起，紛紛創立。不但對中國的報紙開了獨特的一面，而且爲中國整個的新聞事業也掀起了蓬勃的氣象。

政論報紙的興起，也和其他報紙一樣，最初僅局限於上海、北京、天津及港、澳等幾個大的都市。但是由於外侮的刺激日劇，倡議維新的風氣日開，滿清政治的腐敗日顯，革命的風潮也日甚一日，富有愛國熱情與留心時事的知識份子，一方面想藉清議救國，一方面想利用報紙做爲鼓吹主義的利器，於是政論報紙便如雨後春筍，遍佈全國各地。戊戌政變以後，康有爲、梁啓超等亡命海外，組織保皇黨，創刊報紙，做着勤王復辟的宣傳，同時又與革命黨對抗，雙方對壘達十餘年之久。由於兩方的鬬爭均係出於言論，換言之，卽是以報紙做爲打擊對方的武器，於是政論報紙又在海外華僑聚居的各埠，迅速的發展起來。據梁啓超於光緒二十七年（一九〇一）所寫「中國各報存佚表」所載，當時日報存佚共計八十種，叢報（卽雜誌）存佚共計四十四種。（註一）據時報彙編續集「新舊各報存目表」所載，自一八七二至一九〇二年間共有已佚册報（卽雜誌）四十二種，已佚日報二十種；時存册報三十七種，時存日報三十八種。（註二）

以上的統計數字，不能確定其完整無缺，而且時間上又僅止於一九〇二年，實際上一九〇二年以後的政論報紙，更有着驚人的進展，特別是在留學界的出版物以及南洋美洲的僑報，尤其聲光炳然，盛極一時。根據戈公振「中國報學史」的統計，中日戰後，海內外知名的政論報刊，共有日報二百十六種，雜誌一百二十二種。（註三）如果我們把這個數字與一九〇二年的數字相比較，就可以看出報刊數字的激增。而且一九〇二年以前的統計數字尙包括一般普通的報刊，並不純粹是屬於政論性的報紙，而戈公振的統計，則絕大多數是屬於政論性的報紙。本來在當時對於日報與雜誌的名稱並無嚴格的劃分，統稱之曰報。就形式上說，大抵裝訂成冊的稱爲叢報或冊報，卽是現代所謂「雜誌」，或爲旬刊，或爲半月刊，或爲月刊；單張或活頁每日發行者稱爲日報，但是並不完全是每日發行，有的隔日一出，三日一出，甚或七日一出，在當時也都算做日報。不過無論是日報或者雜誌，它們却都有着一個共同的特點，就是所有的報刊都以政論爲主，新聞報導反而居於次要的地位，當時一般讀者購買報紙或訂閱雜誌，他們需要的也不是新聞，而是報館的意見。日報或雜誌既然統稱爲報，而且又以政論爲主，所以我們稱這一時期的報刊爲政論報紙。

政論報紙是時代的產物，是基於政治的需要而產生的。另一方面它又與中國的政治背景與歷史傳統有着密不可離的關係。就前者而言，甲午戰後，中國國勢垂危，內憂外患，交相激盪，當時救亡圖存的知識份子分爲兩股政治改革的思潮：一爲康有爲、梁啓超所領導的維新運動；一爲 國父孫中山先生所領導的國民革命。他們都是最先知道報紙的功用，最先利用報紙做爲領導輿論、傳播思想的工具的人。所以中國的政論報紙就在這兩股政治思潮的激盪之中萌芽生長。就後者而言，中國的政治，一向是以知識份子爲中心的政治。文人包辦政治成了中國的歷史傳統，在近代報業開始由西方傳入中國之後，最先發現報紙有發抒政論、傳達政情功效的人，就是在政治界活躍的文人。於是文人辦報便形成了一時的風氣。文人辦報注重言論的發揮是極其自然的事，於是政論報紙便應運而生了。基於這兩種理由，政論報紙便發展成爲中國近代報業初期的主流。

大體上說，中國的政論報紙以一八九五年爲開端，迄於民國十七年報紙進入漸企業化爲止。一八九五年甲午戰後，是中國知識份子覺醒的時期，一般文人憑着一股愛國的熱情紛紛起而創立報紙，爲中國的新聞事業開闢了一條新的途徑；民國十七年北伐成功，原來的政論報紙，對專制與軍閥的鬪爭，已告結束。同時這些報紙經過了長期的發展與同業間相互的激烈競爭，能够持續不倒者，多半都有了穩定的經濟基礎，開始又走向了一條新的道路—奔向企業化的發展了。但是嚴格的說，中國的政論報紙最輝煌的階段，應該是從戊戌政變到民國成立（一八九八—一九一一）這一段時期。戊戌變法期間的維新黨，首要業務卽是在創立學會與發行報紙，作爲啓迪民智、宣傳變法的機關，北京的「中外公報」（亦名中外紀聞，（註四）北京强學會的機關報）及上海的「强學報」（上海强學會的機關報），就是維新黨最早的報紙，之後學會遍佈各地，每一學會多有附屬的刊物發行，這就是政論報紙最早的酵母。一八九九年「中國日報」在香港發刊，這是最早的一份公言革命的報紙，接着革命黨報在海內外蹱起，而且與保皇黨的報紙展開了長期的鬪爭，雙方針鋒相對，壁壘森嚴。由於革命、保皇兩黨的對抗，也刺激了政論報紙更進一步的發展，政論報紙所以在這一時期特別蓬勃，這是主要的原因。民國成立以後，隨着言論自由的開放，有很多新興的報紙出現，這些新興的報紙多半爲革命黨人所創辦，他們還是走着政論報紙的老路，把辦報看成是一種政治的活動。正因爲如此，也就隨時有遭受到政治迫害的可能。自洪憲帝制以後到軍閥割據，除上海一隅之外，北方的報紙多被摧殘，有免於刼難者大部分也都噤若寒蟬了。所以自民國成立以後，政論報紙實質上已步入衰微的階段，它除了爲中國將來的報業打下基礎之外，都是經過一段過渡時期，便不得不讓路給企業化的報紙了。

第二節　「昭文新報」「循環日報」與「滙報」

循環日報

循環日報

匯報

匯報

本局開設上海大馬路日保家行對門

我國人獨資創辦而且帶有政論性的報紙，最早當推「昭文新報」、「循環日報」及「滙報」。

「昭文新報」爲艾小梅主辦，淸同治十二年（一八七三）創刊於漢口，初爲日刊，後以銷行不多，改爲五日刊，但仍以民智錮塞，閱報的人很少，所以不久便告停刊。

「循環日報」爲王韜主辦，同治十三年（一八七四）創刊於香港。王韜（紫銓）曾上書忠王李秀成，太平天國被推倒以後，王韜爲清廷下令緝拿，乃隨牧師春華陀去香港，應英華書院之聘，編譯聖經。同治十年英華書院解散，王約買辦黃平甫集股承購，易名中華印務總局，越三年又改組爲「循環日報」。所謂循環是指太平天國革命雖敗，但可藉該報傳播其種子，循環不已的意思。

「循環日報」共分三欄，首欄選錄京報，次欄爲羊城新聞，最後一欄爲中外新聞。但每日報首必有論說一篇，多半出自王氏之手，取材多以西洋政制與國內時政對比，對清末政治改革影響甚大。

「滙報」爲容閎主辦，同治十三年（一八七四）創刊於上海，容閎爲中國最早的留美學生，畢業於耶魯大學，歸國後想以西學輸入中國，使中國日趨文明富强，於是結交達官權貴以行其志。一八六〇年曾至南京，向洪仁玕上富强策七條，後以太平軍失勢，離開南京，轉向曾國藩、李鴻章的幕府，助其辦理洋務新政。一八七四年在上海集股創「滙報」，延英人葛理爲總主筆，黃子韓、賈季良等爲編輯。因新聞中常涉及官事，深爲股東所忌憚，旋由葛理出名承頂，易名「彙報」，延管叔才爲主筆，是時申報因由外人經營，常刊載不利於中國之事，「彙報」便經常與之筆戰。至光緒元年，因經營不善，加入新股，更名「益報」，延朱蓮生爲主筆，於是年底停刊。

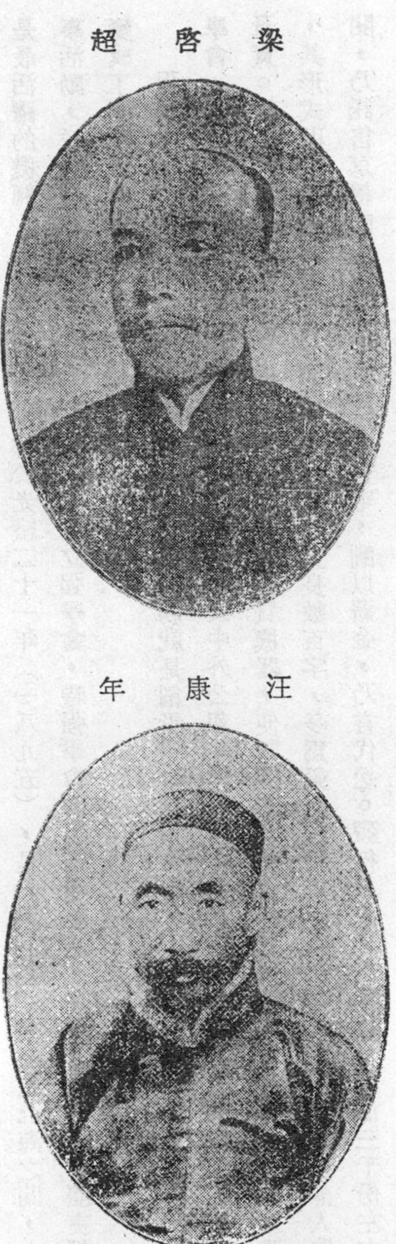

梁啓超

汪康年

第三節　保皇黨的報紙

（一）「中外公報」與「強學報」

上文言及，康、梁維新變法的活動，就是以創立學會發行報刊做爲宣傳主義的方法。强學會在當時是最活躍的機關，北京的强學會創辦於光緒二十一年（一八九五），是年康有爲往來北京上海之間，大事活動，並說動湖廣總督張之洞，在上海設立强學會，時强學會的聲勢轟動南北，而且很多京官疆吏都變成了强學會的會員。

强學會成了維新運動的總機關，它的首要業務就是創設報館與圖書館，展開傳播的活動。北京的强學會，就在一八九五年的秋天發刊了一份報紙叫做中外公報，地址設在北京後孫公園，報務全由梁啓超負責。經費全由强學會的會員捐獻，當時無力購買機器，便託請售京報處代爲用粗木板雕印，日出一張，其形式與京報相似，內容只有論說一篇，文長數百字，多爲梁啓超執筆，每日印一二千份，但無人購閱，乃託售京報的人隨宮門鈔分送諸官宅，酬以薪金，乃肯代送。發行月餘，居然每日發出三千份左右。但維新黨遭到守舊派的嫉忌，京中謠言四起，到了這年十一月，强學會遂被封禁，「中外公報」也跟着停版了。

上海的强學會也於一八九五年多發刊了一份報紙，名叫「强學報」，由上海强學會書局出版，康有爲作序，用鉛字排印，每日出一小册，亦係贈閱性質，不取報費。上海强學會的經費本爲張之洞贊助，但張之洞對康有爲孔子改制的理論不表贊同，遂電阻强學會的進行，後京師强學會被禁，上海强學會亦隨之被廢，「强學報」也因用孔子誕生紀元而被迫停止發行。

（二）「時務報」的由來及其發展

上海的强學會雖被解散，「强學報」雖被停版，但是黃遵憲却利用强學會的餘款，自己又捐助了一部份，於光緒二十二年（一八九六）七月在上海創辦「時務報」，聘汪康年爲經理，召梁啓超爲主筆。梁啓超由北京南下，進入時務報館，他後來成爲淸末名滿天下的報人，就是從此開始。

「時務報」是一種旬刊，社址設在上海四馬路，每旬出版一册，每册二十餘頁，用連史紙石版印刷，極爲淸晰美觀。內容分論說、諭摺、京外近事及域外報譯等欄，域外譯報獨占篇幅二分之一，論說則泰半出自梁氏之手。

當時中國已有幾家日報，但雜誌除了月出一册的「萬國公報」外，則不多見。「時務報」一出，因爲文體新穎，議論聳動，所以很快便風靡海內，全國趨之，若飲狂泉。但是「時務報」的開辦費多爲張之洞所捐助，張忌報中的論說過新，時而橫加干涉，梁啓超以年少氣盛，不能容忍，遂辭去「時務報」主筆入湘，應長沙時務學堂之聘。此後報業遂由汪康年一人主持，發行至光緒二十四年（一八九八）五月，御史宋伯魯奏請將上海「時務報」改爲官辦，遂有六月改時務報爲官報，派康有爲督辦的事。

「時務報」既改爲官報，汪康年便用「時務報」的原有班底，改創「昌言報」，延梁鼎芬爲主筆，雖是另行出版，但內容體例一仍「時務報」之舊。汪康年並於六月二十四日在「國聞報」上登載「上海時務昌言報館告白」，自謂「康年於丙申（光緒二十二年，西曆一八九六年）秋在上海創辦時務報，延請新會梁卓如孝廉爲主筆。」於是對於時務報的創辦人及經費問題，汪、梁便各執一詞，而大開筆戰。

强學報創刊號

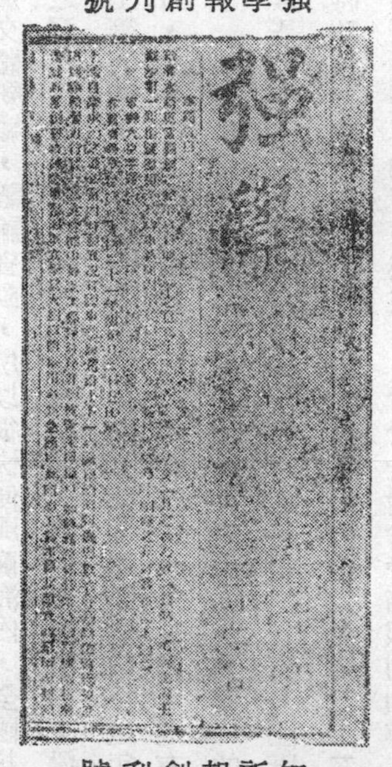

時務報創刊號

知新報創刊號

湘學新報創刊號

（註五）。

（三）「清議報」及「新民叢報」

康有爲、梁啓超是最先知道利用報紙做爲政治鬪爭武器的人，他們在從事變法活動的當時，就在北京上海創刊報紙，以廣宣傳，已如上述。同時在一八九七年又在澳門創辦「知新報」，作爲鼓吹新法的媒介。綜觀在戊戌政變之前，國內頭腦比較清新的知識份子，大多數都參加了康黨的陣營，這其間報紙鼓吹所發生的力量是很大的。政變以後，康、梁亡命海外，喪失了國內的地盤，他們不得不重新再打天下，他們注目的對象，就是海外的華僑，所以到日本之後不久，卽樹起保皇的旗幟，從事保皇復辟的運動。

一八九九年春，康有爲離日赴美，這年夏天他在加拿大成立第一個保皇會的組織，不久保皇會的活動卽遍佈海外。他們還是走着過去的老路，發行報紙作爲言論的機關。但是很顯然的，這時康有爲似乎已失去了領導地位，在保皇黨中，眞正有精神感召力量的是梁啓超。所以在海外很多保皇黨的報紙中，以梁啓超所創辦的報紙爲最風行，儼然成爲保皇言論的重鎭了。

梁啓超是天才的宣傳家，而且他在國內已經獲得了辦報的經驗，所以到日本不久，便在橫濱創刊「清議報」。

「清議報」(The China Discussion)創刊於一八九八年十二月二十三日（光緒二十四年十一月十一日），是一種旬刊，每月三冊，每冊四十餘頁。經費大部爲旅日華僑馮鏡如、馮紫珊、林北泉等所募集。發行兼編輯人是以馮鏡如出名，載明爲英國人，印刷人是用日本人鈴木鶴太郎的名義，這是爲了避免淸廷要求日本政府干涉的緣故。「淸議報」共出一百册，至一九〇一年十二月二十一日（光緒二十七年十一月十一日）停刊，前後經歷三年。

「淸議報」的宗旨，在梁啓超「淸議報敍例」一文中可以看出有四點：①維持支那的淸議，激發國民之正氣；②增長支那人之常識；③交通支那日本兩國之聲氣，聯其情誼；④發明東亞學術，以保存亞粹。其內容共分論說、近事、哲學、小說等六大門類。

「淸議報」發行至一百册時，梁啓超曾撰「淸議報一百册祝辭並論報館之責任及本館之經歷」一文，其中提到該報的特色有四：①倡民權；②衍公理；③明朝局；④厲國耻。總而言之，即是廣民智振民氣而已。綜觀三年之間的淸議報，可以說完全按照它初時訂定的宗旨而行，它的特色，也在梁啓超帶有感情的筆端流露。看了「淸議報」上那些高唱民權自由的學說，介紹西方學術思想的論著，以及明目張胆攻擊淸廷的文字，再加上「淸議報」在當時風靡海內外的情形，就不難知道這份報紙的影響力之大了。

當時梁啓超是以亡命客的身分經營這份報紙，所以「淸議報」在國內是禁止銷售的，但是禁者自禁，閱者自閱，最奇怪的是讀者的心理反而因淸廷的查禁，更刺激了「淸議報」的流傳。當時因進口困難，內地就有翻刻「淸議報」的事。

「淸議報」因為在日本橫濱發行，恐國人不知，所以第一、二期都刊有增送的告白，結果索報的函件紛至，不到兩月，已派出一萬數千份。以後「淸議報」的銷數，經常保持三千份至四千份之間，在當時已經是銷路很大的報紙（雜誌）了。「淸議報」在海內外各地都設有代售處，在國內如上海、天津、北京、漢口、蘇州、廣州、福州、安慶、九江、潮州等各大都市的租界之內，都有「清議報」的代售處。國外方面，除日本之外，有香港、澳門、南洋、美洲、加拿大、澳洲、朝鮮、甚至俄國的海參威都有代售處。

「清議報」於一九〇一年多停刊，據一般的說法，是因爲火災而停版，但據梁啓超自己的說法是因爲滿清政府嚴禁該報入境，內地發行機關斷絕，不得已而停刊。然以梁氏爲該報主持者，自以後說爲準。

「清議報」停刊之後，第二年，卽一九〇二年二月八日（光緒二十八年正月初一日），梁啓超又在日本橫濱創刊「新民叢報」。「新民叢報」的發行，對梁啓超個人來說，是他在言論界最輝煌的時代，在「新民叢報」的初期，他是言論界執牛耳的人物；對保皇黨來說，是保皇黨的言論機關發展到巔峯的時期，至革命黨報蹶起之後，保皇報的言論便步入衰微階段。

「新民叢報」是一種半月刊，月出兩册，一日與十五日發行。至一九〇七年七月停刊，前後經歷將近六年。但是事實上「新民叢報」從第二年以後，就屢有展期，並未按照定期出版，前後延續雖歷經六年，而事實上僅出足四年，共九十六期（戈公振中國報學史頁一二七謂新民叢報出至七十二期而止，誤）。

「新民叢報」在開辦時是向保皇黨所經營的譯書局借來數千元作爲開辦費的。最初本擬將該報附屬於譯書局，但後來公議歸梁啓超和他的幾個同志共同經營，一年後將借款還淸，改爲股份經營，共分六股，梁氏獨居其二，其餘馮紫珊、黃爲之、鄧蔭南、陳侶笙各佔其一。這是「新民叢報」創辦初期的大致經過。

「新民叢報」的宗旨，在該報第一號所刊登的告白內揭載甚詳，茲節錄如下：

一、本報取大學新民之義，以爲欲維新我國，當先維新我民。中國所以不振，由於國民公德缺乏，智慧不開，故本報專對此病藥治之，務採合中西道德以爲德育之方針，廣羅政學理論，以爲智育之原本。

二、本報以教育爲主腦，以政論爲服從，但今日世界所趨，重在國家主義之教育，故於政治亦不得不詳。惟所論務在養我國家思想，故於目前政府一二事之得失不暇沾沾詞費也。

三、本報爲我國前途起見，一以國民公利公益爲目的，持論務極公平，不偏於一黨派，不爲灌夫罵座之語，以敗壞中國者，咎非專在一人也。不爲危險激烈之論，以導中國進步當以漸也。

「新民叢報」每册四十餘頁，內容共分圖畫、論說、學說、時局、政治、史傳、地理、教育、宗教、學術、農工商、兵事、財政、法律、國內短評、名家談叢等十六門類，遠比「清議報」的內容爲豐富。

「新民叢報」發刊後，很快即風靡海內外，銷路之盛，遠超過「時務報」與「清議報」之上，梁啓超個人的文字受時人歡迎，也遠超過「時務報」與「清議報」時代，一般人說他是言論界的驕子，就是指「新民叢報」時代而言的。「新民叢報」最初的銷售數字是兩千份，但不到半年即增至五千份，到發行第二十二號時曾刊登告白說：「本報開辦未及一年，承海內外大雅不棄，謬加獎勵，發行總數遞增至九千份。」到了光緒三十二年（一九〇六）三月一日，「新民叢報」上海四馬路支店在「申報」上刊登啓事說：「本報開辦四載，久為士大夫所稱許，故銷售至一萬四千份。」這可以說是「新民叢報」銷售的最高數字，正常的銷路大概維持一萬份左右。

「新民叢報」上的文字，有關尊皇論與勤王復辟的論調，較「清議報」減少，對西太后及榮祿、袁世凱等人的攻擊，也遠沒有「清議報」那般激烈。因為持論較為溫和，所以清廷的查禁也較鬆。「新民叢報」自開始就可以在國內公開發售，而且在上海四馬路設有「新民叢報」支店，作為總分銷處，推廣的區域較「清議報」更大，在國內，江蘇、浙江、安徽、湖南、湖北、江西、廣東、廣西、四川、福建、山東、直隸各行省的大都會都有「新民叢報」的銷售處；在國外，除日本外，朝鮮、越南、暹邏、南洋群島、澳洲、香港、檀香山、美國、加拿大也都有「新民叢報」的銷售處。

「新民叢報」的銷路之所以這樣大的原因有二：第一，梁啓超個人具有深厚的國學根柢，出國以後又涉獵西洋新知，故思想極具啓發性，而且他的文體新穎，筆端常帶情感，對於讀者別具一種魔力，所以受讀者歡迎。第二，辛丑（一九〇一）以後，科舉廢了八股，改試策論，一般考生失去了向所依據的帖括之學，「新民叢報」正好作了他們的範文，向來詆毀康、梁為離經叛道的士君子，受了梁啓超文章潛移默化的影響，不知不覺間變成梁啓超的應聲蟲了。這是當時的政治背景影響到「新民叢報」在國內風行的主要原因。

「新民叢報」在第一年之內保皇的色彩並不濃厚，而且梁啓超還不斷的公言革命排滿及鼓吹民族主義，所以能吸引了廣大的讀者。第三年以後，因與革命黨的「民報」論戰，立論走入反動的極端，就不免引起一些人厭惡而失去部分讀者。又因從第二年以後就不按期出版，有時甚至兩月或三月才出一冊，於是失信於讀者，影響了銷路。同時撰述者以梁氏一人爲主，稿源常成問題，又因國內的訂戶不按時繳清報費，甚至有的只訂閱而不繳錢，這些可以從「新民叢報」逐期刊登催繳報費的告白中看出，於是一再虧蝕，到最後竟不能支持，所以「新民叢報」拖延了六年，只出足了四年共九十六期，便不得不停版了。停版的原因，梁啓超自己說是上海支店發生火災，國內銷路斷絕所致，其實這全是藉口，實則是因爲稿源困難，一再愆期，令讀者生厭，銷路停滯，虧損甚大，無法再支持下去。

此外還有兩份保皇黨的雜誌，也是梁啓超經手創辦的，一是「政論」，於一九〇七年（光緒三十三年）多發刊，爲政聞社的機關報，是一種月刊，第一期在日本東京印行，第二期以後隨政聞社遷至上海出版，共出七期，隨政聞社同時被封禁。另一種雜誌是「國風報」，爲旬刊，一九一〇（宣統二年）年春創刊於上海，梁啓超坐鎭日本遙遙指揮，共出五十二期，至一九一一年夏停刊。

第四節　革命黨的報紙

（一）「中國日報」與「世界公益報」

國父孫中山先生所領導的革命黨，最初只注重實際的革命工作，不注重文字的宣傳。革命黨開始注意到文字的宣傳，而以報紙爲革命的言論機關，是以「中國日報」的創刊爲起點。

「中國日報」於光緒二十五年（一八九九）十二月底在香港出版，是公言革命的第一份報紙，第一任總編輯兼社長是陳少白。這年秋天，國父派陳少白至香港，租定中環士丹利街二十四號的房子，開始籌劃辦報，取「中國者中國人之中國」之義，定名爲「中國日報」，所有印機及鉛字均由　國父在日本橫濱購買，運往香港。

「中國日報」的撰述者，主筆除陳少白外，有楊少歐、陳春生、馮自由、鄭貫一、廖平庵、盧信公、陳詩頌、黃世仲、陸伯周等；社外撰述有章炳麟、胡展堂；英文翻譯有郭雲衢、馮扶；代理則有天津「大公報」英斂之及上海「中外日報」汪康年。開辦之初，因不明英人對華態度，未敢高唱革命排滿，但不及半年，言論漸趨激烈，於是引起中外人士的注意，而其他的革命黨報也隨之踵起，如「公益報」、「廣東報」、「有所謂報」及「少年報」等，都是受「中國日報」影響而創立的革命報紙。

香港距中國內地較近，所以「中國日報」選擇在香港出版，報紙容易流傳內地，對國內的影響甚大。一九〇四年康有爲命徐勤在香港創辦「商報」，謀與「中國日報」對抗，於是雙方展開筆戰，當時陳少白著文駁斥保皇黨的謬說，連續刊登十數次，最後終於戰敗「商報」，替革命黨的輿論陣營在香港打下了穩固的地盤。

「中國日報」除正刊之外，並附有「中國旬報」一種。此外又特闢「鼓吹錄」一欄，專門諷刺滿清官吏，極盡嬉笑怒駡之能事，頗爲讀者歡迎。

「中國日報」有兩件創舉是值得大書特書的，一是編排方面，當時中國報紙的版面，都是每行直下，一行貫底，「中國日報」首先採用橫排短行的印刷，使讀者眼神大爲舒適，這可以說是中國報紙編輯上的一種革命。另一種創舉是「中國日報」首先設有戰地記者的制度，革命黨萍鄉之役、安慶之役及鎭南關之役，「中國日報」都派有特約從軍訪員，以電報拍送戰地實況至報館刊登，消息迅速，遠駕各報之上，這是我國戰地隨軍記者之始。

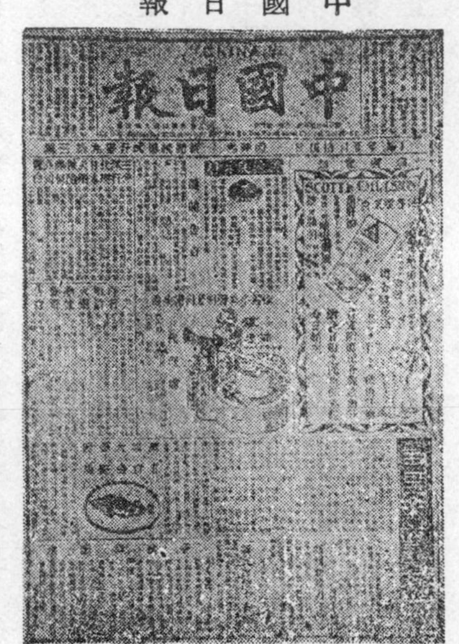
中國日報

中　國　日　報

鼓吹錄

中國日報附刊鼓吹錄

蘇報

蘇　　報

「中國日報」最初經濟困難，多得革命黨人港商李紀堂的接濟，勉强支持，一九〇四年又以經濟困難與李紀堂經營的文裕堂印務公司合併，一九〇六年文裕堂印刷公司以經營不善，宣告破產，報館將隨公司拍賣，幸該報記者馮自由約李紀堂等集資五千元事先購出，於是報館改組，推馮自由爲社長兼總編輯。以後又因虧損過甚，無法支持，遂於一九一〇年歸革命黨南方支部接辦，派李以衡爲經理，謝英伯、張紹軒爲編輯。次年又由盧信公、黃時初接辦。武昌起義成功，粵省光復以後，遷至廣州出版，至民國二年以龍濟光入寇，被封停刊，前後共達十三年。

在香港，除了「中國日報」之外，還有一份重要的革命報紙，那就是光緒二十九年（一九〇三）鄭貫公所創辦的「世界公益報」。鄭貫公原名鄭道，字貫一，廣東香山人。十六歲東渡日本，光緒二十五年（一八九九）入橫濱大同學校充公費生，秋，隨梁啓超入東京高等大同學校。次年入「清議報」任編輯事務，更名貫公。因不滿意保皇黨的宗旨，乃別創「開智錄」半月刊，專鼓吹自由民權之說，於是被清議報免職。時 國父在日本，乃介紹鄭貫公至香港「中國日報」任記者。光緒二十九年（一九〇三），鄭貫公辭去「中國日報」記者職務，與林護、譚民三、馮活泉、蘇焯南、崔通約、黃魯逸等創辦世界公益報，鄭貫公自任總編輯，其宗旨與中國日報相同，以鼓吹革命排滿爲主。每日出二大張，撰述分莊諧二部，並間附以圖畫。出版不到一年，鄭氏辭職，別創廣東報，繼鄭任編輯者，有李大醒、黃世仲、黃耀公等。民國後行銷不盛，至六年停刊。

（二） 蘇報的轉變及上海的其他革命報紙

「蘇報」創始於光緒二十二（一八九六）年，（戈公振中國報學史一五四頁謂創刊於光緒二十三年之夏，恐誤。）原爲胡璋所經營，由其妻日籍女子生駒悅出名在日本駐滬領事館註册，延鄒弢爲主筆，受日政府資助，所以可以說是日政府在上海的機關報。後以經營不善，屢有虧蝕，光緒二十四年（一八九八）遂由湖南衡山陳範出資承購。陳範原爲江西鉛山知縣，以教案落職至滬，思以淸議救國，遂承購「蘇報」。最初的言論爲同情變法，政變後轉爲保皇。一九〇三年春夏之間，與愛國學社的首領蔡元培、吳稚暉、章炳麟等定約，每日由愛國學社的人員輪流替「蘇報」撰論說一篇，而「蘇報」每月助愛國學社百元爲酬，於是「蘇報」變爲愛國學社的機關報，成爲一張革命的報紙。

自從愛國學社的人員參與「蘇報」的編輯後，卽昌言革命，攻擊滿淸，並特闢「學界風潮」一欄，報告各地學堂的黑暗與各地學生的活動，以及鼓吹仇滿的熱情，言論至爲激烈。當時鄒容著「革命軍」，章炳麟著「駁康有爲書」，同時在上海刋行問世，二者均爲激烈的革命文字，大爲滿淸忌恨，而「蘇報」又爲文介紹，並摘錄「駁康有爲書」中的一段，題名爲「康有爲與覺羅君之關係」，刋登在六月二十九日的蘇報上，中有「載湉小醜，未辨菽麥」的辭句，遂以此構成汚衊朝廷的罪名，上海捕房於次日逮捕章炳麟下獄，於是造成轟動世界的蘇報案。

愛國學社本來是蔡元培等所組織的教育會之下的附屬機構，原爲收容南洋公學退學的學生所設立的，但實際上是一個革命機關，每週假張園開演說會，公開宣傳革命，因此深招滿淸官場的疑忌，至「蘇報」大張旗鼓昌言革命仇滿之後，淸廷的官吏就更感痛惡。於是蘇督魏光燾就下令給滬道袁樹勛密拿章炳麟、鄒容等人。但當時蘇報館與愛國學社都在上海公共租界內，要拿人必須經工部局出拘票，並得上海外國領事副署，於是一九〇三年六月二十六日魏光燾派候補道俞明震到上海，會同袁樹勛向工部局與外國領事交涉，雙方共同訂立在租界審辦之約，遂交巡捕房執行逮捕。

六月二十九日（閏五月初五日）上午，警探數人持拘票至蘇報館，拘票上寫着陳範、陳夢坡（按係一人）、程吉甫、章炳麟、鄒容、錢寶仁、龍積之等七人的姓名，當時只有賬房程吉甫在館，遂將其帶走。下午又有巡捕來問陳範在不在，陳自己回說不在，巡捕卽離去。次日章炳麟在愛國學社賬房裡，警探又持拘票至，挨名查問，章謂：「餘人俱不在，要拿章炳麟就是我。」遂將他上了手銬帶走，隨後又至女蘇報館捕去陳範的兒子陳仲彝及辦事員錢寶仁，當天夜裡，龍積之自動到案，七月一日，鄒容也到巡捕房自首。

章、鄒被捕之後，清廷命令正在京師的湖廣總督張之洞和各國公使會商，要求引渡，但各國公使咸以此爲領事之權，不能侵其權限相推諉。上海方面的清吏自始卽在交涉着移送人犯，但工部局爲維護治外法權起見，始終不允。最後經過官方多次交涉，於九月十日（七月十九日）協定在上海就地辦理，在會審公廨開額外公堂，由上海縣會同讞員及英陪審官審訊，並授權上海縣判決。

十二月三日至七日（十月十五日至十九日）連續開訊四次，分別將程、錢、陳、龍諸人釋放，章、鄒二人以其在「蘇報」上刊登文字，「故意污蔑今上，排詆政府，大逆不道，欲使國民仇視今上，痛恨政府，心懷叵測，謀爲不軌。」故罪名較大，（註六）於同月二十四日（十一月初六日）科章、鄒以永遠監禁之罪。但領事團對此表示異議，遂相持不能解決，直至一九〇四年五月二十一日（光緒三十年四月初七日），由上海縣知縣汪懋琨至會審公廨，會同讞員黃煊，英副領事德爲門（Taymer）復訊，改判章氏監禁三年，鄒氏二年，均以自上年到案之日起算，期滿出獄之後，逐出租界。鄒氏於一九〇五年

國民日日報

國民日日報

警鐘日報

警鐘日報

四月三日（光緒三十一年二月二十九日）瘐死獄中，章炳麟於一九〇六年六月二十九日（光緒三十二年五月初八日）刑滿出獄，由同盟會派員迎接赴日，至東京主持「民報」編務。轟動國際的蘇報案，至此完全了結。

章、鄒等被捕後，清廷方面並要將「蘇報」一併查封，但照租界的舊例，在案件未審定前，不能先封報館，但當時上海的領袖領事為美國總領事古納（J. Goodnow）（允許捉人的就是他），竟簽署封禁「蘇報」，於是「蘇報」便於七月七日（閏五月十二日）被封。當時「字林西報」與英國「泰晤士報」均曾表示反對意見，「泰晤士報」並對古納有微詞，事後[illegible]古納奉美政府外部調任，可能與此事有關。

「蘇報」雖被封禁，但所遺下的影響却是不可估計的，三十二天以後，章士釗又在上海創刊「國民日日報」，其宗旨與「蘇報」完全相同，仍以革命仇滿為主。清廷由於蘇報案所遭受的挫折，不敢再向公共租界交涉封報拿人的事，只是禁人購閱，但是禁者自禁，閱者自閱，可惜該報後來因內訌停版了。

「國民日日報」停刊後不久，蔡元培又在上海發刊「俄事警聞」（後改為「警鐘日報」），此外張伯謙又創辦「萃新報」，作為浙江革命運動的宣傳刊物，這些都是受了「蘇報」的影響而起的。這些報紙雖然先後被清廷封禁，但是三年以後，于右任又在上海創辦「神州日報」、「民呼報」、「民吁報」及「民立報」，繼續鼓吹革命排滿的理論。

「神州日報」發刊於一九〇七年，不到一年即銷行一萬份，後因報社被火而停刊。一九〇九年春，于右任又在上海創辦「民呼報」，延戴季陶主筆，專以攻擊官場為事，鼓吹革命為主，于氏遂被清吏誣以侵吞陝甘賑款，逮捕下獄，拘禁四十餘日，然後驅逐出境，因此「民呼報」僅發行九十三日而停刊。

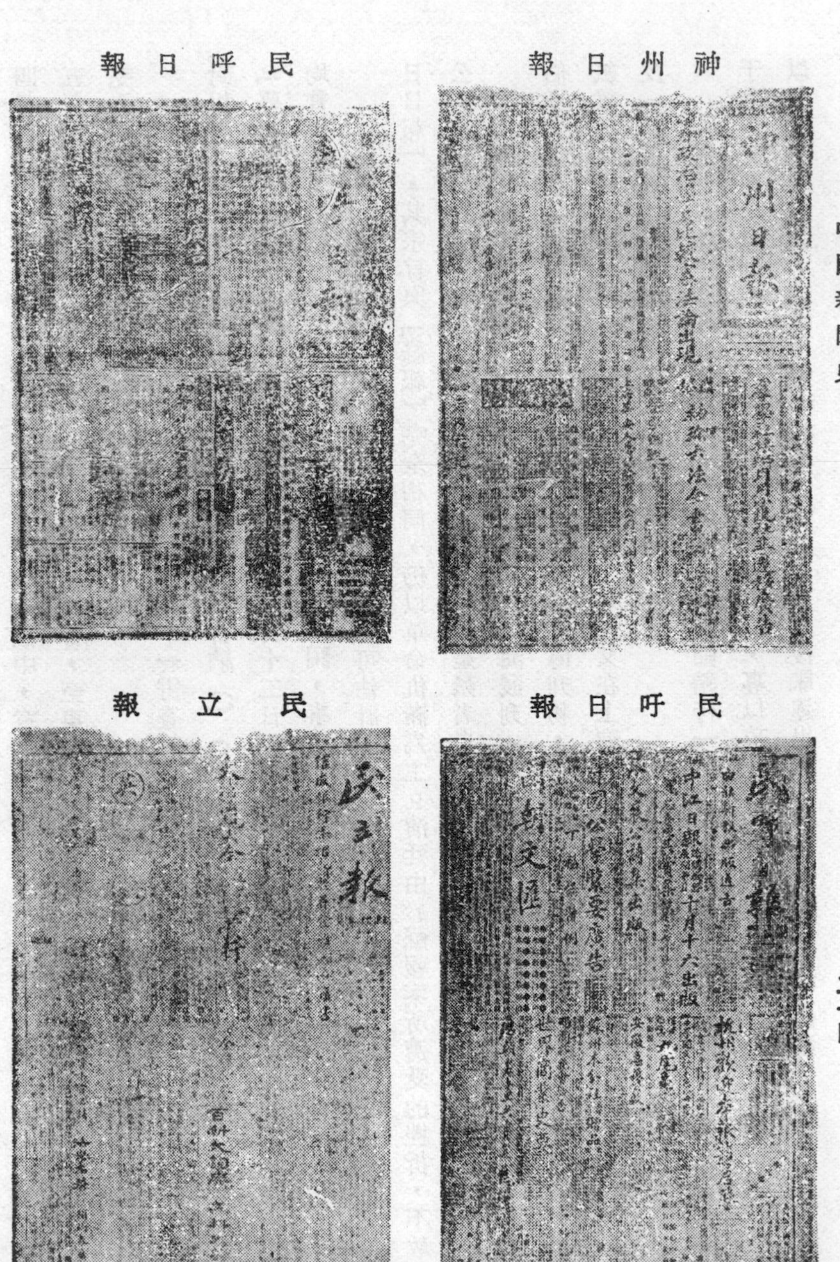

神州日報

民呼日報

民吁日報

民立報

于氏出獄後離滬去日本，但於這年秋天，又延談善吾續辦「民吁報」於上海，專以攻擊日本爲事，因爲駐滬日領事請求上海道封禁，「民吁報」僅出版四十二日即停版了。第二年，即一九一〇年九月九日，于右任又在上海創辦「民立報」，先後在該報擔任撰述者，有宋教仁、呂志伊、王印川、章行嚴、賈壽堃、張季鸞、葉楚傖、馬君武、陳英士等，可以說是人材薈萃，爲革命報紙中聲勢最爲浩大的一份報紙，當時日銷二萬餘份，民國成立以後，該報仍在上海繼續出版，但以于氏走政治，不再過問報務，銷數遂一落千丈，二次革命以後，僅日銷千餘份，不久即以經費困難而停刊。

以上這一系列的革命的政論報紙，都是繼承了「蘇報」的傳統，在革命運動的陣營中，成爲震聾發聵的號角。

(三) 海外的革命報紙及其對保皇黨的駁擊

國父孫中山先生最初倡導革命，完全是以海外華僑聚居的各埠作爲基地。戊戌政變以後，保皇黨喪失了國內的地盤，也亡命海外尋找新的根據地，因此遂與革命黨展開了鬪爭。雙方當時所用的武器，就是報紙。當時革命的報紙，僅海外部分就有六十多種。(註七)

日本，距離中國較近，且因文字易通，因此留學生與亡命客都會集於日本。一九〇〇年在東京中國學生有勵志會的組織，並發刊一本雜誌，名「譯書彙編」，這是日本留學界最早的一份刊物，但並沒有任何政論的色彩。庚子漢口之役以後，唐才常殉難，秦力山又亡命日本，於是對保皇黨深惡痛絕，便邀沈雲翔、戢元丞、張繼等創刊「國民報」月刊，鼓吹革命仇滿之說，這是留學界最早的一份政論報紙。此後革命性的政論報紙，便如雨後春筍，相繼踵起，如「湖北學生界」、「浙江潮」、「江蘇」、「湖南

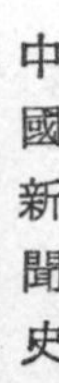

民報

浙江潮

湖北學生界

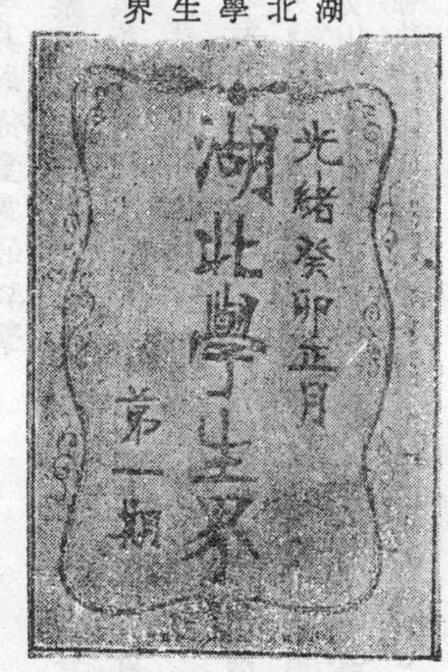

江蘇

遊學譯編」、「二十世紀之支那」等等，都是聲光炳然的刊物，但是這些刊物彼此間沒有統一的論調，且宗旨不太顯明，因此不能與保皇黨的重鎮——坐鎮橫濱指揮海內外言論界的梁啓超相對抗，直到一九○五年冬，「民報」在東京創刊，才扭轉了這一頹勢。

一九○五年夏，　國父孫中山先生自歐洲至日本，不久在東京成立同盟會，全國除甘肅省沒有留學生外，十七省皆有留學生加盟，於是革命有了統一的機關。黃興、宋教仁等所領導的華興會也自動解散，個別加入同盟會的組織，並決定將原爲華興會的機關報「二十世紀之支那」月刊，也歸併入同盟會，作爲同盟會的機關報。但在移交前忽因該雜誌刊登「日本政客之經營中國談」一文，被日本政府封禁，於是同盟會的份子在幾經磋商之下，決定改名爲「民報」發行。其所以要定名爲「民報」者，是因爲民族主義、民權主義、民生主義，三大主義皆建基於民的意思。

「民報」是一種月刊，每月出版的日期不定，第一號於一九○五年十一月二十六日（光緒三十一年十月三十日）在日本東京中込區新小川町二丁目八番地出版。因爲張繼長於日語，便於和日本人交涉，故以他的名義爲發行人。擔任撰述者有胡漢民、陳天華、朱執信、汪精衞、馬君武、宋教仁、章炳麟、劉光漢、黃侃、陶成章、田桐、湯公介等，擔任編輯者有張繼、胡漢民、章炳麟、陶成章、汪精衞等。發刊詞由國父中山先生口授，胡漢民代筆，刊於第一號的首頁，第一次用文字揭示三民主義，並提出了政治革命與社會革命畢功於一役的主張。「民報」的發刊使得革命宣傳有了一個鮮明的旗幟與有力的號召。

民報一出，即在海外留學界及華僑社會風行，在國內雖被清廷嚴禁，但從民報的再版數字與向內地各埠催收報費的社告看來，相信流傳國內者也不在少數。民報第十一號曾刊社告一篇，謂出版以來，第一號已七版，第二、三兩號各五版，第四、五兩號各四版，第七號三版，第七、八兩號再版，第九、十兩號各四版。由這些數字，可以推知民報當時的銷路之廣。

此外從民報海外的代派所來看，也可以知道它當時銷售的情形。當時在日本共有代派所九處，香港、西貢、檳榔嶼、河內、檀香山、星加坡、吉隆坡、小呂宋、蔴六甲、舊金山、紐約、加拿大等地，均有代派所一處或數處以上。

「民報」的創刊，本爲鼓吹革命，使它成爲同盟會的言論機關，所以它的宗旨就是在爲革命運動建立理論的基礎。每一號的後頁上都刊載着「民報」的簡章，其中第一條即明白揭示「民報」的六大主義：㈠顚覆現今之惡劣政府。㈡建設共和政體。㈢維持世界之眞正和平。㈣土地國有。㈤主張中日兩國之國民的連合。㈥要求世界列强贊成中國之革新事業。其中第一、二、四項卽是三民主義，其餘各項則爲對外的主張。發行至第三號時，胡漢民曾撰「民報之六大主義」一文，將以上所列諸條加以詳細的闡釋。其實在當時所謂對外的主張，不過僅爲應付環境的手段而已。因爲雜誌是在日本發行，所以不得不標榜中日兩國國民的連合主義，實則並非同盟會的眞正宗旨。

「民報」非但每月出版的日期不定，而且時常延期，也不是按月出版，如第二號就因陳天華蹈海事拖延了將近兩月，又第二號至第三號之間，第十二號至第十三號之間，第十九號至第二十號之間，均有展期，且均在一兩個月以上。總計「民報」自一九〇五年十一月起，至一九〇八年十月止，共發行二十四號。一九一〇年一月，汪精衞又以法國巴黎濮侶街四號爲社址繼續發行，實則仍在日本秘密印刷，但是也僅僅發行兩期就停止了。

章炳麟

于右任　戴季陶

「民報」的停版，與「二十世紀之支那」所遭遇的是同樣的命運，均是爲日本政府封禁的。按「民報」主持編務者，以章炳麟最久，自第六號至十八號皆以他爲編輯人，嗣後因以腦病辭去編務，但自第二十三號起，又歸章氏主編，以湯公介副之。湯氏鑒於革命起義屢遭失敗，因慕俄國虛無黨的暗殺作風，於是發表「革命之心理」一文，鼓吹暗殺主義。會清廷派唐紹儀爲中美同盟專使赴美，道經日本，章炳麟作短評刺之，唐遂透過駐日清使要求日本政府封禁「民報」，日本政府怕中美同盟不利於己，又爲討好滿清，遂以「革命之心理」一文鼓吹暗殺，破壞治安爲藉口，將「民報」封禁。「民報」曾向法院提起控訴，但是終於敗訴而被迫停止發行。

「民報」是清末最成功的一份政論性的雜誌，它的創刋，使保皇黨的言論陣營遭受到了致命的打擊。在此以前，在言論界執牛耳的是梁啓超，梁氏自一九〇三年以後，論調走向保皇立憲的極端，他指揮着「新民叢報」，攻詆革命排滿，不遺餘力。因此「民報」自發刊開始，就着意抨擊保皇的謬說，宣傳革命理論，於是雙方展開了激烈的論戰。「民報」發行第三號時，並發行號外，揭載「民報與新民叢報辨駁之綱領」，從這個綱領中，可以看出當時雙方辯論的主要問題，也可以看出雙方辯論的範圍之廣。（註八）但是總集雙方的文字對照觀之，可以察知雙方爭論的焦點，都集結在三個主要的問題之上：

第一、有關種族革命的辯駁，「新民叢報」主張滿漢融合，所以主張政治革命而反對種族革命；「民報」主張排滿復漢，所以主張政治革命與種族革命並行，因爲單實行種族革命則僅能推倒滿族，而不能顚覆專制。專制政府爲滿族所盤據，不行種族革命，則政治革命根本無由實行。所以二者是互爲表裡而分不開的。

第二、有關政治革命的辯駁，「新民叢報」認爲政治革命就是要求政府改革，主張以開明專制作爲君主立憲的預備，而反對激烈的革命；「民報」認爲滿清政府爲一惡劣之政府，要求其改革根本無望，所以主張推翻滿清政府，達到共和立憲的目的。

第三、有關社會革命的辯駁，「民報」主張土地國有，作爲達到社會革命的目的，提出政治革命社會革命並行的口號；「新民叢報」則認爲土地國有是煽動下流社會，冀賭徒、光棍、大盜、小偷、流氓爲我用的政策，根本是無法實現的空想。

這場激烈的論戰，與美國開國前報界的對抗恰恰相同，同樣是政論報紙發展過程中的共同現象。「民報」與「新民叢報」的對抗，自一九〇五年「民報」創刊開始，到一九〇七年「新民叢報」停刊而結束。

當革命黨與保皇黨在日本論戰的前後，在南洋與美洲兩個地區，雙方也進行着一連串的論戰與報業爭奪。港、澳與檀島是革命黨的根據地，但是南洋却爲康有爲捷足先登，所以南洋的報業，最初是保皇黨居於優勢。

一八九九年康有爲在星加坡成立保皇會，擧僑商邱菽園爲南洋分會的會長，邱氏當時經營一份「天南新報」，入會以後，該報也變成了保皇黨的機關報。直到一九〇四年，革命黨中以辯才聞名的尢烈，在新加坡聯絡僑商陳楚楠、張永福等，籌組報館，與保皇黨對抗，於是「圖南日報」便在這年春天出版，這是南洋第一份革命的報紙。

「圖南日報」的經費全由陳楚楠、張永福二人捐助，尢烈任名譽編輯，實際上是黃伯耀、康陰田、何德如等主持報務。因南洋的華僑去國日久，祖國的觀念漸漸淡漠，加以風氣閉塞，所以定閱報者僅三十餘人，當時日出一千份，純爲贈閱性質。以後銷數雖漸增加，但終以虧損過多，苦撐兩年之後便宣佈停版了。

「圖南日報」停版後，陳楚楠、張永福等不願革命的喉舌中斷，過了兩個月，便約陳雲秋等集股別創新報，這就是「總滙報」。該報發刊於一九〇五年多，由陳、張二人主持，仍舊昌言革命如故。但陳雲秋頑固怕事，反對登載激烈的文字，遂於一九〇六年春拆股，以抽籤方式決定承接報館，結果爲陳雲秋等所得，並約保皇黨商人朱子佩等加股合辦，於是「總滙報」便從革命黨轉入了保皇黨之手。

「總滙報」易主之後，陳楚楠等深以爲恥，這時 國父中山先生已在星加坡成立同盟會，陳楚楠正式加盟，乃倡議集股辦與「總滙報」對抗。於是一九〇七年八月二十日「中興日報」便在新加坡出版。

「中興日報」是南洋革命黨報中最有力的一份報紙，先後主持筆政者有田桐（署名恨海）、居正（署名藥石）、林時塽、胡漢民、汪精衞、方瑞麟、林希俠、張紹軒（署名西林）、周杜鵑、何德如、胡伯鑲諸人。 國父中山先生也署名「南洋小學生」在該報撰文，駁擊保皇黨。自一九〇七至一九〇九前後三年間，「中興日報」與「總滙報」論戰不休，當時主持「總滙報」筆政的是康門的大弟子徐勤，後來因爲與「中興日報」鬪爭失敗，借故出奔唐山去了。這是革命黨與保皇黨在南洋最長的一次論戰。

兩黨在南洋報業鬪爭的地區，除星加坡外，就是緬甸的仰光。一九〇四年僑商莊銀安在仰光創辦「仰光新報」，這是仰光第一份華文報紙。不久康有爲至緬，在仰光成立保皇會，擧莊爲會長，「仰光新報」也跟着變成保皇黨的報紙，大倡保皇立憲之說。一九〇五年，秦力山至仰光，揭發康黨的陰私，莊銀安等才覺悟而脫保皇黨，但是「仰光新報」最後還是爲保皇份子所把持，直到一九〇八年秋，第一份革命報紙——「光華日報」才在仰光正式出版。這時「仰光新報」已經停刊，莊銀安等以三千盾購其鉛字印機，莊自任總經理，居正、楊秋帆、呂志伊等先後分任主筆。出版之後，即昌言革命，並攻擊保皇黨。兩個月後因揭發駐緬清使蕭永熙向華僑詐財的陰謀，蕭某便以抄沒本籍財產要脅該報的股東，股東恐懼，報館遂被迫歇業，並決定將財產拍賣，保皇黨商人乘機承購，「光華日報」遂淪入保皇黨之手，易名「商務報」，以張石朋、李牙聰爲編輯，繼續發行。

「光華日報」易主之後，同盟會的份子認爲由商人集股辦報不是辦法，乃開大會發起募捐，於是到十一月又在仰光發刊第二「光華日報」，仍以居正等爲主筆，與「商務報」展開筆戰。結果將「商務報」擊敗。保皇黨自不會甘心，於是於一九一〇年夏，請求蕭永熙會同英領事向緬督誣告「光華日報」鼓吹無政府主義，緬督下令將居正驅逐出境，「光華日報」又遭第二次的停版。一個月後，呂志伊等又用該報的資金籌組報館，易名「進化報」仍鼓吹革命如故，但八個月後又被保皇黨勾結地方警吏，對「進化報」橫加摧殘，結果被迫停刊。此外莊銀安於第二「光華日報」停刊後，避居檳榔嶼，又於一九一〇年多發刊第三「光華日報」，以雷昭性、方次石、周杜鵑等爲主筆，成爲革命黨在馬來亞宣傳的重心。

至於美洲的華文報紙，以檀香山與舊金山二地較著。一九〇二年梁啓超與陳繼儼（儀侃）在檀香山創辦了一份保皇黨的機關報，名「新中國報」。梁氏至檀之前，本在日本與 國父中山先生策劃兩黨聯合的運動，但受其師康有爲的斥責，命其至檀辦理保皇會事，臨行向國父索函介紹在檀島革命黨人，並言誓志合作。但至檀後即背約，且奪走了革命黨的地盤。所以當「新中國報」大倡保皇之說時，原爲興中會會員程蔚南所經辦的「檀香山新報」(又名「隆記報」(The Hawaiian News)，也噤若寒蟬，不敢反抗。一九〇三年秋， 國父自日至檀，「新中國報」便著文醜詆革命黨，並涉及 國父個人， 國父便將程蔚南的「檀香山新報」改爲興中會的機關報（程與 國父爲同鄉，且有戚誼。），親撰「致告同鄉論革命與保皇之分野書」及「駁保皇報」二文，予保皇黨以致命的打擊，至此，檀島的華僑才恍然大悟，梁啓超所說的「名爲保皇，實則革命」，完全是一套騙局，而且保皇與革命也得到了正本清源的結算。一九〇六年以後，「檀香山新報」改組，易名爲「民生日報」，但仍舊抨擊保皇謬說，不遺餘力。

此外在檀島還有一份革命報紙，即「自由新報」，一九〇八年八月出版，爲盧信所創辦，民國以後，繼續發行二十餘年，爲革命黨報中壽命最長的報紙。

在梁啓超赴檀香山從事保皇活動的同時，康門的另一大弟子歐榘甲也到了舊金山，歐亦爲廣東人，小時在家即加入了洪門會，他至舊金山後，即利用此種關係打入會黨，與致公堂往來。他先在僑報「文興日報」任職，一九〇一年至一九〇二年之間，他說動致公堂總理黃三德，在舊金山創辦「大同日報」，作爲洪門會的機關報，以唐瓊昌爲經理，歐自任總編輯，岑彩臣與鄺人瑞副之，唐重萱爲翻譯，社址設在舊金山士坡福街。「大同日報」的宗旨，可以從歐榘甲寫的「大同日報緣起」一文看出爲反清復明，完全符合洪門會的宗旨。同時歐榘甲又著「新廣東」一書，鼓吹廣東獨立運動，爲康有爲所知，乃嚴詞斥責，欲將其逐出康黨，歐大懼，於是論調轉變。一九〇四年春， 國父自檀至美，保皇黨勾結清使何佑指 國父爲亂黨，阻其登岸，幸得黃三德之助始自由登陸。但歐榘甲却在報上著文排斥，黃三德等便將歐驅逐，並請 國父爲其推薦主筆， 國父遂將「大同日報」改組，聘留日學生劉成禺至美主筆政，從此「大同日報」便成爲革命黨的機關報。

一九一〇年夏，加拿大的洪門會也在溫哥華發刊「大漢日報」，聘馮自由爲主筆，與當地保皇黨的「日新報」對抗，這也是美洲革命黨報中的一份重要報紙。

此外尚須值得一提者，吳稚暉、李石曾、張靜江等在巴黎創刊的「新世紀」，爲中國革命黨在歐洲重要的宣傳刊物，對留歐學生的影響頗大。新世紀創刊於一九〇七年六月二十二日，以宣傳排滿革命及鼓吹無政府主義爲宗旨，每週一期，共出一百二十一號，至一九一〇年五月二十一日停刊。

關於革命黨與保皇黨的報業對抗，是政論報紙發展非常重要的一環，清末僑報在海外的蓬勃，與這一鬪爭有密切的關係。馮自由「中華民國開國前革命史」曾就當時雙方的報紙列了一張很詳細的表（註九），可惜現在這些報紙大半都亡佚了。

第五節　其他重要的政論性報紙

（一）日　報

「廣報」：一八八六年在廣州出版，鄺其照主辦，延吳大猷、林翰瀛爲主筆。其形式與上海申報相同。一八九一年以事觸怒粵督李小泉，下令查封，乃遷入租界，請英商必文出面，改名中西日報，繼續出版，後又易名越嶠紀聞，不久停刊。

「時務日報」：一八九八年在上海出版，汪康年主辦。汪爲「時務報」的經理，因「時務報」爲旬

時務日報創刊號

廣報

昌言報創刊號

中外日報創刊號

刋，每月只出三册，且以提倡變法爲主，乃別出日報，定名爲「時務日報」，專記載中外大事及評論時政得失爲主。採分欄編輯方式，報紙用兩面印刷，爲當時最新穎的一份報紙。是年夏「時務報」改爲官辦，該報亦易名爲「中外日報」，一九〇八年以經濟困難曾受滬道蔡乃煌資助，爲我國報紙受政府津貼之始。蔡旣資助該報，因之派人至館監督，汪遂將該報售與蔡氏，未幾以銷數銳減而停刋。

「時報」：一九〇四年在上海出版，狄楚青（葆賢）主辦。狄氏原爲留日學生，歸國後與唐才常在上海組織中國獨立協會，圖謀起義，庚子漢口之役失敗以後，乃利用起義的餘款創辦「時報」，延陳景寒爲主筆，專事文字上的鼓吹。該報首創時評欄，歐戰以後又增闢各種週刋，這些都是我國報界革新的創例。一九二一年　狄氏將全部報館產業售於黃伯惠接辦。

「楚報」：一九〇五年在漢口出版，主筆政者爲張漢傑，因揭露清廷粵漢鐵路借款事被封，張氏被判監禁十年。

「京報」：一九〇六年在北京出版，汪康年主辦。一九〇九年以論楊翠喜案被封。次年又辦「芻言報」，爲五日刋，一九一一年汪氏逝世，「芻言報」亦停刋。

「中華報」：一九〇六年在北京出版，主筆政者爲杭辛齋、彭翼仲，因刋登軍機大臣衞兵搶掠事被封。

「大江報」：一九〇九年在漢口出版，詹大悲主辦。因作「大亂者救中國之妙藥也」一文，在報上刋登，被總督瑞徵拘捕，監禁一年，該報亦被封。

（二）雜　誌

狄楚青

時報

時報創刊號

政論報紙發展的過程中，雜誌比日報更顯示有蓬勃的氣象，這當然是因爲它有廣大的篇幅，更適合刊登長篇大論的文字之故。除上文所述者外，當時最重要的知名雜誌尙有下列數種：

「湘報」、「湘學新報」：一八九七年在長沙出版，爲長沙校經書院編。「湘報」爲日刊。「湘學新報」旬刊，每期約四十頁，連史紙木刻本，至二十三期停止。

「國聞報」、「國聞彙報」：一八九七年在天津出版，嚴復主辦，日出一張，八開報紙，用四號字排印；「國聞彙報」爲旬刊，十日一出，每册約三萬餘言，用三號字排印。

「知新報」：一八九七在澳門出版，康廣仁、何廷光、徐勤等主辦，爲戊戌政變前的維新刊物。初爲五日刊，後改爲旬刊，每册十五頁，用連史紙鉛印，一八九八年十二月停刊。

「經世報」：一八九七年在杭州出版，章炳麟、宋恕等主辦，連史紙石印本，出十餘期卽止。

「實學報」：一八九七年在上海出版，王斯沅、王仁俊等主編務，以譯述英日報紙上的論著爲主，爲一種石印本的旬刊。

「農學報」：一八九七年上海出版，羅振玉等主辦。初爲半月刊，第二年改爲旬刊，石印本，每册約二十五頁，內容分古籍調查、譯述、專著等。後讓於日人香月梅外，出至三百十五期而止。

「渝報」：一八九七年在重慶出版，宋教仁、潘清蔭主辦。爲旬刊，每册約二十頁，川紙木刻本，出十六期而止。

「華報」：一八九七年在上海出版，朱强父主辦。週刊，石印本，每册約三十頁，內容分中國要務、中外新聞等。

格致新報

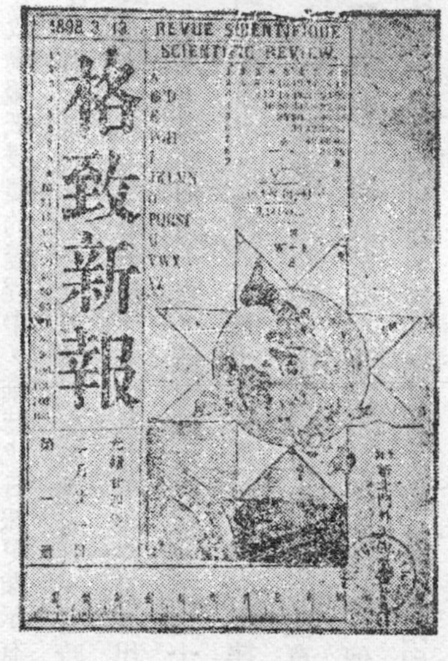

國聞報創刊號

國聞報

鷺江報

渝報

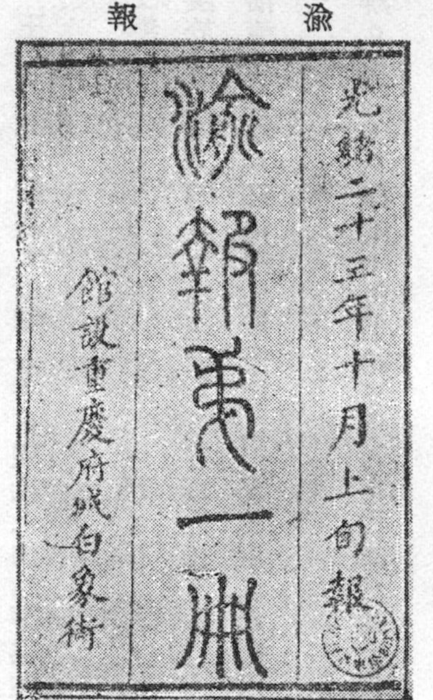

「求是報」；一八九七年在上海出版，曾仰東、陳彭壽主辦。爲一種鉛印本的旬刊。

「蜀學報」：一八九八年在成都出版，經理爲宋育仁，主筆爲吳之英。爲一種木刻本的旬刊，每册約二十五頁。

「東亞報」：一八九八年在上海出版，韓曇首主辦。爲旬刊，內容分論說、政法、商務、藝事、經世文選等，未及一年卽行停刊。

「格致新聞」：一八九八年在上海出版，朱開甲等主筆政，後與益聞報合併，改名格致新聞彙報，每週出版二期。

「開智錄」：一九〇〇年在橫濱出版，鄭貫公主辦，半月刊，利用「淸議報」印刷發行，而志趣不同，受保皇黨干涉，半年後停刊。

「外交報」：一九〇一年在上海出版，商務印書館編，爲該書店最早的一份雜誌，爲月刊，內容分論說、文牘、外交大事記、世界大事記、國際法等，至一九一〇年停刊，共出版二百零三期。

「鷺江報」：一九〇一年在厦門出版，旬刊，每册二十餘頁，連史紙印刷，內容分論說、時事、西文譯編、閩嶠瑣聞等，後因刊載金門教案被封，共出八十六期。

「大陸」：一九〇二年在上海出版，江吞主辦。月刊，每册百餘頁，內容分言論、學術、軍事、教育、時事批評等，出至三十四期停刊。

「東方雜誌」：一九〇四年在上海出版，商務印書館主編。初爲月刊，後改爲半月刊，每期銷數在一萬五千份左右，至一九四九年停刊。前後歷經四十四年之久，爲我國有雜誌以來壽命最長的一種。

第六節　結　論

政論報紙是配合政治的需要應運而產生的報紙。甲午戰後，由於內憂外患的交逼，中國的知識份子，憑着一腔愛國的熱情，起來辦報，想以清議推動政治的改革，想以報紙作爲振聾發聵的工具，來啓廸民智，開通風氣，於是各地報紙風起雲湧，紛紛創立，皆就時政，發揮讜論，使得政論報紙，成爲這一階段的時代寵兒。

戊戌政變以後，革命黨與保皇黨在海外發生鬬爭，報紙做了雙方的主要武器，這不但刺激了僑報的發展，而且形成了晚清的民意——使廣大的群衆走向革命的洪流，最後終於顚覆專制，建立國民，政論報紙是功不可沒的。所以　國父中山先生說：「此次（辛亥革命）中國推倒滿清，固賴軍人之力，而人心一致，則由於各報館鼓吹之功。」

政論報紙的興起，是清末眞正民意反映的象徵。那些個人赤手空拳或三五人集資辦報的書生，都是近代民主自由的鬬士，在中國近代報業的領域中，他們是先進的開荒者。現在中國的報紙已趨向企業化的發展，但是在此之前，政論報紙，恰好是把中國近代的報業，從外報與官報的彼岸，渡到企業化的橋樑。

本章註解

註一：清議報第一百號刊有「中國各報存佚表」一文，未署名，但據姚公鶴「上海閒話」一書之「上海日報小史」文中考證，該文爲梁啓超所作。今將該表抄錄於下：

日報

宮門鈔	江京	存
官書局報	同	佚
京話報	同	存
燕京時報	同	同
新聞彙報	同	同
津報	天津	未詳
直報	同	存
國聞報	同	佚
天津時報	同	未詳
天津日日新聞	同	存
申報	上海	存
新聞報	同	同
時務日報	同	（改爲中外日報）
中外日報	同	存
字林滬報	同	（改爲同文滬報）
同文滬報	同	存
蘇報	同	同

叢報

京報	江京	存
諭摺彙存	同	同
官書局彙報	同	佚
國聞彙編	天津	佚
時務報	上海	佚
集成報	同	同
昌言報	同	同
農學報	同	同
蒙學報	同	續出
算學報	同	佚
實學報	同	同

指南報	同	佚
博聞報	同	同
商務日報	同	存
游戲報	同	同
采風報	同	同
消閒報	同	（同文滬報附張）
笑林報	同	存
寓言報	同	同
華洋報	同	同
奇新報	同	同
世界繁榮報	同	同
覺民報	同	同
滙報	同	同
廣報	廣東	佚
中西報	同	（改名越嶠紀聞）
越嶠紀聞	同	存
博聞報	同	（改名安雅書局世論編）
安雅書局世說編	同	存

萃報	同	同
衛生報	同	未詳
謀新報	同	未詳
益智報	同	未詳
亞東時報	同	佚
五洲時事彙報	同	同
中外本事報	同	同
格致新報	同	未詳
教育世界報	同	存
畫報	同	同
益聞報	同	未詳
選報	同	存
外交報	同	同
金粟齋譯書	同	同
中西教會報	同	同
格致彙編	同	佚
萬國公報	同	存

嶺南報	同	佚
嶺海報	同	同
寰球報	同	同
商務報	同	存
紀南報	同	佚
廣智報	同	同
湘報	湖南	佚
電抄	同	同
京電錄	同	同
杭報	浙江	佚
白話報	同	同
無錫白話報	江蘇	存
漢報	湖北	存
博聞報	江西	未詳
廣仁報	廣西	佚
渝報	四川	未詳
閩報	福州	存
膠州報	山東	存
華字日報	香港	存

湘學報	湖南	佚
經濟報	同	同
譯林	浙江	存
經世報	同	佚
羣學社編	同	存
醫學報	同	佚
勵學譯編	江蘇	存
商務報	湖北	存
中國旬報	香港	佚

中國日報	同	同
中外新報	同	同
循環日報	同	同
維新日報	同	同
香港新報	同	佚
通報	同	同
郇報	同	同
澳報	澳門	佚
天南新報	星加坡	存
日新報	同	同
叻報	同	同
檳城新報	檳榔嶼	同
東華新報	雪梨	同
廣益華報	同	同
岷報	馬尼剌	存
文興日報	舊金山	同
華洋報	同	同
翰香報	同	同
賓文報	同	同
中西報	同	同
華美報	同	同

知新報	澳門	佚

報名	地點	存佚
萬球報	同	同
新中國報	檀香山	同
隆記報	同	同
華夏報	同	同
麗記報	同	同
東亞報	神戶	佚
國民報	東京	同
譯書彙編	同	存
大同學錄	橫濱	佚
開智錄	同	同
清議報	同	存

註二：見時報彙編續集第二十六冊。今將該表所列報紙名稱抄錄於下：

計已佚冊報（即雜誌）：

中西聞見錄
閩省會報
益聞報
北京官話報
新聞彙編
昌言報
譯書公會報
畫報
格致新報（現改滙報）
時務報
天津國聞彙編
求是報
集成報
萃報
亞東新報
中外大事報
謀新報
算學報

小孩月報
益智新錄
格致彙編
官書局彙編
口口報（原文如此）
江西通學彙編
五洲時事彙報
實學報
女學報
益智報
嶺學報
香港中國旬報

計已佚日報：

天津時報
上海時務報（現改中外日報）
指南報
博文報（現改世說編）
嶺南報
寰球報
紀南報
湘報

廣東醫學報
四川渝報
經濟報
工商報
湘學新報
浙江經世報
利濟報
口口報（原文如此）
澳門知新報
橫檳大同學報
日本神戶東亞報
開智錄

廣智報
國聞報（現改天津日日新聞）
字林滬報（現改同文滬報）
廣東中西報（現改越嶠紀聞）
廣報
嶺海報
無錫白話報
京電報

湖南電抄
漢報

計現存冊報：

政務處彙編政要（每月一冊）
北京官報
閣抄
京話報（月出三冊）
天津大公報
蒙學報（月出三冊）
諭摺彙存
抄報
時事采新彙通（每日一冊）
北京工藝報（每月二冊）
覺民報
湖南新報（每月三冊）
教育世界報（月出三冊）
外交報（全年卅二冊）
普通學報（月出一冊）
政學報（全年卅二冊）
史學報（月出一冊）
通報
廣西廣仁報

杭報
澳報

萬國公報（每月一冊）
農學報（半月一冊）
中西教會報
選報（月出三冊）
圖畫演說報（月出一冊）
中外算報（月出一冊）
政藝通報（每月二冊）
湖北商務報（每月三冊）
郇報
杭州白話報（全年卅二冊）
蘇州白話報（七日一冊）
南洋七日報（七日一冊）
香港新報
羣學社編（月出一冊）
新民叢報（每月二冊）
勵學譯編（全年十二冊）
譯書彙編（月出一冊）
譯林（月出一冊）

計現存日報：

北京公報
天津直報
中外日報
滙報（三日一出）
商務日報
新聞報
蘇報
廣東越嶠紀聞
福州閩報
香港華字日報
中外新報
維新日報
日新報
檳榔嶼檳城新報
廣益華報
舊金山文興報
翰香報
世說編
膠州報

申報
順天時報
天津日日新聞
同文滬報
郴州政學徵信報（三日一出）
中國日報
循環日報
新加坡天南新報
叻報
雪梨東華新報
馬尼剌岷報
華洋報
寶文報
中西報
萬球報
華夏報
華美報
檀香山新中國報
隆記、麗記等報

註三：戈公振所舉當時報紙雜誌，爲海內外較知名者，見中國報學史頁一四五—一五〇，今將其所列舉者抄錄於下：

上海：

蘇報、國民日報、俄事警聞、警鐘日報、中國公報、時報、神州日報、新世界日報、指南報、維新報、博聞報、愛國日報、華洋報、申江日報、少年中國報、獨立報、江浙滙報、蘇海彙報、民吁報、民立報、民呼報、天鐸報、民意報、時事報、輿論報、輿報、時事報（？）、海上日報、時事新報、國民公報、商務日報、南方報、世新通報。（以上日報）農學報、藝學報、算學報、中外算報、實學報、萃報、工商學報、商務報、江南商務報、政藝通報、普通學報、通學報、學報、新學報、格致新聞、新世界學報、政治學報、集成報、求是報、女報、外交報、求我報、蒙學畫報、新中國白話報、大陸、教育世界、教育雜誌、中外大事報、五洲時事彙報、楊子江叢報、新小說、科學世界、東方雜誌、譯林、選報、衛生報、預備立憲公會報、書畫譜報、歐美法政介聞、飛影閣畫報、飛雲閣畫報、政論、國風報、民聲雜誌、進步。（以上雜誌）

北京：

京話日報、强學報、燕京時報、京報、芻言報、北京日報、中華報、中國報、全京日報、帝國日報、京都時報、帝京新聞、華字彙報、金臺組報、憲志日報、公論實報、國民公報、新聞彙報、京津時報。（以上日報）

啓蒙畫報、工藝報、憲法新聞、地學雜誌、北京商務報。（以上雜誌）

天津：

津報、國聞報、天津時報、天津日日新聞、大公報、時聞報、北方日報、多聞報、通報、中外實報。（以上日報）

國聞彙編、農學報。（以上雜誌）

廣州：

博文報、嶺海報、寰球報、商務報、紀南報、廣智報、羊城報、七十二行商報、越嶠紀聞、南越報、商務總會報、人權報、粵東公報、公言報、時敏報、亞東報、亞洲報、醒報、廿世紀報、人權報、光華報、光漢報、嶺旦報、天運報、國民報、中原報、又新報、可報、陀城報、安雅書局世說編。（以上日報）

振華五日大事紀、南洋七日報、半星期報、農工商報、保國粹旬報。（以上雜誌）

潮州：

公理報。

蘇州：

蘇報、蘇州白話報、日新報。

無錫：

錫金日報（日報）。無錫白話報（雜誌）

鎮江：

揚子江日報。

揚州：

淮南日報（日報）。廣陵濤（雜誌）。

蕪湖：

商務日報、皖江日報、皖報、鳩江日報。

安慶：

愛國新聞。

南昌：

博聞報、新民報、自治日報。

九江：

江報。

贛州：

又新日報。

漢口：

漢報、商務報、武漢新報、中西報、大江報、夏報、楚報、湖北日報、漢臯新聞、鄂報、繹言報、新漢報、大漢報。

武昌：

通俗報、湖北商務報、

長沙：

湘報、長沙日報。（以上日報）

外交俚語報、湘學報、經濟報、廣雅俗報、算報、蒙養學報、演說通俗報、通俗教育報。（以上雜誌）

重慶：

救時報、重慶日報。（以上日報）

渝報、廣益叢報。（以上雜誌）

成都：

蜀學報、蜀報。（雜誌）

濟南：

濟南報、簡報。（以上日報）

國文報。（雜誌）

烟臺：

膠州報、芝罘日報、山東日報、勃海日報。

青島：

青島報。

太原：

晉報、晉陽日報。
奉天：
東三省日報、大中公報、微言報、醒時報、盛京報。
吉林：
自治日報。
長春：
長春公報。
營口：
營商日報。
哈爾濱：
濱江日報、東陲公報。
伊黎：
伊黎白話報。
杭州：
杭報、經世報、全浙公報、浙江日報、危言報。（以上日報）
杭州白話報、醫學報、五日報、新政交儆報、羣學社編。（以上雜誌）
寧波：
四明日報、甬報。
厦門：
漳泉日報、福建日日報。（以上日報）
鷺江報。（雜誌）

福州：

福報、福建日日新聞、福建日報、福建新聞報。（以上日報）

福建七日報。（雜誌）

汕頭：

嶺東月報、中華新報。

貴州：

西南日報。

桂林：

廣仁報。（日報）

官話報。（雜誌）

梧州：

廣西新[illegible]

香港：

循環日報、中國日報、公益報、維新日報、香港新報、公益報、有所謂報、少年報、香港商報、通報、廣東報、香海日報。

澳門：

澳報。（日報）

知新報。（雜誌）

星加坡：

天南星報、日新報、叻報、總滙新報、圖南報、中興日報、陽明報。

檳榔嶼：

檳城新報、

雪梨：

東華新報、廣益華報。

瓜哇：

烏島日報。

巴達維亞：

華鐸報。

馬尼剌：

岷報。

舊金山：

文興日報、金港日報、華洋報、大同晨報、世界日報、少年中國晨報、翰香報、實文報、中西報、華美報、萬球報。

檀香山：

新中國報、隆記報、華夏報、麗記報。

溫哥武：

大漢公報、華英日報。

紐約：

光報、紐約日報。

巴黎：

新世紀。

神戶：

東亞報、日華新報。

東京：

浙江潮、湖北學生界、江蘇、雲南雜誌、四川雜誌、河南、晉乘、粵西、直說、游學譯編、譯書彙編、新譯界、中國新報、學報、牖報、學海、醫藥學報、衞生世界、中國商業、研究會日報、南洋羣島商業、研究會雜誌、農商雜誌、中國蠶絲業會報、法政學交通社月報、政法學報、憲法新志、大同報、廿世紀之中國女子、新女界、廿世紀之支那、天義報、民報、復報。（以上雜誌）

橫檳：

大同學錄、開智錄、清議報、新民叢報。（以上雜誌）

高麗：

皇城新聞。

暹羅：

啓南報、華暹新報。

西貢：

光興日報。

註四：中外公報日出一張之說，係本自梁啓超自述，見梁啓超「初歸國演說詞」（飲氷室文集之二十九，頁二）。但戈公振「中國報學史」頁一二四謂日出一冊，顯爲雜誌形式。按戈公振所述「中外紀聞」（即中外公報）發行經過，亦採梁氏之說，今兩說併存以供參考。

註五：關於汪康年的啓事，曾先後在國聞報上刋登，今擇其有關者，節錄於下：

㈠康年於丙申秋創辦時務報，延新會梁卓如孝廉爲主筆，至今二年。現既奉旨改爲官報，則時務報名目，自非草野所敢擅自刻用。即從七月一日起，謹遵六月初八日據實昌言之諭，改爲「昌言報」。另延請番禺梁節庵先生鼎芬爲總董，一切體例，均與從前時報一律，繙譯諸人，亦仍其舊。祈代派閱報諸人共鑒之。

㈡自甲午以來，吾華士大夫鑒於中國以二十一行省之大，四萬萬之衆，敗於扶桑三島，割地償金，爲世大辱，始有亟亟於知彼知己，舍舊謀新，以圖自强而洗大恥者。丙午春，康年與諸同人議，知非廣譯東西文各報，無以通彼己之郵，非指陳利弊，辨別同異，無以酌新舊之中，乃議設時務報於上海。時梁卓如孝廉方留滯京邸，致書康年，有公如設報館某當惟命是遵之語。乃發電信，延之來館，專司論說。及公延古城坦堂張少堂二君繙譯東西文報，是後諸君去來不常，故撰論譯報，時易其人，而要其直言無隱，冀以草野之見聞，上備朝廷之採擇，則猶夫初志。辦理兩年，未敢謂盡妥善，猶幸上承京外諸大吏之扶掖，中賴同志諸君之輔助，得以漸次推廣，編及各行省。館中經費，全賴集資。溯計五月開館時，南皮制軍倡捐千元，强學會留存餘款七十餘元。又康年經手斥賣無用器具銀三百數十元，收回多付房租一百數十元（以上三項即首次捐款清單內所列之六百二十元），暨出版後諸同志陸續捐助，共計收銀一萬一千餘元，又二千六百餘兩，報費五萬八千餘元（約及十成之八五），撙節支用，幸得措拄至今。竊自謂可告無罪於海宇士夫矣。梁啓超看到汪康年的告白，誌爲汪將時務報創辦之功全歸其一身，與事實不符，乃撰「創辦時務報原委記」一文，刊於澳門知新報中，予以駁斥，現將其有關者，節錄於下：

本日在國聞報中見有汪穰卿告白云：「康年於丙申秋在上海創辦時務報，延請新會梁卓如孝廉爲主筆」等語，閱之，不勝駭詫。現時務報既奉旨改爲官報，又適派吾師南海康先生督辦，局外人見穰卿告白，恐將有謂啓超攙奪彼所獨創之事業者，故不得不詳細言之。夫所謂創辦者何：一曰籌款，二曰出力而已。查時務報初起，係用上海强學會餘款，當乙未九月，康先生在上海辦强學會，張南皮師首倡捐一千五百兩爲開辦經費，滬上諸當道亦有捐助者，遂在王家沙地方開辦。當時康先生以母壽之故，不能久住上海，因致穰卿一函兩電，屬其來滬接辦，當時穰卿猶在湖北就館也。既而穰卿到滬，而京師强學會爲言者中止，滬會亦因之停辦。當時尚餘銀七百餘兩，又將原租房屋已交一年之租銀追回半年，得三百五十元，又將會中所置器物書籍等項變賣，得二百餘元，共得一千二百金，實爲時務報嚆矢。第一期報中所登汪穰卿進士梁卓如孝廉捐集銀一千二百兩者，即此項也。第三期以後，改爲張孝達制軍捐銀七百兩，汪梁集捐六百元，係原存七百兩，乃南皮師原捐，故改登，其追回房租變賣器物等項，無從指名，故乃冒我等二人名也。當時穰卿因欲滅康先生舊跡，故不將此款聲明强學會之餘款，而登爲汪某等集捐云云。黃公度京卿改之，使並列兩名，實則啓超何嘗有捐集之功，而冒此稱，實滋不安耳。此時務報最初之起點也。强學會停辦之後，穰卿即在滬度歲（穰卿已移家上海）。時啓超方在京師，康先生並招至滬，改辦報以續會事。同鄉黃公度京卿遵憲適在滬，公度固强學會同事之人，憤學會之停散，謀再振之，亦以報館爲倡始。於是與穰卿啓超三人，日夜謀議此事。公度自捐金一千元爲開辦費，且語穰卿云：吾輩辦此事，當作爲衆人之事，不可作爲一人之事，乃易有成。故無所謂集款，不作爲股份，不作爲墊款，務期此事之成而已。此等語固公度屢言之，穰卿屢聞之者也。創辦時所印公啓三十條，係由啓超所擬草稿，而公度大加改定者（彼時穰卿力主辦日報，欲與天南遯叟爭等短長，公度及啓超力主旬報之說，乃定議。）其後聘請英文繙譯張少堂，係公度託鄭瀚生司馬代請者。東文繙譯古城貞吉，係由公度託日本駐上海總領事代請者。所立合同，亦出公度之手。其致函各處勸捐，託各處派報，亦爲公度之力。當時公度在上海，至九月方北行。數月之中，報館一切事，公度無不與聞。其捐款之獨多也如彼，其開辦之出力也如此。今穰卿自稱時務報爲彼所創辦者，不知置公度於何地也？鄒展書部郎凌瀚，亦强學會同事之人，志願與公度同，故首捐五百金開辦，吳季清大令德綿與公度穰卿啓超皆至交，當時又與啓超同寓京師，故時務報開辦，一切事無不共之，丙申五月，季清先生與其子亡友鐵樵石樵同到滬，即寓在報館朝夕商榷一切，故時務報公啓，即以公度季清展書穰卿及啓超五人出名，此人人所共見者（當時公啓訂成一小本，自四五月間即分送各處同志，至第一期出報時，用單張夾報內，想閱報諸君無不共見，四人之名，豈可剗去？）。今穰卿自稱時務報爲彼所創辦，不知置季清展書於何地也？同人既議定此報爲衆人之事，不得作爲一人之事，因得以公議向各同志助捐，而海內君子亦以公議之故而樂助之。二年以來，得款至萬餘金，此實時務報公事而非私事之明證。今穰卿稱時務報爲彼所創辦者，不知置捐款諸君於何地也？至啓超既爲穰卿雇工之人，亦復何足比較。然自問創辦時，固不無微勞矣。當丙申五六月間，穰卿湖北館地尚未辭去，恐報館之或不能支，住鄂住滬不能自決，屢商之於啓超，啓超謂報能銷四千份，則此事便可支持，因固留之。啓超自以不諳會計，憚管雜務，因與穰卿約，彼理事務兼外間應酬，而啓超主報中文字，此總理撰述之名所由分也。當時各因天才，自執一職。天澤之分不甚嚴，總辦之與局員名分平等，而啓超亦貿貿然自忘其受總辦厚恩爲總辦所請之人也。當時總辦之勤劬固云云矣，然卽如啓超者，忝任報中文字。每期報中論說四千餘言，歸其撰述，東西各報二萬餘言，歸其潤色。一切公牘告白等項，歸其編排，全本報章，歸其復校，十日一冊，每冊三萬字。啓超自撰及刪改者幾萬字，其餘亦字字經目經心，六月酷暑，洋燭皆變流質，獨居一樓上，揮汗執筆，日不遑食，夜不遑息。記當時一人所任之事，自去年以來，分七八人始乃任之。雖云受總辦厚恩，顧東家生意，然自問亦無負於時務報矣。然猶不止此，計丙申七月初一日爲時務報出報之日，而穰卿於六月前赴湖北，月底始返滬。七月下旬又因祝南皮壽辰，前赴湖北，中秋後始返滬。彼時正當創辦吃緊之時，承乏其間誰乎？雖以啓超之不才，亦只得竭蹶從事，僭行護理總辦而已。此後局面既成矣，捐款既至萬餘金矣，銷報既至萬餘份矣，穰卿之以啓超爲功狗，固其宜也。且穰卿謂時務報爲彼創辦，不自今日始。當丙申秋間，海內鉅公同志提倡斯舉，捐款日多，當時我兩人商議，謂不可無謝啓。啓超謂宜將公啓內之五人作爲公函。凡有捐款者，五人公謝之，穰卿謂何必如此，只我兩人出名足矣。凡此等館中雜物，向章皆由穰卿主辦，啓超不能爭也。自八月以後，凡有捐款者，皆穰卿一人出名函謝矣。其函中之言，猶夫本日國聞報告白之言也。蓋當初辦之時，早有據爲汪氏產業之計，而天下之人視此局爲汪氏產業也，亦已久矣。

註六：見上海通社出版之「上海研究資料續集」頁七六。此外清廷指蘇報的罪狀，尚有在該報刊登文字中的摘語。

原文刊載日期	主題	指控語句
六月一日（五月初六日）	康有爲	「革命之宣告殆已爲全國之所公認，如鐵案之不可移。」
六月三日（五月初八日）	客民篇	「哥老會中屢屢起事，以名不雅馴，遂變稱客民，陽以懇荒爲名，陰以濟其搶刼之計。」
		客民者，卽客帝逼移而出者也。此帝盤踞之久也，悉取其主人而奴之

六月九日（五月十四日）	讀革命軍	。奴之眼光殆無往非其主人，故二百五十年亦無以爲客，而必欲屛之也者，是非顚倒之既久，而乃以其跳踉之難測者，外之爲客民。」 「吾鄉曲之間，婦孺之口莫不有男降女不降，老降少不降，生降死不降之諺，而見滿人者，無不呼爲韃子，與呼西洋人爲鬼子者同，是仇滿之見，固普通人之所知也。而今日世襲君主者滿人，占貴族之特權者滿人，駐防各省以壓制奴隸者滿人，夫革命之事，亦豈有外乎去世襲君主，排貴族特權，覆一切壓制之策乎。」
六月九日（五月十四日）	介紹革命軍	「革命軍凡七章，首緒論，次革命之原因，次革命之教育，次革命必剖清人種，次革命必先去奴隸之根性，次革命獨立之大義，次結論。約二萬言，章炳麟爲之序，其宗旨專在驅除清族，光復中國，筆鋒犀利，文極沈痛，稍有種族思想者讀之，當無不擬拔起舞，髮衝眉豎。若能以此書普及四萬萬人之腦中，中國當興也勃焉，是所望於革命軍者。」
六月十日（五月十五日）	讀嚴拿留學生密諭有憤	「賊滿人」。 「游牧政府人。」 「汝誣謬狂戾之上諭。」
六月十八日（五月廿三日）	賀滿洲人	「殺滿殺之聲已騰衆口。」 「泰然自豪曰：金城湯池，誠子孫帝王萬世之業也，乃今者睡虎已醒，聾盲豁然，吾漢族之曙光已一發而不可遏，抑視滿人爲九世深仇，切齒裂嘴，磨厲以須。」
六月念二日（五月	殺人主義。	「今有二百六十年四萬萬同胞不共戴天之大仇敵，公等皆熟視而無睹

念七日）		乎？」 「以四萬萬人殺一人，奚啻摧枯。」 「殺盡胡兒方罷手。」
六月廿九日（潤五月初五日）	康有爲與覺羅君之關係（按即選錄章炳麟駁康書）	「蓋自乙未以後，彼聖主所長慮却顧，坐席不暖者，猶太后之廢置吾耳。殷憂內結，智計外發，知非變法，無以交通外人，得其歡心。非交通外人，得其歡心，無以挾持重勢，而排太后之權力。載湉小醜，未辨菽麥，挺而走險，固不爲滿洲全部計。」 「載湉者，固長素之私友，而漢族之公仇也，況滿洲全部蠢如鹿豕者，而可以不革命哉？」

註七：馮自由革命逸史第三集頁一三九—一五九臚列開國前海內外革命書報數百種，今將其日報及雜誌部分按其名稱、時期、出版地、編輯及發行人表列如左：

一、日報部分：

名　稱	時　期	出版地	編　輯　及　發　行　人
中國日報	己亥（一八九九）	香港	陳少白、洪孝充、鄭貫公、馮自由、陳思仲、黃世仲、陳春生、王軍演、廖平子、盧信、胡漢民、謝心準、朱執信、李紀堂、李煜堂。

按中國日報爲海內外各革命日報之元祖。民國十三年己亥夏秋間，孫總理特派陳少白在香港組織。是年十二月下旬出版。地址初在香港士丹利街門牌二十四號。其資本在庚子以前，由總理撥付；庚子以後，由同志僑商李紀堂、李煜堂諸人補助之。

同文滬報	庚子（一九〇〇）	上海	田野橘次

此報爲日人田野橘次所設。與吾國維新志士頗有關係。庚子，唐才常、林述唐等，在上海張園召集國會。

璧謀在漢口起事，皆假此報為宣傳機關。

大同日報—壬寅（一九〇二）—美國舊金山—唐琼昌、區榘甲、劑成禺、馮自由、徐甘棠、蔣夢麟、廖卓菴。

此報為美國洪門致公堂所組織。創辦人為唐琼昌、區榘甲。癸卯（一九〇三）後改組，乃聘劑成禺、馮自由、蔣夢麟、廖卓菴等先後主持筆政。

臺南日報—壬寅—臺灣—連雅堂

蘇報—壬寅—上海—陳範、吳敬恒、章士釗、汪文溥、蔣維喬。

此報初為日本人所設。後為陳範出資承辦。至癸卯春，因俄人進兵東三省，清政府極力壓抑國人之愛國學動，始大倡革命，聲震一時，是歲夏間，卒為當局封禁，即清季驚天動地之蘇報案是也。

世界公益報—癸卯（一九〇三）—香港—鄭貫公、崔通約、譚民三、黃世仲、李大醒、黃魯逸、

國民日日報—癸卯—上海—章士釗、何梅士、蘇曼殊、張繼、盧和生。

是報繼蘇報而起。出版僅數月，因內部風潮停歇。

檀山新報—癸卯—檀香山—程蔚南、何寬、許直臣、林鑑泉。

是報又名隆記報。前已出版數年。是歲秋冬間，始奉 孫總理命，改為黨報。檀島之有革命言論機關，自茲始。

女蘇報—癸卯—上海—陳擷芬。

萃新報—癸卯—金華—張恭、劉琨、盛俊。

白話報—癸卯—杭州—孫翼中。

鷺江日報—癸卯—廈門—不詳。

圖南日報—癸卯（一九〇四）—新加坡—陳楚楠、張永福、尤列、陳思仲、林義順。

是報為華僑在南洋羣島創刊革命機關報之嚆矢。出版二年而止。

報名	年份	地點	人物
俄事警聞	甲辰	上海	蔡元培、劉光漢、陳去病。
警鐘日報	甲辰	上海	蔡元培、劉光漢、汪允中、林　瀞、陳去病、林中素、陳競全。
廣東日報	甲辰	香港	鄭貫公、黃世仲、陳樹人、胡子晋、勞緯孟。
華暹新報	乙巳（一九〇五）	暹羅檳角	蕭佛成、陳景華、王　斧、康蔭田、胡毅生、盧仲琳。
南洋總滙報	乙巳	新加坡	陳楚楠、張永福、許子麟。

此報乃繼圖南報停歇之後而起。後因內部紛擾而至拍賣，竟落於康黨之手，成為反對黨機關，與中興報大開筆戰。

報名	年份	地點	人物
有所謂報	乙巳	香港	鄭貫公、黃世仲、陳樹人、王斧、李孟哲、胡子晋。

此報又名唯一趣報。莊諧並重。規模雖小，而銷場較大報為廣。

報名	年份	地點	人物
羣報	乙巳	廣州	沈孝則、雷震、陳止瀾。
民生日報	丙午（一九〇六）	檀香山	曾長福、張孺伯、盧信、
東方報	丙午	香港	謝英伯、陳樹人、劉思復。
仰光新報	丙午	緬甸仰光	莊銀安、秦力山、蕭小珊。
少年報	丁未（一九〇七）	香港	黃世仲、楊計伯、康蔭田。
中興日報	丁未	新加坡	田　桐、居　正、胡漢民、汪精衛、王　斧、周杜鵑、張紹軒。
華英日報	丁未	加拿大雲高華	周大霖、崔通約。
光華日報	丁未	檳榔嶼	黃金慶、雷鐵崖、周杜鵑。
中華新報	丁未	汕頭	謝逸橋、陳去病、葉楚傖、林百舉。

警東新報	丁未	澳州墨爾砵	不詳
自由新報	丁未	檀香山	曾長福、盧信、溫雄飛、謝英伯、吳榮新、孫科。
神州日報	丁未	上海	于右任、楊篤生、汪允中、汪彭年。
大聲報	丁未	檀香山	盧信、孫科、許棠。
星洲晨報	戊申（一九〇八）	新加坡	謝心準、周之楨。
日華新報	戊申	日本東京	夏重民。
泗濱日報	戊申	荷屬泗水	田桐。
光華報	戊申	仰光	楊秋帆、居正、呂志伊、陶成章、陳仲赫。
黔報	戊申	貴陽	周培藝。
蘇門答臘報	戊申	荷屬日里	不詳。
民鐸報	戊申	荷屬泗水	不詳。
民呼日報	戊申	上海	于右任、范光啓、王旡生、龐青城。
民吁日報	己酉（一九〇九）	上海	于右任、范光啓、朱葆康、景耀月、周錫三。
國民報	己酉	廣州	鄧悲觀、馮百礪、黃軒胄。
長春日報	己酉	吉林長	徐竹平、蔣大同。
中國公報	己酉	上海	陳其美、陳毓川、陳去病。
帝國日報	己酉	北京	白逾恒、陸鴻逵、寧調元。
大漢日報	庚戌（一九一〇）	加拿大雲高華	馮自由、張儒伯、黃希純。
進化報	庚戌	仰光	呂志伊、陳重靈。
少年中國報	庚戌	舊金山	李是男、黃超五、黃魂蘇、張靄蘊、黃伯耀。

民醒報	庚戌	庇魯利馬	李碩夫等。
民立報	庚戌	上海	于右任、宋教仁、呂志伊、景耀月、沈縵雲。
西南日報	庚戌	貴陽	張石麟、周培藝。
民國日報	庚戌	澳洲雪梨	洪門致公堂。
商務日報	庚戌	漢口	劉堯澂、查光。
南越報	辛亥（一九一一）	廣州	蘇稜諷。
人權報	辛亥	廣州	陳耿夫、黃霄九、李孟哲。
平民報	辛亥	廣州	陳樹人、鄧慕韓、潘達微。
天民報	辛亥	廣州	李競生、黃平。
軍國民報	辛亥	廣州	盧岳生。
齊民報	辛亥	廣州	王秋湄、鄧警亞。
中原報	辛亥	廣州	盧岳生、楊計白。
可報	辛亥	廣州	陳烱明、葉夏聲、馬育航、鄒魯。
此報為反對開賭之廣東諮議局議員所組織。陳烱明實為主腦。			
南僑日報	辛亥	新加坡	黃吉辰、盧耀堂。
國風報	辛亥	北京	白逾恒。
國光新聞	辛亥	北京	田桐、景定成。
公理報	辛亥	菲律濱	鄭漢淇、吳宗明、王忠誠。
大江日報	辛亥	漢口	黃侃、胡瑛、詹大悲。
天鐸報	辛亥	上海	李懷霜、戴天仇。

二、雜誌部分：

名稱	時期	出版地	編輯及發行人
中國旬報	己亥（一八九九）	香港	陳少白、楊肖歐、黃魯逸。
是為中國日報之副刊。內設鼓吹錄一門，專載諧文、戲劇、粵謳等種。海內外各報增加諧部自玆始。			
譯書彙編	庚子（一九〇〇）	東京	戢元丞、楊廷棟、楊蔭杭、雷奮。
留學界出版之月刊，以此為最早。所譯盧騷民約論，孟德斯鳩萬法精理，斯賓塞代議政治論等名著，促進吾國青年之民權思想，厥功甚偉。			
開智錄	庚子	橫濱	鄭貫公、馮自由、馮斯欒。
是報專提倡自由平等之眞理，出版至十餘號而止。			
國民報	辛丑（一九〇一）	東京	戢元丞、沈翔雲、秦力山、王寵惠、楊廷棟、馮自由。
留日學界公然主張革命排滿及反對康梁保皇邪說者，是報實為濫觴。			
大陸報	壬寅（一九〇二）	上海	戢元丞、秦力山、楊廷棟、陳冷。
國民報停刊後，戢元丞重組此報於上海，反對康梁之保皇會最力。			
湖北學生界	壬寅	東京	劉成禺、李書城、程明超、尹拔一、王存一。
新民叢報	辛丑	橫濱	梁啓超、韓文舉、蔣智由、馬君武。
梁啓超於此報出版第二年，闡揚民族主義，不遺餘力。所著破壞論尤為激烈，影響國內青年之思想至鉅。及遊美東返，始論調一變，而有「吾遊美國而夢俄羅斯」之說。			
浙江潮	癸卯（一九〇三）	東京	孫翼中、蔣智由、蔣方震。
江蘇	癸卯	東京	秦毓鎏、張肇桐、汪榮寶。
湖南遊學譯編	癸卯	東京	楊守仁、梁煥彝、樊錐、黃軫、周家樹。
女學報	癸卯	上海	陳擷芬。
童子世界	癸卯	上海	愛國學社社員。

覺民	癸卯	松江	高天梅。
中國白話報	癸卯	上海	林獬。
女子世界	癸卯	上海	丁初我。
舊學	癸卯	東京	湖北學生界增刊。
廿世紀大舞臺	甲辰（一九〇四）	上海	陳去病。
漢聲	甲辰	東京	湖北學生界改名
楊子江叢報	甲辰	上海	杜課園。
楊子江白話報	甲辰	上海	杜課園。
女子魂	甲辰	東京	抱眞女士。
廿世紀之支那	乙巳（一九〇五）	東京	田桐、白逾恒、劉炳標、宋教仁、陳天華。
民報	乙巳	東京	胡漢民、陳天華、章炳麟、汪精衛、劉光漢、朱執信、汪東、湯增壁、陶成章、黃侃。

是爲中國同盟會之機關報，出版於乙巳年十月，革命黨本部之發行機關月刊，以倡導三民主義，此爲第一。

時事畫報	乙巳	廣州	潘達微、陳垣、高劍父、何劍士。
復報	丙午（一九〇六）	東京	高天梅、柳亞子、田桐。
鵑聲	丙午	東京	雷鐵崖、董修武、李肇甫。
雲南	丙午	東京	楊秋帆、呂志伊、趙伸。
洞庭波	丙午	東京	陳家鼎、楊守仁、甯調元。
競業旬報	丙午	上海	傅君劍、謝誚莊、胡適。
直言	丙午	東京	直隸留學生。

中國女報	丙午	上海	秋瑾。
中國新女界	丙午	東京	燕斌。
國粹學報	丙午	上海	章炳麟、黃節、劉光漢、鄧實。
新世紀報	丙午	巴黎	張人傑、吳敬恒、李煜瀛。
天討	丁未（一九〇七）	東京	民報附刊。
晉聲	丁未	東京	景成、景耀月、谷思愼。
天義報	丁未	東京	劉光漢、何殷震。
漢幟	丁未	東京	陳家鼎、景定成、仇或匡。
大江報	丁未	東京	夏重民、黃增耆。
醒獅	丁未	東京	高天梅。
神州女報	丁未	上海	陳以森。
四川	丁未	東京	雷鐵崖。
華鐸報	己酉（一九〇九）	荷蘭巴打威	白蘋州。
時事華報復刊	己酉	香港	謝英伯、潘達微、鄭侶泉、何劍生。
南報	庚戌（一九一〇）	桂林	趙正平。
民聲叢報	庚戌	上海	陳匡、陳其美。
少年學社	庚戌	舊金山	李是男、黃魂蘇、溫雄飛、黃越五。
平民畫報	辛亥（一九一一）	廣州	尹笛雲、馮潤芝。
南風報	辛亥	桂林	廖璋。

註八：民報第三號號外所揭載的「民報與新民叢報辨駁之綱領」共十二條，今抄錄於下：

一、民報主共和；新民叢報主專制。

二、民報望國民以民權立憲；新民叢報望政府以開明專制。

三、民報以政府惡劣，故望國民之革命；新民叢報以國民惡劣，故望政府以專制。

四、民報望國民以民權立憲，故鼓吹教育與革命，以求達其目的；新民叢報望政府以開明專制，不知如何方副其希望。

五、民報主張政治革命，同時主張種族革命；新民叢報主張政府開明專制，同時主張政治革命。

六、民報以爲國民革命，自顚覆專制而觀，則爲政治革命；自驅除異族而觀，則爲種族革命。新民叢報以爲種族革命與政治革命不能相容。

七、民報以爲政治革命必須實力；新民叢報以爲政治革命祇須要求。

八、民報以爲革命事業，專主實力不須要求；新民叢報以爲要求不遂，繼以懲警。

九、新民叢報以爲懲警之法，在不納租稅與暗殺；民報以爲不納租稅與暗殺，不過革命實力之一端，革命須有全副事業。

十、新民叢報詆毀革命，而鼓吹虛無黨；民報以爲凡虛無黨皆以革命爲宗旨，非僅以刺客爲事。

十一、民報以爲革命以求共和；新民叢報以爲革命反得專制。

十二、民報鑒於世界前途，知社會問題必須解決，故提倡社會主義；新民叢報以爲社會主義，不過煽動乞丐流氓之具。

註九：馮自由中華民國開國前革命史頁五二—五三所載海外兩黨的機關報如下：

革命黨	地點	年代	當事人
中國報	香港	辛丑	陳少白、黃世仲、陳思仲。
中國報	香港	乙巳以後	馮自由、陳春生、朱執信。
民生日報	檀香山	甲辰	程蔚南、張孺伯。
大同報	舊金山	甲辰	唐瓊昌、劉成禺。

民報	東京	丙午	章太炎、汪精衛、胡漢民、朱執信。
中興報	新加坡	丁未	田桐、張紹軒、周杜鵑、汪精衛。
自由新報	檀香山	丁未以後	盧信、溫雄飛。
華英報	雲高華	戊申	周天霖、崔通約。
大漢報	雲高華	庚戌	馮自由。
少年報	舊金山	庚戌	黃超五、黃芝蘇。

保皇黨	地點	年代	當事人
嶺海報	廣州	辛丑	胡顯鶚。
商報	香港	乙巳以後	徐勤、伍憲子。
新中國報	檀香山	甲辰	陳繼儼、梁文卿。
文興報	舊金山	甲辰	梁朝傑、梁君可。
新民叢報	橫濱	丙午（應爲壬寅）	梁啓超。
南洋總滙報	新加坡	丙午	徐勤、伍憲子。
新中國報	檀香山	丁未以後	陳繼儼、梁文卿。
日新報	雲高華	戊申	何卓競、黃孔昭。
日新報	雲高華	庚戌	梁文卿。
世界報	舊金山	庚戌	梁文卿、梁君可。

第六章　民國初年的報業

民國成立，臨時約法規定「人民有言論，著作，刊行，及集會之自由」。於是全國各地紛紛組織團體，發行報紙、雜誌。全國究竟有多少報紙，當時雖然沒有確實的統計，但以北京一地來說，辛亥年十二月二十五日以後，向內政部登記的，就有九十多種（註一），再加上舊有的報紙，合起來差不多有一百多種，可知全國報紙的數目一定不少。

不過，這並不能代表中國報業的繁榮，言論、出版自由固然是新聞事業發展的條件之一，報業本身的企業化和國內交通、人民知識水準、購買力等，也是很重要的因素（註二）。清末的報紙，雖然有很多被封閉，但是也有不少因爲經濟不能維持，而自動停刊的。例如宣統三年春，漢口的革命報紙「大江報」（註三），辦了不到一年，經濟不能維持，主筆詹大悲（註四）就向同事們說：「報館如到不能維持時，寧可被封，決不自動停刊。」（註五）於是他寫了一篇時評叫「大亂者救中國之妙藥也」。這篇稿子使報館關了門，也使他自己坐了牢。（註六）就辦報來說，這無異是一種變相的自殺。

民初的報業，仍舊保持清末時的幾個特點：第一、在內容方面，重視政論，而不注意新聞。換句話說，仍舊停留在「文人論政」的階段，報紙的榮辱，決定於幾枝筆；報紙的命運，在少數幾個文人手裡。第二，由於這一類的政論報紙，在經濟方面不能自給，必須仰賴政黨、或政客的支持，遂淪爲政治工具，不能代表眞正的民意，發揮它應有的功能。民初人民可以自由組黨結社，政黨特別多。北京是當時的政治中心，政黨團體也冠於全國。民國元年向民政部立案的會社，多達八十五個，其中政治性的團體，就佔二十二個（註七）。因此，當時北京的報紙也特別多。第三，初期中國報業，偏重點的發展，集中在廣州、上海、武漢、長沙、平津等幾個沿海大都市，因爲以上這些都市工商業繁榮，交通發達，人口集中，文化水準較高，便利於報業的生存和發展。同時，由於這些都市都有租界，無論是商辦報紙或政黨報紙，都可以享受較多的言論自由，自然而然成了報刊的集中地。民初的情形仍舊如此，我們只要簡單介紹一下這幾個地區的報業，就可以爲民初的整個中國報業鈎畫出一個具體的輪廓。

第一節　平津的報紙

清末民初，北京是全國政治中心，報業特別發達，所受摧殘也最大。民初北京的報紙分兩類：一爲白話報，一爲文言報，前者俗稱小報，後者俗稱大報。

北京最早的現代化報紙，是梁啓超所辦的「中外公報」。（註八）「中外公報」停刊以後，北京的第二家現代化報紙，可能要數朱淇的「北京報」了。朱氏是興中會的會員，光緒二十一年，國父和諸同志謀革命，攻取廣州，討滿檄文就是他寫的（註九）。他的文筆很好，是一個老報人，他在廣州辦過「嶺學報」、「嶺海日報」、「通報」（註一〇）。丁未革命失敗，黨人誤會他告密（註一一），對他不諒解，他逃往香港，後來就去青島，辦「膠州日報」（註一二），到光緒三十年初，他開始到北京辦「北京報」。他怕受清政府干涉，掛的是德國人的招牌。（註一三）這時候，北京除了「北京報」以外，還有兩種外國人辦的報紙，一爲日本人辦的「順天時報」，一爲俄國人辦的「遠東報」。緊接着「北京報」出版的是彭翼仲（貽孫）辦的「京話日報」。「京話日報」創刊於淸光緒三十年七月一日（註一四），是繼「中外公報」以後，以國人名義在北京出版的第一種報紙，也是北京小報的始祖。初出版時，讀者不多，「群呼之爲洋報，冷嘲熱罵，無所不至，街設貼報牌，屢被拆毀」（註一五）。不過，這張報紙不久就受到重視，淸將毓朗曾「諭飭工巡各局人員一體購閱，以開智識」（註一六）。光緒三十一年，北京練兵處派各營文案每天編輯中外名將逸事和忠君愛國行軍對敵各事，演成白話，日出一張，叫「兵學白話報」（註一七），可以說是我國最早的軍報之一。宣統元年，某御史奏文有「庚子以前，社會異常閉塞，自庚子後，彭貽孫創設京話報，于是風氣逐漸開通」（註一八），可以知道「京話日報」對當時社會文化的貢獻不小。同時，杭辛齋（愼修）（註一九）主辦的「中華報」（註二〇）出版，日出一册，外觀如政府公報，文言體裁，也頗受重視。但是不久，這兩家報紙因觸犯瞿鴻機被封。（註二一）其後，北京的報紙，越來越多，文言報如汪康年的「京報」，白話報如丁寶臣的「正宗愛國報」，蕭益三的「京都日報」，樂綏卿的「公益報」，張展雲的「北京女報」，相繼出版（註二二）。此外還有專鼓吹立憲的「憲法白話報」（註二三），「專就所有華字各報擇精選錄」，類似今日文摘的「華字彙報」。（註二四）

不久，俄國人辦的「遠東報」停刊了，大報只剩下了「北京日報」、「順天時報」和「京報」三家。光緒三十三年，「京報」因論楊翠喜案停刊（註二五），北京國人所辦的文言報，僅「北京報」一家。也就在這一年，北京報改名「北京日報」。第二年（光緒三十四年），「中央日報」、「大同報」相繼開辦，不久這兩個報又合併爲「中央大同日報」。（註二六）接着，黎塹甫的「國報」出版，加上各種小報、北京的報紙已不算少。光緒三十四年秋間，「中央大同日報」和「國報」，因攻擊清外交當局被封（註二七）。也就在這一時期，清室籌備立憲，大唱「庶政公諸輿論」之說，需要報紙來點綴。並且，有的報紙被封後，移到天津去出版（註二八），在外人的庇護下，批評時政，對清室反而不利，遂鼓勵報紙的出版。在宣統二年和三年之間，北京報紙如雨後春筍，相繼出版的有陸詠沂（鴻逵）主辦的「帝國日報」（註二九），康士鐸（號甲丞）主辦的「帝京新聞」（原辦中央大同日報），雷繼星（奮）主辦的「京津時報」，孟庸生（常昭）主辦的「憲報」，葉岵生主辦的「中國報」，沈賓甫（乃誠）主辦的「公論實報」（註三〇），景梅九（定成）主辦的「國風日報」（註三一），田梓琴（桐）主辦的「國光新聞」，（註三二）徐佛蘇主辦的「國民公報」等（註三三），北京報界頓形熱鬧，加上小報，合起來有三十多家，比全國任何地方都多。

在這些報紙裡，「帝國日報」、「國風日報」和「國光新聞」都是革命黨人辦的報紙。尤以「國風日報」，在清權要的保護下（註三四），頗能口誅筆伐，不避權貴。四川黨人彭家珍，謀炸清室要人，就是住在「國風報」，後來炸死良弼，使清室喪胆，才稍緩和了對黨人的迫害。辛亥八月，武昌起義，該報更大張旗鼓，成爲北方革命言論的中心。

民國成立，北京又新出了很多報紙，除革命黨報紙外，有的是進步黨的報紙，如「北京時報」「京都時報」「國民公報」等（註三五）。袁世凱所辦或收買的報紙最多，如郭同，李國珍主辦的「新社會日報」，丁廷謇主辦的「國權報」，參事汪某主辦的「京津時報」，崇文門稅關監督陸鍾岱主辦的「國華報」，王賡主辦的「大自由報」，袁雲臺主辦的「亞細亞報」等。

二次革命失敗，革命報紙和同情革命的報紙，全部被封。北京報紙只剩下二十多家。能存在的報紙，不是袁的喉舌，就是被他收買，成了他的應聲蟲。

其後，北京雖然又新出了不少報紙，比較著名的如民國四年出版，天主教雷鳴遠創辦的「益世報」，民國六年出版，湯化龍、孫洪伊合辦的「晨鐘報」。但是袁世凱去世以後，北京政局更混亂，軍閥對言論界的摧殘，更甚於袁世凱。民國六年七月，因參加歐戰問題，府院間發生意見。段祺瑞嗾使北洋派的武人倡解散國會之議。黎元洪把段祺瑞免職，召張勳入京，張勳乘機擁宣統復辟，前後不過十二天，北京報紙停刊了十四家。民國七年九月，段祺瑞執政，又下令封閉「晨鐘報」、「大中報」、「大中華日報」、「中華新報」、「亞陸日報」、「國民公報」等八家報紙。同年十月，邵飄萍辦的「京報」出版，十一月，由「晨鐘報」改名的「晨報」出版。這兩個報在言論方面不能有所作為，只好向副刊方面發展，但是過了沒有多久，京報還是被封，邵飄萍逃往日本。

天津在清末只有嚴復的「國聞報」很有名，接着出現英斂之創辦的「大公報」。「國聞報」的壽命很短，「大公報」在初期也不算出色。此外如「津報」、「天津時報」、「天津日日新聞」、「北方日報」、「通報」、「中外實報」等都很平平。「天津日日新聞」，是君憲派報紙，「大公報」的後臺是教會，但是英斂之先生却常常跟「天津日日新聞」筆戰，因此「大公報」在清末被列入了民主派的報紙。

「大公報」雖然是英斂之先生創辦的，但是出錢最多的是教會，股東方面出錢最多，支持最力的是王祝三和柴敷霖兩氏。英先生出力最多，但在初創辦時，却連一股資本都沒有。從籌備創刊到民國元年，完全由他一個人負責，經理、撰述和編輯，都是由他一個人擔任，可見他工作的辛苦。從民國成立到民國五年十月，名義上雖然仍舊由他負責，實際上他已因爲報事心力交瘁，得神經衰弱症，遷居香山靜宜園養病，對報事已不過問（註三六）。

民國元年，天津出現了一張革命報紙，叫「民意報」，主辦人是李石曾、趙鐵橋、張煊、羅世勛、甄亮甫等，社址在天津法租界，只出了九個多月，就因「言論激烈」被封。（註三七）

民國四年十月一日，天主教辦的「益世報」出版。該報是由比國籍雷鳴遠神父所發起創立，以宣揚正義，服務社會爲宗旨。日本提出二十一條時，該報大加反對，永遠不登日本廣告，深受讀者擁護。袁世凱稱帝，該報大加抨擊。民國十年，該報反對天津法租界工部局越界築路，尤爲讀者所讚譽。

此外，從民初到民七之間，天津還出了幾張以營業爲本位的小報，如「天津晨報」（民國三年四月創刊），「旣報」（民國三年四月創刊），「午報」（民國六年一月創刊），「國强報」（民國七年二月創刊）。這些小報，因爲政治色彩淡，專供小市民消遣，銷路不錯，也不會受到官方的干涉，所以壽命都很長。

第二節　上海的報紙

上海是全國文化、經濟的中心，人口集中，交通發達，便利報業的發展，因此上海有歷史最悠久的報紙，規模最大的報紙，銷數最多的報紙。當平津或其他地區的報紙，受到袁世凱和軍閥摧殘蹂躪的時候，上海的一部份報紙，却反因歐戰的刺激欣欣向榮，慢慢的走向企業化，成爲全國性的報紙。

上海兩家歷史最悠久的華文報紙，是「申報」和「新聞報」。民國以前，這兩個報紙是掛外人的招牌，一方面作外人的喉舌，一方面作滿淸政府對內的代言人。民國以後，這兩個報紙的主權，從外人轉移到中國人手裡。這是民初新聞史上的一件大事。

民國元年（一九一二年），席裕福把「申報」賣給史量才（家修），同年九月二十三日訂約，十月二十日移交。當時陳景韓（冷）在「時報」以短評出名，史量才把他挖了去，請他擔任總主筆，請張竹平擔任經理，他自己做總經理。在編輯方針方面，他採取中立的立場，不跟任何政黨發生關係。他注重新聞網的建立，全國各重要地區，甚至海外，都有他的通信員和特派員。在營業方面，他注重廣告，拓展銷路。民國初年，政黨紛爭，史氏怕受干涉，從民國元年六月十二日到民國二年六月一日止，「申報」在名義上，託名爲外人馬格里（S. Maiger）氏所有。

席裕福花了七萬五千元買下申報，史量才接辦申報花了十二萬元。當時和史量才合作接辦的，還有張謇、應季中、趙竹君等數人（註三八）。民國四年（一九一五年），席裕福向公共租界會審公廨控告「申報」（註三九），請求賠償，結果，「申報」敗訴，判決申報賠償席裕福銀二十四萬五千兩，否則「申報」仍歸席裕福。「申報」勉力繳付償銀，但其他股東不願繼續投資，相繼脫離，於是「申報」股權全部被史氏控制，史氏獨資經營，不受任何牽制，才放手去做。「申報」原在上海漢口路，後遷到望平街。史氏接辦後，業務日益發達，原來的房子不够用，就在漢口路另建五層大厦，民國七年（一九一八年）十月落成遷入。

「申報」原來的印報機，每小時僅能印每份四張的報紙三千份，後來銷數日增，印報時間太久，趕不上早班火車，運往外埠，就在新厦落成的那一年，向美國定購最新式的輪轉機，每小時可印三萬份。

民國八年（一九一九年）添買了一部，民國十年又添買了兩部。其他如製銅版機、澆字機、打紙版機、澆鉛版機、鉛字銅模等設備，也都在這一時候添置，成爲國內設備最新、最完全的報紙，銷數也從民國元年的七千份升到民國六年的兩萬份。

「新聞報」的歷史，僅次於「申報」。清光緒三十二年（一九〇六年）改組爲華洋合辦的有限公司，照香港法律註册。總董是美國人福開森，副總董是英國人克樂凱（J. D. Clark）。其餘董事是華商朱葆三、何丹書和蘇寶森；總經理仍舊是以前福開森所請的汪漢溪（龍標）。清光緒三十四年（一九〇八年），「新聞報」在公共租界漢口路自建五層大厦，第二年完工遷入。這時候，「新聞報」的銷數，將近一萬五千份，比同時期「申報」的銷數，多一倍以上，居上海各報銷數的第一位。民國成立以後，上海商業益形繁榮，「新聞報」的發行、廣告收入也不斷的增加。到民國三年的時候，「新聞報」的銷數達兩萬份，原有的平版印刷機不能應付，就採用印報速率較大的巴德式（Potter's）輪轉機，在同年七月十五日開始使用，爲上海報館採用輪轉機之始。

新聞報自創刊以來，就一直是「申報」的勁敵，雙方競爭得很激烈。在編輯政策方面，「新聞報」跟「申報」差不多，也是注重新聞，「申報」有時還談談政治，「新聞報」則完全不過問政治。「申報」的讀者大多是官紳，「新聞報」的讀者大多是商界。兩報都爭取新聞，但新聞報則特別加强商業報導。因此「新聞報」比「申報」更商業化，廣告也比「申報」多。「新聞報」的營業方針，除了爭取廣告以外，也重視發行，在江、浙各市鎮和長江沿岸各商埠，普設分銷處，經常派人去視察和指導，並且儘可能利用各種交通工具，縮短運輸的時間，使報紙能早點兒到達讀者手裡。再加上「新聞報」的頁數多，定價比「申報」低，因此「新聞報」的創刊時間雖然比「申報」晚，發展得却比「申報」快，是國內最早在經濟方面能自給的報紙，也是最早走上企業化的報紙。

狄葆賢（楚青）創辦的「時報」，創刊於光緒三十年四月二十九日，就歷史資格來說，僅次於申、新，在清末民初的上海，申、新、時常並稱。狄葆賢謀革命失敗（註四〇），想辦一個革命性的報紙。不過，他不是革滿清的命，而是革報紙的命（註四一）。很難得的是，他自己受維新派的影響很深（註四二），但他却請排斥保皇思想的陳景韓（註四三）擔任主筆。陳景韓的短評，給「時報」建立了地位，也給中國輿論界創立了新的模式（註四四）。當鴛鴦蝴蝶派小說開始麻醉上海市民的時候，「時報」居然能倡導新文學（註四五），對當時青年學生的思想影響很大。

民國成立以後，陳景韓被史量才挖走，「時報」以副刊來爭取讀者，在歐戰後，增教育、實業、婦女、兒童、英文、圖畫、文藝等週刊，成爲一個宣揚文化，提倡教育的報紙。同時，「時報」雖然損失了陳景韓，却得到戈公振的帮助，因此還能跟申、新兩報一爭短長。狄楚青除了辦「時報」以外，還辦了一個報紙叫「民報」，言論很激烈，可惜只辦了兩年，因經濟不能維持停刊。

前「申報」老板席裕福看到史量才接辦後的「申報」發展得很快，眼紅，就在民國五年十一月二十日，創刊了「新申報」想搶申報的生意，結果只辦了一年多，就因經濟不能維持而讓給別人。（註四六）

民國初上海的報紙，大致可以分爲兩類，一類是商業性報紙，以申、新、時三報爲代表。另一類爲政治性報紙，如「民立報」、「神州日報」、「天鐸報」、「民權報」、「中華民報」、「國民新聞」、「民強報」、「中華新報」、「時事新報」、「大共和日報」等。

「民立報」是于右任（伯循）在上海創辦的第四個革命報紙，創刊於宣統二年九月初九日，經理是吳忠信，主筆有宋教仁（漁父）、范光啓（孤鴻）、景耀月（帝召）、馬君武、呂志伊（辟友）、王毓麒（天生）、章行嚴、葉楚傖、徐天復（血兒）、張季鸞（一葦）、談善吾（老談）等，都是當時革命文壇的健者，再加上楊篤生的歐洲特約通訊，陳英士和譚人鳳報告革命運動消息，「民立報」一出版，就壓倒了當時上海所有的報紙。辛亥年三月二十九日黃花岡之役，和八月十九日武昌起義，「民立報」記載特詳，（註四七）尤其是武昌起義的時候，介紹湖北形勢地理，很受讀者讚賞，銷路激增到兩萬份，爲上海各報銷數之冠，讀者搶購，報販把價格抬高到每份一角。（註四八）因爲來不及印刷，被迫停刊廣告。（註四九）

同時，「民立報」也成了革命的機關，國父在海外，對國內革命工作的指揮，拍來的電報，都由「民立報」轉。革命黨高級人員，也多以「民立報」爲聯絡中心。民國成立，「民立報」改採穩健作風，主張建設，鞏固國基，直到袁世凱陰謀帝制，宋教仁被刺，才改變態度，對袁世凱和軍閥的抨擊，不遺餘力。不幸二次革命失敗，革命黨受打擊很大，袁世凱下令禁售民黨報紙，「民立報」在民國二年九月四日，因經濟沒法維持，被迫停刊。

「神州日報」是于右任在上海辦的第一個革命報紙，發起人除于右任以外，還有葉仲裕（景萊）、金淮（懷秋）、汪彭年（壽臣）等，一共十二人，都是復旦和中國公校兩校的教職員、學生。于右任擔任總理，聘楊守仁（篤生）爲總主筆，寫社論；汪德淵（允中）（註五〇）、王毓麟爲主筆。於光緒三十三年二月二十日（一九〇七年四月二日）出版，報端不奉清廷正朔，寫「丁未年二月二十日，陽曆一九〇四年四月二日」。編輯方針是詳載各地革命運動，以喚起國人之同情；系統紀述國際間大事，「或特約通訊，不以轉載路透社之電訊自足」；詳載學校新聞，「冀爲初期自由運動播良好之種籽」。由於內容和各報不同，社論又冠絕一時，出版後，風行社會，人人傳誦。不幸創刊不到兩月，報社忽被火災，于右任很傷心，退出「神州」，改由葉仲裕、汪彭年兩人主持。不久，葉氏因病厭世，投江自殺，由汪獨力經營。民國成立後，該報雖然比不上「民立」，但仍能保持本來面目。不久，汪彭年進京當議員，把報務全部交給汪德淵負責。汪彭年進京後，投身共和黨，報紙言論由急進變緩和。到民國四年（一九一五），該報賣給帝制議員孫鍾，全館人員辭職。孫接辦後，鼓吹帝制，銷路一落千丈。民國五年（一九一六）六月，袁世凱死，孫鍾知難維持，把「神州日報」出讓給錢芥塵。第二年多天，錢氏因病不能照顧，交由余洵（大雄）代理經理，後遂由余氏主辦。余氏雖力謀恢復舊觀，但以大勢所趨，很難挽回，就在民國八年，把編務交給吳端書，另行創辦了一個三日刊「晶報」除單獨發行外，並於「神州」附送，成爲「神州日報」的附張。他本來打算以附送「晶報」來挽救「神州日報」，沒想到「晶報」的銷數增到一萬多份，「神州日報」却仍舊沒有起色，勉强到民國十五年，轉讓給蔣裕泉（光堂）（註五一）。

報業前輩陳布雷以政論出名，陳氏初露頭角，是在「天鐸報」時代。「天鐸報」出版於宣統二年，爲浙紳湯壽潛等所創辦。實際負責社務的是陳布雷的哥哥陳屺懷。辦了一年左右，因經濟不能維持，轉讓給粤人陳芷蘭。陳氏請戴季陶做主筆。後來陳氏辭職，戴季陶奔走革命去了，改由李懷霜負責。宣統三年，陳布雷剛畢業於浙江高等學堂，中英文都很好。由於他哥哥和「天鐸報」的關係，他進了「天鐸報」。每隔幾天，他寫一篇社論，很受讀者的重視。武漢起義，他連日撰文，爲民軍張目，他傾向革命的態度日益明朗，他的文名也由此奠定。民國成立，布雷離開「天鐸報」，「天鐸報」聲光大減，苦撐了一個短時期，就告停刊。（註五二）

「民權報」創刊於民國元年三月初一日（農曆正月十三），該報自稱是自由黨（註五三）機關報（註五四），以「擴張民權，監督新政府，保持自由幸福」（註五五）爲宗旨，發行人是周浩，編輯人是戴季陶（天仇）（註五六）。戴氏日作千言，洋洋洒洒，不遜當時風行一時的「民立報」。「戴天仇文集」（註五七）中所刊的，就是當時他在「民權」上所寫文章的輯集。

戴氏曾引用周浩的話，在編輯室的牆上大寫「報館不封門不是好報館，主筆不入獄不是好主筆」，（註五八）可見其態度的激進。

「民權報」不但靠戴氏的論文吸引讀者，所刊詩文、小說筆記等也都很出色。民二革命失敗，報紙停刊，館內同仁，彙集報尾文字，印成「民權素」十八册，銷行很廣。

「中華民報」是革命先進鄧家彥所創辦的，言論激烈，因不滿「民立報」的穩健立場，曾經跟「民立報」展開筆戰，並且拉「民强報」的王博謙、章佩乙助陣（註五九）。當時章行嚴在「民立報」，「中華民報」對他抨擊得很厲害。（註六〇）不過，後來，「中華民報」因刊載五國借款被摧殘，「民立報」仗義執言（註六一），尙不失君子風度。

「國民新聞」的創辦人是呂志伊，言論也很激烈，跟「中華民報」、「民權報」同被稱爲橫三民，于右任辦的「民呼」、「民吁」、「民立」則被稱爲竪三民。

民國二、三年之間，上海各民黨報紙相繼停刊。葉楚傖、邵仲輝、朱宗良等曾勸旅滬華僑謝良牧，合辦了一個報紙叫「生活日報」，只辦了半年，就因經濟不能維持而停刊。一部份四川黨人，又辦了一個報紙叫「民信日報」，也只維持了一年。

二次革命失敗，袁世凱竊國變制，中華革命黨聲討叛逆，謀復共和。這時候，上海的民黨報紙已經絕跡，葉楚傖、邵仲輝等在陳英士的協助下，於民國五年一月二十二日，創刊了「民國日報」，邵任經理、葉主持編輯部。「民國日報」不但討袁，並且抨擊北方軍閥，成爲上海唯一代表國民黨發表主張的言論機關。邵、葉兩氏備嘗艱苦，時常典當籌款來維持報的出版。

民國四年，上海還有一張討袁的報紙，是楊永泰、谷鍾秀（註六二）主辦的「中華新報」。參加工作的有張鎔西、傅汝霖、陳白虛（榮廣）、曾松翹、談善吾、吳稚暉、張季鸞等。吳稚暉的「朏盦客座談話」一書，就是在該報發表的（註六三）。該報最初的攻擊目標，本來是袁世凱和北洋軍閥。後來，袁世凱去世，黎元洪以副總統繼任總統，段祺瑞出組內閣，谷鍾秀、張鎔西入閣，他沒法攻擊，就把目標轉向進步黨的機關報「時事新報」，和先後主持「時事新報」筆政的張君邁、張東蓀筆戰。後來吳氏離開，「中華新報」由汪馥炎、包世傑、張季鸞等先後主持筆政，但是營業不振，終於民國十三年多宣告停刊。

「時事新報」的前身是「時事報」，創刊於光緒三十三年十一月五日（一九〇七年十二月九日），後來跟「輿論日報」（註六四）合併，改名「輿論時事報」。從宣統三年四月二十日（一九一一年五月十八日）起，才改叫「時事新報」。「時事新報」最初是維新派（註六五）的機關報，民國成立以後，又成了進步黨（註六六）的機關報。它雖然是保守派的報紙，常常作反國民黨的宣傳，但是它跟「時報」

一樣，却是一張求革新的報紙。它試用專任採訪記者，（註六七）闢公布欄（註六八），改革版面（註六九），加強副刊（註七〇），使中國報業的內容和形式，起了很大的變化，內地各省報紙有所謂「時事新報式」，可知該報的革新，對中國報業影響之大。雖然，這些並不是該報所首創，大多是效法日本的報紙，但是在當時，有這種改革的精神和勇氣，也算很難得的了。

袁世凱爲鼓吹帝制，曾經教薛奇（註七一）去上海辦「亞細亞日報」，出版後沒有讀者，免費並倒貼郵費都沒有人看，報館又常被扔炸彈，不久就停刊。另一個擁袁的報紙，叫「大共和日報」，創刊於民國元年十一月，是共和黨（註七二）的機關報，壽命也不長。

第三節　武漢、長沙的報紙（註七三）

武漢人口集中，交通方便，文化水準高，也是辦報的好環境，因此在清末時報業就很發達，國人最早辦的「昭文日報」，就是在漢口創刊的。後來革命黨人辦的「大江報」更以言論激烈，聞名全國。辛亥武昌起義，漢口成爲戰場，原在清末發行的各報，都自動停刊。民國成立，有的復刊，有的新出，報業又趨興盛，但只維持了一個短期，民黨報紙先後被封，武漢報業遂又走向低潮。

武漢的報紙，大致也可分爲商業性報紙和政治性報紙兩類。商業性報紙，以「中西報」、「新聞報」爲代表。政治性報紙又可分爲兩派，一爲民黨報紙，如「震旦民報」、「民國日報」、「大漢報」等。另一派是黎元洪的共和黨言論機關，也可以說是袁世凱的御用報。

商業性報紙中資格最老的，是「中西報」，在英租界，原由外人創辦，宣統元年頂給華人王華軒。

王氏本來是經營印刷業的，在商界信譽很好，因此他接辦後，廣告沒有問題。同時，因言論平穩，所以沒有受到滿清政府的摧殘。辛亥武昌起義，漢口大火，該報自動停刊。民國二年三月間，王氏先辦了一個晚報，叫「中西晚報」，由日本留學生楊幻菴主編，編輯有喻耕屑、喻血輪等。七月間贛寧戰事爆發，晚報銷路特別好。到民國三年初，王華軒恢復「中西日報」，由鳳竹蓀、王痴吾等編輯。王氏在廣告方面很有辦法，因此銷路雖僅千分，却仍能維持。同時，他雖然是一個商人，却能非義不取，不接受任何方面的津貼；因此他的報也始終不受政潮的影響。後來，漢口報紙漸多，「中西日報」沒法競爭，日晚刊都先後停刊。

「新聞報」創刊於民國四年四月一日，創辦這張報的是上海人張雲淵。他本來辦有一個小報，叫「繁華日報」銷路不大好。後來看到「中西日報」的廣告很發達，就創辦這一張報來跟「中西日報」競爭。社址在英租界，他自任總經理，把「中西日報」的鳳竹蓀拉了去當總編輯。

「新聞報」也是靠廣告維持，言論新聞平平。張氏跟王華軒一樣，不接受津貼，因此也沒有受到政潮的影響。但是後來，漢口報紙漸多，「新聞報」不能競爭，終於也被淘汰。

政治性報紙中，最早創刊的，是起義初期出版的「民心報」。主持人是高海瀾，總編輯是方覺慧，主筆趙壓原，編輯吳月波。因抨擊黎元洪，發行不到四月，就被黎氏勒令停刊。

不久，方覺慧和民黨張樾（蔭亭）四出奔走，又集資創刊「震旦民報」，於民國元年一月間出版，日出兩大張。張樾任總經理，方覺慧任副總經理兼副總編輯。宛思演任總編輯，主筆有鄧狂言（裕黎）、劉菊坡（復）、野馬、何仲公、蔡寄鷗等。副刊編輯是梅東生。

由於編輯部陣容堅強，出版後很受讀者歡迎。該報既屬民黨報紙，對袁世凱、黎元洪自不免有嚴格批評。民國元年八月，袁世凱誘殺張振武、方維，「震旦民報」大加抨擊。民國二年，宋教仁被刺，五國借款案發生，「震旦民報」攻擊尤力，並增出畫報一張，由何鐵華作畫譏諷袁黎，袁氏恨極，命黎元洪向漢口法領事交涉，在五月間把該報封閉。野馬、鄧狂言、何鐵華等被捕，押往武昌。野馬、何鐵華被殺，鄧狂言病死獄中。

民國元年湖南都督譚延闓，出錢辦了一張報叫「民國日報」，也是民黨報紙。主持人爲留美學生楊願我，主筆龔國璜（村容），爲同盟會會員。社址在法租界，言論與「震旦民報」伯仲，後因案停刋（註七四）。

胡石庵在民國元年創辦的「大漢報」，雖然不是民黨報紙，但是跟民黨很接近，爲民黨講話，並且受民黨的補助。民國二年，黎元洪入京，袁世凱派段芝貴督鄂，「大漢報」因登載段醜聞（註七五）被段封閉，胡氏入獄。民國五年，袁世凱去世，胡氏出獄，在漢口日租界復刋「大漢報」，請祝潤湘任經理，編輯有朱鈍根、丁愚庵等。軍閥淫威尤甚於袁世凱，「大漢報」在租界的掩護下，頗能講幾句正義的話。它的時評欄叫「大漢天聲」，對政局和湖北當局，常有嚴厲批評，因而成爲當時湖北民衆的喉舌。後因胡氏去世，主持無人而停刋。

「國民新報」的主持人是李華堂（振），創刋於民國元年春間，日出兩大張，另有附張叫「軍事白話報」，因刋載軍事教育文字，而得到都督府的一部份津貼。言論擁護黎元洪，反對民黨，常跟「震旦民報」筆戰。後來又接受袁世凱的資助，成了袁的御用報。二次革命失敗，北洋軍隊開到湖北，李遂停辦「軍事白話報」，專作政治宣傳（註七六）。其後北伐軍到漢口，「國民新報」被封，利用原有房屋和印刷設備，改出「武漢日報」。

民國二年，漢口還出了一張報叫「討報」，是共和黨的機關報，於七月十五日出版，八月十二日就被封（註七七）。民國元年漢口英租界還創刊了一張報，叫「共和民報」，主持人張海若（註七八），主筆石榘周（山倜）、編輯趙壁原、吳月波，言論偏向共和黨，是共和黨的機關報。但是因爲趙、吳是民黨，主張不能一致，只出了幾個月就停刊。

湖南的報紙集中於長沙，最早的長沙報紙是「湘報」，是維新派的言論機關，只出了幾個月就停刊。光緒三十一年，端方撫湘，創辦「長沙日報」，內容倣上海「申報」，除上諭宮門抄奏牘公文外，也分外省新聞和本省新聞。稿件須先經撫院文案處核定，可以說完全是官報，讀者不多，由撫院向各縣派銷，也只有一千多份。

民國成立，報業勃興，從民元到民八除了原有的「長沙日報」以外，先後出版的有「國民日報」、「湖南公報」、「大漢民報」、「黃漢湘報」、「湘漢新聞」、「女權日報」、「大公報」、「大中報」、「湘省日報」、「湖南新報」、「民國日報」、「湖南日報」、「立言報」、「正義報」、「公言報」、「正聲日刊」、「公意報」、「華瀛覺報」等不下數十種。不過，這些報刊有的因經濟不能維持自動停刊，有的被封，有的被封了以後復刊。其中歷史較久，並較著名的有「長沙日報」、「湖南公報」、「國民日報」、「大公報」、「民國日報」等數家。

辛亥武昌起義，「長沙日報」一度停刊，九一政變後政府命顏息菴（昌饒）氏接辦。顏氏請任戇沈、黎邵西、顏錫畬、宋讓枬、李晉康等分別擔任編輯、庶務等職。顏氏大加整頓、內容一新、銷數也激增。但是沒有多久，政府改委文牧希（斐）主持「長沙日報」，任、黎等辭職，改由傅君劍任總編輯，孔競存、黃夢遞、劉約眞、鄭叔容、龔芥彌、馬愓氷、譚藝甫等分任編輯、撰述。

民國二年，宋案發生，全國震動。七月間，袁世凱派湯薌銘去湖南查辦。反對袁世凱最力的「長沙日報」，知道不會被放過，就暫時改組，以適應環境。文、傅兩氏去職，由廖漢瀛繼任總經理，龔芥彌繼任總編輯，但最後還是被封。直到民國五年的秋天、譚廷闓再度主政湖南，「長沙日報」才復刋，仍舊由文牧希任總經理，傅君劍任總編輯。民國六年七月，「長沙日報」因遭火災而永遠停刋。

「國民日報」的前身是「湖南民報」和「軍國日報」。「湖南民報」是同盟會機關報，創刋於民國元年七月，主持人是唐支厦，總編輯是彭名時。「軍事日報」的前身是「軍事報」，反正後出版，以範圍太狹，遂在民國元年七月間改名。主持人是唐蟒和危道豐，總編輯是蕭汝蕭。民國二年，國民黨在湖南正式成立黨支部，認爲兩報宗旨相同，遂加以合併，改名「國民日報」，由羅介夫任總經理，胡謂城任總編輯。

「國民日報」的遭遇跟「長沙日報」一樣，在民國二年七月間和「長沙日報」同時改組，由方重肩、方古愚接辦。結果跟「長沙日報」同時被封。到民國五年秋，又跟「長沙日報」同時復刋，主持人和工作人員，仍舊是原班人馬。民國六年九月，傅良佐去湖南，劉林在湘南獨立，「國民日報」和很多其他報紙相繼停刋。

任懿沈、黎邵西等離開「長沙日報」以後，於民國元年四月間、創刋「湖南公報」，主持人是貝元徵。李葆霖任經理，袁子素任總編輯。初期接受共和黨的津貼，但是還不算是共和黨的機關報。後來，共和黨歸併進步黨，成了袁世凱的御用黨，想進一步控制「湖南公報」。袁子素被誘致，貝元徵和其他的人不答應。到了民國三年的春天，進步黨藉湯薌銘的勢力，改組「湖南公報」，貝元徵和大多數人員離開，「湖南公報」遂完全成了進步黨的機關報。改組後數月，由劉腴深任經理，黎邵西任總編輯，言論尚能持正，內容還可以，後來，黎去職，報遂日走下坡，湯薌銘離開湖南，「湖南公報」也停刊。

「湖南公報」改組，貝元徵和該報的大部份人離開以後，在民國四年九月一日創刊了「大公報」，先後由劉蔚廬和貝元徵任總經理，朱讓枏和李晉康任經理，李抱一和張秋塵任總編輯。帝制問題發生，「大公報」極力抨擊，聲華動海內。民國七、八兩年，傅良佐、張敬堯主政湖南，對報紙摧殘得很厲害。「大公報」先後被罰停刊三次。

「民國日報」創刊於民國五年，主持人是包道平、魯蕩平、譚雪廬等。第二年九月、傅良佐入湘，「民國日報」停刊。後來包、魯兩氏改在柳州出版（註七九），直到民國九年六月，譚廷闓三主湘政，「民國日報」才在長沙復刊。

除了大報外，長沙的小報也很多，歷史最久的是「通俗日報」。「通俗日報」的前身是「湖南演說報」，創刊於民國元年四、五月間，本來是都督府用來宣傳革命戰果的，到民國三年元月，改名「湖南通俗教育報」後，仍舊是一張反對帝制的報紙，後來被湯薌銘摧殘，淪爲帝制工具，爲袁世凱鼓吹。民國八年改名「湖南通俗日報」，完全用白話寫作，銷數激增。也就在這時候，該報被共黨滲透，慢慢的變色了（註八〇）。

第四節 香港、廣州的報紙

香港和上海一樣，是國際商埠，自然利於報業的發展。可是，如果我們考察一下香港報業的發展，無論在質、量方面，都不如上海。民國成立，全國各地報紙，如雨後春筍，盛極一時，但是從民國元年到民國八年，香港只增加了四家中文報，並且其中有的歷史很短。同時，原有的幾家中文報，反而大多先後停刊。因此，民初香港的報業，可以說是香港報業史上最黯淡的時期（註八二）。香港雖歸英國統治，但由於人口中絕大多數是華人，社會、文化等一切活動，和內地有密切的關係，其報業發展自然也應該是中國新聞史的一部份。

民國成立，香港仍舊出版的中文報紙有：「中外新報」、「華字日報」、「循環日報」、「中國日報」、「世界公益報」、「商報」、「實報」、「新漢報」，新辦的報紙是「大光報」、「現象報」、「香港晨報」和「華商總會報」。

這些報紙，也大致可分為兩類，一為商業性，如「中外新報」、「華字日報」和「華商總會報」。一類是政治性報紙，這又可分成兩派，一派是革命黨報紙，如「中國日報」、「世界公益報」、「新漢報」、「現象報」和「香港晨報」。另一派是保皇黨的「商報」。此外還有一張走中間路線的「實報」「大光報」是教會報紙，但因為它抨擊軍閥很力，注重政論，所以也可以說是政論性報紙。

伍廷芳創辦的「中外新報」，是香港中文報紙的開山祖，但是它的歷史雖久，卻不求改進，到民國八年停刊止，六十一年內，先後換了三個老板。龍濟光倒行逆施時，該報曾力予抨擊，後因經濟失調，被龍濟光收買，由「反龍」一變而爲「擁龍」，銷路大跌，龍濟光失敗，該報經濟來源斷絕，只好停刊。

在陳斗垣（陳靄亭子）主持下的「華字日報」，雖然在設備方面有所改進，但是由於陳氏仍經營其他事業，報事「或託人經理，或訂期批辦」（註八二），因而內容的進展不多。直到民國成立，勞緯孟進該報編副刊，把原有的「諧部」改爲「精華錄」，刷新內容，除諧文外，增加談叢、筆記、粵謳、歌謠和說部，才比以前進步得多。民國八年，陳斗垣親自主持報務，增加設備，充實內容，正式脫離其「母報」德臣西報，獨立經營，成爲經濟最穩定的商辦報紙之一。

王韜創辦的「循環日報」，比「華字日報」晚出了九年，但由於王韜能寫文章，早期「循環日報」的名字，比「華字日報」要響亮得多。後來王韜離開，「循環日報」大爲減色，同時也由政論的報紙，變成了純商業性的報紙，和華字日報同執香港商辦報界之牛耳。

「大光報」是香港基督教會人士辦的，民國二年出版。光緒十六年，基督教徒曾創設「郇報」，只出了一個多月就停刊。到民國成立，教會方面覺得香港人口越來越多，需要一個傳教的報紙，就由尹文楷醫師等集資創辦了這一個報。該報初期很敢講話，抨擊袁世凱，龍濟光很力。後來一再改組，就不行了。

一批僑商集資把已經結束的「中外新報」承頂了下來，在民國四年創刊了「華商總會報」，出了四年，主持人不想繼續經營，遂停刊。

「中國日報」是 國父手創的第一個革命報紙，創刊於光緒二十五年。一方面鼓吹革命，一方面還要和香港的保皇黨報紙筆戰，駁斥其謬論。當時民黨要人給該報寫稿的很多（註八三），對革命宣傳的貢獻很大。該報因經濟情況不好，好幾次要停刊。宣統三年十一月，廣東光復，該報由檀香山同盟會會員盧信接辦，遷往廣州出版。民國二年秋，龍濟光入粵，民黨報紙全被封禁，「中國日報」首在封禁之列（註八四）。

「世界公益報」創刊於光緒二十九年（一九〇三），主持人是鄭貫一。鄭氏本來任「中國日報」筆政，因爲和「中國日報」的主持人意見不合，就辭職和港商林護、譚民三等（註八五）創辦「世界公益報」，由鄭自任總編輯。鄭的小品文很好，因此他特別重視當時稱爲「諧部」的副刊。並且請人爲副刊畫諷刺的漫畫，開中文報刊登漫畫的先河。不久，他因和股東意見不合離開，「世界公益報」的股東因爭接辦權而引起訴訟。民國六年，該報終因經濟不能維持而停刊。（註八六）

民國四、五年間，民黨曾在香港創辦討龍的「現象報」，採取雜誌形式，裝訂成册，每天出版，內容和報紙一樣，主持人是胡漢民、朱卓文等，討龍成功後不久就停刊。當時還有一張討龍的報紙叫「香港晨報」也發揮了很大的力量。民國八年，該報由民黨夏重民接辦，銷路還不錯，後來也不行了。

「商報」創刊於光緒三十年，由康有爲的學生徐勤主持筆政，是保皇黨的機關報，常跟民黨報紙「中國日報」筆戰。民國成立後，改名「共和報」，銷路一落千丈，民十後停刊。保皇黨還出了一張報叫「維新日報」，歷史很久，創刊於光緒六年。宣統元年改叫「民國新報」但該報雖以民國爲名，民國成立後，反因沒有讀者宣佈停刊，是落伍報紙被淘汰的一例。

「實報」的主持人是香港老報人潘飛聲（註八七），注意副刊，提倡風雅，談時勢筆調很婉轉，是一張中立報紙，銷路不多，創刊不久潘氏就讓給別人經營，改為「真報」，言論轉趨偏激，但還是沒有起色，於民國四年停刊。

廣東的報紙集中在廣州，這是因為廣州也是一個重要的商埠，人口集中，交通發達，便利報業的發展。由於廣州是國民革命的策源地，因而廣州的報業跟革命黨發生了密切的關係。黨人從事報業的很多，所受的摧殘、迫害也最大。一部廣東報業史，可以說是一部革命黨人奮鬪史。

從民國前十二年（光緒二十五年）到民國前一年（宣統三年），黨人在海內外創辦的報紙共七十八種（註八八），廣東十種（註八九），其中有八種（註九〇）是在廣州。辛亥年是革命成功的一年，也是革命到達高潮的一年，廣州一地就有革命報紙六（註九一）種之多，雖遭摧殘，旋起旋仆，但却可以看出黨人不屈不撓，愈挫愈奮的精神。

廣州最早的報紙是「廣報」（註九二）其餘如「中西報」、「博聞報」都碌碌不足道。光緒二十三年（一八九七）出版的「嶺海報」（註九三），受到上海「時務報」，澳門「知新報」的影響，開始介紹新知談論國事，主筆就是乙未之役寫討滿檄文的朱淇。後來他又跟他的哥哥秩生辦過一張「通報」，「於時事多所規諷，一如在嶺海時」（註九四），曾受到巡撫許振禕的警告。

戊戌政變以後，廣州被封的報很多（註九五）。許朗存創設「商務報」，由陳芝軒和譚汝儉分任編輯撰述，化新聞為小說，或「憑空結撰」（註九六），是廣州報業的黯淡期。光緒二十九年（一九〇三年）洪全福、梁慕光謀在廣州發難的計劃失敗，「嶺海報」主筆胡衎鶚指革命排滿為大逆不道，香港「中國日報」的陳詩仲、黃世仲（註九七）為文駁斥，雙方筆戰經月，是革命扶滿兩派報紙筆戰的第一次。同時，鄧君壽、陳劍秋、譚少沅在廣州創設的時敏學堂，發刊「時敏日報」，因出版正好在洪全福失敗後數日，對黨事記載極詳，頗受讀者歡迎（註九八）。

光緒三十年和三十一年（一九〇四—一九〇五）之間，革命黨和保皇黨的宣傳戰到達高潮，革命黨在香港的報紙，除了「中國日報」以外，又增加了「世界公益報」、「廣東報」、「有所謂報」；在廣州則創辦了「群報」。保皇黨在香港的報紙有「維新日報」和「商報」，在廣州有「國是報」。（註九九）雙方筆戰很烈，廣州風氣也爲之大開，在這時期先後出辦的營業性報紙和教會報紙有，莫任衡、鍾宰荃、趙秀石等創設的「羊城報」，陳聽香（註一〇〇）主持的「亞洲報」，羅嘯璈、黃詔平主持的「七十二行商報」，天主教巍神父創辦的「震旦報」，風起雲湧，盛極一時。這些報紙雖守中立，但是在言論方面，大體上還能盡到「監督政府，嚮導國民」的責任。光緒三十二年，粵督岑春煊强收粵漢鐵路，壓迫言論，廣州報界爲之結舌。到了光緒三十三、三十四年（一九〇七至一九〇八），各地革命軍陸續起義，廣州報紙才稍抬頭，敢於批評時政得失。

從光緒三十四年（一九〇八）起，革命報紙大盛，計光緒三十四年出版的，有鄧悲觀主持的「國民報」（註一〇一），蘇梭諷主持的「南越報」（註一〇二）；宣統三年（一九一一）有陳耿夫、黃霄九、李孟哲等創辦的「人權報」；（註一〇三）鄧慕韓、陳樹人、潘達微、廖平子等主持的「平民報」（註一〇四）；李競生、黃平主辦的「天民報」（註一〇五）；鄧警亞、王秋湄、梁襄武辦的「齊民報」；盧岳生、楊計白創辦的「中原報」；陳炯明、葉夏聲等主持的「可報」。（註一〇六）

不過，在滿清政府的摧殘下，這些革命報府的壽命都很短，多則數月，少僅兩天。民國成立，廣州報紙倖存的僅「七十二行商報」、「震旦報」、「平民報」、「南越報」、「時報」、「又新報」等數家。民國成立，政黨紛起，進步黨的唐天如、馬秀峯等，在廣州創辦「華國報」。民國二年，盧信把原在香港出版的「中國日報」移往廣州出版。綜計自民國成立以後廣州報紙不算少，共有三十多家，佔全國第二位，但是一方面由於大多數報社經濟基礎不够好，一方面由於軍閥的摧殘，能存在的不多。

第五節　新聞與評論

民初的報紙，大致可分爲兩類，一爲商業性報紙，一爲政治性報紙，已如前述。商業性報紙並不是不重視政論，主要的原因是：

㈠如果請到一個名政論家做主筆，固然可以爲報紙增光，但是一旦所請主筆離開，報紙就爲之黯然失色。再請名家不易，使主持的人，增加不少煩惱。例如「時報」的主筆陳景韓被史量才挖走，狄葆賢一時請不到可以代替的人，就向新聞、副刋方面求發展，乾脆不要評論。

㈡當時的政治還沒有上軌道，一個不小心，小則受罰，大則報館關門，主持人坐牢。很多報紙藉租界爲庇護，甚至用洋商的名字登記，掛洋旗，請洋律師，以逃避政府的干涉。但是北方政府仍可以禁止郵寄，取銷內地通信員的拍電執照來制裁，甚至派代表控之於會審公廨。因此，一些商業性報紙，如申、新兩報，都不用容易闖禍的長篇評論，只刋載不着邊際，模稜兩可的短評。

㈢民初黨派衆多，各持己見，爭論不休。如民初爭執很久的總統制和內閣制，統一制和聯省制，表面上聽起來，都能言之成理，實際上背景很複雜。各黨各派所爭的並不是理論，而是一己的私權私利。

報人不愼，會被認爲偏袒一方，因而也得罪了另一方。最好的方法，自然是不談政治，不刊政論。

清末民初的報紙旣以政論吸引讀者，如果沒有政論，自然會影響營業。短評在初期確曾受到讀者的歡迎，但是在跟民黨報紙上光芒萬丈的評論比較下，則黯然失色。也就因爲這原因，「民立報」出世不久，銷路就達兩萬份以上，超過「申報」，和「新聞報」一爭短長。

商辦報紙唯一挽救的辦法是向新聞方面發展。靠政論生存的報紙，只要能請到一兩個政論家，就可以撐門面，要建立新聞網，却需雄厚的資金。最重要的新聞，自然是政聞，政聞的主要來源，是在政治中心的北京。因此民初的「申報」、「新聞報」、「時報」等幾家規模較大的商辦報紙，都請第一流的人才，擔任駐北京的特派員。如「申報」北京特派員爲邵飄萍（註一〇七），「新聞報」爲張季鸞（註一〇八）「時報」爲黃遠庸（註一〇九）、徐凌霄（註一一〇），他們的採訪能力和寫作能力都很高。其中最有名的自然要推黃遠庸，他的通訊稿，爲當時大多數的通訊記者所模倣。

當時的消息，有的是由通訊記者發專電，有的是郵寄。發專電最快，但是費用太貴，不是窮報紙所能負擔，因此這就成了大報爭取讀者的特色，凡是專電，都用大號黑體字排，並在字旁加圈加點，以引起讀者的注意。此外各報都派有專人在北京彙集各報寄出，第二天到上海，稍加改寫，就成了要聞的重要來源。

對國際消息，當時的讀者還不大注意。不過在民國元年的秋天，路透社開始在上海發行中文譯稿，已經有十八家中國報紙的訂閱（註一一一）。民國三年第一次大戰爆發，國人注意歐戰消息，上海報紙購用路透電訊的更多。（註一一二）　民國七年，發生山東問題，國內報界開始有駐外特派員，如胡霖被派參加巴黎和會；朱少屏、夏奇峯、王一元、李昭實等被派參加國際聯盟；以及民國十年許建屏、王伯衡、錢伯涵等被派參加華盛頓會議，雖不能對外宣傳，但關於我國的消息，總算有通訊報導了。（註一一三）

地方通信員也很多，不過專任的很少。有的通訊員同時兼任十家八家報館的通訊工作，同一消息，抄寫多份，投寄各報，這可能就是通訊社的濫觴。地方通訊記者的水準大都很低，並且內容的正確性也很有問題，有的且是地方上的土豪惡霸，利用報紙為敲詐、要脅地方民衆的工具，因而造成大多數人對記者的惡劣印象。

民初上海還沒有專任本埠記者，也沒有通訊社，本埠稿件多由當地的所謂「老鎗訪員」供應，這些訪員「有聞必錄」，在社會招搖，對報社欺矇。直到民國九年，「時事新報」首設專任本埠記者，各報才逐漸成立採訪部。在北京，民國七年出現了邵飄萍的「新聞編譯社」以後，由於這種機構可以因陋就簡，「本輕利重」，投機者紛起，北京一地，多至數百家；（註一一四）大多是軍閥官僚的寄生蟲，貢獻於報社少，為害社會及文化者大。

政論報紙多屬政黨創辦，主要目的在鼓吹政治改革。清末分為兩大陣營，一為保皇，一為民主。民國成立，政黨紛起，衆說雜陳，反不如清末政論之受重視，其原因很多，主要的有：㈠西方文化逐漸輸入，國人耳目為之一新。寫評論的人雖也適應時勢，但是倉皇應變，無所適從，所說不是失之支離，就是流於偏激，不能滿足讀者的需要。㈡黨派私見太重，罵別人，捧自已，持論不能公正，失去讀者的信賴。㈢聳人聽聞，妄作結論，和以後的事實不符，也失去讀者的信任。㈣只作惡意的批評，沒有積極的建議，久則易爲讀者所厭棄。朝三暮四，沒有一定的宗旨，使讀者無所適從（註一一五）。此外以言論爲爭權奪利的工具，升官發財捷徑，在當時更習以爲常。在這種自失立場的情形下，言論界怎麼能受到民衆的支持？

上海的報紙，申、新、時商業報紙多用短評，時局變動太大，短評不能鞭闢入裏，不能深入問題的核心，因此逐漸走上沒落的道路，主持者只好以其他方法來爭取讀者，遂視評論爲「眉毛」，以之爲報紙的點綴。這些報紙雖不能在言論方面有所建樹，但由於在新聞和廣告方面的競爭，却能擴充篇幅，拓展銷路，穩定經濟基礎，慢慢走向企業化。

政論報紙高唱「評論至上」論，認爲評論對報紙的作用是畫龍點睛，視評論爲報紙的靈魂，專重評論，不注意新聞和廣告，除了少數的報紙以外，大多數的這一類報紙，不是闖禍被封閉，就是犯了上述民初評論界所易犯的通病，被讀者所厭棄，既沒有讀者，又沒有廣告，經濟不能維持，只好關門。

一般說來，民初報紙在新聞、評論方面之所以造成失調的現象，主要是因爲受環境的影響，商業報紙怕以言論賈禍，若干政治性報紙只不過是政黨的工具，並不能代表眞正的民意。自然，鼓吹革命，喚起民衆，討袁護法的民黨報紙又另當別論。如果沒有民黨報紙的犧牲奮鬬，民初的政局不知道又將成什麼樣子，說不定我們民初的歷史要重新改寫了。

第六節　從「死」到「活」的雜誌

跟報紙比起來，民初的雜誌實在不算多。日人末內說：「一般社會民衆思想反映於雜誌上」（註一一六），就民初的情形看，他這話不無道理。辛亥以前，中國社會思潮，集中在滿漢問題，同盟會雖然以實

獨立週報創刊號

國民創刊號目錄

國民創刊號

民鐸

建設　　　　太平洋

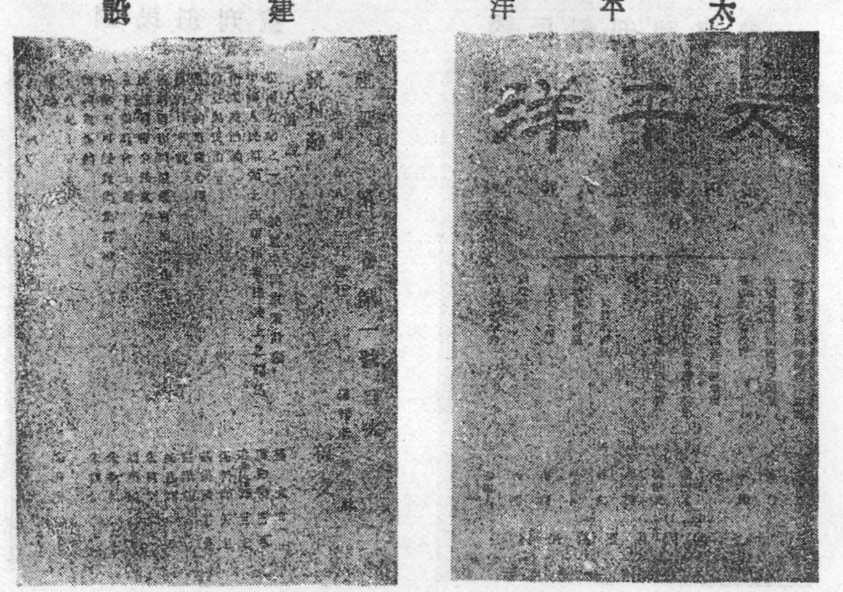

行三民主義為鵠的，但是大多數會員的思想，仍舊只集中於狹義的民族主義，跟一般社會思潮傾向相合。

民國成立，多數人希望安居樂業。政黨所爭的是政權，論壇所討論的是實行總統制呢？還是內閣制？是一院制呢？還是兩院制？換句話，着眼於政治的，是治標而不是治本。從民元到民國三、四年之間，政黨紛爭，袁世凱摧殘言論，國內社會思想，可以說是停留在「殭死」的狀態，沒有一點生氣。

這一時期比較像樣的政論雜誌如：民國元年九月，在上海發行的「獨立週報」（註一一七）；民國元年十二月，發刊於天津的「庸言」（註一一八）；民國二年二月，在上海出版的「不忍」（註一一九）；民國二年五月，發刊於上海的「國民」（註一二〇）；民國二年十二月，出版於上海的「雅言」（註一二一）；民國三年一月，在上海發刊的「正誼」（註一二二）；民國三年五月，發行於日本東京的「甲寅」（註一二三）。其中尤以根據學理討袁的「甲寅」為最重要。

歐戰和袁世凱的帝制運動，使中國陷於內憂外患的危境，大多數知識份子覺悟到，要挽救國家民族的滅亡，必須接受新思潮（註一二四），從根本上改革國內的政治、教育、家族和婚姻制度，因而醞釀為思想的革命。社會思潮由「殭死」而「復蘇」，表現於雜誌界的是出現了很多介紹新知，討論新思想的學術性刊物，較著名的如：民國四年正月，發刊於上海的「科學」（註一二五）、「大中華」（註一二六）；民國四年九月，發刊於上海的「新青年」（註一二七）；民國四年十一月，發刊於北京的「清華學報」（註一二八）；民國五年六月，發刊於日本東京的「民鐸」（註一二九）；民國六年三月，發刊於上海的「太平洋」（註一三〇）。其中尤以「科學」、「大中華」、「新青年」為最重要。「科學」介紹新知，「大中華」注重社會教育，「新青年」倡導文學革命。

不幸，由於國外俄國革命的刺激和國內新思潮的激蕩，共產主義乘隙而入，成了民初新思潮中的一股逆流，由文學革命而求思想解放，倡導文學革命的「新青年」一變而爲宣傳共產主義的大本營，播下了禍國殃民的種籽。

除了以上的幾種雜誌外，民初還有一個銷行頗廣的雜誌，是商務印書館發行的「東方雜誌」。該刊創刊於淸光緖三十年（一九〇四）一月二十五日（註一三一），是國內創刊最早歷史最久的雜誌之一，初爲月刊，後改半月刊，宣統二年曾加革新，內容分論旨、論說、記載、文件、調查、附錄等六大欄（註一三二）。其中尤以記載欄，分中國大事記、世界大事記、中國時事彙錄、世界時事彙錄，對中外大事，記載詳備，成了今天治近代史的重要參考資料。該刊以「雜貨店」自喩（註一三三），可以知道它內容的蕪雜（註一三四），因此有人說它是抄襲美國的哈潑爾（Happer's）雜誌（註一三五）。除了「東方雜誌」以外，商務還出有「教育雜誌」、「小說月報」、「婦女雜誌」、「學生雜誌」等刊物，前兩種資格也很老，但沒有進步。

附　錄

民國初年，因政局動盪不安，報紙出版的變動性也很大。據日人的統計：民國元年底，北京有報紙四十一種，天津三十五種，上海二十九種，廣東十七種，全國共約二百七十多種。二次革命失敗，民黨報紙全部被封，其他反袁報紙也有不少被封。據民國二年底的調查，全國報紙只有一百三十九種，比一年前減少了三分之一。民國四年秋，發生了袁世凱稱帝的問題，西南各省激烈反袁，誕生了一部反袁的民黨報紙，到這一年的年底，全國報紙總數，增加到一百六十五種。

民國五年，袁世凱下臺去世，以前被袁世凱封掉的報紙，紛紛復刊。據民國五年底的調查，全國報紙多達二百八十九種。民國六年，變動不大，因歐戰關係，德國在華所辦報紙，全部停刊，民國七年底，全國報紙二百二十一種，比前一年少了三十六種。現將民國四年的全國中文報紙，包括公報及日人所辦中文報紙列一詳表如下：

北京	天民報	北京時報
政府公報	黃鐘日報	興中日報
陸海軍公報	國是	**天津**
教育公報	日知報	直隸公報
農商公報	大國民報	天津日日新聞
稅務公報	民強報	大公報
順天時報	醒華報	天商報
北京日報	愛國報	北方日報
京津時報	群強報	直隸商報
民視報	京話日報	民心報
亞細亞日報	帝國新報	益世報
國華報	大中華日報	時聞報

中外實報
旭日報
公民日報
天津日報

齊齊哈爾

黑龍江報
通俗教育

哈爾濱

遠東報

長春

大東日報

吉林

吉林公報
吉長日報

局子街

延邊實報

奉天

奉天公報
盛京時報
奉天醒時報
東三省公報
健報

牛莊

營商日報

芝羅

芝羅日報
鐘聲報
進化日報

濟南

山東公報
山東日報
大東日報
簡報
教育公報
實業公報

太原

山西公報
公意日報
晉揚公報

上海

申報
新聞報
時報
神州日報
時事新報
商務日報
中華新報
亞細亞日報
華報
民信日報
民國日報

民意報

蘇州

蘇州日報
蘇醒報
新新報

杭州

浙江公報
全浙公報
之江日報
浙江潮

紹興

越鐸日報

南京

大江南日報
金陵話報
南方報

蕪湖

皖江日報

直言報
聞譯

安慶

民嵒報

開封

河聲日報

南昌

江西民報
大江日報

漢口

國民新報
中西報
新聞報
漢口民報
漢口天聲報
武漢新報

武昌

湖北公報

長沙

湖南政報
湖南公報
大中報
醒華報
教育通信報

重慶

重慶日報
重慶商務日報
重慶商報
正論日報

崇實報

繁華報

成都

四川群報
國民公報

西安

秦中公報

秦風日報

秦鏡報

蘭州

通俗日報

福州

福建公報

閩報

民生報

去毒鐘日報

廈門

全閩新日報

閩南報

汕頭

大東報

公言報

廣東

廣東公報

羊城報

七十二行商報

人權報

廣東共和報

南越報

華國報

總商會新報

覺魂日報

華嚴報

天職報

國報

時敏報

大公報

慶州報

安雅報

廣東唯一報

中華日報

新報

聲東報

天邀報

梧州

商業日報

良知日報

南寧

廣西公報

良知日報

指南日報

公論日報

貴陽

黔風

雲南

雲南公報

崇實日報
國是報
中華民報
濵聲報
共和濵報
義聲報

大連

泰東日報

香港

循環日報
華字日報
共和報
世界公益報
中外新報
大光日報

以上各地區報紙統計

北京	二十六		
天津	十二	安慶	一
太原	四	開封	一
齊齊哈爾	二	南昌	二
哈爾濱	一	漢口	六
長春	一	武昌	一
吉林	二	長沙	六
局子街	一	重慶	六
奉天	五	成都	二
牛莊	一	西安	三
芝羅	三	蘭州	一
濟南	六	福州	四
上海	十三	廈門	一
蘇州	三	汕頭	二
杭州	四	廣東	二十二
紹興	一	梧州	二
南京	三	南寧	四
蕪湖	四	貴陽	一

雲南	七	大連	一	香港	八
合計	一七四				

以上一百七十四種，如果去掉政府和地方公報（十九種）和日人所辦報紙，就只剩下一百五十種左右。其中仍以北京、天津、上海、廣州等大都市的報紙最多。由於廣東是反袁的革命根據地，報紙竟多達二十二種，雲南也有六種。上海報業因為仍受袁世凱勢力支配的影響，反而只有十三種。北京如果不算政府公報和日人所辦華文報紙，只有二十種，比廣東還少。

從以上的統計和分佈情形，可以知道，民初的報紙，仍舊是政黨的工具，隨政治勢力的消長而消長。

本章註解

註一：詳見遠生遺著「北京之黨會與報館」一文，與戈公振「中國報學史」所記，略有出入，因遠生有所本，姑從其說。

註二：日人安藤德器在其所著「北支那文化便覽」一書中，評述中國新聞事業落後之原因，分主觀、客觀兩方面，其屬於主觀者爲：①經營不能企業化。②新聞從業員未能專業化，社會地位低，待遇差。③廣告收入少，造紙工業不發展，仰賴舶來品，成本高。④編排平凡，記事雷同，技術缺乏，其屬於客觀者則爲：①國民閱讀能力低。②購買力弱。③交通不發達，發行困難。

註三：詳見辛亥年八月九日「民立報」漢口通訊與報學一卷九期喻血輪撰「清末民初漢口報壇史」。據「民立報」載：「………上年曾辦商務報，已於前夏口廳馮韶軒之摧殘，捲土重來，故又有大江出現」。另據馮自由著「中國革命運動廿六年組織史」：「商務報被封後，庚戌十一月，詹大悲、查光佛等復措資創辦大江報於漢口，以繼其後，何海鳴、胡瑛、黃侃等任撰述」。可知大悲辦「商務報」在前，辦「大江」在後。

註四：喻血輪氏謂詹氏名質成，大悲爲其筆名，鄿春人。辛亥年「民立報」漢口通訊謂「詹培瀚，字大悲，鄂之圻州人」，姑兩存以待考。

註五：詳見「報學」一卷九期喻血輪撰「清末民初漢口報壇史」一文。

註六：詹氏判監禁一年，然同年八月武昌起義即出獄。詹氏辦「大江」時，卽已提倡社會主義，民十六後，因附匪被殺。詳見「民立報」、馮著「中國革命運動廿六年組織史」及喻撰「清末民初漢口報壇史」各文。

註七：詳見遠生遺著「北京之黨會與報館」。

註八：戈著「中國報學史」謂「中外紀聞」。梁啓超出席北平報界歡迎會，講「鄙人對於言論界之過去及將來」有「………日出一張，名曰中外公報」，似宜從梁說。

註九：詳見羅家倫主編「國父年譜初稿」上冊。

註十：詳見譚汝儉撰「四十七年來廣東報業史概略」。

註十一：詳見馮自由著「革命逸史」初集。

註十二：見「東方雜誌」第一年第六期「各省報界彙誌」。

註十三：詳見「國聞週報」八卷四十七期凌霄一士隨筆。

註十四：見「東方雜誌」第一年第八期「各省報界彙誌」。

註十五：見「國聞週報」八卷四十七期凌霄一士隨筆引彭氏自傳。

註十六：見「東方雜誌」第二年第四期「各省報界彙誌」。

註十七：見「東方雜誌」第二年第九期「各省報界彙誌」。

註十八：見宣統元年九月十三日「民立報」。

註十九：馮自由著「革命逸史」三集「興中會時期之革命同志」一文中載：「杭辛齋浙江海寧人，名愼修，字夷則，熱心聯絡會黨，江浙青幫頭目多與結交。甲辰秋楊守仁在滬設立機關，以援應華興會義舉，所規劃江浙一帶軍事，以杭之力爲多。後創白話報于北京，遭時忌，被禁經年。」可知杭亦革命份子，惟未知馮所指其所創白話報，係文體而言，抑卽「京話日報」。兩者均與凌霄一士所記有出入。

註二十：見光緒三十年十一月二十八日上海「警鐘日報」，原文謂：「北京新設之中華報已於本月初一日出版，每日一冊，內容豐富，以恢復國權，啓導民智爲主。館設前門外五道廟路西，標明華商字樣，不假外人勢力，爲報界中之絕無僅有者。」就當時北京之大報（文言報）而言，該報確屬唯一國人辦民營報。

註廿一：戈著「中國報學史」一七四頁謂「光緒三十二年北京「中華新報」，以登載軍機大臣瞿鴻機衞兵搶掠，被封，主筆杭辛齋、彭翼仲遞籍」，不知何據。「中華新報」實係「中華報」之誤。另查明治三十九年（光緒三十二年）十月二十七日「臺灣日日新聞」漢文版北京短信，一題爲「淸政府禁止新聞發行」，原文謂：「北京京話日報及中華報，昨被禁止發行。其主筆彭翼仲、杭辛齋兩氏，乃被拘於警察署，不日將解至其本籍浙江省，囚入地方衙門。其罪名雖爲附和匪黨，妄議朝政。然目下北京地方，實無匪徒之跡。乃因日來痛責警官之失錯，竟受如斯之處分爲耳。蓋有臺灣人陳福者。（一名任文毅，稱爲藤堂調梅）佯裝來北京，入京話日報社，常往來官紳家，作政治及改革談。當路者誤認爲孫逸仙，遽派巡捕二十餘名，包圍新聞社，捕之到案，及查知任文毅，確在日本國籍，始放免之。由是該報館悉力攻擊之，故至于是也。」此一資料，爲前所未見，極有價值。兩報於光緒三十二年八月十三日被封，見方豪撰『助「追」記』，刊五十四年一月三日「中央日報」副刊。

註廿二：見「國聞週報」八卷四十七期凌霄一士隨筆。

註廿三：見「東方雜誌」第三年第十一期「各省報界彙誌」。

註廿四：見「東方雜誌」第二年第九期「各省報界彙誌」。

註廿五：汪氏於京報被封後之次年，另辦「芻言報」五日刊，至宣統三年，汪氏去世，報亦停刊。關於「芻言報」內容，詳見宣統二年十一月三日「民立報」廣告。

註廿六：見「國聞週報」八卷四十七期凌霄一士隨筆。

註廿七：戈著「中國報學史」一七四頁謂「北京國報與中央大同報以宣布安奉路條約被封」。另據「國聞週報」凌霄一士隨筆謂：「己酉秋間，中央大同日報及國報，因登載日人對安奉鐵路自由行動問題，攻擊外交當局。外務部謂妨碍外交，請政府封禁」。後說較詳，故從後說。

註廿八：見宣統元年九月十三日「民立報」。

註廿九：馮自由著「革命逸史」第三集中「辛亥前海內外革命書報一覽」謂「帝國日報」主辦人爲白逾桓、陸鴻逵、寧調元，其另一著作「中國革命運動廿六年組織史」中則謂：「鄂籍同盟會員白逾桓由日赴北京，得皖同志程家檉之助，發刊「帝國日報」專斥僞立憲及主張中央革命。是年（己酉，一九〇九）景定成、林羲成以事北上，亦預其事。」前後所記，略有出入。「國聞週報」凌霄一士隨筆謂係由陸鴻逵主辦，姑從其說。

註三十：據宣統二年十月二十二日「民立報」廣告，「公論實報」於是年九月十二日出版，十一月間，因載太監德彰盜庫事被封（見同年十一月十九日「民立報」），經罰款四百元後，始准繼續出版。同年十二月，又因揷畫諷資政院議員，被封。（見同年十二月十五日「民立報」）。

註卅一：見「國聞週報」凌霄一士隨筆。馮自由著「中國革命運動廿六年組織史」謂：「此報亦由程家檉等募款創立，編輯人有白逾桓、杜羲、陳家鼎、趙世鈺等，專以反對僞立憲及鼓動中央革命爲宗旨。」另馮著「中華民國開國前革命史續編」上卷一九三頁謂「庚戌辛亥年間（一九一〇至一九一一年），景定成、杜羲二人以陝西革命萌芽漸次暴長，乃相偕離秦，杜羲北上，定成赴日本，與宋敎仁、趙世鈺、陳家鼎等商定進行策略。因留學界抗爭河南礦權事，定成被推爲爭礦代表之一，遂得乘機公然入都，與湖北同志白逾桓創辦國風日報，提倡中央革命」。民國二年「民立報」載：「國風報爲白君逾桓、景定成等所辦之革命軍之秘密機關，武昌起義前出版」。同年五月二十三日詳載「國風報」被封經過，及景定成致檢查廳函。景函謂「啓者，定成忝爲國風日報總理，對於社論一切言論，負完全之責任……。」互爲印證，可知「國風日報」實由景定成主辦，白逾桓爲其編輯人。

註卅二：見「國聞週報」凌霄一士隨筆。馮自由撰「辛亥前海內外革命書報一覽」謂「國光新聞」編輯及發行人爲田桐，其另著「中國革命運動廿六年組織史」亦謂「辛亥春，各省革命志士羣集北京，謀實行中央革命，田桐亦由南洋抵北京，卽與景定成、續西峰、井勿幕等同發刊此報，以爲宣傳機關。」可知主辦人爲田桐，景定成亦預其事。馮著「革命逸史」三集「興中會時期之革命同志」一文謂田係湖北鄿春人字梓琴，武昌文普通學堂學生，因倡言革命被黜，甲辰留學日本，乙巳春與白逾桓、宋敎仁等發刊「二十世紀之支那」雜誌。田係革命先進，有關其事蹟甚多，可參看馮著「革命逸史」第二集。

註卅三：見「國聞週報」凌霄一士隨筆。據馮自由著「革命逸史」初集載：「徐佛蘇湖南人，留學生，華興會會員。嘗任長沙學堂教員，甲辰華興會成立時奔定頗力。九月事敗後，在上海餘慶里與黃克强同被捕。旋亡命日本，投身君憲黨，日爲新民叢報撰文，梁啓超甚倚重之。」

註卅四：見「國聞週報」凌霄一士隨筆。馮自由著「中華民國開國前革命史續編」上卷一九三頁「國風日報與北方革命」一節謂「……恃程家檉（韻生）、田季衡兩同志聯絡請肅王民政部尚書善耆爲之保障……」

註卅五：戈著「中國報學史」一八四頁謂「……其首先覺察袁氏之陰謀者，爲北京之國民公報。當時又有北京之國風日報……相繼而起，類皆據理執言，公正雄健，莫不首遭封禁之禍。」意若「國民公報」亦爲反袁報紙。「國民公報」既爲進步黨機關報，梁啓超曾撰「異哉所謂國體」一文反袁，「國民公報」反袁應屬意中事。民國二年八月十四日「民立報」所載，則視「國民公報」爲擁袁的報紙，似有矛盾之處。實則袁未謀帝制前，梁啓超曾予支持，迄袁實行帝制後，態度始改變。

註卅六：見「傳記文學」三卷二期，方豪撰「英斂之先生創辦大公報的經過」。

註卅七：詳見民國元年九月十五日「中華民報」所刊「天津民意報佈告天下同胞書」。

註卅八：見民國二十六年「上海市年鑑」社會事業篇，與王新命編「新聞史」所記有出入。「上海市年鑑」所載，係根據上海市通志館之調查，似較可靠，王氏之說，不知何所據，姑從前說以待考。

註卅九：詳見胡道靜編「申報六十六年史」，與王新命編「新聞史」所記有異，胡氏曾任職上海市通志館，翻閱六十六年之「申報」一遍，所說似較可靠。

註四十：狄氏事略見戈公振著「中國報學史」一〇三頁。

註四一：狄氏曾語戈公振「吾之辦此報非爲革新輿論，乃欲革新代表輿論之報界耳。」見戈著「中國報學史」一四四頁。

註四二：吳稚暉主編之「新世紀」，曾直指「時報」爲保皇黨機關報。清末，「時報」確曾宣傳立憲，與「神州日報」對立，惟自入民國後，漸注意營業，求報紙本身之改革，與立憲派漸疏遠。

註四三：一字冷血。光緒二十七年，東京「國民版」以款絀停版，戢翼翬續創大陸月刊於上海，排斥保皇甚力，陳氏曾任該刊撰述。見馮自由著「革命逸史」第三集六六頁。陳氏主「時報」筆政時，康南海不滿「時報」之革命黨言論，致函狄楚青，狄氏給陳氏看，雙方曾因此爭執。見「報學」一卷七期程滄波撰「記者傳與記者文選」。

註四四：詳見戈著「中國報學史」引胡適撰「十七年的回顧」及郭步陶著「時事評論作法」七八頁。孫如陵著有「短評概觀」，刊民國二十八年重慶「新聞學季刊」二卷二期。

註四五：詳見胡適撰「十七年的回顧」一文。「時報」副刊遞載以白話譯介之西方文學，對胡氏影響很深，是則「時報」對白話文學及新文學啓蒙運動或有貢獻。

註四六：章氏後讓與許建屛，延新聞紙收藏家王之一爲主筆。後許氏又因經濟不能維持，出盤給宋雪琴。當時宋任孫傳芳駐滬辦公處處長。北伐時，該報因捧孫，銷路一落千丈，幾無人過問。革命軍到上海，該報自動停刊，機器生財都給了「民國日報」。見張靜廬編「中國的新聞記者與新聞紙」四三、四四頁。

註四七：詳見「上海研究資料」。

註四八：見宣統三年（一九一一）十月十九日「民立報」。

註四九：見宣統三年十一月一日「民立報」。

註五十：見民國二十六年「上海市年鑑」。另據馮自由著「革命逸史」第三集稱，汪氏原屬中國教育會董事。

註五一：見張編「中國的新聞記者與新聞紙」。

註五二：見「報學」一卷九期朱宗良撰「民國初年之上海報界概況」。

註五三：同盟會之支派、主張激烈急進。其領導人物爲上海「天鐸報」社長李懷霜，「民權報」主筆戴天仇。見吳相湘主編「現代史叢刊」第五集。

註五四：見宣統三年（一九一二年）農曆正月初九日「民立報」廣告版。惟據該報所刊廣告稱「本報雖屬自由黨之機關，然財政獨立，不與黨事含混，故組織之性質係完全商辦。」

註五五：見「民立報」所刊「天權報」出版廣告預告。

註五六：戴氏初期撰稿，以天仇爲筆名，遂以爲字，民國八年年底，始改名季陶。

註五七：原名「漁父天仇合集」，經吳相湘查證無宋氏文字，遂改「戴天仇文集」見「戴天仇文集」吳相湘序。

註五八：見張編「中國的新聞記者與新聞紙」。據「戴天仇文集」一八四頁，述戴氏入獄，「忽有人呼起隔鐵戶詢，聞予愛妻聲調予曰「君以國事至此，予甚慰。主筆不入獄，不是好主筆，周浩君常言也，予爲君賀。」語竟遂去。」

註五九：兩人原合辦「民强報」，後王博謙另辦「國語日報」，以推行國語相號召。兩人辦報目的，非爲發抒政見，僅以之爲進身之階，後均從政，兩報亦均停刊。見報學一卷九期朱宗良撰「民國初年之上海報界槪況」。

註六十：責章不通西史，不通修辭，不通英文，不通國文。並斥章氏之所謂邏輯頭腦。詳見民國元年九月間之「中華民報」。

註六一：「中華民報」因刊載五國大借款事，公廨英會審官處鄧家彥以五百元之罰金，六月監禁，及逐出租界。「民國西報」刊「中華民報案與五國借款」，大加評擊。民國二年八月三十一日之「民立報」曾加譯載。

註六二：兩人屬政學系，亦卽民初民黨之所謂南洋派（擁護黃克强之一派，亦稱緩進派或實行派），詳見王新命著「新聞圈裏四十年」及「新聞史」三四頁。另據張文伯編「吳敬恆先生傳記」二一頁，謂「時鈕惕生已回上海，辦中華新報，先生盡力相助，按日爲撰論著」，不知何所據，無可佐證，姑存疑待考。

註六三：參見民國六年二月一日「中華新報」第二版吳敬恆啓事。吳文刊陳白虛所編副刊雜俎之後。王新命曾以陳白虛之介，爲該報撰稿，並助編雜俎欄。參見王新命著「新聞圈裏四十年」。

註六四：「輿論日報」創刊於光緒三十四年（一九〇八）二月二十九日，創辦人爲狄葆賢之弟狄葆豐（南士），倡保皇思想，讀者不多，創刊不到一年，因經濟不能維持，與「時事報」合併。

註六五：從事維新立憲保皇運動的一派，亦卽以康梁爲首的保皇黨。

註六六：由共和、民主、統一、三黨合併而成，民國二年五月二十九日開成立大會於北京，黎元洪爲理事長，梁啓超、張謇、湯化龍等爲理事，馮國璋、熊希齡、程德全等爲名譽理事。袁世凱除以巨款補助二黨經費，及競爭議長費用外，三黨議員按月復有二百元之津貼。故進步黨實爲袁世凱之御用黨，以與國民黨相抗衡。參見吳相湘編「中國現代史叢刊」第五集一七〇頁及澄廬文選「余之癸丑」頁四二四。

註六七：見「報學」創刊號潘公弼撰「望平街之回憶」。

註六八：見「東方雜誌」十四卷十二號姚公鶴撰「上海報紙小史」。

註六九：見潘公弼撰「望平街之回憶」。

註七十：見潘公弼撰「望平街之回憶」。

註七一：據馮自由著「革命逸史」第三集一一〇頁：「薛奇湖南人，初從黃克强入華興會。甲辰冬萬福華之役，與郭人漳同在餘慶里被執，後至日本與徐佛蘇（參見第一節）同投身君憲黨」。袁世凱去世後，薛氏仍續在平辦報，抗戰時去重慶，近年始逝世於臺北，參見「龔德柏回憶錄」。

註七二：民國元年五月，以章炳麟、張謇等領導之統一黨，與黎元洪領導之民社爲核心，更合併潘鴻鼎等領導之國民公黨，清季資政院憲友會支派范源濂領導之國民協進會，及清季立憲派之民國公會三政黨，改組爲共和黨。反對同盟會，擁護袁世凱，爲袁之御用黨。詳見吳相湘編「現代史叢刊」第五集八二頁。民國二年，袁世凱非法捕國會議員八人，八月三十一日出版之『民立報』「天聲人語」欄有「時事新報昨日評論此事，尚說幾句公道話，而大共和報則竟主張解散國會，盡擁護袁氏蹂躪民權之能事，忍心害理極矣」可知該報斯時已純爲袁世凱之御用報。

註七三：武漢、長沙報業史料不多，本節係根據喩血輪撰「清末民初漢口報壇史」，李抱一撰「長沙報紙史略」，民國二十二年「湖南年鑑」及早期「民立報」等少數資料寫成，存疑、待考之處尚多。

註七四：喩氏記「民國日報」謂：「嗣因經費關係，於民國二年春間，自行停刊」。戈著「中國報學史」一八四頁記：「漢口之震旦民報、民國日報……莫不首遭封禁之禍」。民國二年七月三日「民立報」載：「漢口函震旦民報民國日報停刊其大概情形已見前報然玆事之原委，各報傳說不一，玆經再四調查其一切確情，合亟誌之」。另參考民國二年七月六日民立報「要件」欄所刊「民國日報宣言書」，均可斷定該報因案停刊，惟是否又復刊？復刊後因經費關係自行停刊，因尚未發現資料，暫存疑以待考。

註七五：該報載段在清末會購女伶楊翠喜獻之振貝子，並拜振貝子爲乾爹等軼事。見喩撰「清末民初漢口報壇史」。

註七六：據李抱一撰「長沙報紙史略」謂：「時長沙報紙除湖南公報、大公報外，尚有一大中報」。先是湯督到湘，創辦一機關報名「國民新報」，經理爲鄂人李華堂，社址在尙德街，三年七月改辦大中報……」未悉與喻氏所說有何關係，是否爲漢口「國民新報」之分版？姑從喻說以待考。

註七七：詳見民國二年八月二十九日「民立報」，原文副題爲「舊共和摧殘新共和黨」。蓋斯時共和、民主、統一三黨合併爲進步黨，黎元洪被推爲理事長，重要位置爲民主黨之梁啓超、馮化龍、林長民等所壟斷，舊共和黨所存黨費爲進步黨所提用。舊共和黨民社派之張伯烈、彭介石、胡鄂公等，與統一黨之吳宋慈、王湘四十餘人宣佈脫黨，仍守舊共和黨名義，即所謂新共和黨。進步黨之勢因之大減。（詳見吳編「中國現代史叢刋」第五集一七一頁。）漢口新共和黨所辦之「討報」，即以「討報」一名爲當局所忌而被封。

註七八：爲張國淦之兄。張國淦爲清末憲友會的主幹。進步黨爲袁世凱御用黨。詳見吳編「中國現代史叢刋」第五集。

註七九：王新命曾任該報駐上海通信員，詳見王氏所著「新聞圈裏四十年」。

註八十：時該報負責人爲何叔衡、謝覺齋、與毛匪澤東、夏匪曦、郭匪亮等往來，中毒日深。詳見抱一遺著「長沙報紙史略」。

註八一：香港報紙銷廣州，粵局變動，影響香港報紙的銷路。一九〇六年，粵督岑春煊禁止港報入境，香港的「中國日報」即因銷路受影響而感經濟支絀。同時，也受戰局影響。從民三到民七的大戰期間，住港的六萬華人回大陸，「遐邇貫珍」與「中外新報」即因銷路受影響而停刋。詳見「報學」二卷十期林友蘭撰「香港報業發展史略」。

註八二：見「華字日報」七十一週年紀念刋「本報創造以來」。

註八三：爲該報撰稿的有陳少白、鄭貫公、馮自由、陳詩頌、黃世仲、廖平子、盧信、胡漢民、朱執信等。詳見馮自由撰「辛亥前海內外革命書報一覽」。

註八四：據陳少白著「興中會革命史要」謂「……及光復時，盧信自擅香山囘；以接辦自任，遷諸廣州，由政府津貼，規模極大。逮龍濟光入粵，盧等他去，所有機件帳目至今尚在盧信手上，而中國報之命運，亦以告終。」與譚汝儉撰「四十七年來廣東報業史概略」所記略有出入，姑從譚說。

註八五：據馮著「革命逸史」三集八九頁載：林護廣東新會人，癸卯夏鄭貫公偕通約譚民三等組織世界公益報，爲香港第二革命言論機關，其資本大部出自林護。林爲香港殷商，亦有名之建築家。譚民三則爲廣東香山人，與鄭貫公友誼頗深。

註八六：民國六年，「世界公益報」停刊，有購得其印刷設備者，去「世界」兩字，改出「公益報」，未逾年亦停。見麥思源撰「七十年來之香港報業」。

註八七：潘飛聲字蘭史，別署劍士，生於咸豐七年，光緒二十年（一八九四）主持「華字日報」筆政。離「華字日報」後即辦「實報」。潘氏思想極新，曾於光緒十三年（一八八七）應德國東方學院聘，赴柏林講學，光緒十七年（一八九一）自柏林回國，八月二十日抵香港。潘氏爲名詩人，曾選輯「粵東詞鈔三編」，其序文於民初刊「南社」集刊。參見「華字日報」七十一週年紀念刊「本報創造以來」，「星島日報」副刊徐博撰「香港老報人潘飛聲」及「南社」集刊。

註八八：見馮自由撰「辛亥前海內外革命書報一覽」。

註八九：見馮自由撰「香港廣東報紙與革命運動」。

註九十：此八種報紙爲「羣報」、「國民報」、「南越報」、「人權報」、「平民報」、「齊民報」、「中原報」、「可報」另「軍國民報」係週刊，「平民畫報」亦「平民報」之附屬週刊，非日報，故未計。

註九一：此六種報紙爲「人權報」，「平民報」、「天民報」、「齊民報」，「中原報」及「可報」。譚汝儉撰「四十七年來廣東報業史概略」謂「平民報」、「人權報」均於辛亥前創刊，未知何據，姑從馮說以待考。

註九二：一般報史均謂廣東日報以「廣報」爲最早。筆者近曾發現早於「廣報」創刊之「述報」，詳見拙撰「記述報」刊「報學」三卷二期。有關「廣報」創刊年月，各家所記有異，須專文考證。

註九三：光緒二十六年（一九〇〇），胡漢民曾主「嶺海報」筆政，次年，粵督陶模派吳敬恒率領學生數十人赴日本學習速成師範，胡氏與另一報人詹憲慈同在被派之列。胡氏赴日後，即由其長兄胡衍鶚主「嶺海報」筆政。見馮自由撰「香港廣東報紙與革命運動」。

註九四：見譚汝儉撰「四十七年來廣東報業史概略」。

註九五：見戈著「中國報學史」一七四—一七五頁：『光緒二十六年，「廣州博聞報」、「嶺海報」與「中西報」，登載奉匪獲勝西軍敗績時，外人請粵當道封禁』。

註九六：見譚撰「四十七年來廣東報業史概略」。

註九七：據馮撰「興中會時期之革命同志」一文載：陳詩仲廣東番禺人，曾任香港「中國日報」記者，癸卯春應新坡「圖南日報」之聘，任總編輯。南洋之有革命黨報自此始。一年後病死。黃世仲亦廣東番禺人，字小配，別號禺山世次郎，曾任康黨的星洲「天南新報」記者。旋由尤列介紹入南洋中和堂。壬寅冬至香港任「中國日報」記者，著有辯康有為政見書，在章炳麟著駁康書之前出版。民初為陳炯明所殺。陳少白「興中會革命史要」記陳詩仲為陳詩頌，未知孰是，姑從馮說。

註九八：見馮著「革命逸史」初集一一二頁，「香港廣東報紙與革命運動」。

註九九：戈著「中國報學史一一六頁作「國事報」，馮撰「香港廣東報紙與革命運動」作「國是報」，兩字同音同意，未知孰是。另據譚撰「四十七年來廣東報業史概略」則謂：「君憲派則有國是報、國事報。主其事者，徐勤，君勉。」若是則有兩報，未知何據。譚氏獻身廣東報業數十年，所記諒亦不致有誤，姑存疑。另據戈著「中國報學史」一七二頁，列「羊城報」，「七十二行商報」為君憲派（據「立憲論與革命論之論戰」一書），戈氏有所本，諒不致有誤。惟考諸史實，此兩報係屬商辦，言論或近保皇，未必即保皇派。證之以譚汝儉所述可知其概。譚氏謂：「儉初主羊城時，與蒲萃鄉亦趨於激烈一派。陰持民族主義。嗣以清廷有九年預備之制，論者多主張無血革命，於是轉而鼓吹君主立憲，與保皇黨較為接近。蓋即前文所謂與其立憲，不如保皇也。」是說較可採信。

註一〇〇：陳氏為廣州老報人，曾創辦亞洲、公言、佗城、廣東各報，清末因抨擊岑春煊入獄。民初為文詆新軍淫掠、排日載於報端，爲陳炯明所殺。詳見譚撰「四十七年廣東報業史概略」。

註一〇一：據馮自由著「中國革命運動廿六年組織史」所記謂：『粵省志士發刊日報以抨擊時政，提倡國民精神者，以「國民日報」爲最早。是報總編輯爲鄧悲觀，撰述員有黃軒胄、馮百礪諸人。至辛亥三月以後，言論尤爲激烈，與香港「中國日報」、「世界公益報」等同聲呼應。社址關西第九甫。」（按爲戊申年發刊）』另馮撰「香港廣東報紙與革命運動」謂該報創刊於宣統元年（一九〇九）。譚撰「四十七年來廣東報業史概略」謂該報創刊於光緒三十二年（一九〇六）。未知孰是，姑存馮氏前說以待考。

註一〇二：據馮著「中國革命運動廿六年組織史」所記，此報創刊於光緒三十四年（一九〇八），其「香港廣東報帋革命運動」所記則爲創刊於宣統元年（一九〇九）其另撰「開國前海內外革命書報一覽」則謂辛亥年（一九一一），姑從其一以待考。

註一〇三：據馮著「中國革命運動廿六年組織史」：『辛亥春，陳耿春、李孟哲、黃胥九等創設人權報於廣州西關洞第八甫，目的在喚起民衆思想。陳、黃、李三人均老同盟會員。廣州各報中記者全屬同盟會籍者，以此報爲最早。』譚汝儉謂該報創刊於辛亥之前，姑從馮說。

註一〇四：據馮著「中國革命運動廿六年組織史」：此報與國民報、人權報同一宗旨。編輯人潘達微、廖平子、鄧慕韓、陳樹人等，皆同盟會員。另附設平民畫報，以吸收觀衆，爲報界中開一新生面。』馮氏謂此報創刊於辛亥，譚汝儉則謂創刊於辛亥前，姑從馮說。

註一〇五：該報實際主持人爲盧諤生，出版兩日即被封。是案震動一時，海內外報刊羣起筆伐粵當局，參見譚撰「四十七年來廣東報業史概略」及當時香港循環日報、上海神州日報、廣州七十二行商報、時敏報、兩廣官報等報刊。

註一〇六：據馮著「中國革命運動廿六年組織史」：『此報乃粵諮議局投可票反對開賭案一派議員陳炯明等所創設，故名「可報」。開辦時，炯明曾向胡漢民等求助，故革命軍統籌部撥款千元助之。編輯人有馬育航、葉夏聲、鄒魯及反對開賭之議員諸人。因載溫生才刺清將軍孚琦事，辭涉激火，被清吏勒令停版。』另參見譚撰「四十七年來廣東報業史概略」及辛亥年四月初九、初十、星期日、星期一「民立報」時論。

註一〇七：清末名記者，任「時報」駐北京特派員，所辦「新聞編譯社」及「京報」均負時譽，其爲人毀譽參半，然其採訪及寫作能力，則屬第一流，後爲軍閥所殺。其事蹟詳見王新命著「新聞圈裏四十年」及「龔德柏回憶錄」。

註一〇八：名記者，名政論家，畢身獻身於新聞事業，其生平事蹟詳見後章。

註一〇九：清末名記者，任「申報」、「時報」駐京特派員，民初即自誓與政黨絕緣，然其交往，仍以共和黨籍者爲多。袁世凱請其主持上海「亞細亞報」編務，黃氏堅拒，懼禍，出國，民國四年於舊金山被袁黨暗殺。其至友林志鈞輯印「遠生遺著」上下兩册，爲研究民初政黨及國會之重要史料。

註一一〇：淩霄爲其字，筆名彬彬，民國五、六年間，繼遠庸任「申報」、「時報」駐北京特派員，因其精通清末民初掌故，熟悉政府要人身世與歷史，筆調復輕鬆趣味，故其所撰通信稿能引人入勝，受讀者歡迎。徐氏與其弟一士合撰「淩霄一士隨筆」，刋「國聞週報」，連續八年，亦擁有大量讀者。民國五十年，徐氏逝世於大陸，享年七十三。詳見香港「星島日報」副刋聽雨撰「記憶中的徐淩霄」。

註一一一：見民國二十二年十一月上海路透社前任總主筆科克司 (Mr. N. J. Cox) 於二十九日出席上海日報公會歡送筵之答詞。

註一一二：見戈著「中國報學史」一九五頁。

註一一三：見戈著「中國報學史」一九六、一九七頁。

註一一四：見「報學」創刊號潘公弼撰「望平街之回憶」。

註一一五：見「東方雜誌」第十五卷第十二號高勞撰「言論勢力失墜之原因」。

註一一六：見文華圖書館季刊三卷一期邢雲霖撰「中國雜誌史簡述」。

註一一七：章士釗編輯，分紀事，社論，專論，投函，評論之評論，別報，文藝諸欄。

註一一八：梁啓超主撰，圖利用袁世凱，每月出兩册，分建言，譯述，藝林，僉載四大欄。

註一一九：康有爲主撰，志在以孔教爲國教。每月出一冊，分政論，說教，瀛談，藝林等欄。上海廣智書局發行，康著「大同書」有一部份在該刊發表。

註一二〇：同盟會言論機關，孫中山、黃興作出世辭，月出一冊，分言論，專載，紀事，叢錄四欄，勉會員以「進步思想，樂觀精神，準公理，據政綱，以達鞏固中華民國，圖謀民生幸福之目的。」

註一二一：康逄窘編輯，月出兩冊，分論說，紀事，文藝諸欄，主贊助袁世凱。

註一二二：爲谷鍾秀，楊永泰，月世嶧，孫潤宇，盧信等所創辦，月出一冊，分論說，記載，譯述，文藝諸欄。爲失望於袁世凱而作。

註一二三：章士釗編輯，月出一冊，分時評，評論，論評，通信，文藝諸欄。民國十四年七月改週刊，在北京發行。

註一二四：黃遠庸致甲寅雜誌記者書有云：「……根本救濟，當從提倡新文學入手，總之，當使吾輩思潮如何能與現代思潮相接觸，而促其猛醒……」

註一二五：爲留美學生所組織之科學社之言論機關，以傳播世界最新科學知識爲宗旨，月出一冊，分通論，物質科學及其應用，自然科學及其應用，歷史，傳記諸欄。

註一二六：中華書局出版，月出一冊，以養成國民世界知識，增進國民人格，研究事理眞相，以爲朝野上下之南針爲旨。梁啓超所撰抨擊帝制之「異哉所謂國體一文」，卽刊於此刊。

註一二七：陳獨秀編輯，月出一冊，提倡文學革命，後成爲共黨宣傳機關。

註一二八：淸華學校師生合編，每季一冊，分著述，記述，譯述三大欄。

註一二九：中華學術會言論機關，李石岑編輯，初爲每季一冊，後改雙月刊，又改月刊，以促進民智，培養民德，發揚民力爲宗旨。

註一三〇：爲甲寅分出之英、法派人所編輯，月出一冊，分論說，海外大事，評林，譯述，國內大事等欄。注重財政，經濟問題探討。

註一三一：戈公振「中國報學史」謂係光緒二十七年，恐係包括「外交報」而言，按「外交報」創刊於光緒二十七年十一月二十五日，至宣統二年停刊，「東方雜誌」創刊於光緒三十年（一九〇四）一月二十五日，兩刊各自發行。「東方雜誌」除「一二八」、「八一三」兩度短時間休外，歷時四十四年之久，爲我國壽命最長刊物之一。

註一三二：見宣統二年該刊改良序例。

註一三三：見該刊第十六卷第七號「今後雜誌界之職務」一文。

註一三四：詳見「新潮」第一卷四號，羅家倫撰「今日中國之雜誌界」。

註一三五：見獨立評論第六十四號畢樹棠撰「中國的雜誌界」一文。

第七章　從「五四」到「北伐」的報業

「五四」新文化運動，是現代中國歷史上的一個轉捩點。報業是文化的尖兵，自然在這一運動中起了很大的作用。不過，首先倡導，並站在第一線的，是雜誌，而不是報紙。這由於民初報紙，有的致力建立新聞網，有的忙於政治論爭，因而被雜誌搶了頭功。報紙後來雖然也參加服役，但是並沒有總動員。而且，立大功的，不是掌報社大旗的言論欄，而是被認爲報屁股，敬陪報紙末座的「副刊」。

言論自由是民主的產物，是報業發展的前提條件。從「五四」到北伐前的這一階段，軍閥橫行於中國北方，摧殘言論界，使北方的報業了無生氣。上海是南方報業的中心，不少報紙以租界爲庇護，但由於「五四」運動是由於報紙、雜誌的鼓吹，在國內發生了很大的力量，租界當局對新聞、出版界起了戒心，開始想制定律例來約束言論，因而引起了上海新聞界的抗議，成爲一個爭取新聞自由的運動。

北伐軍是民主的前導，軍旗所至，新聞自由隨之開花、結實，報業也滋長繁榮。中國的新聞事業，直到北伐以後，才正常發展，踏進黃金時代。

第一節　雜誌的勃與

清末民初，報紙、雜誌不分，內容也大多偏重政論，跟當時的政論性報紙差不多。所不同的是，報紙每天出版，雜誌每週、每旬或每月出一次。「五四」以前的一個短時期，雜誌內容偏重文體改革和思想討論。「五四」以後，北伐以前，偏重文學和社會問題。北伐以後，內容日益廣泛，各種學術有各種學術的雜誌，「雜貨店」或者報紙化的雜誌逐漸減少。

同時，在作者、讀者、印刷等方面，也都有了明顯的進步。清末民初雜誌的作者，限於少數學者，「五四」以後，任何人都可以寫文章在他們辦的刊物上發表；任何讀者也都可以向辦雜誌的人，提出他們的改進意見。（註一）

以前雜誌的編排，跟古書差不多，到「五四」以後，白話文加上了新式標點符號，有的直排，有的橫排，注意插圖、印刷和紙張的改進，比以前的雜誌，要美化得多。

就數量來說，據第一屆世界報紙大會紀錄所載民國十年我國的定期刊物是：週刊一五四種，旬刊四六種，雙週刊五種，半月刊四五種，月刊三〇三種，季刊四種，半年刊一種，年刊一種，共五七九種。另據上海環球中國學生會，在民國十七年十二月所作的調查是：週刊四七種，旬刊一二七種，雙週刊兩種，半月刊一三七種，共三一三種。

這兩種統計不一定可靠，因爲當時的雜誌，出出停停，有的出幾期就換一個名字再出，有的不過是政客的工具，達到目的就停（註二）。有的純粹是爲圖利，有錢賺就出，沒錢賺就停，並沒有正大的宗旨和抱負。現在我們按照年代，簡介一部份各時期較重要的雜誌。

（一）倡導新文化運動的雜誌

民初全國學術的中心在北京，北京的學術中心在北京大學。北大之所以能享受這一榮譽，應歸功於該校校長蔡元培。他羅致了全國新舊各派的名教授，放任師生自由地研究和發表。北京的軍閥雖然任意摧殘言論，但因爲尊重蔡元培，而寬容了北大（註三），因而使北大成了全國學術中心，也成了文化運動的策源地。

民國四年，北大的文科學長是陳獨秀。他在上海辦了一份雜誌，叫「青年雜誌」（註四），後來又改爲「新青年」，除了介紹新思想外，並主張改良中國的文學，民國六年（一九一七），胡適在「新青年」上首先發表「文學改良芻議」，接着陳獨秀進一步發表「文學革命論」。第二年「新青年」一律改用白話文。經常爲「新青年」寫稿的，除胡適、劉復外，大多是左傾份子。「五四」以後，「新青年」特別提倡民主和科學，以反對封建和專制。到民國九年，這份雜誌受俄國革命的影響，開始變了質，成了「Soviet Russia 的漢譯本」（註五），連陳獨秀自己都表示「新青年色彩過於鮮明，弟近亦不以爲然」（註六）。他因爲在上海編，拉不到稿子，想移到北京去編。胡適和一部份人主張「移回北京而宣言不談政治」。（註七）左傾份子不同意，於是雙方陷於決裂。左傾份子把「新青年」變成了宣傳共產主義的機關，胡適則另外創辦了一個專談文藝和哲學的「努力週報」，（註八）倡導杜威的實用主義，鼓吹好人政府。陳獨秀則創辦「嚮導週刊」（註九），鼓吹共產主義。

民國八年（一九一九年）一月，北大學生羅家倫、傅斯年發刊「新潮」（註一〇），響應「新青年」的運動；同時，同校主張保存國粹的學生，也出版了「國故雜誌」，和新文化運動相對抗，從此開始了新舊文化的衝突。到這一年的五月，中國在巴黎和會失敗的消息傳到北京，激起了青年學生的民族情緒，在五月四日展開了大規模的學生示威運動，接着學校罷課，商業界罷市，工界罷工，波及了全國。

「五四運動」是中國國民意識覺醒的運動，它表現在外交方面是要求中國在國際上的獨立、自由、平等；表現在政治方面，是爭取國民參政權；表現在文化方面，則成了一種反對因襲文學的新文化運動，由於這一運動的發展，宣揚新文化的書報雜誌，如雨後春筍般地出版，著名的，如：梁啓超、藍公武等出版的「解放與改造」（註一一）；「新教育共進社」出版的「新教育」（註一二）；「中華學藝社」的「學藝」，（註一三）國父所創辦的「建設」（註一四）；戴季陶所主編的「星期評論」（註一五）等。其中尤以「建設」爲最重要。國父手著的「實業計劃（心理建設）」，就是刊載在這一刊物上。這一階段的最大特色之一是，文學革命得到初步成功，大多數原來是文言的雜誌都改成了白話，因而擴大了讀者群，也擴大了雜誌的影響力，擴大了文化運動的成果。

（二）「五四」以後的雜誌

「五四」以後雜誌的內容，大多偏重文學方面。當時有兩個文學團體，一個是「文學研究社」，一個是「創造社」。「文學研究社」偏重於文學和西洋文學的介紹，會員大多是左傾份子。商務印書館的「小說月報」，從十二期起，由「文學研究社」接編。以後又出版了「文學旬報」，最初是附於「時事新報」發刊，後來改爲「文學週報」。

原來主持「小說月報」的作家，離開「商務」以後，另外辦「禮拜六」、「紅玫瑰」等刊物，刊登鴛鴦蝴蝶派小說，也風行一時，成爲新文學運動中的一股逆流。

「創造社」的主要份子，也大多是左派人物，這一文學社團成立於日本，民國十一年，他們出版了一種純文藝的「創造季刊」，只出了六期，到民國十二年改出「創造週刊」，出了五十二期。「創造社」鼓吹浪漫主義，「文學研究社」提倡寫實主義，雙方因文藝傾向不同，時起論爭。除了這兩個文學社團以外，還有一個文學團體叫「瀰泗社」，會員是胡山源、錢江春、陳德徵等，他們編「瀰泗」月刊和叢書，由「商務」發行，不標榜任何主義，主張爲文藝而努力。

民國十四年，左傾作家魯迅，又到北京組織「末名社」，出版文藝雜誌「莽原」，後來又主編「語絲」，曾和主編「現代評論」的周鯁生、陳垣（西瀅）等展開筆戰。

民國十二年，胡適等編輯的「國學季刊」（註一六）出版，是一份很有地位的刊物，他如章太炎編的「國學叢刊」（註一七），顧孟餘編的「社會科學季刊」（註一八），也都有其社會影響。

民國十年，以胡先嘯等留美學生爲中堅的人物，曾經創辦「學衡雜誌」，主張在古文的範圍內改良中國的文學，不贊成文學革命。民國十四年，擔任北京政府司法總長兼教育總長的章士釗，也恢復出版他以前在日本辦的「甲寅」，攻擊新文化。

民國十四年（一九二五）的五卅運動，激起了中國民族意識覺醒的另一個高潮，把中國思想界又推進了一步，不滿現狀，主張改造的理論紛紛抬頭，左傾的有「創造社」所辦的「洪水」，右傾的有國家主義所辦的「醒獅」（註一九）。同時，在共產主義的影響下，社會、倫理的觀念也發生了急變。章錫琛利用他所主編的「婦女雜誌」，攻擊中國宗法社會下的男女關係，爲「商務」當局所不滿，他辭職，在民國十五年自辦「新女性」月刊，後來更聯合夏丏尊、豐子愷等辦「開明書店」，增出綜合性雜誌「一般」和文藝雜誌「文學週報」。到民國十九年擴張，出版「中學生」月刊。這時期，「商務」的「東方雜誌」，因爲有「國聞週報」（註二〇）競爭，在內容和編排方面，也大見改進。

民國十五年，國民革命軍北伐、奠都南京，甯漢分裂，淸黨後，從事顚覆活動的左派人物，如郭沫若等，都向文化界滲透，從事共產主義的傳播。

北伐以後，南方的雜誌界空前繁榮，北方的一些著名雜誌，也移到上海出版。這一時期的雜誌，大都以書店或出版社來作背景，目的是除了出雜誌以外，還出版叢書，使雜誌能够奠定經濟的基礎。比較著名的雜誌如：民國十六年夏成立的「良友圖書公司」，第二年發刊「良友畫報」（註二一），印刷精美，執中國畫報界的牛耳。後來又出版「銀星」、「婦女畫報」、「美術界」、「世界畫報」等幾種刋物，大都是傾向於美術性方面，目的是供讀者消遣。徐志摩和梁實秋等主持的「新月書店」，也是在這一時期成立，出版「新月月刋」，有爲藝術而藝術的唯美傾向。不過後來也登政論。其後且曾發行「詩刋」，注重新詩。直到徐志摩因坐飛機失事去世，「新月書店」不久就停業。

以「孽海花」小說聞名的東亞病夫曾孟樸及其子曾虛白，也在這時期開辦「眞善美書店」，出版「眞善美月刋」，其後曾孟樸去世，書店停頓，曾虛白去辦「大晚報」了。

他如孫福熙（孫伏園之弟）、曾仲鳴等曾創辦「當代月刋」；張資平等創辦「樂群書店」，出「樂群月刋」。不過，這些書店和刋物的壽命都不長，大多只有二、三年的歷史，就煙消雲散。

國民黨於全國統一之後，努力出版刋物，宣揚主義，制定文化政策，阻止赤色刋物的猖獗。研究主義的刋物，如「革命週報」、「中央黨務月刋」、「三民主義半月刋」等，都很有份量。同時，國民黨文化人，也提出了「民族文學」和「三民主義文學」的口號，以代替赤色文化人鼓吹的所謂

「普羅文學」，著名的如：南京葉楚傖主持的「中國文藝月刊」，和上海市黨部主持的「當代文藝」等，强調民族主義意識，從事反蘇反共宣傳，收效不少。同時，在陳立夫的主持下，南京又出現了「時事月報」，由陳民耿、李迪俊主編，內容一部份是論析國內外時事，一部份是對一月來國內外時事作有系統的敍述，此外還有文藝和畫報，性質有如美國的 Current History 和日本的「同盟時事月報」，偏重於史料的整理和評論，頗受讀者歡迎，銷行很廣。

這一時期，在社會科學刋物中，最有名的是由陶希聖所主持的「新生命月刋」，由「新生命書局」出版。民國十八年以後，曾經發生過一次關於社會史的大論戰，共黨幹部派、托派和社會民主黨等各派的理論家紛起參加。在這次論戰中，「新生命月刋」發揮了很大的力量。有學者風度的陶希聖先生，以學理抨擊其他各派邪說，很受社會的重視。這是北伐後文化界的一件大事。

除了上述雜誌以外，他如民四出版，繼續發行的「科學」，地質學會出版的「彙報」，東北礦學會出版的「彙報」，周建人所編的「自然界」，竺可楨所編的「地理雜誌」，北平銀行公會的「銀行月刋」，上海的「總商會月報」等各種專門性雜誌，對社會文化都很有貢獻。

「五四」運動激發了民族意識，有助於抗戰的團結。不幸的是，這運動的一些領導人物，只顧提倡西方的民主和科學，而忽略了中國孔孟遺教的立國基礎，共產主義遂得以乘隙而入，寓其歪曲眞理之宣傳於文化運動之中，等到國民革命軍北伐成功，政府開始注意到這問題的時候，共產主義流毒已廣，一般智識份子，尤其是靑年學生中毒已深。

第二節　新文化運動與報紙

在新文化運動中，雜誌雖然打了頭陣，搶了頭功，但是如果沒有報紙支持，收效還是有限。因爲報紙天天出版，讀者多，只要登高一呼，聲勢自然很大。

宣傳新文化運動最早，和最有力的報紙，是上海「時事新報」。該報屬研究系。梁啓超、張東蓀、藍公武等一班人，搞政治失敗以後，就致力於文化的革新，使「時事新報」成了鼓吹新文化運動的一支主流。

「時事新報」的副刊，本來叫「報餘叢載」，曾刊載「上海之黑幕」，連續三年。民國七年三月四日起，這一副刊上，增加了一版「學燈」，專載介紹學術，討論思想的文字，很受教育界的歡迎。「學燈」初發刊時，本來是週刊，同年五月，改爲半週刊，十一月改每週三次，十二月起，改日刊，由此可以知道讀者對它的反響。民國十八年五月中旬停刊，廿六年二月十四日復刊，爲壽命最長的副刊之一。(註二二)

「學燈」的內容很廣泛，包含「文學旬刊」、「現代婦女」、「藝術」、「青光」、「戲劇」等各種週刊。該刊先後的主持人，是宗白華和郭虞裳等。(註二三)

「時事新報」不但以「學燈」聞名，它在其他方面的革新，也爲全國其他報紙所倣效。它最重要的改革，是首倡「專欄新聞」(註二四)。「新聞報」到民國十二年三月十五日，才有教育新聞欄，「申報」到十三年十二月八日才有教育新聞欄，「時事新報」從民國二年起，就有教育界一欄了。「商報」在十年一月廿四日才有商業金融欄，「新聞報」到十一年四月十五日，才有經濟新聞欄，「申報」到十五年十月廿一日才有商業新聞欄，而「時事新報」從九年一月一日起，就有「工商之友」一欄（後改名「工商界」）。體育新聞脫離教育新聞欄而獨立，其他各報很晚，「時事新報」從十九年五月十六日起，就成立「運動世界」欄（後改名「運動界」）。民國二十年後，時事新報採取混合編輯制，廢除教育、工商界、運動界等名稱，但各種消息仍以專版類聚，使讀者感到很方便。此外如國際新聞獨佔一版，也是該報所首倡。

主持「時報」的狄葆賢，曾經把「時報」辦成一張革報紙之命的報紙，不幸他沒有如願，倒是「時事新報」負起了這一任務。可惜的是，該報在報業經營方面力求革新，在政治思想方面，却日益走向反動。民國十六年以前，該報一直是研究系的言論機關，一方面鼓吹新文化；一方面却從事反國民黨的宣傳。國民革命軍打下江西，該報經理林炎夫有先見之明，先到南昌，向各方要人設法疏通（註二五）。民國十六年，北伐成功，該報遂得以照常出版。同時，該報也改組，由申報經理張竹平參加。張氏重整旗鼓，請陳布雷任主筆。第二年，陳氏離開，由程滄波繼任。該報自脫離政治的關係後，開始走向企業化，成為全國最有名、銷數最大的報紙之一。

上海第二個對新文化運動有貢獻的報紙，是國民黨先烈陳英士協助創辦的「民國日報」。民國八年（一九一九年），五四運動發生以後，該報闢「覺悟」、「救國」兩副刊，分刊各類文字，後歸併為一小張，仍叫「覺悟」（註二六），該刊注意思想的指導，對封建勢力作有力的抨擊。「覺悟」雖然沒有勸人入黨，但是江浙青年讀「覺悟」而入黨的很多。（註二七）

該刊的特色之一是，公開答覆讀者來信，很受青年的歡迎，詢問的事，大多是關於婚姻問題。（註二八）其後由陶百川氏主持，因鑒於主義宣傳的重要，開始多登黨義文字。

「民國日報」是歷史最久的一張黨報，對新文化運動，對黨綱、國策的宣揚，有很大的貢獻。因經濟情況不好，主持人葉楚傖曾典當以維持出報。民國廿一年一二八事變前夕，因受日人壓迫，於一月廿三日起停刊。同年五月四日，葉楚傖在上海創設「民報」，就是繼承「民國日報」的系統（註二九）。

北京宣傳文化運動最有力的報紙是「晨報」。「晨報」也是研究系的言論機關，和上海的「時事新報」是姐妹報，它的前身是「晨鐘報」，被封以後，由蒲伯英主持，但是後臺仍舊是研究系。

「晨報」本來出兩大張，八版，第七版專載小說、詩歌、小品和學術演講等，由孫伏園主編。民國十年（一九二一）十月十二日起，改出四開單張，題名「副鐫」，每天一張，每月合訂一册，叫「晨報副鐫合訂本」。（註三〇）

孫伏園編了三年，因爲鬧意見離開，從十四年十月一日起，晨報副刊改由徐志摩接編。徐志摩離開以後，由瞿世英接編，在內容和精神方面，大不如前。

「晨報」除了副刊革新以外，在新聞、編排方面，也都不錯，尤其是國際新聞。在中國報業史上，「晨報」算得上是一張突出的報紙，它的前身「晨鐘報」，因在民國七年揭露段祺瑞秘密借款的賣國勾當，被京師警察廳在九月二十四日封閉，遂在同年十一月改名「晨報」出版。民國八年，又因著論攻擊安福俱樂部，段祺瑞命內務總長朱琛勒令停刊，不久恢復出版，大事革新，很受讀者歡迎，成爲北京第一流的大報之一。

當國民革命軍北伐進展時，北京正是張作霖的天下。除了少數報紙間或用滑稽詼諧的筆調，暗地諷刺當局以外，北京的大多數報紙，不是消極就是投降。「晨報」的主持人，在威脅利誘下，成了張作霖的工具。（註三二）

民國十七年六月六日，北伐軍到達北京，「晨報」自動宣告停刊。閻錫山教他的交通處處長李慶芳，接收所有機器財產，在八月五日改名「新晨報」出版，大體上還能保持「晨報」時代的特色，營業也還可以。

民國十九年，東北軍入關，閻錫山退出北平，「新晨報」停刊，由趙雨時和陳博生接辦，又改名爲「北平晨報」。

孫伏園退出「晨報」以後，進入「京報」。「京報」的主持人，是民初的名記者邵振靑（飄萍）。他在辦「京報」以前，已經辦了北京的第一家通訊社，叫「新聞編譯社」，北京報紙和外國駐北京記者，購用的很多（註三三）。邵氏的頭腦很新，採訪和寫作能力都很好。因此他的「京報」辦得頗有起色。民國八年，「京報」因抨擊安福系被封，邵氏化裝去上海，（註三四）受日本「朝日新聞社」之聘，去日本工作。他乘這機會在日本研究新聞學，考察日本的新聞事業。直皖戰後，安福系瓦解，他回國繼續辦「京報」。他以他在日本研究、考察的心得，來改進「京報」，使「京報」面目爲之一新。

邵氏除辦報以外，並致力於新聞教育（註三五），出版「實際應用新聞學」、「新聞學總論」等書。民國十三年十二月五日「京報副刊」出版，孫伏園主編，內容和「晨報副鐫」差不多，也是以新文學爲主。第一號的「京報副刊」上，有一篇孫氏自己寫的「理想中的日報附張」（註三六），成了今日研究副刊的重要文獻。

可惜的是，孫氏和左傾文人周氏兄弟合流，跟主編「晨報副刊」的徐志摩展開筆戰，並創辦「語絲」，遂成了「語絲派」。徐志摩拉了「創造社」，和「現代評論」社的人對抗，成爲「晨報派」。（註三七）

「晨報」倒向張作霖，京報則捧馮玉祥。馮氏討曹之役，京報宣傳很力，張馮之戰，京報又袒護馮氏，因此和奉系結下了很深的仇恨。（註三八）民國十五年四月，奉軍打敗馮玉祥，進佔北平，誘捕邵氏，不加審問，在廿六日早上，以「勾結赤俄」的罪名，加以槍決。（註三九）

「晨報」和「京報」，對新文化運動，都有不小的貢獻，但是前者走向極右，被軍閥所利用；後者染上赤色，成了共黨的代言人，不但是這兩個報紙的不幸，也是中國報業史上的一個悲劇。

新文化運動策源於北京，但是主力線却在上海，這因爲北京在軍閥的統治下，受限制很大。上海有租界作庇護，「言論比較自由」。（註四〇）

實際從事新文化運動的是知識份子（包括教授、學生、作家）和報紙、雜誌。在報紙中，立功最大的要算「時事新報」和它的副刊「學燈」；「民國日報」和它的副刊「覺悟」；「北平晨報」和它的副刊「副鐫」。京報副刊雖也有貢獻，但是爲時不久，並且慢慢的變質了。

副刊的起源很早，從光緒廿三年十一月，上海出版的「消閑報」算起，到民國十年的時候，也有了二十多年的歷史，但是因爲它刊載的大都是遊戲筆墨，目的僅供人「消閑」，所以一直不受人重視。清末風行上海的很多小報，實際上就是後來報紙所倣編的副刊。清末民初的民黨報紙，雖曾也利用副刊的篇幅來作排滿和宣揚革命思想的工具（註四一），但只是偶一爲之，並沒有眞正的看重它。在上海，一般人稱副刊爲「報屁股」，可見它在人們心目中的地位。

「學燈」、「覺悟」和「晨報副鐫」的最大貢獻是，它們提高了自己的地位，也提高了讀者的水準。過去寫「報屁股」的大多是落魄的文人；而給這幾個副刊寫稿的，却大都是當時有名的學者和作家。它們特別受到學生的歡迎，因此所發生的影響也很大。

報紙固然推進了新文化運動，新文化運動也促進了報紙的改革。最明顯的是，報紙所用的文體，開始由文言變成了白話，並且加上了新式標點符號。這一方面增加了報紙的教育功能，也擴大了報紙的讀者群，拓展了報紙的銷路，推進了中國的整個報業。

第三節　南北報界兩「奇兵」

辦報需要大資本，是誰都知道的事，但是在北伐以前，南北兩報界，却出了兩支奇兵，以人力克服資力的不足，使當時的報界爲之側目，也說明了「事在人爲」，如果有非常的人才，是可以創造「奇蹟」的。

歐戰後的上海，人民關心時局，正是報業發展的良機，但是一些有歷史性的報紙，却只注意廣告的爭取，很少顧及讀者的需要，「新聞報」卽屬其中之一。「五四」新文化運動，在上海激起了罷課、罷市的浪潮，一般人除了有「新聞渴」以外，也被激起了「求知欲」，於是「商報」應運而生。

「商報」的創辦人，是湯節之。他的錢並不算多，但是却找到了幾個辦報專家。「商報」在民國九年

陳布雷

商報

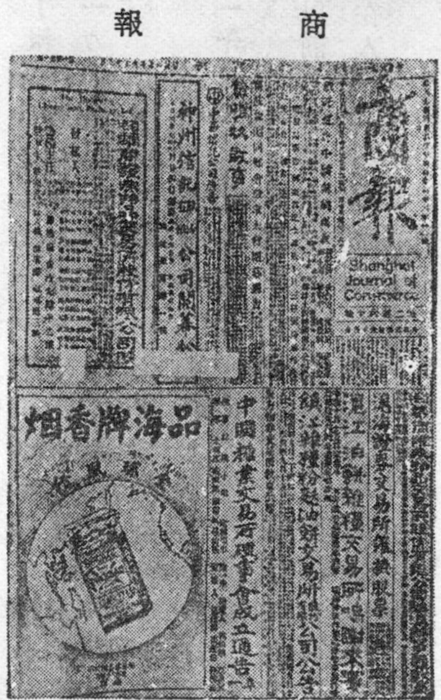
Shanghai Journal of Commerce

品海牌香烟

開始籌備，民國十年一月一日正式創刊。創刊時編輯部的陣容：總編輯陳屺懷，他請他的弟弟陳布雷當編輯主任，請潘公展擔任電訊編輯。本埠新聞編輯前爲沈仲華，後爲朱宗良。

陳氏兄弟是民初「天鐸報」的主將，尤其是陳布雷，在「天鐸」時代，已經奠定了他的文名。進了「商報」以後，他名義上是編輯主任，實際上做的却是主筆的工作。他以畏壘爲筆名，每天在報上發表千字以上的論文，光芒四射，震動上海各界，使「商報」成了第二個「民立」。

潘公展用最新的經濟的編輯法，有條不紊地分列電報和要聞，爲以後其他各報所倣效。當時，上海大多數報紙還沒有能力請本市記者，本埠新聞主要是靠通訊社供應。但是，「商報」的本埠新聞，由於編輯得法，也使人耳目爲之一新。

「商報」的另一特色是，成立「商業金融」欄，由潘更生、馮柳堂主編。「商報」的「商業金融」專欄，雖然略後於「時事新報」的「工商之友」（註四二），但就內容來說，前者要充實得多。當時，「商報」的這一欄，除了刋登行市價目表外，每天還有關於商業金融的評論，和介紹經濟思想的文字，上至國際滙兌貿易，下至商店買賣，無不詳細登載。

此外，「商報」的駐外特派員，也都是一時之選。（註四三）它的唯一的缺點是，副刊太落伍，編輯者是專寫小報的張丹斧，在小報上他的文章很叫座，但是在「商報」上，跟陳布雷的文章在一起，就顯得很不調和了。其後雖然換王鈍根、陳小菊等人，但是作風仍舊沒有變，這可能是湯節之的「生意眼」。（註四四）

「商報」出版以後，受到讀者的注意，也因此而受到同業的嫉視，千方百計的加以排斥。（註四五）

因此，「商報」的銷行，始終沒有能在商界佔什麼地位，愛看它的反而是知識份子和青年學生。

也就在這時候，湯節之因錢債案（註四六）離開，讓渡給李徵五。李氏尚能繼續以往的精神，討曹之役，「商報」立功最大，全版用大號字體，印着曹錕的像片，稱之爲「捐班總統」。

革命軍北伐，「商報」力表同情和支持。陳布雷當時還沒有參加國民黨，但是他的一枝筆，一直在爲國民黨作最有力的宣傳。

可惜這時候，李徵五又因無力維持而離去，接替他的是方椒伯。方氏是一個持重的普通商人，他的靠山是傅筱庵。傅和孫傳芳有關係，一向以「打倒軍閥」自任的陳（註四七）、潘、朱諸氏，都相繼離去，「商報」地位遂一落千丈，到民國十六年十二月卅一日停刊。

民國十七年九月，前「商報」協理洪雁賓和廣告主任黃春遜，重整旗鼓，繼續出版，但因經濟人才兩感缺乏，不到半年就消滅。全部機器生財，由滙商公司讓盤給「中央日報」。

北伐以前的北京，政局動盪不安，除了「晨報」、「益世報」等少數幾家報紙勉能一看外，大多數報紙都是軍閥政客的工具，靠津貼維持。但在民國十三年四月，却出現了一張獨立，有特色的晚報—世界晚報。這張晚報的特色之一是，只有三百元的資本。事實上，這筆錢只够開辦費用，到正式出報的時候，連用紙都成問題。（註四八）但是創辦人成舍我，却一點兒也不在乎。民初他曾經擔任上海「民國日報」的副刊編輯（註四九），對葉楚傖與當出報的事實記憶猶新。他把從「民國日報」學來的本事，來辦「世界晚報」，憑他的勇氣和信心，終於使「世界晚報」在短時間內奠定經濟基礎。

在「世界晚報」創刊以前，北京已經有一家晚報，叫「北京晚報」，完全是抄早報的消息。成氏首先以不用舊消息爲號召。第二個特色是，節日照常出報。由於「世界晚報」的倡導，「北京晚報」和以後創辦的「中美晚報」，也都不再用日報的新聞來塡篇幅了。

在當時的北京，晚報要做到不「炒冷飯」，實在不是一件簡單的事，尤其是成氏沒有錢，但是他畢竟做到了這一點，這由於他自已能跑能寫，他的另一個同事龔德柏，也能跑能寫。他們不但自己採訪，還自已編稿，人事費用減到最低限度，工作效力却發揮到極致。因此出版僅幾個月，就銷到三千份。不到一年，江浙大戰，晚報銷路激增，「世界晚報」銷到一萬份，這在當時，已是驚人的數字。

民國十四年二月，成氏乘機創辦「世界日報」。資金不多，但是辦得有聲有色，在短時間內，就成了北京第一流的報紙。

成氏之所以能成功，除了他有過人的頭腦，和刻苦的精神以外，也由於他在新聞實務方面，有豐富的經驗。他幼年隨父親到安徽，十四歲就爲安徽的「皖報」和「長江報」寫稿。民國四年，他到奉天（瀋陽）在王新命主持的「健報」編輯部擔任校對。民國五年，他進了「民國日報」，第二年發起「上海記者俱樂部」（註五〇），參加當時有名的文藝集社—南社。這時候，他還不滿二十歲。民國七年，他到北京，考進北大國文系，一面唸書，一面在「益世報」工作，從採訪到寫社論，他無一不精，成了一個全才報人。

「世界日報」是大型報，雖然沒有顯著的特色，但是校對認眞，用稿謹愼，當時北京的通訊社，大都和黨派有關，成氏能擷其精華，棄其糟粕，不被政客所利用。

他知道辦好一張報紙，一定要有第一流的人才。因此「世界日報」編採人員，都是一時之選。他不惜任何代價爭取新聞，因此他辦的報紙，以消息靈通見長，和上海的新、申兩報相媲美。晚報供讀者消遣，因此成氏請張恨水編副刊，張氏也以在「世界晚報」上連載的社會言情小說「春明外史」而成名。日報的教育功能大於晚報，因此他請北大教授劉復等名學者編副刊，對新文學、新思想的介紹，也盡了一點力量。

儘管成氏努力使他的報紙完全獨立，不接受任何津貼，不跟任何黨派發生關係，言論力持公正，仍不免於受軍閥的摧殘，他的報紙數度被封，他也數次入獄。這可能是不正常的政治環境下，一個報人所受的正常遭遇。

繼邵振青被奉系軍人槍決以後，北京「社會日報」主持人林白水（萬里），又因文字得罪（註五一）奉系軍人，在十五年八月六日，被奉系軍閥槍決。林氏爲報界先進，遠在清末就在上海辦白話報。他所辦的「社會日報」注意社會新聞，雖然沒有特色，但在北京，他總算是敢講話的一個報人。

林白水犧牲後，成舍我也因親馮玉祥之嫌，被張宗昌派人逮捕，幸營救得早，不久就釋放。成氏知道北方辦報環境太壞，就把已經打好基礎的「世界日報」和「世界晚報」委託同事管理，自己到南方去打天下。

第四節　企業性報紙的發展

報紙要走上企業化，必須基於以下的幾個條件，在本身方面，要：資本雄厚，網羅專才。在客觀方面要：所在地商業興盛，交通發達，人口多，教育水準高，有言論自由。

「五四」以後，北伐以前，全國達到以上條件的報紙，上海有「申報」、「新聞報」、「時事新報」、「時報」，北京有「晨報」，天津有「益世報」、「大公報」，以及香港的「華字日報」等。

「申報」自從史量才接辦以後，就積極向企業化努力，他知道政論雖能吸引不少讀者，但是容易惹禍，並且人才難得，也不穩定。因此在內容方面，他先從建立新聞網入手，尤其是北京專電，他想以「政治新聞」來補救「政論」的缺陷。在他看來，「政論」代表報社的意見，要負責任，「新聞」是商品，他可以不負責任。因此，「申報」的專電越來越多，最後竟佔了整版。

從歐戰到「五四」，國人亟須瞭解新世界現狀，中國對外關係；青年人對新知識的要求愈益熱烈。同時，本市社會事業發展很快，地方新聞越來越多，「申報」為了適應多方面的需要，內容大加增進，增闢了多種專欄和專刊。如民國八年增出「星期增刊」（註五二），民國九年增刊「常識」（註五三），民國十年發刊「汽車增刊」（註五四），民國十三年增「本埠增刊」（註五五）、「教育消息」（註五六）、「商業新聞」（註五七）專欄。在短短幾年內，有了以上這麼大的變動，可以知道「申報」在劇變的世局中，也掙扎奮鬥，不甘後人。

新聞報的一貫政策是「截人之長」，並且更求充實。因此，別的報有所改進，只要讀者反應好，立刻會被「新聞報」所吸收。如「新聞報」的「經濟新聞」（註五八）、「教育新聞」（註五九）雖然晚於「時事新報」，卻比「申報」成立得早。「申報」添了「本埠增刊」，「新聞報」也在十五年四月增加「本埠附刊」。

上海的商人多，「新聞報」專以商人為讀者對象，處處迎合商人心理，滿足商人需要，因此「新聞報」的銷路，在商界打好了基礎，不但銷數多，廣告也多，成了「申報」的「死敵」。在發行方面，民國九年，「申報」銷三萬份，民國十四年，銷十萬零七百十份（註六〇）；「新聞報」民國九年銷五萬份，民國十三年就突破十萬大關（註六一）。在廣告方面，「新聞報」則比「申報」要多，因此「新聞報」每年賺的錢，也比「申報」要多。

「時事新報」是研究系的報紙，在北伐以前，還沒有能脫離政治的影響。但是因爲主持人想使這張報紙在文教界建立權威，發生很大的影響力，好作爲他們政治的本錢，在這張報紙上確實下了不少功夫，在言論和內容方面，都有不少建樹，成了報界最革新的報紙，文教界最受歡迎的讀物。（註六二）「時報」的歷史僅次於「申報」和「新聞報」，在清末、民初可以算得上是一張具有革命性的報紙，但是它的資本究竟沒有申、新兩報雄厚，以首創短評著名的陳景韓又被史量才挖走，在新聞方面沒法跟申、新競爭，言論的特色也沒有了。加以「時事新報」的崛起，於是「時報」日走下坡，它在文教界的地位，逐漸被「時事新報」所代替。

「五四」以後，「時報」對讀者的最大貢獻是，創「圖畫週刊」（註六三）。畫報的歷史很早，報紙早也就注意到用插圖、出畫報，但是以前都是石印，談不上美觀，從『時報的「圖畫週刊」出版，中國畫報才進入「銅版時代」。』並且編者戈公振對新聞學素養很好，在編排和取材方面（註六四），在當時算得上是很新。

可惜這張教育性報紙，既沒有大量的廣告，發行又不如理想，主持人狄楚青賠錢太多，加以他晚年多病，一心向佛，事業心大淡，無意繼續經營，終於在陳景韓的介紹下，於民國十三年，把他辛苦經營的「時報」以四萬元的代價，盤給剛從美國回來的黃伯惠。黃氏想另闢途徑，以社會新聞來挽救頹勢，結果造成黃色新聞的泛濫，「時報」的地位遂一落千丈。

北京「晨報」也是研究系的機關，它的背景、性質和「時事新報」大致相同。由於它是在全國文化中心的北京，它也成了一張文化氣息特別濃厚的報紙，也成了「五四」新文化運動的策源地，對文化、學術的貢獻不小。它的「星期畫報」，重視美術和小品文字，趣味比上海的一般畫報還要高。當時該報編輯部的主持人是陳博生，民國七年他從日本回國，就進晨報寫有關時事分析的文章，後來出任該報駐倫敦特派員，回國後任該報總編輯（註六五），請徐志摩編副刊（註六六），革新編排，加强言論，對該報的建樹很多，在北伐以前，該報不但是輿論界的權威，也是最出色的一張報紙。

天津「益世報」，雖然是一張教會報紙，但是政治新聞，佔國內新聞的一半以上（註六七），宗教消息反而少之又少，經濟新聞也不少，加以該報藉教會和租界的庇護，在言論方面，有時表現得很勇敢，因此該報的發行和廣告都在短期內打好基礎，成爲一張現代化的報紙。

民國九年，該報主持人雷鳴遠去歐洲，爲我國留法勤工儉學學生服務，把益世報委託給天津教友主持。民國十四年春，該報一度被軍閥所控制。其後，又歸天主教教友掌握。

民國十五年，「大公報」以新的姿態恢復出版後，給「益世報」一大刺激，總經理劉豁軒，加强編輯部陣容，從事革新，如增闢「社會服務版」，請名報人吳秋塵主編；增闢各種週刊，如國際政治、歷史學、宗教研究、文學等，特約北京、清華兩大學教授主編，無形中提高了讀者的水準。尤其是「社會服務版」，爲該報所首創，以後華北各報紛紛倣效。此外，如副刊的革新，定名「語林」，寫稿的大多是當時文藝、戲劇名作家。

從民國五年十月起，大公報由王祝三負責。王氏請胡霖擔任經理兼編輯，改進之處很多。巴黎和會開會時，胡氏親去歐洲採訪，特別注意有關我國切身問題。回國後，胡氏在大公報闢「思潮欄」介紹西歐新文化。民國八年，直皖戰爭發生，因股東王祝三個人的政治關係，報館常受官方干涉，胡氏遂辭職，其後常換經理，業務始終沒有起色，終於民國十四年底宣告停刊。

民國十五年六月，由吳鼎昌、胡霖、張季鸞三個人所組織的新記公司承盤該報，吳氏擔任董事長兼社長，胡氏擔任總理，張氏擔任總編輯。錢由吳鼎昌出，胡、張以勞力折股（註六八）。籌備三月，於民國十五年九月一日復刊。該報復刊第一號，就以「不黨、不賣、不私、不盲」四點爲號召，也爲該報主持人互相間的誓約。（註六九）吳鼎昌有錢（註七〇）胡、張二氏，更爲報界全才，加以「國聞通訊社」可供全國各重要都市的消息，社址在日本租界，三個人都是日本通（註七一），日本人對他們的印象很好，儘可能的庇護他們，因此「大公報」很快地就發展爲華北第一流的大報。

從龍濟光到陳炯明，由陸榮廷而莫榮新，從民初到北伐以前，廣東一直遭受軍閥的蹂躪，住民因而紛紛還港避難，因而造成了香港人口的膨脹。據民國十年的統計，香港的人口，比辛亥革命前，就增加了十萬人。廣東的財富，自然也跟着人口流進香港。（註七二）

於是香港的經濟突趨繁榮，報業跟着發達，兩家商辦報紙「華僑日報」和「工商日報」也應時而生。「華僑日報」創刊於民國十四年六月五日，主持人爲胡惠民，初出一小張、石印，後在岑維休、張知挺等人的支持下，擴充爲大報。該報消息也很靈通，以「新聞能與西報同時發表」爲豪。「工商日報」

創刊於民國十四年七月八日，由潘惠疇（註七三）、黎工佽合力經營。初出版時，每日一小張，後由洪興錦招集股本組織有限公司，民國十七年，擴充爲大報，民國十八年，由香港首富何東接辦。大量投資，充實機器設備，請關楚璞任總編輯，該報遂迅速發展。（註七四）「華僑日報」以「爲祖國服務，爲僑胞謀福利」爲創刊宗旨，「工商日報」則提出它的反共主張，促國人注意「共產之禍」。（註七五）

此外，如香港「華字日報」，在民國八年脫離德臣西　，另組有限公司後，業務也日見發展。不久，陳斗垣去世，由他的弟弟陳止瀾繼續經營，篇幅從三張增加到四張，充實設備，改進印刷，也走上了企業化的道路。（註七六）另一張老資格報紙「循環日報」，因爲沒有適當的人主持，業務則日走下坡。

純民營、歷史較久的報紙，尙有廣州的「七十二行商報」和漢口的「中西報」等，但是這些報紙都不求改進，業務也始終不能發展。嚴格講起來，眞正够得上算是企業化的報紙，只有上海的申、新兩報。這兩個報的資本額，都在百萬以上，每年營業額二、三百萬元，規模實在不能算小，可惜這兩個報紙太重視營業，尤其是「新聞報」。「申報」還多登文化廣告，保持一點文化氣息，「新聞報」則完全登商業廣告未免有失文化事業立場，頗受社會指責。

「五四」運動後，各報不登日本廣告；五卅慘案後，不登英商廣告。申、新兩報廣告欄，因爲刊登了上海工部局爲英國人辯護的宣傳品「誠言」的廣告，引起「上海學生聯合會」的反對，事態幾乎擴大。（註七七）

廣告是報紙的生命線，報紙要走上企業化，固然有賴廣告的拓展，經濟才能穩定，並進而充實內容，降低報價，達到服務社會，發揚文化，普及教育的目的；但在北伐以前，國內工商業還沒有發達，也沒有認識到廣告的價值，因此，所登廣告，十分之六、七是外商廣告，國貨廣告僅佔十之二、三，這不能不說是中國實業界的耻辱。同時，儘管各報在廣告刊例上說得很堂皇，但是實際上每有不少不道德的廣告，對社會文化有害無益，報館不能辭其咎。

在發行方面，當時的報紙，大多仍由「報販閥」（註七八）控制，自己不能建立一個普遍而健全的發行網，因而形成了經營報業的困難之一。

不過，大體說來，在北伐以前，中國的新聞事業已經逐漸走向企業化，政治性的報紙，已經越來越少，到最後，政治性的報紙，爲了生存，也必須走向企業化，於是中國的報界，出現了一批政論和企業合流的報紙，一方面「文章報國」、「爲民喉舌」，一方面拓展發行和廣告，經營企業化，這是中國新聞史上的一個特色。

附　錄

民國八年，發生「五四」新文化運動，全國報紙增加了不少，據民國八年底的調查，中文報紙共有二百八十種。在以後的幾年內，因爲軍閥割據，迫害報業，報紙的變動性很大，但是大體上說來，逐年都有所增加。據民國十四年七月的調查，全國中文報紙，共有三百二十六種，其中最多的，仍舊是北平，共三十六種，其次是漢口，二十八種，廣東二十六種，奇怪的是，一向最利於報業發展的上海，却只有十三種。不過，就規模、銷數來說，上海的報紙，自然仍舊佔第一位。民國十五年，全國報紙發展，大致和前一年差不多，茲根據十五年七月的調查，簡列各大重要都市的報紙如下：

北京

新華日報　政府公報　陸海軍公報　教育公報　農商公報　順天時報　北京日報　晨報　京報　星報　益世報　卍字日日新聞　鐵道時報　京津時報　輿論報　中教

北京日報　時言報　民報　社會日報　日知報　北京晚報　大陸晚報　燕都報　五點鐘晚報　國強報　實事白話日報　群強報　北京白話報　小公報　平報

商業日報　日知小報　世界晚報　國風日報　中華　世界日報

天津

直隷公報　天津日日新聞　大公報　時聞報　益世報　漢文泰晤士報　河北日報　大中華商報　新民意報

啓明報
華北新報
醒鐘報
旭日報
白話晨午晚報
白話評報
實聞報
國光報
國强報
新天津報

漢口

中西報
大漢報
正義報
國民新報
商報
漢口日報
大陸報
新聞報
午報
武漢晚報
鄂報
時事白話報
晨報
三楚日報
新晚報
捷報
鶴報
通報
快報
大石晚報
民治日報
中報
民報
江聲日報
政治日報
黃報
工商白話報
國民白話報

上海

申報
新聞報
時報
神州日報
時事新報
民國日報
中華新報
新申報
商報
中國晚報
中外大事彙報

東南晚報　新民國報　廣州民國日報
上海夜報　新報　司法日刊

廣東

國華報　廣州正報
七十二行商報　現象報　廣東民報
羊城報　粵商公報　天游報
南越報　大公新報　光華報
商權報　眞共和報　時事報
人權報　振東報　廣東公報
廣州共和報　國華時報　廣州市政公報
廣東報　新國華報　公評報

本章註解

註一：新文學運動和新思想運動有密切的關連：新文學運動反對因襲的文學，新思想運動也反對因襲的思想；新文學運動主張平民化的文學，新思想運動也主張平民化的思想。因此士農工商，都各辦刋物，發表他們自己的意見。

註二：詳見邢雲霖撰「中國雜誌史簡述」。

註三：見民國八年三月北京政府教育總長傅增湘致蔡元培函及蔡氏覆函。

註四：第一卷名「青年雜誌」。後改「新青年」。每六期一卷，由上海羣益書社出版。第八卷起獨立出版，第九期移粵出版；後停刋二年，改出季刋四期，再改爲不定期刋，續出五期終刋。

註五：見胡適致守常、豫才等人函。

註六：見陳獨秀致胡適函。

註七：見胡適致陳獨秀函。

註八：創刋於民國十一年，後停刋，籌備「努力月刋」或半月刋，交「商務」發行，因故未能實現。

註九：民國十一年九月發刋於廣州，陳獨秀主編，每週一冊，爲「努力週報」對立刋物。

註十：詳見「新聞年鑑」參考資料篇「新潮發刋詞旨趣書」及「新潮之回顧與前瞻」。

註十一：民國八年九月發刋於上海，北京新學會言論機關，月出兩冊，主張解放精神物質兩方面一切不自然不合理之狀態。同時介紹世界新潮，以爲改造地步。分評壇、論說、讀書錄、世界觀、思潮、社會實況、譯述等欄。出至二卷，改爲「改造月刋」。詳見梁啓超撰「解放與改造」發刋詞。

註十二：民國八年二月，發刋於上海，爲「新教育共進社」之言論機關，由蔣夢麐等編輯，主旨在以教育方法，養成健全之個人，使國人能思能言能行，能擔重大之責任，化創造進的社會，後歸「中華教育改進社」主持。

註十三：民國五年四月，發刋於日本東京，爲「中華學藝」之言論機關，志在介紹科學及藝術，從兩方面闡自然及人生諸問題，初爲季刋，民國八年四月改出月刋，由「商務」出版，直至一二八後「商務」總廠被燬，始歸自印。詳見楊壽清著「中國出版界簡史」。

註十四：民國八年八月，發刊於上海，爲國民黨言論機關，月出一冊，國父所作發刊詞有云：「鼓吹建設之思想，闡明建設之原理，冀廣傳吾黨之主義，成爲國民之常識，使人人知建設爲今日之需要，知建設爲今日易行之事功，由是萬衆一心，而建設一世界最富强最快樂之國家，爲民所有，爲民所治，爲民所享。」爲有顯明主張之唯一出版物。由朱執信、廖仲凱、胡漢民等主編，亞東圖書館出版，先後刊行兩年共廿四期。參見鄒魯「中國國民黨史稿」第二篇第五章：『總理當時著「實業計劃」，同時黨部辦「建設雜誌」以爲宣傳。總理所著之「實業計劃」，亦由英文譯爲漢文，陸續刊於「建設」中。』

註十五：民國八年發刊上海，旨在提倡經濟改革。

註十六：民國十二年一月，發刊於北京，以發表國內外學者研究漢學之結果爲宗旨。其方法爲：①用歷史的眼光，來擴大國學研究的範圍；②用系統的整理，來部勒國學研究的材料；③用比較的研究，來幫助國學材料的整理與解釋。後因材料豐富，附出週刊。其博大精深，極爲國內外學術界所推重。詳見胡適撰「國學季刊」發刊宣言。

註十七：民國十二年夏，發刊於上海，以闡明學術，發揚國學爲宗旨。月出一冊，分通論、學術、文苑、記事等欄。

註十八：民國十一年十一月，發刊於北京，每季一冊，分政治、經濟、法律、教育、倫理、史地等欄。

註十九：「五四」以後，國內及留日有志於改造社會的學生，組織了一個文化團體，叫「少年中國學會」，出版刊物「少年中國」，思想極新，後因討論到改造社會的手段問題，思想起了分化。重要份子如張國燾等加入共黨，曾琦等信奉國家主義，以「醒獅」爲宣傳刊物。也有退出該會而加入民國十一年的「創造社」的。

註二十：創刊於民國十二年，爲國聞社附屬事業，主辦人原爲胡霖，後吳鼎昌、張季鸞亦加入，三人合辦大公報，國聞通訊社及國聞週報遂均爲大公報之附屬機構。「國聞週報」內容類似「東方雜誌」，銷行很廣。

註廿一：是中國最早的大型畫報，創刊於十七年二月，初用銅版印刷，自第四十五期起，全部改用影寫版。

註廿二：見「報學」一卷三期黃天鵬編「中國新聞事業大事記」。

註廿三：最後一任是鄭振鐸，鄭去，後繼無人，遂歸併報尾，不復爲人所重視。見張靜廬著「中國的新聞記者與新聞紙」。

註廿四：見黃天鵬編「中國新聞事業大事記」。

註廿五：見張著「中國的新聞記者與新聞紙」。

註廿六：見張著「中國的新聞記者與新聞紙」。

註廿七：見黃天鵬編「中國新聞事業大事記」。

註廿八：見張著「中國的新聞記者與新聞紙」。

註廿九：見民國廿六年「上海市年鑑」。

註三十：見民國十年十月十二日「北平晨報」第六版專欄啓事。

註卅一：孫氏因所發排左傾文人魯迅詩，被晨報代理總編輯劉勉己所抽去，替以他稿，遂憤而辭職。詳見孫撰「京副一週年」，刊「京報副刊」合訂本第十三冊。

註卅二：見張著「中國的新聞記者與新聞紙」。

註卅三：見邵振青撰「我國新聞學進步之趨勢」刊「東方雜誌」。

註卅四：見「報學」三卷三期朱虛白講「中國名報人軼事」。

註卅五：據邵氏自言，民國九年，與徐伯軒（寶璜）合商於北大校長蔡子民，在北大創「新聞學研究會」，邵氏講「新聞記者外交述」，後任北京平民大學新聞系主任，爲國內正式新聞敎育之始，見其所撰「我國新聞學進步之趨勢」，與戈公振「中國報學史」所記有出入，存疑待考。

註卅六：詳見「新聞年鑑」新聞資料篇。

註卅七：見邢雲霖撰「中國雜誌史簡述」。

註卅八：見「申時電訊社」紀念刊「十年」。

註卅九：當時奉軍軍法處宣佈判決邵氏死刑之判決令爲：「京報社長邵振青，勾結赤俄，宣傳赤化，罪大惡極，實無可恕。着即執行槍決，以昭炯戒，此令。」見「中時電訊社」紀念刊「十年」。

註四十：這句話在清末還勉强可以說，「五四」時上海發生了所謂「印刷附律」問題，這句話就有問題了。

註四一：清末上海國民日報副刊「黑暗世界」，由連橫先生主編，曾不時刊載排滿文字。」見孫如陵撰「副刊的誕生」。

註四二：黃天鵬撰「中國新聞事業大事記」謂商業專欄係「時事新報」所首創。黃氏此文，曾由胡道靜氏整理，考訂，較翔實，故從黃說。

註四三：王新命、龔德柏氏均曾任「商報」駐日記者，詳見王新命著「新聞圈裏四十年」及「龔德柏回憶錄」。王氏稱曾以考察日本報業所得函告潘公展，潘氏對電訊新聞之改革，可能受此影響。

註四四：湯氏以「新聞報」之「快活林」及申報之「自由談」尚受商界歡迎，遂亦追隨新、申二報副刊之後，以迎合商人心理。

註四五：「商報」出版後，被「新聞報」派人全部收買，沉之黃浦江。後被湯節之偵知，遂製搪磁「商報」數千，豎置各香煙店櫃上，每日贈報若干份，聽其銷售，於是「商報」之名始大噪。見「報學」創刊號一六五頁。

註四六：湯氏因經營交易所失敗，連累「商報」。

註四七：陳布雷離開「商報」後，即入改組後之「時事新報」任總主筆。

註四八：詳見王新命著「新聞圈裏四十年」二九六頁。

註四九：成氏編「民國閒話」，葉楚傖時作小說、散文、署名小鳳，收「楚傖文存」。

註五十：發起人成舍我、王鈍根（時為新申報副刊編輯），加入的有中華新報的吳稚暉、曹松翹、陳白虛、王新命，民國日報的葉楚傖及文藝作家王西神、劉豁公、張冥飛等二十餘人，為國民黨在上海之活動中心，亦為民國八年「全國報界聯合會」的中堅份子。申、新、時以超越黨派為榮，故未參加「記者俱樂部」，亦未參加「全國報界聯合會」。詳見王新命著「新聞圈裏四十年」。

註五一：林氏因在報端撰文，譏刺潘復為張宗昌腎囊，潘氏訴於張，張遂命京畿憲兵司令王琦親加拘捕，於十五年八月六日夜三時，予以槍決，事後指其罪名為「通敵有據」。林氏就難時年五十有四。林氏閩省侯官人，名萬里，原名獬，字少泉，中年始自號白水。光緒三十年冬，曾佐蔡元培先後辦「俄事警聞」及「警鐘日報」，後復創設「中國白話報」，至光緒卅一年均相繼停刊。

註五二：民國八年（一九一九）八月卅一日創刊，每逢星期日出版一大張，隨報附送，刊載國際時事的系統記載，和迻譯國外報章雜誌的論著和要聞，用意在補充每日國際新聞電訊之不足。於民國十三年（一九二四）秋，因江浙戰事發生，紙面緊縮，乃停刊。

註五三：民國九年（一九二〇）六月一日創刊，以介紹各科新知識，培養健全公民爲宗旨，逐日發刊。初以粉紅色紙印刷，民國十年（一九二一）起，始用普通白色紙印，內容有常評、經濟、衞生、科學、市政、禮俗、雜錄等門。每日有插圖一幅，爲宋應鵬所繪，意在抨擊黑暗勢力，而提倡自由精神與民權主義，極露鋒芒。於民國十六年（一九二七）年三月底停刊，共歷時七年。

註五四：民國十年（一九二一）十一月廿七日創刊，每週出一大張，隨報附送，刊載提倡建設公路利用汽車的文字及消息。

註五五：民國十三年（一九二四）二月八日創刊，每日出版，專爲本埠服務，不送外埠定戶。登載上海各社會事業活動的預報、記錄和戲院商店廣告，由潘毅華編輯。民國十四年（一九二五）九月，改由朱應鵬編輯，內容稍加整頓，分述要，商店消息，藝術評論六類。民國十四年（一九二五）九月廿二日起，又把藝術消息和藝術評論兩類，合爲「藝術界」欄，逐日發刊，至民國廿年（一九三一）停刊。

註五六：民國十二年（一九二三）十月起出版「教育與人生」週刊，討論教育問題，發表教育新聞；單獨發行，不隨報附送，後因每週出刊一次，未饜讀者之望，而訂閱「申報」者，需另行出資購閱，也不方便，乃決定將「教育與人生」停刊，在「申報」中闢「教育消息」欄，於民國十三年（一九二四）十二月八日創刊。

註五七：民國十三年（一九二四）十月卅一日創刊。

註五八：民國十一年（一九二二）四月十五日創刊。

註五九：民國十二年三月十五日創刊。

註六十：見胡道靜撰「申報六十六年史」。

註六一：袁昶超著「中國報業小史」八三頁。

註六二：「時事新報」之革新及貢獻，詳見本章第二節「新文化運動與報紙」。

註六三：創刊於民國九年六月九日，代替前「醫學週刊」，後改「圖畫時報」。戈公振撰發刊導言，謂：『世界愈進步，事愈繁瑣；有非言語所能形容者，必藉圖畫以明之。夫象物有鼎，豳風有圖。彰善闡惡，由來已久。今國民蔽錮，政教未及清明，本刊將繼文學之未逮，一一揭而出之，盡畫窮形，俾舉世有所觀感，此其本旨也。若夫提倡美術，增進閱者之興趣，又其餘事耳。』

註六四：有中外時人肖像，連續漫畫，養鷄，展覽會等各種專號，用綠色油墨與道林紙印刷，詳見薩空了撰「五十年中國畫報之三個時期及其批評」，刊民國十七年（一九二八）燕京大學「新聞學季刊」。

註六五：見「大衆新聞」創刊號「新聞界五立委」。

註六六：見徐志摩撰「我爲什麼來辦我想怎麼辦」刊民國十四年十月一日「晨報副刊」。

註六七：見戈著「中國報學史」二一九頁，天津「益世報」政治新聞佔國內新聞百分之五十一，其次爲漢口「中西報」，佔百分之四十九，上海「申報」僅佔百分之廿五。

註六八：見陳紀瀅撰「張季鸞先生與中國報業」。

註六九：詳見民國十五年九月「大公報」復刊辭及民國二十年五月廿二日張季鸞撰「大公報一萬號紀念辭」。

註七十：吳氏時主持天津「鹽業銀行」，由其籌資五萬元，爲接辦「大公報」資金。

註七一：三人均留學日本，且屬留日時好友。

註七二：見「報學」二卷十期林友蘭撰「香港報業發展史略」。

註七三：潘氏先後任職香港「維新日報」、「中外新報」、「世界益報」及「華字報」。民國十四年創刊「工商日報」，請黎工佽任總編輯。潘氏於同年以痢疾逝世，「工商日報」遂改由他人接辦。詳見鄧榮光撰「潘惠儔先生事略」。

註七四：詳見天軾撰「香港華文報紙的沿革」。
註七五：詳見「報學」二卷十期林友蘭撰「香港報業發展史略」。
註七六：詳見「華字日報七十一週年紀念刋」所刋「本報創造以來」一文。
註七七：詳見戈著「中國報學史」二三〇頁。
註七八：詳見胡霖撰「作報與看報」，刋「國聞週報」

第八章　從「北伐」到「抗戰」的報業

第一節　報業發展的分期

我國近代報業，一向走着兩條道路：政治性的報紙，在經濟上常有固定的補助或津貼，對營業不甚注意；營利性的報紙，雖時刻謀求經濟獨立，然限於政治及社會環境，初亦未有若何成就。如「申報」成立公司遠在光緒十五年，「新聞報」則於光緒十九年創刊時就成立公司組織，但這兩家報紙的業務開展，都是民國成立以後的事，特別到了民國十五年以後，才進入穩定的狀態（註一）。

從民國十五年七月國民革命軍北伐，到民國二十六年七月抗戰爆發，是我國報業空前蓬勃的時代。此期的中國報業，不僅營利性的報紙又在企業化的道路上邁進一步，不少政治性的報紙亦向企業化大力推進，論者稱此種現象爲「企業化與政治化的合流」（註二）。推其原因，一方面由於日本侵略日亟，民氣高漲，刺激報紙銷路，一方面由於工商進步，交通發展，產生有利報業滋長的環境。而報紙本身不斷改進，銳意於社會服務與業務推廣，益使它獲得了讀者的信賴與支持。分析此期我國報業發展的過程，約可分爲三個時期：

㈠從北伐開始到全國統一（民國十五年七月到十七年十二月），是報業發展的混亂時期。在立場上，有些報紙贊助國民革命，有些報紙爲軍閥張目。隨着北伐軍的勝利，北洋政府時代的報紙衰落，或改頭換面，再圖發展；而宣傳主義與革命的報紙代之而興。報社的此起彼伏，甚爲迅速。如民國十五年北平報紙一百廿五家（註三），到了民國十七年，就減爲八十家（註四）。又如廣州，民國十五年有報紙廿九家（註五），到了民國十七年，只餘十四家（註六）。另外，上海的報紙由廿三家減爲十五家（註七），漢口的報紙由三六家減爲十九家（註八），天津的報紙，則由廿八家增至卅六家（註九）。其不穩定的情形，於此可見。

㈡從北伐統一到「九一八」事變（民國十七年十二月到二十年九月），是報業發展的穩定時期。民國十八年，中央政治會議修正通過出版條例原則，保障新聞自由；民國十九年，修訂頒佈出版法，使報界人士有所遵循。因此，促使了報業從混亂趨於穩定。自民國十六年國民政府定都南京，報業中心自北南移。北平的報紙到民國二十年減爲四十三家（註一〇），較民國十七年少一半。另一方面，上海的報紙則由十五家增至廿九家（註一一），南京由卅一家增至四十三家（註一二）。就地域分，江蘇、浙江、安徽三省的報紙達一百五十九家，而河南、山東、河北三省，只有五十五家（註一三）。報業中心自北南移的情形，至爲明顯。

㈢從「九一八」事變到「七七」抗戰（民國二十年九月到二十六年七月），爲報業發展的蓬勃時期。自民國二十年六月頒行訓政時期約法，保障人民言論自由，予報業發展以有利的環境。加以「九一八」事變以後，國家內憂外患，日趨緊迫，言論救國成一時風尚。於是報紙雜誌，接踵而起，蔚爲大觀。全國報紙總數，民國二十年只有四八八家（註一四），次年增至八六七家（註一五），到民國二十四年，達到一七六三家（註一六），造成我國報業空前蓬勃的時期。而此一時期，由於中部地方經濟建設進步，報業益較其他地區爲發達。如民國廿一年上海報紙四十家（註一七），到民國廿四年增至一四三家（註一八）；民國廿一年南京報紙九十二家（註一九），到民國廿四年增至一二二家（註二〇）。在北方，只有北平的報業，復甦較快，從民國廿一年的六十八家（註二一），增至民國廿四年的一一七家（註二二）。北方各省區，則較中部各省差得很遠，如民國廿一年，江蘇有報紙一〇五家，河北只有卅四家（註二三）；民國廿四年，江蘇報紙增至三三九家，而河北只有一二九家（註二四）。在民國廿四年中，中部地方的湖北、湖南、浙江、江蘇各省，以及上海、南京二市的報紙，都超過一百家，而北部地方超出一百家的地區，只有河北省和北平市（註二五）。

自民國十五、六年到廿五、六年的十年間，我國報紙總數增加了百分之七十（註二六）。由於南方經濟建設進步，報社的增加較北方爲多。報紙總數的增多，和報業中心的南移，是此期報業發展的重要趨勢。

第二節　報業中心的剖視

當時的中國報業，集中在兩個地區，北方的報業集中在河北、河南、山東，南方的報業集中在江蘇和浙江。據民國廿四年八月中央宣傳部統計（註二七），江浙地區的報紙總數爲四一四家（計江蘇二三七家，浙江九八家，上海四一家，南京三八家），佔全國百分之四一・四（按當年中宣部統計全國報紙總數爲一千家）。冀魯豫地區的報紙總數爲二二二家（計北平九二家，天津二五家，青島一五家，河北一五家，山東三九家，河南三六家），佔全國百分之二二・二。若就全國而論，江浙地區尤爲我國報業的精華區。江蘇除南京、上海外，統計各縣日報一百五十四家，間日刊、三日刊或週刊九十九種，通訊社二十餘家，新聞從業一千七百餘人（註二八）。浙江全省日報九二家，間日刊、三日刊或週刊二十種，通訊社一〇六家，新聞從業三千餘人（註二九），其蓬勃情形可知。

上面所述，係就地區而言，實際上，報業的發展，均集中於都市。我國報業，在北伐以前，上海與北京對峙，各有其特點。上海爲全國經濟重心，工商業發達，廣告收入多，營業能獨立，而且離首都北京較遠，報社又群集於租界之內，受政治的干涉較少。著名的申報與新聞報，歷史悠久，政治新聞的記載雖稍遜北京，而經濟消息則過之。自民國十六年國都遷南京，形勢大變。上海以接近首都，政治的記載較前敏捷，而國家多故，新聞檢查嚴，言論自由，反不如以前，故時人有「政治南來，而輿論北去」之譏。北京爲國都計數百年，成爲政治新聞來源之地。以人才論，爲全國冠，故報館林立。惟因政治都市，營業難以自立，多與政治發生關係，以圖生存。及國都南遷，營業益形不振。其後從新聞競爭及樹立言論入手，情況始漸改善。南京逼近上海，報業本不易發展，自國民政府定都於此，乃有勃興之象。不僅京報、中央日報等頗具規模，而滬漢平津各地大報，亦於此設立辦事處，以便聯絡。漢口處長江上游，中部商業總滙於此，各報營業多能自持。廣州地隣港澳，對外通商早，又爲革命基地，報業向甚發達。自北伐以後，政治中心北移，始稍冷落。天津爲北洋要港，商業甚盛，廣告收入可觀，又有租界，言論自由，各報乘時興起，以敢言著稱（註三〇）。民國二十年前後，全國報業以此六大都市爲中心，銷數最大的報紙，亦集中於此六大都市。茲分述於下：

（一）上　海

上海爲我國近代報業發祥地，民國十七年到廿六年間，尤爲上海報業的黃金時代。報社由十五家增至五十家（註三二），當時重要的報紙，約有下述數種：

㈠申報　創刊於同治十一年，此時主持人爲史量才。每日出刋六大張，總銷數十五萬份，廣告收入，月在十五萬左右。

㈡新聞報　創刋於光緒十九年，與申報並稱，此時主持人爲汪伯奇。每日亦出刋六大張，廣告較申報尤多，總銷數亦達十五萬份。

㈢時報　創刋於光緒三十年，此時主持人爲黃承恩（伯惠），民國十三年後，每日出刋兩大張，總銷數三萬五千份。廣告缺乏，賠累甚多；側重社會新聞，以圖補救。著名報人戈公振氏，曾在該報任編輯。民國廿一年六月廿七日，該報出刋一萬號紀念，首頁曾以三色套印「威尼斯」圖，是亞洲第一張以三色套印的報紙。

㈣時事新報　刋行於民國元年，其前身爲「時事報」，創於光緒三十三年。每日出刋三大張，日銷五萬份。陳布雷、程滄波、潘公弼氏先後任該報總主筆，言論風行一時。民國廿四年十月八日，該報出刋一萬號紀念。

㈤民國日報　創刋於民國五年，爲國民黨的機關報。每日出刋兩大張，總銷數約二萬份。到民國廿一年「一二八」事變以前，因遭受日人壓迫而停刋。同年五月，葉楚傖另創「民報」，以繼承「民國日報」的精神。

另如民國廿一年潘公展創刊的「晨報」（銷達三萬份，民國廿四年停刊），民國廿四年成舍我創刊的「立報」（詳後），皆別具一格。而國民黨於民國十七年一月一日創刊的上海中央日報（潘宜之任總經理，彭學沛任總編輯，刊行至同年十月底），於次年遷往南京，後來發展成我國最大的政黨報紙。

（二）北　平

北伐以前的北京報業，一方面創辦報紙並無限制，另一方面則報人安全毫無保障。因此報社此起彼落，不能產生一家銷行在萬份以上的報紙。自北伐完成，政治較為安定，北平報業始獲合理的發展，從民國十七年的八十家增至民國二十四年的一一七家。茲略舉其有代表性者於下：

㈠北平晨報　刊行於民國十九年，其前身為民國五年的「晨報」和民國十七年的「新晨報」。消息豐富，言論新穎，副刊取材範圍廣。

㈡世界日報　創刊於民國十四年二月，消息靈通，以「不抄隔夜新聞」相號召，銷達三萬份，在北平各大報中佔第一位。有夕刊曰世界晚報，創刊於民國十三年四月。

㈢華北日報　創刊於民國十八年元旦，日出三大張，為國民黨中央黨部所辦。言論公正，新聞詳確，版面編排，新穎醒目。對文教消息，頗為注意。抗日戰起，北平淪陷，停辦。

㈣英文北平導報　刊行於民國十九年一月，為中央直屬唯一的外文報。民國二十年一度停刊，後改名為「北平時事日報」。北平淪陷後，被日人接收。

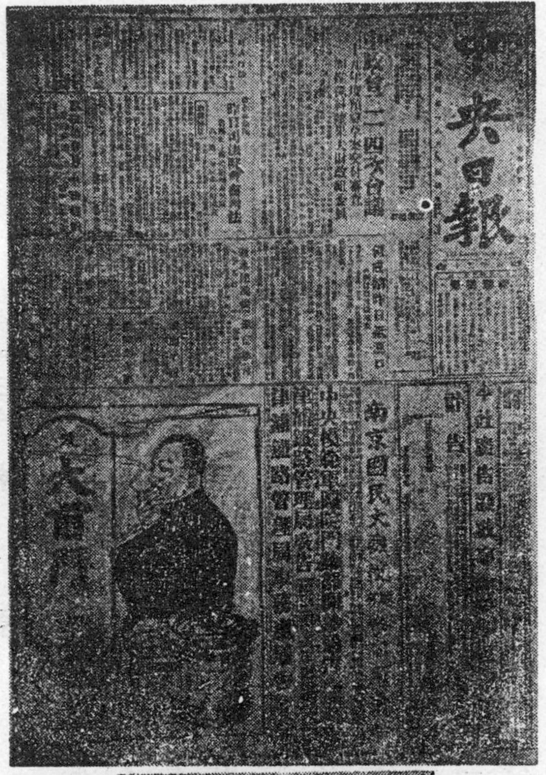

南京中央日報

南京中央日報大厦

㈤益世報　與天津益世報同為天主教所辦，宗教色彩並不濃，銷路甚佳。業務雖不及津社，聲譽則有以過之。

（三）南　京

北伐以前，南京報業甚為寥落；民國十六年國民政府定都南京後，始獲迅速發展。國民革命軍進抵南京之初，曾刊行「革命軍日報」，消息靈快，材料豐富，使京中人士，耳目一新。其後中央日報由上海遷到南京，於十八年二月一日創刊，在言論及新聞上代表中樞，成為政府的喉舌。從民國十七年到二十四年，報社由三十一家增至一二二家，重要的報社，除中央日報外，尚有：

㈠成舍我辦的「民生報」，創刊於民國十六年十月，是國民政府奠都南京以後首創的小型報，最初日刊四開一張，用潔白道林紙印刷，短小精悍，特具風格，頗為讀者歡迎。該報言論嚴正，編排新穎，電訊迅速，版面生動，是當時小型報的翹楚。民生報批評時事非常精闢，偶因揭發行政院政務處長彭學沛貪汚瀆職劣績，該報社長成舍我被控於法庭，打了一場民主官司，觸怒了當時行政院長汪精衞，嚴令封閉民生報，並不准成氏在首都繼續辦報，這是民國二十二年間的事。

㈡陳銘德（後附匪）辦的「新民報」，創刊於民國十八年九月，日刊四開一張，版面側重於社會新聞及各級學校新聞，編輯方法相當誇大渲染，因受四川地方政府津貼，言論不免偏袒，讀者以青年學生佔多數。抗戰軍興，該報遷至重慶繼續發刊。

㈢王公弢辦的「朝報」，創刊於民國二十二年，日刊四開三張，是特具風格的小型報。首任總主筆兼總編輯是老報人朱虛白。該報與潘公展在上海所辦的晨報，交換電訊，新聞報導相當詳盡。闢有工商新聞專版，每日每版均有配合當天新聞的短評。社論完全由編輯部同人執筆，以民營報紙的姿態，批評時事極爲露骨，如「監察院彈劾鐵道部長顧孟餘」，「汪精衞痛駡狗屁中央日報」，「哀民生報」等篇觸怒當局的言論，頗爲讀者讚賞，銷數爲南京各報之冠。朝報副刊版面佔全部篇幅三分之一，是爭取衆多讀者的重要因素。廿六年抗戰軍興，該報遷至昆明繼續出版。

㈣龔德柏辦的「救國日報」，創刊於民國廿二年。龔氏是老報人，早年留學日本，對於日本國情特別瞭解，向有「日本通」之稱；以抗日反共爲基本立場，言論鋒銳，無論大駡小駡，頗能大快人心。但新聞報導稍見遜色。該報一度被搗毀，旋仍繼續發刊，充分表現報人報國的大無畏精神。

㈤陳立夫辦的「京報」，創刊於民國十七年四月，內容謹嚴，消息皎確，賴璉、石信嘉曾先後主持該報編務。後因中央日報遷至南京發刊，陳氏無意經營，因同一立場之報紙幾有不容並存之勢，該報遂自動停刊。石信嘉繼辦新京日報，數年間業務始終不振，至抗戰初期停刊。

(四) 天津

天津爲華北最大商埠，接近北平，且有租界，適於報業發展。此期重要報紙有：

㈠益世報　創刊於民國四年十月十日，爲比利時籍天主教天津副主教雷鳴遠所創辦。與北京益世報是姊妹報。潘雲超、成舍我、朱虛白、郭春濤等均先後在該報服務多年。杜竹宣任該報總經理、顏澤祺(旨微)任主筆均達十餘年之久。至民國廿五年，總經理劉豁軒離開該報，業務漸趨不振。

㈡大公報　創刊於光緒廿八年五月十二日（一九〇二年六月十七日），到民國十五年一度停刊數月。當其恢復出版之際，正值國民革命軍北伐之時。該報站在國民立場，不畏北洋軍閥淫威，迎接革命潮流。總編輯張季鸞，一生以「文章報國」爲職志，所寫社論，對國家一片忠誠，對社會苦口婆心，誠爲輿論界的權威。該報在民國二十年左右的銷路，亦達四萬份左右。

㈢庸報　創刊於民國十六年，董顯光氏任社長。該報最大特色爲編排樣式與新聞標題採用美國報紙方式。第一版排新聞，第二版右上角排社論，與當時大公、益世等報英國式的編法（第一版是廣告，第二版下面排社論，其他全部是廣告）大異其趣。該報於民國二十年左右的銷路，約爲兩萬份。

㈣商報　創刊於民國十七年五月，創辦人爲葉庸方和王縷冰。該報以「商」命名，內容並未特別注意商業消息，對副刊和社會新聞，則甚爲重視。

㈤天津民國日報　民國十七年六月創刊於北平的「河北民國日報」，原屬河北省黨部，及「華北日報」創刊於北平，「河北民國日報」移設於天津，改爲「天津民國日報」，直屬中央。塘沽協定簽字後，該報停刊。

（五）廣州

廣州爲華南重鎭，又爲革命策源地，在護法期間，有報紙三十家（時北京只有十三家，上海只有十一家）（註三二），可見其盛。北伐以後，國民政府北遷，報業衰落。到民國十七年，僅餘報社十四家（註三三），到民國廿四年亦只有十七家（註三四）。重要的報紙有創刊於民國九年的「現象報」，創刊於民國十二年的「民國日報」，創刊於民國十三年的「公評報」，創刊於民國十六年的「中山日報」、「越華報」、「市政日報」，創刊於民國十九年的「廣州國民日報」，和創刊於民國二十一年的「市民日報」等。其中「廣州民國日報」，日出四大張，銷行東南各省，遠及港澳南洋，至民國廿五年七月，粵省還政中央，易名爲「廣州中山日報」，並由中央宣傳部直轄，爲廣州最重要的黨報。

（六）武漢

武漢爲革命的起義地點，又爲長江上游交通樞紐，民初卽有不少贊助革命的報紙興起。在國民革命軍北伐前夕，「大漢報」尤能直言批評時政。然當時武漢的報紙，多設備簡陋，編採技術亦甚落後。及北伐完成，規模較大的「武漢日報」（民國十八年六月，將屬於湖北省黨部的「湖北國民日報」改組創設，直屬中央）、「大光報」（創刊於民國廿四年三月）、「掃蕩報」（民國廿四年自南昌遷漢口）等相繼發刊，改用新五號字模，增加各地電訊，使用銅版、鋅版，報業形勢才逐漸改觀。民國廿四年左右，武漢大小報紙三十七家，除舊有的「中西報」、「新聞報」外，新辦的有「中山日報」、「民國日報」、「新民報」、「庸報」、「武漢時報」、「新快報」等。同業間的競爭甚烈，因之排版技術，編輯技巧，一切都漸有進步，使新聞事業走上一個新的時代。「武漢日報」與「掃蕩報」，對主義的宣傳不遺餘力，奠定了江西剿匪勝利的基礎。

第三節　向企業化發展的努力

前面說過，我國近代報業，有營利性與政治性之分。營利性的報紙，爲求經濟自立，首先走向企業化；政治性的報紙，爲適應新的要求，達到自給自足的目的，亦逐漸邁向企業化的道路。茲將民國十五年到廿六年間，報紙企業化的歷程，作一敘述。

(一) 營利性的報紙作開路先鋒

企業組織的基礎，在收支平衡。報紙欲達到企業化的目的，必須做到下列幾點：

第一、減低白報紙的成本：白報紙是辦報必需的原料，有廉價的白報紙供應，才能減低報紙的成本。

第二、減低採訪和編輯的成本：隨着社會的進步，新聞的需要量增加，許多新聞的採訪，資料的彙集，常需大量的人力物力。報紙若能廉價獲得新聞與資料，自能減低報紙成本。

第三、使報紙易於推廣發行：報紙必須成爲大衆的必需品，始能獲得廣大讀者的支持。

第四、努力吸收廣告客戶：廣告不僅可以美化版面，服務讀者，而且是報紙收入的大宗。報紙欲求經濟自立，必須注意廣告的爭取。

第五、應用最新式的印報機：爲求大量供應，印刷宜求迅速，報紙購置最新型的印刷機，是應付廣大銷路的唯一途徑（註三五）。

上述五點，爲報紙企業化的條件，在此一時期中，不管在主觀或客觀上，均有長足的進步。就第一點言之，自北伐成功以後，印刷事業發達，紙的需要量增加。僅上海一地，每日即耗新聞紙百噸以上

（註三六）。申報、新聞報等曾於戰前投資設立規模較大的紙廠，繼因抗戰爆發而中止。此期新聞紙的供應，悉仰外來，故洋紙的進口，逐年增加。民國十六年，只佔我國入口貨物總值的萬分之二五一，到民國廿四年即增至萬分之四一八（註三七）。洋紙的供應足，價格低，便減低了報紙的成本。就第二點言之，除外國的通訊社（英國的路透、日本的東方、電通、法國的哈瓦斯、蘇俄的塔斯）外，遠在民國元年，國人即曾自辦通訊社（邵振靑在北京創辦「新聞編譯社」）。北伐以後在上海設立的「申時電訊社」和「國民新聞社」均甚有名。而民國十三年創辦於廣州，民國十六年移於南京的「中央通訊社」，自民國廿一年改組之後，業務推及全國，以豐富的新聞、特稿，廉價供給各地報社，大大減低了編採的成本。而當時有線電報、無線電報和長途電話已普遍使用，更增進了新聞傳遞的速度。就第三點言之，自民國初年以來，報紙本身不斷改進。新聞與評論日見豐富，副刊內容逐漸擴大。灌輸生活常識，提供社會服務，已使報紙成爲一種社會事業。就第四點言之，廣告的多寡，與工商業發達與否有關。自民國十七年全國統一，經濟建設進步，工商業欣欣向榮，報紙因此獲得滋潤。前述六大報業中心，多爲工商業發達之區。而城市報紙較地方報紙容易維持，亦與廣告的多寡有關。當時我國銷路最廣的大報「申報」和「新聞報」，均以廣告爲本位，如申報的非新聞面積佔全報面積的百分之七十二（註三八），即爲一例。就第五點言之，各報最初均採用平版機，自民國三年七月上海「新聞報」首先採用輪轉印刷機（Rotary Press），後來許多大報，都及時購置了輪轉機，以應付廣大的銷路。如上海「時報」，於民國十六年夏購置德國福美（Vomag）廠所製套色輪轉印報機一架，每小時可印二大頁報紙八萬一千份，同時可套印三種顏色（註三九）。

在戰前的十年中，由於政治、社會、經濟各方面的日漸進步，予報業發展以有利的環境，使我國報業在企業化的道路中又邁進一步。當時最大的企業性報紙，當推原有的申報、新聞報，和新創的「立報」等數家。

㈠申報　創刊於一八七二年，一八八九年改組為有限公司。民國十七年十一月十九日發行第二萬號時，銷路已超過十四萬份。民國十八年秋天，申報人事略有更動：總經理仍由史量才自任，總主筆陳景韓辭職，由張蘊和繼任，經理張竹平辭職，由馬蔭良繼任。民國十九年五月十八日起，申報增刊「圖畫週刊」，以銅版紙印刷照片圖畫，聘名記者戈公振為編輯。民國廿一年一月，成立總管理處，統轄一切館務。民國廿一年四月卅日，申報創刊六十週年紀念，銷數已達十五萬份。此後數年間，申報繼續推行擴充計劃。民國廿一年七月十五日創刊「申報月刊」（至民國廿五年一月改為「申報週刊」，隨報附送）刊載有關時事的文章。是年十一月三十日，申報發表「今後本報努力的工作」一文，具體揭示了它的新編輯政策和社會服務事業：

一、在編排方面，務使新聞與廣告兩相配合，力求其明顯醒目。

二、國外通訊，如歐洲、美國、蘇聯以及華僑，尤其是日本，務儘多刊載有系統的通訊。

三、國內地方通訊，力求普遍，東北失地現狀，尤為注意。

四、每週一就商業新聞的篇幅，編「經濟專刊」一種。

五、使「自由談」副刊大衆化，不違背時代潮流。

六、「讀者顧問」欄為讀者解答各類問題。

七、每週日之本埠增刋改爲「業餘周刋」，以服務讀者。

八、增添各種附刋，隨報附送。

至於報紙以外的社會服務，亦次第展開。民國廿二年起（至廿五年，共出四卷），每年編印「中報年鑑」一冊，成爲我國政治、經濟、社會各方面的忠實記錄。民國廿一年多至廿二年夏，先後設立「申報流動圖書館」、「申報新聞函授學校」、「申報業餘補習學校」、「申報服務部」等機構。民國廿二年八月，出版「中國分省新圖」，民國廿三年四月出版「中華民國新地圖」。在這個時期裡，還編印了一些「申報叢書」，灌輸有關世界問題的知識。此時的申報，不僅爲一家報館，而且成爲一個出版事業機構了。申報的企業化，得力於史量才。史氏自民國初年接掌該報，經營擘劃，不遺餘力。民國廿三年十一月十三日，史氏於杭州返滬途中遭人暗殺，申報館遂組織董事會，以執行總經理的職權。馬蔭良、張蘊和仍分任經理、總主筆。董事會的方針在集中精神辦報，對於報館以前兼營的事業，不得不陸續停辦。申報至此，走了下坡（註四〇）。

㈡新聞報　新聞報創於一八九三年，幾經易手，爲美商福開森（John C. Ferguson）購得，一九〇六年改組爲有限公司。民國十八年一月，福開森將所有股權讓與一華商集團，這個集團的主要人物爲金城銀行經理吳在章（蘊齋），四行儲蓄會協理錢永銘（新之）和申報館主人史量才。旋即改組爲有限公司，定資本額爲國幣一二〇萬元。由吳在章任董事長，總經理仍爲汪伯奇（民國十三年繼其父汪漢溪任職）。自民國十七年至二十六年間，新聞報的銷數穩定在十五萬份。新聞報成功的主要因素在編輯和發行方面。新聞報的新聞網廣泛，新聞數量過人；特別是商業新聞，小大不捐，包羅萬象，能滿足中下級商人及一般店員的要求。它的副刊和週刊，不談高深知識，不倡文藝理論，專門登載武俠小說和一些鴛鴦蝴蝶派的作品，更適合小市民的興趣。新聞報的發行，採取薄利多賣主義，批價比申報低，搶走了一部分申報的讀者。新聞報且出奇制勝，向外埠發展，彌補了它在本埠與申報競爭的不足。新聞報在業務開展中，於民國十一年多設置無線電臺，民國十八年秋開始訓練通信鴿，民國十七年至十九年，先後購置美國司各脫廠最新複式印報機（Walter Scott's Multi Unit High Rotary Press）二架，這些都是新聞報走向企業化的具體表現。

新聞報與申報原都是營利性的報紙，彼此的差異是很少的，大概說來，在民國二十年以前，申報陳景韓、張蘊和的短評，比新聞報李浩然、郭步陶的短評高明；新聞報的新聞比申報稍多稍快；申報所載的海外和各省特約通信，其文字水準高於新聞報的特約通信；新聞報嚴獨鶴每日在「快活林」發表的漫談，爲申報所無；申報陳栩園（蝶仙）每日在「自由談」介紹家庭工業常識，亦爲申報所獨有。但在民國二十年以後，兩報在立場上有了很大的區別。「申報」開始放棄其中立立場，變爲左翼作家的工具，新聞報則仍固守其不問政治的立場，對國民革命，亦不曾表示支持（註四一）。

㈢立報　民國廿四年三月，上海新聞界醞釀着一種改革運動，部分新聞界同業想出刊一種「小型報」，以使讀者減低消費，節省時間，携閱方便。小型報的方式是縮小報張尺度，減少張數，而精選內容，緊湊新聞。主其事者爲北平世界日報社長成舍我，另有新聞界同業蕭同茲、程滄波、田丹佛、嚴諤聲、錢滄碩、吳中一、胡樸安、朱虛白、管際安、嚴服周等人。經半年籌備，合資十萬元，購得高速輪轉機及自動鑄字機等設備，乃於九月二十日開始出版。立報出版前，曾公布發刊要旨，以携讀方便、印送迅速、內容豐富相號召，出刋之日，發表宣言，提出了「報紙大衆化」、「以日銷百萬爲目的」等口號，並立下了四個原則，以爲營業和編輯的方針：①憑良心說話。②用眞憑實據報告新聞。③價格低廉，三個月訂費一元。④無論任何節日，皆不休刋（註四二）。當時上海申報與新聞報資金雄厚，而且都是對開的大報；立報以一張四開的小型報與之展開競爭。立報採精編主義，主要的新聞，簡單扼要，隻字不遺，使人看了，一目瞭然，並不費力。立報每日出版四開一張，祇售一分（按申報與新聞報每日出刋對開五張半至十張，售價四分五厘）。不獨定價低廉，而且易於携帶。民國廿四年至廿六年間，立報發行晚刋，銷數甚大。該報雖爲民營報紙，處於那個時代，不忘以言論救國，其立論方針是「對外爭取國家獨立，驅除敵寇；對內督促政治民主，嚴懲貪汚」。立場堅定，態度公正，不屈服於威嚇，亦不屈服於收買。創刋不到半年，銷數便已超過十萬份，遍達京滬杭各地區，到民國廿六年上海「八一三」抗戰的時候，銷數達到二十萬份，創中國報紙銷數的新記錄。在立報未創辦前，成舍我氏曾與幾位同業談到創辦「小型報」的作法，他認爲「雖然辦一張小型報，但所有規模，必須力求完備。重要的新聞，不特決不能比大報少，每天應有幾條任何大報沒有的特訊。地點必在都市中心區，報館有整棟房屋，足以容納營業、印刷、編輯等部份，俾能精神貫注，集中管理。印刷部分，最少應自置兩部輪轉機，每小時可出版十萬份。在報館每日銷數未達到十萬份以前，拒登任何廣告。」他又認爲報館走向成功的三部曲：「只有先以全力弄好版面，才可以爭取讀者，擴展發行；發行擴展，然後各種廣告，自能不招而至。」這些理想，後來大部都實現了（註四三）。

董顯光

張竹平

（二）政治性的報紙走向企業化

當營利性的報紙在大都市中發展見有成效時，若干政治性的報紙亦逐漸爭取了廣大的讀者，走上了企業化的道路。此種報紙，在北方有天津的「大公報」，在南方有上海的「四社」和南京的「中央日報」。

㈠四社：所謂「四社」，是以張竹平為中心的四個新聞機構，包括時事新報、大晚報、大陸報和申時電訊社，組合於民國廿一年秋天。這四個機構，經營獨立，管理聯繫，在上海的報界造成特殊勢力，茲分述於下：（甲）時事新報：創刊於光緒卅三年，是一個早報，民國十六年由政治機關報改為商營報紙。民國十九年六月改組為股份有限公司，資本二十萬元，由於張竹平的積極參加工作，延攬陳布雷為總主筆，在言論上，增高該報聲譽頗多。此後，經汪英賓、潘公弼分別在業務編輯方面力求改進，朝氣蓬勃，幾與申報、新聞報並駕齊驅。廿一年淞滬戰爭爆發，時事新報銷路激增。民國廿四年十月八日，該報發行一萬號，印行「特刊」一册，以資紀念。抗戰開始，該報遷重慶出版，業務衰落。（乙）大陸報：係英文報，原為美記者密勒（Thomas F. Millard）經手所辦，所有權幾經轉移，至民國十九年由張竹平集資購得，延請董顯光為總經理兼總主筆。董氏主持該報，編輯方針純採美國型，內外勤記者亦多為美國人，其風格影響於時事新報與大晚報者至大。民國廿三年底，董顯光氏辭職，其職務由張竹平兼代。抗戰開始，該報停刊。（丙）大晚報：創刊於民國廿一年二月，是上海設備最完整的一份晚報。曾虛白氏以總經理兼總主筆，其編輯方針，言論與新聞並重，發刊不及數月，銷數達八萬份，超過申、新兩報的本埠銷路。(丁)申時電訊社：創辦於民國廿一年，由米星如主持(米氏於民國廿四年十月辭職，由唐世昌氏繼任)。採訪網遍及京穗平津滬漢各大都市，但業務難與中央通訊社競爭，為「四社」中最弱的一環。「四社」於民國廿四年四月開始聯合辦公，張竹平旋因病辭職，總經理一職改由董顯光繼任。「四社」共守的原則是編輯營業一元化，總經理與總主筆業務不分，充分表現了政治報紙的企業化或企業報紙的政治化。

㈡中央日報：民國十五年多創刊於廣州，民國十六年二月，北伐軍克武漢後，移漢口發行。旋又移設上海，於民國十七年元旦出刊上海「中央日報」。因限於環境，發展頗難，乃決定將上海中央日報移設南京，於民國十八年二月一日出刊南京中央日報。初隸屬於中央宣傳部黨報委員會，由部長葉楚傖兼任主席，下設經理、編輯二部。民國廿一年春，程滄波奉派主持該報，建議改為社長制，後由中央宣傳部批准，於三月一日起實行。程氏便成為該報首任社長。程氏就任社長後，直接對中央宣傳部負責，但報社行政獨立，對業務發展甚有帮助。民國廿一年九月，該報增刊「中央夜報」；同年十一月，又創刊「中央時事週報」。前者繼續刊行了兩年，後者繼續刊行將近五年。民國廿四年四月一日起，中央日報在新街口興建五層新厦，於十月間落成。同時啓用輪轉印刷機，每日出報三大張，銷數由八千份增至三萬份，奠定了企業化的基礎。民國廿六年六月，政府舉辦廬山訓練團，軍政人物聚集牯嶺者甚多。中央日報曾在牯嶺發行廬山版。未幾，抗戰發生，更加速了它的進步和成長。

㈢大公報：天津大公報創刊於光緒廿八年，幾經易手，於民國十五年六月，由吳鼎昌、張季鸞、胡霖三人接辦，改組為股份有限公司。當他們接辦之初，有一共同協議，卽資金由吳達銓負責籌措，筆政

長

胡霖

大公報

Ta-Kung-Pao

(L'Impartial)

一萬號

歡迎直接訂閱

本報一萬號紀念辭

與業務則由張季鸞與胡霖分擔。在名義上，吳氏爲董事長兼社長，張氏爲總編輯，胡氏爲總經理。事實上，他們三位一體，和衷共濟，使大公報的組織日益完善，業務日益進展。大公報最大的特徵是言論穩健，具影響力。該報於民國十五年九月復刊之初，即組織社評委員會，以決定報社的評論政策。每天社論的寫成，是先由社評委員會討論，擇定題目，決定內容，然後推定一人執筆。該報的社訓是「不黨、不私、不賣、不盲」，言論大公無私，深獲讀者同情。民國廿四年多，華北當局受日本的壓迫，禁止郵局寄遞大公報。廿五年四月，該報乃刊行上海版。民國廿五年九月一日，大公報復刊十週年，當時全社職工七百人，職員二百人。張季鸞氏曾將當時大公報的情形，與復刊之初加以比較（註四四）：民國十五年九月復刊的時候，每日只印行二千多份，民國廿五年九月，津滬兩館已逾十萬份；復刊時每月支出僅六千元，民國廿五年九月，兩館不下十萬元；最初只有小型平版機三架，民國廿五年已用高速度輪轉機，全國分銷處達一千三百餘處。該報內容豐富，文字精簡，編排醒目，在當時的中國報界，別具一格。

第四節　企業化進步舉例

民國廿一年，潘公弼氏在「六十年來之中國日報事業」一文中說：「試看往者舉國寥若晨星，今則一地有數十報紙者，是總量之進步也。往者集資千金，局居斗室，因陋就簡，便可創業，今者規模宏大，資金十萬，乃至數百萬，鑄字排印，照相製版，罔勿自備，字模多至十四類，是物質之進步也。往者銷數不過數百份，廣告不過一紙之三分之一，今則銷數多者逾十萬份，廣告日可三四紙，是營業之進步也。往者取材以官電譯報爲大宗，今則自佈新聞網於國內外，性質兼及政治、外交、財政、經濟、社會、教育、運動、工商之各方面，是內容方面之進步也。」（見「申報月刊」創刊號）潘氏文雖簡要，可略窺此期報業進步的大概。

當時報館的組織，每因業務的多寡或性質而定。內地各報館，大多因陋就簡，除編輯、營業二部外，能夠自己擁有簡單的排字房和一、二架平版印報機的，已算是很完備了，其他差不多都是託別家印刷所代印。內部組織最完備的，當推上海的「申報」和「新聞報」，都分爲總理處、編輯部、營業部、印刷部四大部門（註四五）。茲將申報與新聞報組織系統，表列於下：

（上海新聞報組織系統）（註四六）

- 總務科
- 文牘科
- 稽核科
- 會計科
- 收發科
- 庶務科
- 外埠科
- 本埠科
- 經濟科
- 教育科

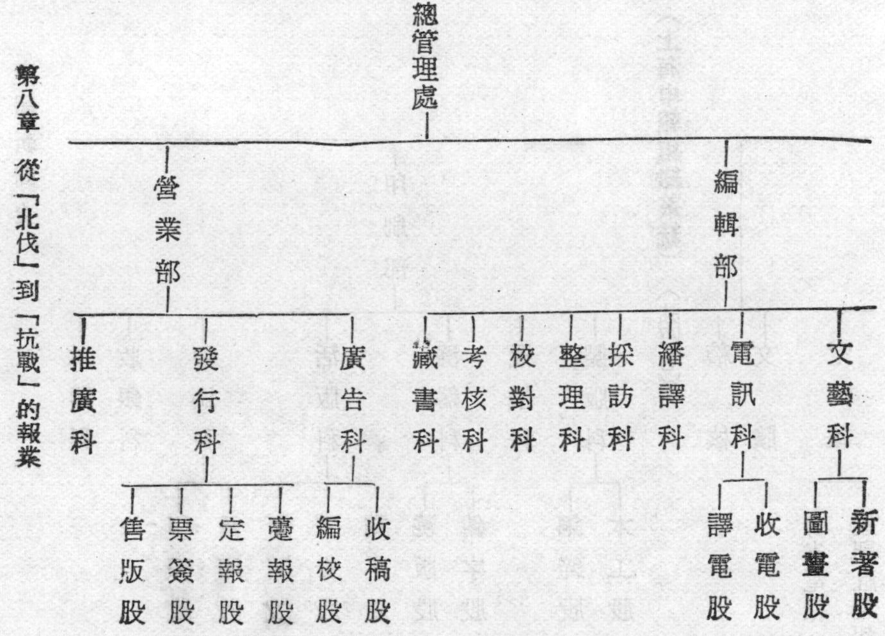
總管理處
營業部
編輯部
推廣科
發行科
廣告科
藏書科
考核科
校對科
整理科
採訪科
繙譯科
電訊科
文藝科
售版股
票簽股
定報股
躉報股
編校股
收稿股
譯電股
收電股
圖畫股
新著股

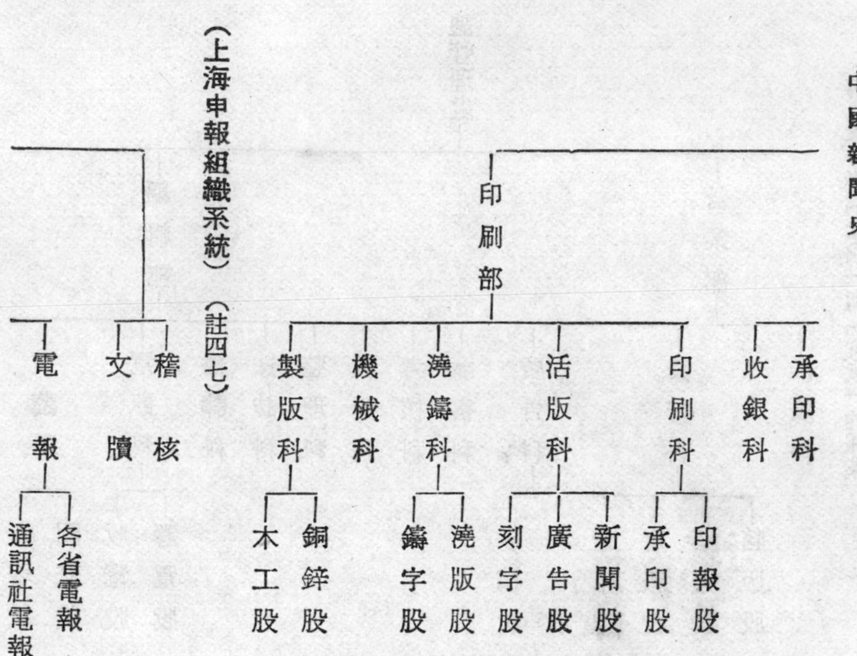

（上海申報組織系統）（註四七）

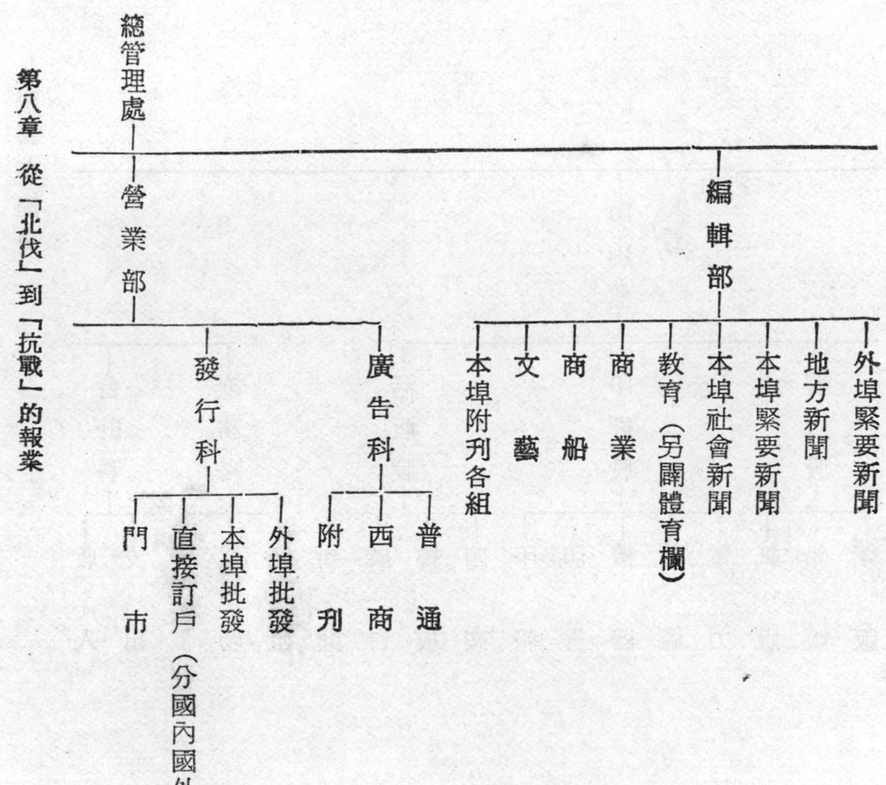
總管理處
編輯部
外埠緊要新聞
地方新聞
本埠緊要新聞
本埠社會新聞
教育（另闢體育欄）
商業
商船
文藝
本埠附刊各組
營業部
廣告科
普通
西商
附刊
發行科
外埠批發
本埠批發
直接訂戶（分國內國外）
門市

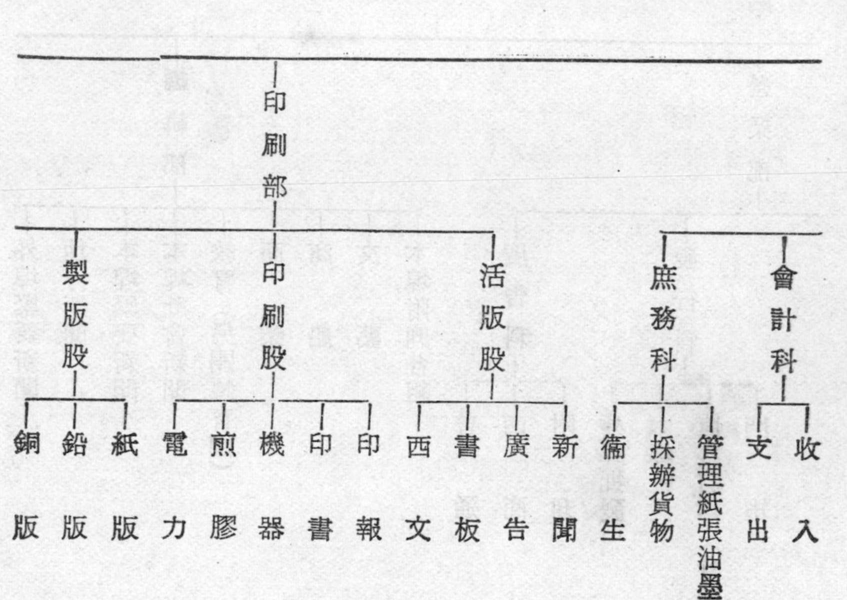
印刷部
會計科
收入
支出
庶務科
管理紙張油墨
採辦貨物
衞生
活版股
新聞
廣告
書板
西文
印刷股
印報
印書
機器
煎膠
電力
製版股
紙版
鉛版
銅版

鑄字股—銅模
　　　　—澆字
　　　　—鎔鉛

從上列兩表看來，組織最複雜，報與報間差別性最大的就是編輯部。據黃天鵬氏所述，當時我國編輯部的組織約有二種：一為總主筆制：

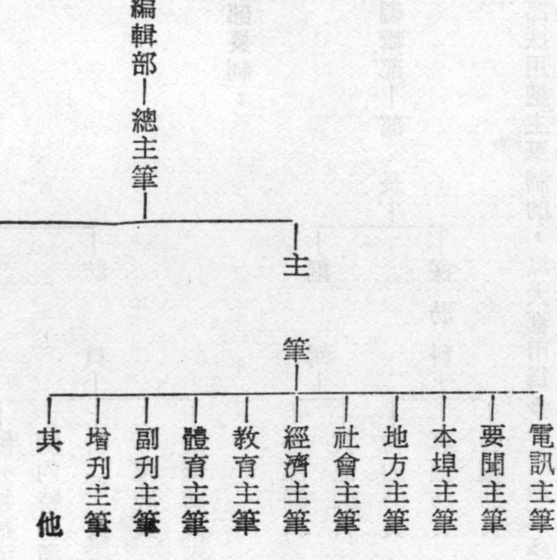

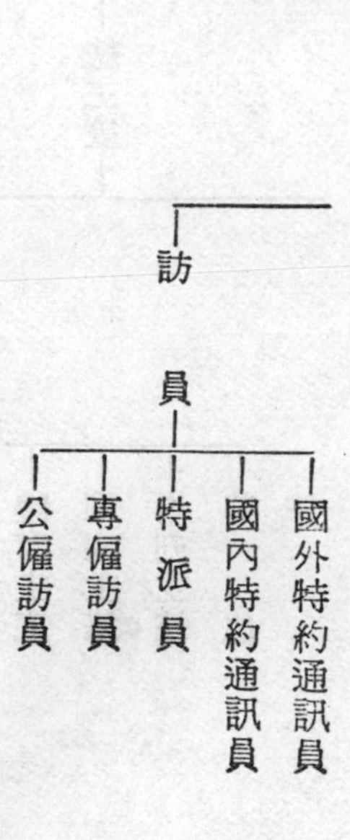

一為編輯部長制：

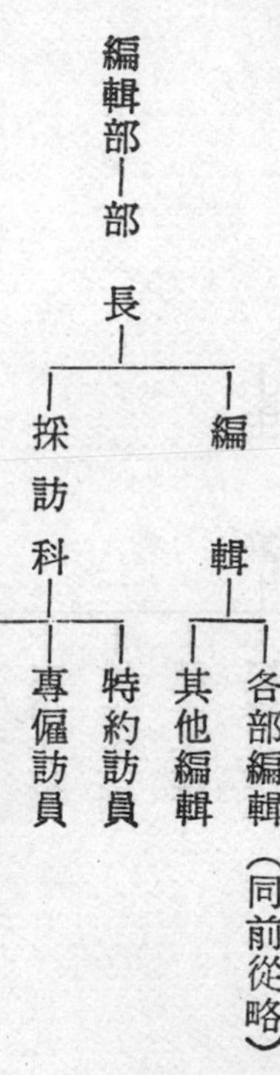

編輯部採用總主筆制的，以大都市為多，內地則多採用編輯部長制（註四八）。當時採訪業務屬編輯部，新聞來源多靠各通訊社和各地訪員。為了從事新聞競爭，各報館也自己派遣記者，到各處採訪重要的、新鮮的新聞。不過，編輯部的稿源，由自己採訪而來的還是很少，資料的搜集是非常廣泛的，茲以上海「時報」為例，表列於下：

（上海「時報」稿源）（註四九）

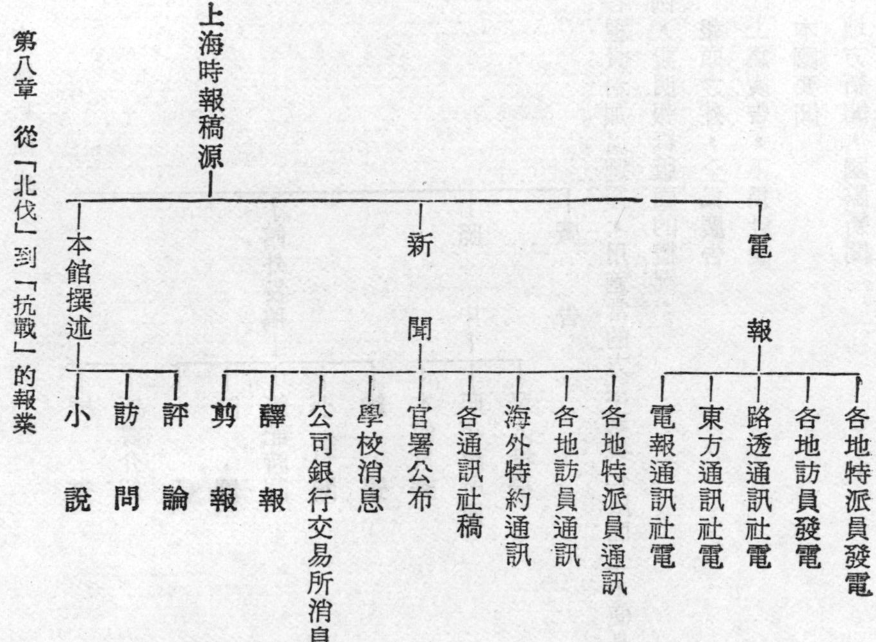
上海時報稿源
電報
各地特派員發電
各地訪員發電
路透通訊社電
東方通訊社電
電報通訊社電
新聞
各地特派員通訊
各地訪員通訊
海外特約通訊
各通訊社稿
官署公布
學校消息
公司銀行交易所消息
譯報
剪報
本館撰述
評論
訪問
小說

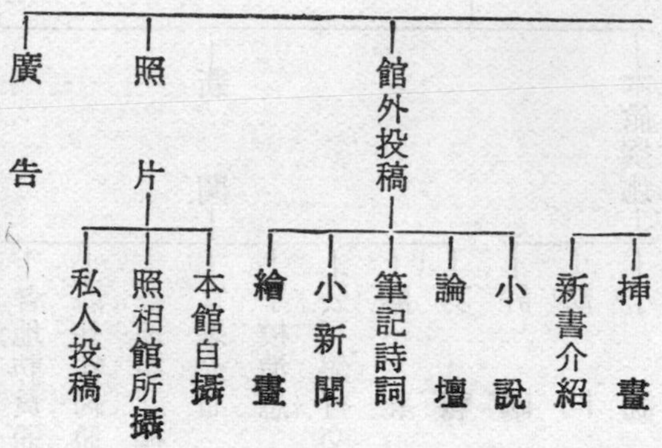

- 挿畫
- 新書介紹
- 館外投稿
  - 小說
  - 論壇
  - 筆記詩詞
  - 小新聞
  - 繪畫
- 照片
  - 本館自攝
  - 照相館所攝
  - 私人投稿
- 廣告

將上述各種資料加以選擇，用適當的方法表現在版面上，便是編輯業務。茲以民國二十年十二月「大公報」爲例，說明報紙版面的概況：

第一版　報頭之外，全爲廣告

第二版　上爲廣告，下爲社論

第三版　本國要聞

第四版　地方新聞，國際新聞

第五版　上爲地方通訊，下爲廣告
第六版　上爲本市新聞，中爲經濟新聞，下爲廣告
第七版　上爲文藝副刊及各種週刊（如醫學週刊、文學副刊、現代思潮等），下爲廣告
第八版　上爲讀者論壇，下爲廣告
第九版　上爲文藝副刊，下爲廣告（週末增刊
第十版　全爲廣告（週末增刊）

據此，報紙的內容，約有下述各種，茲分述於下：

㈠社論與專論：自北伐統一，政治日趨安定，各報每能確立言論方針，於社論方面，多所致力。遇有複雜問題，且邀專家，撰文分析。附帶一提的，社論初採署名方式，以後漸不署名。以「時事新報」與「中央日報」爲例，陳布雷主持時事新報筆政時，文後署名「畏壘」，風行一時，其後，時事新報社論，便不署名。南京「中央日報」在改爲社長制以前，社論是署名的，當時執筆的有端木愷、鄧子駿、李範一等人，自程滄波氏接長社務以後，卽改爲不署名制度。由署名到不署名，等於由個人號召到集體表演，是報業上的一種進步。

㈡電訊：國內以「中央通訊社」爲主，國際除英國的「路透社」外，有法國的「哈瓦斯社」，美國的「美聯社」，蘇聯的「塔斯社」，日本的「同盟社」等。因此，國內外所發生的重大事件，均能迅速揭載。

㈢要聞與通訊：要聞指記述較詳的重要新聞，或用長電報遞送，或用航信，或用長途電話，多能朝

發夕至。地方通訊，有助於銷路推廣，各報均甚注意。另有特約通訊，於時事、宗教、科學及社會各方面，作深入的報導。

㈣本埠新聞：最爲各報所重視，上海的報紙，本埠新聞有多至四、五版者。除普通訪員、特寫訪員外，並有各通訊社供給稿件。

㈤各種附刊：有關於文藝的，有關於本埠的，有關於紀念日的，有關於婦女、兒童、醫藥、家庭等各方面的，或係畫報，均能提高讀者興趣。

㈥廣告：各報多寡不同，各類廣告的比重亦異。如天津大公報，廣告約占全部版面的二分之一弱（註五〇），而上海申報，則可達到百分之七十强（註五一）。至於廣告類別的比重，各報多以醫藥衞生、教育文化、娛樂、金融等方面爲最多。廣告利用套色，申報始於民國廿三年九月，時報則更早於此。

㈦副刊：刋載詩詞、小說、掌故之類，如申報的「自由談」，新聞報的「快活林」等。

㈧圖畫：如申報於民國十九年創刋「圖畫週刋」，新聞報於民國廿四年加闢「時事寫眞」等皆是。

㈨特寫與雜誌文：均興起於民國廿四年左右，大晚報的國際新聞版中常譯載 Current History 裡的文章，是雜誌文章侵入報紙的開始。而見於申報和晨報的「自由農場參觀記」和「中國銀行儲蓄部開幕記」，都是特寫的初步嘗試（註五二）。

由於編採技術的進步，報紙上的新聞可以說應有盡有，有包括戰爭、外交等方面的政治新聞；有包括財政、交通等方面的經濟新聞；有包括教育、影劇等方面的文化新聞；有包括集會、治安等方面的社會新聞；有包括殺傷、煙賭等方面的罪惡新聞。誠如潘公弼氏所說：「性質兼及政治、外交、財政、經濟、社會、教育、運動、工商各方面，是內容方面之進步也。」

至於在編排的技術上，不少報紙（如上海「民國日報」、「時事新聞」等）均已從事改革。編的方面，已注意到改善新聞的分類和新聞標題；排的方面，也已完成了以短欄代替長欄，以花欄代替固定欄，以仿宋、粗方、粗圓、正楷來作小標題，以初號及四行以上鉛字來作大標題（註五三）。此期最大的進步是欄的增多，過去我國的報紙，保持了多年的對開通版。長四欄或長六欄的版面，新聞照例用老四或老五號字，標題多用一二號字，很少加子題，甚至若干重要新聞和普通新聞都堆在一起。遠在新文化運動時期，北平「晨報」總編輯陳博生曾參酌日本報紙編排法，把欄數改短，並且依照新聞的重要性，分別標題。這種改革，後來漸為全國報紙所採用。到民國廿五年左右，上海、北平等地的對開報，幾乎全是十二欄的版面（申報、新聞報則仍保持八欄），社論用四號字，新聞用五號字，標題用各號大小字體配合新聞。以上海的報紙為例，申報和新聞報的最重要新聞用三欄標題，緊要新聞用二欄，普通新聞用一欄；時事新報的最重要新聞則用四欄至六欄的標題，緊要新聞也要用到三欄（註五四）。

上面所述，除廣告外，皆為編輯部的業務。廣告屬營業部，營業部另有發行業務，與廣告同為報紙的利源。當時報紙的發行，由經手言，可分為直接發行與間接發行兩種；以地區言，可分為本市發行與外埠發行兩種。屬於直接發行的，由報館利用郵遞或分送的方法，直接送達訂戶。如為間接訂戶，則由報館總包送達承銷人或經理人，由其按戶分送。間接發行，多於各地設分銷處。以天津大公報為例，自民國十八年一月一日起，實行一種批銷辦法。該辦法第六條云：「批銷本報，以五份起碼，概不退換。每日銷數在五十份以下者，統稱代派處；三百份以下者，稱分銷處；三百份以上者，稱分館。概不得擅自改易名稱。」（註五五）至民國二十年底，該報已在北平、上海、漢口、開封、哈爾濱、太原、西安、鄭州、南京、武昌、濟南、青島等地設立分館。

與發行最有關係的是交通，交通進步，可以使報紙的傳遞迅速，運輸的成本減低。自民國十七年北伐成功以後，不僅全國鐵路、公路、航運建設突飛猛進，航空事業亦於此時興起。中國航空公司成立於民國十八年五月，係與美國合作；歐亞航空公司成立於民國二十年二月，係與德國合作（註五六）。而上海有一家「上海航空新聞社」，創辦於民國二十年，專門代理輸送報紙，至抗戰發生前，能將當天上海各種報紙於本日寄到滬平、滬漢、滬粤三線通航各埠，次日寄到漢渝、渝蓉、西北三線通航各埠（註五七）。

上海報紙向外埠發行，最初以水運最速，「新聞報」曾利用吳淞江水運，將報紙運到蘇州，然後分寄各地。至光緒卅二年（一九〇六）京滬鐵路通車，上海各大報社即於每晨將印成的報紙交由開赴南京的早班火車帶往沿線各地。民國廿四年八月錫滬公路通車，申報特自備汽車，循該路派送報紙，八時半左右可到蘇州、無錫兩地，較以往早兩小時。民國二十五年二月蘇滬公路築竣，申報亦自備專車，運報赴蘇州，每晨七時許即可分發。其他各報亦多有備專車送報者，茲不多述（註五八）。

附錄（註五九）

國內重要都市日報一覽表

民國二十一年十月
中時電訊社調查

南京

名稱	負責人	張數
中央日報	程滄波	二大張
中央夜報	程滄波	半大張
新民報	陳銘德	一大張半
民生報	成舍我	三小張
中國日報	康兆民	二大張
新京日報	石信嘉	二大張
新中華報	于緯文	二大張
三民導報	胡大剛	一大張
救國日報	龔德柏	二小張
大風日報	張炯	一大張
青白報	唐三	一小張
南京晚報	張友鶴	一小張
人民晚報	蔣堅忍	一小張
中華晚報	黃劍秋	一小張
新南京晚報	葛潤齋	一小張
大京報	魯夫	一小張
遠東報	許超	一小張
南京白話日報	鄒代耕	一小張
邊事日報	克治平	
社會晨報	左南冥	
寧報	嚴必康	
國民政府公報	國民政府文官處	
財政日報	財政部總務司第一科公報股	
黨軍日刊	中央軍官學校政治訓練處	
黨軍日刊	侯志明	
中央大學日刊		
建業日報	田載龍	
中報	黃德安	
民治報	陳至山	
統一報	尹仲材	
中央婦女報	張夢蘭	

報名	負責人
南京民報	賴璉
新南京報	葛潤齋
大同日報	左天橋
江蘇日報	沙雲山
新政聞報	吳靜生
國民日報	掌牧民
大河新報	劉詳士
老百姓報	李實之
太平日報	錢天範
婦女晨報	吳木蘭
金陵日報	周佛海
中華日報	汪國棟
建治日報	王毓文
鍾山日報	葉堅
大道晚報	王愼武
正言報	

上海

報名	負責人	篇幅
時事新報	張竹平 潘公弼	四大張
申報	史量才 張蘊和	四大張
新聞報	汪伯奇	四大張半
新聞夜報	同	一大張
民報	胡樸安	二大張半
晨報	潘公展	同右
新夜報	同右	一大張
時報	黃伯惠	二大張
中華日報	林柏生	同右
大晚報	曾虛白	二大張
上海商報	孫鴻岐	同右
大美晚報	袁倫仁	一大張
時代日報	來嵐聲	一小張
電聲日報	林澤蒼	同右
上海報	匡仲謀	同
上海日報	丁蘭蓀	同

大報	馮夢雲	一小張
小報	黃光益	同
世界晨報	來嵐聲	同
福爾摩斯	吳微雨 吳農花	同
社會日報	胡雄飛	同
東方日報	徐善宏	同
大陸日報	胡俊傑	同
江南日報	沈世昌	同
新世界		同
影戲生活	湯筆花	同
大公報	張景芳	同
明星日報	陳積勛	同
金鋼鑽	施濟群	同
晶報	余大雄	同
羅賓漢	朱瘦竹	同
鐵報	馮夢雲	同
市聲	黃夢魚	同

新新花園日報	馮舒人 夏人吾	
上海晚報	章正範 湯德民	
大陸報	張竹平 董顯光	四張
字林西報		四張半
上海泰晤士報		同右
上海柴拉早晚報		三張
上海日日新聞		四張
上海每日新聞	吉田濟藏	三張
北平		
華北日報	沈尹默	二大張
北平晨報	陳博生	三大報
益世報	張韓如	三大報
導報	林鼐士	二大張
京報	邵湯脩慧	二大張
全民報	林敬霆	二大張
世界日報	成舍我	三大張

報名	負責人	張數
民國日報	黃伯耀	二大張
卍字日日新聞	胡思光 劉樹鈞	二大張
北平新報	蕭訓	一大張
北京日報	陸少游	同右
鐵道時報	李海濤	同
北平商報	宋抱一	同
實報	管翼賢	一小張
實權日報		同
新北平	凌溥紳	同
群强報	戴正一	二小張
小小日報	宋信生	一小張
時言報	馬仲安	同
老百姓日報	李實	同
平報	陸秋岩	同
河北民報	陳訪先	同
平津曉報	袁潤之	一張
北平晚報	李迺時	一張

報名	負責人	張數
東方快報		二小張
北辰報	曾鐵悅	二小張
軍事日報		
互助日報	李霖芳	
北平白活報	伍振西	
新社會日報	尙久炎	
社會新報	劉伍俠	
新報	練味宇	
北平報	梁贊庭	
商業日報	尹群	
日知報	陳筠	
民治報	黃魯三	
英文時事日報	張明煒	
英文燕京報	燕大新聞系	
北平益世報	杜竹軒	
實事白話報	戴蘭生	
英文北平時事日報	李治	三大張

法文日報	Monkste	四張
快報	王君永	
大義報	宋治公	
小公報	李亞仙	
新支那	佐藤	
黨聲	河北省黨部	
中國大學日刊		
藝光報		
華文京報		
星報		
卍字新聞	萬亞伯	
正陽報		
平津時報		
北平大早報		
民主日報		
日知小報		
礦業新聞		

民生報	鄭作楫	
北京晚報		
天津		
益世報	劉豁軒	三大張
天津商報	王鏤冰	同右
大公報	張季鸞 吳鼎昌 胡政之	二大張
民報		同右
庸報	李翰儒 張琴南	同右
新天津報	劉髯公	二小張
天津導報	陳一郎	一中張
中華新聞畫報		二小張
新天津晚報	劉中儒	一小張
直言報	王夢青	同右
正聞報	劉鏡青	同右
藝文報		二小張
白話晨報	劉仲庚	

北洋畫報	張穆堯	
華此晚報	周拂塵	
天津晨報	白幼卿	
天津午報	劉仲庚	
天津晚報	同右	
快報	趙仲軒	
天風報	沙大風	
河北省政府公報	公報股	
天津民國日報	魯蕩平	
正報	于佩如	
啓明報	蘇右文	
東方日報	劉國同	
指南日報	趙幼庵	
天津日報	眞藤棄生	
國强報		
天津文藝報	楊仲衡	
新報		

旭日報		
治新日報	田澍雨	
天津平報	劉霽嵐	
大中時報	王靜一	
民衆教育	劉燕秉	
文畫日報	趙傑民	
白話午報	董筆俠	
圖畫日報	王小隱	

青島

青島時報		二大張半
青島民報	楊興勤	二大張
平民報		一大張
工商日報		一大張半
青島公報	鄒學藩	一大張
新青島報	姚公凱	同
膠濟日報	王天生	同
中華報	馬起棟	同

大中日報	胡博泉	一大張
正報	吳炳震	三張
工商新報	鄧洗元	一張半
青風報	王景西	一張
青島快報	張道村	同
青島日報	馮善亭	一張半
道德特報	張塵因	
膠濟日刊	梁煥鼐	
小青島報	姚天良	
民報	邱直青	
青島平民白話報	張樂古	
工商新聞	于致中	
民國日報	朱鶴鳴	
中華商報	張振西	
大青島報	久慈寬一	
英文泰晤士報		

漢口

武漢日報	崔唯吾	二大張半
公論日報	王民僕	三大張
新民報	蔣堅忍 謝楚珩	三大張
震旦民權	蔡寄鷗	一小張
新中華日報	楊嘯岩	二張
正義報	劉道瀛	二大張
大同日報	艾毓英	同
時代日報	胡野萍	同
漢口新聞報	鳳行孫	四大張
國民日報	王滌濤	一大張半
國民晚報	蔡 畸	一中張
中國日報	楊錦昱	二大張
新漢報	陳 偉	一小張
漢口允報	李濟若	同
雄風日報	鄧嘯雲	同
漢口晚報	邱瑞荃	一張
武漢時報	廖 震	一小張

武漢時事白話報　李權明　一小張
漢口白話報　鳳笑風
工商白話報　鄧博文
新漢口日報　劉天民
楚天日報　周希文
漢口國民日報　王滌濤
漢口日報　唐炎塵
新快報　萬克齋　一小張
大漢報　歐陽浮海　同
興論報　石昌珪　同
太陽燈　谷恕之　同
情報　同
錦文報　同
呼聲　曹攻我　同
中西日報　喩耕屑
新漢口日報　劉天民
工商日報　蕭亞儂

武漢導論日報　黃胄
漢口正報　沈亮
民間日報　石伯樵
楚聲日報　王均三
漢口社會日報　童仲賡
漢口民心日報　江奐若
漢口正氣日報　王一民
新大陸日報　汪十朋
中西評論報　吳中興　一小張
國光日報　龔鳳竹
漢口實事白話報　張子苑
救國日報　李芳
社會箴報　楊錦城　二小張
新婦女日報　朱紫俊
武漢鐸報
湖北中山日報
漢口中西報

漢口日日新聞報		
華洋日報	周澤厚　蔡鳴九	
漢口社報	楊英武	
華中日報		
湖北日報		
廣州		
廣州民國日報	程璧全	四大張
廣州日報	湯仲琦	三大張
公評報		同
司法日刊		二大張半
國風報		同
國華報	周琦	二大張
市政日報	黃欣	
七十二行商報		
經濟日報	單鑌如	
民國日報	黃麟書	
大同新報		
新聞報		
新國華報	鄭恩普　鄭因石	
民聲報		
天民報		
華聲報		
越華報		
大中報		
廣東晨報		
國民新聞		
現象報		
共和報	羅嘯璈	
自理報	黃筠侶	
廣東新聞	平井貞澄	
大中華報		
珠江日報		
羽公報		
天公晚報		

報名	負責人	篇幅
重　慶		
四川晨報		二大張
大江日報		同
新中國日報		一大張
四川晚報		一小張
重慶新民日報		二小張
昆　明		
雲南民國日報		二大張
均報		一大張
復旦報		同
昆明市政日刊		一小張
社會新報	龍子敏	同
義聲報		一大張
新商報		同
雲南新報		同
民生日報		同
大無畏報		同

報名	負責人	篇幅
三民日報	張濟欄	
西南日報	沈聖安	
西　安		
西京日報		二大張半
新秦日報		一張半
民生日報		同
西北文化日報	宋綺雲	一大張半
西安日報		一大張半
西北民意報	薛蘭生	
西北日報		
香　港		
大光報		四大張
南强報		同
工商日報		同
南華日報		同
東方日報		同
循環日報		同

新中日報		四大張
超然報		三大張
中興報		二大張半
天南日報		二大張
香港時事晚報		同
華字日報		同
華僑日報		同
南中報晚刊		同
南中報晨刊		同
工商晚報		一大張
東亞報	林石林	同
平民報	黃浩然	同
公論日報	李敬廛	二大張
眞光報		

本章註解

註一；胡道靜「申報六十六年史」（見胡道靜「新聞史上的新時代」附錄）及「新聞報四十年史」（載報學雜誌一卷二期）載有兩報歷年銷數，可以參考。在民國成立前，兩報銷數均未達二萬份，其後逐漸增加，至民國十五年以後，始穩在十四、五萬份。

註二：參考曾虛白「中國報業發展的經緯」，載民國五十年中華民國新聞年鑑。

註三：見黃天鵬「中國新聞事業」頁一七二。

註四：同上書，頁二〇〇至二〇三。

註五：同註三。

註六：同註三書，頁二一〇至二一一。

註七：同註三書，頁一七二及一八六。

註八：同註三書，頁一七二及二一九至二二〇。

註九：同註三書，頁一七二及一九八至一九九。

註十：民國二十三年「申報年鑑」據內政部發表統計。

註十一：同上：

註十二：參考註三書頁一七三至一七四及民國廿三年「申報年鑑」。

註十三：同註十。

註十四：同上

註十五：民國廿四年「申報年鑑」據內政部發表統計。

註十六：按民國廿五年「申報年鑑」載有三種統計：①據中央宣傳委員會新聞科編「全國報社通訊社一覽」（廿四年八月出版）統計報社數爲一〇〇〇家。②據許晚成編「全國報館刊社調查錄」（民國廿五年五月印行）統計報社數爲九一二家。The North-China Daily News and Herald. L. T. D. 出版的一九三六及一九三九The China Year Book 均據此載錄。③據民國廿五年四月出版的「內政年鑑」重新統計，爲一七六三家，原統計爲一二八三家。

註十七：民國廿四年「申報年鑑」據內政部統計。

註十八：見民國廿五年「內政年鑑」。

註十九：同註十七。

註二十：同註十八。

註廿一：同註十七。

註廿二：同註十八。

註廿三：同註十七。

註廿四：同註十八。

註廿五：同上。

註廿六：我國報紙於民國十五、六年爲六二八家，民國廿五、六年爲一〇三一家，約增加百分之七十。參考趙君豪「中國近代之報業」頁九八至一〇〇。民國廿五年四月出版的「內政年鑑」載全國報社總數一七六三家，若據此，則增加了百分之一百七十。

註廿七：見民國廿五年「申報年鑑」。

註廿八：見馬元放「江蘇的新聞事業」，載民國廿三年「申時電訊社」刊「十年」。

註廿九：見冷禪「浙江的新聞事業」，載「十年」。

註三十：參考黃天鵬「中國新聞事業」頁一三五至一三六。

註卅一：見黃天鵬「中國新聞事業」頁一八六及趙君豪「中國近代之報業」頁九九。

註卅二：據民國十三年商務「第一回中國年鑑」。

註卅三：同註六。

註卅四：民國廿五年「申報年鑑」據中宣部民國廿四年八月統計。

註卅五：參考袁昶超「中國報業小史」頁一五五至一五七。

註卅六：見民國廿六年中央黨部國民經濟計劃委員會編「十年來之中國經濟建設」第二章頁九四。

註卅七：同上書章次頁一〇一。

註卅八：戈公振「中國報學史」頁二一六。

註卅九：胡道靜「新聞史上的新時代」頁一。

註四十：同上書附錄「申報六十六年史」。

註四一：參考王新命「新聞史」頁二〇。

註四二：見民國廿五年「上海市年鑑」頁T—三九至四一。

註四三：見成舍我「報業雜著」頁一三〇至一三九。

註四四：見陳紀瀅「張季鸞先生與中國報業」，載民國四十六年三月十二日「中央日報」。

註四五：見張靜廬「中國的新聞記者與新聞紙」頁五四至五六。

註四六：戈公振「中國報學史」頁二〇三至二〇五。

註四七：黃天鵬「中國新聞事業」頁五三至五六。

註四八：黃天鵬「新聞學概要」頁三九至四一。

註四九：同註四十六書頁二〇九。

註五十：據民國廿年十二月「大公報」版面計算得之。

註五一：同註三十八。

註五二：「上海研究資料」頁三九五至三九七。

註五三：見王新命「新聞史」頁四〇。

註五四：見「上海研究資料」頁三三八。
註五五：見黃天鵬「中國新聞事業」頁八五至九〇。
註五六：見「十年來之中國建設」第二章「交通」。
註五七：見「上海研究資料」頁三八四。
註五八：民國廿五年「上海市年鑑」頁T－三八至三九。
註五九：見申時電訊社創立十周年紀念特刊「十年」（上海，申時電訊社，民國廿三年）第二五九至二八七頁。

第九章　抗戰時的報業

對日戰爭，是中國歷史上最大一次抵禦外侮的民族戰爭。這次戰爭，雖然造成我千萬人民生命的犧牲，和無可估量的精神、物質的損失；但是全國人民在炮火中覺醒，在抗戰的鎔爐中鍛鍊得更堅强。經過這一次戰爭的考驗，使我們發現了自己所具有的潛力，也使全世界人士，認識到我民族不屈不撓，犧牲奮鬪的偉大精神。

這次戰爭，造成我歷史上最大的一次變動，使很多一生沒有離開鄉土寸步的人，也不得不揮淚拋棄他們的家園，踏向未知的命運，經歷最豐富的人生。新聞事業也是如此。多少年來，我們的報紙，集中在沿海的幾個大都市。抗戰一發生，這些大都市首先面臨危險，我們的報紙也立刻面臨抉擇；是堅守原地？還是轉移陣地？是降敵？還是抗敵？以下就是中國新聞事業在抗戰時期所寫下的一頁奮鬪史詩，其中有悲壯，有低沉，有歡樂，也有血淚。

第一節　抗戰前夕的輿論

北伐完成，軍政結束，政府領導全民進入訓政。政府唯一的政策，全國民衆一致的期望，是統一與和平。本着這一主旨，政府對內謀國家的建設，對外謀國際的平等，希望能在最短期間內，完成革命的大業。沒想到殘餘軍閥，共黨餘孽，和一切腐惡的反動勢力，竟又互相勾結，圖作最後的掙扎。先是桂系軍閥叛亂於武漢，接着是馮系軍閥稱兵於西北，其後又有張發奎、唐生智的叛亂，迫使政府不得不移轉策進革命建設的力量來掃除革命的障碍。（註一）

軍閥、共黨不但互相勾結作亂，破壞國家的和平與統一，並且甘心作外國侵略工具，構成了對國家民族的最大威脅。當時，侵華野心最大的兩個國家是俄國和日本，俄國想通過中共，達到赤化中國的目的；日本則支持中國的軍閥和腐惡勢力，以阻碍中國的革命建設。

俄、日一方面利用其在華報紙、雜誌、通訊社等宣傳機構，從事不利中國的宣傳；一方面收買中國的政客，辦報紙、通訊社，從事反政府的宣傳。（註二）

北伐以後，國內統一與和平威脅最大的是共黨。民國十八年，全國反動刋物，比十七年竟增加到百分之九十，其中共黨刋物佔百分之五十四强，改組派佔百分之二十四，國家主義派刋物，佔百分之五强，無政府主義派刋物佔百分之四，第三黨刋物佔百分之二（註三）。由此可以知道當時言論的紛歧、複雜、和政府處境之難。

爲了統一國民思想和言論，政府除一方面輔導正常刋物，以加强國策的宣揚外；並實施檢查制度，防止反動刋物的流傳。

「九一八」以後，共黨利用民衆愛國的心理以及反日爲藉口，展開大規模的反政府宣傳，實際上，他們是想把政府的力量，轉移到對付日本的一方面去，他們可以因此獲得喘息的機會，國內輿論也確實受到這一宣傳的影響，主張對日戰爭。但是政府抱定攘外必須安內的政策，繼掃蕩軍閥之後，續致力於剿匪。

其後，榆關失陷，熱河棄守，長城苦戰，平津困危，一般言論，雖然痛責北方軍事主持人沒有抗戰的決心，同時也認識到，失敗的基本原因，是由於國家社會組織的不健全，根本缺乏抵抗的實力，因此，塘沽協定的忍辱簽訂，頗得各方的諒解。此外，如改革內政，復興農村，剿匪等施政方針，都受到輿論界的同情和支持。

閩變發生後，除少數有背景的刊物，隨聲附和，希望另闢出路外，絕大多數報刊支持中央，認爲在這種內憂外患交迫的關頭，竟破壞大局，不顧民命國脈，實在是一件令人痛心的事。

據民國二十三年，中央有關當局的統計，當時全國報刊，言論正確的約佔百分之二十五，言論失常的約佔百分之十五，其中仍以共黨刊物最多。其他如國家主義派佔反動刊物總數約百分之五，第三黨、社會民主黨約各佔百分之三，國家社會黨和無政府黨各佔百分之一。（註四）

從北伐到抗戰，主持中國軍政大局的最高負責人，是　蔣委員長。他一面受日本的凌辱，一面却得不到國人的諒解。從一二八到七七事變的前一年，也就是到百靈廟戰爭的時候，幾乎天下的疑謗，都集中在他一個人身上。但是，他却忍辱負重，「一面殫精竭慮作抗戰的準備，一面咬緊牙根爲國家民族的利益而擔負一切的疑謗。」（註五）直到百靈廟戰爭以後，他的心跡才開始爲全國所瞭解。

民國二十五年十月，上海、南京報界發表「中日關係緊張中吾人之共同意志與信念」一文，一方面呼籲國人團結禦侮，一方面籲請日本軍閥作最後的反省。文中有一段是：『局勢無論如何特殊，吾人須一秉常道，處之以定，不搖於一時之感情，不慑於當前之事態，盡其所應盡之力，而整齊步驟，集中意志，以聽命於整個之國策。』（註六）可以看出中國報人對當時局勢的態度，也可以看出他們對政府的全力支持。

也就因爲這緣故，西安事變一起，全國人民痛哭流沸，奔走呼號，一方面爲最高領袖的安全而努力，一方面痛斥軍閥的怯懦與無恥。事實上，西安事變是共黨和軍閥相勾結，由共黨一手導演的一幕醜劇。共黨之所以這樣做，是因爲他們在國軍的圍剿下，已經走入了絕境，只有轉移國軍的力量對付日本，他們才能喘一口氣。就這一個目的來說，他們得到了有限度的成功，因爲日本看到西安事變時，全國人民瘋狂擁護　蔣委員長的情形，知道中國已經在　蔣委員長的領導下走向團結。團結的中國，將產生並發揮出無比的力量，這絕不是日本的軍閥所能容忍，因而提前發動他們併吞中國的計劃，加緊侵略的行動。蔣委員長看到全國民衆的抗戰情緒已達高潮，遂不惜一戰，予共黨以共赴國難的機會。

從北伐到抗戰，擁護國策、爲宣揚國策而努力的報紙很多，其中以「中央日報」和「大公報」貢獻最大。「中央日報」是國民黨黨報，它爲政府發言，卽使意見很正確，影響力却有限，尤其是對抗日政策，得不到一般人的諒解；「大公報」是一個純粹的民營報紙，尤其是它過去在言論方面的貢獻，已經給國人很深的印象，它的意見自然容易受到重視。這段時期，掌「大公報」言論大旗的是中國名報人張季鸞，很多他宣揚國策的評論性文字，已成了重要的歷史文獻。（註七）這證明眞正好的「時文」，不但不會被時間冲淡，反而能顯出它的歷史價值。

第二節　從大變小，由少變多

抗戰初期，中國新聞事業最顯著的變化，是外形的變化：規模從大變小，單位由少變多。抗戰前，上海的「申報」、「新聞報」、「時事新報」，北平的「北平晨報」、「世界日報」，天津的「大公報」、「益世報」，南京的「中央日報」，武漢的「掃蕩報」、「武漢日報」，杭州的「東南日報」，廣州的「中山日報」等，都是國內第一流的大報。他們的規模都大到至少每天出報兩張，多半用輪轉機印刷。但是，抗戰一發生，情形就不同了，除「北平晨報」和「世界日報」停刊，「申報」、「新聞報」留在上海租界以外，遷到內地，繼續奮鬪的報紙，規模都大爲縮小。

抗戰初期，武漢一度成爲全國軍政中心，也成了報業中心，除了原有的「武漢日報」和民國二十四年五月一日，從南昌遷到漢口出版的「掃蕩報」以外，「大公報」也在「天津」淪陷後，移往漢口出版。接着南京「中央日報」，也遷到長沙出版。「申報」一度在武漢出版，不久就因物質上的困難停刊。此外如上海「時事新報」和南京「新民報」，都在民國二十七年，遷重慶出版。

二十七年十月，武漢撤退，抗戰進入第二期，「掃蕩報」出重慶版，漢口「掃蕩報」移桂，漢口「大公報」和長沙「中央日報」都移重慶。「武漢日報」則移貴陽改稱貴陽版「中央日報」，杭州「東南日報」移金華，廣州「中山日報」移韶關。

所有這些原在大都市的大規模報紙，內遷以後，在印刷方面，都從輪轉機退到平版機；原來至少出兩大張的，內遷後至多出一大張；在人員方面，至少裁減了三分之一。

第二個變化是，由少變多。據中央宣傳部和內政部的統計，戰前全國報紙共有一千零十四家，到抗戰一年以後，有六百多家被摧毁。沿江一帶的大都市，本來是中國報紙的集中地，這些大都市一淪陷，中國報業的損失自然很大。

但是，「塞翁失馬，焉知非福」，由於沿海沿江大都市的淪陷，而產了兩個特殊的現象。第一個現象是，原在上述都市的大報，化整爲零，由一報而變多報，如天津「大公報」，在天津淪陷前，知道天津不能久守，就籌出上海版。天津淪陷後，天津版移漢口；上海失守，上海版移香港；漢口撤退，總社隨政府移重慶；香港淪陷，又在桂林發行桂林版。

「掃蕩報」本來只有一個漢口版，後來分出重慶版和桂林版。「中央日報」則有重慶版、昆明版、貴陽版和湖南版，到最後，發展到三十多個單位。

此外，在漢口誕生的共匪言論機關「新華日報」，遷重慶以後，也另出華北版、桂林版。上海「申報」，除滬版以外，也有香港版。

軍委會曾在「八一三」事起後，辦「陣中日報」，分北戰線版和東戰線版。後來則有第一戰區版、第二戰區版、第四戰區版、第九戰區版。最後，全國分爲十個軍區，除了在上饒的第三戰區是用「前線日報」的名稱出版以外，其他各戰區，每個戰區都有「陣中日報」的出版。(註八)

第二個現象是，小型報紙的增加，包括地方報、戰地報和敵後報。這些報紙，大都是油印報。就拿浙江一省來說，在戰前，浙江讀者大多是讀上海和杭州出版的報紙。杭州淪陷，不但上海報到不了浙江，連杭州二十八家大大小小的報紙，都被摧殘了。

但是，不到兩年的功夫，浙江都有了大小一百八十五家報紙，幾乎每縣都有了地方報。其中有三分之二，是小型油印報，再拿北方戰略要地的山西來說，原來的十一家報被摧毁，但在不到兩年後，却出現了近百家小報。

前一種現象是由於「器材匱乏」和「人才欠缺」兩個因素所造成。這是戰時報業的缺憾，也是報業所遭遇的困難。到抗戰末期，這一情形更趨嚴重。白報紙沒有地方買，改用粗糙的土紙，紅、綠、靑、藍顏色都有。買不到油墨，用土製油墨，一粘手手上就一片黑。中央曾經計劃，設廠製造印刷機件、紙張、油墨、供黨報用，也始終沒有能實現。(註九) 因爲用平版機印刷，就不免影響出版時間，有時因空襲停電，就只能用手搖，其速度可知。(註一〇)

由於人才缺乏，很多地方報紙的社論，都是抄自他報。重慶有一家大報，因缺乏經理人才，致業務陷於停頓。(註十一)

因爲「器材匱乏」和「人才欠缺」，遂造成報紙篇幅的減少。通常，在戰時，人民關心時事，報紙應該擴充篇幅，以適應讀者的需要，但是戰時中國的報業却正相反。

報紙的收入靠發行和廣告。沿海各大都市和天津一帶的報紙讀者，佔全國報紙讀者的二分之一以上，這些都市一淪陷，報紙就等於失去了一半的讀者。既然不能依賴發行，報紙就只有靠廣告來維持生存。因此，僅有的一張篇幅，又被廣告割據了百分之五十到六十，剩下的篇幅，只能登評論、中外電訊，和極有限的當地消息。有的報紙，限於篇幅、人力和稿源，根本就沒有副刊。(註十二) 卽使勉強能維持，也成了不定期，如一向重視副刊的「時事新報」，應該是每天都有的，但是民國三十年，從一月到九月的九個月間，只出了四十期，平均七天出一次，變成了週刊了。(註十三)

全國性的報紙，因爲規模小，變成了地方性報紙，但是却很少，甚至沒有地方消息。提出了戰事新聞和國際新聞，一張報紙上簡直就沒有可看的東西。(註十四) 再以要聞來說，十之八、九是由中央社統一發佈，各報都是一樣，沒有什麼特色。讀者只要訂一種就够了，沒有訂第二種的必要。這自然也是對發行的一個障碍。同時，也造成了物力、資力和人力的一種浪費。

因此，有人建議各大報合作（註十五），出聯合版，政府也支持這一建議。（註十六） 事實上，「五三」、「五四」大轟炸，重慶多數報紙設備被炸毀，曾經出過一個時期大規模的聯合版，結果因種種困難，沒法繼續，還是拆夥，各出各的報。

後一個現象，當然是好現象。以量來說，據民國二十八年十一月的統計，全國報紙約四百多家；民國三十年十二月，全國二十四省市有五百五十多家；（註十七） 到了民國三十三年十月，就將近一千一百家。（註十八）並且有很多石印、油印的敵後報紙，還沒有計算在內。在銷數方面，民國三十三年每日總銷數約兩百五十萬份，單家報紙發行額，最高六萬份，普通數千份，萬份以上的很少。「簡報」的發行額，往往只有二、三百份。（註十九）

就銷數和普及的情形來說，自然比抗戰前要好得多，但是比起戰時宣傳的需要來說，還是差得很遠。

蔣委員長曾經說：「抗戰的前途，不繫於少數的都市，而繫於全國廣大的農村。」（註二十） 因此他曾經訓示政校新聞專修班的學生，要「善盡普及宣傳之責任」，鼓勵他們深入農村，「使平均每五縣或三縣有一規模完善之地方報紙，印刷不求其精美，內容必期其充實，補社會教育之不足，爲地方進步之動源。」（註二十一）

同時，在發展地方報紙方面，政府也曾作很大的努力，地方報紙的困難之一是，新聞的缺乏和遲緩。爲了補救這一缺陷，中央宣傳部擬具編發簡要新聞計劃，由中央通訊社每天綜合國內外消息，編成千字左右的明碼，免費廣播電訊。並由中宣部令飭各縣市黨部轉知所屬黨報和一般報社，設法收登。如果各報還沒有收報機的設置，可托由當地黨政軍事機關或部隊電臺收轉。（註二十二）此外，政府也訂過獎勵地方報、戰區報和淪陷區報的辦法。（註二十三）

在新聞界，研究發展地方報業問題的人很多，尤其是成舍我氏所發表的『「紙彈」亦可殲敵』一文，各方面的反響很大。成氏認爲，要動員民衆，必須先使報紙深入鄉村。他建議中央，在全國各鄉村，創辦地方報紙，編輯管理，都由中央指揮。

但是，很遺憾的是，除了黨報以外，多數內遷的大報，都集中在戰時的行都重慶。經過幾次大轟炸後，開始有人提出「疏散」的口號。而結果，所謂「疏散」，並沒有把多餘的報紙疏散到內地去，只是把編輯和印刷的地點搬了一下，以躲避敵人的轟炸。

因此，很多偏僻的地區，仍舊沒有一份比較完善的報紙，戰區和敵後，最迫切需要報紙的地方，也都看不到報紙。加以交通不便，或者出版遲滯，趕不上交通工具，運往較僻遠的地區，這些地區的讀者，接到報往往在一個星期甚至一個月以後。（註二十四）

同時，在人才方面也是如此，大都集中重慶和成都等幾個大都市，很少人肯去鄉村或邊疆；願意去淪陷區，敵後或者戰地辦報的，自然更少。

發展地方報紙，就是促進地方文化，普及宣傳，有助於抗戰、建國。除了黨報和軍報在這方面作了不少的努力外，一些內遷的大報，貢獻有限。不過，這些大報雖然沒有下鄉、去戰區，很多報人却深入農村、敵後，多數表現得緊張、堅强而勇敢，盡了戰時報人應盡的責任。這是戰時中國報人應引以爲榮的事情。

第三節　精神克復物質

戰時中國報業表現在外形上的變化是，從大變小，由少變多，已如上述。同時，表現在本質上的變化則是：意志集中，言論統一，戰訊新聞增加，社會新聞減少。

意志集中的具體表現是，報業動員，達成言論的統一。關於前者，民國三十年三月十六日，「大公報」總編輯張季鸞在他爲當時新成立的「中國新聞學會」起草的宣言中有一段說得很明白：「自日人入侵，國危民辱，成敗興亡，匹夫有責。今日抗建之大義，卽在犧牲個人一切之自由甚至生命以爭取國家民族之自由平等。吾儕報人，以社會之木鐸，任民衆之先鋒，更應絕對以國家民族之利益爲利益，生命且不應自顧，何況其他！是以嚴格之戰時中國報人，皆爲國家之戰時宣傳工作人員，已非復承平時期自由職業者之時矣」。（註二十五）他最後的兩句話，是戰時中國報人的規範，也是戰時中國報業的指針。我們對日戰爭的勝利，是精神的勝利。「國民精神總動員綱領」的頒佈，就是我們「抗戰必勝，建國必成」的保證。表現在戰時中國報業方面，有以下幾點：

一、**同舟共濟的精神**　在戰前，由於各報背景不同，立場互異，互相攻訐，競爭激烈，抗戰發生，大家的目標一致，自然地捐棄了一己的成見，傾向於團結。最具體的表現，是「五三」、「五四」大轟炸後，重慶十大報，不問黨派，不分立場，共出聯合版。參加的報紙，有「中央日報」、「掃蕩報」、

「國民公報」、「新蜀報」、「新民報」、「商務日報」、「西南日報」、「大公報」、「新華日報」、「時事新報」。

這十家報紙，組織了各報聯合委員會，由「中央日報」的程滄波，「掃蕩報」的丁文安，「大公報」的曹谷氷，「時事新報」的崔唯吾，「新蜀報」的周欽岳，「新華日報」的潘梓年，「國民公報」的康心如，「商務日報」的高允斌，「新民報」的陳銘德，「西南日報」的汪觀雲等擔任委員。由程滄波任主任委員，王芸生爲編撰委員會主任委員，黃天鵬任經理委員會主任委員，崔唯吾任遷移委員會主任委員。各報聯合版發刋以後，最初篇幅只有半張，後來擴大爲一大張。篇幅雖少，內容却很充實，其發刋詞中有：『……敵人對我的各種殘酷手段，我們的回答是加緊我們的組織，我們要拿組織的力量，去粉碎敵人的一切陰謀詭計……』

各報聯合版，在山洞中編印，從二十八年五月六日起出版，到八月十二日結束，共出了九十九號。八月十三日，各報恢復出版。（註二十六）

出聯合版雖然是出於中央的指示，但是各報之間，如果不能團結，也沒法實現，或者會遇到很大的困難。經過這一次的試驗，以後各報因遭遇特殊變故，倣行的很多。如民國三十一年六月一日起，重慶「掃蕩報」和「中央日報」，合出聯合版，達十個月之久。（註二十七）

此外如上海「文滙報」、「譯報」、「中美日報」、「大美早報」，於民國二十八年五月十六日，被租界當局在敵人威脅之下，勒令停刋。國內新聞界一致進行慰問。桂林「掃蕩報」全體同仁，在五月十九日電上海四報，鼓勵他們：『一本初衷，奮鬪到底』，並表示願以同業立場，誓爲「後盾」。「五

重慶各報聯合版

三」、「五四」重慶大轟炸後，各地報業和報業團體，都電重慶報界慰問。這些「同舟共濟」，團結互助精神的表現，都是中國新聞史上最寶貴的記錄。

二、學習進取的精神　政府的戰時政策是，一面抗戰，一面建國。戰時的新聞事業，因遭遇到物質和各種以前從沒有遇到的困難，被迫從頭學起，設法解決。因此，戰時的新聞教育特別發達，新聞學術刊物特別多，所表現於社論寫作、新聞編輯、採訪、寫作等新聞實務方面的進步，也特別大。

在新聞教育方面，除了中央政校、復旦、燕京、國民大學等校設有新聞系，或培養國際宣傳人才的新聞學院外，並有民治新專、北平新專、上海法學院報業管理專修科，以及各種新聞訓練班：如軍委會政治部的「掃蕩簡報訓練班」，記者學會南方辦事處，在桂林辦的「戰時新聞工作講習班」等，都培養了不少適應戰時需要的報業專才。

新聞刊物，最權威的是政校出的「新聞學季刊」，他如記者學會的會刊「新聞記者」月刊，浙江戰時新聞學會的「戰時記者」，記者學會重慶分會的「新聞戰線」，內容都很充實。以報紙專刊方式出刊的，如桂林「掃蕩報」、「救亡日報」、「廣西日報」的「新聞記者」週刊，香港「星島日報」的「青年記者」，長沙「國民日報」和「陣中日報」的「青年記者」，上海「大美晚報」的「記者週刊」等，也都很出色。

在新聞技術方面，一般報紙的社論寫作，過去大致分為兩派。一派是中國式的，一派是譯文式的。前者句子短，內容多中國史實和社會現象，語氣多中國味，但往往避談現實政治問題。後者能抓緊政治題目發揮，但用句往往過長，語氣富譯文味。這當然是受報紙的立場和撰述人的經歷等條件影響。但在戰時，這兩派有了統一的趨向。內容爲政治問題，外形則已力求中國化。

在編輯技術上，也大致分爲兩派，一派是綜合編輯，一派是分類編輯。前者版面比較整齊美觀，有提示性，缺點是文化水準較低的讀者，不容易找到報上的要點。這一派可以「大公報」爲代表，也因爲「大公報」的讀者，多屬知識份子和青年學生，可以不必考慮水準低讀者的閱讀困難。後者用地域和國別，把新聞分類，目的是爲了顧及水準低讀者閱讀的方便。這一派的編輯技術，大多流行於平民化報紙。

採訪技術的進步，主要是表現在戰地新聞採訪方面。概括來說，戰時的新聞採訪是：從上層採訪進步到下層的採訪，從點的採訪進步到線的採訪，從面的採訪進步到立體的採訪，從被動的採訪進步到主動的採訪，從個人的宣傳進步到社會的報導。

在寫作方面，最顯著的進步是，文字的簡化和通俗化。這主要是爲了適應戰時宣傳的要求。抗戰的最後勝利，既然仰賴於廣大的農村，喚起民衆的宣傳工作，自然就變得很重要。於是通俗化報紙，應時而生。抗戰前期，在後方比較有成就的大衆化報紙，上海有胡蘭畦主編的「小把戲」，漢口有江凌主編的「大衆報」，南昌有「通俗日報」，重慶有「群報」，廣西有學生軍團所主辦的「曙光報」和「民衆報」。此外，各縣的地方報紙，大多數都是通俗的。在戰地，在敵人後方，幾乎所有的報紙，都是大衆化報紙。如二十七年一月創刊的「山西戰地報」，同年三月創刊的山東聊城的「抗戰日報」，同年十一月的山西「行軍日報」，「戰鬪日報」，都是大衆化的報紙。

新聞寫作通俗化，是軍中和民衆的一致要求。教育部的「千字報」，因爲文字通俗、內容簡潔易曉，很受低水準讀者的歡迎，收效也很大。（註二十八）　可惜，大都市有不少報紙的新聞寫作，仍舊艱深生澀，不易被讀者接受。但大體說來，戰時大多數報紙的新聞寫作，則已走上通俗化的道路。

此外，在印刷技術方面，也有了不小的收穫。在豫東，因爲大量油印報的發展，西華的「大衆報」，能夠用一張腊紙印兩千五百份報，四張腊紙可以印一萬份，這不能不算是奇蹟！廣西民衆報社，因爲沒有油墨，發明了用「佛靑」調「生油」的辦法，比油墨還適用。他們並且自己造成了印刷機，自己用牛膠溶成印刷。

爲了從觀摩求得進步，戰時的報紙展覽會特別多，如長沙新聞界主辦的「全國戰時報紙、雜誌展覽會」，在短短時間內，搜集了報紙三百十種，雜誌二百六十五種（註二十九）；中央政校新聞學研究會，舉行的「世界報展」，展出中外報紙五百多種，雜誌四百多種（註三十）；江西省立圖書館主辦的「戰時全國新聞雜誌巡廻展覽會」，籌備兩月，收到展品八千四百多（註三十一）；復旦大學舉行的第二次「世界報展」，展出報刊近兩千種。（註三十二）

這些歷次展出的報刊展覽會，不但可以提高一般人對報紙的興趣，也由此可以知道各地報業進步的實況，互相觀摩，作爲互相學習改進的參考。

此外，戰時報人於三十年三月十六日，在陪都成立「中國新聞學會」，以「研究新聞學術，改進中國新聞事業」爲宗旨，其任務有五：㈠關於新聞事業理論和實際的研究。㈡關於新聞學書籍刋物的編輯和出版。㈢關於新聞界團體和文化機關的聯絡工作和調查。㈣關於新聞界同業的知識技能道德感情的促進。㈤其他有關新聞界福利事項。該會初成立時，已有會員二百多人，代表十四個省市的報界，可以說是戰時最大的新聞團體。三十一年和三十三年，該會曾出版年刊，其中有很多有價值的資料。（註三十三）

三、冒險犯難，犧牲奮鬥的精神　戰時的新聞從業員，把新聞工作看作是一種事業，不是一種職業。認定這是一個神聖的工作崗位，而不只是一個飯碗。正因為如此，新聞記者在他的工作崗位上，常常堅持到最後一分鐘，絕不輕易輟退、放棄。在日軍侵陷中國半壁的每一地方時，中央社記者莫不維持報導到最後一分鐘，才隨着國軍殿後部隊撤退。北平、天津、上海三個分社，在國軍退出以後，中央社記者和報務員，仍舊秘密工作，以地下電臺和總社聯絡，不斷報導敵偽消息，雖然常被日軍發覺搜捕，有的瘦死獄中，但該社記者屢仆屢起，毫不氣餒。（註三十四）武漢撤退時，「掃蕩」、「武漢」等報的記者，也不顧個人的安全，堅持到最後的一刻。

正因為如此，上海的新聞從業員，才能在手槍、炸彈、刺刀的威脅下，繼續奮鬥。正因為如此，全國無數的戰地記者、攝影記者，才能不顧一切，出生入死於槍林彈雨之中。也正因為如此，全國新聞從業員，犧牲奮鬥在所不惜。民國二十六年十二月南京失守時，「興華日報」記者蕭韓渠第一個殉職。民國二十七年七月，九江戰役中，菲律賓「華僑商報」記者張幼庭，第二個殉職。二十七年秋，「大公報」記者方大曾深入敵後，在平漢線北段失踪。二十八年二月，江西「民國日報」編輯陳瑞齋被炸殉職；同年五月四日，重慶大轟炸，中央社武漢分社主任李堯卿，中央日報記者張慕眞、劉治平先後死難；同年六月十四日，江西吉安大轟炸，政治日報總編輯范覺甸，江西「民國日報」編輯孫家傑同時殉難；同月十七日，上海「申報」記者瞿紹伊被刺負傷；八月十三日，「大美晚報」副刊編輯朱惺公，因主持正義，不附奸逆，被敵爪牙暗算；同年十二月中旬，前上海新聞記者公會書記陳憲章，被汪逆匪徒綁票失踪；「中國青年記者學會」太行山區分會會友王良，因工作努力被害；呂良山區分會會友金戈，十二月四日，在臨汾附近採訪，被人慘殺。民國二十七年十九日，「大美晚報」發行人張似旭被刺身死；八月十七日，「新聞報」採訪主任顧執中，被狙擊受傷；八月十九日，「大美晚報」國際版編輯程振章，被刺殉職。（註三十五）

這些不過是抗戰前期，新聞戰士成仁取義的英勇記錄。這些記錄的代價是，新聞從業員地位的提高。因此，民國二十九年，蔣委員長對中央政校新聞專修班的訓詞有：『我國新聞事業，在最近四、五年間，實有不少之進步，抗戰以來，進步更見顯著。舉其著者，如在能力方面，今之新聞記者，不僅講習編輯之技術，亦多兼擅業務之經營；在內容方面，具體記述之長篇通訊日多，無意義之社會新聞，日見減少，而幾於絕跡；在技術方面，多能戰勝物質缺乏之困難，運用粗劣簡陋之設備，而提高出版之數量與速率；在服務精神方面，則能克苦耐勞，能冒險盡職。昔日新聞記者之工作地點在編輯室，活動範圍多限於大都市之俱樂部或機關團體，今日新聞記者之活動範圍，則爲內地，爲鄉村，爲戰地與前線；昔日新聞記者習於悠閒與安適，今日新聞記者，則多數緊張堅實而勇敢，至於認識時代之使命，重視國家之前途，擁護國策，遵守法令，更與昔日之散漫分歧者不可同日而語。新聞界之進步，足以策我國家民族之進步，此誠抗戰以來最可樂觀之現象也。』

戰時報人雖然備嘗艱苦，歷盡艱險，但是能够得到以上的這一段評語，也足引以爲榮，引以爲傲的了。

第四節　領導全國輿論的重慶報紙

重慶是揚子江上游的重鎮，新聞事業本來就很發達，其中如「新蜀報」、「國民公報」、「商務日報」等，歷史都很悠久。抗戰發生，政府西移後，重慶的報業突趨蓬勃。最早遷重慶出版的，是南京陳銘德所主持的「新民報」，以小型報姿態出現。該報爲南京的四大報之一，以小市民爲對象。新聞多花邊新聞，副刊注重故事、掌故、小說，屬鴛鴦蝴蝶派，由張恨水、張慧劍編撰。因內容較輕鬆，擁有不少讀者。

接着是從上海移往的「時事新報」，代表金融界發言，發行人張萬里，遷渝初期編務由黃天鵬、黃憲昭主持，氣象很好。後來因內部發生問題，經常換人，遂致減色。

到了民國二十七年九月，抗戰重心逐漸轉移到西南各省，相繼遷渝的報紙更多。首先在重慶復刊的是「中央日報」。該報是中國國民黨中央宣傳部的直轄黨報，代表政府發言，主持人前後有程滄波、何浩若、陳博生、陶百川、胡健中等。該報社論，由黨報社論委員會供應，寫稿的都是一時名手，初期致力於國際和對付敵寇的虛僞宣傳，後期更兩面作戰，駁斥匪報的謬論，任務至爲艱鉅，貢献很大。此外，該報的國際新聞，也很出色。接着是由天津遷至武漢而重慶的「大公報」。該報於民國二十七年十月十七日，在漢口宣佈休刊、休刊詞有：「目下本報決移往重慶，而吾人之心魂則仍在大別山英雄之旁。」語氣極爲豪壯。（註三十八）

「大公報」是無黨無派的報紙，主持人爲曹谷氷、胡霖、張季鸞。該報以評論出名，名義上是由王芸生執筆，實際上仍由張季鸞口授大意或指示。

張氏是「大公報」的文柱，最初該報的三個創辦人相約三年內不兼其他職務。三年期滿，吳達銓、胡霖二人各在政治金融上另求發展。只有張氏仍專心辦報。他辦事上的「誠」打定了該報業務行政的基礎；他公忠國家的至誠，得到廣大讀者的支持，打定了該報社會的基礎；同時他也以此獲得政府當局的信任，增加了他評言的影響力，打定了該報的政治基礎。（註三十七）

民國三十年，美國密蘇里大學新聞學院推選「大公報」為那一年最佳的外國報紙，是張氏的努力達到登峯造極的鼎盛期。不幸，就在這年的九月六日，張氏一病不起。政府明令褒揚，備加推崇，得到中國報人最難得到的榮譽。張氏去世後，吳鼎昌、胡霖也於勝利後相繼去世，「大公報」失去了兩個主力，名存實亡，終因共黨滲透而變質。這是「大公報」的悲哀，也是中國新聞史上的一個沉痛記錄。

早年由南昌行營所辦的「掃蕩報」，是軍事委員會的言論機關，主持人前為丁文安，後為黃少谷。因屬軍報，所受約束較小，言論頗能發揮，受到各方的重視。由於它是軍報，所以對戰訊報導特別注意，也是該報的特色之一。

「新華日報」，是共匪的言論機關，主持人為潘梓年，由武漢遷渝出版，特色是通訊多，標題和新聞儘量用白話，讀者對象為文化水準較低民衆。

成舍我氏所辦的「世界日報」，原在北平出版，被敵寇刼收後，改為「新民報」出版，成氏設法在重慶復刊，延用新人，氣象一新。日本投降後，成氏飛京，轉赴滬平，先後恢復上海立報和北平世界日報。離重慶時，聘陳雲閣任社長，以北平為總社，言論經濟仍由總社負責。重慶淪陷，報社資產為共匪所刼奪，改名「工人日報」，陳被捕，生死不明。

抗戰發生，天津「益世報」，沒有能遷出，雷鳴遠神父在太行山內打游擊，被共匪陷害，遂由于斌主教籌資先在昆明復刊，後遷重慶出版，由楊慕時任發行人（註三十八）。該報的特色之一是，嫉惡如仇，對政界惡劣現象，從不姑息。其次，天主教傳統反共，該報常常刊載揭發共匪陰謀文章。天主教在國際信譽卓著，中國政府發表的東西，國際間有時不相信，但是「益世報」所發表的就相信了。因此，該報對宣揚國策的貢獻不小。

其他由漢遷渝的小型報，有武漢時報、武漢快報、壯報等，但是不久都停刊。根據精確的統計，重慶報業鼎盛時，有二十二家報紙同時出版，十二個通訊社同時發稿。這二十二家報紙爲：「中央」、「時事」、「大公」、「掃蕩」、「新華」、「新民」、「新蜀」、「國民」、「西南」、「濟川」、「大江」、「商務」、「武漢時報」、「群報」、「崇實報」、「南京晚報」、「大陸晚報」、「四川晚報」、「大漢晚報」、「新蜀夜報」、「壯報」、「武漢晚報」等。此外，還有一家由漢口遷渝的「自由西報」。

民國二十八年「五三」、「五四」大轟炸重慶各報大多被炸毁，損失很大，遂在中央的指示下，出聯合版，是新聞史上最值得紀念的一頁。

在銷數方面，據民國二十九年初的統計，「大公報」約銷一萬二千份；次爲「時事新報」和「新民報」，銷七、八千；他如「中央」、「掃蕩」、「新蜀」、「新華」，則各約六、七千；「國民公報」、「商務日報」、「自由西報」和「西南」、「南京」兩晚報，各約三、四千。各報總銷數，約七萬左右。（註三十九）

各報篇幅，除「新民報」和「南京」、「西南」兩晚報爲四開的一小張外，其餘的都是日出一大張。由於篇幅減少，廣告地位也跟着縮小。客戶委登廣告，有時要等二、三天才能刋出。

重慶各報的共同缺點是，社論千篇一律，新聞因由中央社統一發佈，都「大同小異」，不過這是爲了對付共匪報紙的散佈赤色毒素，也是不得已的事。政府爲普及宣傳，曾建議各報向鄉村疏散，可惜這計劃始終沒有能實現。

重慶爲戰時行都，是戰時軍事、政治、經濟的中心，因此成了報紙和人才的集中地。就陣容來說，重慶報業冠於全國；就表現來說，各報的貢獻也不算小，尤其是言論方面，在全國報紙中，要起領導的作用。

第五節　浴血奮鬪的上海報紙

上海報業向稱發達，據戰前統計，報紙有五十二家，通訊社有二十八家（註四十）。自從國軍西撤，上海淪爲「孤島」後，華文報紙相繼停刋，其後，租界當局採中立政策，各報又恢復出版。不過，各報爲了避免敵人的干涉，紛紛取得有正義感外人的合作，用洋商的名義出版。如「申報」一度出漢口版，後來停刋，用美商哥侖比亞公司的名義，在上海復刋。「新聞報」用的是美商太平洋公司的名義，「大美報」和「大美晚報」，是用美商大美印刷公司的名義，「文匯報」用英商文匯有限公司名義，「中美日報」是用美商羅斯福出版公司名義，「導報」是用英商大學圖書公司名義，「譯報」也是用英商名義，「華美晨報」和「華美晚報」用美商華美公司名義，「大英夜報」用英商中華大學圖書公司名義。（註四十一）

這些用洋商名義出版的報紙，都能主持正義，報導確實消息，予敵人虛僞宣傳以打擊。其中「導報」、「大美報」、「中美日報」和最後創刊的「正言報」，都是國民黨報紙，對敵人的威脅尤大，也爲汪逆所痛恨，千方百計想加以摧毀。

上海淪陷初期，日人對租界的反日報紙，很是頭痛，曾經向租界當局交涉，要求取締反日的報紙，租界當局不答應，日人就驅使流氓漢奸，向各報投擲炸彈，寫警告信，等到汪逆精衞到南京，成了反日報紙攻擊的目標，汪逆對反日報紙的迫害，也無所不用其極。上海的反日報紙，在日人和汪逆的夾攻下，遂岌岌可危了。

汪逆對上海反日報紙的摧殘，主要是用以下的幾種方法：

一、恐嚇　二十八年五、六月間，上海洋商發行的華文報紙，都收到了署名「中國國民黨反共救國特工總指揮部」的恐嚇信，警告收信人不許「反汪」和「反和平運動」，否則就派人執行「死刑」。

二、要求租界當局勒令報紙停刊　上海報紙首遭停刊處分的，是華美公司出版的「華美晨報」，因該報副刊載「讀褚民誼啓事」一文，有主張殺盡漢奸之意，租界當局認爲此項言論有碍租界治安，遂吊銷其出版執照。該報被迫停刊一日。

二十八日五月一日，蔣委員長於國民精神總動員開始之日，向全國作廣播演說，上海各報僅「譯報」、「文匯報」、「中美日報」刊登全文，申、新兩報只登了一小段，譯報因演詞太長，當天登了一半，準備第二天續載，遭工部局禁止，「譯報」停刊一日抗議，結果，該報勝利，第三日續刊蔣委員長演詞。工部局則召集報紙出版人談話，聲明以後有關政治的演詞，要先送工部局警務處審查。

全國生產會議開幕，蔣委員長出席致訓。上海報紙如「文匯」、「譯報」、「大美」、「中美」等四報，都刊載了蔣委員長訓詞全文。第二天（五月十九日），工部局勒令四報停刊半月。其後，二十八年「九一八」紀念日，「中美」因揭發上海教育界附逆敗類，被勒令停刊三星期。二十九年一月三十日，該報因駁斥「和平」謬論，被勒令停刊兩星期。於二十八年九月二十五日復刊的「大美」報，在七月二十五日宣告永久停刊。不過，大美公司所經營的英文和中文「大美晚報」、「大英夜報」，則照常出版。二十九年六月二十五日，「華美晚報」又因刊載「中條山上小英雄」一文，被工部局勒令停刊一月。民國三十年五月，「正言報」因刊載孤軍消息和謝晉元逝世紀念特刊，被工部局勒令停刊兩星期，到五月二十日復刊。

三、誘買　民國二十年春，汪逆派人收買上海、香港的少數報紙和記者，略有收穫。但是上海大多數的反日報紙則不為所動。「文匯」、「譯報」在停刊時間，汪逆以鉅款向洋商收買該兩報之發行權，兩報員工聲明脫離，兩報遂告停刊。接着，「導報」和「國際日報」（註四十二）遭遇了同樣的命運。

不久，「華美晨報」和「大美報」，都被迫停刊，上海主持正義的報紙，除了申、新兩報外，就只剩下「中美日報」、「大美晚報」、「大英夜報」等少數幾家報紙了。

四、襲擊　對正義的報館，汪逆除了用以上的手段外，並派暴徒襲擊正義的報館。最先被搗毀的是「導報」，「大英夜報」由「導報」承印，「導報」停刊「大英夜報」也被迫停刊，後改由「中美」印刷。接着，在二十八年七月二十二日晚，暴徒多人去襲擊「中美日報」和「大晚報」，中美日報關上鐵門，暴徒侵入「大晚報」的排字房，排字人死傷各一人。二十九年六月二十三日，「大美晚報」被投擲炸彈，幸無死傷。同年七月二十六日上午，「申報」被投擲炸彈，傷數人。此外，「大美晚報」也發生三次炸彈案，幸兩次沒有爆炸，一次被捕房移走。

五、綁架　對誘買、襲擊失效的報紙，汪逆就對宣揚正義的新聞從業員採綁架行動。二十八年六月二十八日，「大美晚報」職員杜炳昌首先在家被綁。同年八月，新聞報編輯倪瀾深被綁。三十年四月四日，神州日報兼「正言報」機器房領班史寶才被綁。五日，上述兩報工人和「申報」副經理王堯欽都被綁。六日，申報庶務主任黃炎卿被綁。十一日深夜，「申報」廣告職員方懋化被綁。五月十九日，正言報總務主任姜意誠被綁。

六、通緝　二十九年七月一日，南京偽政府發表偽令通緝愛國志士八十三人，其中大半為新聞記者。如「申報」有馬蔭良、潘公弼（已去內地）、唐鳴時、金華亭（被敵偽刺死）、伍特公、瞿紹伊（被敵偽刺傷後脫離「申報」）胡仲持、馬崇淦、張叔通、張一萍、黃寄萍、趙君豪（已去內地）等。「新聞報」有汪仲、顧執中（被敵偽刺傷後去內地）、倪瀾深、王人路、徐恥痕、潘競民、蔣劍侯等。「中美日報」有駱美中、張若谷（已落水）、倪家劍、王錦銓等。「神州日報」有蔣光堂、盛世強、徐懷沙、載湘雲等。「大美晚報」有張似旭（被敵偽刺死）、張志韓、劉祖澄、程振章（被敵偽刺死）、朱一熊等。「大美報」有吳中一（病故）、高季琳、郭志萍等。「大晚報」有汪倜然、金摩云、朱曼萍等。「大英夜報」有胡傳厚、周思南等。總滙報有錢弗公、王善琦等。中央社有馮有眞、陳維儉等。以上共四十一人，各報總經理，除汪伯琦外，也都在被通緝之列。

被列入黑名單的，大都住進報館，以防意外。租界當局也表示對他們盡保護的責任，但是也教他們自己小心。

七、暗殺　汪逆暗殺報人，早從民國二十八年就開始。首先被殺的，是「大美晚報」的總報販趙國樑。接着，是「申報」的編輯委員瞿紹伊，在二十八年六月十七日被刺受傷。同年八月三十日下午，大美晚報副刊編輯朱惺公被刺殉難（註四十三）。二十九年七月二日下午，大光通訊社社長邵虛白被暴徒擊斃。同年七月十九日，上海「大美晚報」中文版經理張似旭被刺殉難。同年八月十七日下午，「新聞報」採訪主任顧執中，被刺受傷。同年八月十九日上午，中文「大美晚報」編輯程振章遇刺殞命。民國三十年二月三日，「申報」編輯金華亭被刺殉難。同年四月二十八日上午，「大晚報」營業主任兼「中美日報」協理聞天聲，被刺受傷。同年六月二十三日，「大美晚報」副經理李駿英被刺殞命。

八、驅逐　對維護正義的外籍記者，汪逆不敢暗殺，則加以驅逐。二十九年七月十四日，南京偽政府訓令上海偽市長，驅逐外籍記者六人，播音員一員，限期出境。這六個外籍記者是：英文「大美晚報」總編輯兼波士頓基督科學箴言報上海通訊員高爾特（Randall Goould），英文「大美晚報」社長史蒂（Starr），公共租界工部局董事兼「申報」發行人柯樂滿（N.F. Allmann），英文密勒士評論報主筆鮑威爾（T.B. Powell），華文「華美晚報」發行人密爾士（Hai. P. Mills），無線電播音員奧爾考脫（Car. Roll, Alcott），「大英夜報」發行人兼總編輯斐士（Sanderr, Rater）等。

密勒士評論報主筆美人鮑威爾，對這件事曾經發表談話，說：『此名單中之六人，無一非親華派，彼等一向贊助中國，反對日本之侵略，吾人常謂，汪為日方之傀儡，今於此偽令中，即可證明。蓋此名單中諸人，均為日方欲驅逐者，汪之此令僅為執行其「主子」之命令，日本欲儘速在遠東宣佈法西斯之策略，驅逐外國記者即其一端。』後來，太平洋戰爭爆發，鮑氏被敵拘禁，到交換平民時，才被釋放。但是回國後已經鋸掉兩腿，成一殘廢。「中國新聞學會」曾致送慰勞金一萬一千美元。美籍播音員奧爾考脫，也說：『自汪上臺，余不知接到若干恐嚇之信件與電話，故今日有此一着，良非意外。汪顯然嫌傀儡之稱呼不願耳，余今後不得添僱保鏢或穿上避彈馬甲，惟天氣如此熱，余眞不願着馬甲。』這就是外籍記者對汪逆僞令的反響。

在「孤島」時的上海，不但維護正義的報人，經常受到恐嚇，威脅，時時有生命之憂，連報販和讀者也難免。報販批到反日報紙時，往往遇到暴徒的搶刼。讀者如果不小心，拿反日的報紙包東西，在租界以外被檢查出來，隨時也有喪失生命的可能（註四十四）。

太平洋戰爭以前，上海除了上述的反日報紙外，還有不少所謂「中立」報紙、漢奸報、和低級趣味的小報，旣談不上特色，也沒有銷路。民國三十年十二月八日，太平洋戰爭爆發，所有反日、反汪的中、英文報紙，如「申報」、「新聞報」、「正言報」、「中美日報」、「大美晚報」、「華美夜報」、「大英夜報」、「大晚報」、英文「字林西報」等全部停刊。到了二月十四日，「申報」和「新聞報」復刊，但是受日海軍管理，換句話說，被日人所沒收了。

民國二十八年春，是上海反日、反汪報紙的全盛期，各報銷數仍冠於內地各報。據當時統計，各報的實銷數字（註四十五）是：「新聞報」六萬，「大美晚報」三萬八千，「文滙報」三萬，「申報」兩萬八千，「華美晚報」兩萬四千，「中美日報」兩萬，「新聞夜報」一萬，「時報」一萬，「力報」（小報）一萬，「譯報」五千，「導報」三千五，「大英夜報」三千，「華美晨報」兩千。

另據各該報的半公開數字是：

晨　報

經營者	報名	紙張數	銷數
美商	新聞報	五張	六萬
英商	申報	四張	三萬
英商	文匯報	三張	三萬
英商	譯報	一張	兩萬
美商	導報	一張	一萬
美商	大美報	一張	八千
美商	中美日報	兩張	八千
美商	華美晨報	一張	三萬
華商	時報	兩張	兩千
華商	生活日報	一張	五百
	晚報		
美商	大美晚報	一張	兩萬
英商	大晚報	一張	一萬五千
英商	文匯晚報	一張	一萬五千
美商	新聞夜報	一張	一萬
英商	大英晚報	一張	一萬

美商	華美晚報	一張	八千
英商	國際夜報	一張	三千

根據以上的統計數字，可以知道，申、新兩報因牌子老，出的張數多，銷數較各報領先。反日報紙大體上都不錯，漢奸報「生活日報」和「國際夜報」銷數最少，其中值得注意的是，黃伯惠所主持的「時報」，雖日出兩大張，銷數則沒有起色。該報於民國二十八年九月一日，自動停刋，有的說是因經濟不能維持，有的說是敵僞謀刼奪該報彩色印刷機。(註四十六) 不管是什麼原因，該報資格僅遜於申、新兩報，初出刋時光芒萬丈，落到這一下場，也算是够慘的了。也是老資格報紙，因經營不善，被淘汰的一個實例。

至於這一時期上海的反日報人，他們的成就，不遜於內地的報人，他們的奮鬬事蹟，將成爲中國新聞史上最光榮的一頁。

第六節　戰時港粵報紙的奮鬥

香港和廣東毗聯，過去每逢國內戰亂、廣東人就去香港避難，在香港辦報的，也大多是廣東人，上海和平津一帶的人，去辦報的不多。抗日戰爭，是一個全面性的戰爭，不少人想到，香港可能是避難的最好地區。辦報的人也想到，香港可能是宣傳抗戰的一個好據點。因此，一些財力雄厚的報紙，開始向香港發展。

最先到香港打天下的，是掌握上海「時事新報」、「大晚報」、「大陸報」、「申時電訊社」的一個文化機構。民國二十七年三月，它的「星報」在香港出版。它是上海未淪陷前小型報「辛報」的化身，在香港也是以四開一張的小型報姿態出現。半年後，該報主持人看到香港沒有較好的晚報，就改成晚報，日出對開一大張，在下午四時出報，比香港其他晚報的出版時間，晚了三、四個鐘頭，電訊和本埠新聞、自然也比其他晚報多，尤其是副刊，更爲出色。（註四十七）

跟「星報」同時創刊的，是「申報」香港版，由史詠賡親自主持。該報作風不適應香港環境，銷路不多，一年後就停刊。

「星報」創刊一個月後，以小型報雄視上海的「立報」，在香港出香港版。「香港立報」在編排和內容方面，不遜於「上海立報」，但是因爲不適合香港人的胃口，銷路也不理想。該報主持人成舍我氏，則始終保持該報的傳統風格，爲四開報樹立了一個楷模。

這一年的「八一三」紀念日。享譽國內的「大公報」香港版創刊，幾乎是上海版的全班人馬，初出版時，聲勢很大。但是香港人不喜歡看社論，張季鸞英雄無用武之地。不久該報的「重慶版」和桂林版相繼成立，高階層人物去了內地，「香港大公報」就顯得很軟弱了。

除了從國內遷去的幾家報紙外，香港當地的一些商辦報紙，如「華字日報」、「循環日報」、「工商日報」、「華僑日報」，因戰爭刺激，業務都蒸蒸日上。他們的言論自然是支持抗戰的，但是不算積極，跟上海的「新聞報」作風差不多。由於香港人口的激增，報紙銷路看好，民國二十七年，胡文虎的「星島日報」創刊，把晚上的電訊新聞，延收到深夜二時以後，儘可能提供「最後消息」，可以說是該報的一大特色。另外還有一張創刊於民國二十六年的小型報「天文臺」，以軍論見長，這是因爲它的主持人是一個軍人。

民國成立以後，政客紛紛回國活動，香港的政治性報紙越來越少，但是到了國民革命軍統一全國以後，一些失意政壇的政客，不能在國內暢所欲言，又到香港辦報，從事政治活動。首先出現的是民國十七年，廣東政客陳銘樞辦的「新中國日報」，辦了沒有多久就停刊。接着是民國十九年汪精衞辦的「南華日報」，平時重視體育消息。他叛國後，該報也以「漢奸」姿態出現，高唱「和平運動」的論調。

民國二十四年，陳銘樞又創辦了「大衆日報」，打起抗日救國的幌子，暗裡拉攏桂系，企圖分化團結全國運動，後被讀者所唾棄，抗戰開始後不久停刊，設備被桂系收買，改出「珠江日報」。同年，左傾的救國會派，在香港辦了一張「生活日報」，因在香港站不住脚，又回上海，但是其中的一部份人員，却打進了新出不久的「星島日報」。

這些政客辦的報紙，表面上支持抗戰，實際上却是爲它們所代表的勢力說話。使得香港人無所適從，不知道究竟誰對誰不對。

中央有見於此，於民國二十八年七月，在香港辦了一張「國民日報」，一方面掃蕩不利抗戰或政府的言論，一面鼓舞香港華人的抗戰情緒。

於是，「國民日報」和一些政客辦報紙，展開了大規模的筆戰。這些政客辦報紙不能應付，就拉人助戰。由共黨同路人和僞裝愛國的政客，辦了幾張報紙，來「包圍」「國民日報」。這些新的政治性報紙是：薩空了辦的「華商報」，俞頌華辦的「光明報」，和徐傳霖辦的「國家社會報」等。最後，潛伏在「星島日報」的左傾份子金仲華等，也利用「星島日報」的地盤參戰。

主持「國民日報」筆政的是論壇老將王新命。他因立場公正，義正詞嚴，不但衝出敵人的包圍，並且一一予以重創。最後，「星島日報」的後臺老板胡好出面，解除了金仲華的職務，另聘程滄波擔任總主筆，一場大論戰才算平息。

「國民日報」兩面作戰，一面要打擊汪系「南華日報」的「和平」論調；一面要跟左翼論客搏鬪，自然够艱苦。該報初由陶百川主持，民國二十九年，改由陳訓畬接任。

太平洋戰爭爆發，多數報紙被迫停刊，一些去香港打天下的中國報人，只好去內地，在祖國的戰場上跟敵人作戰。

自從內地的報紙，遷香港出版後，香港報界就形成了兩派，一派是所謂「外江派」，一派是「本地派」。撰述方面，也有所謂「海派」和「港派」的分別。不過，在擁護中央，宣揚抗戰國策這一個大目標上，則完全一致。

大致說來，內地大報對香港的影響也不小，香港報紙多年來，很少改進，受此影響，也開始力求革新，最顯著的是：

在內容方面：㈠評論作風的改變。過去港報評論題材，大多注意地方。抗戰後，開始集中目光於國際關係的變化，國內政治的變革，外交政策的研討，和抗戰大勢的發展。㈡注意專欄。特約專家撰述闡釋時事問題的論文。㈢重視國內外電訊。

在編輯方都：㈠新聞稿的選擇標準趨嚴，不再像以前那樣的見稿就發。㈡標題的進步。以前香港各報，多用舊式排版，影響新聞標題，字數受限制，顯得很呆板。戰後開始改用新式排版法，報紙格局，活潑有緻，標題因字數解放，也可以伸縮自如了。㈢圖片的增多。以前香港各報，對穿版圖片，很少應用。戰後作風大變，各報開始多用圖片，以增加版面美觀，和新聞的價值。（註四十八）

廣東的新聞事業，以廣州爲中心，廣州淪陷，廣州報紙易地出版的，只有「中山日報」、「廣州日報」、「民族日報」和「國華報」四家。「中山日報」分在韶關、梅縣、梧州三個地方出版，「國華報」在香港復版。「廣州」、「民族」日報兩家，雖曾在高要、新興復版，但因經濟困難，隨即停版。廣州淪陷不久（註四十九），廣東戰時省會移到曲江。這時候，「中山日報」也已到了曲江。接着，一個後起之秀的「大光報」，又在曲江創刊。「大光報」創刊於民國二年，原在香港，本來是一張沒有經濟基礎的商辦報紙。民國二十七年，廣州、廣東地區相繼淪陷，該報失去了內地的銷路，勉强支持到那年的多天停刊。第二年，該報的一部份幹練人員去曲江，聯合報界人士籌備復刊，由陳錫餘擔任社長，於二十八年七月七日正式復刊，日出對開一大張。不到半年，適逢粵北第一次大會戰，該報暫遷坪石。等到曲江局面穩定，它又遷回曲江，報社業務日益發達，銷路擴大到湖南和廣西諸省，發行、廣告收入激增，遂於三十年四月一日，在廣州灣對面的寸金橋，創設粵南版。廣州灣爲通入內地要道，該報分版銷路也很廣。等到日軍佔領廣州灣，粵南版遷往信宜縣的鎭隆墟。三十三年五月，粵北第二次會戰，曲江廣東省政府一部份遷往連縣，該報又在連縣設立分版，直到抗戰勝利，才遷回廣州。這是戰時辦報，配合戰局發展選擇有利地區的一個實例。（註五十）

「中山日報」和「大光報」，是戰時廣東報業的兩顆恒星，散佈在恒星四週的，還有很多衞星。據統計，當時廣東報業全省的報紙，包括商辦報和黨辦報，共有六十八種之多。（註五十一）

廣東省黨部，除了辦黨以外，並積極推行戰地新聞工作，後來更創辦了不少敵後報紙。廣州淪陷後，敵僞也辦了十幾種報紙，以廣州爲最多，如「廣東迅報」、「僞中山日報」、「大公報」、「民聲日報」等，其中以「廣東迅報」規模最大，是日人用唐信夫名義，利用原「星粵日報」設備改組擴充而成。比起抗敵報紙來，敵僞報紙的力量顯得太小了。

第七節　黨報和軍報的發展

國民黨黨報的主體是「南京中央日報」。自從民國二十一年，「南京中央日報」改採社長制，成爲獨立經營的黨營新聞事業單位後，就爲黨報奠定了完善的制度，此後各地黨報能自力更生，日趨發展，實由於此一制度的確定。

民國二十六年七月，中央召開廬山談話會，「中央日報」在廬山創設廬山版，由朱虛白主編，爲「中央日報」設立臨時分版之嚆矢。

抗戰發生，「中央日報」採應變措施，一部份員工器材分水陸兩路西遷，一部份留守南京，繼續出版到南京淪陷時停刊。西遷人員一部份撤抵長沙，在二十七年一月十日復刊，爲長沙版。同年九月一日，「中央日報」在重慶復刊，長沙版改爲分版，設立分社主任。另一部份人員到雲南，在民國二十八年五月五日，創設昆明版，設分社主任，和長沙版同受重慶總社節制。後長沙大火，長沙版「中央日報」損失很大，被迫停刊。後復刊不久，就因戰亂遷邵陽，於二十七年六月一日復刊。民國三十二年，該報改「湖南中央日報」，直屬中央，改社長制。同年秋，昆明版「中央日報」也改社長制，直屬中央，改名，「昆明中央日報」。

民國二十七年，原在漢口出版的「武漢日報」，在武漢撤退時，把器材運往貴陽，在同年十二月一日創刊，改名「貴陽中央日報」。二十八年，該報曾應湘西地方要求，成立芷江分版。

民國三十年雙十節，中央在成都創辦「成都中央日報」，直屬中央。

「福建中央日報」的前身，本來是北伐後福建省黨部辦的「福建民報」，後改「福建新報」、「新福建報」、「福建民國日報」。到民國二十三年三月一日，又改稱「福建民報」，採社長制，直屬中央，到三十年四月，又改名「福建中央日報」。該報一度在福州成立分版。

民國三十年，太平洋戰爭爆發，上海忠貞報人撤入後方，中央特在東南前線成立接待站，招待報人，並在安徽辦理直屬黨報，一面安揷內遷報人，一面配合反共。同年七月十八日，「安徽中央日報」創刊，社址設皖南屯溪。

中央直屬黨報，除以「中央日報」發行外，並有「西京日報」、「中山日報」、「武漢日報」、和「民國日報」等名稱。「西京日報」於民國二十二年三月創刊。當時全國重視西北，政府爲配合西北開發計劃，遂創辦該報。「雙十二」事變時，該報由張學良、楊虎城派人接辦，事平後，二十六年三月一日復刊。二十八年春，該報爲配合抗戰宣傳，曾在南鄭創辦漢中版。

「中山日報」的前身是「廣州民國日報」，創刊於民國十二年八月，是　國父在粵手創的三大事業之一。民國二十五年七月，粵省還政中央，改名「廣州中山日報」。民國二十七年十月，日軍陷廣州，該報隨省府遷韶關繼續出版，一部份器材遷梧州，於是年十一月出梧州版，另一部份器材遷梅縣，於是

西京日報

西京日報

武漢日報

武漢日報

甘肅民國日報
青海民國日報
寧夏民國日報
新疆日報

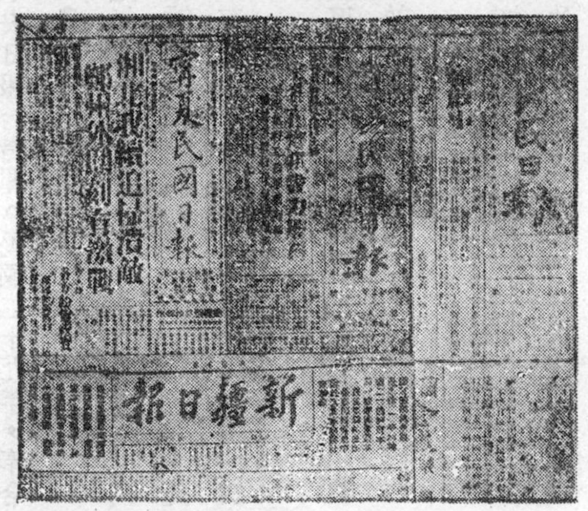
寧夏民國日報

新疆日報

年五月出梅縣版，兩版都由韶關總社管轄。

「武漢日報」創刊於民國十八年，社長初由中央宣傳部長兼任，到二十一年才派人專任。二十七年七月，籌設宜昌分版，是年十月，武漢淪陷，該報一部份員工遷宜昌，一部份員工向鄂東推進。宜昌版於二十七年十二月一日出刊，仍用「武漢日報」原名，受「貴陽中央日報」指揮。民國二十九年，奉令遷恩施出版，於十一月一日復刊。第二年七月一日奉令直屬中央，業務和「貴陽中央日報」劃分。

民國二十八年，西康建省，西康省黨部爲擴展邊疆宣傳，於是年雙十節創辦「西康國民日報」。到三十年冬，中央川康黨務視察團到康定，見該報業務不振，建議把該報改隸中央，於三十一年復刊。此外尚有「青海民國日報」（設西寧），「寧夏民國日報」；以及上海創辦的「正言報」也都是直屬中央的黨報。

以上直轄中央宣傳部的黨報，共十八家（註五二），其中除「正言報」僅出版數日，就因太平洋戰爭爆發，上海租界淪陷而停刊外，其他各報大都維持到勝利以後，並且有很好的表現。尤其是「重慶中央日報」和他的兩個分版。

「重慶中央日報」，於二十七年九月在渝復刊後，因遭敵機轟炸，遭受很大損失。二十九年十月，程滄波辭社長職，由何浩若繼任，僅三月，就由陳博生接任。陳氏致力於新聞之充實，日軍偷襲珍珠港，消息由該報獨家刊出，極受讀者和同業的讚譽。三十一年十二月，陶百川繼任社長，後又由「東南日報」社長胡健中繼任，陶希聖任總主筆，陳訓畲任總編輯，在言論方面要闢斥匪「新華報」歪曲宣傳，在業務方面要跟「大公報」競爭。

統一言論，加强宣傳，不但是戰時的基本宣傳政策，也爲情勢所必需，各方建議的很多，如成舍我氏在其『「紙彈」亦可殲敵』一文中，就主張由政府普設地方報。政府雖限於條件和種種困難，不能做到這一點，但是也盡了最大的力量。政府曾鼓勵、勸告內遷的大報疏散往鄉村，收效不大，就只好致力於黨報的發展，除發展中央直屬黨報外，並積極發展地方黨報。據民國三十三年的統計，當時共有省或特別市黨報四十一種，縣市黨報三百九十七種。（註五三）就數量來說，也够驚人的了。有些省或特別市黨報，辦得也很好。如由杭州而金華的「東南日報」，本來辦得就很出色。由於上海、杭州的淪陷，使金華變成了自由和淪陷區交通孔道，頓形繁榮，「東南日報」也因此而大爲發展，暢銷於東南。三十一年五月，金華撤退，該報分遷至福建南平和浙南麗水兩地出版。該報一方面達到了宣揚抗戰的任務，一面發展了業務，可以說是配合戰局發展選擇有利地區的第二個報紙典型。（註五四）比起擠在後方大都市的報紙要好得多了。

黨報社論由「黨報社論委員會」供應，新聞則由中央社統一發佈，因此發展較易，社論每星期三篇，用電報傳達，每星期並有專論一篇，大半都是代表中央意見的論著，非常重要。

戰時軍中亟需精神糧食的供應，因此軍報應時而生。軍報由軍事委員會政治部策劃經營。民國二十八年初，軍委會政治部由陳誠氏負責，他對供應軍中精神糧食非常重視，特在政治部成立了一個機構，叫「部報委員會」，選派當時「掃蕩報」重慶總社社長何聯奎等爲委員，並以該部第三廳副廳長范揚爲主任委員，負實際的責任。

政治部「部報委員會」成立以後，立刻策劃建立軍中新聞事業的工作，大致有以下幾點：㈠釐立軍報的系統。㈡培養軍中新聞工作幹部。㈢供應戰地報紙的新聞電訊和宣傳指示。㈣審核各軍中報紙，並指導其業務活動。民國三十二年，軍委會政治部內部機構調整，「部報委員會」裁撤，其所主管的軍中新聞事業業務，移併第三廳主管。各種戰地軍中報紙，仍繼續發行，一直到抗戰勝利，才因復員逐漸結束。

戰時軍報的系統，大致可分爲三種：㈠掃蕩報。㈡陣中日報。㈢掃蕩簡報。

「掃蕩報」在民國二十一年六月二十三日，創刊於南昌，最初由南昌剿匪總部政訓處主持，原爲「掃蕩三日刊」，宣傳剿匪抗日，主張「攘外必先安內」，糾正當時紛歧錯雜思想，並宣傳新生活運動，致力於奠定長期抗戰心理基礎，對鼓舞士氣，振奮民心，打擊反動勢力，貢献很大。是抗戰開始前我國新聞戰線之生力軍，爲國內各方人士所重視。後擴充「掃蕩日報」。最初僅發行於軍中，後來成了一種一般性的報紙。民國廿四年五月一日，遷漢口發行，日出兩大張，同年十月十日，出三張。廿七年五月，發行網遠及海外和邊區，日銷達六萬七千份以上。

廿七年十月一日，「重慶掃蕩報」出版，「武漢掃蕩報」出到最後一版，撤遷至桂林，出桂林版。民國卅二年十月一日，又出昆明版「掃蕩報」。卅三年，黃少谷專任總社社長，成立有限公司，實施企業化，同年九月一日正式改制，由黃少谷任總經理兼總社社長。嚴格上講起來，企業化的掃蕩報，已經不能算是軍報。

「陣中日報」是由戰區司令長官政治部發行的報紙，以供應所轄戰區軍民閱讀爲對象。當時全國分爲十個戰區，每一個戰區都有「陣中日報」，只有在上饒的第三戰區，是用「前線日報」的名稱，而不是用「陣中日報」。

「掃蕩簡報」是最基本的小型戰地軍中報紙，配屬於集團軍總司令部或軍部。這種報紙爲了印行方便，自然沒法鉛印，全部是油印報紙。只要配備一部油印機，一架收報機和收音機，幾個工作人員，就可以隨軍進退，隨時隨地出報。換句話說，「掃蕩簡報」是流動性的軍中報紙，也是最能適應前線需要的一種報紙。

軍委會政治部「部報委員會」的主要工作，就是建立「掃蕩簡報」。該委員會爲訓練軍中新聞幹部，曾經成立「掃蕩簡報訓練班」，經費由軍委會政治部撥給，工作則由配屬集團軍部或軍部政治特派室指導。

民國二十八年八月，和二十九年十二月，軍委會政治部，在中央訓練團舉辦過兩期新聞研究班，訓練軍中新聞幹部，由軍委會副部長張厲生兼任班主任，副主任一爲「部報委員會」主任委員范揚，一爲中央通訊總社社長蕭同茲。擔任講述的，都是重慶各大報社長、主筆和總編輯。受訓的大多是二十多歲的留日學生和大專畢業青年，對新聞工作的推進，貢獻不少。

黨報和軍報，是中國特殊環境下產生的特殊報紙。這些報紙對抗戰有過很大的貢獻，在新聞史上也應該有它們的地位，並且在今天和未來，還值得研究發展，以適應中國環境的需要。

第八節　淪陷區和游擊區報紙

抗戰時，敵僞很重視宣傳，據民國二十九年上半年的統計，敵僞在我十九省，就有一百三十九家報紙（註五八），其中以北平爲最多，其次是江蘇。不過，較重要的報紙，還是在江蘇，尤其是上海。

敵僞報紙可分兩種形式，一種是以敵人面目出現，一種是以漢奸面目出現。前者內容着重在政治欺騙，散布不利我方的新聞。後者除了做敵報的尾巴和應聲蟲外，還特別着重於誨淫誨盜的麻醉性新聞，企圖使陷區的青年知識份子，生活上和意志上在頹廢下去。

敵僞在華北辦的報紙，以平、津爲中心。北平有「北平晨報」、「新北平報」、「實報」、「全民報」、「新民報」、「新興報」其中以「新民報」爲最重要，是刼掠成舍我氏的「世界日報」改組而成，主持人爲日人武田南陽。天津的敵僞報紙有「庸報」、「救國日報」、「東亞晨報」、「天聲日報」、「新天津報」等，其中以「庸報」爲最重要，該報在抗戰前就已投敵。（註五九）

江蘇的敵僞報紙，以南京、上海爲中心。南京有「實業新報」、「南京晚報」、「新南京報」、「中報」等。其中以漢奸秦墨哂主持的「南京新報」爲最重要。「新南京報」是梁逆鴻志的言論機關，中報的後臺是周佛海。「南京晚報」則由日人有田義一主持。上海的敵僞報紙，以日人坂尾與市所主持的「新申報」出版最早，創刊於民國廿六年十月，其次是林拍生所主持的「中華日報」。該報本爲汪精衞所辦報紙，抗戰發生，和其他多數華文報紙，一起停刊。汪投敵後，加以復刊。（註六〇）

民國廿九年，是租界反日報紙奮鬭最艱苦的時期，敵僞除用綁架、暗殺等各種手段來對付維護、主持正義的記者外，並且接連創刊了幾張報紙，如廿九年三月廿二日創刊的「國民新聞」，同年九月一日創刊的「平報」，同年十一月七日創刊的「新中國報」。「國民新聞」的後臺是李士群，「平報」的後臺是周佛海，「新中國報」的主持人是袁殊。

到了民國三十年，太平洋戰爭爆發，租界反日、反汪報紙全部停刊完全成了敵僞報紙的天下。中、新兩大報則在日軍管理下復刊。「申報」主持人爲陳彬龢，「新聞報」主持人爲吳蘊齋。外文報紙則有日文「大陸新報」，創刊於民國廿八年一月一日，資本極爲雄厚。還有一張英文報紙「泰晤士報」。

在敵人所辦的報紙中，以「新申報」和「大陸新報」爲最重要，漢奸報紙規模最大的自然是申、新兩報。此外還有不少小報，如「社會日報」、「東方日報」、「力報」、「吉報」等，因爲不談政治，販賣色情，正迎合敵僞的新聞政策，不但繼續出版，並且受到敵僞的鼓勵和支持。

浙江最重要的敵僞報紙，是「杭州日報」，主持人是程季英。香港也有汪逆所辦的兩家報紙，一爲「南華日報」，一爲「天演日報」。此外如蘇州的「蘇州新報」，鎭江的「鎭江新報」，無錫的「新錫日報」，常州的「民遞日報」等，也都是規模較大的漢奸報紙。

所有敵僞報紙的消息來源，主要是由敵方的「同盟社」和「中華聯合通訊社」供應。這兩個通訊社是敵僞造謠、挑撥離間的大本營。

在銷數方面，以上海爲例，據民國三十三年九月間的調查，「新申報」銷八萬，「新聞報」六萬，「中華日報」五萬，「申報」四萬，「大陸新報」四萬，（註六一）就數字來說，不能算少，其原因：一方面是敵僞強迫訂閱，還有一個原因是，讀者是買「紙」而不是看「報」。因爲，如果我們把所有關於敵僞報紙的出版頁數和發行數，放在一起，就可以看出，銷數和張數成正比。如「新申報」出八大張、「新聞報」五張、「申報」四張。他如「蘇州新報」、「杭州新報」、「南京新報」都出到四張以上。篇幅越少的銷路越少，出兩頁以下的，大多銷路不滿一千份。

戰時物質困難，報紙來源斷絕，舊報累積，論斤賣出，所得付訂費而有餘。因此，有不少專做收買舊報生意的，連新出報紙也在收買之列。很多敵僞報紙很可能始終沒有機會到達讀者手裡。（註六二）

這情形和「反日報紙」的銷售正相反。上海成爲「孤島」時，反日報紙只能銷售於租界以內，如帶出租界以外的淪陷區，被敵僞查出，有失去生命的可能。但是仍舊有人冒生命的危險做這種生意，部份報販把上海「譯報」、「大美晚報」運到蘇州，無錫一帶秘密銷售，每份以三角至四角計。常州有一個報販，不知道從什麼地方弄到一張重慶出的「大公報」，以一元的代價，賣給淪陷區的一個青年，他立刻暗地通知所有的朋友。於是他的分散在各地的朋友，從很遠的地方去看這張報紙。其中有一個十六歲的青年，從五十里外的山間跑去看報，看完當天又走了回去。（註六三）有時候，一張內地報紙，在淪陷區可以銷售到國幣三元以上。儘管敵人檢查極嚴，處罰極重，但是淪陷區的人，仍舊能看到他們迫切希望看到的報紙。

由於淪陷區民衆對自由消息的迫切需要，而自由區報紙又難以輸入，「自由比利時報」遂應時而生。事實上，抗戰時，敵人雖侵佔了我們不少的領土，但却不能控制這些領土上的人心。自由的人心，自然會開自由之花，辦自由之報。南京陷落的前兩天，城內外看不到一張正式報紙，但當敵人跨入了中山門以後，一種小型的「抗敵導報」，居然出現在浦鎭街上。敵人偵查結果是，鉛印的「抗敵導報」，不得不改成油印的「抗敵導報」。最不幸的是，兩個讀者因收藏不密而遭殺害。

這是關於游擊區報紙的一個小故事，也是中國新聞史上一個悲壯的小挿曲。事實上，這不能算是一個小揷曲，而是抗戰報業史詩的一個小逗點，或者是抗戰報業樂章的一個旋律。因爲這一類的故事，隨着抗戰的展開而展開，實在太多了。

敵人廣大的後方，成了我們游擊隊的基地，也成了敵後報或者游擊區報紙的發行區，然後再進入敵人的佔領區。

以江蘇爲例，無錫一失守，就出現了一張叫「星火」的油印報紙，由一群當地的知識青年和游擊隊所合辦，每天的時事新聞，是靠一架自製的短波收音機，收聽貴陽電臺轉播重慶中央電臺的新聞報告而來。此外如南匯游擊區的「匯報」，奉賢的「賢報」，都在淪陷初期就出版。（註六四）浙江最有名的敵後報紙，是於潛「民族日報」，銷行很廣。山西是游擊隊最活躍的地區，報紙也最多，最盛時大小多達一百多種。華北淪陷最早，敵後新聞事業也最發達。如晉冀察邊區有「抗敵報」，冀中原有「抗敵導報」，山東有「大衆日報」、「民國日報」，晉東南有黃河日報，都是規模整齊的鉛印報。

就民國二十八年的統計，游擊區報紙計有：山西四十五種，山東兩種，江蘇三種，安徽兩種，河北一種，浙西六種。（註六五）事實上，這一數字，僅佔敵後報紙的一小部份，因交通、郵寄不便，難作精確的統計。據民國二十九年的統計，單華北敵後報紙，就有兩百多家。（註六六）

爲了傳送方便，有些敵後報紙是採用書本或雜誌的形式。如天津的「中心月刊」、「高仲銘記事」、「前哨月刊」、「後方」、「匡時」、「突擊」、「抗戰」、「煉鐵工」等，其中有的小到只有六十四開，但是它們的任務是傳播自由消息，是被當作「報紙」來發行的。

敵人對這些報紙自然覺得得很頭痛。他們也收買、訓練了不少漢奸記者來對付。如民國二十八年，南京僞政府，開了一個「新聞人員訓練班」，第一步訓練了五十個漢奸記者，分配到江浙兩省，「發展」游擊區的新聞事業，（註六七）目的就是想和游擊區的正義報紙「作戰」。

但是，這些漢奸記者的命運可知，因爲上海已經有了很多先例。當敵僞派人執行租界反日記者「死刑」的時候，漢奸記者也遇到同樣的命運。第一個報界敗類被愛國志士所執行的，是「社會晚報社」社長蔡鈞徒。第二個是「時報」的營業主任王季春。第三個是「國民新聞」社長穆時英，繼任該報社長的劉吶鷗，也被槍擊斃命。其後「華美晚報」的股東兼總經理朱作同，也因甘受敵僞驅使而「伏法」。

抗日戰爭是總體戰爭，槍彈固可傷人，「紙彈」則可攻心，威力尤勝於槍彈。我們從事精神總動員的時候，也是敵人總崩潰的先兆。敵後報紙傳播自由消息，振奮陷區人心，抵制敵報的痲醉，對國家民族的貢獻不能算小，也是中國新聞史上最光榮的一頁。

本章註解

註一：詳見民國十八年「中國國民黨年鑑」。
註二：詳見民國十九年五月份「審查全國報紙雜誌刊物總報告」，藏中央黨史會。
註三：詳見民國十八年「中國國民黨年鑑」。
註四：詳見民國廿三年「中國國民黨年鑑」。
註五：見羅家倫撰「忍天之所不能忍決常會所不敢決」（刋「六十年來的中國與　蔣主席」）。
註六：見「國聞週報」十三卷四十期「滬京報界共同宣言」。
註七：張氏評論部份收入「季鸞文存」。
註八：見陳以令撰「抗戰期間的軍中新聞事業」，刋民國四十六年三月十二中央日報創刋二十八週年紀念特刋。
註九：見胡道靜撰「戰時東南報業遭遇的實際困難問題」，見胡著「新聞史上的新時代」。
註十：見「報學」一卷二期劉光炎撰「抗戰期間大後方新聞界追憶」。
註十一：見胡道靜撰「戰時東南報業遭遇的實際困難問題。」
註十二：見陳子玉撰「戰時新聞紙的幾個重要問題」，刋「新聞記者」月刋二十七年六月號。
註十三：見吳國良撰「副刋研究舉例」，刋「新聞學季刋」二卷二期。
註十四：見沈錡撰「戰時報業改進芻議」，刋「新聞學季刋」一卷二期。
註十五：見培璜撰「新聞界的合作問題」，刋「新聞戰線」二卷二期。
註十六：見「新聞戰線」二卷二期「林主席對新聞工作人的指示」。
註十七：見民國三十年十二月二日中央宣傳部工作討論會紀要，彭革陳報告，藏中央黨史委員會。
註十八：見胡道靜撰「戰時東南報業遭遇的實際困難問題」。
註十九：見前。

註二十：見沈錡撰「戰時報業改進芻議」。
註廿一：見蔣委員長對中政校新聞專修班訓詞，刋「戰時記者」二卷九期。
註廿二：見「戰時記者」一卷十二期「中央社廣播新聞」。
註廿三：見沈錡撰「論戰時言論出版自由」，刋「新聞學季刋」一卷一期。
註廿四：見裴克撰「戰時地方報的幾個嚴重問題」，刋「戰時記者」一卷六期。
註廿五：見「季鸞文存」。
註廿六：見黃天鵬撰「重慶各報發行聯合版之經過」，刋「新聞學季刋」一卷二期。
註廿七：見李士英撰「由掃蕩報到和平日報」，刋民國四十六年三月十二日中央日報二十八週年紀念特刋。
註廿八：見民國三十年十二月二日中宣部宣傳工作討論會紀要。
註廿九：見張弓撰「記長沙報紙雜誌展覽會」，刋「戰時記者」三卷二、三、四期合刋。
註三十：見毛樹清撰「世界報展籌備經過記略」，刋「新聞學季刋」一卷二期。
註卅一：見「新聞學季刋」一卷二期「新聞界消息」。
註卅二：見「新聞學季刋」一卷六期「新聞界新聞」。
註卅三：見袁昶超撰「中國報業小史」。
註卅四：見中央社「三十週年紀念刋」。
註卅五：見趙家欣撰「記者們沒有慚愧」，刋「戰時記者」三卷一期。
註卅六：見程其恒著「戰時中國之報業」，民國二十三年桂林銘眞出版社出版。
註卅七：見曾虛白撰「中國報業發展經緯」，刋民國五十年新聞年鑑。
註卅八：見唐際清撰「天津報業回憶」，刋民國四十六年三月十二日中央日報二十八週年紀念特刋。
註卅九：見張十方撰「行都的報紙」，刋「戰時記者」二卷六、七、八期合刋。
註四十：見程其恒撰「戰時中國之報業」。

註四一：見「新聞學季刊」一卷一期「全中國的報紙」。

註四二：原名「國際夜報」，由印度人克蘭佩出面發行，因虧蝕太多，無法維持，讓與華人接辦，改爲日報，試辦三月，至四月間期滿，爲中華日報經理葉雪松所收買，擬仍用「國際」名義，發行早晚兩版，五月間爲公共租界停刊，編輯部人員星散。見「新聞學季刊」一卷一期「全中國的報紙」。

註四三：詳見「戰時記者」二卷五期新聞史料「朱惺公罵賊文」。

註四四：見「新聞學季刊」一卷一期「全中國的報紙」。

註四五：見「戰時記者」第七期「滬京報發行實數」。

註四六：詳見「報學」一卷八期邵翼之撰「我所知道的上海時報」。

註四七：見「報學」二卷十期林友蘭撰「香港報業發展史略」。

註四八：見天軾撰「香港華文報紙的沿革」。

註四九：見輝佩撰「廣東敵我新聞戰」。

註五十：見袁昶超撰「中國報業小史」。

註五一：見輝佩撰「廣東敵我新聞戰」，刊「戰時記者」三卷二、三、四期合刊。

註五二：見程其恒著「戰時中國之報業」。民國卅三年重慶版英文中國年鑑「新聞事業篇」謂十七家。

註五三：見民國卅三年重慶版英文中國年鑑「新聞事業篇」。

註五四：見曾虛白撰「中國報業發展經緯」。

註五五：見許孝炎撰「本黨的宣傳機構及其運用」，刊「新聞學季刊」二卷二期。

註五六：見陳以令撰「抗戰期間的軍中新聞事業」。

註五七：見「報學」二卷七期戴豐撰「掃蕩報小史」。

註五八：見彭革陳撰「抗戰期中敵我新聞動態」，刊「戰時記者」二卷六、七、八期合刊。

註五九：見日人安藤德器著「北支那文化便覽」。昭和十三年東京生活社出版。

註六十：見「戰時記者」三卷一期「洗刷我們的耻辱」及楊壽清撰「上海淪陷後兩年來的出版界」。

註六一：見楊壽清撰「上海淪陷後兩年來的出版界」。

註六二：見「新聞學季刊」一卷一期「全中國的報紙」。

註六三：見前。

註六四：見程其恒著「戰時中國之報業」。

註六五：見「新聞學季刊」一卷一期「全中國的報紙」。

註六六：見彭革陳撰「抗戰期中敵我新聞動態」。

註六七：見「新聞學季刊」一卷一期「全中國的報紙」。

第十章　抗戰勝利後的報業

第一節　從抗戰勝利到大陸撤退

（一）復員重建的整頓時期

民國卅四年八月，日本向同盟國無條件投降；九月，中國戰區最高統帥　蔣主席派陸軍總司令何應欽上將代表，在南京接受日本駐華派遣軍總司令岡村寧次呈遞降書。次年五月，國府正式還都南京，因抗戰關係而遷移後方之全國各公私機關團體會社，亦在此前後，次第復員，報業自亦不例外。

事實上，早在日軍投降消息傳來之初，後方若干戰前原設在京滬平津等大都市著有歷史之大報，為爭取受降及接收新聞起見，即已特派專員，隨同政府受降大員，前往收復地區；除採訪、報導之外，同時進行整頓恢復工作。其中效率最高者如首都中央日報，甚至在受降典禮之次日，已在南京復刊，報導抗戰期中重大史實，闡述政府宣慰陷區同胞德意，使當地民衆耳目一新。至卅五年政府還都之時，此類報紙大部均早已提前在政府機關之前完成復員工作，甚且更在增設分社，力謀擴展中。

至於抗戰期中設在淪陷地區之報紙，當日軍宣佈投降之後，原來由敵僞官方辦理者，固然多已宣告停刊，即並非公然附逆之一般商營報紙，亦多暫告停頓。其原主持人過去有涉及漢奸嫌疑之言論行為者，則由員工暫時維持，另行改組。其中部份由先遣工作單位接管，或由後方遷囘之原產權所有者接收。此類整理接收改組工作，亦大多在卅四、五年間，粗告就緒。

抗戰期中，全國人才大量集中後方各省，有經驗之新聞工作人員，以及有歷史之若干大報，多隨政府遷入內地，在物質條件極度艱苦之情形下，發揮克難奮鬪精神，使得後方諸省之報紙水準日漸提高，業務亦日益發展。及至勝利復員，新聞事業重心隨政治經濟重心而東移，人才亦大量外流，內地報業，頗受影響。經過一年左右之變動時期，亦在卅五年間，才大致安定下來。

簡言之，由卅四年抗戰勝利，到卅五年歲杪，此一年餘時期，是中國報業經歷八年分裂破壞，和危難困窘之後，從頭整理，復員重建，力謀發展的初期階段。在這一階段中，原有的報紙有的停刋，有的復刋，有的合併，有的擴充，個別情形相當複雜；雖然如此，但就整個報界努力發展的精神看來，中國報業已開始走上復興之路。

從數字上作一比較，可以看出在這一段復員整理階段中，全國報社的總家數，還沒有超過抗戰發生之前的總數；甚至比民國十六年北伐初告成功之時，超過也很有限。

經過八年長期抗戰，國內報紙在「質」的方面，水準大見提高，但「量」則家數顯見減少；尤其分佈情形亦與抗戰前大爲不同。大致說來，自由區報紙家數大爲增加，而收復區則因日僞政權之扼殺而大見減少。至勝利後，經過一年左右之整頓擴充，在卅五年間，全國報社總數尙不及民國廿六年戰事未爆發前之數字。

根據民國卅五年內政部之調查統計，全國報紙已辦登記者共九百八十四家（註一）。銷數估計約二百萬份（註二）。各大都市中，以上海最多，計有報紙七十家；其次爲重慶，有四十四家；再次爲北平、廣州，各四十二家；南京四十家。各省中以湖南省最多，達一百廿二家；福建次之，有八十九家；廣東八十六家；以次爲江西、四川、河南各省。而東北之松江、吉林兩省各祇有一家已登記有案之報紙，嫩江、黑龍江且無（註三）。

由此可知在勝利初期，中國報業重心已移回長江下游，但曾被日軍佔領地區之報業，雖經過年餘整頓復員，規模仍未普遍復舊；另方面，抗戰期中國民政府政令所及地區之報業，則發展已逾顛峰狀態。若以發行量而言，則重心仍在京滬一帶。據估計，京滬兩地報紙發行數共約六十萬份，佔全國總數百分之三十。平津區約三十萬份；渝蓉兩地約十五萬份，武漢區約十一二萬份。廣東地區約十六萬份。瀋陽長春一帶約十萬份（註四）。其他若干省份報紙種數雖多，但銷數並不大。換言之，報業雖然普遍發展，但並不一定顯示規模宏大。

（二）飛躍發展的擴充時期

戰後我國報業，在卅五、六年間，有相當大的進步發展。根據卅六年八月底的統計，全國已登記換照之報紙總數增至一千七百八十一家之多。其中上海一市有九十六家；南京市有八十七家；天津六十八家；北平五十九家。在各省之中，廣東省有報紙一百卅七家；湖南省一百廿六家，湖北省一百十九家；福建省一百十四家；江蘇省一百〇二家（註五）。就比例而言，在不到一年中，全國報社比前一年增加率達百分之八十一，可謂驚人。若以勝利至卅五年此一階段作爲戰後中國報業復員重建的整頓時期，則卅六年這一年，可以稱爲報業復興的飛躍發展時期。

此一時期報業何以能有如此發展？分析其原因，主要不外下列幾點：

①政府宣佈實施憲政，國民黨還政於民。制憲國民大會於卅五年底擧行，制訂中華民國憲法，明文保障國民出版言論等自由，政治環境有利於報業發展。申請辦報之許可亦完全開放，新報遂如雨後春筍，大量出現。

②國民黨在復員期中，重訂黨營報紙企業化計劃，在全國各地普遍刊行黨報。且均以企業化經營，自給自足爲目標。各地黨報負責人亦均能本此原則，努力求進；對整個報業之發展，刺激甚大。（註六）

③卅六年四月，中央政府改組，青年、民社二黨參加政權，行憲國民大會代表及立法委員、監察委員之選擧，都在此一年間進行。各政治團體爲擴大宣傳，爭取支持，紛紛創辦新報。而若干民間報刊亦乘此機會多事擴充，以求增加影響力，提高地位。

④共產黨及其外圍組織亦乘此政治上變革之期，在政府控制地區大量滲入報界。一方面篡奪原有報紙之編輯言論權，另方面亦以各種僞裝面目創辦新報，作爲宣傳及打擊政府之工具。

⑤政府因實施外滙管制，對紙張進口亦有限額，因而在若干大都市實施配紙政策。結果報業反能在物價飛漲之中，獲得官價配紙之優待。對京滬平津等大都市報業之發展，關係甚大。甚至有人虛報用紙量從中謀利，因之辦新報，自成一時風氣。

⑥政府對若干重要報紙，特予協助支持，公營銀行予以貸款，助其發展；獲得實際利益甚大，對整個報業之改進擴充，鼓勵亦不在小。

在此期間，報紙家數既然大量增加，競爭自亦隨之而激烈化。而各報無論在機器設備，印刷技術，版面編排，新聞爭取等各方面，都不斷展開競爭，日新又新，力求進步。若以此一期間之報紙與抗戰期間相比，誠有天淵之別。無論紙質之精良，製版之清晰，新聞內容之豐富，言論尺度之自由，甚至發行量之擴增，廣告業務之開展，在在均非抗戰期中平版機，嘉樂紙印出之報紙可比。

總而言之，民國卅六年可稱爲戰後我國報業復興的巔峰階段，如果沒有共產黨稱兵作亂，則將來之發展，無可限量。

（三）再度面臨黑暗時期

自民國卅七年開始，大陸報業之發展，由於軍事情勢之漸趨不利，而到處遭受打擊。中共軍事叛亂在此一年中日形猖獗，十一月北平天津相繼淪陷，華北地區淪入中共控制。卅七—八年交替之際，中共軍力前鋒已逾徐蚌直趨長江，大局急轉惡化。而幣制改革失敗，物價高漲，配紙取銷，更直接影響政府控制地區經濟之安定；報業經營，至覺困難（註七）。同時，共黨更利用學生、群衆，到處煽動反政府，罷工罷課，製造勞資糾紛，破壞秩序。政府當局在此情勢危急之秋，亦不得不實施嚴格管制，對已被共特把持滲透、或屢次刋登爲共張目不確新聞之報刋，予以斷然處分（註八）。至於被中共佔據地區原有報紙之面臨噩運，更不待言。

此一時期，因大局變化過快，政府機關一再播遷，究竟報業所受損失如何，迄無可靠統計。除淪陷中共手中者幾完全斷送不計外，僅就政府區域中略擧數例即可見其困難情形之一斑；

——卅六年十二月一日，漢口「中國」、「建國」、「新聞」三家晚報，因物價上漲，維持困難，宣告併出聯合版。

——長沙「新潮日報」與「大晚報」亦宣告合併，聯合發行晚刊以暫維持。

——具有卅二年歷史之長沙「大公報」，宣佈停刊。

——卅七年一月，長春九家報紙之聯合版亦告解體。

——卅七年一月十九日，江蘇武進七家日晚報全部停刊，員工迫於生計，發行「員工生活聯合版」。

——卅七年三月，廣州市「中山」、「嶺南」、「和平」、「廣州」等四報，因紙荒無法維持，合併爲一，改名「廣東日報」。

——卅七年五月，南昌十一家報紙，因勞資糾紛，刊行油印聯合版。七月，全南昌十八家報紙兩度停刊。

——卅七年七月八日，內政部宣布，南京「新民報」屢次刊登不利政府且不確實之新聞言論，觸犯出版法規定，予以永久停刊之處分。

——同年七月十二日，西安市「北方夜報」被暴徒搗毀。

——八月一日，青海省惟一報紙「民國日報」因經費困難停刊。

——九月一日，天津英文晚報有爲中共張目之嫌，奉令停刊三天。

——九月五日，北平「商業日報」刊載中共頭目投降之不實消息，着令停刊。

——九月十三日，貴州「商報」轉載上海某報「金圓券與外滙」一文，諷刺改幣政策，慫恿人民私藏金銀，負責編輯撤職。

——九月十六日，南京「眞理新聞」社因刋載新聞觸犯總動員法，奉令停止發稿。

——九月廿一日，南京中國日報被搗毀。

——十月十二日，上海「正言報」因社論不當，內政部下令停刋。

——十一月一日，青島八家日晚報宣告休刋（註九）。

以上所擧，不過是自卅六年年底至卅七年歲末，有紀錄可考之事例之一部，由於時局混亂，資料不全，實際情形遠過於此。事實上無論公民營報刋，都是在經濟困難、人心浮動之艱苦局面下，勉强撑持。到卅八年四月，南京失守；五月上海淪陷；除南京「中央日報」（註一〇）、「和平日報」遷來臺灣而外，京滬報業至此全部淪入中共之手。華中地區最負盛譽之「武漢日報」，總社遷往柳州，宜昌版遷往四川萬縣。至同年年底亦因中共入據西南而全告停刋。

卅八年十月，廣州淪陷，政府遷往重慶，繼轉成都，十二月底，西南整個淪陷，政府遷來臺灣。大陸全部變色；而抗戰勝利後一度蓬勃復興之中國報業，亦如曇花一現，至此再度淪入黑暗。

當此一片黑暗逐漸籠罩整個大陸前後，中國自由報業之精英，絡續東遷臺灣，籌劃復刋、或創辦新報，使中華民國新聞事業之傳統，不致因共匪倡亂而中斷。有關臺灣光復後報業發展情形，另章詳爲敍述。此處祇需指出：因大陸報業之淪喪，促成臺灣報業之飛躍發展；而臺灣報業之蓬勃進步，又預爲他日全國自由新聞事業之復興，奠定了成功的基礎。

第二節　報團組織的出現

在英美等國，十九世紀末葉至二十世紀初期，卽有所謂報團或報系之組織；在我國則因一般報紙實力均甚有限，過去甚少有系統之報業組織。抗戰以前，僅中國國民黨中央宣傳委員會（後改中央宣傳部）對若干大都市之黨營報紙在行政上有監督指揮之權，勉可稱爲象徵性之報系，但並無嚴密之組織，各報之間亦未必密切聯繫，更談不上企業化之經營。至於民間報紙，則有名記者成舍我先後於民國十三年創辦北平「世界晚報」，十四年創辦北平「世界日報」，十六年在南京創辦「民生報」，廿四年在上海創辦「立報」；可稱爲一獨立報系。天津「大公報」於民國廿五年增出上海版，亦可認爲是建立報系之先聲。

抗戰軍興後，平津報紙首當其衝，世界日晚報均被日偽强佔，上海「立報」一度在港復刊，後亦停辦，「民生報」更早已停刊，成氏報系祇有後來在陪都重慶復刊「世界日報」一家。到勝利後才同時在北平重慶兩地出版，略恢復原來報系形態。至於「大公報」，則抗戰期中先後在香港、桂林、漢口、重慶等地復刊。而渝、桂兩版均能長期維持，戰後且更加擴充，成爲復員重建期間主要報系之一。

中國報系之大量形成，主要是在抗戰利以後，亦卽前節所稱報業復興之擴充階段——卅五、六年間。在此期間，全國新聞事業飛躍發展，各種報系亦相繼形成。就各種報紙經營者之背景及政治立場而言，可分爲五大類，每類之中，又自成若干報系。堪稱爲戰後我國報業的一大特色：

第一類：國民黨報系

中央日報

中央日報（瀋陽）

華北日報

華北日報（保定版）

國民黨在各地創辦的黨報，戰後實施企業化政策，重訂黨營報紙企業計劃，其中由中央直接創辦者均依照公司法改組爲企業組織，其他亦均朝向企業經營目標邁進（註一二）。此報系中，又可分爲下列四種系統：

①中央直接主辦者：共有廿一家，繼續採用「中央日報」名稱的有南京、上海、重慶、貴陽、昆明、桂林、長沙、福州、厦門、海口、瀋陽、長春等十二家。此外則北平稱爲「華北日報」；天津稱爲「民國日報」，漢口稱「武漢日報」，成都稱「中興日報」，西康稱「國民日報」，廣州稱「中山日報」，西安稱「西京日報」，南昌稱「民國日報」，外加北平的「英文時事日報」，總共中英文報紙廿一家，而其中「武漢日報」有宜昌版，「中山日報」有梅縣版，故實際上有廿三家報紙之多（註一三）；總共發行數約四十五萬份。其中以南京「中央日報」最多，平均日銷七萬份，天津「民國日報」亦爲約七萬份，上海「中央日報」及北平「華北日報」各約三萬份（註一四）。此廿三家報紙，均由國民黨中央宣傳部督導辦理，但在經營方式上則採企業化原則，盡量自給自足；至於言論方針，新聞政策，則完全秉承中央決策，態度一致，步調整齊，故能發揮整體力量，成爲戰後最大而有力的報系。

②地方黨部主辦者：省級黨部主辦者以江蘇最有成績，早在抗戰軍興之前，即將全省分爲六大報區，計劃在吳縣設「吳報」，鎭江設「蘇報」，南通設「通報」，徐州設「徐報」，淮陰設「淮報」，東海設「海報」（註一五）。當時因經費困難，先僅「蘇報」、「徐報」、「淮報」等三家發刊。勝利後則次第發行。此類報紙由省黨部直接派人辦理，兼負輔導縣級黨報之責。其他各省黨部亦在省內之重要都市發行黨報。如安徽之合肥、蚌埠、蕪湖；河北之保定、唐山、石家莊，俱有由省黨部創辦之黨報。

中央日報

訂婚啓事

結婚啓事

市政府公告

新典書局

特別大減價

張文翰律師

緊要啓事

中央日報（陪都）

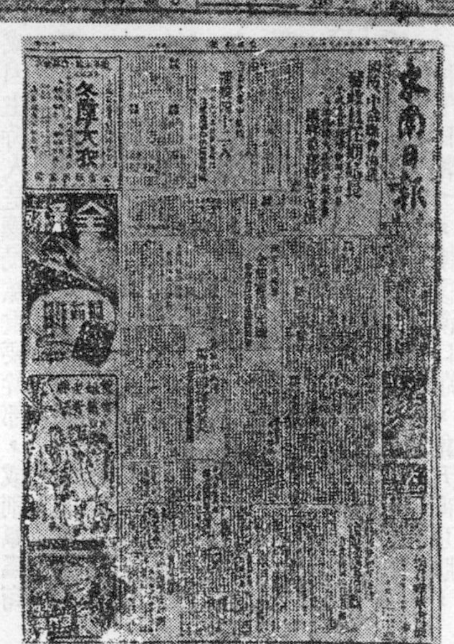

東南日報

東南日報（上海）

全國此類報紙共有廿七家，總發行量約十四萬份。（註一六）

除省級黨報而外，由縣級黨部在各縣辦理之地方黨報，爲數更多。以江蘇爲例，六十餘縣中有四十餘家縣報，湖南省更幾乎每縣都有。估計全國報紙總數一半爲此類地方黨報，個別銷數雖不大，但由於分佈網面積廣而單位多，故在宣揚中央政令，報導政府決策之工作上，貢獻亦不在少。

③國民黨同志主辦者：此類報紙雖然並非正式黨報，但或因主持人是國民黨重要幹部，或則原爲商營，戰時被敵僞刼持，勝利後由國民黨投資改組，取得經營權。故其言論立場，與政府較爲接近，而其在社會上之影響力，尙較正式黨報爲大。其主要報紙如胡健中主持之杭州及上海「東南日報」，潘公展主持下之「申報」，程滄波主持之「新聞報」，吳紹澍主持之「正言報」，以及吳望伋主辦之杭州「正報」，余烈之「大同日報」，袁雍主持之漢口「華中日報」等，都屬此類報紙。因其中不乏歷史悠久信譽卓著之大報，故在全國銷行數佔相當大之比例，估計共銷四十萬份左右。

④軍報：由軍方辦理之報紙，除部隊中內部編印不對外發行之報刊，全國共二百廿九種（中宣部民國卅六年一月統計）之外，其對外發行者主要爲原由前軍事委員會政治部在重慶主辦之「掃蕩報」，該報於抗戰勝利後三個月，卽　國父八十歲誕辰紀念日改名爲「和平日報」，恢復漢口版，創刊南京版，次年元旦又發行上海版。三十五年五月政府還都，和平日報總社亦遷南京，由總社社長黃少谷兼南京社社長，銳意經營，發展爲全國性之企業化報紙，除總社直接經營之重慶、南京、上海、漢口、蘭州五社外，受總社指導之廣州版、瀋陽版、臺灣版、海口版，亦於三十五年相繼成立，而成爲全國性之一大報系。「掃蕩報」在抗戰勝利前一年宣佈改制，不復隸屬於軍委會政治部，已與一般軍報性質不同：後改

和平日報

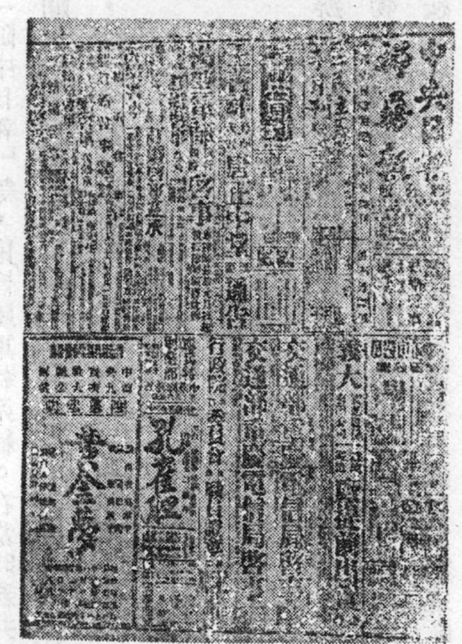

中央日報、掃蕩報聯合版

爲「和平日報」，讀者遍及全國，實際上已成爲一般性之大報，而在反共鬥爭中，仍保持「掃蕩報」之一貫精神，迨共黨實行全面叛亂後，即經恢復「掃蕩報」原名。該報之言論一本國家至上民族至上之立場、徹底支持政府、擁護中央、堅決反共。其性質原係軍報，後則發展爲一般性公營大報。讀者亦不盡以軍人爲對象。後黃少谷於三十七年受任中宣部長，請辭和平日報總社及南京社長之職，由理事會推蕭贊育繼任。此外各地之「黨軍日報」、「黃埔日報」、「陣中日報」等，則皆屬軍報系統。在當時親共言論充斥報壇，此一報系有如中流砥柱，澈底反共，鞭闢入裡，絲毫不假詞色，堪稱軍人本色。（註一七）

以上四種系統，實際上均爲支持政府，擁護中央，亦即全爲國民黨所主辦或支持之報紙，性質雖有不同，立場完全一致。

第二類：其他黨派報系

①中共及民盟系統，共產黨在抗戰期中，在重慶辦有「新華日報」，延安辦「解放日報」，勝利後在哈爾濱、蘇北其所控制地盤內亦辦有黨報。惟限於物質設備及文化水準，其銷路十分有限。自政府宣佈實施戡亂後，重慶「新華日報」已停刊。國軍克復延安之後，「解放日報」亦遷往所謂晉冀察邊區，實際等於停刊，在此時期中，祇有其「宣傳部長」陸定一在香港主持「華商報」，是共黨惟一在共區外公開發行之報紙，銷數不超過一萬份。至於在政府區內之宣傳活動，則多假民主同盟所屬報刊爲傳聲筒。

民盟系統下之報紙，在重慶爲「民主報」，由張瀾任發行人，銷數約五千份；在上海則主要爲「文匯報」約銷三萬份：另有「聯合夜報」亦常與「文匯報」互通聲氣。此二報雖均否認與中共有關，但其屬於民盟系統而爲共黨之外圍，則爲顯而易見之事實。

②青年黨報系：國家主義派在戰前辦有「醒獅週報」、「國論週刋」等刋物；至於日報，則自廿七年在漢口創辦「新中國日報」爲始。此報後遷成都，發行人爲李璜、宋益清任社長，勝利後仍繼續出版，銷路約一萬份。並於卅五年另在上海創辦「中華時報」，由該黨宣傳部長左舜生主持，爲該黨中央機關報，銷數約一萬份。此外，廣州有胡國偉主持的「探海燈」三日刋；臺灣李萬居創辦之「公論報」等，皆爲該黨黨員所辦之報刋。此一報系之影響力，在整個報業之中所佔之比例不大，言論立場尚稱正確。（註一八）

第三類：非政治性之民間報系

①天主教報系：代表報爲「益世報」，原於民國四年創刋於天津，創辦人爲雷鳴遠神父。雖屬教會報紙，宗教意味並不深厚，而愛國抗日之主張則常見諸新聞言論。抗戰期中遷往昆明、重慶；廿九年六月，雷神父逝世，「益世報」先後由于斌主教、楊慕時、牛若望等主持並在西安出分版。勝利後天津「益世報」於卅四年十二月復刋，並在北平、南京、上海、重慶等地同時分版刋行。計劃中尚將推展至香港，以及國內其他重要都市，如非共黨倡亂，益世報系今日之規模必將成爲全球六百家天主教報紙中，最主要者之一。

「益世報」各地分版言論均反共，故共黨視爲精神敵人。大陸淪陷前，總銷數曾達八萬份；淪陷後全部被共匪封閉、沒收。（註一九）

②私人經營之報系：此類報系之代表，為「大公報」、「新民報」、「世界日報」。全由私人經營，而發展甚速，規模不小，在社會上甚受歡迎及重視。

「大公報」抗戰期中曾先後發行香港、桂林版，總社則經漢口移重慶，勝利後於卅四年冬季分別在天津、上海復刊，重慶版仍繼續發行。卅七年並在香港復版，在全國四版同時發刊，影響力頗大，尤以對一般智識份子為然。其立場最初尚稱公允，後來主持大權落入野心者王芸生手中，言論立場日漸左傾。卅七、八年間，其主持人胡霖臥病，共黨滲透深入報社上下中層，具有燦爛光輝歷史的「大公報」，逐漸淪為沒有靈魂的應聲蟲。共黨竊據大陸後，天津大公報被接收改名「進步日報」，滬渝港三版亦均成為宣傳工具。

「大公報」在旺盛時期，發行數字以上海版最大，據其自稱與申報相等約十萬份，實際不過四五萬份。天津重慶兩版均不過兩三萬份。（註二〇）

「新民報」為陳銘德、鄧季惺夫婦所創辦，抗戰期中在重慶成都兩地出版四開小型報。勝利後在南京、上海、重慶、北平、成都五地同時發行，連附屬晚報共有八家報紙之多。「新民報」各地總銷數估計約十一二萬份。此報因其編排新穎，內容富趣味化，副刊小說尤能投小市民之喜好，故頗受一般中下層社會歡迎。

「世界日報」為成舍我氏所創辦，戰前在北平出版日晚兩刊，抗戰期中遷往重慶，勝利後在北平重慶兩地同時發刊。其戰前在上海創辦之「立報」亦一度恢復。「世界日報」立場公正，言論配合讀者要求。北平被共匪佔據後，該報主持人不受威脅利誘，毅然放棄全部報產，隨政府遷臺，籌劃在臺灣復刊

。（註二一）

此外各地報紙中，有聯鎖關係者尙多：如胡文虎報系除在香港辦「星島日報」，新加坡辦「星洲日報」，曼谷「星暹日報」之外，並在國內厦門辦「星光日報」，汕頭「星華日報」。又如廣東之「大光報」，漢口南京之「大剛報」，長沙衡陽桂林之「力報」，亦均自成一系，惟其影響力不大，不如前述各大報系之重要。

總而言之，中國報業由個別報紙進而有多種報系出現，可見戰後報業在自由競爭之下，向企業化目標發展之速度甚大。尤其民間私人經營報系之成功，更可證明政府鼓勵新聞事業發展政策之正確有效。倘無中共作亂，大陸淪亡，中國報業前途，必能發揚光大。

政府遷臺以後，因地區有限，交通發達，報系組織失其需要。現在祇有省營的臺灣新生報業公司所屬臺灣「新生報」、臺灣「新聞報」兩家，可以稱爲一個報系，分別在臺北、高雄出版（註二二）。此外，黨營的「中華日報」有臺北、臺南兩版，亦可算作一個報系（註二三）。至於民營報系則完全沒有。（註二四）

第三節　各大都市報業概況

新聞事業由於各種條件所限，大半集中於較重要之都市，各國情形皆如此，我國戰時報業重心在政治中心之重慶。勝利後則以經濟中心之上海，政治中心之南京，文化中心之北平，以及重慶、漢口、天津等大都市最爲發達。發行數較大，歷史較久之著名大報，幾全在此幾大都市中。蓋發展報業之先決條件如新聞來源，印刷技術，發行環境，讀者水準，以及編採人才之網羅，在此若干大都市中遠較窮鄉僻壤爲適合。因之，就報館分佈情形而論，雖以地方報紙爲多；但若以發行數字及其影響力而言，則全國報業幾有三分之二以上集中於大都市。尤以東南沿海爲最重要。

勝利後各大都市報業之復興及主要大報之發展情形，大致縷述於下：

一、南京市

南京市爲首都所在，全國政治中心；故各地大報莫不特派專員，經常駐京採訪。但因隣近上海，本地報紙之業務，受滬上大報之威脅，一般說來，祇有首都「中央日報」及「和平日報」性質重要，「新民報」業務較佳，其他各報平平。

首都「中央日報」於抗戰期間遷重慶出版，而南京僞政權則在原地辦僞「中央日報」。卅四年八月日本投降，中國國民黨中央宣傳部乃積極籌劃接收各地僞報，儘速重建黨報系統，首要急務，自是復刊首都「中央日報」，乃派總社總編輯陳訓悆爲南京特派員，偕李荊蓀、卜少夫等飛抵南京，接收僞「中央日報」、「中報」及興中印刷所等機構，積極籌備首都「中央日報」之復刊工作，於舊日社址，重建故報。首都「中央日報」於九月十日正式出版，正值受降典禮之次日，淪陷八年之首都同胞，耳目爲之一新。

陳訓悆不久調任上海「申報」總編輯，社長胡健中亦因「東南日報」復刊而辭「中央日報」社長，其社長職務由中宣部新聞事業處處長馬星野繼任。馬氏任內，積極推行企業化，力求自給自足，營

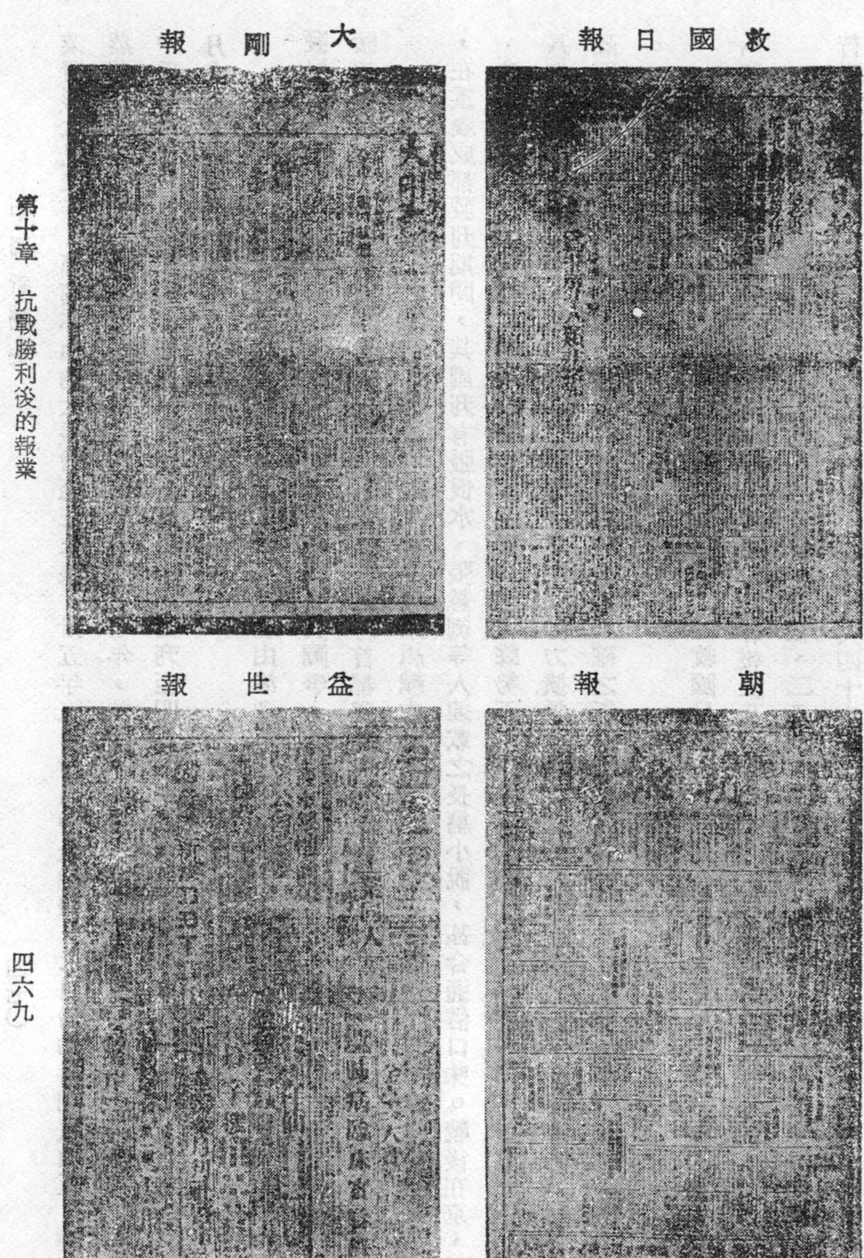

救國日報

大剛報

朝報

益世報

業情形大見發展，篇幅亦由兩大張增至三大張，卅五年五月增出中央晚報，七月增辦暑期廬山版，業務蒸蒸日上，成爲首都報界之領袖。馬星野氏在任七年，其間民國卅八年共軍渡江，馬氏未雨綢繆，將「中央日報」人員設備，事先疏遷臺灣，首都版仍出刊至四月共軍入京之日始告停刊，而臺北版則已於三月十二日先期出版至今。（註二六）

和平日報南京版於勝利後創刊，三十五年總社由渝遷京，總社社長黃少谷兼主南京版，銳意經營，發展極爲迅速，竭全力於宣揚政府國策，堅持反共鬪爭，在三十六七年間妥協氣氛濃厚之政治環境下，該報之言論，仍能發揚正氣，鞭策奸邪，實爲當時首都輿論界一大重鎭。

南京「新民報」之辦理及發展情形，前節報系組織中已有提及。此報原爲配合小市民要求之小型報，在重慶成都發刊期間，其副刊有張恨水、張慧劍等人連載之長篇小說，甚合通俗口味。戰後在京、滬、渝、平、蓉五地同時發刊，連晚報共五社八報，聲勢不小（註二七）。南京「新民報」分日晚兩版，其政治色彩原不甚濃，及至卅六七年間，見中共勢力擴張，其言論即漸有左傾色彩。是年七月八日，內政部宣布：南京「新民報」屢次刊登不利政府且不確之新聞言論，觸犯出版法規定，予以永久停刊處分。（註二八）

此外，在南京出版之較著名報紙有龔德柏之「救國日報」；毛健吾之「大剛報」南京版；天主教之「益世報」等。根據卅六年一月中宣部登記，計有報紙及期刊四十九家，通訊社廿三家。

在四十九家報社期刊之中，包括有日報、晚報、二日刊、三日刊、五日刊、及週刊等。其中合乎現行出版法新聞紙之規定（刊期在六日以下）者，共四十家。其餘則應視爲雜誌。（註二九）

南京市報刊名稱、刊期、及負責人姓名，列舉如下：（註三〇）

南京市報紙及期刊概況（卅六年一月）

名稱	負責人	刊期
中央日報	馬星野	日刊
和平日報南京版	黃少谷	日刊
大剛報南京版	毛健吾	日刊
救國日報	龔德柏	日刊
中國日報	張一寒	日刊
新民報	陳銘德	日刊
朝報	王公弢	日刊
大道報	蕭作霖	日刊
南京日報	喬一凡	日刊
新中華日報	孫慕迦	日刊
大甲日報	金嘉斐	日刊
建設日報	李景芳	日刊
益世報	牛亦未	日刊
南京人報	張友鸞	日刊

南京早報	王若曦	日刊
中國評論日報	王乃昌	日刊
華報	王慎武	日刊
社會日報	龍志雲	日刊
濟世日報	覃勤	日刊
觀察報	陳孝威	日刊
南京工商日報	錢貫之	日刊
中華理報	李景周	日刊
大華日報	江丐丘	日刊
論壇報	李雪荔	日刊
群報	楊續蓀	日刊
風報	周天籟	日刊
英文導報	李炳瑞	日刊
中國新聞日報	馬伯超	日刊
首都晚報	唐少瀾	晚刊
南京新民報晚刊	陳銘德	晚刊

南京晚報	張友鶴	晚刊
大夏晚報	謝鳴雄	晚刊
金陵晚報	吳斌	晚刊
理教報	王有才	三日刊
新時報	穆慶山	三日刊
正誼報	卜紹周	三日刊
工商新聞週刊	呂健	週刊
大言報	甘醁	週刊
中國軍人週刊	魏希文	週刊
社會新聞	黃旱陽	週刊
勞工報	李鴻儒	週刊
民力週報	壽松園	週刊
中興週報	趙錦華	週刊
民意報週刊	劉震	週刊
民間報週刊南京版	丁秋	週刊

中國時報　汪振立

誠報　戴戡武（註三二）

中華新報

二、上　海

上海爲全國經濟中心，交通便利，人口衆多，商業發達，故報業之規模亦爲全國各大都市之冠。其中規模較著者，有「申報」、「新聞報」、「大公報」、「時事新報」、「東南日報」、「新民報」、「中央日報」、「和平日報」、「文匯報」、「益世報」等中文日報，以及英文之「大陸報」、「字林西報」、「每日新聞」、「自由西報」等。其中歷史最久，發行最廣者，當推「申報」、「新聞報」、「大公報」、「時事新報」等數家：

①申報

「申報」創刊於公元一八七二年，卽清同治十一年，爲上海最有歷史之大報。抗戰初期一度停刊，後改由美商接辦，在租界內出版。太平洋大戰爆發後，日軍進佔租界，「申報」宣告停刊；但在日僞刼持之下，不久又宣稱復刊，惟已成宣傳工具，盡失過去光輝。

抗戰勝利之後，報業紛紛復員，其原被日僞利用之報紙，多先由政府接收，然後依照法律程序改組，「申報」於卅四年十一月廿二日復刊，翌年改組加入官股，由杜月笙任董事長、陳景韓（冷）任發行人，潘公展任社長兼總主筆，陳訓悆任總編輯兼總經理。

「申報」獲得多方協助後，立即恢復抗戰前的地位，發行網遍及全國各行省，國內外訂戶，與日俱增，每日出版兩大張至四大張，為保持「申報」一貫的傳統精神，盡量採用各國通訊社電稿，本市新聞及外埠通訊均獨特而新穎，副刊更別具一格。

「申報」為便利航空郵遞及保存，特別刊載縮影版，版面僅有原報之四分之一，而文字圖片卻異常清晰。

「申報」在戰後僅有三年多安定時期，卅八年中共佔領上海，「申報」只得停刊，其報社原有設備，均由共幹佔奪，並改申報為「解放日報」，一變為宣傳共產主義之刊物。（註三二）

②新聞報

「新聞報」創刊於一八九三年二月十七日，即清光緒十九年正月初一日。早在民國十三年銷數即突破十萬份，抗戰發生前九年間銷數穩定在十五萬份以上，可稱為中國銷路最廣的報紙。廿六年對日抗戰爆發，「新聞報」營業，頓受影響，至日軍佔領上海租界，威迫租界各報館送稿檢查，多數報館為顧全大義宣佈停版，以示拒絕，唯「新聞報」為了顧全營業，不惜接受日軍新聞檢查，是其歷史上白璧之瑕。太平洋戰事後，與「申報」同淪為敵偽宣傳工具。

抗戰勝利後，「新聞報」亦於卅五年增資改組，加入官股，由錢新之任董事長，程滄波為社長兼言論部總主筆，詹文滸為總經理，呂光為經理後兼代發行人，趙敏恒任總編輯。經過一番整頓，「新聞報」又恢復舊時規模，銷數且增達二十萬份之多，為全國銷數最大的報紙。

及至卅八年五月，中共進佔上海，「新聞報」立刻被接收。中共因新聞報聲譽卓著，號召力强，故保留原名，祗加「日」字成爲「新聞日報」，繼續出版。但此「新聞日報」已成共黨宣傳機關，與「新聞報」大相逕庭，讀者信仰全失。(註三三)

③大公報

「大公報」在抗戰期中內遷出版及勝利後擴充發展的情形，在前節「報系」中已有介紹。上海「大公報」於卅四年冬復刊，由胡霖(政之)主持，李子寬任發行人。後並於卅七年三月前往香港創立香港大公報。大公報之三合夥人中，吳鼎昌早已不問報事，張季鸞又於民國三十年病逝陪都，胡霖此時亦體弱多病，報社大權落入王芸生等野心份子之手。胡霖於卅七年逝世，實際上「大公報」早受左翼份子滲透，至大至公的立場早已改變。中共入滬後，上海「大公報」亦成爲共黨的宣傳工具。

④時事新報

上海「時事新報」在戰前爲最有希望的現代化報，規模可與申、新並駕齊驅而水準實超過此二報。抗戰期中爲擁護政府，堅持抗日，不惜犧牲上海之財產設備，遷往重慶出版，成爲惟一直接遷渝之滬報。勝利後，上海「時事新報」恢復出版，但因資金缺乏，又未能接受政府投資(註三四)，業務受申、新兩報之影響，言論受「文滙」、「大公」等報之攻擊，在此左右夾攻之下，「時事新報」地位乃一落千丈，無法與人競爭。上海淪陷後，更無復起的機會。

除以上四報而外，胡健中主持之「東南日報」上海版，馮有貞主持之上海「中央日報」，由南京和平日報總社直接領導之「和平日報」上海版，天主教之「益世報」，三民主義青年團上海支團部書記長吳紹澍之「正言報」等，均有相當銷數。根據民國卅六年一月中央宣傳部統計，上海計有報社及期刊八十家，通訊社卅七家（註三五）。報刊中合乎新聞紙規定條件者計有七十家可稱爲報社，其大致情形如下：

上海市報社及期刊概況（卅六年一月）

名稱	負責人	刊期
上海中央日報	馮有眞	日刊
和平日報	萬德涵	日刊
大公報	李子寬	日刊
新聞報	程滄波	日刊
申報	潘公展	日刊
時事新報		日刊
東南日報	胡健中	日刊
民國日報	胡樸安	日刊
立報	嚴諤聲	日刊
中美日報	吳任滄	日刊
中華時報	左舜生	日刊
字林西報	R. W. Davis	日刊

世界晨報	來嵐聲	日刊
中法日報	汪岱璽	日刊
新民報	陳銘德	日刊
文匯報	嚴寶禮	日刊
商務報	楊培新	日刊
循環報	張祥麟	日刊
俄文日報	祀利金	日刊
南方日報上海版	聞佛九	日刊
上海誠報	李浮生	日刊
自由論壇	洪昌年	日刊
甦報	金濂泉	日刊
正言報	吳紹澍	日刊
國民午報	葉元	日刊
濟世日報	覃勤	日刊
英文大陸報	顧善昌	日刊
鐵報	毛子佩	日刊
市民日報	葛福田	日刊

時代日報	匝開莫	日刊
英文每日新聞	匝開莫	日刊
上海自由西報	東　全	日刊
滬報	林　尹	日刊
金融導報	何伊仁	日刊
民權新聞上海版	周炎充	日刊
工商新聞畫報	張常人	日刊
聯合日報	劉尊棋	日刊
上海民報	陳孝威	日刊
僑聲報	朱培璜	日刊
上海商報	駱清華	日刊
今報	周斐成	日刊
飛報	郭永煦	日刊
學生日報	王學哲	日刊
新生活報	顧力士	日刊
活報	王徵君	日刊
兒童日報	黃一德	日刊

大風報	金寶仁	日刊
上海力報	劉慕耘	日刊
强報	梁華	日刊
太平洋新聞報	趙之誠	晨午晚刊
聯合日報晚刊	王紀華	晚刊
華美晚報	張志韓	晚報
大英夜報	翁率平	晚刊
新聞夜報	程滄波	晚刊
上海夜報	鄭子良	晚刊
新夜報	潘公展	晚刊
英文大華晚報	史帶	晚刊
上海晚報	章蒼萍	晚刊
輿僑報	寧斯理	三日刊
滬風	李永祥	五日刊

聯合週報　王紀章　週刊
英文密勒氏評論報　韋廉鮑威爾　週刊
英文新聞　沈惟泰　週刊
行總週報　沈惟泰　週刊
新浦東週報　王良仲　週刊
青年中國週刊　劉東岩　週刊
天文臺週報　陳孝威　週刊
兒童世紀報　曹吼　週刊
海星週報　沈哲民　雙週刊
前線日報　馬樹禮
益世報上海版　劉航琛
上海每日譯報
辛報　宓季方
劇報　蔡光德
影劇日報

大英晚報
國際新聞畫報　邱馨
羅賓漢劇新聞　鄭秋
小聲報　吳紹澍（註三八）
正言週報

三、北平市

北平市爲全國文化重心，北洋時代又爲政治中心，報紙甚多。抗戰期中受日僞控制壓迫，正當報紙無由發展，勝利後本爲大好發展機會，不幸又遭中共叛亂。總計由卅四年多季開始復員，至卅七年多共軍入據，北平報業只有短短三年享受自由空氣。

北平官方大報首推「華北日報」，是國民黨華北地區之中心黨報，原創辦於民國十八年，勝利後中宣部派張明煒爲華北特派員，接辦復刊。「華北日報」編排內容均臻上乘，銷數約在三萬份左右。此外，世界日晚報爲成舍我所創辦，勝利後回北平復刊。「京報」爲邵飄萍於民國七年創辦，邵於民國十五年被害後，其遺孀湯修慧女士於十七年國民革命軍到達北京後復刊。北平「新民報」爲陳銘德報系八報之一。「北平晨報」則爲北平最有歷史且水準最高之大報。

根據中央宣傳部卅六年一月統計，北平市共有報刊四十五家，通訊社廿一家。在此四十五家報刊中，有週刊三家，報紙—包括日晚報、三日刊，最多只有四十二家（註三七），名稱如下：

北平市報紙及期刊概況（卅六年一月）

名稱	負責人	刊期
華北日報	張明煒	日刊
世界日報	成舍我	日刊
京報	邵湯修慧	日刊
北平晨報	陳襄言	日刊
新建設日報	黃嵩	日刊
北平新民報	陳銘德	日刊
北平全民報	張興周	日刊
北平市民日報	鄒鴻海	日刊
北平日報	曹敏	日刊
經濟時報	劉大鈞	日刊
北平時報	李潭民	日刊
國民新報	賀次君	日刊
大同民報	張建同	日刊
正義報	黃覺兆	日刊

新生命日報	李世義	日刊
紀事報	孔毅儒	日刊
民強報	周正公	日刊
道報	陳北鷗	日刊
新生日報	李誠毅	日刊
新中國報	于紀夢	日刊
北平大華報	劉馥齋	日刊
北平人報	汪守一	日刊
大道報	蕭作霖	日刊
北平小報	趙西庚	日刊
平民日報	崔載之	日刊
工人報	張子揚	日刊
兒童報	韓士智	日刊
民語報	劉漪泉	日刊
劇影日報	張毅夫	日刊
世界晚報	成舍我	晚刊

北平晚報	季乃時	晚刊
國民新報晚刊	賀次君	晚刊
晴雨畫報	賈希天	二日刊
北平華報	曹乃文	三日刊
一四七畫報	吳宗祜	三日刊
戲世界三日刊	葉子賢	三日刊
我的報三日刊	高介民	三日刊
北平新報	竇培恩	日刊
北平日報	季迺時	日刊
商業日報	尹群	日刊
中國新聞		
大同新聞		
利群週報	黃健生	週報
大學週報	鄭學純	週刊
燕京新聞	蔣蔭恩	週刊

四、天津市

早年報社集中北方，天津為華北商業重鎮，隣近政治中心北平，且有租界可以逃避軍閥迫害，極適於辦報，著名大報如「大公報」、「益世報」等，均在此發祥。政府南遷後，北方頓失重心，報業自亦受相當影響。勝利復員後，主要報紙為國民黨系之天津「民國日報」，由卜青茂主持，出有晚刊及畫刊；此外則有「大公報」、「益世報」、「國風報」、「天津午報」等。

根據中宣部卅六年一月統計，天津共有通訊社十一家，報社卅五家（註三八）：

天津市報社概況（卅六年一月）

名稱	負責人	刊期
天津民國日報	卜青茂	日刊
天津青年日報	李東序	日刊
大公報	曹谷冰	日刊
中華日報	齊協民	日刊
益世報	劉益	日刊
英文北平時事日報天津分版	梁寶和	日刊
天津大中時報	徐餘生	日刊
新世界日報	難薩濶夫	日刊

國風報	張化南	日刊
華北漢英報	宋基友	日刊
民生報導	劉學威	日刊
天津俄文日報	戚力根	日刊
大中華商報	蕭潤波	日刊
天津午報	劉鐵庵	日刊
新時報	王潤秋	日刊
中南報	張幼丹	日刊
三津街報	黃濤	日刊
服務報	陳加	日刊
天津建國日報	鍾石奇	日刊
天津工商日報	左甦	日刊
中國人報	詹幼庭	日刊
天津大陸新聞報	張劍華	日刊
社會日報	蔣明德	日刊
商務日報	李東序	日刊
新星報	張師賢	日刊

鋼報	吳備泉	日刊
我們話報	瑞赤考夫克	日刊
天津民國日報晚刊	卜青茂	晚刊
天津英文晚報	瑞格德	晚刊
自由晚報	何劍心	晚刊
時代晚報	王洪鈞	晚刊
天津新生晚報	李清賢	晚刊
天津中華晚報	袁潤之	晚刊
大華晚報	齊協民	晚刊
天津民國日報畫刊	卜青茂	

五、漢口市

武漢爲華中重鎭，又是革命發源地，文化事業素極發達，報業早在民國初年即粗具規模。抗戰期中頗遭打擊，但勝利復員不過年餘，復刊及新辦之日晚刊已有三十餘種之多，武昌市發行者尚不在內。

漢口市大報中，聲譽卓著，規模最大者，首推「武漢日報」。該報於民國十八年六月十日創刊，由中央宣傳部部長兼任社長，負名義上之責任。後由王亞明、宋漱石先後擔任社長，實際主持社務。抗戰之前，業務即極發達，日出報由兩大張增至四大張，並直接空運京滬發行。抗戰期中西遷恩施，但同時更在路區黃岡發行敵後版，報導抗日動態，堪稱報業史上一大特色。勝利復員，仍由宋漱石主持，並增出晚刊及宜昌分版，業務更見發達，成為華中權威大報（註三九）。

此外之大報有袁雍主持之「華中日報」，「和平日報」，「大剛報」漢口版等。

據卅六年一月統計，漢口市除有通訊社十四家之外，共有報刊卅五家，其中可稱為報紙者卅二家，概況如下：

漢口市報刊概況（卅六年一月）

名稱	負責人	刊期
武漢日報	宋漱石	日刊
華中日報	袁雍	日刊
和平日報漢口版	劉威鳳	日刊
新湖北日報	劉榮俊	日刊
大剛報漢口版	劉人熙	日刊
大同日報	陶堯階	日刊
武漢時報	戴震	日刊
正義報	魏予珍	日刊

武漢商報	張楚信	日刊
時代日報	劉叔模	日刊
新快報	萬克哉	日刊
漢口導報	何穎扶	日刊
漢口日報	郎維漢	日刊
宣報	李言三	日刊
星期日報	陳濟民	日刊
自由晨報	戴仲明	日刊
復興報	施子壽	日刊
工人報	黃華山	日刊
金鋼鑽報	陳萬清	日刊
羅賓漢報	夏國賓	日刊
中華人報	楊平農	日刊
輿論報	鄒曉丹	日刊
民族日報	程朗青	日刊
憲政報	王慕誠	日刊
武漢日報晚刊	宋漱石	晚刊

漢口大華晚報	舒名世	晚刊
新快報晚刊	萬克哉	晚刊
星報	呂寺籟	晚刊
大中報晚刊	張立鶴	晚刊
民風報	徐遠明	三日刊
大華工商新聞週報	常奧定	週刊
漢口人週報	韓一萍	週刊
新聞週刊	劉懷如	週刊
中國農報	李宗理	

六、重慶市

重慶爲戰時陪都，全國政治中心，抗戰司令臺；各方文物薈萃，精華聚集，報業之發達，在八年抗戰期中超過任何都市。祇是印刷條件甚差，紙質惡劣，篇幅內容，俱不能與勝利後其他大都市報紙相比，不過在精神上則充分發揮領導全國輿論，支持抗戰建國的作用。

抗戰勝利前夕，重慶共有「中央日報」、「掃蕩報」、「大公報」、「大公晚報」、「新民報」、「新民晚報」、「時事新報」、「商務日報」、「國民公報」、「新蜀報」、「南京晚報」、「益世報」、「世界日報」、「新華日報」、「自由西報」（英文）等十三家十五種報紙。抗戰勝利後，出版自由，報紙乃大為增加。除中央、新蜀、國民等三家增出晚刊，掃蕩報改名為和平日報，西南日報復刊之外，新報更紛紛創辦。根據中宣部卅六年一月統計，已登記之報刊共六十一種，其中除週刊外，合乎新聞紙條件者為四十四種，通訊社有十二家。

事實上，已登記出版之四十四家「報紙」中，由於競爭激烈，相繼停刊者甚多，實際維持經常出版者，到三十六年中，祇剩下十六家十九版而已。

重慶報紙發行總數，在抗戰勝利之後，一落千丈。過去，「大公報」在接近勝利的時期，曾經日銷十萬份，「新民報」晚刊亦達五萬五千份，而到卅六年間，全重慶各報總銷數還不滿二十萬份。業務較好者則小虧，業務差者則大賠。幾乎沒有幾家能賺錢，經營至為困難，因之變動甚大，常有倒閉者。（註四〇）

重慶主要各大報，在前節「報系」部份已多有介紹。茲將中宣部所調查之各報概況錄下備考：

重慶市報刊概況（卅六年一月）

名稱	負責人	刊期
中央日報	劉覺民	日刊
和平日報	劉威鳳	日刊

大公報	王文彬	日刊
時事新報	張萬里	日刊
新蜀報	楊丙初	日刊
國民公報	曾通一	日刊
世界日報	成舍我	日刊
益世報	于斌	日刊
新民報	陳銘德	日刊
西南日報	張廷蛟	日刊
新華日報	潘梓年	日刊
新華時報	薛樹華	日刊
凱旋日報	張錫君	日刊
全力日報	陳正凡	日刊
民主日報	唐野涵	日刊
自由西報	何鳳山	日刊
千字報	郭登敖	日刊
新聞類編	俄使館編譯	日刊
國際新聞畫報	李鴻鳴	日刊

新聞快報	包　直	日刊
四川婦女日刊	張清如	日刊
重慶立報	張政之	日刊
中國午報	劉俊三	日刊
大中日報	鄭　能	日刊
萬方日報	蕭　特	日刊
文化新報	蔣岱營	日刊
工商導報	蕭麗光	日刊
醒華報	李向榮	日刊
義聲報	吳小康	日刊
中央晚報	劉覺民	晚刊
大公晚報	王文彬	晚刊
新蜀夜報	楊丙初	晚刊
國民公報晚刊	曾通一	專刊
新民報晚刊	陳銘德	晚刊
重慶人報晚刊	宣善嶼	晚刊

重慶夜報　韓永齡　晚刊

勞聲報晚刊　鄧發清　晚刊

民治晚報　陳攸序　晚刊

陪都晚報　胡林　晚刊

南京晚報　張友鶴　晚刊

金融導報　何伊仁　三日刊

三民時報　蕭筱仙　三日刊

大美晚報　　週刊

新聞快報週刊　包直　週刊

民呼週報　周天壽　週刊

文建週報　李亞蕾　週刊

英文新聞類編星期週刊　甯諾德　週刊

大民週報　俞汀　週刊

人報週刊　鄒隱德　週刊

平報週刊　王家志　週刊

大同報週刊	金國瑞	週刊
大華新聞週刊	雷一鳴	週刊
文報週刊	馬膺如	週刊
劇影週報	胡大匯	週刊
新聞導報	馬漢正	週刊
自由時報	許誠	週刊
保民報	侯極五	週刊
縱橫報	王興中	週刊
民主報	張瀾	
新聞快訊	何蘭	
中央邊報	凌純聲	

七、廣州市

廣州報業在復員初期頗有欣欣向榮之勢，在卅五、六年之間，廣州一市即擁有報紙四十二家之多，僅次於上海與北平南京相等。由於香港報紙亦在此期間復興擴充，發展甚快，而國內則受經濟紊亂，物價高漲之影響，報業經營困難，廣州報業受到港報航空運銷的競爭，威脅甚大，銷路自大受影響。

民國三十六年一月統計，廣州計有通訊社廿二家，報社四十二家（其中有[illegible]刊五家）

廣州市報社概況（卅六年一月）

名稱	負責人	刊期
中山日報	林伯雅	日刊
中正日報	王侯翔	日刊
西南日報	毛子明	日刊
華南日報	李果	日刊
公評報	鍾超群	日刊
國華報	劉叔餘	日刊
青年日報	劉選偉	日刊
和平日報	黃珍雲	日刊
中華報	廖献國	日刊
世界日報	劉平	日刊
日新日報	張子丹	日刊
中國報	潘林雄	日刊
平報	張希哲	日刊
民族日報	黃敏夫	日刊

光粵報	鄭頑玉	日刊
每日論壇	丘慶昌	日刊
新生報	凌喚揚	日刊
民衆日報	黎樾廷	日刊
粵華報	李金石	日刊
交通經濟日報	蘇浴塵	日刊
民意日報	畢浩泉	日刊
正言日報	虞春慶	日刊
力行報	許宏志	日刊
興報	廖宗明	日刊
天行報	陸成聲	日刊
凱旋日報	馬有爲	日刊
前鋒日報	關能劍	日刊
展報	黃劍豪	日刊
廣東英文新報	馬力	日刊
遠東圖片新聞社	洪江	日刊

報名	主持人	刊期
環球報	侯本珍	晚刊
凱旋晚報	馬有為	晚刊
時事晚報	劉潰光	晚刊
星報晚刊	梁風	晚刊
前鋒報晚刊	雲公懷	晚刊
小春秋廣州分版	程曉華	三日刊
探海燈	胡國偉	三日刊
勁報	黎尚恒	三日刊
大風報	鍾導生	三日刊
原子能	陸威聲	三日刊
工商畫報	趙可	
鳳凰	蕭驊	

以上各報中，「中山日報」爲中央宣傳部主辦，「和平日報」爲軍方機關報，由廣州綏靖公署政治部主辦。此二報及後來廣東省黨部所辦之嶺南日報，廣州市黨部主辦之廣州日報，均爲官方報紙，民國卅七年宋子文囘粤主政，將此四報合併爲一，改稱「廣東日報」，繼續發行。如此合併同一地區之黨報

官報的行動，過去尚無先例。（註四一）

廣東著有歷史之「大光報」，抗戰時期在西南到處播遷，復員後於卅四年九月復刊，後又先後出刊曲江版、海口版、汕頭版、粵南版（遂溪），並發刊晚報。大光報在戰時分散的人力物力集中起來，頗有作爲。不幸由於物價高漲，貨幣貶值，經濟上無法維持，更難求發展。（註四二）

共匪佔領廣州後，報紙全被接收，報人遭逮捕者甚多，未被捕者多逃往香港，參加香港的自由報業

本章註解

註一：內政部卅六年一月統計。

註二：實銷數統計困難，且各報亦多不公佈正確發行數字，此係根據用紙量大約估計。

註三：此項統計係以經中宣部核准發行在內政部登記有案之報紙爲準，事實上各地仍有未辦登記手續先行發刊者，無法一一查考。惟各主要省份及大都市之統計則相當可靠。

註四：根據國民黨中央宣傳部副部長許孝炎所作估計，見許著「我所見到的中國新聞事業」（民國卅六年五月南京出版新聞學季刊）。

註五：內政部於民國卅六年辦理全國報紙換發登記證，於同年八月底截止，此項統計爲官方正式登記之數字，見內政部公報。

註六：參閱「中國國民黨中央直屬黨報發展史略」，見報學半年刊第一卷第九期，徐詠平著。

註七：民國卅七年八月十九日，政府實施幣制改革，廢止法幣，發行金圓券。並在京滬各大都市實施限價政策。報業原享之外匯進口配紙等特惠隨之取銷。同年十月以後，原料物價高漲，幣制改革事實上已失敗，而報業受限價政策之影響，無法適時調整售價，大多賠累不堪。

註八：最顯著之事例如卅七年七月八日內政部宣佈：南京新民報屢次刊登不利政府且不確實之新聞言論，觸犯出版法規定，予以永久停刊之處分。此外尙有上海正言報等若干家亦先後受到停刊、休刊等處分。

註九：以上各事例分別見於國立政治大學新聞學研究會在南京出版之新聞學季刊，報學雜誌之「新聞界大事記」；及臺北市記者公會，民國五十年九月出版之中華民國新聞年鑑之「五十年來新聞界大事記」。

註一〇：首都中央日報於卅七年十一月長江告緊之際，決定全部遷來臺灣，次年三月十二日正式在臺北出刊。南京版仍繼續出至首都淪陷爲止。

註一一：南京「和平日報」於卅八年四月廿三日首都淪陷之日停刊。工作人員經上海撤臺合併原臺灣分社，繼續出版，七月一日恢復掃蕩報名義；至卅九年七月七日正式停刊。參閱周聖生作「我國軍報掃蕩報的發展史略」，見報學半年刊二卷二期。

註一二：參閱「中國國民黨中央直屬黨報發展史略」，及「中國報業小史」（香港新聞天地社出版）。

註一三：參閱中央宣傳部工作報告（卅六年度）。

註一四：中央直屬黨報之發行，逐日均須列報中宣部，其發行數字相當正確。

註一五：見趙君豪著「中國近代之報業」（民國廿七年七月申報館發行）。

註一六：見許孝炎「我所見到的中國新聞事業」，（卅六年五月號南京新聞學季刊）。

註一七：參閱戴豐「掃蕩報小史」、秦保民「掃蕩簡報的誕生和夭折」（報學二卷七期）。

註一八：參閱柳下著「十九年來之中國青年黨」（民國卅一年成都醒獅書店版）。「曾慕韓先生遺著」（中國青年黨總部編輯）、「常燕生文集」（香港自由出版社）。

註一九：參閱「雷鳴遠神父傳」。

註二〇：以上參閱張熾章「季鸞文存」，袁昶超「中國報業小史」，許孝炎「我所見到的中國新聞事業」。

註廿一：見成舍我「由小型報談到立報的創刊」（報學半年刊一卷七期）。

註廿二：臺灣新聞報原爲新生報之南部版。

註廿三：臺灣中華日報於卅五年二月在臺南創刊，卅七年二月在臺北發行北部版。

註廿四：聯合報係由民族報、全民日報、經濟時報三家合併改組，但未合併之前並非同一報系。民族晚報與民族報本爲一系，但與改組後之聯合報則不能視爲一系。

註廿六：參見中央日報社編印之「中央日報概況」，中國新聞年鑑刊載之「中央日報」，以及歷年社慶發刊之特刊大事記。

註廿七：見許著「我所見到的中國新聞事業」。

註廿八：見中國新聞年鑑「五十年來新聞界大事記」。

註廿九：對於報紙與雜誌之區分，早年不甚分明。內政部登記及中宣部統計中，對期刋及日刋之分別，均未盡詳明。此係盡可能查考其發刋期間所得之統計。

註三〇：根據民國卅六年一月卅一日，中國國民黨中央宣傳部第三處編製之「全國報社通訊社一覽」。

註卅一：原表係依登記順序編列，未依性質分類。經重新整理分類編列。其中有原表漏塡若干項目者，無法歸類，列於最後。南京市報刋在卅六年以後仍略有增減，本表僅供參考。

註卅二：以上參閱戈公振「中國報學史」，申報館「中國近代之報業」，袁昶超「中國報業小史」，及國立政治大學新聞館存之上海申報。

註卅三：參閱「中國報學史」、「中國報業小史」。

註卅四：抗戰勝利後，曾被敵僞刼持之申報及新聞報均接受政府投資，由中央派人經營，雖保留民營事業形式，實質上含有官報性質。時事新報原主持人在抗戰期間遷重慶出版，勝利後在上海復刋，拒受官股。

註卅五：根據中央宣傳部「全國報社通訊社一覽」。

註卅六：以上統計僅以卅五年十二月卅一日以前經核准登記者爲限。表中漏列項目亦係原表漏塡。

註卅七：其中「大同新聞」「中國新聞」未載明刋期。

註卅八：中宣部原表所列天津市報刋全部均爲日刋，並無週刋及三日刋。實際上報刋總數當不止此。

註卅九：參閱宋漱石「抗戰前的武漢報業」（報學半年刋一卷七期）及「武漢日報小史」（報學三卷三期）。

註四〇：參閱解宗仁「戰後陪都新聞事業的鳥瞰」，原載南京新聞學季刋第三卷第一期。及劉光炎「抗戰時期大後方新聞界追憶。」（報學第一卷二期）。

註四一：參閱「中國報業小史」。

註四二：參閱陳錫餘「大光報在廣東」（原載報學半年刋一卷七期）沈旭步「廣東報壇十四年」（報學創刋號）。

第十一章 自由中國的報業

第一節 初期情形

臺灣自中日甲午戰爭後，被日本佔據了五十一年，在此半世紀中，日本爲消滅臺灣同胞民族意識，實行愚民政策，對一切刊物印行，均施以嚴格管制，人民不但無言論自由，無出版自由，甚至閱讀自由亦被剝奪到最低限度。在佔領初期，臺灣報紙都用日文刊行，後日本當局爲了加强宣傳工作，在日文報內，闢漢文欄，從日本國內，選取若干有利於統制的文字譯載，至民國二十一年，才第一次有臺灣人民出資主辦的「新民報」出現，但日人規定：①內容須中日文各半；②報社編輯部及經理部人員，須聘用日本人充任。同時不久並將其自辦之日文報漢文欄取消，其漢文所負之宣傳任務，即責成中日文各半之「新民報」負擔，但不數年，「新民報」仍被消滅。

民國卅四年八月十五日，日本無條件投降，臺灣省復歸祖國懷抱，五十餘年來被束縛的臺省報業，得以重獲自由、新聞界人士，莫不額手稱慶。

光復前一年，臺灣共有報紙六家，計爲：臺北的「臺灣日日新報」和「興南日報」、臺中的「臺灣新聞」、臺南的「臺灣日報」、高雄的「高雄新報」、以及花蓮的「東臺灣新報」。

後因日本頻臨崩潰，經濟困難，復以盟機轟炸，各報社均殘破不堪，至卅三年三月，臺灣總督安藤利吉下令將上述六家報紙合併，改名為「臺灣新報」、於四月一日發刊。合併後的「臺灣新報」，聘坂口主稅為社長，下設總務、編輯、業務、工務四局；並於臺中、臺南、高雄、花蓮各地設支社，就地編印發行。此一龐大報社，員工達一千二百餘人，然其銷數不足廿萬分，已成强弩之末。

光復後，這張獨一無二的報紙為我政府接收，改名「臺灣新生報」，隸屬臺省行政長官公署宣傳委員會，當局派李萬居任社長，初出對開一大張。

當時由於本省同胞讀慣日文報紙，故該報除一、二、三版刊載中文消息外，其第四版仍以日文譯刊當日重要新聞，至卅五年十二月廿五日，始全部改用中文。

臺省光復之初，我政府宣佈廢止新聞檢查，言論自由獲得保障，同時創辦報紙不再受到限制，新聞界人士遂紛紛創辦新報，使臺省報業呈現空前未有的繁榮。

民國卅五年三月至九月，民營報紙如雨後春筍，僅臺北一處，便達八家之多，茲列表於后：(註一)

名稱	主持人	性質
臺灣經濟日報	謝漢儒	日報
民報	林茂生	日報兼出晚報
大明報	林子畏	晚報
重建日報	柯臺山	日報

國是日報	林紫貴	晚報
工商日報	林夢林	日報
國聲日報	湯秉衡	日報
自由報	黃吾塵	三日報

右表中之「民報」，係由日據時代「興南新聞」部份人員所創辦，兼發行日、晚刊，其銷數爲各報之冠。

除臺北市外，當時臺省各縣市有地方性報紙五家，計爲：臺中市的「和平日報」、花蓮市的「東臺日報」、基隆市的「自强報」、臺南市的「興臺日報」、以及屏東市的「光復新報」。

民國卅六年初，臺灣已登記之報刊共廿八家，其中日報十七家，三日刊兩家，五日刊兩家，週刊三家，旬刊四家。(註二) 當時創刊既不須事先獲得許可，且言論不受任何限制，致部份新聞從業人士，濫用新聞自由，往往歪曲事實，越出法律和道德範圍，殆「二二八」事件發生，乃有暴徒包圍報社，强迫各報刊出反動言論，致使半數以上報紙停刊，新聞界陷入一片混亂中。

在這次不幸事件中失蹤的，有「民報」社長林茂生，「人民導報」社長宋斐如，「新生報」總編輯吳金鍊，以及該報總經理阮朝日等人。嗣後當局爲了加强輔導工作，遂成立省新聞處。

卅六年七月七日，游彌堅、謝東閔、王成章等創辦「全民日報」，由王成章任發行人，林頂立任社長，初發行對開一大張，嗣擴版爲二大張。同年十月廿五日，李萬居亦在臺北創刊「公論報」。十月十日，「自立晚報」創刊。

民國卅七年，「國語日報」、「華報」，先後於臺北市創刊，二報均爲四開一張，初期經營頗爲困難，後逐漸安定，維持迄今。

在政府遷臺之前，臺北市除上述各報外，另有「臺北晚報」、「幹報」、「閩臺日報」、「大同日報」、「平言日報」、「臺灣日報」陸續成立，惟以經濟情況欠佳，未幾均宣告停刊。

此一時期中，臺北以外之各縣市亦有報紙創刊，其分佈之廣，爲臺省報業史上所僅見。計花蓮有「更生報」、「警民報」、「東臺日報」、「公民日報」等四家；臺東有「臺東導報」；宜蘭有「臺光報」；基隆有「潮聲報」、「大聲報」、「民鐘日報」；新竹有「民生報」；臺中有「民聲日報」、「民風報」、「力行報」、「自由日報」、「天南日報」、「中臺晚報」、「工業新報」、「興建日報」；臺中縣有「正義日報」；彰化縣有「青年新報」、「新臺日報」；嘉義有「商工日報」；臺南有「商工經濟新聞」；高雄有「國聲日報」、「臺灣時報」、「延平日報」、「中國晚報」；屏東有「光復報」等。總計全省報紙達四十餘家之多，惜其中若干未能維持長久。

以上所述，爲本省光復後至政府遷臺前之報業概況，至於自由中國之報業現狀及其進步情形，當於以後數節中說明。

第二節　進步概況

民國卅八年，赤禍猖獗、神州陸沉，政府在大陸的若干報紙、電臺及其他新聞機構，均被中共刼收，新聞界所受損失至鉅，此在中國新聞史上，誠屬空前的大變動與大災禍。

同年二月，政府播遷來臺，使這海上蓬萊、成爲反共復國的基地。因其地居東南亞要衝，且人才薈萃，報業得以迅速發展，其蓬勃之象，爲新聞史寫下了新頁。

政府遷臺之前，本省雖亦有若干報紙，然或因設備簡陋，不易發展；或受地域限制，偏促一隅；更有經營不善，主持乏人，故多曇花一現，隨創隨滅。復以當時貨幣貶值，物價波動，故多未克維持長久。

上述情況，可於報費調整中見之。以新生報爲例，卅五年十二月，每月報費爲舊臺幣一百元，至翌年十月增爲每月五百元；至卅七年多，上漲達每月一萬五千元。由於這種罕見的情勢，致停刊之報紙達卅餘家。

十七年後的今日，由於客觀環境的轉變，加以新聞界本身的努力不懈，較之昔日，不啻天壤。目前自由中國共有報紙廿九家，半數集中在臺北市，其餘分佈在金門、馬祖、澎湖、及臺灣各縣市。(註三)上述廿九家報紙，每日發行總數達七十五萬份，以本省人口一千一百萬計算，每一百人可獲報紙七份，一般國民讀報率之高，在遠東僅次於日本。

臺灣報業的進步，不僅是發行數字的增加，在設備、編採、運送等方面，也都日新月異。

以設備而言，早在卅九年六月，中央日報即啓用高斯式輪轉機，每小時可印報十二萬份。當時其他報紙在印刷設備方面，均無法望其項背。此外，還有該報的套紅印刷，在發行廣告方面，所獲效果極佳。其他報紙爲了爭取讀者，均急起直追，競爭甚劇。

嗣後新生報於四十二年向日本訂購高速多色輪轉機，其印報速度與高斯式之速度相同，且可七彩套印，遂得與中央日報平分秋色。殆民國四十三年，聯合報也採用上海精成機器廠出品之高速輪轉機。仿照德式機器製造，每小時可印報三萬餘份。旋更與宜昌機器廠合作，按原機器繪製藍圖、研究鑄造、結果成績優良。第一部臺製高速輪轉機，遂得於四十八年正式問世。其後該報更陸續安裝了十部新機。現聯合報與中央日報都採用宜昌機器廠新造雙節式機，並與該廠設計製造連體式新機。此外，聯合報於五十四年九月，更啓用全自動排鑄機，以代替傳統的人工檢字。

除上述印刷設備改良外，現各大報均置有照片傳眞設備，使發生於世界上任何地區之新聞，均能隨時配以圖片。

除設備競爭之外，其次是編採的改良。

自由中國各報之新聞採訪網，莫不遍佈全省。在臺北發行之大報，更在世界各地駐有特派員，且與歐美大通訊社訂約，以專用電訊或傳眞方式，務求消息靈通，內容充實。遇有特殊新聞，或以隔洋電話採訪，或包專機赴現場攝影。總之，無不各出心裁，推陳出新，惟恐後人。

至於版面的美觀，內容的充實，也都是大家努力的方向。各大報除具有全國性報紙的綜合型態外，並注意其獨特風格的建立，以資與他報有別。如聯合報注重社會新聞，徵信新聞着重市場報導，中央日報爲政治新聞與外交新聞的權威，中華日報側重體育，國語日報以教育爲號召，新生報省政新聞較他報翔實。凡此種種，均足說明各報爲求發展，莫不力爭上游。

運送方面，各報除利用鐵路公路外，臺北各大報更空運中南部及東部，使本省任何地區的讀者，均能在上班之前，讀到他所喜愛的報紙。

「唯競爭始能進步」，證之自由中國報業，信有徵也。

任何事業的盛衰，除主觀因素外，必有其客觀條件，傳播事業自亦不例外。十七年來本省報業的長足進步，與客觀環境關係甚爲密切，如略析之，不外下列數端：

一、教育普及——本省在未光復前，日人施行差別性的教育，本省同胞無法受到高等教育。戰後政府推行義務教育，提倡國語運動，均不遺餘力，本着「一村里一國校」的原則，縮小學區，增設分班分校，使學齡兒童就學率高達百分之九六。

根據民國五十四學年度的統計，全省現有國民學校二〇七二所，較光復前的一〇九七所增加了百分之九十八；現中學計有三九三所，較光復前的四五所增加了八倍多，學生人數增加四四一五〇五人；至於高等教育，則更有可觀，光復時僅有高等學府一所，現有公私立大專學校四十一所（註四）。

除了學校和學生人數增加外，教育當局更積極充實設備，培養師資，修訂課程。教育之普及以及國民知識水準的提高，可說是自由中國報業發展的基本條件之一。

二、經濟繁榮——經濟建設爲政府施政之重點，自民國四十二年始，實行第一期經建四年計劃，至現在第三期計劃卽將完成，此期間，無論農業、工業、商業、礦業，均有極顯著之成果。

農業中以米穀的產量而言，民國卅四年計爲六三萬公噸，至五十三年已增爲二二四萬公噸（註五）。

工業方面，卅五年臺灣共有工廠六、二三五家，至五十三年已增至二七、五四〇家。只此一端，可概其餘（註六）。

商業方面，輸出總値卅九年僅九三〇〇萬美元，至五十二年增至三五、八〇〇萬美元，計增加二•八倍（註七）。

礦業方面，在經建計劃中列有生產目標者，包括煤、硫磺、硫化鐵、黃金、電解銅等五項。其中以煤爲例，卅八年的總產量爲一六一萬公噸，五十三年爲五〇二萬公噸（註八）。其他礦產均逐年增加。

由上述各項統計，不難看出本省經濟建設的成果。此項成果，亦爲發展傳播事業的條件之一。

三、交通發達——以公路而言，本省運輸線遍及各縣市鄉鎭，不僅是路多，而且密度大。自公路局成立之後，更添購客車，增進運輸能力。並輔導民營汽車業，發展公路貨運。現全省共有公路一萬六千公里，可謂四通八達，無遠弗屆。

除公路之外，鐵路線之分佈亦甚普遍，目前不僅爲線的延伸，且爲面的擴展。而且糖業、林業之專用鐵路，多與幹支各線銜接。以火車運輸之列車次爲例，卅五年西線每日平均爲一七〇次，至五十三年增至八八九次（註九）。交通進步之速，可見一斑。

四、土地改革的成功——本省土地改革的成功，早已享譽國際。自「耕者有其田」實施完成之後，至五十二年，自耕農由改革前的二二四三七八戶，增爲五四一七〇六戶；佃農已減少十三萬餘戶（註一〇）。

據五十三年統計，農村存款達新臺幣十四億餘元，較卅八年增加四六〇倍。由此可見農民生活日見改善，其購買力正不斷增加，影響報業發達者自亦不少。

上述四項，僅舉其犖犖大端，以說明客觀環境之變遷及其影響。總之，傳播事業之發達，首須有優良之環境，若益之以安定社會和民主政治，則自能水到渠成矣。

第三節　日　報

（一）中央日報

中央日報民國卅八年遷臺發行，從播遷至在臺復刊，其間歷經艱辛。首先每日出版兩大張，開始時、銷數不及本省已有基礎的報紙，廣告收入亦甚有限，但未幾便逐漸好轉。卅八年十月二十日，不幸受隣火波及，慘遭焚毀，然仍照常出版。嗣後並於撫順街及北市近郊天母兩地購買房屋，建立工廠。卅九年六月，「辛廠」落成，使用新裝高斯式輪轉機，業務得邁入新階段。六月及十月，先後在香港和紐約成立分社，發行國際航空版，翌年三月，以國際紙價高漲，臺灣產紙尚賴輸入，為節省外匯，遂行停刊。直至四十五年十一月十二日，航空版再度發行，精編為一大張，迄今仍為海外人士的精神食糧。該報遷臺之時由馬星野任社長，自民國四十年至五十年，繼馬氏後出任社長者有蕭自誠、陳訓悆、阮毅成、胡健中、曹聖芬等人。此期間，一切制度均已建立，各項法規亦臻完備，業務益趨發展，發行逐漸增加。

中央日報的社論，在國內問題和國際問題上，多代表執政黨發言，頗得朝野重視，其對國內問題之意見，各級政府時以之作為施政參考；其對國際問題之觀點，各國政府均視為我國執政黨態度之反映。該報的新聞特色是注重新聞的品質和重大性，講求新聞發佈的平衡。報導政治新聞最為詳盡，對國家重

中央日報大廈（臺北）

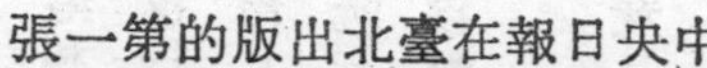

中央日報在臺北出版的第一張

中央日報的全自動鑄排機

要文獻之保存，頗爲完整。其次是重視匪情報導。遇到投奔自由的人士對中共有所控訴，該報不惜篇幅，予以優先發表。又次中央日報對國際新聞報導較爲充分，除採用美聯社、合衆國際社、路透社、和法新社的稿件外，並在歐美各地設有特派員，另外在自由世界各地還有特約記者。

對犯罪新聞的報導，中央日報多注意教育性，他們的原則是（註一一）：

①不報導犯罪方法，避免刺激新的犯罪。

②不妨害治安人員對犯罪的偵查。

③不把犯罪者描繪成「英雄」人物。

④避免牽涉無辜。

⑤注意犯罪案件的教育性。

除了注意新聞淨化之外，該報在表揚好人好事方面也不遺餘力，多以專欄特寫出之。其對社會產生之積極作用，甚得好評。

在廣告方面，據該報五十一年度統計，其內容比例如下：（註一二）

商業廣告	二三•七七（百分比）
醫藥衞生	一六•一八
戲劇娛樂	一四•〇四
小廣告	一三•七九
教育文化	八•三五

人事啓事	八・二五
公營事業	五・七五
政府公告	五・五六
其　他	四・三一

中央日報的組織系統屬於股份有限公司形態，社長之上設股東會、董事會和監察人會，其營業方針和預算都要經過董事會的審查和決定。

此外，並設總稽核一人，受董事長或常駐監察人之指導，辦理有關稽核事宜。社長之下，分爲編輯、經理二部及主筆、秘書、會計、人事四室。總務組和工務組納入經理部，以收運用靈活之效，茲將該報組織系統列表於后：

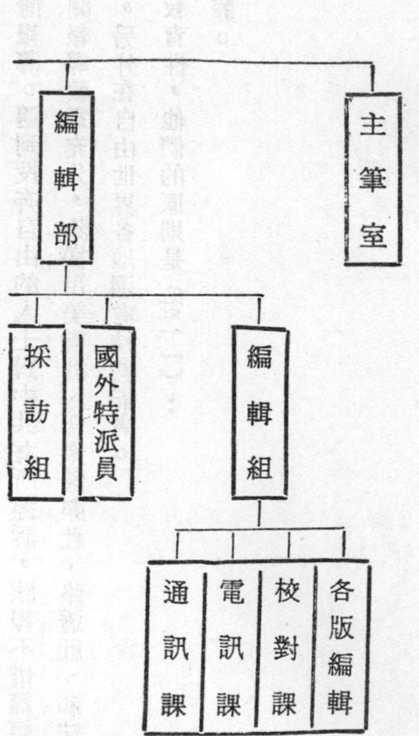

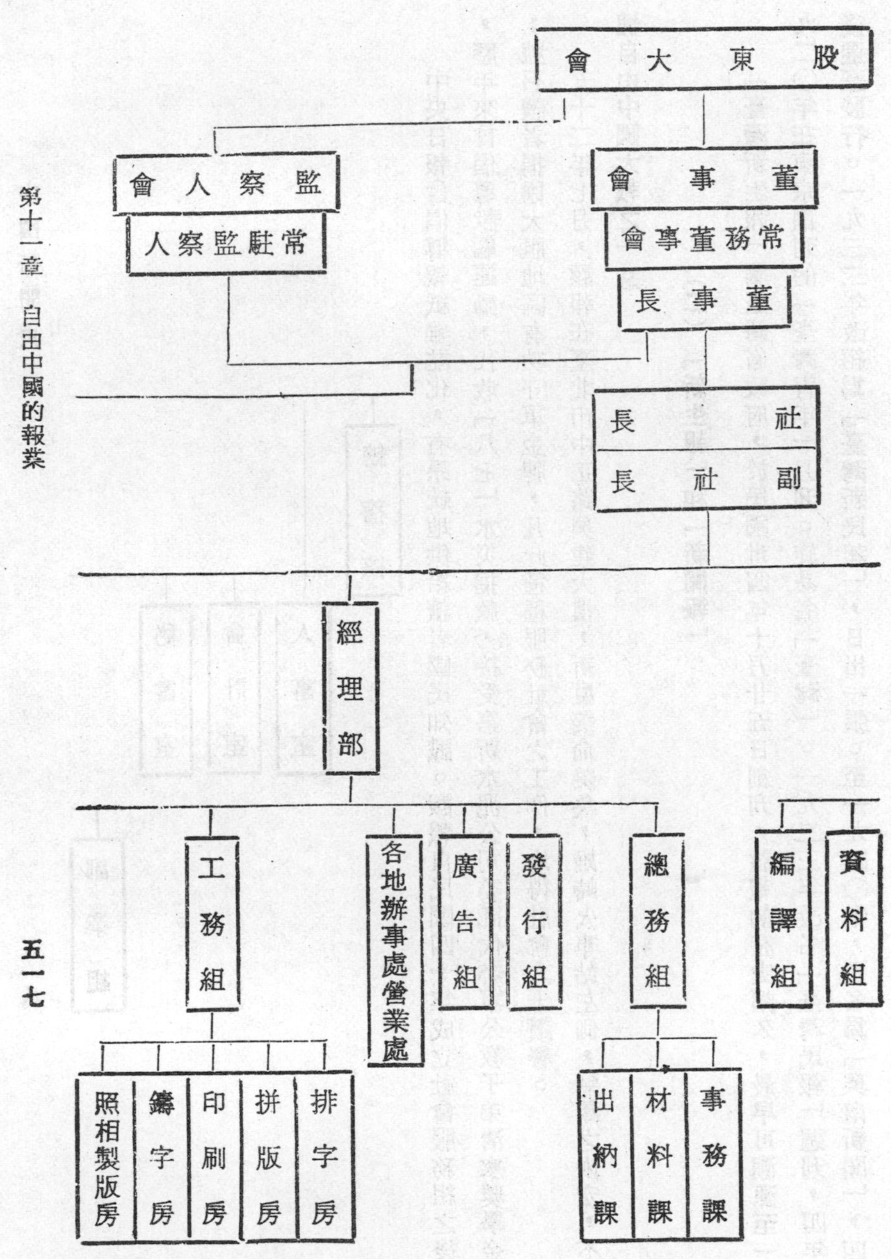
股東大會
監察人會
常駐監察人
董事會
常務董事會
董事長
社長
副社長
經理部
工務組
各地辦事處營業處
廣告組
發行組
總務組
編譯組
資料組
照相製版房
鑄字房
印刷房
拼版房
排字房
出納課
材料課
事務課

副業組　秘書室　會計室　人事室　總稽核

中央日報曾倡導報紙雜誌化，有系統地供給讀者國民知識。該報自民國四十年成立社會服務組之後，歷年來曾倡導獻艦運動，代收「八七」水災捐款，接受嘉新水泥公司委託代辦軍公教子弟清寒獎學金；號召讀者捐贈大胆地區有功守軍金牌，凡此種種服務社會之工作，均得社會人士讚譽。五十二年七月，該報在臺北市中正路興建大樓，新厦美侖美奐，雄峙火車站左側，氣象之恢宏，不愧自由中國大報之一。

(三)「新生報」和「新聞報」

「臺灣新生報」屬臺灣省政府，於民國卅四年十月廿五日創刊，該報的歷史頗久，最早可溯源至一九二〇年在東京創刊的「臺灣青年」月刊。旋易名「臺灣」。一九二三年改名「臺灣民報」週刊，四年後遷臺發行。一九三二年改組為「臺灣新民報」，日出一張。至一九四〇年，更名為「興南新聞」，四年後，復與臺灣五家報紙合併成「臺灣新報」。該報光復後爲政府接收，即「臺灣新生報」的前身。民國卅八年，政府播遷來臺，五月，「臺灣新生報」改組爲「新生報社股份有限公司」，由謝然之任社長。謝氏接掌該報之後，曾力求改革，建樹頗多。六月成立高雄分社，發行南部版，後歷盡艱辛，以經營有方，已成爲本省南部重要報紙。

三十九年八月，新生報曾設辦事處於香港，發行航空版，旋以紙張節約而停刊。

翌年設讀者服務部於臺北、花蓮、基隆等地，業務蒸蒸日上。四十一年四月，淸理報社財產，確定公私股權，正式召開股東大會，產生董事會，完成公司組織。四十三年五月十九日，遷入延平南路新建四層樓大厦，並啓用購自日本之新式超高速多色輪轉機。

民國五十年六月一日，「臺灣新生報社股份有限公司」改制爲「臺灣新生報業股份有限公司」，將南北兩版擴爲兩個報社，北版爲「臺灣新生報」由謝東閔任發行人，王民任社長；南版爲「臺灣新聞報」發行人爲趙君豪，社長爲侯斌彥。公司的最高權力機構爲股東大會，由股東大會選出董事，組織董事會產生董事長，謝然之被推選爲第一任董事長，組織型態至此變成報團形式。

新生報注重地方通訊，發行深入窮鄉僻壤，自創刊迄今，發行數字不斷增加，年來各報競爭雖烈，但該報發行總額，始終保持其固有地位。

新生報除和各報社一樣分設經理部與編輯部之外，更設有下列各機構：

①職工福利委員會：下轄職工福利社。

②民意測驗部：分設調查統計組、編輯組、與設計委員會。

聯合報創刊號

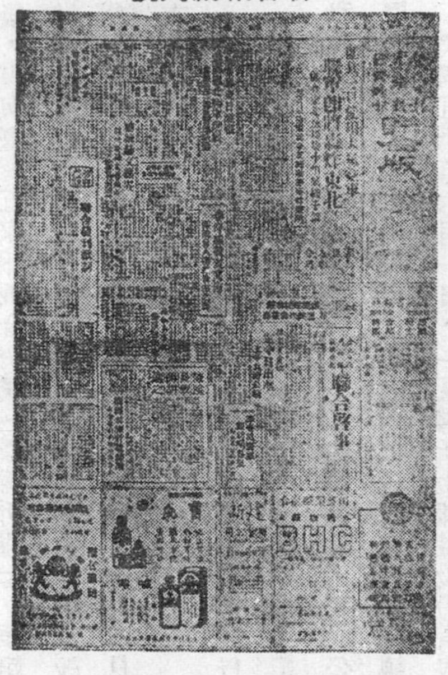

臺灣新生報創刊號

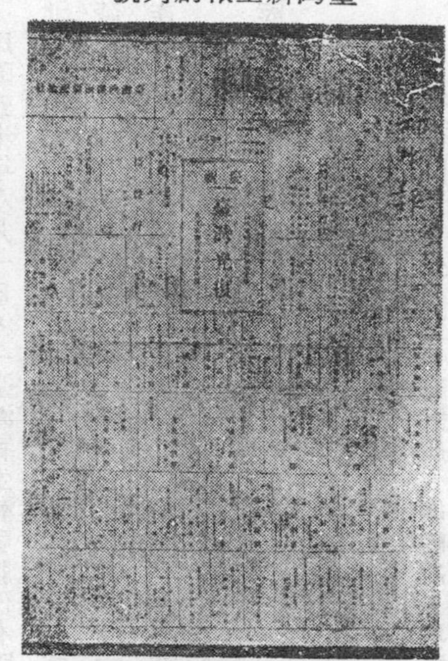

徵信新聞報

中華日報創刊號

③出版部：下設編輯委員會、資料供應組、校印組。

④讀者服務部：下設文化服務組、旅行服務組、委託服務組、康樂服務組。

經理部設有新生印刷廠，對外承接印刷業務，以及新生油墨廠，新聞工廠等。新聞報之組織與新生報略同，茲不贅述。

(三) 中華日報

繼新生報之後，中華日報於卅五年二月廿日也在臺南創刊。因地利關係，該報在南部擁有不少讀者，初期以專電特多爲號召，頗能吸引讀者(註一三)。

創業初期，胼手胝足，南部兩架日式輪轉機勉强可以使用，北版初用平版機，至卅九年始用輪轉機，均逾齡已久，印刷未臻理想。

該報第一任社長爲盧冠群，嗣後由連震東、葉明勳、曹聖芬等人繼任。其主持人雖具有深厚之地方關係，惜以經費困難，設備不全，故情形相當艱苦。

自中華日報創刊之後，形成與新生報南北對峙，由於競爭劇烈，雙方均努力改革。無論在送報的速度上和內容上均盡力改善，業務遂大有進展，發行網遍及臺省每一鄉鎭，包括東部和澎湖地區。

卅七年五月，出刊北部版，並設總社於臺北，臺南部份改稱南部版。翌年六月增出晚刊，頗能風行一時，後以政府規定晚刊另行登記，遂告停刊。

四十六年該報投資接辦臺南市成功晚報，以期擴大對讀者的服務。

中華日報的最高權力機構爲股東大會，該會選出董事十九人，組織成董事會。董事中互選五人爲常務董事，復由常務董事中推一人爲董事長。此外還有監察人會，由監察人五人組成，並互選常駐監察人一人。

該報爲股份有限公司，依公司法成立。其股本來源，係就原有資產及民間先後投資，加以伸算厘定，自四十七年起，逐年就盈利所得，按股分紅，其業務發展之速，可見一斑。

中華日報之組織和一般報社相同，總社設於臺北，有社長及副社長各一人綜理全社業務。社長之下分爲編輯部、經理部、秘書室、主筆室人事室、會計室、總稽核、及研究發展室。編輯部下面又分爲編輯、採訪、電訊、編譯、資料等五組；經理部下轄總務、業務、廣告、工務四組。南部版設主任一人，除未設人事室、主筆室及研究發展室外，餘與總社同。

中華日報在國外分支機構，除東京分社外，並在紐約、舊金山、馬尼拉、曼谷、香港、澳門、西貢、漢城、那霸等地分設特派員或通訊員。其國內分支機構，則分爲南北兩大業務區域。臺中市以北、臺灣東部、金馬等地屬北部總社範圍；臺中市以南及澎湖等地屬南部版業務範圍。

該報南北兩版均以發行報紙、刊登廣告及新聞爲主要業務，每日各出對開兩大張，以體育消息獨步報壇。現由蕭自誠任發行人，楚崧秋任社長。

(四) 聯　合　報

在日報的陣容中，聯合報發展頗速。其言論漸爲朝野所重視，且外電亦有傳播。

民國四十年九月十六日，全民日報、民族報、經濟時報發行聯合版。其目的在「集中人力、財力、物力、減少讀者精神與時間的浪費。」（註一四）全民日報原爲林頂立所有，民族報由王惕吾代表，經濟時報爲范鶴言所創刊，其前身爲經濟快報。三報本來各有其獨立風格，聯合發刊以後，銷數增加。究其原因，不外下列數點：

①獨具風格。該報的社會新聞獨步一時，社論敢言，短評有力，如「黑白集」頗受讀者歡迎。

②經營有方。主持人未將報社全部視爲私人財產，將部份股權歸於報社員工，使人人成爲股東，然後「產權屬於股東，事業屬於社會」。

③注重員工福利。工作努力的有「業績獎金」，員工遇有婚喪大事，可享受「互助辦法」之補助，解決經濟上的困難。

④發行和廣告各訂有四項原則。發行方面：（甲）不惡性發行。（乙）不惡性推銷。（丙）不贈送禮品。廣告方面：（甲）限制廣告篇幅。（乙）優先刊登國內工商業廣告。（丙）廣告園地公開。（丁）版面與刊價統一規定（註一五）。

聯合報注意爲讀者服務，五十二年九月一日，成立公共服務部，主動針對當前社會需要，來策劃服務工作。如青年書法比賽、國畫比賽、設立中國文學系獎學金等均是。五十三年度曾舉辦少年籃球賽、國貨攝影比賽、全國象棋名家賽、音樂發表會、讀者週末旅行、青年科學儀器模型製作比賽等多種。

此外，該報並於五十三年元旦發行海外航空版，縮編爲一大張，採用特製航空紙印刷，使每份重量不超過廿公克，以減低郵費、減輕訂戶負擔。現歐、美、澳、非地區，連報費每月僅美金四元，亞洲也

聯合報全自動鑄排機

聯合報自動鑄排鑽孔機

嶇每月美金一元五角（註一六）。

聯合報現由王惕吾任發行人，范鶴言任社長，計有高速輪轉機十部，均係國產。另有自動鑄字機五部，各型大小字體銅模十餘副，五十四年秋，更採用全自動排鑄機。此外尚有傳眞機、高壓變電設備、發電機等。現該報在國內有四百個分銷機構，二〇六四個零售處（註一七）。

從聯合報的發展過程中，我們可以看出，自由中國的民營報業正在日漸茁壯中。

（五）徵信新聞報

「徵信新聞報」目前也是日報中的佼佼者，該報初由物資調節委員會出資補助，名「徵信新聞」，卅九年十月二日創刊，每日出版四開一小張，用紅藍紙油印發行，每日下午出版，星期天休刊，第一任社長是余紀忠。

創刊徵信新聞的目的，主要是報導物價變動情形、商場動態，為工商界服務。開始的時候，部份經費由物調會負擔，未幾以收支差額過大，該會遂決定終止補助，時為四十年四月。

徵信新聞自脫離物調會之後，便由余紀忠等人集資經營，並改為公司組織，自力更生，揭示三項目標：推行工業運動，發展經濟建設，提高國民所得。四十年八月，正式成立「中國徵信所股份有限公司」，除發行報紙外，並籌辦「中國徵信所」。溫崇信被選為董事長，社長一職，仍由余紀忠擔任。

改為民營後的徵信新聞，蓄意革新，一方面延聘人才，一方面充實內容，雙管齊下，業務遂見蒸蒸日上。四十一年八月十六日擴充篇幅，增爲對開一大張，內容增加一倍，由專業的商情報導，擴爲純經濟性的報紙，擧凡財經重要決策，工商團體動態，均詳予刋載，成爲以工商界爲對象之報紙。

嗣後該報因感純經濟新聞不能適合一般讀者的需要，如僅以工商界爲對象，無異自侷於一隅，勢難有更進一步的發展。乃於四十三年九月增加地方新聞，社會新聞，以及娛樂新聞，仍以經濟新聞爲主體。革新之後，發行漸增，翌年自建工廠，遷至大理街辦公。

四十四年九月十六日起，擴大篇幅爲一大張半，再度充實內容，變爲綜合性的報導，這次增加了國內外要聞，省市新聞，以及各種副刋，其型態與一般報紙毫無二致，成爲一張以經濟新聞爲特色的普通日報。

民國四十九年改名爲「徵信新聞報」，翌年該報經理部遷至中華路三層樓房，發行和廣告業務更逐漸推廣。

「徵信新聞報」是中國徵信所股份有限公司的機構之一，其最高權力機關爲董事會，下設發行人及社長各一人，現由余紀忠任董事長兼發行人，另聘溫廣彝爲社長，現有員工四百餘人。該報在組織上有兩點和其他報紙不同：（註一八）

第一是經濟組的編採合一，由一副總編輯主其事，不僅負責經濟新聞之編輯，且負責指揮經濟記者出外採訪。該組不直屬於編輯組或採訪組，這是其他報館所未見過的現象。

其次是經理部的發行、廣告、總務三組，除各設主任外，另由副總經理及經理各一人負責督導，權責獨立，收指揮靈活、便利發展之效。

該報在海外各重要地區均派有記者及業務人員。本省各縣市設分社卅餘處，另於各鄉鎮設分銷處百餘處，雖窮鄉僻壤，其通訊網莫不遍及。

在報界劇烈的競爭中，徵信新聞報能立住脚跟，逐漸發展者，實不無原因，其成功因素，略可分爲四方面述之：

一、不墨守成規。版面和內容隨讀者需要而改進，以爭取新訂戶。

二、重視社會需要。常將讀者關心的小問題擴爲闢欄、或作專訪、或予以討論、有時更進一步提出適當建議。

三、新聞重趣味性，能深入民間，大衆化的色彩比較濃厚，適合一般人的要求。

四、言論正確，採訪翔實。該報爲爭取讀者，在言論上多爲民呼籲，對政府作善意批評；遇有重大新聞，務求報導翔實。

總之，近年來徵信新聞報之所以能擴展迅速，是不無原因的。

（六）國語日報

國語日報在組織上爲一財團法人，其目的在推行國語，普及教育，是唯一的一張國語注音報紙。該報創刊於卅七年十月廿五日，迄今已十七年有餘。早在卅七年三月，當時的教育部長朱家驊來臺灣視察，便想辦一張推行國語的注音報紙，旋決定將教育部在北平發行的注音三日刊「國語小報」遷臺，全部器材交給籌備中的國語日報，並撥金圓券一萬元充開辦費。

創辦初期，可說是荆棘滿途。一則因爲當時的幣值急貶，一萬元金圓劵不够開支；其次是器材破舊，設備簡陋，加以銷路無法打開，幾乎不克維持。

卅八年春天，由推行國語運動的前輩吳稚暉領銜，會同教育部國語推行委員會在臺委員胡適、傅斯年等人，聯名邀請熱心國語運動的臺籍人士黃純靑、杜聰明、李萬居、游彌堅、洪炎秋，以及本省國語會的常務委員汪怡、陳懋治、何容、齊鐵恨、王玉川、梁容若、李劍南、王壽康、祁致賢、方師鐸等爲董事，於是年三月十三日成立董事會。並推傅斯年爲董事長，洪炎秋爲社長。傅斯年去世後，由游彌堅繼任董事長，洪炎秋仍任發行人兼社長。

董事會成立之後，經過全體員工的慘淡經營，並代政府印刷注音書刊，在經濟方面闢出新途徑，多方設法，才慢慢奠定基礎。

四十四年，國語會遷至木柵，該報原寄居國語會，這樣一來，幾乎流離失所，主持人多方羅掘，在長沙街購了一幢三層樓房，是年七月正式遷入。

遷入新居之後，董事會爲加强組織，加聘羅家倫、田培林、黃啓瑞爲董事，並改組爲「財團國語日報社」再加聘省教育廳副廳長，國語推行委員會副主任委員，以及主管國民教育和社會教育爲當然董事，依照組織章程規定，將經營所得，全部作爲擴充本身事業的經費。

國語日報由於無人分取利潤，盈利點滴歸公，故規模能日漸擴大。四十九年在福州街現址興建大厦，五十一年十二月正式遷入；五十三年春更添購高速捲筒機，每小時可出報六萬份，至此，煥然一新。

國語日報每天發行四開一張，採用新五號注音印刷，爲了便利學生課外閱讀，故於下午二時出報。在編排方面，第一版刋國內外要聞，以電訊爲主；第二版「兒童」，爲適合小學生的文字和教材；第三版「少年」，供中學學生閱讀；第四版載國內一般新聞，以文教消息爲主。另有古今文選、語文週刋、國民教育、升學指導、我的作品、科學、書報精華、少年習作等多種，均另紙印刷，隨報附送。其發行對象以學生爲主，目前已推廣到家庭和社會各階層，發行區域，也日趨廣泛。

該報在編輯方面有幾個特點，玆述於后：

一、文字口語化，以期做到「怎樣說、就怎樣寫」的目標，甚至翻譯電訊，也是這樣改寫精編。

二、處理新聞的原則是「教育意義重於新聞價值」，凡缺乏教育價值的，不管他如何轟動，均不予報導。其文教新聞，在報壇堪稱獨步。

三、副刋深入淺出，可用以輔導教學。

該報印行的「古今文選」雙週刋，十五年來已成爲大中學校最普遍的國語文教材。中廣公司和教育電臺用來作「空中教學」的講義，合訂本的銷數已超過廿萬册（註一九）。

國語日報因爲是一張教育性的報紙，故以服務爲前提，特別設有「國語教育服務部」，承受前臺灣省國語會的業務，爲社會和讀者解決有關國語教育的各項問題。

此外該報更致力於兒童讀物的供應，特設出版部，編印注音的兒童書刋。現在更計劃成立兒童圖書館、兒童育樂活動中心，以加强對社會的服務。

（七）公論報

民國三十六年七月，臺籍人士李萬居、蔡水勝、陳昇祺等集資籌創公論報，至同年十月廿五日，該報得以正式問世。

公論報初由陳昇祺任發行人，李萬居任社長，因係民營，頗能反映部份民意，發展甚速。旋各創辦人先後離社，由李萬居獨力經營。

四十八年秋，因經濟困難，先後再邀陳昇祺、蔡水勝、張祥傳等加入，並辦理公司登記手續。

四十九年八月十七日，董事會改聘蔡水勝爲發行人，張祥傳爲社長，翌年六月擴大版面。至五十四年夏，由蔡萬春接任董事長，閻奉璋任發行人，張愚山爲社長。

該報初期擁有廣大的讀者，其言論亦受讀者重視，惜後來人事迭更，至未能全力發展，目前尚能維持現狀，正力圖恢復昔日聲望。

（八）華報

民國三十七年春，朱庭筠隨上海新聞界同人來臺參觀，深覺本省需要一小型日報，回滬後遂辦理申請手續，至初秋完成。是年十一月廿日，華報遂得在臺北創刊。

該報爲本省唯一的小型日報，無論在編排形式上或內容上均採上海小型報的路線，文字生動活潑，注重趣味新聞。由於篇幅有限，不得不出之以簡明原則。但對大型日報所不足的，却特別加以强調，這是該報與衆不同的特點。

該報宣揚國策、不遺餘力，對共匪暴行之揭露、更是不惜篇幅。其言論方針是「該捧就捧、該駡就罵」。因爲捧是宣揚正確的政策，罵是糾正錯誤。

此外華報極力提倡正當娛樂，闢有「菊壇」以論平劇、「郵園」宣傳集郵。現發行人和社長由朱庭筠兼任。

第四節　英文報紙

(一) 英文中國郵報 (China Post)

英文中國郵報是自由中國最早的英文報紙之一，於四十一年九月三日創刊，由余夢燕、黃遹霈、于可長、屠煥然、余敏儀、周長英、雍保華等七人集資新臺幣十二萬元，在中山北路租了一幢樓房，最初僅有平板印刷機一架，手搖鑄字機一架，銅模八付。

當時全部工作人員僅廿三人，除發行人兼社長爲專任外，其餘均係兼差。郵報最初版面是四開一張，每份售五角。基本訂戶五百戶，發行佔總收入五分之四，廣告僅佔五分之一。

創刊後一年，收支漸趨平衡，以四開一張的篇幅，無法容納各方面所需要的新聞，至四十二年十月十日，逐擴爲四開二張，售價亦增加一倍，每份一元。擴張之後，未料發行急速下降，收支無法平衡，直到四十四年三月，才見好轉。

自從擴張以來，不僅人力不敷需要，而且設備也不克支持，旋自臺銀貸款七千五百美元，始着手改進。

第一步是購置輪轉機，該機器爲新生報所有，係日人留下的舊物，經黃遹霈先生改良，不久始裝竣使用。其次是購進電動鑄字機一架，每小時可鑄八千四百字。除添購機器外，並在撫順街買了一幢三層樓房，於四十四年十一月廿二日遷入新址，嗣後郵報根基漸固。

隨着臺灣工商業的發達、廣告日多，發行更是有增無已，至四十六年，除收支平衡外，開始漸有盈餘。其後五年，郵報完成了下列幾件基本設施：

一、增建第二廠房、購置電動排字機、增設承印部。四十九年十一月，擴充篇幅爲一大張半。四十九年添置了電臺設備，全球各大通訊社之電訊，均可直接收到，在新聞來源上，不虞匱乏。

二、五十年五月開始，增加了工商經濟版，加强對工商界的服務，以促進自由中國的經濟建設。

三、除每日出刊報紙外，更推行各種社會運動，如舉辦交通安全運動，爲義光孤兒院捐款，爲救濟大陸災胞捐款，凡此種種，頗得社會人士好評。

四、自四十八年起，每年四月、七月、十月及十二月出版五彩精印之特刊，每期篇幅達卅六頁，除隨報附送讀者外，更大量寄往海外，作廣泛宣傳。

近來更增出星期專刊，隨報附送、不另收費。郵報之所以能够掘起，除客觀環境的有利條件之外，它本身的努力、實爲主要原因。以人事方面爲例，至少有下列數點足資稱道：

一、精兵政策。其原則是用人貴精不貴多、效力第一。

二、高薪主義。以才能爲衡量，無衙門作風，不惜高薪延攬人才。

中國郵報

中國日報

三、用人唯才。不論其經歷學歷爲何，一切以才能爲依據，該報副總編輯一人及編輯二人，均由校對升任，便是明證。

四、效率第一。不墨守上下班時間，工作時儘量工作，至工作完成爲止。

郵報現每日發行漸有增加。其收支情形，逐日均有明確的統計，每天核算、隨時調整、嚴格控制財政。

（二）英文中國日報（China News）

英文中國日報創刊於卅八年六月六日，爲董顯光、曾虛白、魏景蒙、鄭南渭等人所創辦，後改組爲魏景蒙獨資經營。發行之初，由魏景蒙任發行人兼社長、鄭南渭任總編輯。初期因受物質條件限制，以油印方式問世。工作人員、無分上下、通力合作，工作效率之高、爲報界所罕見。

旋魏景蒙於四十年間出任中央通訊社副社長，該報社長一職、改由鄭南渭兼任。

鄭氏接掌社務後，一方面充實新聞質量，改良編排形式；一方面推廣發行，爭取廣告。慘淡經營之餘，業務蒸蒸日上。至五十四年，鄭氏赴美，遂由魏景蒙任發行人兼社長。

英文中國日報最初專用路透社新聞，四十三年更與美聯社訂約，採用其國際新聞。最近並向美聯社購進最新式自動收報設備，以加强爲讀者服務。

近年來政府勵精圖治，積極努力於經濟建設，不獨使國內人民生活安定，並致力吸收國際人士來臺觀光。該報爲配合政府號召，使僑居我國之外籍人士及觀光旅客對我新聞事業有較高之評價，特於民國

四十九年六月一日起，改爲對開鉛印大報，並開本省以全自動利諾排鑄機(Linotype)拼排報紙

第五節 晚報

(一)大華晚報

民國卅九年，正當本省處於風雨飄搖的時候，一群新聞從業員、不顧艱難，抱着「報人有其報」的理想，於二月一日創刊大華晚報。創刊之初、該報並未獲得內政部的登記證，僅在報頭上刊印「本報正申請登記中」字樣。

該報的創辦者，計有李荊蓀、耿修業、錢震等十三人。開始的時候，每人出資新臺幣二萬元、作爲基金，初期頗感資本短缺，週轉欠靈，這張四開的報紙、幾頻夭折。

卅九年六月廿五日、韓戰爆發，這場戰事給大華晚報帶來了新的生機，因爲讀者注意局勢的發展，而韓戰的電訊又多在日報截稿後才到達臺北，重大新聞不及刊載，於是晚報發行急增，大華晚報亦得以喘息。

韓戰結束，銷數又告下降，賴主事者毅力，始克渡過難關。嗣時局好轉，始奠基礎。該報初期委託民營印刷廠排印，旋由中央日報代排代印，訂立合同、逐月付費。直到民國四十五年五月一日，始在自建的工廠排印，結束了六年來「寄人籬下」的生涯。五十一年多、爲配合上升的銷數，以五萬一千美金，向東京的美軍星條報購進高斯輪轉機。

自民國四十九年起，大華晚報連續舉辦三次中國小姐選拔，在讀者中聲譽益著。

該報初爲合夥性質，四十二年依照公司法登記，成立「大華晚報社股份有限公司」。公司成立初期，設董、監事會，以原集資十三人分任董監事，計董事十人，監事三人。由李荊蓀任董事長，耿修業任社長。至四十五年增資，年資較深及著有勞績之員工均成爲公司股東。

社長由董事會聘任，綜理社務、兼該報發行人。社長之下設編輯部、經理室、秘書室、會計室、稽核室。該報在本省各地設有分銷處，東京與金門各設營業處。

大華晚報最初日出對開一大張，至五十三年秋擴充爲一張半，星期日增刊四開畫報一張，堪稱自由中國最大的晚報之一。

(二) 民族晚報

「民族晚報」之前身爲民族報第二次版，於民國卅九年十二月一日發刊，現由王永濤任發行人、賀楚强任社長。該報初用平版機印刷、日出四開一張，自四十二年十二月十九日起，星期日出增刊一張，至翌年三月十四日、改出畫刊。嗣更用高速輪轉機印刷，充實內容、改進編排、業務遂得發展。

至四十七年九月一日擴版爲對開一張，五十三年多、再次擴版爲對開一張半。自更新設備後，印刷較前精美、規模略具。

民族晚報係一民營報紙，發行人下設社長副社長各一人。主要部門有編輯部、經理部、主筆室、會計室、秘書室及印刷廠等，其組織型態，與一般報社略同。

該報爲加强通訊，特在紐約聯合國總部、美國、西德、黎巴嫩等地駐有特派記者。其分支機構遍佈臺灣全省，各縣市設有分社，分社設主任一人、必要時增聘副主任及記者，承辦人與報社屬契約關係，承銷報紙採佣金制。

該報自四十七年起，舉辦與其創刊同年同月同日出生學生之獎助學金，名額定爲十人，於每年社慶頒發。此外、更協助培育新聞人才，贈世界新聞專科學校獎學金一名。

(三) 自立晚報

自立晚報創刊於民國卅六年十月十日，爲本省發行最早的晚報，原創辦人爲周伯莊。初期日出四開一小張，僅二、三千份，用平版機印刷。

卅八年九月十八日，第一次改組，由鄭邦琨任發行人、婁子匡任社長。翌年元月擴版爲對開一張，爲本省第一家大型晚報，同年十一月，因副刊文字失檢，奉令停刊。

四十年九月再度改組，由李玉階接任發行人兼社長，銳意經營，業務逐漸開展。四十八年七月作第三度改組，由李玉階任董事長，吳三連任發行人，葉明勳任社長，至五十四年夏、葉辭，社長一職、由吳三連暫兼，經營方針，無何變更，同年十二月，增資改組，李玉階退出該報，改由許金德任董事長，吳三連仍任發行人並兼社長。

該報係公司組織，股東大會爲最高權力機關，有董事九人、監察人三人。社長之聘任由董事會提名，社長之下設編輯、經理二部及主筆、稽核、秘書、會計等四室，並設有印刷廠。

大華晚報

民族晚報

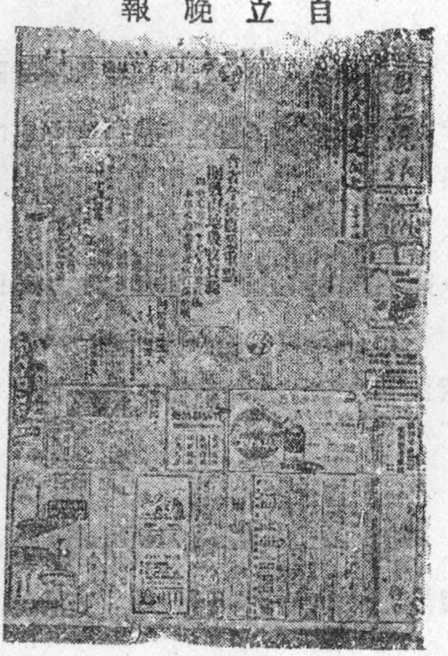

自立晚報

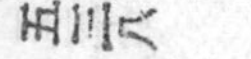

美國、日本、香港、羅馬等地均有該報分支機構；本省各縣市鄉鎮設分社及分銷處，其通訊網更遍佈各地。與大華晚報、民族晚報成鼎足三分之勢。

第六節　軍中報紙

(一) 青年戰士報

青年戰士報於四十一年雙十節創刊，發行對象爲三軍官兵及青年學生。創刊時爲四開一張，四十四年七月七日印刷工廠落成；四十六年元旦首次擴版爲對開一大張，發行範圍由軍中推廣至社會各階層。翌年三月十一日再度擴版爲對開一大張半。蕭濤英曾任發行人兼社長。後社長一職由唐樹祥繼任。

該報社長之下，分設編輯、經理二部及主筆、秘書二室。爲了充實新聞來源、曾建立三種通訊網：第一軍中通訊網。各地軍中普設通訊員，報導軍中各種活動，表揚好人好事，鼓勵戰鬪立功。第二學校通訊網。各中等以上學校分設通訊員，撰寫學府鱗爪，表揚優良教師與模範學生。第三社會通訊網。在各縣市及重要鄉鎮設地區記者，報導一般政治、經濟、文教及社會新聞。該報本研究發展原則，每日實施新聞比較，對象爲各同業報紙及通訊稿件，藉以取人之長，補己之短。青年戰士報以刊載軍事新聞、青年活動消息、敵後新聞、以及共匪暴行爲特色。其社論着重闡揚領袖訓示、軍事問題、青年問題、及時事問題之分析，且富於革命性、戰鬪性、和教育性。

總之，該報的言論政策，以對國軍官兵及青年、建立主義、領袖、國家、責任、榮譽等五大信念爲原則。自四十七年第二度擴版向社會發行後，發行數字逐年均有增加，廣告客戶亦日見遞增，足證經營之成功。

(二) 精忠報

民國卅七年二月廿二日，精忠報創刊於臺灣鳳山，每日出版八開一張，發行五千份。首任社長爲張佛千、總編輯爲馮愛群。四十二年二月擴版爲四開一張，並改爲三日刊。至四十七年十月增刊八開精忠畫刊一種，同年擴大爲四開。

精忠報由陸軍總司令部發行，社長之下有總編輯一人，編輯、記者各三人，分別擔任編採及發行業務。

該報及畫刊除免費分發陸軍各單位閱讀外，並分贈友軍及其他社會團體。年來在編排和內容方面、力圖精進，爲國軍官兵之重要精神食糧，尤爲戍守外島官兵不可缺的讀物。

(三) 正氣中華報

正氣中華報於民國卅八年五月一日在江西南城創刊。當時隸屬於陸軍第二編練司令部，爲八開三日刊，純爲一般軍中報導性刊物。同年十一月廿三日，該報遷往金門，兩天後正式發行四開日報一張。翌年發行數增至四千五百份，免費供應全島軍民閱讀。由軍報蛻變爲地區性的報紙，獲內政部核准登記。

至四十七年元月，該報改隸金門政務委員會，成爲戰地行政當局的報紙，以新五號字印刷，仍爲四開一張，民間訂戶開始收取報費，開始向自給自足之途邁進。

改制之後不久，適逢「八二三」砲戰，在四十四天的劇烈戰火中，全體員工完成了極艱鉅的任務。

四十七年十二月，美國南伊州大學新聞學院設置自由中國「社會服務和領導獎」(Community Service and Leadership)，並以是項榮譽贈予正氣中華報。

現該報在臺設有辦事處。它兼具軍報的效能，地方報的特色，大報的風格，以及戰鬪性的內容。在軍報中堪稱佼佼者。

(四) 馬祖日報

馬祖日報於四十六年九月三日創刊，迄今已經八年多了。四十六年六月，漆高儒等赴馬祖勞軍，返臺後建議辦馬祖日報，嗣由總政治部撥款籌備，委漆高儒、蕭濤英、黃密爲籌備委員，徐摶九爲執行幹事。經過三個月的奔走，由戰地指揮官兼發行人，徐摶九任社長，終於在九月三日出刊四開一張，使戰地軍民精神爲之一振。

該報第一版爲要聞，第二版爲地方新聞，第三版是副刊，四版國際消息。其中地方新聞版多發掘當地民情風俗，表揚軍中好人好事，尤爲讀者所愛好(註二〇)。自四十七年元月始，每月增出八開畫報一張，後再擴版爲四開。

因爲馬祖日報的成績優良，農復會曾協助添購許多設備，包括四開平版機一具，三號圓盤機一具，對開切紙機一具，以及標題字三副。

今日的馬祖日報在當地讀者的心目中，不僅是一張軍報，而是一個負有教育、啓發、指導的刊物。

（五）建國日報

建國日報創刊於卅八年十一月廿二日，由澎湖防衞司令部的「每日新聞」，馬公要塞的「新聞導報」，和守備團的「白沙日報」合併而成，兼有軍報和地方報的特色。

該報初爲四開油印，四十一年九月改爲鉛印，先後擔任發行人的，計有陳煥彩、尹希任、顧蓉君、楊銳等。現任發行人爲張雯澤、社長洪士範。民國五十年曾興建大厦、革新內容、改良印刷技術，現已規模略具，成爲澎湖重要之報紙。

第七節　地方性報紙

臺灣各縣市的地方性報紙，在卅八年前後最爲興盛，其地區包括宜蘭、花蓮、等十二縣市，分佈之廣，爲本省前所未見。惟因發行限於一隅，在經營上頗多困難，故多未能維持長久。現全省共有地方性報紙十家，計臺中市三家、彰化、嘉義、臺南、高雄、臺東、花蓮、基隆各一家。

（一）臺中市的「民聲日報」「中國日報」和「臺灣日報」

「臺灣民聲日報」於三十五年一月一日在臺中市創刊，純係私人經營，初爲週刊，翌年四月改爲三日刊，五月再改爲日刊，日出四開一張。至三十七年五月五日，擴版爲對開一大張，現爲一大張半。

該報現由創辦人徐成之夫人徐許瑪蘭任發行人，徐堅任社長，自省府遷至中部後，該報之發行益增，其地位更顯重要。

「中國日報」創刊於四十年七月，初稱「新中國報」，由趙德修創辦，在臺中市發行。四十一年曾由蕭伯勤接辦，並遷至豐原鎮，繼續出刊。四十四年易名「中國日報」，由顧鴻傳任社長。四十九年鄭森棨任發行人，再遷回臺中。現該報已成中市重要報紙之一。

「臺灣日報」的前身爲「東方日報」，原設基隆市信三路二號，最早的發行人爲洪吉嵐。該報曾在基隆與「民衆日報」分庭抗禮，各擁有其本身的讀者，全省各地亦駐有通訊員。五十三年秋，夏曉華接辦，將之遷到中部，始改名「臺灣日報」。

該報現正延攬人才，大力革新，頗有後來居上之勢。

(二) 花蓮的「臺灣更生報」

「臺灣更生報」在花蓮縣創刊，時爲三十六年九月三日，創辦人爲謝膺毅，現在還是他任發行人兼社長。該處地瘠民貧，辦報甚非易事。「更生報」初以三日刊問世，一年後改爲日刊。

四十年十月，花蓮大地震，「更生報」社址震塌，損失至鉅，全體員工在廢墟中編油印報，兩週後繼續出版。

該報在各地設有分銷處，其特約記者及通訊員亦分佈全省。

(三) 彰化的「中興日報」

該報之前身爲「東臺日報」，原設花蓮，爲當地民營報紙，於民國卅五年三月一日創刊。由吳萬恭獨力經營，雖時遇風災地震，從未間斷出版。五十三年始由花蓮遷至彰化，並聘洪吉嵐主持，其言論仍保持平實作風，頗爲彰化讀者稱道。

（四）臺南市的「成功晚報」

四十五年十月廿五日，成功晚報創刊於臺南市，由鄭拯人獨資經營。其前身爲鯤聲報，繼改爲聯合報南部版，旋又改稱臺灣日報，至四十六年始改今名。

該報現由楚崧秋任發行人，徐詠平任社長，其最高權利機構爲管理委員會，設主委一人，委員六至八人。其言論以宣揚國策、服務社會爲宗旨。除發行報紙外，並經營其他有關文化事業。

（五）高雄的「中國晚報」

「中國晚報」爲楊念祖、王永清所創辦，四十四年十二月廿五日發刊於高雄市，完全獨立民營。該報初期發展未臻理想，後根據地方情形，針對讀者需要，着重地方新聞，深入隣里採訪，今已成爲南部相當有影響力的刊物。其協助貧病，促進建設，更爲讀者稱道。

（六）嘉義的「商工日報」

「商工日報」的創辦人林抱、爲嘉義實業界鉅子，他於四十二年八月廿九日創設此一民營報。初爲四開一張、旋改爲對開。

四十四年八月，該報新工廠竣工，版面由新五號字換爲六號字，翌年啓用日製輪轉機，業務更爲發展，現任發行人兼社長爲創辦人之次子林福地。

該報雖以商工爲名，然並非專重商工消息，各版仍按平均方式發展，近復加强社會新聞內容，旨在貶惡揚善，頗得嘉義讀者稱道。

（七）臺東縣的「遠東日報」

「遠東日報」的發行人爲常本廣，該報最初稱「臺東導報」，四十一年七月十三日，由吳若萍接辦後，曾改稱「臺東新報」。

該報言論公正，頗受讀者歡迎，唯受地域限制，不易向外發展。自常氏接辦改爲今名後，更努力充實內容，加强採訪，近來發行與廣告業務、逐有增加，已成東部大報之一。

（八）基隆市的「民衆日報」

「民衆日報」原稱「民鐘日報」，自李瑞標接辦之後，始改今名。該報創刊於卅九年九月五日，言論方面力持平穩，揭露社會黑暗，注重爲讀者服務。「民衆日報」曾與當地的另一民營報紙—「東方日報」—刊行聯合版。其通訊網遍及全省，業務足以維持。

第八節　一般現況

自由中國因處戰時狀態、情形特殊，民國四十七年六月廿一日，政府明令修正出版法，雖有不少新聞界人士反對，立法院還是予以通過。其經過內容另詳第十七章。

各報因受節約新聞紙辦法的限制，發行版面均未超過兩大張。此外政府停止設立報紙之申請登記，故報紙經營受到上述兩種限制，使已經存在的報紙無形中受到保障，在發行上未能充分競爭。由於社會經濟活動增加，使社會新聞與經濟新聞較多的聯合報和徵信新聞報銷數增加。

在報業競爭方面，各報除充實設備外，多加强社會新聞報導。

以民國五十年二月臺北市瑠公圳發生的孕婦分屍案爲例，各報無不以大量篇幅，作詳盡之報導，茲將臺北市各報對該案報導佔社會新聞之百分比列表如后：（註二一）

報紙名稱	瑠案佔社會新聞之百分比
中央日報	五〇・七六
聯合報	四八・一八
新生報	四七・八七
徵信新聞	四六・九四

中華日報	三七・六三
民族晚報	四八・四三
自立晚報	四六・四七
大華晚報	四五・六九

又各報對瑠案報導的欄數與全部新聞欄數的百分比如下表：（註二三）

報紙名稱	瑠案報導佔全部新聞欄之百分比
聯合報	一一・二八
徵信新聞	八・四二
新生報	七・二二
中央日報	七・○七
中華日報	五・五五
民族晚報	一八・○三
自立晚報	一五・一八
大華晚報	一三・三九

從右列二表中，可以看出各報為了爭取讀者，不惜以有限的篇幅，刊載迎合一般市民口味的社會

聞。

在言論方面，無論公私營報紙，均能一致擁護國策，以國家之利益爲大前提，對中共的倒行逆施，均予以口誅筆伐。又各報論列，皆能以法律爲準繩，鮮有利用篇幅，濫用新聞自由的情形。

自由中國各報的收入，均以發行爲主、廣告爲輔，此尤以初期工商業未發達時爲然。近年來許多大廣告公司相繼成立，使廣告業走上了現代化之路。將來廣告收入的增加，不難預卜。

廣告內容淨化方面，中央日報訂有「中央日報廣告章則」。其第三條規定，凡妨碍風化，誹謗他人名譽及其他一切不正當之廣告，該報均有拒絕刋登之權。新生報、大華晚報和自立晚報、在廣告價目表上亦附有類似說明。

這類規章，惜無細則說明、似嫌籠統，使權衡廣告的彈性太大。目前最值得商榷的是醫藥廣告。出版法、醫師法、違警罰法、刑法等雖均有關於醫藥廣告之規定，但各報並未遵照嚴格審查，是未能對讀者負責。

第九節　雜誌

臺灣光復初期，由於本省同胞過去未能普遍接受祖國語文教育，故對純用祖國文字印行之書刋報紙，不易順利閱讀，當時雖有少數印刷簡陋之雜誌在省內出版發行，若就其質量而論，均無甚特色。至三十八、九年間，大陸文教界人士於政府疏遷前後，紛紛來臺，若干雜誌亦自京滬等地移臺復刋；一般熱心文化事業之人士，各本志趣，集資或獨力創辦雜誌；部份機關、社團、學術機構，亦各依其工作需要，編印定期刊物，對內或公開發行。乃開啓雜誌事業在此復興基地上之拓荒時期。

雜誌界人士爲增進同業聯誼及加强互助合作，於民國三十九年五月廿一日在臺北市中山堂成立臺灣省雜誌協會。旋於民國四十年九月一日，改組爲臺灣省雜誌事業協會。該會爲爭取雜誌事業之合法權益及會員福利，盡力甚多。前者如於立法院修正出版法時爭取雜誌列爲新聞紙類，後者如爭取新聞用紙之配售、營業稅之免徵、半價訂閱報紙、以及於臺北市羅斯福路一段建立會所，均爲會員所稱道。

政府爲節約新聞用紙，自民國五十年開始對於新辦報紙之登記限制較嚴，有志致力新聞出版事業者，多集中於雜誌事業方面以發展抱負，雜誌之種類及數量乃日漸增加。雜誌之家數與種類日增，而國內之發行有限，海外之發行不易開拓，兼以資金多欠充足，故一般雜誌事業恒須歷盡艱辛、勉力支撐。由於經費缺乏致中途停刊者，屢見不鮮。而停刊雜誌中，多由於發行欠廣，及經費週轉不靈，並非由於內容貧乏，此類例證不勝列擧，似此情形，殊堪惋惜。惟新辦之雜誌，仍能以前仆後繼之英姿，陸續創刊，充分發揮文化人「正其誼不謀其利，明其道不計其功」的精神。歷盡艱難的雜誌事業，幸賴不斷注入新血而得以日漸欣欣向榮。

內政部出版事業管理處在民國五十五年元月份，將過去十六年來雜誌登記的家數，作了一次整理，其數字如次：三十九年一八四家、四十年一七一家、四十一年二四五家、四十二年二九九家、四十三年三三一家、四十四年三七八家、四十五年五〇五家、四十六年五七六家、四十七年六七五家、四十八年六六六家、四十九年六七六家、五十年六八六家、五十一年五五五家、五十二家七三〇家、五十三年七五八家、五十四年八二〇家，五十五年元月份八三一家。其中除却四十年與五十一年兩年，因註銷一部份停刊逾限之雜誌、總數略見減少外，餘均係逐年增加。由此可見近十六年間雜誌事業蓬勃發展之趨勢。由於經營方法罕有改進，發行範疇不易擴大，故一般雜誌之發行數字，多係以千數計算，能逾萬數之公開發行數字，僅新聞雜誌、兒童雜誌、以及近年來之文藝雜誌，曾創造此種發行紀錄。一般雜誌同業，爲爭取讀者，增加發行，亦競相從充實內容、美化編排等方面求改進。水準風格，多漸見提高。其於宏揚文化，啓廸思想所發生之影響，日益豐碩，一般善盡職責之雜誌界人士，實功不可沒。茲就蒐集資料所得，分按各類雜誌，擇要介紹如次：

政治類：

「反攻」：民國三十八年十一月十六日創刊，每月出版兩次，至四十五年八月改出月刊。發行人臧啓芳兼總編輯。該刊一面揭發中共陰謀，一面檢討政府興革。自第六十四期開始，曾附贈三十二開本副刊。自第八十三期仍併入正刊。民國五十年二月廿八日，臧氏於應聘東海大學任教期間逝世，反攻社務曾聘臧廣恩繼掌，臧君任教於日本東京，無法兼顧，改聘方永蒸接任。編務則由韓道成（韓熠）主持。

「明天」：民國三十八年十二月廿日創刊，發行人杜衡之，汪祖怡負責編務。內容以政論爲主，並有文藝專欄。主旨爲培養民主風氣，鼓舞士氣民心。

「民主中國」：民國三十九年五月，中共侈言進攻臺灣，民主社會黨領袖徐傅霖由港來臺，主持該黨黨務，協助政府推行反共抗俄之國策。並籌辦「民主中國」半月刊，於三十九年九月十八日創刊，徐氏兼發行人，成立廿五人組成之編輯委員會，由梁朝威任主編。

「自由中國」：民國三十九年七月創刊，首由胡適任發行人。自四十八年三月以後，發行人爲雷震。該刊內容以政論爲主，時有激烈言論刊出，後以雷震涉及匪諜案，遂告停刊。

「民主潮」：係代表青年黨言論之刊物。三十九年雙十國慶日創刊，發刊詞中强調：爲追懷先列創造的艱難，期於復國運動盡其棉力。言論着重現實政治之評述、及反共理論之闡揚。讀者多爲黨政方面人士。由該黨中央常務委員夏濤聲任發行人，朱文伯任社長，朱世龍任主編。

「新中國評論」：月刊，創刊於民國九年十一月，亦屬青年黨主編之純政論性刊物。由陳啓天任社長，劉鵬九任發行人，胡國偉任主編。該刊爲紀念青年黨建黨廿九週年，曾於民國四十一年十二月出版之一期中，宣布對時局之主張，强調擁護現行憲法，並促其實現；主張早日反攻大陸，厲行民主政治。

「民主憲政」：由百餘位立法委員所創辦，創刊於民國四十一年三月，旨在闡揚三民主義，宣傳反共國策，發揮民主憲政精神。每年由社員大會票選社務委員、常務委員、發行人、編輯委員、主編、經理等分任工作。先後由余凌雲、李鈺、王寒生、莫萱元等任發行人；潘廉方、劉振東、董正之、楊一峯、蔣公亮、劉錫五、張金鑑、楊粹等任主編。

「中國地方自治」：中國地方自治學會發行，創辦人爲該會理事長李宗黃。該刊原爲地方自治函授學校之通訊刊物，至民國四十二年六月一日始公開對外發行，每月出版兩期，內容以闡揚地方自治理論，檢討地方自治實務，及介紹各國地方自治制度與實況爲主。

「地方自治」：由臺灣省地方自治協會理事長翁鈐創辦。創刊於民國三十七年十月，三十八年一度休刊，三十九年元月十六日復刊，三十九年四月改爲週刊，四十年元月又恢復半月刊。內容爲地方自治理論與實際問題之探討，並介紹歐美地方自治理論。

「建設」：月刊，創刊於民國四十一年六月六日。原由部份立法委員發起籌辦，繼而有大專教授及國大代表陸續參加。內容重視建國復國問題理論及方案之研討，並經常邀請專家學者舉行座談會。創刊發行人蕭贊育，社長謝仁釗，主編陳顧遠。

「政治評論」：民國四十七年九月創刊，半月刊，由帕米爾書店負其盈虧責任。創辦人任卓宣兼發行人，王集叢任主編，曾出版「反對黨問題叢書。」

「考銓月刊」：該刊爲考試院代理院長鈕惕生先生所創。以闡述國策、宣揚固有文化、研究考銓制度爲宗旨。發行除臺省外、並及港澳各地。

時事類：

「新聞天地」：該刊以報導新聞爲主，由卜少夫、毛樹清、邱楠等人創於重慶，時爲卅四年一月廿日事。光復後遷上海發行，卅八年後遷香港。現由卜少夫任主編，發行遍及歐美各地。該刊曾出刊英文版，旋以成本過高而停刊。

「中國新聞」：該刊於民國卅五年七月七日，由唐賢龍創於南京。其後業務發展順利，其鼎盛時期，曾將全國分爲八區，分刊航空版，總銷數達廿餘萬份。遷臺後之發行情況，已遠不如昔。

「紐司」：以前上海影藝圖書公司曾發行紐司週刊。在臺出版則始於卅八年六月十六日。該刊爲一綜合性新聞雜誌，其內部組織不設社長及總經理，由發行人吳守仁兼理對外對內各項事務。另設主編一人綜理編務。

「中國一週」：三十九年五月一日創刊，內容側重於國內外新聞性之報導，並包括學術專論及書評等欄。創辦人為張其昀，史紫忱任主編十年如一日。旋經中國文化學院師生接辦，由鄭貞銘繼掌編務。

「國際現勢」：民國四十五年元月九日創刊，每週出版一期，以分析國際問題及介紹科學新知為宗旨。由創辦人袁文靖自兼主編。曾出版叢書數種，多為研究國際政治之參考資料。

「時與潮」：民國廿七年五月由齊世英創刊於武漢。民國四十八年十二月，由齊振一復刊於臺北。內容以時事分析、新聞報導、鐵幕傳眞、及時論為主。每週出版一期，現任發行人為藍文徵。

此外尚有丁維棟、李德齡創辦之「世界新聞」，唐賢翔、唐賢鳳創辦之「新聞觀察」，章昌平創辦之「新聞評論」，徐基行接辦之「自由亞洲」（創辦人原為趙惜夢），梁森、陳奇創辦之「世界評論」，蔡馨發創辦之「聯合新聞」，袁方之「今日亞洲」，胡志忠之「十字論壇」以及部份新聞文化界人士合辦之「週末觀察」等，均曾風行一時。

婦女類：

「中華婦女」：該刊為中華婦女反共聯合會創辦。於卅九年七月問世，每月出版一次。其內容包括婦女問題專文、婦聯動態、婦女偉人介紹；以及育嬰、烹飪、縫紉、文藝等。由婦聯會總幹事皮以書主持。

「今日婦女」：四十三年九月一日創刊，半月刊，發行人張明（姚葳）兼任主編。執筆人多為女作家，現身說法探討今日婦女問題。且有部份譯文篇幅，譯載歐美婦女雜誌佳作。

「婦友」：創刊於四十三年十月。錢劍秋任發行人，王文漪任主編。內容分論著、家庭與兒童、婦女史話、文藝、書評、女青年園地等欄。

「婦女生活」：該刊創於四十二年二月十五日，由王德亮任發行人兼主編。其內容包括專題特寫、兒童教育、生活常識、戀愛與婚姻等項。此外蔣公亮、舒子寬創辦之「家庭計劃」月刊，李瑛創辦之「時代美容」，劉呂潤璧創辦之「中國婦女」週刊，詹昭燕創辦之「婦女家庭」，諸明主編之「婦女俱樂部」等，各擁有其廣大讀者群。

青年類：

「當代青年」：卅九年二月十七日，呂天行、李季谷夫婦創該刊於臺北。創辦人於公餘以私蓄經營、爲青年呼籲，頗得讀者好評。

「中國青年」：該刊於卅九年青年節發行創刊號，以「團結中國青年，建設青年中國」爲宗旨。發行地區除臺省各縣市外，海外尙有美、菲、香港、印尼等地，其中以菲律賓之銷數較多。

「戰鬪青年」：創刊於卅九年青年節，由創刊人聘社務委員若干人，並由委員兩人、分別主持經理部和編輯部。以發行人兼總主筆。海內外均有發行。

「自由青年」：該刊創於卅九年五月十日，錢江潮、呂天行、陳逸雲、張寶樹、鄭森棨先後任社長。現由詹純鑑任發行人，吳思珩、梅遜執行編務。讀者多爲大、中學生。以開發青年知識領域及輔導靑年寫作爲目的。該刊四十八年七八月間，所載蘇雪林與覃子豪之現代詩論戰文字，及王洪鈞於五十年靑年節所撰「如何使靑年接上這一棒」，均經引起各方注意，海內外報刊電臺均參與討論，影響深遠。

「幼獅」：四十二年元月創刊，每月出版一期。原由中國靑年反共救國團總團部文教組創辦，旋併入幼獅文化事業公司，內容以革命理論、科學新知、靑年生活、名人傳記爲主。對於靑年救國團各縣市及學校團隊主辦之近兩百種青年刊物，頗具示範作用。發行人爲胡軌。

「青年俱樂部」：五十三年九月創刊，發行人羅宗濤、主編朱嘯秋，內容包括藝術走廊，人生修養、青年問題、成功人物、世界風光等欄，封面爲套色水彩畫幅，篇幅近兩百頁，甚受各方重視，惜僅發行年餘，即以經費拮据，自動停刊。

尚有金彥、郭衣洞創辦之「青年基地」，張公甫、郭成棠創辦之「青年時代」，郭成棠、俞舲居主編之「中學生」，陸建鄴創辦之「中學生文藝」，及部份青年歸僑主辦之「華僑青年」等，均爲青年所喜愛閱讀。

文藝類：

「野風」：由金文、師範等人於卅九年十一月一日創辦。爲文藝性半月刊。先後由田湜、綠蒂及許希哲接辦，頗得愛好文藝之青年讀者好評。

「文藝創作」：爲中華文藝獎金委員會所辦，四十年五月四日創刊、社長由該會主任委員張道藩兼任，專門發表獲獎作品，多爲小說、詩歌、戲劇等創作。並選出優秀作品，刊行單行本。該刊發行遍及海內外各地。葛賢寧、胡一貫、虞君質先後擔任主編。季薇、梅遜先後協編。

「中國文藝」：四十一年三月一日發刊，爲純文藝雜誌之一。該刊曾由王平陵負責編務、唐賢龍任社長、設有編輯委員七人。

「晨光」：於四十二年三月一日創刊、除在本省銷行外、發行南洋香港等地。內容多屬文藝性和教育性。由吳愷玄任發行人兼主編。

「文壇」：由穆中南創辦，除創作外，間亦刋出譯作。經常發表文壇函授學校學生佳作。

「自由談」：前身爲「旅行雜誌」，由趙君豪主辦，除文藝小品外，多刋記遊之作，文字不涉現實問題，以充實讀者心靈生活爲目的，爲自由中國暢銷雜誌之一。先後由彭歌、章君穀等執行編務。

「皇冠」：月刋，民國四十二年二月創刋，原爲純譯文刋物，爲打開銷路，創辦人平鑫濤（費禮）乃提出「文藝起飛」口號，獲得文藝界友人支持，增加文藝創作篇幅，改用彩色封面、充實內容、銷路激增，引起同性質刋物、競相擴大篇幅、美化編排。

「幼獅文藝」：月刋，創刋於四十三年三月，原由中國青年寫作協會主辦，旋交幼獅文化事業公司主辦。自朱橋接編後，由十六開本改爲三十二開本，並增加篇幅，套印彩色封面，大加革新。

「詩、散文、木刻」：民國五十年十月創刋，初爲季刋，後改爲雙月刋。內容以刋載詩、散文、木刻爲主、並闢小說副頁，插圖甚多、印刷精美。主編人爲朱嘯秋。

「作品」：月刋，刋於民國四十八年底。以刋登文藝作品爲主、偶有譯文。主編爲章君穀。

「現代文學」：雙月刋，創刋於民國四十九年三月。內容以文藝論評、小說創作、新詩創作及譯作爲主，每期介紹一國際知名作家，並譯附其重要作品。發行人爲白先勇。余光中、何欣先後接編。

「創作」：月刋，以刋登文藝創作爲主，並介紹文藝筆友聯誼。發行人莫淡雲、主編楚軍。

尚有夏濟安教授主編之「文學雜誌」，水準頗高，甚受各方重視。紀弦創辦之「現代詩」季刋，覃子豪創辦之「藍星」詩刋，創世紀詩社之「創世紀」，葡萄園詩社之「葡萄園」。古之紅創辦之「新新文藝」，孫陵創辦之「火炬」，何鐵華創辦之「藝術」，劉濟民主編之「人間世」，以刋登幽默諷刺之

（民俗文學）雜文爲主，程大城之「半月文藝」，呂泉生主編之「新選歌謠」，婁子匡之「東方文叢」，朱冠一、李中和創辦之「音樂月刊」等，均頗受讀者歡迎。

宗教類：

「海潮音」：民國九年創刊，每月出版一期。初以滬杭兩地爲發行及編輯處所。其前身爲民國七年十一月創刊之「覺社叢書」（季刊），皆屬佛教高僧太虛法師創辦，以「發揚大乘佛教眞義，引導現代人心正思」爲宗旨。四十餘年來經由知名高僧及居士廿餘人主編，先後遷上海、杭州、武昌、昆明、重慶、衡陽、成都、重慶、南京、奉化等地編發。三十八年由大醒法師負責遷臺發行。大醒圓寂後，推印順法師任社長，李子寬居士負責發行，續明法師負責編務。

「臺灣佛教」：民國三十五年一月創刊，以宣揚教義，淨化社會爲目的。發行人孫心源，白聖法師任社長，李添春主編。每月出版一期。

「恒毅」：大陸淪陷，天主教主徒會總會長楊紹南率會士由北平來臺，於四十年七月廿八日成立恒毅社，出版月刊，期配合中國固有文化，介紹天主教學術。並紀念主徒會創辦人剛恒毅總主教在首任教宗駐華代表任內之功績。

「覺生」：月刊，民國四十年七月創刊於臺中，由林錦東、李炳南、朱斐發起，以弘揚佛法及建設人間淨土爲宗旨。

「菩提樹」：創刊於民國四十一年十二月八日，朱斐居士創辦，提倡淨土法門，宣揚大乘佛教。

譯文、文摘類：

「讀者文摘」：民國四十一年四月一日創刊，先後由張濯域、蕭錚任發行人，康捷生、徐道鄰任社長。大專教授八人任編輯委員。發行至民國五十四年三月，因美國讀者文摘於香港發行中文版，乃在協商後自動停刊。

「學生英語文摘」：月刊，創刊於民國三十九年。由趙麗蓮女士創辦，配合臺電播音教學，以輔導社會的語文刊物自期，甚得靑年喜愛。

「拾穗」：月刊，民國三十九年五月一日創刊於高雄，爲高雄煉油廠同仁合辦，前故廠長賓果任發行人，封面初爲法國米葉之名畫拾穗，以代表此一群靑年工程師業餘從事文化事業之虛心。內容以譯載有關科學、工程、醫藥、心理、宗教、哲學、人生、風土、遊記、文藝、娛樂爲主。頗爲風行。

「沙龍」：半月刊，鄭炳森（老沙）創辦於民國三十九年初，以趣味性之譯文爲主。「沙龍」停刊後，老沙與黃沙合辦「新世紀」，內容以電影、音樂、集郵之介紹爲主，多屬譯文。

「重流」：月刊，民國四十年元月創刊，何祚忻任發行人，湯中任社務，並與薛鴻昌任編務。以譯文爲主，內容包括：國際時事、人物風俗、醫藥常識、文藝作品。

「西窗小品」：創刊於民國四十年一月。月刊，第二年改出半月刊。專門摘譯西文雜誌精華，內容包括人物傳記、各地風光、科學小品、生活雜寫、醫藥衞生、文藝佳作、藝術修養。由王洪鈞、江德成、何貽謀、李傑、林家琦（兼發行人）、武月卿、孫如陵、徐佳士、陸鐵山、張自學、陳約、彭思珩、潘煥昆創辦並兼編務。

尙有陶滌亞創辦之「半月文摘」，錢江潮創辦之「自由中國文摘」，史超伯創辦之「國際文摘」等。

財經類：

「土地改革」：原爲半月刋，民國三十四年創刋於南京，四十年九月在臺復刋，鼓吹民生主義之土地政策並促其實現，報導國內外土地改革成果，創辦人蕭錚，主編吳一飛。

「臺灣經濟」：月刋，創刋於民國三十七年四月，由連震東任發行人，張騰發主持社務。主張發展民族工業，採取保護政策及重視民營企業，以繁榮臺灣經濟。

「合作經濟」：月刋，三十七年元月創刋，研究合作制度及合作理論。創辦人爲陳岩松、李錫勛。

「財政經濟」：月刋，介紹並評論中外財政、經濟制度與政策。由臺灣大學部份教授發起，創辦於三十八年十二月。發行人爲張果爲，並與王師復、林一新、林霖諸教授負責編務，另設出版社，先後由張果爲、王師復、陳式銳任社長。

「中國經濟」：月刋，三十九年雙十節創刋，爲一綜合性之經濟刋物。內容分專論、特輯、經濟研究、經濟動態、經濟統計各欄。發行人爲趙聚鈺，另設編輯、業務兩委員會。何伊仁擔任執行編輯。

「稅務」：旬刋，民國四十年雙十節創刋，以「宣導財經政策，闡揚新稅制，協助稅政之推行」爲宗旨。並設讀者服務部。發行人兼主編爲鄭邦琨。

學術類：

「國防叢刋」：月刋，民國三十九年六月十六日創刋，研究與國防有關之學術問題，內容包括闡揚主義與國策之論述，國防專論、社會及自然科學論著，軍事論著及譯述、文藝。發行人兼社長劉詠堯。

「大陸雜誌」：半月刋，創刋於民國三十九年七月十五日。由於當時大陸淪陷，創辦人士命此刋名，藉表懷念及發人深省。以延續學術命脈、保存文化系統爲宗旨。內容分專論及聯合國座談會紀要。論文以人文科學及自然科學爲主，頗受國際學術界重視。由董作賓主編歷十餘年。

「文星」：月刊，創刊於民國四十六年十一月，於封面標明爲「思想的、生活的、藝術的」，內容以學術論著、中西文化問題、教育、科學、體育、藝術、文學論著所佔篇幅最多，創辦人是蕭孟能。何凡、林海音、陳立峯、李敖、陸嘯釗、張白帆先後參加編務。

「新時代」：月刊，創刊於民國五十年元旦。創辦人胡軌、發行人初爲林一民，後由創辦人自兼，主編爲毛子水。執筆人多爲學者專家，內容多爲學術論著。正中書局負責經理。

「中華雜誌」：創刊於民國五十二年八月。每月出版一期，以刊載學術性之論述文字爲主，創辦人胡秋原。

「傳記文學」：民國五十一年六月創刊，劉宗向任發行人。內容雖非純學術性，然撰稿人多爲學者名流。其發刊詞中曾謂「本刊是一個學術性與文學性的綜合期刊」，「以輕鬆雋永之文學筆法寫嚴肅之眞人眞事」。該刊因具「文學」和「史料」性質，頗受讀者歡迎。

現本省出版之雜誌、有半數以上集中於臺北，其次爲臺中、高雄與臺南。據統計，全省登記有案的雜誌共八三一種，其分佈地區如下表：(註二三)

出版地	雜誌數
臺北市	547
臺北縣	58
臺中市	51
臺中縣	10
臺南市	26
臺南縣	7
高雄市	32
高雄縣	6
陽明山	17
桃園縣	13
新竹縣	8
苗栗縣	8
屏東縣	8
宜蘭縣	11
花蓮縣	9
臺東縣	3
南投縣	8
彰化縣	12
雲林縣	3
嘉義縣	7
澎湖縣	1
基隆市	6
合計	831

在現代傳播媒介中，雜誌之重要性不下於報紙，蓋自廣播與電視興起之後，報紙的權威性受到了威脅，而雜誌所受的影響較小。原因是雜誌所受時間限制較報紙爲小，此其一；雜誌可刊載長篇文字，在篇幅上優於報紙，此其二。故在文化事業方面，雜誌業實爲一支不可忽視的生力軍。

自由中國雜誌界深知本身責任重大，無不業業兢兢、爲宣揚國策、服務社會而努力，其貢獻堪與報界相頡頏，故前途之燦爛、當不難預卜。

本章註解

註一：臺灣年鑑第十七章、文化第八頁

註二：中央宣傳部卅六年一月卅一日登記之廿八家報刊如下表：

報名	負責人姓名	刊期
臺灣新生報	李萬居	日刊
中華日報	盧冠羣	日刊
人民導報	鄭明祿	日刊
臺灣日報	張兆煥	日刊
國是日報	林紫貴	日刊
大明報	艾璐生	日刊
臺灣工商日報	林夢林	日刊
重建日報	柯臺山	日刊
臺灣經濟日報	謝漢儒	日刊
工商經濟新報	汪文取	日刊
中華民報	卓輝	日刊
和平日報臺灣版	李上根	日刊
自由日報	黃吾塵	日刊
東臺日報	陳篤光	日刊
大同日報	任先志	日刊
寰宇	王潔如	日刊

興臺新報	沈瑞慶	三日刊
國民新報	魏賢坤	三日刊
協政新報	陳欽堯	五日刊
鯤聲報	高懷清	五日刊
臺灣民聲報	徐成任	週刊
民生報	謝泉海	週刊
教育新聞	艾璐生	週刊
東寧新報	廖學義	旬刊
國聲報	湯秉衡	不定期
光復新報	黃金殿	不定期
自强晚報	周莊伯	不定期
民報	吳春霖	日刊

註三：臺灣光復廿年（臺省新聞處五四、一〇出版）第貳拾－十三頁。

註四：同前書十九－十二至三五頁。

註五：同前書拾－十四頁。

註六：同前書第拾壹－四頁。

註七：同前書第五－四一頁。

註八：同前書第拾貳－七頁。

註九：同前書第拾參－一〇至十一頁。

註十：聯合報十三週年特刊（五三、九、十六、）

註十一：中央日報新厦落成紀念畫刊（五二、七、一、）

註十二：同前。

註十三：葉明勳：光復以來的臺灣報業第三頁。

註十四：同前書第十一頁。

註十五：聯合報社務月刊（五三、七、十五、出版）第十頁。

註十六：同註十。

註十七：同前。

註十八：中華民國新聞年鑑（北市記者公會五〇、九、一、出版）第二五頁。

註十九：洪炎秋：十五年來的國語日報（報學三卷三期第七一頁）。

註二十：周嘯虹：在艱苦中成長的馬祖日報（報學二卷七期第九二頁。）

註廿一：瑠公圳分屍新聞報導的比較研究（五二、十二、新聞資料社印）第三四頁。

註廿二：同前。

註廿三：據內政部民國五五年元月份統計。

第十二章　新聞通訊事業

第一節　在華外國通訊社的源起

新聞通訊社，爲「新聞事業之總樞紐，傳播媒介之總耳目。」若無現代化之通訊社，則不可能有現代之新聞事業。

在目前國際大衆傳播中，新聞通訊社，性質不論商或聯營，範圍不論國家性或世界性，通常係代表國家利益最有力量的發言人。一個國家，若無代表性之通訊社，其在國際事務中之發言權，無疑大受限制，故現代國家，不可無代表性之新聞通訊社。

近代新聞通訊社，以一八三六年（道光十五年）法國哈瓦斯社（Havas）爲最早，以後繼起者計有一八四八年（道光三十八年）美國美聯社（Associated Press），一八四九年（道光二十九年）德國華爾夫通訊社（Wolff），一八五一年（咸豐元年）英國路透社（Reuters），一九〇七年（光緒三十三年）美國合衆社（Unied Press）與一九二五年（民國十四年）蘇聯塔斯社（TASS）等。（註一）

我國國人自辦之新聞通訊社，肇始於清末民初。但外國通訊社在華之活動，在民國前已有數十年之歷史。故欲明瞭我國新聞通訊社之發展，自不能不對外國通訊社在華之活動予以敍述。

（一）「路透社」在中國

外國通訊社在華對報紙首先發稿的是「路透社」。一八七二年（同治十一年），倫敦總社派科林茲(Henry W. Colins)前來上海組織遠東路透分社。(註二)當時主要目的，在搜集有關中國新聞，送往總社，並就近向上海一家權威的英僑報紙「字林西報」發稿。此對「字林西報」而言，是項特惠而獨佔的權利。

路透社自一八七二年在上海直接向報紙發稿，直至民國二十三年（一九三四年）始與「中央通訊社」簽訂契約，放棄在華直接發稿權，共計六十二年。其間演進過程，計分三個階段：(註三)

一、單獨向一家英文報紙發稿：一八七二，路透社單獨向英文「字林西報」發稿，該報取得該社新聞電訊的獨佔權。當時該報在路透電訊下，印有「特別供給字林西報」(Supplied Solely To N. C. Daily News)字樣。這對上海其他英文報紙而言，是一項大威脅。

二、普遍向英文報紙發稿：一九〇〇年（光緒二十六年），上海共四家英文報紙，其中有兩家早報，即「字林西報」與「益新西報」(Shanghai Daily Press)；兩家晚報，「捷報」(China Gazette)與「文滙報」(Shanghai Mercury)。(註四)當時因「字林西報」享有「路社透」電訊獨佔權，此對其他三家英文報形成大威脅。因之「文滙報」總董克樂凱(J. D. Clark)經常轉登「字林西報」電訊，並公開承認。此事曾訴訟公堂，結果「文滙」敗訴。但克樂凱親至倫敦與「路透社」總社交涉，結果英文報紙於一九〇〇年均獲得該社電訊的平等權。

三、普遍向中文報紙發稿：上海「路透社」向中文報紙普遍發稿，起於民國元年（一九一二）。在此以前，中文報紙之國際新聞，均係譯自西文報紙，通常較西文報紙遲一天或數天。自上海「路透社」對中文報紙普遍發稿後，中文報紙之國際新聞，始能與英文報紙同日刊出。促成此事者，係上海「路透社」總主筆科克斯（M. J. Cox）。一九一二年秋間「路透社」開始向中文報紙發稿時，即得中國報紙十八家之訂閱。（註五）

「路透社」遠東區分社設上海，其轄區，包括中國大陸、俄屬西伯利亞、朝鮮、日本、菲律賓、婆羅洲、中南半島等地。在中國大陸計設上海、南京、北平、天津、漢口、濱江及香港七個分社，（註六）每日向當地報紙供給新聞。路透社遠東區總經理，以張士樂（C. J. Chancellor）任職最久。張氏一次大戰後來華，民國二十八年（一九三九）赴南美考察，民國三十年（一九四一年）出任「路透社」總經理。

（二）「哈瓦斯通訊社」在中國

依照一八七〇年（同治九年）一月「路透社」、「哈瓦斯社」、「華爾夫社」與「美聯社」簽訂之「通訊國際聯盟」協定，「路透社」在遠東享有獨佔發稿權。（註七）該協定雖至民國二十三年（一九三四年）始正式廢除，但在世界第一次大戰期間，由於美國新興起的合衆社（United Press）打破了國際通訊社的勢力範圍，因此其他國際通訊社始紛紛到中國設立分社，開始與「路透社」競爭。（註八）「哈瓦斯社」在中國活動，開始於民國十六年。（註九）當時該社將駐莫斯科記者黃德榮（Jean Footenoy）調至上海，負責採集中國政治經濟新聞，以電報或通訊發往巴黎總社，但不對中國報紙或對在上海的法國報紙發稿。所以此時上海法僑與法國報紙的新聞，係由「路透社」供給。在此以前，法京巴黎有關中國新聞，也都是「路透社」的消息。

民國十八年多，「哈瓦斯社」在西貢收買一家越南太平洋通訊社（Agence Radio Indo China Pacific），加以擴充，在遠東各重要城市設置特派員，並在上海設一總經理，綜攬其成。當時決定辦法如左：(註十)

「第一步係將世界消息輸入中國，並將中國眞實情形，公之世界；第二步係與中國一通訊社合作，並在中國重要地點，派遣訪員。」

「太平洋通訊社」，在上海、香港、北平、濱江四處設有特派員，除採集新聞外，每天向當地報紙發稿約一千二百字。民國二十年十月，上海分社正式成立，由包爾德（Henry Barde）主持。自此以後，「哈瓦斯社」卽在我正式發稿。

「哈瓦斯」上海分社與總社電訊收發，均經過上海顧家宅無線電臺。該臺爲我國第一座國際無線電臺，係民國五年元旦，法國外交部向法國無線電公司購得。起先容量很小，民國七年，法政府再加强電力，可接收六千英里以外之電訊。(註十一) 此後，該臺可直接收到美國及法國消息。當時正値歐戰期間，戰爭消息，均可當夜到達上海，因此上海各報特闢「法國無線電」一欄，刋登此項特訊，備受歡迎。而「路透社」消息，係藉海底電線傳遞，倫敦消息，有時需四、五天至一星期始能到達上海，遠不及「法國無線電」迅速。(註十二) 惜當時「哈瓦斯社」在中國尙無活動，故無競爭。

（三）美國「合衆社」在中國

美國合衆社（United Press）創立於一九〇七年（光緖三十三年）。民國十八年三月，正式在上海設立分社。(註十三) 該分社除爲總社採集中國新聞外，並向上海各報發稿，其方式：①中文稿由「國民新聞社」代發；②英文稿由當地報紙出高價購買，並非普遍發稿。

「國民新聞社」爲國民政府外交部於民國十六年夏在上海設立。其目的在供給外國記者有關中國新聞的官方消息，以免外籍記者之疏漏或錯誤。「合衆社」在上海設立分社後，卽與「國民新聞社」簽約，以合衆社電訊交換「國民」電訊；而由「國民社」以「合衆社」譯稿，供給國內中文報紙。（註一四）

民國十九年，「字林西報」爲爭取上海美僑讀者，特以每月規銀一千兩購買「合衆社」英文電訊。此爲「合衆社」在我國第一次發英文稿。此後，英文「大陸報」及「大美晚報」亦相繼訂購。

「合衆社」設有遠東總經理，綜攬該社在中國、日本、菲律賓、香港等地之一切業務。最初，總經理駐東京，後遷上海。大陸淪陷後，再遷東京。

（四）日本「東方社」與「同盟社」在中國

「同盟通訊社」，爲日本軍國政府的國際宣傳機關，係於一九三六年（民國二十五年）元旦，由官方之「日本新聞聯合社」（一九二六年創立）合併民營之「日本電報通訊社」（一九〇〇年創立）而成。不過日本通訊社在華之活動，並非始於「同盟社」，而始自「東方通訊社」。（註一五）

民國三年，日人宗方小太郎於上海成立「東方通訊社」，此爲日人在我國設立通訊社之始，該社以搜集中國消息及宣傳東亞主義爲目的。民國十二年宗方死去，由其學生波多博繼任社長。（註一六）波多博爲上海東亞同文書院畢業生，曾於北平「順天時報」任職。其於北平、漢口、廣州、遼寧等處設立通訊社分社。並於民國十八年收買「上海日報」，自任社長。

民國八年，日本名記者田代會參加巴黎和會，對英國「路透社」與美國「合衆社」在和會中的表現，嘆爲觀止。（註一七）返東京後，卽向外務省提出建議。其認爲「日本與中國的關係，對於日本政府有關生命的重要，如果日本要在中國表示東京的意見，就必需在中國組織特殊的通訊社，以實現此目的。」（註一八）這項建議，立即得到認可。翌年日本即派田代前來中國組織其認爲「特殊的」通訊社。田代對於宗方小太郎與波多博之「東方通訊社」十分讚賞。兩人協議將「東方通訊社」改爲外務省在華之官方通訊社，並對中國報紙正式開始發稿；以表示日本政府的對華意見。其時，我國正値軍閥割據時代，全國四分五裂。日本通訊社居中製造謠言，挑撥離間，對我國近代政治、經濟、社會之惡劣影響，實在難以估計。（註一九）

日本政府對在華組織之「東方通訊社」成功後，進而擬在國內組織一個强大的國家通訊社，以期在國際間代表日本。一九一四年（民國三年）日本財閥創辦「國際通訊社」並獲得「路透社」在日本之獨佔發稿權。一九二六年（民國十五年）五月一日，日本政府將「國際通訊社」併於「東方通訊社」，易名爲「日本新聞聯合社」；簡稱「日聯」但在中國仍以「東方通訊社」名義對中文報紙發稿，直至民國十八年七月三十一日，始將在華之「東方社」改組爲「日聯分社」。（註二〇）

當時日本計有兩家全國性通訊社：一爲外務省之「日本新聞聯合社」；一爲民營之「日本電報通訊社」。後者係光永星郎於一九〇〇年（光緒二十六年）創辦，而得政黨政友會之支持；爲日本最大之通訊社。日本軍閥爲達成建立强大國家通訊社之目的，乃於民國二十五年（一九三六年）元旦，將「日聯」改組爲「同盟社」，並以各種手段强迫「電報通訊社」於同年六月一日併入「同盟社」。（註二一）自此以後，日本在華之「日聯分社」亦隨之改爲「同盟分社」。不久，「七七」事變發生，同盟社橫行中國，直至抗戰勝利爲止。

除以上外國通訊社外，尚有德國電報社（Telefunken），美國「中美新聞社」，蘇聯之「蘇俄通訊社」及羅斯塔通訊社（Rosta）等在中國發稿。

第二節　我國通訊社的萌芽

(一)　外國通訊社的弊害

新聞通訊社，爲近代報業之大動脈；所以現代化之新聞事業，首先應以現代化之通訊社爲基礎。全國性之通訊社，在國際政治中，通常爲本國利益最有力量之發言人。一國若無代表性之通訊社，在國際政治中，卽喪失主動發言權，故我國欲求獨立自主，建立一强大之通訊社，亦爲要務之一。

自一八七二年「路透社」於上海設立分社後，該社獨霸我國新聞市場，計有六十餘年之久。民國以後，雖亦有其他通訊社誕生，但就規模與影響力而言，均難望其項脊。在此期間，國人所得之國際新聞（甚至大部份國內新聞），均係來自「路透社」；同時其他國家，欲知中國消息，亦非求於「路透社」不可。因之，「路透社」對內操縱了我國的輿論與命脈，對外無形成爲中國之代言人。

「路透社」董事長瓊斯（Sir Roderick Jones）驕傲的說：「上海棉花市場，向由『路透社』供給行情。有一天海電發生故障，股票商與實業家，不能從他處得到消息，竟停市二十四小時。」（註二三）又中國總理顏惠慶對他說：「最近二、三十年內，路透社消息，完全存案，外交部與使館方面，是常常引證的。」（註二三）由這兩個例子，可知「路透社」在我國勢力之一斑了。

自滿清末年至北伐統一，我國外交總是失敗；全國四分五裂，其因素自然很多，但國家沒有發言機關，亦爲主要原因之一。在華之外國通訊社，「路透社」爲英國利益發言，「東方社」爲日本利益發言，「哈瓦斯」、「合衆社」、「塔斯社」分別爲法國、美國及蘇聯利益發言。他們爲求混水摸魚，漁翁得利，不僅不公正報導，主持正義，反而任意製造謠言，阻止我國統一。所以外國通訊社在華活動的結果，實在是我國淪爲次殖民地的重要因素之一。（註二四）

（二）國人自辦通訊社倡議

由於外國通訊社之壟斷新聞，及其新聞並不完全適於我國報紙之需要。因此，國人自辦通訊社，乃爲迫切之要務。宣統二年八月一日，「全國報業俱進會」在南京成立。該會係由上海「神州日報」及「時報」發起，全國報館參加者計有六七十家。翌年（宣統三年）九月廿二日，該會在北京舉行第二屆年會，決議設立通訊社，計劃先從北京、上海、東三省、蒙古、西藏、新疆及歐美入手，以次推及內地。（註二五）此爲國人倡議自辦通訊社之始。惟不久武昌起義，清室傾覆，致該會決而未行。

民國九年五月，廣州「七十二行商報」、「新民國報」倡組「全國報界聯合會」，參加報社、通訊社一百十二家；其中四項重要決議中，有「組織國際通訊社」一案，其案原文如左：（註二六）

「國際情勢，瞬息萬變，外交樞機，尤貴神速。苟應付之術少疏，斯禍患之來無已。千鈞一髮，稍縱卽逝。報紙爲輿論代表，對於政府各種政策，皆有監督批評指導之責。言論必本諸記載，判斷必根於事實。眞僞旣殊，是非自別。是以採訪不厭其週詳，調查務求其眞確，良以立言之當否，影響於國家前途之安危者，至重且大也。吾國報紙，歐美情勢及外交消息，類皆取材外電，彼多為己國之利害計，含有宣傳煽惑之作用，故常有顛倒是非變亂眞僞之舉。抄載稍一不愼，鮮不墜其術中。而各國通訊社在吾國中者，其數又多，各本其主旨，任意散佈，指鹿為馬，入主出奴，混淆龐雜，取信無從。報紙之論評，既難期中鵠；閱者之從違，自旁皇莫定。將欲嬌除此弊，使對外之言論趨於一致，非自行創立一通訊社，探報各國情形不可。惟茲事非因循敷衍所能奏功，亦非一手一足所能為力。必合群策衆思，共同籌謀，始克有成。最近雖留法學生有巴黎通訊社之設，然資力微弱，難稱完美。鄙意擬由全國報界聯合會醵集基金，組織一國際通訊社，選派富有學識經驗之員，分赴歐美重要都會，協同該處留學生，將國際情形探訪調查，緩用郵告，急以電達，俾對外言論，有所遵循，不至為外電所左右。是否有當，統俟公決。」由以上全文，可知當時報紙，對於外國通訊社之弊害，以及對於自辦通訊社之迫切，早已洞悉無餘，可惜當時戰亂頻仍，軍閥割據，理想雖甚遠大，但終難付諸實施。

（三）國人自辦通訊社的前驅

國人自辦通訊社，始於民國前八年（光緒三十年）廣州的「中興通訊社」，民國前一年廣州的「展民通訊社」，民國元年的「湖南通訊社」、「湖南新聞社」與廣州的「公民通訊社」等。（註二七）民國七年，邵飄萍於北京成立「新聞編譯社」，為北方第一家通訊社，此後通訊社紛紛創立，如雨後春筍。據中外報章類纂社調查，至民國十五年，全國計有通訊社一百五十五家。但這些通訊社，絕大多數係靠政客津貼維持，僅為一黨、一派或一人宣傳，根本談不到什麼規模，所以在北伐以前，稍具通訊社規模者，祇有「新聞編譯社」、「國聞通訊社」、「申時電訊社」、「中央通訊社」與「國民新聞社」五家。

一、「新聞編譯社」：係民國七年七月由邵飄萍（振靑）在北京創辦，（註二八）惟其歷史已不可考。邵氏曾任「申報」駐北京特派員。民國七年於北京創刊「京報」。翌年，「京報」被封閉，邵氏至日本硏究報業，直至民國十三年返國，主持「京報」復刊。民國十五年九月，奉軍與直魯聯軍入京。不久，邵氏被張宗昌殺害，故由邵氏之經歷及該社之名稱「編譯」推斷，歷史必甚短暫，範圍可能亦僅限於北京一地。惟邵氏爲當時之名報人，「新聞編譯社」自有相當之影響力，當可斷言。

二、「國聞通訊社」：係民國十年，胡霖（政之）在上海創辦。該社最初僅限郵寄，自十四年增加以電報傳播新聞。實爲我國具有近代性通訊社之第一家。該社創辦之由來，在胡霖自述中曾曰：「當一九一八年歐戰將完的時候，我正在天津編大公報。巴黎和會開會之後，我就以代表報館之名義到歐洲參加和會。和會裡路透公司的記者最多，速記差不多五分鐘換一次人，記好後便依次由該公司記者傳出，當時就由自己裝設之海底電報發出，其傳達消息之迅速，實屬驚人。我目睹這種情形，非常感動，回國之後，不久卽辭去報館職務，在上海創辦「國聞通訊社。」（註二九）其於「國聞通訊社」緣起及簡章中又曰：「中國因報館組織不完全之故，報導歧出，眞相難明。同在一國，而南北之精神隔絕。同在一地，而甲乙所傳各別。吾人欲謀新聞事業之改進，舍革新通訊機關殆別無他道，同人創立茲社，志趣在此。欲將本積年之經驗，訪眞確之消息，以社會服務之微忱，助海內同志之宏業。」（註三○）該社於民國十四年經濟發生困難，幸經吳鼎昌大力支持，基礎始固。（註三一）

三、「中時電訊社」：民國以來在民營通訊社中，基礎穩固而發展迅速者，當首推「中時電訊社」。該社源於民國十三年，「中報」及「時事新報」兩編輯部同仁，於工作之暇，就兩館所得各方專電，撮要編譯，拍發給外埠數家有關係的報社應用。試辦數年後，深得各地報業歡迎，隨之紛紛訂稿。（註三二）後兩館同仁，因無暇兼顧，乃於民國十七年釐訂組織，擴充資本，另聘專任職員，分別編發中英文電訊。自此以後，業務基礎，始克奠定。

四、「中央通訊社」：民國十三年春，那時尚在廣州的國民黨中央執行委員，為求新聞確實，宣傳普及，特由宣傳部組織「中央通訊社」。該會於同年三月廿八日所發出之第廿九號通告中，曾說明該通訊社的任務：「凡關於中央及各地黨務消息，與社會、經濟、政治、外交、教育、軍事，以及東西各國最新近之要聞，足供我國建設之參考者，靡不為精確之調查，系統之記述，以介紹於國人。」（註三三）同年四月一日，「中央通訊社」即正式成立於廣州越秀南路五十三號中央黨部內。此為我國第一個全國性通訊社的開始。

五、「國民新聞社」：民國十六年，國民政府奠都南京後，對國際宣傳，開始注意。為補救外國記者所發消息之錯誤與遺漏，外交部乃於同年夏季在上海設立「國民通訊社」，隨後易名為「國民新聞社」，委任李才為主任，主持對外宣傳事宜。（註三四）

第三節　全國性通訊社的創立

民國以來，國人自辦之通訊社，不斷在增加中。民國十五年，全國計有一百五十五家；至民國廿五年，參加登記者，共計九百一十七家。除註銷登記之一百五十八家外，實際尚有七百五十九家。（註三五）在數量方面，這種發展是十分驚人的，但在實質而言，除了以上所述的「國聞通訊社」、「申時電訊社」、「中央通訊社」與「國民新聞社」外，其他均係爲個人鼓吹，或無久遠計劃，毫無規模可言。

（一）國聞通訊社

「國聞通訊社」自民國十年於上海創立後，先後於北京、天津、奉天、漢口、長沙、重慶、廣州、貴陽等地設立分社。（註三六）關於各種新聞，隨時以專電快信，爲詳確靈敏之報告。至於國外消息，亦陸續聘任通訊員，負責報導。凡各國報紙有重要消息，亦隨時譯述，供報界參考。（註三七）該社於民國十三年曾創刊「國聞週報」，記載每週國內外大事，並加評論。執筆者有張季鸞、胡霖、陳布雷、葉楚傖、潘公展等。民國十五年六月，胡霖接辦「大公報」，「國聞通訊社」總社移設天津，成爲北方通訊社之領袖。（註三八）

（二）申時電訊社

「申時電訊社」，自民國十七年正式釐訂組織，聘任專任人員後，業務發展甚速。民國廿一年。該社與「時事新報」、英文「大陸報」與「大晚報」，同爲張竹平之四大社，四社密切合作，資料極爲豐富，每日收發電訊，達六萬餘字，並編發英文電訊稿。該社與國內外報社簽約而供稿者，達一百一十餘家之多。（註三九）爲國內當時最具規模之通訊社。民國廿三年二月。依照公司法，正式組織股份有限公司成立董事會，聘米星如爲社長，並依原計劃，在南京、漢口、天津、香港等地設立分社。

（三）國民新聞社

「國民新聞社」於民國十八年，與美國「合衆社」及德國「海通社」（Trans Ocean）訂立合約，以我國國內要聞譯稿，交換該兩社的歐美新聞，供國內報社之用。此爲我國通訊社與外國通訊社交換新聞之始。（註四〇）民國廿三年十一月十四日，該社與「海通社」合組「國民海通社」，在南京發稿。

（四）中央通訊社

「中央通訊社」自民國十三年成立以來，雖然隸屬中央黨部，但其服務範圍，自始卽以「全國」爲對象。民國十五年，國民革命軍開始北伐，「中央通訊社」派出隨軍記者，逐日報導有關北伐軍事消息。民國十六年，「中央社」隨革命軍遷漢口，同年五月六日隨中央黨部再遷南京。此後數年，一直繼續發稿，對全國性之新聞，逐漸負起傳播的責任。

民國廿一年五月。中央任命中央宣傳部秘書蕭同茲爲社長，負責改組「中央通訊社」，並決定改組原則如左：（註四一）

一、社址遷出中央黨部，對外獨立經營，俾便與報界及社會接觸，使成爲社會文化事業機構；

二、發佈新聞，力求正確迅速，有自行決定之權，不受外界干涉；

三、用人以才爲準，由社中決定。

蕭氏受命後，努力增添設備，擴大新聞網。在第一年中，於南京建立總社，裝設最新式的發報機與收報機，可以迅速收發全國新聞。民國廿一年，「中央社」設立上海、漢口兩個分社；二十二年設北平、天津、香港及西安四個分社，建立了初步的全國新聞網。（註四二）同年復與「路透社」及「哈瓦斯社」訂立合約，購買新聞稿，並以中國新聞交換兩社部份國際新聞，以「中央社」名義供給上海以外各地的報紙。同時，上海分社編發英文稿，供本市英文報刋應用。至廿六年二月一日「路透社」始放棄在上海的直接發稿權；同年三月一日，「哈瓦斯」繼之。（註四三）同時美國「合衆社」與德國「海通社」亦先後放棄。自此以後，除日本「同盟社」及蘇聯「塔斯社」拒絕合作外，其他國際性通訊社均與「中央社」簽約，平等交換新聞。所有以上通訊社之國際新聞，均由「中央社」統一編發，供給國內報紙。我國喪失數十年之新聞自主權，至此初步獲得獨立。

民國廿四年，「中央社」之全國新聞網繼續向華西及西南各省發展；計先後成立了南昌、成都、重慶及貴陽四個分社。廿五年西南政委會撤銷，又設立廣州分社。至此全國共有十一個分社。

除以上十一個分社外，「中央社」在其他省會及重要城市，派有通訊員三十人。如遙遠的皐蘭、歸綏、萬全、昆明、西寧等地，都有「中央社」的特派記者。另外還有三人派往國外，二人駐東京，一人駐日內瓦。（註四四）

至民國廿六年，「中央社」直接對全國二百五十家報社發稿。南京總社及上海、天津分社，並發英文稿。每天發出中文電訊自八千字至一萬二千字。邊疆地區，也能得到當天的新聞。此對促進地方及邊區報業的繁榮，自然是項主要的動力。（註四五）

第四節　中央通訊社的發展

「中央通訊社」於民國廿一年五月改組後，積極建立國內外新聞網，不久即成爲全國而具有代表性之通訊社。至民國廿六年，「中央社」先後與「路透社」、「哈瓦斯社」、「合衆社」、「海通社」簽約，交換新聞，收回各社在中國之直接發稿權。淸末民初全國報界聯合會引以爲憂的「指鹿爲馬，出主入奴，混淆龐雜，取信無從」的現象，從此大有改善，進而使我國新聞事業逐漸走上獨立自主的道路，這是「中央通訊社」對國家的最大貢獻。

不久抗戰軍興，沿海各省相繼淪陷，新興之新聞事業，頓遭浩刼。稍具規模之通訊事業，如「國聞通訊社」於廿六年五月一日停辦；「申時電訊社」與「國民新聞社」不久亦告結束。故抗戰期間，僅存「中央通訊社」孤軍奮鬪。勝利後，新聞事業復呈一番繁榮新氣象。據民國卅七年「中華年鑑」記載；全國通訊社計有七百廿九家，然其中足以值得記述者，仍祇有「中央通訊社」一家而已。卅八年大陸淪陷，「中央社」播遷來臺，在此十七年中，該社積極重建國內外新聞網，始終爲我國唯一具有代表性之通訊社。爲明瞭其自「七七事變」後之發展起見，特分期予以敍述。

(一)　抗戰時的奮鬪

抗戰軍興後，「中央社」總社於廿六年十一月遷至漢口，次年十月，復遷往陪都重慶。沿海各地淪陷後，當地分社均撤至後方，繼續負起新聞傳播工作。而上海及天津分社，則留部份人員於租界，秘密負起敵後之新聞採訪工作。在前線，「中央社」組織了許多「隨軍通訊社」，由特派員與電務員兩三人，携帶輕便報機，在各戰區之前線工作，可直接拍發電報。（註四六）故戰地新聞之傳播十分迅速。

「中央社」在戰時繼續擴大新聞網；國內方面，先後在長沙、桂林、昆明、蘭州、洛陽、恩施、福州等地設立十六個分社，有十二個重要都市設有通訊員，另外有五個邊疆重鎮設有特派員。國外方面，在香港、新加坡、新德里設立分社，在倫敦、華盛頓、紐約、日內瓦、莫斯科等地駐有特派員，並有戰地特派記者一名，常駐中國及印緬戰區之美軍總部。（註四七）

戰時之「中央社」，已是我國最大的一個新聞機構。抗戰勝利前夕，該社員工已達一千二百五十人。其直接服務之報刊，計有自由地區的都市報紙約五百家，鄉村及小市鎮報紙、壁報約有一千三百家，軍隊快報約二百家，合計約二千家。（註四八）分佈範圍，包括自由地區的每個縣市及軍事部隊的每個師。但在敵人佔據地區之游擊部隊，經常收聽該社廣播紀錄新聞而發行的報紙，尚不計算在內。

「中央社」在戰時之新聞收發量，平均每日收電約三萬字，發電約一萬五千字。由於與「路透社」及「合衆社」的新聞交換協定，「中央社」取得兩社在我國的中文及英文發稿權。重慶總社除發中文及英文新聞稿外，並刊行英文「中國半月刊」。後爲爭取宣傳時效，遷往香港出版，由任玲遜主編，銷行歐美各國。

在戰爭期間，日本軍閥曾對「中央通訊社」總社，實施兩次猛烈的空襲。第一次爲民國廿六年九月在南京，第二次爲廿八年五月在重慶。其他靠近前線的幾個分社，更經常遭受敵人的攻擊。但在整個戰爭期間，「中央通訊社」，從沒有一天停止服務。

在播遷及敵人瘋狂空襲中，由於該社的妥善準備，人員及設備的損失均不很大，在八年抗戰期間，計有兩人殉職。重慶總社人員，全都在山洞及地下工作，收聽國外電報，編輯及印刷新聞稿，可以完全不受空襲的影響。所以「中央通訊社」可說是戰時新聞傳播的神經中樞。

(二) 勝利後的發展

抗戰勝利後，「中央通訊社」立即擬定左列工作計劃：(註四九)

一、派遣記者前赴東京灣、南京及其他地點，採訪盟軍及國軍受降新聞；

二、接收淪陷區的日本「同盟社」，僞「中央電訊社」，僞「中華通訊社」及僞「滿洲國通訊社」的財產與業務；

三、籌備在全國重要城市，先恢復設立分社或辦事處共十九個單位；

四、調動國外特派員分駐各國都市，及恢復設立國外分社，共八個單位。

「中央通訊社」總社，於民國卅五年四月由重慶遷返南京；除積極擴充業務，擴大國內外新聞網外，並從事兩項重大工程建設：

一、在南京燕子磯購地一百二十畝，建築强力發電臺，以便將該社電訊，直接傳至世界各地。該電臺於卅六年四月竣工，並正式啓用。

二、在南京中山東路，建築七層辦公大樓，以爲總社辦公處所，並附設賓館，招待國內外同業。此工程直至卅八年一月始告完成。

民國卅七年，「中央社」之組織、業務、均爲該社有史以來之顛峰狀態。其時國內分社及辦事處，計有五十二個單位，國外計有廿五個單位。全社員工共計二千六百五十三人。（註五〇）而國內報社、電臺直接訂閱該社新聞電訊稿者，共計五百六十餘家。此時，該社在組織、人員方面，較勝利前夕約增加一倍。如假以時日，「中央通訊社」當可與歐美之國際性通訊社並駕齊驅。惟未久大陸撤退，「中央通訊社」之蓬勃發展遂遭挫折。

（三）播遷後的重建

民國卅八年一月，「中央通訊社」遷廣州，十月遷重慶，同年十二月經成都遷臺北。重要設備，均已運抵臺灣。但因時局迅速變化，大陸所有分社、辦事處之業務均告結束，國外亦祇保留十餘單位。此時全社員工，僅餘三百五十人，約爲三十七年該社員工總數之八分之一。

民國卅九年，「中央社」實行改組，設管理委員會，於十月二日在臺北成立。以原任社長蕭同茲爲主任委員，其他委員有羅家倫、董顯光、陶希聖、馬星野、沈昌煥、謝然之、黃少谷、曾虛白等，並以曾虛白爲社長。自改組後，該社繼承過去之光榮傳統，積極恢復業務，重建國內外新聞網。

民國四十三年四月一日，該社舉行成立三十週年紀念，發行特刊，詳述該社之歷史及其成就。總社設於臺北。國內方面：計有基隆、臺中、臺南、高雄、花蓮、金門六辦事處；於馬祖駐有特派員。國外方面：計有紐約、西歐、東京和香港四個分社（西歐分社設於倫敦）；華盛頓、巴黎、馬尼拉、新加坡、曼谷和雅加達五個辦事處；此外，並於波昂、馬德里、羅馬、漢城、澳門等地駐有特派員。

中央通訊社大厦（臺北）

中央通訊社的中文傳眞機

五十三年「中央社」成立已屆四十週年，在臺亦已有十七年歷史。在過去十七年中，爲適應當前需要，其工作重點如左：

一、擴充國內外新聞網，加强對國內報業、廣播事業及一般大衆的服務；

二、革新並擴充傳遞新聞之設備與技術，如舉辦對東南亞華僑報紙中文傳眞新聞廣播及電傳打字機新聞廣播，使各報社、廣播電臺得隨時獲得最新之國際新聞；

三、專闢對日本之日文新聞廣播，專供日本「共同社」及東京四大日報；

四、特闢對美、對歐專播，每日供應歐美兩洲通訊社、報紙、及我國駐外公私機關，有關自由中國之中、英文新聞；

五、積極擴展國際性業務，儘可能推廣國外發稿工作。此外並與外國通訊社交換新聞增進合作關係。

現「中央社」總社設於臺北。國內計有中興新村分社，高雄、臺南、基隆、花蓮、金門、馬祖六個辦事處與澎湖通訊處。國外分支單位計有紐約、華盛頓、舊金山、倫敦、巴黎、波昂、羅馬、馬德里、新加坡、西貢、曼谷、馬尼拉、東京、漢城、雪梨、香港、澳門及非洲衣索匹亞京城亞廸斯亞貝比等十八處，原設雅加達之辦事處，已因印尼政府之迫害關閉。

目前「中央通訊社」與外國通訊社簽約合作者（包括訂用新聞及交換新聞），計有美國合衆國際社（UPI），美聯社（AP），法新社（AFP），日本共同社（Kyodo News Agency），日本時事社（Jiji Press），韓國時事通訊社（Sisa Press）及經濟通訊社（Economic News Agency），越南新聞社（

Vietnam Press Agency)，越南自由太平洋通訊社(Free Pacific News Agency)，土耳其安那托利安通訊社(Anatolia News Agency)，義大利安薩通訊社(ANSA)，德國通訊社(Deutche Presse Agentur)，西班牙愛裴通訊社(Agencia AFE)，西班牙翕達斯通訊社(Ondas)，阿根廷通訊社(Argentine News Agency)，西班牙裴拉沙通訊社(Agencia Pyresa)與韓國東方通訊社(Orient News Agency)及韓國合同通訊社(Hapdong News Agency)等十八家。(註五一)

自民國卅九年該社遷臺後，即由曾虛白主持社務，計近十五年，對該社重建工作，貢献良多。五十三年十二月二十日，中央社實行改組。改組後，曾氏任該社管理委員會主任委員，而由馬星野任社長。馬氏接任社長後，爲繼續擴展業務，擴大國內外新聞網，加强對新聞界之服務工作，特增設顧問委員會與設計委員會。前者由各大報社社長、廣播電臺臺長組成，由「中央日報」社長曹聖芬爲主任委員；後者由各大報社總編輯、廣播電臺節目部主任組成，由中國廣播公司節目部主任李荊蓀爲主任委員。

五十四年二月十日，「中央社」增發「特約專欄」稿。該稿先後由林語堂、李嘉、徐鍾佩、任畢明、陳香梅等執筆，頗獲好評。

「中央社」爲改進電訊傳播，特向日本訂購電訊傳眞機(Facsimile)，於五十四年四月啓用，自此以後，使我國之電訊傳播邁入新時代。

(四) 目前業務概況

「中央通訊社」目前主要業務，計有編發新聞稿、新聞電訊廣播與收錄新聞電訊三項。(註五二)

一、編發新聞稿

①中文新聞稿：每日油印六次，平均四萬五千字，包括自訪稿及外電譯稿。供應臺北本埠報紙及廣播電臺等採用。此項業務，今後將以文字傳眞廣播代替。

②英文快報（Express News）：目前為臺北三家英文報紙之一，採油印新聞稿型。每天淸晨出版，報導國內外消息。各日報均係午夜截稿，該報以報導午夜後至淸晨八時之最新消息為其特色。該報以國內外機關、報社及外僑為主要對象。自五十五年元旦，改為晚刊。

③新聞圖片稿：圖片新聞組平均每天拍攝新聞照片二十多張，供國內報刋訂戶及外國通訊社或訂戶採用。訂戶包括報紙、畫刋和一般性雜誌等。同時並與外國通訊社交換或寄贈新聞照片。

④電傳打字新聞專訊：供臺北各大報社、廣播電臺、外交部、國防部及在臺美軍單位等收用。為爭取時效，儘量縮短傳佈國際要聞之時間。

⑤航訊特稿：包括中文航訊特稿與「自由中國一週」航訊兩種。前者包括國內記者撰寫的專題中文稿與國外單位航寄的中文專稿，係供國內報紙及海外僑報採用。後者係國內記者撰寫的有關國內重要時事的專題稿，同時用中英文，分別供應國外僑報及與中央社簽約合作的外國通訊社或報社採用或參考。此外，資料供應部，並每日撰譯各種特稿、譯稿、供應國內各報社、電臺及海外僑報。

⑥國外單位發稿：如東京分社每日發「速報」及英文「經濟新聞」稿，供日本通訊社、報社及廣播電臺採用。馬尼拉、香港、曼谷三單位每日發行中文稿，供當地僑報採用。在西貢與「自由太平洋通訊

社」合作，每日發行中文稿，供僑報採用。馬德里辦事處每三天發行一次西班牙文稿，供西班牙、北非、中南美洲各報刊、廣播、電視臺參考採用。在里約熱內盧與我國駐巴西大使館合作，每週發行一次葡文稿，供該國報刊、廣播電臺參考採用。

二、新聞廣播：

①中文新聞摩爾斯廣播，計分三種：

A、綜合新聞廣播（CAP）：為「中央社」最主要的一種中文廣播。包括國內外重要新聞，用無線電播發給國內（臺北市外）各地區報紙抄收採用，每天平均播發二萬二千字。

B、簡明新聞廣播（COP）：每天摘發國內外重要新聞約二千字。供給最前線及大陸反共游擊區的小型油印報紙，抄收錄用。

C、對香港及東南亞專播（CHP）：有國內要聞及駐國外特派員拍回的國外消息（不包括外國通訊社消息）。平均每天一萬字，供僑報採用。

②中文傳眞新聞廣播，計分五種：

A、對臺灣全省傳眞廣播（CNP）：內容包括國內外重要新聞，用頁式文字傳眞機播發，每天平均三萬五千字。

B、對東京日文傳眞專播（CFP—A）：由東京分社收錄發稿，供日本報社採用。

C、對馬尼拉中文傳眞專播（CFP—B）：由馬尼拉辦事處收錄發稿，供僑報採用。

D、對曼谷中文傳眞專播（CFP—C）：由曼谷辦事處收錄發稿，每天平均約一萬五千字，供僑報採用。

E、對美洲中文傳眞專播（CKP）：由行政院新聞局紐約辦事處所設之「中華新聞社」轉發。平均每天約二千五百字，供當地僑報採用。

③英文新聞廣播，計分三種：

A、對美電傳打字機專播（CKP）：由行政院新聞局紐約辦事處所設中華新聞社彙編，每天約三千字。供美國報刊及有關各界參閱。

B、對歐電傳打字機專播（CEP）：由西歐與中央社有合作關係之通訊社如「德通社」抄收轉發。

C、對國際摩爾斯新聞廣播（CSP）：爲主要的一種英文國際廣播，包括國內及駐國外記者拍回的國際新聞每天約二千字，用無線電播發，供應各地外國通訊社、報紙抄收錄用。

三、收錄新聞電訊：

①收錄國內各單位專電報導。

②收錄美、歐及亞洲九單位之專電報導。

③收錄美國「合衆國際社」、「美聯社」、「法新社」、日本「共同社」、「時事社」、德國「德通社」、越南「越新社」等十一單位之國際新聞專播。

第五節　其他新聞通訊社

根據行政院新聞局民國五十四年年鑑記載，自由中國共計有新聞通訊社三十九家，其中「中央通訊社」規模最大，仍爲我國代表性之通訊社；其創始、發展及主要業務，在前兩節中已經說明，本節擬對其他通訊社予以介紹。

自由中國地區狹小，全國人口僅一千二百餘萬人，日報亦僅有二十餘家，在此環境下，不可能產生數家相當規模之一般性通訊社。故目前除「中央通訊社」外，能够經常發稿者，祗有幾家爲特定目的而設的新聞通訊社。這些新聞通訊社，由於宣傳性大於企業性，所以經費來源多數靠政府機關補助。

在其他卅八家通訊社中，比較令人注意者，計有「臺灣通訊社」、「軍事新聞社」、「中國聯合通訊社」、「大道新聞通訊社」、「華僑通訊社」、「海外通訊社」與「幼獅通訊社」等。茲分別敍述於左：（註五三）

（一）臺灣通訊社

臺灣通訊社係中國國民黨臺灣省黨部於民國卅五年三月成立，以配合臺灣省政之建設爲目的，爲臺灣省光役最先成立之通訊社。最初總社設於臺北市，四十八年國慶日配合省黨部疏遷臺中市。該社於各重要縣市設有分社，次要縣市亦駐有通訊員。除總社每日發行通訊稿一次外，其他如臺北、臺南、高雄、嘉義、花蓮分社亦每日發稿。十餘年來，從未間斷。自四十八年八月起，爲加强地方宣傳，增發新聞圖片。每月發十吋新聞圖片廿四張，分三次發稿，分送全省民衆服務站及部份機關團體懸掛展覽。內容包括政治、經濟、外交、僑務、教育、文化、社會、交通、農工商業等，特重地方建設。

（二）軍事新聞通訊社

抗戰勝利後，國防部新聞局為加强軍事新聞之正確報導，乃於民國卅五年七月七日，成立「軍事新聞通訊社」（簡稱軍聞社）。首任社長為楊先凱，總社設於南京，並在重慶、蘭州、北平、瀋陽、上海、廣州等地設立分社。其他大都市亦駐有通訊站，負責軍事新聞之採集及發佈工作。

卅八年局勢逆轉，「軍聞社」隨政府播遷，而於同年底至臺灣。當時僅餘員工三人，業務全部停頓。卅九年四月，國防部總政治部成立，由李士英籌劃恢復「軍聞社」，並開始發稿。四十年六月，漆高儒繼任社長，充實設備，擴充編制，業務逐漸開展。

總社設臺北，轄編輯、採訪兩部，一秘書室及三個分社，工作人員計五十七人。軍中通訊網之佈置，係陸軍師以上（海、空、聯勤，相當師之單位）設軍中分社四十八個，特約記者四百七十八人，通訊員二十人；此外在澎湖、金門、馬祖等前線島嶼設專任記者，負責戰地新聞採訪。

目前該社之組織，總社設社長，下轄編輯部（分編輯、採訪、資料三組）行政室；另轄臺中、高雄、花蓮三個分社，共計工作人員五十五人，另有軍中通訊員三百一十六人，澎湖、金門、馬祖駐有專任記者。

「軍聞社」每日發佈新聞稿一至三次。另外發佈「空中簡報」一次，由軍中廣播臺及軍中無線電臺分別播發，供軍中報刋、前線部隊及艦艇抄收，以便發行軍中快報。

（三）中國聯合通訊社

「中國聯合通訊社」簡稱「中聯社」，於民國卅八年十二月一日創設於舟山，以報導敵後匪情新聞爲主。爲當時首創報導匪情之唯一通訊社。卅九年一月，於臺北設立分社，自設電臺，與舟山通訊，加强新聞發佈。同年五月，舟山撤退，遂將總社移臺北，先後於高雄、東京、香港、曼谷設立分社，供應當地報紙或僑報。四十五年底，因日本環境複雜，業務困難，故東京分社，暫時撤銷。

目前該社工作人員，計臺北總社十一人，高雄分社四人，香港分社九人，曼谷分社六人，共計三十人。其主要業務，每日發行新聞稿一次。臺灣及香港分社之新聞稿仍以報導及分析匪情爲主；而曼谷分社之新聞稿，計分中文及泰文兩種，除匪情外，並兼及臺灣之經濟動態及中泰貿易，以適應當地僑報之需要。

（四）大道新聞通訊社

「大道新聞通訊社」簡稱「大道社」，於民國四十年三月五日由季源溥、徐政等創辦，隸屬司法行政部調查局。該社平均每日發新聞十則，每週發專稿或特寫一篇。新聞以報導匪情爲主，專稿注重綜合報導及匪情一般研判。

總社設臺北市，另設高雄、基隆、香港、漢城四個分社。在馬尼拉、東京、馬來亞、曼谷、西貢、澳門、羅馬、巴黎、倫敦、紐約等地，設有特約記者。

該社新聞稿除供應國內各報社及各國在臺之通訊社外，並對海外卅四家僑報供稿。

（五）華僑通訊社

「華僑通訊社」係民國三十年夏季於重慶成立，隸屬僑務委員會。其目的在溝通海外僑情及報導祖國實況。當時每週發通訊稿兩次，內容包括僑務通訊、僑教通訊及時事通訊等，供應海外各地僑辦報刊。至卅七年。因戰爭關係暫時停辦。

民國卅九年八月在臺復刊，目前主要業務，計有左列三項：

一、國內新聞稿：每日油印發行一次，包括國內有關僑務新聞，回國僑胞活動，海外僑情通訊等。主要對象為國內報紙、電臺，每次發行約一百份。

二、海外新聞稿：每週以鉛印發行一次，內容有國內要聞，僑務重要措施，匪情報導，僑情通訊、經濟動態，各種特寫，專稿等。每期約二萬五千字，供應海外各地二百餘家僑報、僑團、僑校、使領館及僑務有關人士，每期發行約一千一百份。

三、對海外廣播：與中國廣播公司合辦「祖國與華僑」節目，以五個定向波長向全球僑胞播放。另與正聲廣播公司，合辦「華僑之家」節目。兩節目內容大致相同。並均為每日一小時。

（六）海外通訊社

「海外通訊社」創辦於民國卅九年十月，隸屬中國國民黨第三組。新聞稿之主要對象爲海外僑報。其目的在將國內消息報導於海外僑胞，並將各地僑社之消息互相傳播。該社總社設臺北，通訊員遍佈世界各僑區。

「海外社」主要業務有五：一、航郵供應海外僑報通訊稿；二、供應僑報紀念日特刊資料；三、供應漫畫紙型；四、應僑報委託，特約專家撰述專論稿件；五、供應僑報所需之參考書籍和資料。

（七）幼獅通訊社

「幼獅通訊社」於民國四十四年四月廿四日成立，現爲「幼獅文化事業股份有限公司」的業務單位之一，在體制上隸屬中國青年反共救國團。發稿內容，以國內外青年活動及文教新聞爲主。

「幼獅社」新聞網，國內方面，在臺北市由本社記者直接採訪，各縣市大專院校設有駐地或特約記者約五十人。國外方面，在東京、馬尼拉、馬德里、華盛頓等地，設有特約記者。

該社新聞稿每日發稿一次，平均每次約五千字。每年暑期青年育樂活動期間，每日發稿三次，約計一萬字以上，其他稿件，尙有新聞特寫稿，海外特稿，時事分析專稿與新聞照片等。

目前該社僅對臺北市報紙發稿，最近已設電臺，擴大發稿範圍。

（八）泛亞社(Pan-Asia Newspaper Alliance)

「泛亞社」於民國卅八年十一月於東京成立，係由亞洲各地報社合作經營。嚴格說來，不能算是自由中國的通訊社。但因創辦人與我國有密切關係，而且「臺灣新生報」亦爲會員之一，所以在此似應附帶予以敍述。

該社新聞以報導亞洲新聞爲主。其創始人宋德和、吳嘉棠均屬我國之名記者。宋氏曾任「中央社」國外特派員多年，戰後爲「中央社」東京分社主任。吳氏則曾任上海「大美晚報」主筆與「申報」採訪主任。（註五四）

初期業務，僅發通訊稿與新聞照片，後來擴充爲定期的新聞廣播。在韓戰期間，「泛亞社」之新聞報導，極負盛名。與該社合作的報紙，分佈於東京、臺北、香港、馬尼拉、新加坡與曼谷等地。

附民國五十五年國內新聞通訊社一覽表（筆劃爲序）（註五五）

社名	創立年月	發行人	社長	地址	備註
大道新聞社	民國四〇、三、五	施秀文	徐政	臺北市	
工商新聞社		陳韜	陳韜	高雄市	
文化通訊社	四四、五、二八	唐棣	唐棣	臺北市	
中央通訊社	一三、四、一	馬星野	馬星野	〃	
中外新聞通訊社	三九、一〇、	張雲家	張雲家	〃	
中國聯合通訊社	三八、一二、一	謝起	張行周	〃	
中國新聞攝影社	三四、九、	焦超	焦超	〃	

中國勞工通訊社	三九、一一、一六	梁永章	梁永章	
中華新聞社	四〇、一、一	池立杰	池立杰	宜蘭市
中興新聞社		胡維藩	朱劍農	臺北市
臺灣新生通訊社	四一、六、一	傅恩培	黃麗飛	〃
臺灣通訊社	三五、三、一	薛人仰	薛人仰	臺中市
民本通訊社	三五、三、一五	胡烱心	匡正宇	臺北市
民權通訊社	三五、三、一	謝漢儒	謝漢儒	〃
世界通訊社	三四、一、二〇	孫立岳	孫立岳	〃
幼獅通訊社	四四、四、二四	胡軌	顏海秋	〃
江浙通訊社	四二、四、二二	胡維藩	陳琳	〃
自由通訊社	三九、一二、一	袁希光	袁希光	〃
每日新聞通訊社	三九、四、一	李應麟	李應麟	新竹市
亞洲聯合通訊社	四七、一一、一二	陸正行	沈周人	臺北市
軍事新聞社	三五、七、七	漆高儒	漆高儒	〃
前鋒新聞通訊社	四九、一、一	譚英年	譚英年	臺北市
時事新聞社	三六、	王清源	王清源	〃
海外世界新聞社	四〇、	葉秀峰	葉秀峰	〃

海外通訊社	三九、一〇、	陳伯中	徐琚清	〃
海疆通訊社	三七、	林崇	林崇	〃
益世通訊社		毛振翔	霍濟光	〃
航海通訊社	四二、三、二九	依凡	依凡	〃
國際新聞社		樊煥文	樊煥文	〃
國民新聞社	四〇、四、四	寧公介	寧公介	基隆市
華僑通訊社	三〇、	謝君韜	謝君韜	臺北市
經濟新聞社	三九、一二、一〇	李裕	李裕	〃
遠東新聞社	三五、三、一〇	許超	許超	臺北市
萬里新聞攝影社	三五、	石萬里	石萬里	高雄市
僑光新聞攝影社	四五、四、一五	董世芳	方國柱	臺北市
聯合攝影新聞社	四二、二、一	蔣君勵	蔣君勵	〃
聯合新聞通訊社	四六、九、一	蔡謦發	蔡謦發	〃
盧山新聞攝影社	四六、	謝惠民	謝惠民	高雄市
攝影新聞社	四四、	陳雁賓	陳雁賓	臺北市
共計				卅九家

本章註解

註一：UNESCO: News Agencies Their Structure and Operation (Paris, UNESCO, 1953) p.p. 15-16.

註二：胡道靜；新聞史上的新時代（上海，世界書局，民國三十五年）第五十頁。

註三：同上。

註四：同上。

註五：同上，第五十一頁。

註六：同上。

註七：UNESCO: News Agencies p.p. 18-19

註八：任白濤：國際通訊的機構及其作用（上海，商務印書館，民國廿八年）第四十六—六十一頁。

註九：胡道靜：新聞史上的新時代，第五十二頁。

註十：同上，第五十三頁。

註一一：同上。第五十頁。

註一二：同上。

註一三：同上，第五十五頁。

註一四：同上。

註一五：任白濤：國際通訊的機構及其作用，第七十四頁。

註一六：張靜廬：中國新聞記者與新聞紙（上海，光華書局，民國十九年）第十八頁。

註一七：胡道靜：新聞史上的新時代；第五十六頁。

註一八：同上；第五十六—五十七頁。

註一九：任白濤；國際通訊的機構及其作用：第七十四—八十八頁。

註二〇：胡道靜：新聞史上的新時代；第五十七頁。
註二一：同上；第五十八頁。
註二二：黃天鵬：新聞學名論集（上海，聯合書店，民國十九年）第七十七頁。
註二三：同上。
註二四：同上；第七十八—七十九頁。
註二五：戈公振：中國報學史（上海，商務印書館，民國一六年）第二五四頁。
註二六：同上；第二五五—二五六頁。
註二七：見民國二十三年廣州年鑑及民國二十二年湖南年鑑。
註二八：邵飄萍：我國新聞學進步之趨勢（見「東方雜誌」廿一卷六期）。
註二九：胡道靜：新聞史上的新時代；第五十七頁。
註三〇：戈公振：中國報學史；第二五六頁。
註三一：張季鸞：國聞週報十週年感言（天津，國聞週報，民國二十三年十二月十日）。
註三二：黃天鵬：中國新聞事業大事記（報學：一卷三期，第一三七頁）。
註三三：同上；第一三六頁。
註三四：同上。
註三五：沈宗琳：中國通訊事業發展之軌跡；第一二七頁。
註三六：戈公振：中國報學史；第二五六頁。
註三七：同上。
註三八：沈宗琳：中國通訊事業發展之軌跡；第一二八頁。
註三九：申時電訊社創立十週年紀念特刊，民國廿三年。
註四〇：同上。

註四一：沈宗琳：中國通訊事業發展之軌跡；第一三〇—一三一頁。

註四二：胡道靜：新聞史上的新時代；第四十九頁。

註四三：黃天鵬：中國新聞事業大事記；第一三六頁。

註四四：胡道靜：新聞史上的新時代；第四十九頁。

註四五：黃天鵬：中國新聞事業大事記；第一三六頁。

註四六：謝然之：五十年新聞事業（中華民國開國五十年史論集，第一〇七六頁）。

註四七：同上。

註四八：同上。

註四九：袁昶超：中國報業小史（香港，新聞天地社，民國四十六年）第九十二—九十三頁。

註五〇：中央社三十週年紀念特刊（臺北，中央社，民國四十三年）第七頁。

註五一：中華民國新聞年鑑（臺北，記者公會，民國五十年）通訊社篇，第二頁。

註五二：同上。

註五三：同上；自第三—十九頁。

註五四：袁昶超：中國報業小史，第一〇八頁。

註五五：根據「通訊社及其業務」與「中華民國新聞年鑑」與「臺灣光復二十年」（民國五十四年）編成。

第十三章　廣播電視事業

無線電廣播事業，自公元一九二〇年（民國九年）九月，美國西屋公司（Westing House Electric Co.）的工程師康拉特（Mr. Conrad）在畢茨堡（Pittsburgh）工廠中，建立一個名叫KDKA的廣播電臺起，世界各國遂相繼仿行。經過四十餘年來不斷的研究發展，廣播已由長波而中波、而短波、而極短波、而超短波、以至於微波。不僅有傳聲之電臺，並有傳聲同時傳形之電視電臺，而電視又發展至黑白與彩色之分，且可藉人造衞星傳播至世界各地。因之，廣播事業就其發展之速、用途之廣、功效之鉅、與傳遞之遠，實超過了任何新聞事業。

第一節　萌芽時期

我國廣播事業的萌芽，一如我國現代化報業的發展，最初由外人在我國設立電臺。其最早者當可溯至民國十一年美國商人亞司蓬（P. Osborn）於上海創設中國無線電公司廣播電臺一座，電力五十瓦，因音質不良，三個月後卽行停播。（註一）

民國十二年一月，亞司蓬又在上海其經營之大來公司樓上私設廣播電臺一座，且與上海大陸報合作，廣播其新聞。上海市政府以其未經政府發給執照，不准播音，經交涉後決定出資收買，予以拆卸。（註二）

不久，美商新孚洋行，在上海設立同樣播音臺一座，電力五十瓦。因收聽者少，半年後停頓。民國十三年五月又有美商開洛公司，在其上海辦事處先裝置一百瓦電力的廣播機。由申報館供給每天廣播新聞稿兩次，不久，擴充至二百五十瓦。每天播音八小時，內容有商情、歌劇、教堂禮節，以及該公司的商業廣告，播音年餘而中斷。十五年秋，又繼續廣播，因廣播效力不大，終至十八年多停播。（註三）該電臺電力所及，僅在華東一帶，而收聽該電臺節目者，又以商界爲多。

開洛公司所經營的電臺，引起陳果夫先生的注意，認爲廣播是宣傳主義的無上利器。民國十四年就決心爲國民黨創辦廣播事業，從此就開始奔走籌措款項，並吸收人才。當時，他原計劃在廣州成立一座電臺，以配合北伐統一全國的任務。因廣東局勢未穩，專家們皆不願前往。經過了許多週折，年餘後，方與張靜江先生籌得銀洋四萬元，同時粵局稍定，隨卽派員携款赴滬採購機器，但因所託非人，結果未能有成。

我國第一座民營電臺之申請設立，應推民國十五年春，浙江餘姚縣紳何聯第等向浙江電政監督呈請准購無線電話機以通達商情，以核與電訊條例不符，不許其私設而予批駁。（註四）

至於由國人自行創立之公營電臺，當首推民國十六年五月一日，交通部在天津成立廣播電臺，電力五百瓦，採用美國西方電氣公司出品，呼號爲COTN。除播音外，並可拍發電報。每日于十五時起，連續播音七小時，節目內容除新聞外，以娛樂爲主。民國二十三年停歇。

交通部於同年九月一日，又成立北平廣播電臺，電力一百瓦，機器係由天津之義昌洋行所承裝，呼號爲COPK，每日自十四時三十分起，連續播音七小時，節目內容與天津電臺相仿，除二十分鐘之新聞報告外，餘以娛樂爲主。至民國廿三年，電力增爲三百瓦，呼號亦改稱爲KGOP。第一座國人自設之民營電臺，應係民國十六年十月上海新新公司在其六層大厦屋頂上所設立之廣播電臺，電力五十瓦，呼號爲SSC，每日自十時到二十二時，間歇播音四小時，節目內容除該公司之廣告外，皆係娛樂。

東北之有無線電廣播電臺，亦係公營爲先。民國十七年一月一日，東北無線電監理處，同時開播兩電臺，一爲遼寧廣播電臺，電力二千瓦，呼號爲COMB，係由法國巴黎電氣公司製造。每日從十二時三十分到廿二時，間歇播音五小時。節目內容全係娛樂，新聞廣播只有十五分鐘，另一爲哈爾濱廣播電臺，電力一千瓦，呼號爲COHB，機件係美商開洛公司所承造。每日自十二時五十分到廿三時三十分，間歇播音七小時，節目內容除國語、俄語、英語三種新聞外，全係娛樂。九一八事變後兩臺均淪于日人之手。

第二節　抗戰以前的公營電臺

我國廣播事業之發展，其黃金時代當爲民國十七年籌設「中央廣播電臺」開始，至抗戰發生爲止。此十年間，無論公營或民營電臺之設立，都是順利而迅速，數量多而規模大。本節所敍述的全係公營電臺，包括中央廣播電臺、中央電臺地方分臺、部會電臺、及地方公營電臺，現分述於后。

(一) 中央廣播電臺

我國之有大規模而電力甚强的廣播電臺，係在民國十七年。該年二月，中國國民黨第二屆執行委員會第四次全體會議後，陳果夫、葉楚傖、戴季陶等諸中央委員，商決設立廣播電臺以利宣傳。同年三月（註五），陳果夫先生得李範一的報告，說上海有一架五百瓦特的廣播機，有人要訂購，但尚未付定洋，如果要買，可先付定洋。果夫先生立刻設法借到七千兩銀子付定洋，後來在中國國民黨中央常會提出追認（註六）其後由果夫先生陸續設法墊款關銀一萬九千兩，向上海美商開洛公司訂購五百瓦特電力的中波播音機全套，包括五瓩汽油發電機的自備電源，兩座一百四十尺高的自立式鐵塔，及室外發音設備等等。同時由中央宣傳部委派徐恩曾（註七），籌劃臺務。五月初，勘定南京丁家橋中國國民黨中央黨部後院西南隅曠地，建造機房，裝置鐵塔。六月徐恩曾因事離京，改派吳道一負責。（註八）七月中，着手裝機，並由中國國民黨中央宣傳部將設臺計劃，提經中國國民黨中央常務委員會通過，確定名稱爲：「中國國民黨中央執行委員會廣播無線電臺」，簡稱爲：「中央廣播電臺。」呼號爲XKM。「X」係國際無線電公會當時所指定給中國專用之字母：「KM」二字，代表中國國民黨。八月一日下午五時，在中國國民黨中央黨部大禮堂開播，由今　總統蔣公中正，首先播音致詞，繼有戴季陶、陳果夫兩委員的演講，每日從九時到廿一時三十分，除特別節目外，間歇播音四小時。節目內容有：新聞及決議案、國內要聞、國際要聞、軍事消息、名人演講、施政報告、氣象及預報、科學演講、宣傳報告、通令通告、特種演講、紀念典禮、特別音樂、音樂等（註九），其中新聞報告約佔九十分鐘。開播之前，並訓練了一批收音員，分發到南京、漢口、天津、北平、上海、鄭州、青島、宜昌、九江、徐州等市，及江蘇、浙江、江西、湖北、安徽、湖南、河南、福建、廣東等省市黨部去收錄（註一〇），並將重要文告及新聞等，錄送當地各報發表。我國最大的空中大衆傳播事業的基礎從此建立。由于各地收音反應，發覺電力太小，氣候較差時或邊遠地區，效果受阻，遂有擴充電力的計劃。

中央廣播電臺擴充電力至一萬瓦的計劃，在民國十八年二月經國民黨中常會核准。同年七月，又改用五萬瓦計劃，亦經國民黨中常會通過。中央廣播電臺强力電力廣播設置於此時決定。並推定陳果夫、葉楚傖兩委員籌辦。至十九年，以黨員黨費及海外黨部捐献作爲財源，與德國德律風根公司簽訂採購七萬五千瓦新機及其全部配備等合約。其所以由五萬瓦而變爲七萬五千瓦，其中尙有一段有趣的經過，現錄陳果夫委員遺書一段，可資說明，這段遺書中說：

「此臺原係五十瓩（卽五萬瓦），何以變成七十五瓩呢？因爲外國生意人，都要爲經辦人留出回佣，等到在此臺的價格中，被留出了百分之二十，想給我們經手人時，那知沒有一人要這種錢，所以德國人認識了中國國民黨精神，他們自動的加了廿五瓩，變成了七十五瓩了。」（註一一）

廣播機的品牌與規格決定後，卽全力進行臺址廠房興建工程。民國二十年，先在南京江東門外北河口圈定的百畝臺址上，動工興建機房、鐵塔、及宿舍等工程。是年秋多之後，大部份播音機件，轉運到達，裝配之工作，逐漸開展。

民國廿一年，中央電臺擴充工程，全爲裝置工作，辦公室及播音室亦加擴建。原有中央廣播電臺的組織，於是年夏天改稱「中央廣播無線電臺管理處」，以應付未來的需要，並開始作有計劃的增進廣播工作，此後逐年均有成就。同年十一月十二日 國父誕辰紀念日，新臺工程完成，新機亦正式開播。電臺呼號改用XGOA，頻率爲六六〇千週，波長爲四五四公尺。節目內容：除星期天外，每日從六時三十分到廿二時三十分，間歇播音十一小時又二十分，其中新聞與音樂各佔兩小時三十分。音波及於全國各地，日夜收聽均極清晰。海外收聽，亦有相當的效果，茲據當時的調查，列表如後：（註一一）

地域	報告次數	收聽情形
俄羅斯（伯力）	一	夜間各處播音停止後始可收聽
日本	四	夜間收聽清晰前與福岡電臺相擾
朝鮮	二	收聽響亮
臺灣	一	與臺北電臺相擾
安南（仰光）	二	夜間尚可收聽
緬甸	四	時有高低
印度	八	收聽尚佳，惟天電極烈並受哥倫坡電臺之騷擾
非律濱（馬尼剌）	五	日夜均清晰，夜間更佳
南洋群島（吡咖拿吃）	二	有雜音
爪哇	一	清晰
新義州	一	晚間清晰
澳洲	四八	收聽清晰惟有天電與雪尼ZFC電臺（665KC）衝突

新西蘭	二四二	收聽清晰間有天電或他臺干擾
夏威夷群島（檀香山）	一二	清晰，收聽西樂時更佳
美利堅合衆國（舊金山等）	六二	晚間音調響亮惟時有高低
加拿大	五	夜間清晰惟有高低

這座號稱「東亞第一」的大電臺，日本軍閥對之相當害怕，而名之曰「怪放送」。因爲日本全國當時僅有一萬瓩的電臺五座，全國電臺電力的總合尚不及我國一座。總計這座電臺，從計劃到完成，爲時三年九個月，耗資一百三十萬元，約合美金四十萬。當時國民黨黨部經費萬分拮据，幸賴果夫先生的苦心與毅力，東拼西湊，到處張羅，以底於成。但從中央大臺完成後，對於宣傳主義，闡明國策，團結人心，抵禦外侮，統一政令，以及輔助教育，促進文化等貢獻，絕非金錢所能衡量。

中央廣播電臺擴充計劃初步完成後，繼續設計完成短波電臺。因爲當時之中央廣播電臺，對於國內廣播，除附近各省完全清晰外，而陝西、甘肅、雲南、貴州、寧夏、青海、察哈爾等省收聽時聲音亦多宏大清晰（註一三）。至於對海外廣播，由上表所示，尙需積極加强。民國二十四年，中央電臺管理處，擬具籌辦二十瓩短波廣播電臺計劃，經國民黨中央常會核准，立刻開始籌建工作。民國廿五年一月，中央電臺管理處，經國民黨中常會改組爲中央廣播事業管理處。一月底，召開第二次專家會議，商討二十瓩强力短波廣播事宜。二月十六日，管理處與英商馬可尼公司簽訂購置三十五瓩短波廣播機合同。其由二十瓩變成卅五瓩的原因，和十九年採購德國出品時相同。合同簽訂時，預備裝在南京，因中日形勢緊張，奉命改設於重慶。

二月六日，國民黨中常會通過設置中央廣播事業指導委員會，以推進及整理全國廣播事業，由中央廣播事業管理處、中央文化事業計劃委員會、軍事委員會、交通部、內政部、外交部、教育部等各推代表一人組織之，並指定陳委員果夫為主任委員。同月二十日，召開第一次會議，商訂全國廣播電臺分配辦法原則，指導全國廣播電臺播音節目辦法原則，及收音機收徵執照費原則等諸案。而中央廣播電臺之節目，自開播以來，修改已達七次之多。（註一四）

三月間，管理處函准行政院，通知所有各省市公營及在交通部登記有案的民營廣播電臺，自四月二十日起，除星期日外，一律轉播中央電臺二十時至廿一時零五分的簡明新聞、時事述評、名人演講、學術演講、話劇或音樂節目，如無轉播設備，則屆時停播。五月中，中央廣播事業指導委員會決定以我國中央廣播電臺，加入歐洲國際廣播公會為贊助會員，由吳道一在歐陸考察廣播事業之便，于六月中旬赴瑞士參加該會。從此，中央電臺每年繳納六百廿五瑞士法郎的會費，享受會員電臺應獲的權利。

十月廿八日，交通部公佈施行經中央廣播事業指導委員會多次商討決定的「指導全國廣播電臺播送節目辦法」，其要點：首為節目之成分；凡屬於宣傳、教育、演講者，公營電臺應佔多數，民營電臺亦不得少於百分之四十。其娛樂節目，至多不得超過百分之六十，廣告則包含在娛樂節目內，不得超過其總時間三分之一。次為節目之編排；各電臺須將擬定之每期節目表，送指導委員會審定，逐日播送節目之標題，及擔任者姓名。除轉播中央電臺節目外，應預先編造報表，送指導委員審閱。民國廿六年三月廿一日起，全國各公私營電臺播音節目，依照指導委員會所訂辦法，開始事前送審者達六十七臺。

同年五月中，中央廣播事業指導委員會第五次會議，通過全國廣播電臺系統及分配辦法；規定中央臺設在首都，電力至少爲三百瓩。並通過全國廣播電臺呼號與徵收全國收音機執照費及其用途分配比例辦法等各案。

(二) 中央廣播電臺管理處所屬各電臺

中央廣播電臺管理處的主力臺「中央臺」完成以後，遂開始逐步發展地方電臺，在抗戰之前完成播音者，共有福州電臺、河北電臺、西安電臺、南京電臺、長沙電臺、及上海正音電臺等六座，現分述於後：

㈠福州廣播電臺：中央電臺管理處，於民國二十三年，改裝完成原十九路軍移交於福建省政府的電臺一座，于七月一日開播，呼號先定爲XGOF，因和山東電臺相混，改爲XGOL。每日自九時至廿一時五十分，間歇播音七小時四十分，新聞報告分別用國語、福州語、厦門語播出，共一小時。

㈡河北廣播電臺：中央電臺管理處，於民國廿三年，將原交通部已廢的北平天壇五千瓦長波報務電臺，改裝爲一千五百瓦。是年十二月一日正式成立，呼號爲XGOT。每日自十時三刻至廿四時，間歇播音九時四十五分。節目內容以音樂、戲劇爲主，插播警策語，新聞則佔一小時又十分鐘。

由於上述福州、河北兩電臺之成立，本年度中央電臺管理處所轄電臺連同中央臺共三座，總電力爲七萬五千七百五十瓦。

㈢西安廣播電臺：民國廿四年六月中旬，華北局勢嚴重，日本軍閥蠻橫無理，迫使河北電臺結束。中央電臺管理處，遂決定將其遷往西安，綜計河北電臺播音僅七個月。西安台至廿五年八月一日成立，電力五百瓦，呼號爲XGOB，每日自八時到廿二時十分，間歇播音六小時四十分。節目內容；新聞報導除自播半小時外，其餘係轉播中央電臺者。該臺電力雖不强大，惟對西北各省廣播事業之創始却甚重要。

㈣南京廣播電臺：當民國廿四年六月，河北廣播電臺被拆遷往西安時，部份機器及人員回到南京，利用以前XGZ電臺原址，裝設一座電力二百瓦的南京廣播電臺，呼號爲XGON。每日自十時十五分至十六時廿五分，間歇播音三小時，專供報告京市新聞及宣揚金陵文物之用，屬地方性質。是故中央電臺管理處在南京有中央大臺及南京臺共兩座。

民國廿五年二月廿三日，南京短波廣播電臺成立，係中央電臺管理處自製的五百瓦小型短波廣播機，呼號爲XGOX，每日自十九時三十分到廿一時四十分，聯播中央電臺的新聞、時評、英語報告、及音樂節目等，計兩小時又十分鐘。

㈤長沙廣播電臺：民國廿六年三月，中央電臺管理處又成立長沙廣播電臺，電力十瓩。該臺從設計至購料，皆自行裝配，呼號爲XGOV，每日自十一時到二十三時三十分，間歇播音八小時。

㈥上海正音廣播電臺：民國廿六年，中央電臺管理處又在上海虹口成立正音電臺一座，電力二百瓦，頻率五八一千週，轉播當地兩座公營電臺或其他民營電臺的節目。播音時間與日本接辦的大東電臺完全相同（大東電臺之呼號爲XQHA，頻率五八〇千週），以抵抗該電臺損害我國的宣傳。（註一五）

民國二十六年五月中，中央廣播事業指導委員會第五次會議，通過全國廣播電臺系統及分配辦法：規定中央臺設在首都，電力至少爲三百瓩，劃分全國爲八個廣播區，而以上海、北平、太原、長沙、蘭州、廣州、成都、迪化等處，爲區廣播電臺所在地，每臺中波電力應爲十瓩至五十瓩，各配一千瓦電力的短波機一座，管轄機關爲中央。省市臺之數量，每區暫定爲三座至六座，電力則自五百瓦至五千瓦，其管轄機關，爲當地省市政府。地方臺之數量，每區暫定爲十座至十五座，電力爲一百瓦至二百五十瓦，得由人民辦理之。

（三）部會公營電臺

交通部所設立之電臺較爲永久性，而軍事委員會所設立之電臺係臨時性，需用完了，卽行撤銷：

㈠南昌廣播電臺：民國廿二年秋，應軍政部交通司之請，將原送洛陽應用之二五〇瓦特播送機一座移至軍事委員會委員長南昌行營，專爲剿匪宣傳之用。該臺原係中央電臺管理處擬裝於洛陽而改設於南昌者（註一六） 同年底，贛匪肅清，行營撤銷，該臺移交江西省政府，仍稱南昌廣播電臺。

㈡上海交通部廣播電臺：該臺爲交通部上海電信管理局所設立，電力五百瓦，呼號爲XQHC。每日自八時到廿三時三十分，間歇播音十小時。節目內容全係音樂與歌唱。

㈢上海美靈登廣播電臺：上海美靈登廣告公司之廣播電臺，原設公共租界內，電力二百五十瓦，於民國廿四年二月，由交通部收囘自辦，電力增爲五百瓦。同年三月九日開始播音，以電力太小，不足應付，乃由交通部令飭擴充爲二瓩。（註一七）

㈣成都廣播電臺：該臺係交通部設於成都華西壩，廿三年六月廿七日向德律風根公司訂購，廿五年秋完成（註一八）。電力十瓩，呼號爲XGOG。每日自十三時至廿一時，間歇播音七小時。節目內容除了自播半小時新聞及轉播中央電臺六十五分鐘節目外，餘係音樂及娛樂節目。

㈤交通部北平廣播無線電分臺：按北平英商之「增茂洋行電臺」，設於使館租界內，裝有二八〇瓦特與十五瓦特廣播機兩架，經交通部收回部辦，改名爲「交通部北平廣播無線電分臺」，另由北平電報局與該行訂立租用合同，准許該行在我方監督管理之下，租借使用。廿四年四月，將二八〇瓦特機移裝電話西局內，卽完全收歸部辦並加整理，電力改爲三百瓦特，二十五年五月，又奉命改增爲一瓩。（註一九）

（四）省市地方公營電臺

省市地方性公營電臺，自民國十七年浙江杭州電臺開始，嗣後相繼設立者甚爲普遍，現略述於後：

㈠浙江杭州電臺：民國十七年十月十日，浙江省政府在杭州成立二百五十瓦電力的廣播電臺一座，機器係開洛公司承造，呼號爲XGY。每日從九時至二十時三十分，除特別節目外，間歇播音三小時三十分，內容側重省府決議案及通告、通令等。十九年初，該臺電力增至五百瓦。廿一年，電力再增至一千瓦。呼號亦改爲XGOD。民國廿四年秋，再度將電力擴增至二千瓦，以適應浙西山地各縣份收聽的需要。

㈡廣州廣播電臺：廣州市政府於民國十八年五月六日，成立無線電播音臺，電力爲一千瓦，呼號爲CMB機件由美國西方電氣公司所裝置。每日從十二時至廿二時，間歇播音五小時。星期日增加一小時，而於星期二停播一天。節目內容，以粵曲及方言報告爲主。民國廿四年，經粵省政府決定，擴充電力爲五十瓩，和原製造廠美國西方電氣公司往返磋商，全部機器及裝置費用，以長期貸款方式，由粵省電話局擔保，將其收入，於二十年內償還之。

㈢昆明廣播電臺：民國廿一年多，雲南省政府在省會昆明設立電臺一座，機器係向法商購得，電力二百五十瓦，呼號爲XGOY，每日從十九到廿一時，連續播音兩小時，新聞報告佔三刻鐘，餘係娛樂。

㈣南昌廣播電臺：民國廿二年多，江西剿匪勝利，軍事委員會委員長南昌行營撤銷，所屬電臺亦移交江西省政府，仍稱南昌廣播電臺，呼號爲XGOC。每日從八時三十分到廿一時三十分，間歇播音五小時。節目內容除四十分鐘之新聞報告外，餘以常識、時事、評論、音樂等爲主。

㈤山東廣播電臺：山東省政府於民國廿二年，在濟南設立電臺一座，呼號爲XGOF。每日從八時十分到廿一時，間歇播音五小時，新聞節目一小時，餘係音樂、娛樂等。

㈥太原廣播電臺：山西省政府於民國廿二年，在太原設立電臺一座，電力五十瓦，呼號爲XGOT。每日從十七時三十分到廿二時三十分，連續播音五小時，節目內容除半小時新聞外，餘以音樂及戲劇爲主。

㈦湖南廣播電臺：民國廿二年，湖南省政府在長沙成立，電力一百瓦，呼號爲XGOH。每日從十六時到廿二時，連續廣播音六小時，節目內容除新聞佔五十分鐘外，其餘以常識、黨政報告爲主。

㈧河南廣播電臺：此爲河南省政府於民國廿三年，在省會開封所設立，電力二百瓦，呼號爲XGOX每日從十時到廿一時卅分，間歇播音五小時，新聞報導只佔四十分鐘。

㈨南寧廣播電臺：民國廿三年，廣西省政府設立於南寧，電力一千瓦，呼號爲XGOE。每日自九時卅分到廿二時，間歇播音六小時二十分，新聞報導則各以國語、粵語播音各一小時。

㈩重慶廣播電臺：民國廿三年，四川省政府設立於重慶，電力一千瓦，呼號爲XGOS。每日自十九時五十分起，播送商情、氣象、音樂、新聞一小時。

⑪江蘇廣播電臺：江蘇省政府於民國廿三年，在省會鎭江設立電臺一座，電力一百瓦，呼號爲XGOZ。每日自九時至廿一時三十分，間歇播音七小時。節目內容；除新聞報導佔四十五分鐘外，餘以常識、教育爲主。

⑫漢口廣播電臺：漢口市政府在民國廿三年，於市中央公園內設立電臺一座，電力五千瓦。迄抗戰前夕爲止，公營電臺中，以此臺爲次大（僅次於中央廣播電臺）。該臺機件由美商西方電氣公司承造，呼號爲XGOW，每日自七時三十分到廿三時，間歇播音七小時，以音樂、商業介紹爲主，新聞報導僅佔二十分鐘。

⑬上海廣播電臺：上海市政府於民國廿四年所設立之廣播電臺，電力五百瓦，呼號爲XGOI。每日自九時十分至廿一時十五分，間歇播音八小時，節目內容；除新聞報導全部轉播中央臺外，其餘有愛國音樂、氣象、科學常識、平劇、粵曲等等。（註二〇）

第三節　抗戰以前的民營電臺

戰前民營電臺紛紛設立，眞如雨後春筍，空前蓬勃。惟民營電臺有二大特色：一是集中上海一隅，二是全係電力甚小之商業電臺。考其原因；民營電臺經費之維持，幾全靠商業廣告之收入，上海爲我國最大之商業都市，故商業電臺之集中，勢所必然。而所設之電臺，只要維持當地之收聽卽可，故都採用小規模之電臺。至於規模大而電力强之民營電臺在抗戰以前尙未出現。現分區分地依設立之年次略述於後：

（一）華北地區

㈠天津：

①中國無線電業公司廣播電臺：此爲中國人自行裝置最早之電臺，完成於民國十八年秋天。該公司在其營業所，自裝五十瓦播音機一座，播送商情與廣告，華北的民營電臺以此爲先聲。

②中華電臺：一百瓦，廿二年成立。

③東方電臺：一百五十瓦，廿二年成立。

④青年會電臺：一百五十瓦，廿五成立。

⑤仁昌電臺：二百瓦，廿五年成立。

㈡北平：

①燕聲電臺：十五瓦，廿五年成立。

②西人增茂電臺：二百瓦，廿五年成立。

㈢青島：

①宏波電臺：一百瓦，廿二年成立。

②民教館電臺：一百瓦，廿四年成立。

（二）華南地區

㈠上海：

①亞美公司電臺：民國十八年十二月，上海亞美公司（國人蘇氏弟兄所辦）自行裝配五十瓦播音機一座，取名爲「亞美實驗無線電話播音臺」。每天從九時三刻到二十時一刻，間歇播音四小時。內容以錢市、外滙、交易所開盤及收盤行情爲主。三年後，擴充電力一倍，成爲一百瓦，同時亦改稱爲「上海廣播電臺」。

②大中華電臺：一百瓦，廿一年成立。

③李樹德堂電臺：一百瓦，廿一年成立。

④中西電臺：一百瓦，廿一年成立。

⑤明遠電臺：一百瓦，廿一年成立。

⑥東方電臺：一百瓦，廿一年成立。

⑦華美電臺：一百瓦，廿一年成立。

⑧永生電臺：一百瓦，廿一年成立。

⑨中華社電臺：一百瓦，廿一年成立。

⑩航運電臺：一百瓦，廿一年成立。
⑪甌華電臺：一百瓦，廿一年成立。
⑫華興電臺：一百瓦，廿一年成立。
⑬安定電臺：五十瓦，廿二年成立。
⑭元昌電臺：五十瓦，廿二年成立。
⑮市音電臺：五十瓦，廿二年成立。
⑯惠靈電臺：五十瓦，廿二年成立。
⑰新聲電臺：五十瓦，廿二年成立。
⑱楊氏電臺：一百瓦，廿二年成立。
⑲友聯電臺：一百瓦，廿二年成立。
⑳富星電臺：一百瓦，廿二年成立。
㉑利利電臺：一百瓦，廿二年成立。
㉒建華電臺：一百瓦，廿二年成立。
㉓東陸電臺：一百瓦，廿二年成立。
㉔亞東電臺：一百瓦，廿二年成立。
㉕敦本電臺：一百瓦，廿二年成立。
㉖亞聲電臺：二百瓦，廿二年成立。

㉗華泰電臺：四十五瓦，廿三年成立。
㉘快樂電臺：七十五瓦，廿三年成立。
㉙大陸電臺：一百瓦，廿三年成立。
㉚東陸電臺：一百瓦，廿三年成立。
㉛華東電臺：二百瓦，廿三年成立。
㉜華光電臺：二百瓦，廿三年成立。
㉝佛音電臺：五百瓦，廿三年成立。
㉞華僑電臺：五百瓦，廿三年成立。
㉟西人華美電臺：六百瓦，廿三年成立。
㊱鶴鳴電臺：三十瓦，廿四年成立。
㊲同樂電臺：三十瓦，廿四年成立。
㊳西人奇開電臺：三十瓦，廿四年成立。
㊴周協記電臺：七十五瓦，廿四年成立。
㊵西人其美電臺：二百五十瓦，廿四年成立。
㊶麟記電臺：二百五十瓦，廿四年成立。
㊷西人大東電臺：一千瓦，廿四年成立。該臺可能是民營電臺中電力最大者。
㊸大東電臺：二百五十瓦，廿五年成立。

⑭法人電臺：一百瓦，廿五年成立。

㈡杭州：

①亞洲電臺：五十瓦，廿二年成立。

②敬亭電臺：五十瓦，廿五年成立。

㈢寧波：

①四明電臺：七十五瓦，廿三年成立。

②黃金電臺：十五瓦，廿四年成立。

㈣無錫：

①興業電臺：五十瓦，廿三年成立。

②時和電臺：七十五瓦，廿三年成立。

③世泰盛電臺：五十瓦，廿四年成立

④國泰電臺：一百瓦，廿四年成立。

㈤蕪湖：

①大有豐電臺：十五瓦，廿三年成立。

②享大利電臺：三十瓦，廿五年成立。

㈥常州：

武進電臺：七十五瓦，廿三年成立。

㈦湖州：

湖聲電臺：五十瓦，廿三年成立。

㈧蘇州：

①久大電臺：十五瓦，廿四年成立。

②蘇州電臺：五十瓦，廿四年成立。

③百靈電臺：七十五瓦，廿四年成立。

㈨嘉興：

①縣黨部電臺：十五瓦，廿四年成立。

②容德堂電臺：二十瓦，廿四年成立。

㈩厦門：

同文電臺：三十瓦，廿五年成立。

⑾廣州：

無線電專校電臺：一百瓦，廿五年成立。

⑿紹興：

越聲電臺：二十瓦，廿五年成立。

⒀高郵：

楊氏電臺：十五瓦，廿五年成立。

㈣定遠：

中華平民電臺：三十五瓦，廿五年成立。之規定，及各電臺中頻率分配之差別標準，

（三）華中地區

㈠漢口：

華中電臺：一百瓦，廿三年成立。

㈡徐州：

徐州電臺：六十瓦，廿四年成立。

由上得知，上海一地之電臺在戰前已超過四十餘臺，除了其中「西人大東電臺」電力一千瓦外，大都在百瓦以內，總電力尚不及七千瓦，且全部爲中頻。因之，中頻部份擁擠，加以技術方面，因陋就簡，以致原音有時失眞，甚至不堪入耳。而節目方面，則以招徠廣告爲第一，競以迎合低級趣味爲能事，眞是做到「有電皆啼笑，無臺不說書」的地步，紊亂已極。因此交通部在廿五年已停止在上海再發給電臺執照。

總計，我國公私營電臺數量，自民國十六年至廿五年，約爲一百座，總電力近一百一十瓩。除中央、成都、漢口三臺外，其餘幾乎都屬音波僅及當地的小電臺。（註二一）

第四節　抗戰期間的公營電臺

民國廿六年七七事變爆發，我國廣播事業大受摧折。首先，平津之公私營電臺停播，繼之京滬電臺

閉歇，由於戰爭逆轉，國土淪陷，各公營電臺多已隨政府輾轉播遷，無法播遷者，多自動破壞，以免爲敵人所利用。

本節所述以中央廣播事業管理處所屬各電臺在抗戰時期所擔負之重要任務，並附帶說明各地方公營電臺的流亡情形：

(一) 中央廣播電臺及其分臺

廿六年十一月廿三日午夜，南京中央電臺停止播音，所遺任務，由長沙電臺、漢口電臺、以及在漢口成立短波廣播電臺，共同接替原中央臺的任務。(註二二) 電力二百五十瓦，呼號爲XGX。與漢口市政府之五瓩中波機聯合播音，臨時成爲中樞對外發言的喉舌。

廿七年三月十日，中央廣播電臺，在重慶牛角沱陶磁職業學校原址，恢復播音。電力爲十瓩，該臺機器係由南京搶運來的，呼號仍舊，頻率改爲一二〇〇千週。每日自三時三十分到廿三時，間歇播音九小時。

同月底，因戰爭威脅，中央電臺所屬福州廣播電臺，被迫遷往閩西永安，九月底方才完成。廿九年十月中旬，添裝二百瓦短波機，用一〇．〇五兆週的頻率，開始播音。播音對象爲福建本省及臺灣沿海一帶，用國、厦門、福州、客家、日語等五種語言播音。

同年七月，中央廣播電臺租用「保楞」輪船裝配成一機動性電臺，以備隨軍進退，使播音不致中斷。平日停留於漢口江岸，用專線接通正在播音的短波臺，同時聯播。(註二三)

八月八日，貴州十瓩短波廣播電臺前級的五百瓦部份，裝成試播，該臺係由南京遷拆而來的一部份。至廿八年元旦，該臺十瓩新機裝置完峻，開始播音。呼號爲XPSA，頻率爲六九七六千週，每日自十七時卅分到廿一時，連續播音五小時卅分，新聞報告，則用國語、日語、英語、粵語、馬來語、厦門語、客家語、滬語等八種語言，分別對本省及南洋一帶播音。

同月，西安廣播電臺大部遷往南鄭，更名爲陝西廣播電臺，呼號亦改爲XKPA，頻率仍爲一二九〇千週。每日自七時至廿二時，間歇播音四小時，所留剩之西安電臺，則減少電力爲四十瓦，呼號爲XKDA，頻率一〇〇〇千週，每日自十一時一刻至廿一時，播音六小時三十分。

至於長沙廣播電臺，於廿七年十一月十二日長沙大火，廣播電臺發音室亦受損害，當即決定拆遷沅陵。廿八年八月一日改裝告竣，恢復播音，改名爲湖南廣播電臺。電力一千瓦，呼號爲，XLPA，頻率八六〇千週。每日自十九時至廿三時，連續播音四小時。至三十年七月初，因防日機空襲，開始建立山洞及地下室，九月三日停播遷入，兩旬後恢復播音。

西康廣播電臺的籌設，是在民國廿八年，電力爲一千瓦，機器於同年分批由重慶運往康定。民國三十年一月，西昌短波廣播電臺建立完成，等候資源委員會所辦的西昌電力廠供電後再行試播。該臺係於三十年八月中旬，由管理處奉中央命令籌設者，備萬一局勢惡化，退守西北時作爲對外發言之用。因機件笨重，公路未通，飛機不能裝運，乃將昆明電臺的二瓩短波機拆散馱運，全部用人力或獸力冒嚴多風雪運往裝竣。至民國卅一年，因西康電臺試音不佳，奉廣播事業指導委員會命令撤銷。同年六月，又奉命將西昌電臺改稱爲西康廣播電臺。（原西康電臺於卅一年四月中裝置完成，由籌設至試播，前後三年，試播時容電器損壞，遂改爲短波再試，電力仍爲一瓩，後因市電損壞而停頓，試音成績亦差）。

江西廣播電臺，原係江西省政府於廿八年底由南昌移設吉安者，廿九年五月恢復播音，呼號爲XGOC，電力五百瓦，頻率改用九六〇千週。每日自十八時到廿三時，連續播音五小時，其新聞報導則由廿二時起轉播中央臺之紀錄新聞。同時另計劃在泰和設立三瓩的新臺，器材則由上海商家設法供應。至民國卅一年，管理處奉命派員接管，並將機件搬運市外，籌劃裝置。因此江西省政府之電臺，現改爲中央電臺所屬之分臺。同年八月，因戰爭影響，再遷至贛縣。卅三年，又隨江西省政府遷往瑞金。

第一座戰區流動電臺，係於廿九年七月試裝就緒，該機原係馬可尼公司TR六百號型短波機，電力三百五十瓦，係配合第三戰區宣傳的需要而特設的，先在上饒，定名爲上饒廣播電臺。三十年八月一日正式播音，呼號爲XGOC（註二四）。頻率九七一〇千週，每日播音暫定三小時。六月初，因戰爭關係，隨戰區司令部，遷福建建陽，十二月遷返上饒（註二五）。卅二年二月復隨戰區司令部遷往鉛山，四月一日，恢復播音，正式易名爲流動電臺。（註二六）改呼號爲XLMA。（註二七）卅三年七月，因湘北戰事再起，影響江西各地，即隨第三區司令部，遷移邵武。抗戰勝利後停播。

昆明廣播電臺，係經兩年多的籌備，於廿九年八月一日正式開播。該臺於廿七年政府在漢口與美商西方電氣公司，商遷廣州市之五十瓩機如何經海防運轉昆明。廿八年，昆明電臺籌建工作積極進行，臺址設在城西碧雞關，播音室設在市區西門潘家灣，秋天開始裝置。電力五十瓩。呼號爲XPRA，每日自二時至廿三時，間歇播音七小時。新聞報告則分別用國語、粵語、福州語、厦門語、越語、法語、泰語、緬語、日語、英語、馬來語等十一種語言對全國及淪陷區與南洋一帶播音。並用自製的二瓩短波，同時聯播。

卅二年二月，擬具籌設新疆廣播電臺計劃，採用裝置十瓩中波機一座，及短波機一座，經第廿三次指導委員會通過，向俄國詢購機件。

甘肅十瓩電力電臺的籌建，始於廿八年九月，係在重慶着手自行裝配。半年後，部份機件裝成，開始轉運甘肅。前後歷時六載，直至卅四年七月，方告完竣，正式播音。該臺又另設一瓩短波機一架，由中央修造所自行裝製，以加强西北廣播力量。

至於中央廣播電臺由南京撤退時搶運十瓩播音機一架，廿七年三月十日在重慶牛角沱陶磁職業學校原址建築成立。廿九年九月，中央電臺添裝完成的四瓩短波機，正式開播，該機係一月份向美國無線電公司訂購，由越桂邊界接運來重慶。頻率用五九八五千週及九七二〇千週聯播。卅年，日本飛機對我後方狂肆濫炸，中央電臺受損頗重，尤以五三、五四、五十、六三、六廿、七五、七六、七七、八十、八一三、及八二二等次爲最嚴重，播音幾遭停頓。卅一年三月，管理處又擬具計劃，加添七·五瓩短波廣播機一座，亦併入中央電臺，以加强播音效力，已經中央核准，着手進行。同年七月，機件運抵重慶，十一月初開始試音，成績優良。中央電臺至卅二年初，共有短、中波三機，對全國及淪陷區與南洋一帶播音，用國語、粤語、厦門語、客家語、福州語、回語、蒙語、藏語、英語、泰語、韓語、及馬來語等十二種語言分別播出。

自民國廿七年，政府申明抗戰決心，重心暫在武漢，於是利用交通部漢口電信局的四瓩XPJ話報兩用機向國際播音。這就是創辦國際電臺的前身，以期對國外闡述我抗戰的信心。同時更積極運轉由英倫運來的卅五瓩短波機一部份器材裝輪西上。

早在戰前，政府已鑒於戰爭終不可避免，爲了戰爭一旦發生，可對敵人實施更有效的廣播，和更有力的獲得國際同情起見，早在廿五年的秋天，就着手籌備在重慶沙坪壩設置三萬五千瓦特電力的短波機。在戰機緊迫的情況下，仍舊不分晝夜的趕工。廿七年十月底，由英倫轉運來的三萬五千瓦特强力短波機，由我國工程師依據所得圖樣，全部裝竣，惟爲遵照合同，須由馬可尼公司派來的人員，先行檢驗，而因交通困難關係，遲遲未到，直至年底方開始播音。廿八年二月六日，（註二八）正式開播（註二九），定名爲中央短波廣播電臺。其定向對北美的呼號爲XGOX，定向對歐洲英、法、德、意、俄各國的呼號爲XGOY，對東俄及我國東北部、日本、我國南部、南洋群島等地呼號也爲XGOY，每日自四時至廿三時卅分，分成六段播音，計十小時，用國語、英語、法語、德語、馬來語、俄語、粵語、廈門語等九種語言報告新聞。同年六月，取消中央短波名義與中波臺合併，稱爲中央廣播電臺。（註三〇）並爲統籌國際廣播宣傳起見，所有國際廣播的資料內容除新聞外，由管理處委托中央宣傳部國際宣傳處，負責供給，並代爲物色外語播音人員，以介紹給國際播音用。

到民國廿九年一月十五日，管理處遵奉指導委員會之決議，爲便利國際宣傳之決議，將中央廣播電臺的强力卅五瓩短波機，連同人員及經費，劃出來移交給中央宣傳部國際宣傳處管轄使用，並將該機易名爲「國際廣播電臺」，呼號與頻率仍舊，多加一個英文名稱爲：「Voice of China」，簡稱VOC，這就是後來享有國際間良好聲譽的「中國之聲」，向世界友邦報導正確的戰況，申述「抗戰中國」的需要，爭取友邦的瞭解與同情、信賴與援助（註三一）。但同年六月十七日，國際宣傳處仍將該電臺交還管理處。

同年五月廿八，國際電臺沙坪壩臺址，大門被日機炸毀，而機房無恙。

七月，國際電臺每日播音時間，增達十四小時三十分。採用六段播音：第一段定向對歐，四時至六時三十分；第二段定向對美，九時三十分至十一時三十分；第三段不定向對東俄及我國東北部，十七時三十分至十九時十五分；第四段不定向對日本，十九時十五分至二十時；第五段不定向對本國南部及南洋群島，二十時至廿二時三十分；第六段定對蘇俄，廿三時至廿三時三十分，共計播音十小時。後又增加清晨二時至四時廿分一段。

廿九年，日機轟炸轉頻，中央電臺與國際電臺爲避免遭受損失，全部移入堅固整潔的地下室。當時國際電臺在磁器口附近沙坪垻爲發音臺址，土灣面臨嘉陵江邊的山坡，爲電力廠址，歇臺子爲收音站，發音室則設在市區上淸寺國府路。（註三二）十二月隨管理處與中央臺遷入新建費時兩年的三層立體石質的廣播大厦內。（註三三）地址在上淸寺美專校旁。

三十年三月，管理處請准中央，由財政部分配英國貸款十三萬五千磅，托由我國駐在倫敦的購料委員會，依據以往的程式，向標準無線電公司，購妥擴充中央電臺用的五十瓩中波廣播機一座，加强國際廣播用的二十瓩短波機兩座，簽約後六十六個星期內，在倫敦交貨。此卽爲擴大國際電臺之始。

同年，日機對我後方狂肆濫炸，中央與國際臺都損失頗重，幸而國際臺在沙坪壩部份，因有自備電源，故雖重慶市電力廠被炸停電，而播音仍能照常。但爲維持大型眞空管壽命，延長其使用時效，以避免此時期因對國外運輸不暢，所購貨物不能照預期到達，只有暫時縮短播音時間，爲八小時。因此，當上清寺與沙坪壩多次被炸以後，日本軍閥深信我對外廣播設備全遭破壞，不料我國際電臺仍能照常對海外宣傳播音，此一方面是沙坪壩電廠仍能供電，一方面我播音機多深入地下或山洞之中，另方面真空管的使用都達到最高利用價值。日本東京報紙曾經有過如此一段記載：「我皇軍飛機大炸重慶，那裡的青蛙，全都炸死無聲，爲什麼那個擾人心緒的電臺，還叫個不停呢？」

卅一年四月，中央撥款五十萬元，成立一電波研究所，附設在沙坪壩國際電臺內，並在美援款項中，訂購必需儀器。

至卅二年，國際電臺對外播音遍及美、英、俄、澳、及各地僑胞，用國語、粵語、厦門語、英語、俄語、法語、日語、荷語、泰語、緬語、馬來語、及西班牙語等共十二種，皆具卓效。

卅三年，中央電臺之十瓩中波機及國際臺之十瓩短波機皆因使用日久，效能較差，換上自行裝配之十瓩機，加入聯播。

六月十五日起，國際電臺奉命與美國戰時宣傳局OWI，及美國新聞處商辦中美間無線電照相傳遞工作，以加强國際宣傳。

我國戰時之國際宣傳，國際廣播電臺固然負起最主要的任務，而政策之擬定，方針之確立，與內容之製作，中央宣傳部下之國際宣傳處實負幕後任務，至於國際人士諸如各國議員、政黨代表、記者、大企業家……等之來華，皆由國際宣傳處負責擔任接待，當時主持國際宣傳的是董顯光與曾虛白等先生，國際宣傳處於抗戰開始時成立，勝利後撤銷，工作交由新聞局接辦。

總之，公營電臺，無論中央廣播事業管理處所屬各電臺，抑或地方電臺，由抗戰開始，即受波折，顛波流離，倍受艱苦。至廿七年底，東南半壁，大部淪于敵手。公營電臺之能維持仍在播音者，僅有重慶、成都、南寧、西安、南鄭、永安等數處。而管理處所轄各電臺之總電力，由一百三十瓩左右，直降爲一萬零七百九十瓦，實爲廣播力量最薄弱的時期。自廿七年以後，政府鑒於抗日戰爭非朝夕可以解決之爭端，決心全面長期戰爭之方針，並已決定抗戰之重心在四川。對隨政府撤退之公營電臺，其佈置與分配地區也有指示，加以播遷大致粗定，首先集中全力謀求恢復播音，其次講求加添新設備，最後始爲創設新臺。廿七、廿八、廿九等數年爲恢復播音之期，三十、卅一、卅二、爲加添新設備時期，卅三、卅四始有英美援助而計劃創設新電臺。據廿八年底之統計，恢復播音之電臺，爲重慶、成都、貴陽、沅陵、南鄭、西安、浙江、永安、廣東、廣西、河南等十一處，總電力已升至五萬六千七百九十瓦。而休刊年餘之廣播週報，亦於是年元旦復刊。經過年餘之努力，至廿九年，管理處又增加昆明電臺等，而總電力亦達十二萬瓦以上。民國三十年，日本發動太平洋閃擊戰，偷襲珍珠港，初期，太平洋海運受阻，國內各電臺所需播器材，不易購得，非僅不能添新機，維持舊有已感不易。是年底，管理處各電臺之總電力，仍停留在十二萬一千五百五十瓦。同年五月，中央電臺歌臺子收音站首先收到共黨在陝北延安的播音，繼知其電臺名爲新華廣播電臺，呼號爲XNOR。六月十九日起，中央電臺商承政治部、中央宣傳部、排定每星期四清晨二時半至三時，分請中央要員及各界人士，專對淪陷區民衆廣播，闡揚抗戰國策，加强必勝信念，以期配合早日反攻收復失地。

卅一年一月廿八日，交通部公布廣播無線電收音機之取締規則，便利管理。

卅二年初，滇緬路通車，車輛可直達印度。而堆積在印度的播音器材約六千多噸，皆係自英美等國運來，因戰時交通不便而停滯於當地者，於今陸續內運，管理處各電臺所需之器材得以補充或換新。

卅三年，管理處共轄有中央、國際、昆明、貴州、福建、西安、陝西、湖南、甘肅、西康、及流動等十一座電臺，每日播音時間，共爲六十四小時廿四分，其中新聞佔百分之卅八，講演佔百分之二十，音樂及戲劇佔百分之四十二。

卅四年，播音器材由中印公路運入者更多。截止八月初，抗戰勝利前夕，中央管理處所屬上述各電臺都在播音，除了流動廣播電臺的播音對象爲了適應戰區的特別需要，專對第三戰區以外，其餘各電臺的播音對象，小則對本省及隣省，如：甘肅、西康、湖南、陝西、西安等臺，大則對全國乃至南洋、歐美各地，如：中央、國際、昆明、貴州、福建等臺電力較大。總計各臺每天播音總時間在九十多小時，總電力，爲一百四十五瓩。（註三四）

（二）地方公營電台

舉凡被日僞全部佔領或盤據之省份，其經營之廣播電臺，無論公私營，都已不存在，只有半淪陷的省份，或成拉鋸戰的省份，或接近戰區的省份，其經營之廣播電，多過着流亡的生涯，經常播遷，然爲數亦不算多，現分述於後：

㈠漢口市廣播電臺：民國廿七年，政治決策重心，暫在武漢，雖然管理處於廿六年底，即裝成二百五十瓦特的漢口短波電臺，但是電力不强，遂決定與漢口市之五瓩中波機合作，聯合播音，臨時成爲中樞對外發言的喉舌。

㈡福州廣播電臺：廿七年三月底，開始拆遷機件，運往閩西永安，于九月底，裝建完成，恢復播音。廿九年十月中，福建電臺在永安添裝二百瓦短波機，開始聯播。

㈢浙江省廣播電臺：由杭州遷往麗水，呼號與頻率仍舊，電力由二千瓦減爲五百瓦，每日播音五小時。

㈣廣西省南寧廣播電臺：由南寧遷往桂林，電力由一千瓦擴充至五千瓦，改名爲廣西省廣播電臺，呼號仍爲ＸＧＯＥ。每日自十八時三十分至廿二時三十分，連續播音四小時。廿九年一月，桂林被炸，電臺損毀，遂停止播音。

㈤廣州市廣播電臺：由廣州移往韶關山中，改名爲廣東省廣播電臺，呼號ＣＭＢ改爲ＸＧＯＰ，電力由一千瓦減爲五百瓦。每日自十一時至廿二時卅分，間歇播音八小時，其中新聞佔六小時卅分，分別用國語、粵語、及日語播送。

㈥河南省廣播電臺：由開封移往盧氏繼續播音，每日自十九時至廿二時四十分，連續播音三小時四十分鐘。十月間被炸受損，一度停播，十一月底又修復。

㈦江西省廣播電臺：由抗戰開始至卅一年，爲屬於江西省政府之電臺，廿八年底由南昌移設吉安，廿九年五月恢復播音，卅一年改屬管理處。

㈧湖南省廣播電臺：民國三十年七月，湖南省政府又在耒陽設一廣播電臺，呼號爲ＸＧＯＨ，共有短波及長波兩波段，電力分別爲三百瓦及五百瓦。

㈨甘肅省廣播電臺：民國三十年十二月，該臺開始用一百瓦中波機先行播音，呼號爲 ＸＭＲＡ（註三五）。每晚自七時至九時，連續播音兩小時。

㊉重慶防空電臺：民國卅一年五月，重慶防空司令部專設的電播，電力二百瓦，平時不用，于敵機來襲時隨時向躲避警報的民衆報告動態，全市各防空洞內之收音器皆可收聽，確實便民。

（三）播音總隊與美軍電台

自第三戰區設置流動電臺以來，其他各戰區皆感電臺之重要，尤其是戰地宣傳及敵前喊話等工作，更需播音設備。至民國卅二年六月一日，廣播事業指導委員會第廿四次會議決議由廣播事業管理處技術協助政治部，于軍事委員會所在地成立軍中播音總隊，于各戰區設立分隊，以辦理對部隊播音，及前線對敵喊話宣傳等事項。並向資源委員會中央無線電機製造廠訂購一千瓦短波廣播機一部，十瓦流動廣播機十四部，收音機一百二十架，請指導委員會指定短波頻率三個使用。

抗戰進入決定性勝利階段，盟軍大量調入中國戰區，協助中國作戰。爲適盟軍之需要，卅三年十月，美軍方面，依據聯合國在華設立臨時軍用無線電臺辦法，由我國軍事委員會核准，在桂林、雲南驛、白市驛三地，設立五十瓦廣播電臺各一所，呼號爲CB1、CB2、CB3，專爲美軍娛樂之用。

民國卅四年，美軍在華設置的廣播電臺，增加了成都、陸良、羊街、霑益、瀘縣等五處。同年三月，美國新聞處商得我國同意，每日假昆明電臺播音三小時，俾便展開對敵宣傳工作。

第五節　抗戰時期淪陷區民營電台的厄運

廣播是宣傳的利器，其有效性和重要性，有時還超過文字。在傳播的速度和方式上，報紙更是望塵莫及。因此在戰時，敵我兩方對廣播事業都特別重視。東北、華北相繼淪陷以後，敵人對淪陷區控制很嚴，尤其是宣傳，完全控制在他們手裡。但是大多數淪陷區民衆，仍舊可以藉收音機知道中央的消息，世界眞象和　蔣委員長的訓話。以東北爲例，據民國三十年的統計，東北共有收音機卅六萬五千架，眞空管五個以上的收音機佔三分之一，三個眞空管的收音機佔三分之二。凡五個眞空管的，僞滿當局都予改造。使之不能收聽外界消息，但民衆仍舊重新裝配，偷聽中央消息，並且互相傳告（註三六）。

北平的情形也是如此，民國三十年，北平共有收音機十四萬架，儘管僞組織不許用三燈以上的收音機，但是北平民衆仍舊用改裝辦法偷聽。（註三七）

天津收聽中央廣播電臺的消息，比收聽東北的還要難。政府派去的工作人員，把收聽到的中央消息，立刻用油印分發各同志散發各娛樂場所。（註三八）

其實，不僅是天津如此，整個淪陷區和游擊區，都是用這種辦法來傳播中央消息。

淪陷區的民衆收聽廣播雖然困難，但較之廣播事業猶有天壤之別。淪陷區原有的公營電臺多隨政府撤退，不及撤退的悉行自動破壞，以免爲敵所利用。敵僞所能刼收者不過臺址廠房而已。至於民營電臺，初期全部停播，凡欲繼續營業者，只有接受敵僞條件，向敵僞登記，受敵僞控制或徵用。現錄上海淪陷後之廣播事業實況一篇，可以瞭解整個淪陷區廣播事業之一斑：

「自從敵人侵佔上海之後，廣播事業，亦如其他多數職業遭受同樣壓迫，形成混亂與破裂，敵人普遍摧殘之政策，於去年（一九三八）三月間成立其『御用』廣播管理局，唯一目的，在取締不利於日帝國主義及所謂『東亞新秩序』計劃之各電臺。

該局設在哈同大樓內，由朝野少佐主持之，藉管理爲辭，對各電臺之業務及資產直接干涉或完全充公。當八一三以前，上海有民營廣播電臺五十七座，外人經營者四座，政府創辦者二座，監督管理權屬中央。各臺例向交通部請領執照，而由中央廣播事業指導委員會統制其節目，並設有偵察組糾察之。

抗戰軍興，舉國一致擁護政府，打擊强寇，各臺無不竭其忠誠，宣傳提倡，所播節目，充分鼓勵將士，殺敵致果，成仁取義之精神，以保衞上海爲目的，迨至大軍西移，各臺仍有播送勉勵忠勇將士，全體人民，爲國奮鬬之呼聲。

敵人深知廣播宣傳效力之偉大，足予侵略計劃以相當威脅，非施行攫奪統制，壓迫摧殘，使逐漸消聲匿跡不可。其所設立之管理局，首將兩座政府電臺，加以封閉沒收。以電力較大者改爲XOTB用九〇〇千週波播音，對於中國及外國任意作種種荒謬宣傳，所用之語言，有國語、廣州語、英語、任意揑造事件，淆惑聽聞，而國語節目，並作極端反英宣傳，如稱：『其軍隊係驅逐英國及其他各國勢力於中國領土之外』等謬論。但中外多數聽衆，凡有常識者，並不致深受其影響，徒增敵人之煩悶而已。

該局嗣又通告各電臺：『凡前屬於中國政府所管轄之電臺，統歸其指揮與監督』。一星期後又發出另一通告與文告，說明『任何電臺在開始工作前，須得該局允許，並將原有之交通部執照于四月十五日前送至該局』。但各臺俱置之不理，該局隨卽發出第三號通告『限各臺於四月廿七日前履行登記，否則將有不利之結果』。經此恐嚇後，各臺主管人卽召集會議，公推主席至工部局請求主持公理，並申明願向工部局巡捕房登記，自願節制宣傳，或任何易受侵略者反對之節目，請供給任何必需之保護，以維持安寧秩序，否則寧願全體停播，決不願忍受敵人侮辱及非法之管理。

敵管理局遭此驚異之反對，朝野少佐乃向各臺鄭重宣稱，如取消反日宣傳，則管理局之監察行爲，當不超過以前中國政府所管理之限度，並且保護各臺之既得權利。

工部局初爲減少敵人藉口計，對於公共租界內之中國電臺，先已禁止作激烈宣傳，此種不得已之敷衍方法，尚不可厚非。迨經敵人威嚇，工部局被迫，對於敵方所謂作反日宣傳各電臺，放棄保護責任，但敵人仍不滿足，更要求會商，堅持嗣後呈請設立新電臺者，必須先向敵管理局接洽許可，結果工部允許不再發給新執照，否則公共租界內不許成立。

由誘惑而神經錯亂之結果，有六個中國民營電臺，向該局登記，而其餘各臺，至通告限期屆滿之日，均停業，但不久又有意志薄弱之八個電臺，重新廣播。

歷若干時，已向敵管理局登記之電臺，亦漸入於痛苦不自由之境界，未幾卽有一電臺，被迫變更意志，爲敵人作昧心之宣傳。

其對通告堅持漠視不理態度之電臺，俱受到嚴重之壓迫，華東、大陸、東方、及佛音等臺，俱被藉故停止播音權利，並將各臺之波長，分配於敵臺，及勉可合於登記之外人電臺，佛音電臺主持者因此電臺係宗教性質之廣播，並無政治意味與商業性質，所有節目，且係經聲佛號，實無登記之必要，故拒絕登記，然敵人對該臺之抗拒，不肯輕放，乃設立XQMW一電臺，用與佛音同一週率九八〇千週波，以干擾之。

法租界對於『日本管理局』之干涉，則置諸不理，故原存于法租界內之電臺，仍獲有相當之自由與特權。但敵人對不服從其命令之電臺，遂使此電臺排擠彼一電臺，兩臺之音波，互相干擾，結果兩臺之播音，均失效用。此係有效而簡單之方法。例如强迫XHHB華東電臺冒用八四〇千週波以干擾XHHU大中華電臺（大中華電臺設於法租界內而未向敵管理局登記），又設立一美生電臺XQMS，用一〇二〇千週波，使堅不接受敵人管理之東方電臺XHHG失去廣播效能。

敵管理局不僅對中國民營電臺加以干涉與摧殘，而對外商電臺亦肆行威嚇，如摒除XHME電臺之播音（此電臺係美商所經營，曾向美國領事館登記，而爲美人萬米特君P. H. Vanmeter之財產，因七八〇千週波此時尙屬空閒，故此君卽選之爲該臺之週率）。先通告將其電臺改爲八〇〇千週波（因八〇〇千週波係未曾登記之生生電臺之週率），該臺不予接受，仍用七八〇千週波，繼續播音，但敵人蓄意搗亂，不久嗾使已關門數月之友聯電臺重張旗鼓，依朝野少佐指定，聲明用七八〇千週波，恢復播音以干擾之。

除用此一電臺排擠彼一電臺之搗亂方法外，敵管理局復備有五架一百至二百瓦特播音機，專作干擾之用，在這幾架播送機上，裝置蜂鳴器，使發出噪雜聲音擾亂聽衆收聽，更常用刼掠手段將電臺機件完全刼去，捕房對此非法擧動，未能加以阻撓或制止。

XMHA電臺係美人哈克生君（U.S. Harkson）之財產，彼爲亨令勝製造公司（Henningsen Produce Co.）之主人，經理鷄蛋、蛋製品、冰淇淋、奶油、及糖菓等貨品，敵人對此電臺之顧慮不在其不受彼之管理，而因其主要人員阿爾考特君（Carol Argott）爲一時評家，其廣播之新聞，深得上海中外人士之歡迎，因此爲敵管理局及其軍閥所忌憚，敵人宣稱，阿爾考特君之廣播，係以尊崇英國咀咒日本爲其目的。

敵人欲將阿爾考特君之廣播摒除於天空之外，其方法手段，無微不至。有一次竟使浪人投炸彈於該臺門前，且近來傳說阿爾考特君與電臺經理發生齟齬，因該經理對於阿爾考特君之言論有不贊成之處，可見一斑。數星期前，敵人更用威嚇詭詐之手段，使哈克生電臺停止播送密勒氏評論報之言論，因該報之一週大事述要與阿爾考特之每日新聞報告相等，同受歡迎。結果該臺接到對於停止播送之抗議，凡數百件，深恐因此失去該臺之聲望，思仍採用密勒氏評論報言論，但於言辭中則加以檢點，該報主筆對此建議則予以拒絕。

最近該臺又被人指摘，因其停止轉播著名之舊金山珍島電臺（Treasure Island Station of San Francisco）之自由新聞及娛樂等節目（珍島電臺呼號爲WGXBE，週率九五三〇千週波，乃美國通用電氣公司所承造，其目的係溝通美國與南美及遠東各國之新聞及文化，其播音時間爲上海時間上午七時卅分至十一時，下午八時至十一時，可用短波收音機收聽，如該臺節目由上海電臺轉播在中國東部及中部有收音機者俱可收聽）。

XMHA與XMHC電臺（係屬於對中國表同情之上海晚報）均恃唱片爲娛樂節目，選用貝多芬傑作，以享聽衆，因其對所見之事物，直言無隱，頗受滬上人士及其電波所及範圍內之聽衆所歡迎，爲敵人寢饋不安，故正進行建造一千瓦特播送機二座，不久卽將完成，專備干擾上述二臺。

另有福音電臺XMHD，七六〇千週波，除新聞評論及偶然播送唱片音樂外，餘爲宗教節目。

至於敵人方面，除所設之XQTB電臺外，又另設有XQHA六三〇千週波，均受敵政府之津貼，其節目似應較普通播送者爲佳，但事實不然，因廣播電臺完全由軍人統制，故其對廣播企圖亦猶如其外務省文化局，用大量金錢向外宣傳敵國文化，而在上海之敵國軍官對此毫無興趣，因爲幻想，而成泡影。

上述兩臺視爲敵人在上海廣播宣傳之大本營，XQHA電臺並轉播東京敵臺幾樣節目，如新聞及德、意歌曲等。

其對報告員威嚇利誘，痲醉其本性，轉移其心理，俾作昧心之宣傳，爲敵喉舌，此外尙有幾個私人電臺亦爲敵所收買，替敵人宣傳，如QZHA，八二〇千週波電臺，專作袒敵言論，而所報告之新聞，則採自助敵之上海時報。

此外工部局有一電臺係作指揮在街上巡邏之六部裝甲車，及十二部貨車之用，上海僞市政府，現亦計劃設立一電臺，以表現其樂隊之音樂。上海空中電波過多，完全爲無線電網路，卽各租界內私設電臺發出之秘密電碼，軍事機關之電報以及敵人故意之擾騷電波等等，充斥於空中，被稱爲全世界城市中無線電臺最多之城市，無論何時，開收音機，轉動其度盤，卽可作事實之證明。

在今日毫無組織，混亂狀態下，前途異常陰霾，但不必因此而失望，惟期待此黑暗時日早被驅逐。

凡設立一座小電力之電臺，無需多大資本，用八千至二萬元之國幣卽可，在歐美雖一小城市中之電臺，設備亦甚奇偉而華麗，上海之廣播電臺則不然，多數設在機房樓上，私人住宅或商店內。卽居於領導地位之電臺，每日亦不過一小時之播音，一月之消費率，僅國幣三百五十元，以如此消費率，而欲謀廣播之發展，殊非易事，綜現尙有卅一座民營電臺，俱靠自籌經費維持，無一家電臺，能够完全由自己創造節目。

以無線電作宣傳工具較任何通信工具爲優，因音波不受限制，上海人士皆具同一心理，以爲一切事實俱被敵人抹殺殆盡，其能引起滬上同胞之興趣與期望者，惟有重慶之中央電臺短波廣播之節目。但爲敵人所深切注意而每加以阻止與干擾者，因此有人討論在上海附近設立流動電臺，播送愛國歌曲及戲劇，並黨國領袖之言論，以激發滬上同胞愛國之觀念。」（註三九）

上文係錄自一七六期廣播週報，出版時間在廿九年秋季，故該文所載，全係抗戰初期之上海廣播電臺情況，部份電臺尙藉租界保護。三十年十二月八日，日軍進入租界後，所餘下的二十七臺，亦全部被封閉停播。

第六節　接收與復員

卅四年八月十日，日本透露無條件投降，十四日正式宣佈，中央及國際兩電臺于當晚播送中樞致日本侵華總司令岡村寧次，着其將所屬部隊，按照指定地點受降的命令，同時通知收復區及光復區各敵僞廣播電臺，嚴飭其工作人員，努力保管機件器材，聽候派員接收。另擬訂廣播復員緊急措施辦法，經中央玆示，敵僞廣播電臺接收事項，准由中央廣播事業管理處派員隨同各省市政府前往統一接收。當時敵僞廣播電臺的分佈，有三個機構管理，因之收復區廣播電臺，亦由此三個機構辦理：

㈠僞中國廣播協會：中央臺設在南京，電力十瓩，呼號亦爲ＸＧＯＡ，其所轄管之區爲長沙以南各地，如上海、杭州、蘇州、漢口、廣州、厦門等處，而上海及漢口兩處，各有十瓩機一座，其餘杭州、蘇州、廣州、厦門等處各有小型播音機二部。

㈡僞華北廣播協會：中央臺設在北平，電力一百瓩，呼號爲ＧＡＰ，其所管轄之區爲長江以北，山海關以內地區，如天津、濟南、青島、保定、開封、太原、石家莊、運城、徐州、唐山、張家口、大同、歸綏、包頭等處，各有小型電臺二座。

㈢僞滿洲國廣播協會：中央臺設在長春，有一百瓩中波機一部，二十瓩短波機兩部，呼號爲ＭＴＣＹ。其所管轄區爲我國東北四省，如瀋陽、吉林、錦州、撫順、安東、鞍山、承德、營口、本溪河等處，亦各設小型電臺兩座。

以上收復區敵僞電臺每處各設小型電臺兩座之原因，係因當時各地小型電臺同時轉播華語及日語之故。

廣播事業的接收與復員可分區說明於後：

南京接收人員由管理處京滬區特派員馮簡率同接收專員葉桂馨等（註四〇），於卅四年八月三十日自芷江抵達南京後，即召見僞中央臺臺長黃燧及廣播科職員，詢悉南京電臺一般現狀，卅一日葉專員偕劉象寅等以及美空軍無線電工程師 Leediker 等去廖家巷二號察看。五百瓦之一〇〇〇〇千週波中波機及發音室，旋又去江東門察看原中央臺機件，發現德製機件及柴油發電機已全部由日人搬走，換裝日製之三瓩之六六〇千週波之中波機一部，機廠房建築及天線鐵塔大致完好，宿舍均被拆一空，試驗室樓房門窗地板均被拆去，僅餘殘缺之屋頂及磚牆，當日下午在祠堂巷廿五號會見僞中國廣播協會常務理事代理理事長內山清初步交換接收意見，於九月十八日由京市接收委員會領到接字八五、八六、八七號接收證三件，次晨由內山清交來各項清册，唯檔案文卷已全部散失，後經查悉，所有文卷在我接收人員未到達前，均被焚毀。九月三十日接收完畢，點交各物與清册大致不差，隨即由內山清在清册上簽字蓋印，宣佈接收竣事。

上海臺接收工作，自接收專員葉桂馨於卅四年九月中旬到滬後，即秉承馮特派員（簡）辦理接收敵僞在上海各廣播電臺應行準備手續，分向各關係當局接洽，經函准上海市黨政接收委員會九月廿三日發給普字第五八號接收證明文件，並附准于接收各單位清單，上列：

甲、上海市敵僞所管轄之廣播電臺：

一、四川路一三三號舊上海廣播電臺。

二、大西路三號舊國際廣播電臺。

三、大上海路一九號舊黃埔廣播電臺。

四、跑馬廳路四四五號舊東亞廣播電臺。

五、博物院路一四九號舊大東廣播電臺。

六、塘山路澄衷學校內於卅四年七月十七日被炸燬剩餘之大東及上海兩電臺所有之廣播器材。

七、四川路一三三號僞中國廣播協會上海事務所。

乙、日軍部所管轄之意大利廣播電臺，當於九月廿六日分別派員接收，由僞臺長陳正章，副臺長並河亮依照清册移交完畢，並將博物院路一四九號舊大東電臺機件拆卸，陸續運入四川路一三三號本處庫房保管，至廿八日全部搬運完竣。唯東亞電臺，原爲美籍事業，在接收前已有美軍總部費蘭特上校申稱，奉　蔣委員長駐滬代表公署允許，由湯司令官派員到場，已於九月廿二日直接接收，不必經由僞中國廣播協會移交轉撥，美軍部並已正式來函證實存案。又黃埔電臺也爲美籍事業，自九月初迄今，由我方會同美軍就該臺作爲導航工作，仍由美軍管理，嗣原主美商 Post Mercury Co. 委託阮潤桓律師函請發還，將來循外交手續由原主接收，我方可勿居間收轉，故該兩臺均未接收。

臺灣方面接收人員，在接收專員林忠領導之下，於卅四年十一月十日至十七日，接收臺灣廣播電臺。

十一月十六日接收臺中廣播電臺。

十一月十八日接收臺南廣播電臺。

十一月十八日至二十日接收嘉義廣播電臺。

十一月廿七日接收花蓮廣播電臺，接收各臺經過，都很順利。

平津區接收人員，在黃專員念祖率領之下，於卅四年十月十日接收僞華北廣播協會，旋卽派員分別接收僞北京、天津、青島、唐山、石門、保定六臺，所有各臺財產，均已清理完竣。

漢口電臺的接收工作，在中央宣傳部特派員王亞明，湖北省教育廳廳長錢雲階，中央宣傳部接收專員魏紹徵，中央廣播事業管理處接收專員何柏身諸氏會同下，由僞局長今野留次一一移交，自卅四年九月十日至廿五日，手續始告齊備。

僞廣州電臺於勝利後先由陸軍新卅八師臨時接管，至卅四年十月，由廣州市政府公用局羅蘇，中央廣播事業管理處接收人員羅在德，根據新卅八師臨時接管移交清册查點完畢，由中央廣播事業管理處粵區電臺接收專員鄺崇武監交點收無誤，唯臺址過去爲敵人强佔故須另覓新址，增加接收工作極大困難。

厦門電臺接收專員，爲福建臺工務股主任黃綠圻，於卅四年十月中奉派前往後，除開始接收工作外，並偵追被盜賣物件，設法覓永久臺址，整理機件和線路，佈置環境，至十二月廿七日由黃專員報告福建臺臺長薛敎平，申稱接收工作大致已告段落。

浙江區電臺接收專員陳澤鳳，奉派前往接收僞杭州廣播電臺，因浙江省黨政接收委員會知照，應與浙江省敎育廳廳長許紹棣會同辦理一應接收手續，以致延至卅五年二月，方告竣事。

太原電臺接收工作，由趙希聖至卅五年一月一日辦理完竣，運城電臺在日軍撤退時，已由運城專署派賈鳳魁負責保存機件，及至劉士烈臺長到任後，辦理移交完畢。

開封電臺由河南省廣播電臺兼臺長孫繼鐸前往接收，經整理後，於卅四年十二月十九日恢復播音。

歸綏電臺於卅四年八月底，由綏省政務處派孫國威前往接收，不幸共匪破壞統一，於十月二十日起圍城月餘，接收工作進行極其艱困，卅五年三月，復由歸綏臺臺長孫國威就近前往接收包頭電臺，據孫氏五月廿九日報告，該臺業已順利接收完成。

濟南電臺因山東省政府一度接收，情形複雜困難，初由平津區廣播電臺接收專員黃念祖指派齊昌鼎前往接收，與省府商洽未決，後改由北平臺指派畢庶琦前往，於卅五年四月一日正式接收完竣。

徐州臺由第十戰區臨泉指揮所接收委員會暫派第五組中校科長孔園人兼代該臺主任，負責接收，至卅四年十月九日與日方移交人莊司猛夫接洽點收完竣。

蘇州臺自卅四年九月廿一日由江蘇省黨部及省政府宣傳處會同京滬接收專員葉桂馨氏接收後，即改稱江蘇省無線電臺，並派該處第一科科長金文哲兼任該臺臺長，於十月十七日隨同省府由蘇州遷鎮江，查該臺理該由中央廣播事業管理處接收，經交涉於十二月十四日接到省接委會第一四三號接收證，於十二月十六日由葉專員往鎮江，再行辦妥接收手續，並成立江蘇廣播電臺籌備處，暫派金文哲為籌備主任。

東北區廣播電臺接收專員，於卅四年十二月中旬中央委派董毓秀，並派吳融和、王時彥為瀋陽、哈爾濱兩臺接收專員，均受馮特派員簡指揮，又派翟任但任錦州電臺接收專員，後因共軍及蘇聯等特殊原因，接收工作極其困難。除吳融和氏於卅五年四月八日率員前赴瀋陽。至四月十日辦妥一應接收事宜外，其餘各臺，因蘇軍不退及共軍混亂，遷延半年，工作未能推進。直至卅五年六月廿五日，將長春臺初步接收竣事，鞍山臺接收人員李德賢，於卅五年四月十三日完畢接收工作，唯機械等已被非法勢力掠奪一空，僅剩殘餘。撫順臺接收人員陳慶凱，於卅五年五月廿二日完畢接收工作，原來臺址已由原主收回，乃向撫順市敵偽產業處理委員會請撥中央大街五十一至五十七番地為本臺新址，業於卅五年六月十五日遷入，該地產權比較可靠，恢復播音尚屬便利。（註四一）

大同電臺：卅五年二月一日接收。

蒙疆電臺：設於張家口，電力十瓩，則爲共黨捷足搶去，後來配裝爲五百瓦播音機。

包頭電臺：卅五年五月廿九日接收。

吉林電臺：卅五年七月中旬接收。

安東電臺：卅五年七月中旬接收。

至於承德、營口、本溪河等地電臺，早爲中共刼去。

總計至卅五年七月底止，全國各地已接收的電臺共卅三座，大小廣播機六十七部，而可用者爲五十五部，包括在臺灣的百瓩機在內，總電力爲二百七十四瓩。另被蘇俄中共搬走者十部，總電力爲一百五十三瓩。（註四三）

第七節　再建與再淪陷

勝利復員後，接收工作告一段落，隨政府播遷的電臺遷回戰前原址，新的電臺如雨後春筍，蓬勃向榮。惜好景不常，剿匪逆轉，由東北而華北、而華東、華南、華中、以至於西北、西南，又淪陷於共黨之手，其慘痛較之抗戰初期又何止千百倍？現分述於后：

（一）遷回原址或撤銷者

一、中央廣播電臺：於卅五年五月五日遷回南京江東門原址。呼號爲XGOA。每日播音八小時三十分，並規定每天二十時至二十時三十分中央臺播送之新聞時評，及廿一時至廿一時十五分國際臺播送之英語節目，統由全國電臺同時播送。同年九月，又在江東門擴充設備，增加五十瓩中波機一座，及二十瓩短波機兩座，該機係于三十年三月，向英國標準公司訂購而因交通困難無法交貨，前後費時五載方始運抵中國。

截止卅五年底，管理處所轄電臺可分爲九大區，卅九臺，中短波機七十二部，每日共計播音三百五十四小時四十五分，總電力爲三百九十六瓩强，計：

一、蘇浙區：

A、中央臺：設於南京。

B、上海臺：五瓩短波機一架，八百瓦機一架，二百五十瓦機一架。

C、江蘇臺：五十瓦機一架。

D、徐州臺：五十瓦機一架。

E、浙江臺：三百八十瓦短波機一架，五百瓦機一架。

二、冀魯豫區：

A、北平臺：第一廣播部份一百瓩機一架。第二廣播部份五百瓦機一架。第三廣播部份一百瓦機一架。第四廣播部份十五瓦機一架。

B、天津臺：第一廣播部份五百瓦機一架。第二廣播部份一百瓦機一架。第三廣播部份一百瓦機一架。

C、河北臺：第一廣播部份一百瓦機一架。第二廣播部份二十瓦機一架。

D、唐山臺：第一廣播部份一百瓦機一架。第二廣播部份五十瓦機一架。
E、石家莊臺：第一廣播部份一百瓦機一架。第二廣播部份五十瓦機一架。
F、濟南臺：第一廣播部份一瓩機一架。第二廣播部份一百瓦機一架。
G、青島臺：五百瓦機一架，一百瓦機一架。
H、河南臺：五百瓦機一架，五十瓦機一架。
三、東北區：
A、長春臺：十瓩機一架，五十瓦機一架。
B、瀋陽臺：一瓩機兩架。
C、吉林臺：五百瓦機一架。
D、錦州臺：一百瓦機一架。五十瓦機一架。
四、臺灣區：
A、臺灣臺：一百瓩機一架，十瓩機兩架。三•五瓩短波機一架。
B、臺南臺：一瓩機一架。
C、臺中臺：一瓩機一架。
D、嘉義臺：五百瓦機一架。
E、花蓮臺：一百瓦機一架。
五、粵閩區：

A、廣州臺：五百瓦機一架，一瓩短波機一架。

B、福建臺：二百五十瓦機一架，二百瓦短波機一架。

C、厦門臺：二百瓦機一架，五百瓦短波機一架。

六、鄂湘贛區：

A、漢口臺：二百瓦機一架，一瓩短波機一架。

B、湖南臺：一瓩機一架。

C、江西臺：三瓩機一架。

七、川滇黔區：

A、國際臺：卅五瓩機一架，十瓩機一機。一瓩機一架。

B、昆明臺：五十瓩機一架，一千五百瓦機一架。

C、貴州臺：十瓩機一架，五瓩機一架。

八、甘陝區：

A、甘肅臺：十瓩機一架，一百瓦機一架，一瓩短波機一架。

B、陝西臺：五百瓦機一架。

九、晉察綏區：

A、山西臺：五百瓦機一架，二百瓦短波機一架，一百瓦機一架。

B、大同臺：五百瓦機一架。

C、運城臺：五百瓦機一架。（民國卅六年一月撤銷）

D、張家口臺：五百瓦機一架。

E、歸綏臺：五百瓦機一架。

F、包頭臺：五十瓦機一架。

二、國際、昆明、貴州等臺，照常在重慶、昆明、貴州等原地播音。

三、福建臺由永安遷回福州。

四、湖南臺由沅陵返回長沙。

五、江西臺由瑞金遷回南昌。

六、陝西臺從南鄭移回西安，原西安臺取消。

七、西昌臺撤銷，機器運至重慶。

八、流動臺併入浙江臺。

九、在重慶成立的軍中播音總隊，亦於是年遷來南京，定名爲南京軍中廣播電臺，呼號爲XMAP，頻率七二〇及一二二二〇千週波，每日從七時至廿三時，分三次間歇播音八小時。

（二）新建電台

一、公營電臺：

卅五年十二月二十日，中國廣播公司開創立會。事實上早在民國卅二年十一月間，卽已發起將中央廣播事業管理處，改組爲中國廣播公司的動議。至卅五年一月，國防最高委員會第一八四次會議通過此項變更動議。二月六日行政院決議將章程交付審查，多次開會商討，經行政院批准，年底，照公司法進行，將章程等送經濟部備案。至卅六年四月中，經濟部核備公司章程，手續方才完成。

民國卅六年一月十日，陳果夫代表中國廣播公司，與行政院訂立合約，接受政府徵用，但此時推選的公司董事長戴季陶，因事未能就職，公司也未能正式成立。一切業務，仍由中央廣播事業管理處繼續處理。

中共擴大叛亂，我國廣播事業也好景不常，民國卅六年以後，雖繼續有所增建，但抵不上中共的侵佔掠奪，計此期間成立的公營電臺者有：

江西電臺：電力三千瓩，成立於卅五年雙十節。

臺東電臺：電力一百瓦，加入臺灣區聯播。

中央電臺：新設七千五百瓦短波機裝成播音。

上海電臺：增加二百瓦機一架。卅六年完成。

天津電臺：增加一百瓦機一架。

蘭州電臺：由甘肅電臺更名。

重慶電臺：電力一千瓦。

空軍廣播電臺：秋季成立於南京，三個頻率。

高雄電臺：卅七年增架一瓩機一架，加入臺灣區各臺聯播。

海南島廣播電臺：卅七年在海口籌備。

上海電臺：卅七年增加五十瓩中波機一架。

中央電臺：卅七年除完成兩座二十瓩强力短波機試音外，並另增一座一百瓩中波機，亦裝竣試音。

二、民營電臺：

抗戰勝利後，上海各民營舊臺自動恢復播音，新臺亦紛紛成立，據上海電信局於卅五年五月中旬的調查，將民營電臺分成甲、乙、丙、丁四級來檢驗各臺設備，計得甲級者五台，乙級者十三臺，丙級者八臺，丁級者卅一臺，不合格而請求復查者二十臺，另正在裝設者卅一臺，共一百零八臺。頻率不够分配，紛亂不堪。同年六月廿八日指導委員會第廿九次會議決定，上海民營電臺不得超過二十座，並以七〇〇千週以上的十個頻率，由交通部指定分配，輪派使用，餘由淞滬警察司令部報部封閉。旋由交通部指定分配者：

八二〇千週：由中華自由及金都兩臺合用。
九四〇千週：由亞美麟記及大中華大陸兩臺合用。
一〇六〇千週：由東方美華及元昌鶴鳴兩臺合用。
一一二〇千週：由合衆及福音兩臺合用。
一一八〇千週：由亞洲及合作兩臺輪用。
一二四〇千週：由民生及九九兩合用。
一三一〇千週：由新聲及大中國兩臺合用。

一三六〇千週：由新滬及大同兩臺合用。

一四二〇千週：由建成及中國文化兩臺合用。

另有美軍、東方、國泰、大美、蘇聯呼聲等五臺，則由外交部交涉予以撤銷。

南京又有首創的民營益世電臺出現，時爲卅五年十月，內容多偏重於宗教宣傳。

卅六年，南京又增加了四家民營電臺，卽金陵電臺、建業電臺、首都電臺、與青年電臺。

（三）再度淪陷

自抗戰勝利以後，中共的變亂全面擴大。卅五及卅六年尙不過是東北一部份廣播電臺爲中共捷足所得，政府無法接收。卅七年，剿匪戰事逆轉，不少電臺陷於中共之手，該年計有：

石家莊電臺：于四月中淪陷，共一百瓦及五十瓦機兩部。

吉林電臺：六月中淪陷，電力五百瓦。

河南電臺：六月中淪陷，共五百瓦及五十瓦機兩部。

長春電臺：八月淪陷，計十瓩及五十瓦機兩部。

濟南電臺：九月淪陷，計一瓩及一百瓦機兩部。

山東電臺：九月淪陷，計五百瓦及一百瓦機兩部。

瀋陽電臺：十二月淪陷，計一瓩機兩部。

錦州電臺：十二月淪陷，計一百瓦及五十瓦機兩部。

張家口電臺：十二月淪陷，五百瓦機一部。

共計十五臺，而該年全國電臺總臺力近六百瓩，其中屬於管理處各電臺者爲五百四十九瓩强。淪陷者不過十四、五瓩，微不足道。故卅七年是我國廣播事業發展之顚峰。

美景不常，戰事逆轉情形愈形惡化，卅八年大陸土地淪陷於中共手中者十之八九，電臺淪陷者亦十之八九，實爲我廣播事業最爲暗淡的一年。

一月：北平、天津、唐山、河北、歸綏五臺淪陷，共十二機，因傅作義投共而損失。

二月：徐州臺淪陷。

四月：南京臺淪陷。

五月：上海、浙江、山西、大同、江西、漢口諸臺淪陷。

七月：青島臺淪陷。

八月：廣州臺淪陷。

十一月：國際、重慶、貴州諸臺淪陷。

十二月：昆明、陝西、湖南、蘭州諸臺淪陷。

大陸淪陷以後，各地公私營電臺均被中共所刼奪，改稱爲「人民廣播電臺」，計在大陸各地共設五十三臺；

中央、北京、天津、保定、張家口、太原、新鄉、歸綏、包頭、唐山、瀋陽、察哈爾、齊齊哈爾、四平街、通化、吉林、安東、錦州、承德、鞍山、大連、營口、牡丹江、華東、上海、南京、濟南、青島、南通、無錫、蘇州、常州、杭州、溫州、福州、廈門、廣州、汕頭、海南、桂林、南寧、長沙、武漢、南昌、西安、蘭州、西寧、廸化、重慶、成都、貴陽、昆明等臺。

第八節　自由中國廣播事業現狀

民國卅八年一月一日，政府尙未遷臺，我國無線電臺呼號一律將「X」字改爲「B」字。交通部旋即規定，廣播電臺則以「BE」兩字爲首。該項更改呼號係於卅七年十月二日，由在美國大西洋城召開之國際無線電會議所決定。

呼號剛剛更改，大陸整個淪亡，政府遷臺，僅餘臺灣區十一部機器而已。緊隨中央電臺由南京搶運出來的二萬瓦短波機及十萬瓦中波機以後（註四三），公私營電臺亦紛紛來臺恢復或籌設新電臺，經過十多年的努力，全國先後成立的電臺共卅三家，六十臺。總電力爲八十一萬七千二百瓦，其中中國廣播公司爲七十萬八千五百瓦，公營電臺爲二萬四千三百瓦。軍營電臺爲四萬八千四百瓦，民營電臺爲三萬六千瓦。現簡述於後：

㈠中國廣播公司及所屬各臺：民國卅六年一月十日，陳果夫代表中國廣播公司，與行政院訂立合約，接受政府徵用，但此時推選的公司董事長戴季陶，因事未能就職，公司也未能正式成立，一切業務，仍由中央廣播事業管理處繼續處理。旋因戰事逆轉，政府自大陸撤退，其改組工作，直至民國卅八年十二月，由原負責人吳處長道一造具清册移交于首任董總經理顯光後，方告全部完成。

中國廣播公司組成系統，最高權力機構是股東大會，大會閉會後是董監事會，董事會選出常務董事七人，並互選一人爲董事長，初任董事長爲張道藩，(註四四)現任爲梁寒操(註四五)。監察人會則選出一個常駐監察人。總經理和兩個副總經理是由董事長提請董事會聘任，初任是董顯光，由曾虛白、吳道一副之，繼任爲魏景蒙。由吳道一、羅學濂副之，三任爲黎世芬，由吳道一、李荊蓀副之，(註四六)，其下原設有工程部、節目部、與總務部，四十三年增設大陸廣播部，以加强對中共心理作戰。

民國卅八年政府遷臺之際，中國廣播公司隨政府遷來臺灣，因隨帶機器不多，臺灣原有設備有限，可以說已陷入最黯淡時期。當時僅有中短波機十一部，總電力不及一百瓩。每日總共播音不過九十一小時三十分。直至卅八年十一月，正式稱爲中廣公司，於是展開工作，積極推進業務。至四十四年以後，進步更爲顯著。截至目前，對海內外廣播發射機已增至五十九部，總電力達七十萬八千五百瓦，比之當初約增加七倍半，每日節目總時間亦超過三百小時。(註四七)

中廣公司的廣播節目，可分爲對大陸廣播、對海外廣播、對國內廣播三方面：

一、大陸廣播部：民國卅九年，中廣公司「自由中國之聲大陸部」與美國西方企業公司合作，展開對中共心戰廣播，頗著成效。嗣後一再加强。至四十三年，西方企業公司離華，中廣公司旋又與美國海軍輔助通訊中心(簡稱NACC)合作，將「自由中國之聲大陸部」改組爲「大陸廣播部」，仍屬於中廣公司，並製定心戰宣傳政策，美國NACC技術合作與機器援助，對大陸廣播的威力大爲增加。現每天向大陸播出十三小時四十分，以國語、粵語、客家語、西藏語、維語(新疆)、蒙古語、俄語等九種語言。主要節目有每日評論、新聞分析、想一想、鐵幕眞相、自由世界、廣播通訊、反共運動、溫暖的家庭、今日臺灣、臺灣花絮、田小姐日記等。

二、對海外廣播：中廣公司的「自由中國之聲海外部」，就是專對海外廣播的呼聲，於民國卅八年十月開始播音。現每天播音九小時零五分。計對美有英語節目。對日、韓、紐、澳，有日、韓及英語節目。對東南亞、南洋一帶，有國語、客語、閩語、粵語、潮語、西藏語、英語、馬來語、越南語等節目。

三、對國內廣播：中廣公司現有臺北、臺中、臺南、嘉義、高雄、花蓮、臺東、新竹、宜蘭、苗栗等臺。節目內容有新聞、評論、各種語文教學、各種科學教學、家庭時間、兒童時間、氣象報告、金融行情、市場動態、交通消息，娛樂節目有國樂、平劇、臺灣戲曲、地方雜曲、地方樂劇、輕音樂、管絃樂、西洋歌曲、音樂演奏、歌詠指導、廣播劇、猜謎晚會、九三俱樂部、小型話劇、反共小調、廣播小說等節目。輕鬆活潑、趣味盎然。加以知識教育的傳輸，文藝娛樂的播送，交錯進行，互爲調劑，普遍受到聽衆的歡迎。

㈡軍中播音總隊所屬軍中廣播電臺：

國防部軍中播音總隊，於民國卅一年在重慶成立，卅五年復員至南京，卅八年大陸局勢惡轉，該總隊隨政府播遷來臺，卅九年一月卽迅速展開工作。

一、第一播音隊駐臺中成立臺中軍中廣播電臺。

二、第二播音隊駐高雄成立高雄軍中廣播電臺。

三、第三播音隊駐花蓮成立花蓮軍中廣播電臺。

四、第四播音隊駐左營成立左營軍中廣播電臺。

五、第五播音隊駐金門成立金門軍中廣播電臺。

六、第六播音隊駐馬公成立澎湖軍中廣播電臺。

七、第一播音隊駐臺北擔任重要慶典擴音工作。

八、第二擴音隊駐金門之最前哨；大膽、龜山、湖頭、馬山等處，設立强力擴音站對閩海沿線共軍喊話，瓦解共軍士氣，爭取義士來歸。

九、臺北軍中廣播電臺第二廣播部份，專司對大陸共軍心戰及對大陸同胞廣播。

㊂空軍廣播電臺：民國卅五年十二月一日在南京成立，卅七年隨政府遷來臺灣臺北市，卅八年二月一日開始恢復播音。四十二年起增加對大陸廣播節目，四十七年十二月一日，成立第二廣播部份，專門對大陸廣播。現有廣播機五部，其中中波機兩部，短波機三部。

㊃民本廣播電臺：民國卅五年九月十五日在上海成立，卅八年由上海來臺灣。從大陸來說，它是全國一百餘座民營電臺中少數追隨政府來臺的電臺。從臺灣來說，它是僅次於臺灣廣播電臺和空軍廣播電臺的第一座民營廣播電臺。

㊄益世廣播電臺：爲配合益世報之新聞報導工作，於民國卅五年創辦於南京，是爲首都第一座民營電臺。卅八年，部份器材遷運來臺。四十年三月廿五日在基隆恢復播音，電力五百瓦，四十八年增爲一千瓦。節目內容以宣傳國策，輔導宗教爲主。

㊅民聲廣播電臺：民國卅九年三月十五日設於臺北市，電力初爲二百瓦，四十二年增爲五百瓦，四十七年七月再增至一千瓦，並成立第二廣播部份。

㈦正聲廣播公司：民國卅八年秋籌設，卅九年四月一日正式發音，當時稱爲「正聲」和「正義之聲」兩個部份。中間經過缺乏財源，窮困貧苦，甚至借債維持的階段。四十一年情形漸好轉，四十四年改組爲「正聲廣播公司」。到四十八年已增加了臺北第一廣播部份、臺北第二廣播部份、臺中農民第一臺、臺中農民第二臺、虎尾雲林電臺、嘉義公益電臺、岡山正言電臺、臺東正東電臺、及士林正義之聲等九個電臺。爲自由中國最大的民營廣播公司。

㈧鳳鳴廣播電臺：鳳鳴電臺三十年前創於上海，抗戰時停播，復員後因受政府頻率限制，未能恢復播音。卅九年三月，在高雄籌備另建鳳鳴電臺，十月十六日在高雄五福四路正式成立，十二月開始播音。

㈨中聲廣播臺電：民國四十二年二月一日成立於臺中市，電力五百瓦，房屋租借，設備簡陋。經過四十三年及四十七年之兩次整頓，銳意改進，添購設備，增闢節目，並得臺中市天主教人士資助，於四十八年興建大樓，新發射機亦裝設完成。

㈩國聲廣播電臺：民國四十年創設於彰化市八卦山，電力五百瓦。四十六年六月擴充爲一千瓦。其發射範圍除臺灣全省外，可達金門、馬祖前線及大陸沿海各地區，並遠及紐西蘭。

⑪中華廣播電臺：民國四十年開始籌備，四十二年十二月廿五日正式播音，地址在臺北縣中和鎮。四十五年遷新厦三重鎮，四十七年增設第二廣播部份，啓用一千瓦新發射機。

⑫勝利之聲廣播電臺：民國四十二年十月十日在臺南市成立，係本省南部最早創辦的民營電臺之一。最初電力爲五百瓦。四十七年增爲一千瓦，四十八年五月奉准成立第二廣播部份，負責每日對大陸廣播一小時。五十年興建新厦。

(十三)警察廣播電臺：民國四十二年開始籌備，四十三年三月一日正式開播。四十七年十月設於彰化縣花壇鄉之中部轉播電臺成立，電力一千瓦。四十九年十月增爲二千瓦。四十八年六月設於高雄市之南部轉播電臺建立完成，電力一千瓦。四十九年十月增爲一千五百瓦。四十八年十月新竹轉播電臺亦落成，電力一千瓦。五十年五月臺北總臺中波廣播電臺電力增建爲五千瓦。

(十四)臺聲廣播電臺：民國四十三年十二月廿四日在新竹市設立。四十六年裝設一千瓦機，五十年六月遷入新厦。臺聲電臺音波所及之區爲桃園、新竹、苗栗三縣。收聽對象以農民爲多。

(十五)華聲廣播電臺：民國四十四年一月奉准成立，四月十日正式開播，初僅設立第一臺，四十七年八月繼續成立第二臺，臺址設於士林，而辦事處設於臺北市民生路。

(十六)先聲廣播電臺：民國四十五年春開始籌備，九月一日開播，臺址在桃園鎭。初僅五百瓦一部，四十八年新裝一千瓦機一部。

(十七)幼獅廣播電臺：民國四十五年十月卅一日　蔣總統七秩華誕，救國團四週年團慶之日成立，作爲全國青年向　總統祝壽的献禮。幼獅電臺以全國青年爲主要對象，因此許多節目都是爲青年們而特定的，由青年們自己寫、自己演播。形成了一種獨特的風格。

(十八)中興廣播電臺：民國四十五年在南投縣草屯鎭正式成立，電力一千瓦中波廣播機一部。

(十九)燕聲廣播電臺：民國四十六年九月一日在花蓮開始籌備。四十七年三月廿二日正式開播。同年七月十五日遭受「溫妮」颱風，八月一日再度恢復廣播。

(二十)復興廣播電臺：總臺於四十五年在臺北開始籌建，四十六年五月底全部完成，八月一日正式開始，包括短波機一部、中波機四部。四十七年二月十日，臺中臺成立，有中波機五部。同年十二月一日，高雄臺成立，有中波機四部。四十八年七月三日，臺東臺成立，中波機一部。四十九年一月五日宜蘭臺成立，中波機一部。四十九年十二月廿五日，花蓮臺成立，中波機一部。五十年新竹臺成立，中波機三部。

㈡建國廣播電臺：民國四十七年在臺南縣新營鎭正式播音，電力一千瓦。收聽範圍除本省中南部地區外，可達外島金門、馬祖、東沙群島、烏坵等地。

㈢天南廣播電臺：民國四十七年初開始籌備，臺址在臺北市杭州南路。七月中試播，八月二日正式開播。

㈢電聲廣播電臺：民國四十七年五月一日在臺南市籌備，爲中國無線電協進會南部會員發起。六月一日建臺完成，八月十七日正式開播，全名爲「中國無線電協進會電聲廣播電臺。」

㈣世新廣播電臺：民國四十七年九月一日開播，爲世界新聞學校附設的實驗廣播電臺，臺址在臺北縣木柵溝子口。

㈤民天廣播電臺：民國四十七年七月在臺中市籌備，十二月五日正式開播，電力一千瓦。中部六縣市及金門、馬祖外島皆可收聽。

㈥成功廣播電臺：民國四十七年秋季在高雄市開始籌備，四十八年二月試播，五月六日正式開播。

㈦民立廣播電臺：民國四十五年八月在屛東市籌備，四十八年三月建臺完成，六月一日試播，六月十一日正式開播。電力一千瓦。對本省東南部及金門、馬祖、澎湖外島播音。

播音。電力一千瓦。每日自七時至廿四時，間歇播音十七小時。

㉘震華廣播電臺：民國四十七年春在基隆市開始籌備，四十八年二月十一日試播，七月二十日正式播音。電力一千瓦。每日自七時至廿四時，間歇播音十七小時。

㉙教育廣播電臺：民國四十六年春開始籌備，四十九年三月廿九日正式開播。該臺除臺北總臺播出節目外，爲使該臺節目能達及全省及海外，乃租用中國廣播公司第三廣播部份廣播網及其所屬的臺中、嘉義、臺南、高雄、臺東、及花蓮六個地區，向海外及全省各地轉播。該臺係一座大衆性的空中學校，其主要業務是推行空中教學，其主要目的則在於發揚民族精神，提高社會文化，輔導國民進修，以及傳授生活技能。節目的設計與安排，計分中學、大學、社會三大部份。

㉚民防廣播電臺：民國四十四年五月，臺灣省政府及臺灣省民防司令部，爲謀協助防情之傳達及戰時指揮疏散，使市民能迅速了解匪機進襲情況，令知臺北市政府及民防指揮部，限期在臺北市各重要街道設置擴音器及廣播電臺。臺北市政府奉令後，即於四十五年七月裝設二百瓦廣播發射機一部，後因電力過小，改成五百瓦。四十七年五月更名爲天行廣播電臺，四十八年十月卅一日增加電力爲一千瓦。五十年七月卅一日改組，仍名爲民防廣播電臺。

㉛天聲廣播電臺：民國四十九年在苗栗成立。

㉜復興岡電臺：係政工幹部學校新聞系學生實習所用，節目內容全係學生自行設計、編導與播音。

㉝政治大學電臺：係該校新聞系學生實習所用，自採、自錄、自編、自導、自演。

臺灣的廣播事業發展至速，尤以自製電晶體收音機大量問世後，幾乎每家皆有收音機一架。其普遍之程度，爲大陸任何時期與任何地方所不及。據估計臺灣現有收音機架數，包括各種形式在內，至少在二百萬架左右。由於聽衆日多，各電臺業務之改進，節目之刷新，皆爲重要之課題。各電臺除由政府津貼部份（每日二十時至二十時三十分及星期日二十時至廿一時聯播時間）爲固定收入外，公共關係收入少許。最大經濟來源爲廣告收入。

中廣公司於五十一年開始播放廣告，就不能招攬廣告，引起與民營電臺間嚴重的爭執。民營電臺認爲中廣公司既經政府征用，不嘗接受政府津貼，就不能招攬廣告，如今既公開招攬廣告，顯見與民爭利。中廣公司認爲政府征用中廣節目時間，祇限於國際廣播與對匪心戰部份，其對本省廣播節目時間，仍得自由支配。交通部所征收之收音機執照費，並未全部發給中廣公司，照樣與各民營電臺平均分配，換取民營電臺每星期一至星期六，每晚二十時至二十時三十分，及每星期日二十時至廿一時之聯播節目。各民營電臺既接受政府津貼，就不能阻止中廣公司不做廣告。爭論結果，取得協議，中廣于五十四年七月起由政府依照合約准許在對本省廣播節目中插播廣告，以資自行維持該部份所需經費。

如今，臺灣全部共有三十餘家廣播公司，擁有六十多座電臺，中波波長幾乎全被利用。因之，欲再增加新的廣播電臺，實至爲困難。惟有保持現有電臺，相互作合理的競爭，在業務上求改進，在節目上求刷新，在內容上求充實，在服務態度上更求改善，在經濟繁榮、工商業發達的臺灣，臺灣的廣播事業前途十分燦爛光明。

第九節　臺灣電視

我國近年來經濟建設的成就與進步，在遠東與東南亞是有目共睹的。但是電視這項與文化教育關係最密切的新興事業，我們却嫌起步稍遲。

(一) 臺灣電視廣播公司

四十八年一月，中日合作策進會在臺北舉行第四次全體委員會議時，決定組成「中日電視事業研究小組」，由何應欽、谷正綱、陶希聖、胡健中等十一人爲委員。研究結束，推請劉啓光、魏景蒙、林忠三人於四十九年赴日本與東京芝浦電氣株式會社初步洽談合作事宜。

五十年三月四日，臺灣電視事業籌備委員會成立，由臺灣省政府派魏景蒙、吳紹璲爲正副主任委員及委員十一人，籌委會成立後，卽與富士、東芝、日立、日電等四家日本廠商談判合作創辦臺灣電視事業公司。四月十四日簽訂合作草約後，日方爲分期付款手續談判發生波折，合作問題遂告擱淺。嗣經中日合作策進會、臺灣電視事業籌備委員會向日本朝野呼籲交涉。日方四家廠商終能以中日經濟合作暨文化交流爲重，願打開僵局，再與我國重開談判。至同年十月九日。富士電視放送株式會社專務取締役鹿內信隆來到臺北，籌委會推請吳紹璲與周天翔委員與之舉行會議，獲致具體結果，僵局終告打開。

五十年十二月一日，臺灣電視事業公司籌備處正式成立，周天翔奉派擔任處長。十二月二日起，續與日方四位代表連日舉行談判，十二月十四日，雙方終於簽訂第二次草約。

五十一年四月廿八日，籌備工作完成，卽召開發起人會議，選出董事暨監察人，組成董事會。從此，電視公司卽告誕生，成爲一個完全合法的中華民國的公司，積極推進開播工作。該公司電力爲五瓩，在苗栗以北及基隆地區均可收視。去年已在中南部設轉播站，完成全省電視廣播網，俾可全省觀衆皆可

臺灣電視公司大厦

臺灣電視公司控制室

收視。

臺灣電視既與日本技術資本合作，其投資亦有規定，公司成立時資本總額爲新臺幣三千萬元，由中日雙方按三對二認股，我方爲百分之六十，計新臺幣一千八百萬元，日方百分之四十，計美金三十萬元（按臺灣銀行外匯牌價一比四十折合爲新臺幣一千二百萬元）。在我方的百分之六十股本中，臺灣省政府所屬（各金融機構）認股百分之四十九，民間認股百分之十一。日方所佔總資本額的百分之四十全部爲民股。五十三年九月增資新臺幣三千萬元，全部由我方認股，增資後臺灣省政府所屬（各金融機構）認股計四九％，中央日報及中廣公司計四．三四％，日方計二〇％，其餘由民間企業家認股。日方未參加此次增資，故其所佔總資本額之比率已由四〇％減低至二〇％。臺灣電視公司如以公股民股區分，是公股佔百分之四十九，民股佔百分之五十一的民營企業。

臺灣電視公司開播之初，推售之電視機皆爲十四吋，一方面適應日式房屋之裝置，同時價格亦較便宜。目前則已開始供應十六吋、十九吋、甚至廿三吋。

至於節目方面，原爲每日自十七時二十分至廿四時三十分，連續播映六小時十分，星期日中午增加一小時。五十四年十月，中南部轉播系統完成，每日中午十二時三十分，至十三時卅分，增加一小時節目，星期日中午則增加三小時。節目內容隨時皆有更新，惟大致可分爲：

㈠新聞節目：每日播報三次，中午新聞及晚間八時新聞，由記者及播音員現場播報，配以國內自攝之新聞影片，每日最後新聞由播音員播報。遇有重要新聞時，則自新聞發生地直接實況轉播。此外，每日八時廿分開始播放「國際新聞」影片十分鐘。

㈡電視電影：目前電視影片購自美國，經過整理及配字幕後再與觀衆見面，目前播映的影片有：冒險家、影城疑雲、我愛露西、國際警網、闔家歡、鐵腕明鎗、勇士們、啄木先生、蓬車英雄傳、江湖奇士、英雄譜、斷刀上尉、牧場風雲、白露小姐、奇幻人間、七海遊俠、克勞彼先生影集。

㈢電視戲曲：包括臺語電視劇、歌仔戲、兒童木偶戲、臺語連續話劇、平劇、國語電視劇、國語連續電視劇、地方戲劇、兒童電視劇、臺語古裝劇溫暖人間等。

㈣教育及教學：黃金時代、我們的政府、錦繡山河、科學世界、電視醫院、藝文夜談、兒童智力測驗、今日體育、學講英語、實用英語等。

㈤音樂及歌舞：三軍俱樂部、綠島之夜、歌星之夜、南管、國樂、綜藝節目、電視樂府、群星會、星星星、寶島之歌、西洋歌曲、天韻歌聲、週末劇場、民謠世界。

㈥兒童節目：兒童木偶戲、兒童音樂歌舞、卡通影片、啄木先生、太空飛鼠、豬小弟、大力水手、兎寶寶等。

㈦家庭及綜合節目：家庭副業、星期家政、交誼廳、服裝製作、家庭食譜、象棋、圍棋、美術大千、時人訪問、政府與民衆、時事評論、時事座談、大同世界等。

㈧實況轉播：不定期舉行，如有重要球賽，或精采遊藝節目，盛大節目晚會等。

總之，臺灣電視開播至今已三年餘，由虧至盈已有把握，目前全省電視機總數約爲十萬餘架（註四八），其尚不能十分普及原因，一是由於電視機價錢不算便宜，另是開播初期南部尚無法收看。現中南部轉播站工程已經完工，不僅全省及外島可以收看，節目也調整刷新，臺灣的電視事業前途將更爲光明

教育電視臺控制室

正聲廣播公司

（二）教育電視廣播電臺

教育電視廣播電臺之籌設，遠較臺灣電視廣播公司爲早，時在民國四十五年張其昀（曉峰）任教育部長時卽已開始規劃。四十六年八月，覓定南海路四十一號爲臺址。五十年黃季陸部長認爲發展大衆傳播教育，建立空中學制是爲主要教育政策之一，可以使就學與升學率急劇增加之情形下，以政府有限的資源與財力，減輕無限增班設校的需要。同年八月，陽明山文教會談有從速建立教育電視臺的結論，並經行政院核定實施。

是年十一月工程師節，國立交通大學電子硏究所以自建五十瓦電視發射機表演，成績甚佳，克服了創辦電視在技術上的困難。黃部長乃呈請行政院，於五十一年元月責成國立教育資料館成立教育電視實驗廣播電臺籌備處，並先行設立教育電視實驗廣播電臺，由交大電子硏究所與中國電視工程傳習所同仁分別負責工程與節目部門任務，一面辦理實驗，一面積極進行設臺工作，

經過短期的籌備，教育電視實驗廣播電臺卽於五十一年二月開播，實驗期間的教育電視臺使用的器材極爲簡陋，但在節目方面却獲最佳效果，共計約播出一千五百小時，在實驗期間，建臺的工作也在積極進行中，至五十二年十二月一日正式開播，

該臺目前奉准使用發射電力爲一瓩，發射範圍約五十公里，可及於臺灣北部鶯歌、陽明山、汐止、新店、木柵一帶，將來的計劃是擬自臺北邊際地區龜山起，經新竹、苗栗、臺中、斗六、嘉義、臺南、

高雄等地，設八個中繼臺，每臺設轉播設備一套，轉播臺北總臺之節目。臺中、高雄兩地將加置播送設備，以便插播當地節目，如此除東部地區及部份山地外，全省均可收視教育電視節目。該臺在東部花蓮、臺東另各設分臺，利用錄影設備轉播臺北總臺節目，以完成全省教育電視網之建立。

目前該臺之節目播出時間每日下午二時至四時半共二小時半內容可分爲五大類：

一、教學節目：針對各級學校現行教科書擇要分別編製教材予以播送。至對國民學校之實驗教育節目，以國立編譯館新編之現行國民學校教科書爲藍本，由該臺電視教學推行委員會編製配合國民學校上課時間播送；如二年級常識、二年級算術、二年級唱遊、低年級國語、中年級美勞、中年級公民與道德、四年級自然、五年級自然等。

二、教育性節目：包括兒童、青年、婦女、家庭教育、社會知識、生產技能及傳統文化等，如會計學、法學概論、國父思想、中國通史、中國地理、德文、法文、西班牙文、初級英語、中級英語等。

三、新聞節目：國內外時事報導，文教動態、氣象報告、時事分析、座談會、時人及學人訪問介紹、新聞記錄、世界一週影片等。目前每日播報兩次，由記者及播音員現場輪流播出。

四、康樂節目：包括音樂、美術、舞蹈、戲劇電影、康樂競賽、電視劇等。

五、服務節目：包括政令宣傳、公共事業之鼓吹、建教合作之促成、及社會福利之推行等。

本章註解

註一：吳道一「中國廣播事業簡史」頁十四—十五（中華民國四十四年廣播節廣播年刊）。

註二：趙君豪：「中國近代之報業」第七章「新聞廣播」頁八十七。

註三：趙君豪：「中國近代之報業」第七章「新聞廣播」頁八十七載：「而申報館亦於民國十三年五月與美商開洛公司合作設一轉播電臺，每日廣播新聞兩次。」而邱楠「中華民國開國五十年紀念中華民國新聞年鑑中中國廣播事業的成長與發展」頁廿二，又吳道一：「中華民國四十四年廣播節廣播年刊中國廣播事業簡史」頁十五作：「民國十三年九月。」

註四：徐詠平：「我國廣播事業三十年」—民國四十六年三月廿六日中央日報。

註五：中國國民黨年鑑（民國十八年）第三編「宣傳」頁八七七。

註六：徐文六：「陳果老與中國廣播事業」，民國四十六年三月廿七日中央日報。

註七：中廣大事記頁一（中華民國五十四年七月出版）。

註八：中廣大事記頁二。

註九：中國國民黨年鑑（民國十八年）第三編「宣傳」，頁九〇七。

註十：中國國民黨年鑑（民國十八年）第三編「宣傳」頁八八〇。

註十一：見陳果夫于民國三十八年九月十三日在臺北寫給張道藩便函。

註十二：中國國民黨年鑑（民國廿三年）第四編「宣傳」頁一二四。

註十三：中國國民黨年鑑（民國廿三年）第四編「宣傳」頁一一八—一二三。

註十四：中國國民黨年鑑（民國廿三年）第四編「宣傳」頁一三〇。

註十五：中國國民黨年鑑（民國廿三年）第四編「宣傳」頁一一五。

註十六：民國廿六年：「十年來之中國經濟建設」第三章「交通」頁十二。

註十七：民國廿六年：「十年來之中國經濟建設」第三章「交通」頁十二。
註十八：民國廿六年：「十年來之中國經濟建設」第三章「交通」頁十二。
註十九：吳道一：「中國廣播事業簡史」。
註二十：吳道一：「中國廣播事業簡史」。
註廿一：吳道一：「中國廣播事業簡史」。
註廿二：吳道一：「中國廣播事業簡史」。
註廿三：此係中央廣播事業管理處配合當時需要的臨時措施，與廿九年在第三戰區成立的流動臺不同。
註廿四：徐詠平：「我國廣播事業三十年」，民國四十六年三月廿六日中央日報載：「流動廣播電臺呼號爲XLMA。事實上XLMA爲中央臺在漢口租用「保楞」輪船所裝配之電臺，亦屬流動性質。
註廿五：中廣大事記第四九頁。
註廿六：徐詠平：「我國廣播事業三十年」，民國四十年三月廿六日中央日報：「三十一年四月移設鉛山」。而吳道一：「中國廣播事業簡史稱：「民國卅二年二月間遷往鉛山」。
註廿七：中廣大事記第五〇頁。
註廿八：中央廣播事業管理處「廣播週報」一六二期頁十三。
註廿九：中廣大事記頁三十六。
註三十：中廣大事記頁三十七。
註卅一：「廣播週報」復刋號頁三。
註卅二：中廣大事記頁三十七。
註卅三：中廣大事記頁四十三。
註卅四：「廣播週報」復刋號頁四〇吳道一：「勝利還都與中國廣播事業」。
註卅五：中廣大事記頁四十六。

註卅六：民國三十年十二月二日中宣傳部工作討論會紀要。

註卅七：同前。

註卅八：同前。

註卅九：廣播週報創刊於民國廿三年九月十七日，逢週一出版，至民國三十年夏，因敵機轟炸，印刷困難，出至一百九十六期停刊，嗣後一度出版過二十餘期的「廣播通訊」以爲代替。本篇錄自廣播週報一七六期，頁一九—廿一，著者署名譯稿。

註四十：中廣大事記頁五十六。

註四一：廣播週報：「勝利聲中的敵僞廣播接收工作。」

註四二：吳道一：「中國廣播事業簡史」頁四十七—四十八。

註四三：中廣大事記頁七〇。

註四四：中廣大事記頁七三。

註四五：中廣大事記頁八十八。

註四六：中廣大事記頁一三四。

註四七：根據中廣公司五十四年十月底統計。

註四八：根據五十四年十一月之統計。

第十四章 新聞教育

第一節 新聞教育的起源

(一) 新聞教育的創始

新聞教育，起源於美國。一八六九年，威琴尼亞州華盛頓大學校長李將軍 (General Robert E. Lee) 建議該大學董事會，設立五十名獎學金，藉以培養出版及報業人才。董事會接納這項建議，並要求設立印刷廠，以供學生實習。(註一)

這項計劃，實際並未付諸實施，但對美國以後的新聞教育，却有極大的刺激作用。

一八七三年，堪薩斯州立學院設印刷課程。一八七六年，康奈爾大學開設新聞學講座。一八七九年，米蘇里大學在英文系內講授「新聞事業史」，以倫敦「泰晤士報」、「紐約時報」及紐約「論壇報」爲教材。(註二)

一九〇八年，密蘇里大學應該州報業公會之建議而正式創立新聞學院，由新聞教育家威廉斯博士 (Dr. Walter Williams) 主持，這是世界上第一所新聞教育的學府。

一九〇三年，名報人普立兹曾與哥倫比亞大學簽訂一項合約，決定由他捐贈二百五十萬元，成立一所新聞學院。按該學院至一九一三年始正式設立，這是美國第二所新聞學院。(註三) 但同年美國大學成立新聞院系及開設新聞學課程者，共有三十所，其中密蘇里大學及哥倫比亞大學新聞學院，均與我國新聞教育有密切關係。

（二）我國新聞教育的萌芽

我國新聞教育，肇始於辛亥革命之後。民國元年，全國報界俱進會在上海舉行大會，倡議成立「報業學堂」，此為我國正式倡導新聞教育之始。（註四）

民國九年五月五日，全國報界聯合會在廣州舉行第二次會議，復倡議設立「新聞大學」，並通過「新聞大學組織大綱」。可惜這兩個會議不久均告瓦解，以上決議，未見付諸實施。

民國七年，北京大學開設新聞學課程，由北京「晨報」主筆徐寶璜講授，此為我國新聞教育的開始。（註五）徐氏曾於美國密西根大學研究新聞學，其於北大教學期間，著有「新聞學大意」一書，為我國新聞學之第一部著作。

民國九年九月，上海聖約翰大學在普通文科內創辦「報學系」，這是我國大學中正式設立新聞學系的開始。（註六）該校原為美國基督教聖公會教會所設立，對英文文科素極重視。其「報學系」的課程，與當時美國大學新聞學系的課程大致相同。最初由上海英文「密勒氏評論報」主筆柏德遜（D. D. Patterson）任系主任，晚上授課。英文「約大週刊」即於此時發行，由報學系之學生任該刊編輯。當時選讀之學生達四十餘人。學校當局見學生對新聞頗具興趣，乃函告美國董事部，請增聘報學教授一人。（註七）

民十三年，武道（M.E. Votaw）教授來華主持報學系，漸次擴充課程，畢業後授文科學士學位。

厦門大學於民國十年創設「報學科」，為該校八科之一。開始的時候，師資缺之、學生也極少，其課程也與文科相同，可謂徒有「報學科」之名。翌年多，學校聘孫貴定為該科主任，孫對報學頗有研究，銳意經營，遂有蒸蒸日上之勢。不幸民國十二年發生學潮，教授九人與全體學生宣佈離校，赴上海創立大夏大學，厦大之報學系遂成曇花一現。（註八）

（三）北方新聞教育的興起

民國十二年，北京平民大學正式創辦「新聞學系」，聘北大報學教授徐寶璜主其事。民國十四年，該系共有三班，計男生一〇五人，女生八人，任課教授有「國聞通訊社」社長吳天生，「京報」社長邵飄萍等。學生在課外組織「新聞學研究會」，（註九）有時亦至報館實習。他們發行「新聞學系級刊」、每半月出版一次。在我國初期之新聞教育中，以該校新聞系最具規模。玆將該系四年課程之名稱及每週授課時數列舉於左，藉以瞭解我國初期新聞教育之概況。（註一〇）

第一學年：計十二科，每週授課廿三小時。

一、專門科目：新聞學②速記術①英文讀報②

二、普通科目：經濟學③政治學②文學概論②哲學概論②民法概要②中國文字研究②憲法②日文②文字學①

第二學年：計十二科，每週授課二十三小時。

一、專門科目：新聞採集法①新聞編述法①廣告學②照相製版術①英文讀報②日文讀報②

二、普通科目：社會學②財政學③中國近代政治外交史②平時國際公法②統計學②中國文學研究②文字學①

第三學年：計十一科，每週授課二十小時。

一、專門科目：新聞經營法①新聞評論法①編採實習②評論實習②時事研究②英文讀報②

二、普通科目：現行法令綱要②戰時國際公法②中國近代財政史②現代金融論②近代小說②

第四學年：計十一科，每週授課二十小時。

一、專門科目：新聞事業史②特別評論法①出版法①編採實習②評論實習②時事研究②英文新聞選讀②

二、普通科目：群衆心理學②現代各國政治外交史②現代社會問題②近代戲劇②

（四）美國威廉斯博士的影響

我國新聞教育，受美國密蘇里新聞學院創始人威廉斯博士之影響甚大。威廉斯於民國十年來華訪問，曾在北京大學發表演說，由胡適口譯，朱小蘭筆記，講題爲「世界之新聞學」。在這篇演辭中，威廉斯博士認爲報紙如果要成功，必須具備下列四個條件：一、報紙要獨立；二、辦報要大胆、要有勇氣；三、新聞要正確、眞實；四、記載要有興趣。他更指出報人的成功因素有三：卽知識、技能、和高尙的人格。（註一一）

此外，威廉斯博士還帶了密蘇里新聞學院同學致北京大學同學的一封公開信，題爲「歡迎東方的新聞學者」。（註一二）其中强調和平繫於民族心理，新聞事業乃轉移民族心理的事業。其議論與友情，對中國初期新聞教育有極大影響。其後，中國致力新聞教育的人士，多出身於密蘇里大學，因之一般課程及教學法，亦多以米大新聞學院爲藍本。

第二節　新聞教育的發展（註一三）

（一）燕京大學新聞系的創立

民國十三年，燕京大學正式創立新聞系，該系最初由美國教授布立頓（Roswell S. Britton）主持。（註一四）因爲當時經費拮据，民國十六年一度停頓。後來獲密蘇里新聞學院之協助，在美籌得基金五萬美元，遂於民國十八年恢復。嗣後十餘年，主其事者有聶士芬（Vernon Nash）、黃憲昭、梁士純、劉豁軒等。該系由於經常與密蘇里新聞學院交換教授，故中外新聞學專任教授頗多。每年春季，照例舉辦「新聞週」，敦請報界名流，作學術演講，討論有關新聞學問題。燕大的新聞教育方針，是培養各種有關報業的普通人才。在授課與實習的過程中，每個學生對各部門皆有所接觸。課程包括新聞學原理、編輯、採訪、撰寫、管理、印刷、照相等，各科均以同等份量予以講授。更鼓勵學生選修社會科學及史地課程。故在四年大學教育所修的一百卅多個學分中，新聞學的必修課程僅有卅多個學分，其餘均由同學自由選讀。（註一五）

燕大新聞系的訓練方式是講授與實習並重。該系曾辦一小型報紙，所有經理和編輯等工作，均由學生主持，教授僅從旁輔導。學生們有機會接觸到報紙的各部門，能將書本上的知識，獲得印證與體驗。（註一六）

民國廿四年五月，燕大新聞系成立協助委員會，聘請張季鸞、葉楚傖、成舍我、蕭同玆、汪伯奇、張竹平、潘公展、胡霖等爲委員，取得校外人士的支持與合作，以期達到理論與實際的密切配合。此種措施，爲我國新聞教育闢了一條新途徑。

（二）上海新聞教育的繁榮

民國十四年，上海南方大學設立新聞系和新聞專修科，由申報協理汪英賓主持，時報總編輯戈公振任教授，惜辦理時間不久。（註一七）次年上海光華大學開「新聞學」與「廣告學」兩科，適値南方大學之新聞系停辦，乃延請汪英賓擔任教授。同年上海國民大學成立、亦設「新聞學系」，除請戈公振講授中國報業史外，上海名記者如潘公展、潘公弼等，多被聘擔任新聞學課程。在同一時期中，上海滬江大學和大夏大學也設立新聞學科目，新聞教育可謂盛極一時。民國十四年，光華、大夏、及國民三個大學研究新聞學的學生組成了「上海報學社」，另外還成立了「上海新聞學會」。民國十五年夏，米蘇里新聞學院同學會在上海設立分會。新聞學之研究，乃成爲一時之風尙。

（三）復旦大學新聞系的肇始

民國十五年、上海復旦大學在中國文學科中，將原設之新聞學講座擴大成「新聞學組」，聘陳望道爲主任。（註一八） 旋於民國十八年改爲新聞學系，由謝六逸主持。該系連續辦理達十餘年之久，爲中國報界培育出不少人才。其後一度由程滄波繼任主任，陳布雷、戈公振、黃天鵬等均先後在該系任教。

復旦大學新聞系設立之目的，在培養報館的編輯與經理人才，施教方針可大別爲四：一、灌輸新聞學知識；二、使學生有正確的文藝觀念與充份的文學技能；三、使學生富有歷史、政治、經濟、社會的知識；與四、有主持輿論和領導社會的能力。（註一九） 該系必修之新聞學課程凡六十八學分，較其他學校的比重爲大。

茲將復旦大學新聞系所開新聞學專門課程名稱及其學分列擧於左：（註二〇）

報學概論	③	新聞編輯	②
新聞採訪	②	報業組織與管理	②
評論寫作	⑥	通訊練習	⑥
報館實習	④	中國報業史	②
歐洲新聞史	②	美洲新聞史	②
日本新聞史	②	比較報學	②
報學演講	④	時事問題研究	④
特別講座	④	新聞紙法與出版法	②
新聞販賣學	②	校對術	①

速記術　①　　新聞廣告研究　②
商業新聞研究　②　　社會新聞研究　②
新聞繪畫研究　②　　新聞廣告圖案　②
新聞儲藏法　①　　雜誌編輯經營　②
新聞照片製版研究②

共計二十七科，六十八學分。

復旦新聞系學生，第一、二學年，係以攻讀文學及社會科學爲主，兼授一兩門新聞學課程。社會科學必修科目，包括政治學、經濟學、法律學、歷史、地理等。第三學年專攻專門科目，並注重評論、採訪、通訊寫作等。第四學年注重實習、參觀，使學生多與社會接觸，藉以獲得實際經驗。

復旦大學的新聞教育，不僅新聞專門科目衆多，所佔比重很大；而且其「新聞研究室」的建立，亦爲重要特色。「新聞研究室」卽現代所稱之新聞館，亦卽新聞教育的綜合實驗室。該研究室包括左列部門：（註二二）

一、陳列部：如唐代邸報、清代京報、近代政府公報與最初民報等。印刷樣品，有鉛字、銅模、手搖印刷機等。編輯樣品有訪稿、標題、印刷校樣，新聞電稿、通訊網圖解等。

二、圖書部：分爲普通藏書與新聞專門藏書。後者有新聞學專著、新聞學期刊、報紙彙存及分類剪報等。

三、學術部：備有各種新聞學專著，由教授指導，學生自由研究。學期終了，由學生提出研究報告，教授評定成績。

四、實習部：包括採訪、編輯、印刷、通訊等實習部門，大致與一般報社的設備項目相同。

五、調查部：精確調查新聞事業之現狀，以做實施新聞教育的參考。

復旦大學新聞系設立的「新聞研究室」，爲我國新聞教育史開一良好先例。該室在黃天鵬主持下，未及三月卽粗具規模。惜因不久「一二八」戰事發生，一切燬於砲火。

（四）新聞教育的擴展

自民國十六年至抗戰爆發，國內大專學校開設「新聞學概論」一類科目者，還有南京中央大學、廣州中山大學及上海商學院等，由於未成立專科，致未爲社會人士所注意。民國二十年秋，上海滬江大學校長劉湛恩籌設城中區商學院，與「時事新報」合作，假該報社三樓創辦「新聞科」，由張竹平與黃天鵬二人主持，並聘董顯光、潘公弼、汪英賓、晉虛白等擔任教席。翌年秋，滬大將該班擴大爲新聞系，仍隸屬商學院。

我國新聞教育，不但在大學中發展迅速，同時在職業學校中亦成長甚快。其最著者如北京「世界日報」與南京「民生報」合辦的「北平新聞專科學校」；顧執中主持的「上海民治新聞學院」；廣州新聞記者聯合會附設的「新聞專科學校」；香港報界人士組織的「香港新聞學社」、「生活新聞學院」和「中國新聞學院」；以及上海中華職業補習學校所辦的「新聞班」；均爲培植新聞人才的地方，且其成績斐然可觀。

民國廿二年一月，上海申報館附設「新聞函授學校」，其目的在訓練新聞通訊員，連續辦了四年。學員最多時達五百餘人，當時青年對新聞學之愛好由此可見一斑。

（五）政大新聞系的誕生

中央政治學校（今日國立政治大學的前身）新聞系雖成立較晚，然在國民黨悉力培植下，得以迅速成長，與燕京、復旦之新聞系並駕齊驅，在我國新聞教育史上，佔有頗為重要的地位。

民國廿三年，該校在外交系內開設「新聞學概論」一課，列為選修，由甫自密蘇里新聞學院學成歸國的馬星野主講。次年正式成立新聞學系，教育長程天放兼系主任。後由劉振東繼任，實際則由馬星野負責主持。（註二三）當時選讀「新聞學概論」一科的學生，即為政校新聞系第一期學生。

中央政校創辦新聞系的宗旨，是要培植現代的新聞記者，使能篤信主義，服膺職業道德，以期提高我國新聞事業的水準。民國卅一年，該系系主任馬星野擬訂「中國報人信條」十二條，其內容足以說明政大新聞教育的目標以及對報人的期望。

政校新聞系的課程，着重語文及一般社會科學的訓練。至於實習方面則可分為兩種：一為校內實習，以編印「中外月刊」為主。該刊的形式與美國的「時代雜誌」大致相似，內容充實，頗獲好評；其次為校外實習，利用寒假到「申報」與「新聞報」參觀兩週。該系畢業同學，在抗戰期間，多任職政府宣傳機構，成績很好。

第三節　抗戰時期的新聞教育

（一）政大新聞教育的演變

抗日戰爭爆發後，北方各大學相繼南遷，南方學府亦紛紛西撤，均以四川、雲南、陝西爲目的地；流離遷徙，艱苦備嚐。其間政校新聞系自廿六年八月開始西遷，歷時一載，始到達重慶南溫泉。

政校新聞系在播遷途中，曾在江西牯嶺開課；廿七年三月復移湖南芷江，並接辦「芷江日報」，作爲學生實習報紙。但直至定居南溫泉，始得安定。民國廿八年，新聞系停止招生，改辦新聞專修科，到民國卅二年，該系始恢復招生。（註二三）

抗戰期間政校新聞系之課程，大致與戰前相同。專門科目有馬星野講授的「新聞學概論」與「新聞史」，陳固亭的「報業管理」，俞頌華的「新聞寫作」等。實習方面，校內有「中外月刊」、「南溫泉」週刊與「新聞學季刊」等。「新聞學季刊」創刊於民國二十八年十一月二十日，每期約十二萬字，均爲新聞學術性論文。該刊發行至二卷二期。三十六年五月，又在南京發刊一期，爲國內研究新聞學之權威刊物。校外實習，政校新聞系規定畢業前須實習三個月，實習單位，包括「中央日報」、「大公報」、「時事新報」、「新民報」與「中央通訊社」等。實習期滿，多留原單位工作。

民國卅二年，政校新聞系恢復，時馬星野受任中央宣傳部新聞事業處處長，系主任一職，遂由「中央日報」總經理詹文滸擔任。

戰時國民政府，爲加强宣傳工作，特於民國二十八年秋在政校設立新聞事業專修班，由潘公展主持，馬星野副之。(註二四)專修班分甲、乙兩組，甲組係調訓各省黨部科長以上，或縣市黨部主任以上之人員及在黨營新聞機構服務之編採人員。乙組係招考大學畢業或大學肄業三年之青年。修業年限：甲組半年，先後計辦兩期。乙組一年，僅辦一期。

在課程方面，兩組大致相同；所不同者，乙組有英文課程。一般課程，有政治學、經濟學、社會學等。新聞學專門科目，有董顯光、曾虛白主講之「輿論學」，潘公展之「社論寫作」，劉光炎之「編輯學」，趙敏恒之「採訪學」，劉振東之「國際現勢」，王平陵之「報紙副刊」等。此外並經常邀請新聞界人士來校作專題演講。專修班每期人數約四、五十人。

民國二十九年，中央政校復創辦新聞專修科，由馬星野主持。專修科係招考高中畢業生，修業兩年。該科計辦兩期，每期約五十人。惟第二期學生，於民國三十二年新聞系恢復後，多轉入新聞系第十三期就讀。專修科之課程，範圍有三：一爲國文、英文、三民主義等共同科目；二爲政治學、經濟學、社會學、哲學、心理學、民法、刑法、憲法等社會科學科目；三爲新聞學概論、編輯學、採訪學、廣播學與報業管理等新聞學專門科目。此外有專題演講，專題座談，並有鉛印四開之「南泉新聞」半月刊一種，以供實習。

(二) 第一所新聞學院

民國卅二年，中央宣傳部爲培育國際宣傳人才，與美國哥倫比亞大學合作，於中央政校設立新聞學院，這是我國第一所研究新聞的最高學府。該學院以當時中央宣傳部副部長董顯光為院長，國際宣傳處處長曾虛白為副院長。教務主任一職，第一年聘請哥倫比亞大學新聞學教授克羅斯（Harold L. Cross）擔任，翌年改聘紐約前鋒論壇報主筆吉伯特（Rodney Gilbert）來華主持。（註二五）該學院創辦目的，在訓練高級宣傳人員，派往世界各地之駐在使館、行政院各部會、各戰區司令長官部服務。並計劃戰後在光復地區籌出日報，鼓勵獨立報紙企業之建立。入學資格，為大學畢業。修業期限一年，此後須在國際宣傳處實習半年始得畢業。

該院課程方面計分一般課程與新聞學專門課程兩種。前者如國際現勢、中國政治史等；後者有新聞採訪、新聞編輯、評論寫作、新聞特寫、誹謗法、印刷學、廣播學、新聞攝影等。教授有甘乃光、潘公展、董顯光、曾虛白、馬星野；美籍教授除克羅斯、吉伯特外，尚有貝克（Richard T. Baker）、莊同禮（Anthony Dralle）、與羅吉斯（Floyd D. Rogers）等。

新聞學院之專門課程，因係美籍教授直接講授，特重英文寫作之訓練。當時有英文「重慶記者」（Chungking Reporter）實習週報一種。一切編採、發行、廣告、印刷，均由學生輪流負責。在校時間實習約佔一半，幾乎每天都須外出採訪。

政校新聞學院先後計辦兩期。第一期畢業二十九人，第二期廿三人。其中有十八人入哥倫比亞大學新聞學院進修。

（三）其他新聞教育學府

復旦大學在抗戰期中經長途播遷，亦至四川北碚設校，新聞系設於化龍橋。時重慶經「五三」、「五四」大轟炸後，生活異常艱苦，然該校新聞系師生仍能弦歌不輟。民國卅一年，新聞系仍由陳望道主持。民國三十四年四月，新聞館落成，規模較該校在上海所設之「新聞研究室」爲大。理論實際並重，乃該校新聞教育之傳統。

燕京大學在日軍佔領北平後，仍繼續上課。直至太平洋戰爭爆發，校長司徒雷登及美籍諸教授均爲日方所捕，校務始被迫停頓。民國卅一年，燕大在成都復校，由於獲得「大公報」總經理胡霖的協助，及「張季鸞紀念獎學基金保管委員會」撥助十萬元，新聞系得以迅速恢復。系主任由「大公報」桂林版編輯主任蔣蔭恩擔任。時因新聞學之教授聘請不易，遂簡化專門課程，並恢復「燕京新聞」週刊，使學生能有實習機會。

廣州國民大學於卅一年創設新聞學系，由文學院院長黃軼球兼主任。次年曲江新校舍落成，乃聘由史丹福大學新聞系歸來的袁昶超繼任主任，特約廣東報界人士任教。此外，該校並籌建新聞館，惜因受湘桂粤北戰役撤退之影響，使此一新聞學系之發展計劃未能實現。

（四）軍中新聞教育

軍事新聞人員之訓練，爲抗戰期間新聞教育之一大特色。自抗戰軍興後，軍中需要宣傳人才甚爲迫切。民國廿七年五月，於武昌珞珈山武漢大學內創辦「留日歸國訓練班」，康澤爲主任。該班設「新聞組」，由謝然之爲新聞學講座，此爲軍中新聞教育之始。二十九年，軍事委員會政治部爲訓練大批軍報人才，以建立軍報體系，乃決定在中央訓練團開辦「新聞研究班」，由政治部副部長張厲生兼班主任，（註二六）調訓各級辦理宣傳業務之政工人員。第一期在沙坪壩開課，第二期移至復興關。中訓團對軍聞人員的訓練有完整計劃。在一般精神訓練與政治課程之外，其專業訓練與大學的新聞系相似。此外，尚有戰地採訪與戰地應變知識，則爲一般大學新聞系科所鮮有。

未幾政治部改組，新聞研究班改爲「軍中文化工作人員訓練班」，內設新聞系，在重慶陳家橋上課，由易君左主持。軍中新聞人員結業後，由總政治部分發至「掃蕩報」、「陣中日報」及「掃蕩簡報」服務，對抗戰工作，貢獻頗大。

第四節　復員後的新聞教育

（一）原有新聞系復員概況

民國卅四年秋勝利復員。復旦大學首先在上海江灣復校，並增聘上海名記者任教席，恢復戰前創立的「新聞研究室」，其中設有圖書館、閱覽室、和資料室，並擬增建實習印刷廠，便利學生出版工作。

燕京大學復員於北平「燕園」，新聞學系由蔣蔭恩繼續主持。該校爲適應學生不同志趣，在課程方面，中英文科目兼籌並顧，平衡發展。蔣氏於卅七年秋赴美，考察米蘇里及其他大學之新聞教育，以作燕大新聞系發展之參考。

聖約翰大學於戰時並未遷離上海。勝利後繼續由美國基督教聖公會辦理。其滬西梵王渡之校舍和設備依然存在。新聞系仍由美籍教授武道主持，武道在戰時曾任中宣部國際宣傳處顧問多年。復員後再從事新聞教育，該校新聞系的訓練仍以辦英文報刊爲主。

（二）新設立的新聞系

上海暨南大學文法學院學生原組有「新聞研究會」，民國卅五年秋，正式設立新聞學系，由馮列山主持。次年馮氏辭職離滬，由新聞報總經理詹文滸繼任，教務漸有發展。

上海中國新聞專科學校成立於民國卅四年秋，以訓練新聞專業人才爲目的，校長爲陳高傭。

國立社會教育學院復員後，設校於蘇州拙政園。民國卅四年秋創辦新聞學系，由前「星洲日報」總編輯俞頌華主持。三十六年俞氏病逝，由馬蔭良繼任。

廣東國民大學遷返廣州荔枝灣，新聞系主任由「大光報」社長陳錫餘兼任。該校曾舉行各地報紙展覽會，獲各界人士讚譽。

（三）軍中新聞教育

軍聞人員之訓練，自政府還都南京後，軍委會政治部改爲新聞局，由鄧文儀任局長。民國卅五年秋，曾舉辦兩期「新聞人員訓練班」，每期約百餘人，一律講習三個月，結業後分發軍中擔任軍聞工作。後「新聞人員訓練班」改由中央訓練團主辦，性質與前無異，前後共辦六期。

（四）政大新聞系

中央政治學校，於民國卅五年遷返南京。三十七年四月，與中央幹部學校合併爲國立政治大學。此時，新聞系仍由馬星野主持，全系人數約二百人。課程方面仍分普通與專門課程兩種。茲將科目名稱及學分列舉於左：（註二七）

一、普通課程二十科，計七十六學分（尚有部份選修課程未列入）：

科目	學分	科目	學分
國文	⑥	英文	⑥
三民主義	④	中國通史	⑥
政治學	⑥	經濟學	⑥
民法概論	④	理則學	③
西洋近代史	④	哲學概論	③
中國憲法	②	刑法	③
人生哲學	②	國際法	④
亞洲近代史	②	社會心理學	⑧
日本問題	②	蘇聯問題	②
政治思想史	④	經濟思想史	④

二、新聞學專門科目九科，計四十六學分：

新聞學　⑥　新聞文學　④
編輯採訪　④　社論寫作　④
新聞英語　③　新聞事業史　⑥
出版法　④　報業管理　⑥
編輯實務　④

政大新聞系課程，新聞學專門科目之學分所佔比例，雖較美國新聞學系爲多，但對社會科學與人文科學仍極重視。此外，尚有中文「學生新聞」及「大學週報」二種，以供學生實習。

第五節　自由中國的新聞教育

民國三十八年大陸淪陷後，我國新聞教育，因各大學之停頓或播遷，一時曾告中斷。自民國三十九年政府遷臺後，迄今已有十七年的歷史，其間政府勵精圖治，實施民主政治，普及教育，發展交通，促進工商業之發展，因之報業欣欣向榮；而與報業有密切關聯之新聞教育，亦隨之呈現一片蓬勃新氣象。目前自由中國之新聞教育機構，計有國立政治大學新聞研究所、新聞系，政工幹校新聞系，省立師範大學社會教育新聞組，私立世界新聞專科學校與私立中國文化學院新聞系、大衆傳播學系等。茲分別介紹於左：

(一)　國立政治大學新聞研究所

一、新聞教育倡議及該所創立經過

民國四十年一月二十日，臺北市編輯人協會正式成立。該會性質與美國編輯人協會（American Society of Newspaper Editors）頗爲類似。美國編輯人協會成立於一九二二年，其主要工作有三：一爲新聞道德之提倡；二爲新聞自由運動之推行；三爲協助推行新聞教育。臺北市編輯人協會成立宗旨，大致與上述三者相符，而對新聞教育之提倡，尤其不遺餘力。

民國四十一年十月，該會舉行第四次會員大會，將倡辦新聞教育，列爲重要決議之一。其要點有三：（註二八）

一、由該會發起籌設新聞專科學校；

二、由該會發起舉辦新聞學講座；

三、向教育部及臺灣大學呼籲成立新聞學系。

惟經該會理監事聯席會議廣泛交換意見，咸認新聞學爲專門科學，講座之設，對現役同業，固有裨益，但對有志新聞學者，殊嫌不足。同時發現有關私立專科學校之設立，限制甚嚴，因此決議之第一、第二兩項，不再考慮。該會乃將設立新聞系一事，卽與國立臺灣大學校長錢思亮洽商，並提出「臺灣大學創立新聞系建議書」，（註二十九）內容如左：

一、開辦新聞系之必要

①爲臺灣造就新聞人才：臺灣新聞事業，呈空前未有之蓬勃現象，然從業人員多係外來，新聞從業員大量返回大陸工作後，因人才空虛，臺灣新聞事業將不能保持現有之水準，亟應未雨綢繆，爲臺灣新聞事業儲才。

②爲大陸造就新聞事業人才：新聞從業員大部滯留大陸，未能撤離，將來光復大陸之時，因此輩從業員之大量被殺、被囚、被裹脅以去，定感缺乏，爲適應未來反攻局勢，亦有所需要。

③滿足青年學生之要求：新聞事業爲一般青年樂於從事之事業，其生動活潑與富於刺激性，對於一般青年具有吸引力量。

二、學制：新聞系之學制，可就下述兩種之中，擇一施行。

①密蘇里大學制：自大學三年級開始，修習新聞系課程，修業期間，同其他院系；學生由法學院、商學院、文學院轉入。採取此項學制，兩年以後卽有畢業生，較之燕京、復旦、中政等四年制，較合當前需要。

②哥倫比亞大學制：此爲研究性質，由大學畢業生修業一年，此一年專修新聞課程。

三、設　備

①、書籍：新聞學書籍爲數不多，現有成書不超過二千種，如得半數，足敷應用。此一千本書籍之中，一部份籲請捐助，其餘自行購置。

②、新聞室：初步設收報機一架，印刷機（小型平版）一架，鉛字若干磅，五萬元以內可辦，以後可陸續補充。

四、課　程

①法學院課程佔百分之五十。

②文學院課程佔百分之二十五。

③新聞學課程佔百分之二十五。

五、教授

根據上述課程標準，百分之七十五課程爲法學院、文學院課程，此項課程仍請文、法學院教授擔任之。新聞學課程有專任教授二人，副教授（或講師助教）一人卽可勝任。以上新聞學專任教授，可聘請美國教授一人擔任專門科目。

六、實習指導

由編輯人協會負責接洽實習機構，如有需要，並負指導之責。

以上建議書，經臺北編輯人協會第四屆理事會第三次聯席會議通過後，向臺灣大學正式提出。在此期間，由於該會在報端呼籲宣傳，復在「報學」半年刊發行「新聞教育特輯」，力倡新聞教育。故有關臺大設立新聞系一事，頗爲轟動。當時教育部長程天放、臺省教育廳長陳雪屏均表贊助，惟有關經費、設備、教授諸問題，臺大校長錢思亮顧慮頗多，致成泡影。

民國四十三年，教育部長張其昀爲配合國策及培養高級通才，特提請行政院院會通過，恢復國立政治大學，並任命陳大齊爲校長。校址設臺灣省臺北縣木柵鄉指南山麓，位於臺北市東南十二公里，校園翠峯環抱，溪水交流，風景極爲絢麗。是年，先恢復研究部。教育部鑒於新聞界之需要及過去政大新聞教育具有光榮之傳統，故於教育、政治、外交三研究所外，特設立新聞研究所，由陳校長聘請該校前新聞學院副院長曾虛白主持。各研究所於四十三年十月招考第一屆研究生，十一月廿四日正式開學。

國立政治大學爲自由中國設立新聞教育的第一所大學，新聞研究所亦爲目前國內研究新聞學之最高學府，其創辦宗旨，係以培養理論與實際並重之高級新聞人才爲目的。

新聞研究所自創立迄今，已有十二年的歷史，其間對於研究制度之改進，圖書設備之擴充，經周密籌劃，業已粗具規模。茲將研究生之報考資格、考試科目、生活待遇、修業年限、研究科目及任課教授等說明於後。

二、綜合概述

新聞研究所研究生之報考資格，係限於公立或已立案之私立大學新聞學系、中國文學系、外國語文學系、歷史學系、地理學系、史地學系、政治學系、行政學系、邊政學系、外交學系、法律學系、經濟學系、教育學系、社會學系、商學系或國際貿易學系畢業，得有學士學位者。第一屆研究生之報考資格，除上列資格外，並規定高等考試及格，並從事新聞事業兩年以上者，亦得報考。第二屆研究生之報考資格，規定除新聞系畢業得有學士學位者外，其他前述科系畢業得有學士學位者，並須從事新聞事業一年以上並有證明文件者始得報考。惟此項限制，至第三屆招考時卽予取消。

入學考試科目區分兩類，一爲共同科目：包括國文、英文、三民主義三科。一爲專門科目：包括新聞學、編輯採訪與新聞事業史三科。第一屆研究生招考時，共同科目除國文、三民主義外，尚有中外史地與口試兩科。第三屆招考時，爲簡化手續，取消口試。第四屆招考時，復取消中外史地。至於專門科目，自第一屆至第五屆入學考試時，祗考新聞學及世界現勢兩科。至第六屆招考時，將世界現勢改爲編輯採訪。第七屆招考時，爲加重專門科目起見，乃加考新聞事業史一科。

語言文字為研究新聞學之基本工具，新聞研究所為提高研究生之研究能力，特於招考時，將國文、英文兩科之成績，定有最低標準，若考生國文、英文任何一科成績不及最低之標準者，其成績不予平均，即無錄取之機會。

新聞研究所自民國四十三年創辦，至民國五十五年四月，共招考碩士學位研究生十二屆。計錄取一一九人，其中女生五人，韓國學生三人，非洲喀麥隆學生一人。

研究生修業期間，自民國四十三年起，教育部規定每人每月發給奬學金三百元，全年三千六百元。民國四十八年起，教育部規定每人每月增加一百元，即每月四百元，全年四千八百元。而學費、雜費、宿費等均免繳。外籍學生分自費與公費兩種，自費生在校享受學費、雜費及宿費等免費優待，生活費用自行負責。外籍公費生每人每月發給奬學金八百元，全年七千二百元，學、雜、宿費亦均免繳。外籍學生之入學，係由外籍學生直接向我國駐外國大使館或領事館申請，然後轉請我國教育部審查合格後，分發各大學研究所就讀，其入學無須經過入學考試。

新聞研究所修業年限，規定為兩年，但必要時得延長一年。修業期間，修滿三十學分，完成論文，得申請為碩士學位候選人，經碩士學位考試合格，並呈報教育部，覆核無誤者，依照學位授予法，授予文學碩士。在過去十年中，經上列程序修業期滿，考試及格，依法授予碩士學位者計六十七人。

新聞研究所開設之課程，分共同科目、專門科目與自由選修科目三種，玆將課程名稱、學分錄列於左：

A、共同科目（任選四學分）：

中華民國憲法研究 ②
三民主義哲學基礎 ②
中國哲學研究 ②
國際共產主義批判 ②

B、新聞學專門科目（任選二十六學分）：

中國新聞史研究 ②
日本新聞史研究 ②
美國新聞學研究 ②
比較新聞學 ④
新聞文獻 ②
民意及民意調查 ②
編採研究 ②
社論研究 ②
報業管理研究 ②
新聞法 ②
新聞自由與報業自律 ②
大衆傳播原理 ④

大衆傳播與現代社會 ④

大衆傳播內容分析 ②

國際大衆傳播 ②

大衆傳播研究方法 ②

統計學 ⑥

C、自由選修科目：

①教育、政治、外交、財政、商學、中國文學、公共行政各研究所之專門科目，均可自由選修。

②英、法、德、西、日、韓等國語文科目，均可自由選修，惟不計學分。

自成立迄今，先後在新聞研究所任課教授，計有曾虛白、謝然之、陶希聖、程滄波、成舍我、陳訓悆、呂光、鄭南渭、余夢燕、蔣君章、陳固亭、王洪鈞、徐佳士、朱謙、李瞻、魏大公等。此外，尚有日籍教授小野秀雄，美籍教授孔慕思（Carlton Culmsee）、郎豪華（Howard R. Long）、葛邇敦（Charles C. Clayton）與凱賽（John Casey）教授等。

對於外籍教授之聘請，係以兩年延請一位為原則，以便每期同學均有與外籍教授共同研究之機會。過去十年中，外籍教授對於新聞研究所之發展，貢獻頗大，因彼等均為新聞教育界權威，除傳授學術外，對文化交流，亦有極大貢獻。

三、研究方針

新聞研究所之研究方針，分為理論與實務兩大部份：理論研究包括學科研究與論文研究；實務研究包括報刊實習、專業實習、專題座談、專題演講與出國考察等。茲將上述各種研究方式，簡略介紹於後：

A、理論研究部份：

①新聞學專門學科研究：研究生通常於兩年間，修習各所共同科目四學分，專門科目廿六學分。各科之研究方式，多採輔導研究制或討論研究制。前者由授課教授選定有關該科之書籍，交由同學分別閱讀，然後分組提出口頭報告和書面報告，每次由教授作簡短之評述，學期終了前，學生每人須繳報告一篇；此外，尚須舉行筆試。研究討論制係由各科教授先行指定參考書籍閱讀，然後授課教授作專題講述，並由同學提出問題討論。研究生之學科成績以七十分為及格，學年平均成績未達六十五分者，即令退學。

②論文研究：論文撰寫為研究生最重要之工作，因學位之獲得，純視所提論文是否通過。研究生在第二學年開始時，須徵得所主任同意，擬定論文題目送教務處。然後由學校聘定指導教授負責指導。論文撰寫前，應先向指導教授提出撰寫綱要，列出參考資料目錄，請其指導補充。上述手續完成後，即應開始搜集資料，作成卡片，分類整理，最後開始撰寫。在此期間，遇有疑難，應隨時向指導教授請益。論文考試委員五人中，至少須有校外委員二人。考試以口試方式行之，由各委員就論文之立論、結構、以及其他有關問題反覆詰詢，然後評定分數，秘密投票。五委員之平均分數，即為該篇論文之成績。如有兩位委員評定之分數未達七十分，則該篇論文即被否決。被否決之論文，須修正或另擇題目重新撰寫；如第二次仍遭否決，即取銷學籍。

B、實務研究部份：

新聞研究所對於新聞學之實務研究雖極重視，但爲顧及其興趣及避免妨礙其研究工作，故未採硬性統一規定。實務研究之方式，有下列數種：

①報刊實習　四十五年創「學生新聞」雙週刋，翌年改爲週刋。另有英文「政治前鋒」報每月出版一次；編、採、校、印等均由同學主持，使其獲得實際經驗。

②專題座談　邀請新聞界學者名流，舉行專題座談。例如編輯座談會、採訪座談會、社會新聞座談會、新聞教育座談會、軍事新聞座談會等。

③專題演講　爲求獲得書本以外之知識，經常敦請專家舉行專題演講，內容包括大衆傳播、新聞學術、國內外新聞事業現狀等。

④專業實習　研究生在寒暑假期間，如對某報社、通訊社、電臺等之某一部門發生興趣時，可由所主任介紹至該單位實習。

⑤出國考察　新聞所第一、二兩屆畢業同學，曾赴日本考察，返國後，每人提出報告一篇，合編爲「近代日本新聞事業」一書，於民國四十六年出版。

四、研究成果

新聞研究所之研究工作，分教員研究與研究生之碩士論文研究兩種。前者通常係由本校或校外學術團體在經費方面予以支持；而後者係由本校或校外教授指導完成。截至五十五年元月，計教員完成研究

計劃十一項（註三十），研究生完成碩士論文六十七篇。（註三一）

（二）國立政治大學新聞系

民國四十四年秋，國立政治大學恢復大學部，先設政治、教育、外交、新聞、邊政五系。新聞系主任首由該校新聞研究所主任曾虛白兼任，繼聘謝然之主持。謝氏到職後，悉心規劃，充實設備，創辦「學生新聞」及英文「政治前鋒」實習報紙。四十八年秋，謝氏赴美講學，系主任一職，由王洪鈞繼任。政大新聞系係繼承過去之光榮傳統，以培養新聞事業人才爲目的。復校後隸屬法學院，招收高中畢業生，修業四年後，授予法學士學位。至五十年八月改隸文學院，故自五十一年起，畢業生改授文學士學位。

該系自在臺復校至民國五十四年九月，計招新生十一期，已畢業者七期，約計三百餘人。新聞系之課程，包括共同必修科目四十八學分，新聞學專門科目五十二學分，選修科目四十二學分。茲將以上三類科目之名稱、學分等分別列擧於后：（註三十二）

A、共同必修科目（四十八學分）：

三民主義　④

國　文　⑧

英　文　⑧

中國近代史　④

國際組織與國際現勢 ②

哲學概論
理則學 } 任選一科 ④

中國通史
西洋通史 } 任選一科 ④

普通心理學
自然科學概論 } 任選一科 ⑥

政治學
經濟學
社會學
法學緒論 } 任選一科 ⑥

B、新聞學必修專門科目（五十二學分）：

新聞學概論 ④
新聞採訪學 ③
新聞文學 ②
新聞英語 ⑥
新聞寫作 ②

報業行政 ②
中國報業史 ③
新聞編輯 ③
世界報業史 ③
報業經營與發行 ②
報刊實習 ④
分類編輯 ②
廣告學 ②
評論寫作 ②
新聞法規 ②
廣播與電視 ②
通訊事業概論 ②
公共關係 ②
業務實習 ④

C、選修科目（任選四十二學分）：

新聞心理學 ②
社會心理學 ⑥

西洋外交史 ⑥
廣播業務 ②
新聞攝影 ⑥
新聞英語寫作翻譯 ⑥
各國政府及政治 ⑥
第二外國語 ⑫
行政法 ⑥
財政學 ⑥
犯罪學 ③
中國外交史 ⑥
英語會話 ⑥
西洋政治思想史 ⑥
孟子 ④
民意測驗 ②
中國近代報業研究 ②
新聞英語名著選讀 ④
輿論學 ②

新聞印刷 ②
刑法總則 ②
新聞寫作研究 ②
資料管理 ④
國學概論 ②
統計學 ⑥
中國政府 ⑥
工商管理 ②
經濟地理 ③
倫理學 ③
文學概論 ③
國際公法 ③
發展心理學 ②
運輸學 ②
國際私法 ⑥
中國政治思想史 ⑥
國際貿易 ⑥

國際政治 ⑥

中國政治制度史 ③

中華民族志 ⑥

視聽教育 ②

畢業論文 ④

爲鼓勵學生敦品力學，該系與有關單位商定，設立各種獎學金，計有「新聞事業獎學金」、「陳博生新聞獎學金」、「徐搏九新聞獎學金」、「于右任獎學金」、「黃印文獎學金」等。

政大新聞系之教學方針，係依據世界新聞教育之新趨勢而訂定。其宗旨爲：第一、培養新聞事業所需之一般新聞人才；第二、由新聞所、系與新聞界合作，共同提高自由中國新聞事業的水準。

A、在培養一般新聞人才方面，教學方針可分四途：

①知識教育：除新聞學的理論外，還要奠定深厚的社會科學及人文科學之基礎。因公正報導和客觀解釋需要對各種問題能深刻瞭解，這種知識不易在工作環境中獲得，必須在教育過程中培育。

②技術教育：技術教育之目的在使學生開始就業時，能有若干作業能力，不僅要使之明白如何做，更要讓他們知道爲什麼這樣做，俾求進步與發展。

③道德教育：隨着大衆傳播事業影響力的擴大，新聞記者比歷史上任何時代、任何職業，更需要嚴格的職業道德。政大新聞系着重養成學生的責任心和正義感，培養服務精神，以道德領導技術。

④方法教育：新聞記者必須在最短的時間內，解瞭最複雜的問題，然後予以清楚的解釋和正確的估

遠東新聞教育的新紀元！
國立政治大學新聞館落成典禮　五一、三、九

政大「學生新聞」

VANGUARD

ROC And ROK Presidents Call For Summit Meetings Among Free Asian Leade

No Press Freedom On China Mainland

Chengchi Vanguard Play Vital Educational Role

More Equipment For

政大「政治前鋒報」

政大「學生新聞增刊」

價。故從事這種職業的人須有周密的思想，獨立的判斷，以及迅速的採集和運用能力。而上述種種，莫不來自方法學（Methodology）。

B、在與新聞界合作，共同提高新聞事業的水準方面，政大之新聞教育負有兩大任務：

①提高專業精神：如公正無私的態度，服務社會的熱忱，與善除惡的決心，以及創造革新的意志等均爲新聞事業所必需的專業精神。

新聞教育機構，以批評的眼光，密切注意各種新聞傳播事業的趨勢，以科學方法，分析其動機和影響，作爲一項活的教材。

②培養研究發展的智能：新聞事業需要不斷的革新發展，從業員必須經常研究，始可與人競爭。政大新聞系注意及此，乃積極培養學生智能，建立研究的環境，以期達到新聞教育的目的。

政大新聞系的實習制度分爲兩種：一爲經常實習部份，一爲畢業實習部份。前者包括「學生新聞」與「政治前鋒」英文報的出版。上述二報的採訪、編輯、校對、廣告、發行等工作，均由同學輪流擔任。此外尚有新聞攝影，學生曾數度訪問金門前線，從事戰地攝影實習。至於畢業班之實習，規模較爲龐大。每年五月，凡新聞系之應屆畢業生，均按志趣分發到各新聞事業機構工作，並聘各單位負責人擔任實習指導委員，此不獨獲得理論與經驗的印證，且能加强新聞教育與新聞事業之合作。上述制度，自從實施以來，收效甚宏。

政大與新聞研究所與新聞系爲配合新聞教育之時代潮流，特於民國五十一年興建現代化之新聞館一座，其中設備，計有實習報紙「學生新聞」、「政治前鋒」（英文）、印刷廠、排字房、世界報紙陳列室、民意調查中心、圖書室、閱覽室、攝影室、暗房、廣播電臺、縮影照相室、辦公室、教室與大禮堂等。其中縮影照相室之設備，計有縮影照相機一架、閱讀機三架、閱讀複印機一架、放大機兩架、照片烘乾機一架、軟片烘乾機一架，軟片拷貝機一架以及全套暗房設備等。購置此項設備之主要目的，在建立基本資料，以利新聞學之研究。

（三）政工幹部學校新聞系

政工幹部學校成立於民國四十年秋。第一期新生分研究班、正科班與業科班三種，共約千人。業科班復分為新聞、音樂、美術、戲劇、體育五組，最初新聞組有學生一百人。這是政府遷臺後，最先接受新聞教育的青年。

新聞組成立之初，聘新生報社長謝然之擔任主任。謝氏復延攬新聞界名流徐詠平、黃天鵬、朱虛白、唐際清、潘邵昂、陳恩成等任教授。並經常邀請新聞界權威人士如陶希聖、曾虛白、馬星野、魏景蒙、陳訓念、潘公弼等作專題演講，予學生之學習情緒，有極大之鼓舞。

在課外參考書籍方面，首有編輯人協會贈送報學半年刊，其後中央黨部、省新聞處及各報社相繼贈送不少書籍，新聞組遂得成立一小型圖書館，供學生研讀。

至於報業實習，以當時創辦伊始，尚無印刷廠之設備。四十一年創刊油印之「海獅報」，由學生輪流擔任編、採、校、印等工作，每週出刊一次，成績甚佳。後來該校與中央、新生、中華三大報社取得聯繫，派學生至報社擔任實地採訪、編輯、發行之實習工作。

文化一周
中央通訊社

文化學院「文化一周」

政工幹校新聞館

幹校之新聞組共辦理五期，自第六期起改爲新聞科，教育期限自一年半延長至兩年，與一般專科學校相同。學生須修一百廿學分。課程內容，較新聞組時期增加不少。爲了配合教育內容的改變，在設備方面，亦曾積極擴充。

自第八期起，新聞科復隨該校之改制擴爲新聞系，教育期限延長爲四年。其教育內容分爲三個階段：第一階段爲入伍教育，爲期四個月，着重精神教育。第二階段爲分科教育，共四個學年，每學年計兩學期，每學期上課十七週。前後共修一六一學分，較普通大學新聞系學生所修者爲多。課程分一般科目與專業科目兩大類。第三階段爲軍種兵科教育，爲期半年，於分科教育完成後實施。最後並舉行期終演習五週，始正式分發至各單位工作。

自改爲四年制後，已將軍事學科與一般學科截然分開，卽在分科教育時不授軍事課程，俟分科教育完成後，才進入軍種兵科教育。四年制之學生畢業後，除授予少尉官階外，並由教育部授予文學士學位，可謂允文允武矣。

幹校新聞教育的特色，可分下列三點來說明：

A、文武合一：因該系之目的在培育軍聞工作幹部，故於一般學科外，更增加軍事常識，對生活之規律，亦有嚴格要求，決不因其是軍中記者，而有所差別。這種文武合一的新聞教育，與一般學校的新聞系略有不同。

B、注重實習：中國昔日的新聞教育，往往與新聞事業的實務脫節，以致畢業生不合報社的實際需要，而成功的記者與編輯，又多非新聞系出身，此足以說明實習的重要性。幹校有見及此，其新聞教育方針，力矯此弊，特別注重實習，不惜重資，添置各項有關設備，使學生在校內卽可獲得充分印證的機會。此外，更與各大報社密切連繫，使學生在畢業之前，先赴編採等部門去參與實際工作，以期獲得若干經驗。

C、學以致用：一般大學新聞系的畢業生，常遭遇就業的困難，卽使找到工作，往往又學非所用。幹校新聞系的畢業生，可以分發至海、陸、空軍中任何新聞機構工作，而且多能發揮專長，做到學以致用的理想。

（四）世界新聞專科學校

民國四十四年秋，中國新聞界及文化界人士，發起籌建「世界新聞職業學校」。翌年五月籌備完成，於第一次董事會議中，推成舍我爲董事長兼校長。該校奉准立案後，同年九月招考高級報業管理科一班。四十九年奉准改制爲「私立世界新聞專科學校」，董事會決定由蕭同茲任董事長，成舍我專任校長。成氏素以創辦獨立自主的民營報紙見稱於新聞界，數年來曾以刻苦奮鬬的精神，爲世新專校奠定基礎。

該校位於臺北縣木柵溝子口，擁有土地一萬餘坪，四十六年二月，印刷實習工廠及各項設備均裝置竣工，次年獲美國亞洲協會捐贈美金一萬元，擴建教室、辦公室、大禮堂等。

世界新聞專科學校以「德智兼修，手腦並用」爲校訓。此可說明其宗旨。該校分設三年制及五年制專科兩種，前者招收高中畢業生，後者招收初中畢業生。三年制及五年制統稱新聞科，在最後一學年中

世界新聞專科學校

世新廣電教育中心

「小世界」週報

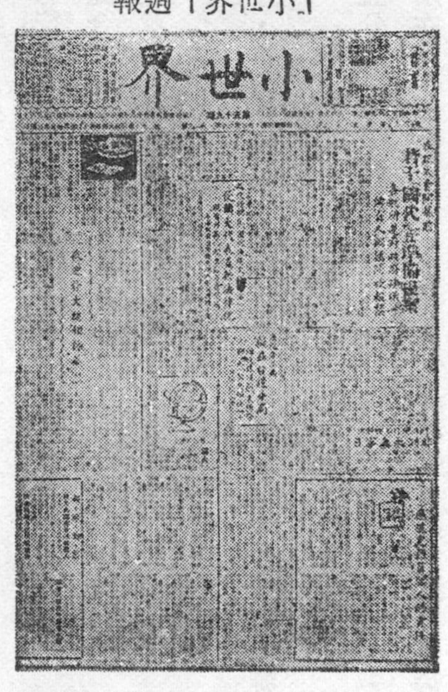

小世界

，始分報業行政、編輯採訪、報業印刷、圖書資料、及廣播電視等五組。上列五組之基本課程，均予以扼要講授，然後再選組專修，尤重技能之學習。

該校之三年制專科參加大專聯考，五年制專科招生事宜則自行辦理。

世新之課程分一般課程與專業課程兩種：一般課程有廿二科目，專門課程與一般大學新聞系所具備者相似，計分廿個科目。此外更設「小世界」週報、「世新廣播電臺」、「世新電視臺」及印刷廠，專供學生實習之用，理論與實際並重，爲該校一貫方針。

該校爲增進學生對新聞事業的認識，自民國五十年起，曾邀學者專家，分別組研究會，從事下列各項專題研究：

A、新聞教育之目的及其課程分配。

B、能否於英美式、蘇俄式、法西斯式以外，另行創立一種新聞制度之研究。

C、新聞自由如何與新聞責任及新聞道德嚴密配合。

D、研究中國新聞史的演進。搜集近百年來之報章雜誌，製成縮影軟片，以供研究。

E、搜集各國報紙，作比較研究。

世界新聞專科學校設有獎學金，成績優異之學生，可以申請。其核發標準係依照該校獎學金核發辦法，由捐款人所組成之監察委員會作最後決定。

獎學金分甲、乙、丙三種。甲種須成績在八十五分以上；乙種成績在八十分以上，且須家境清寒；丙種以工讀維持學業，須家境貧困，實習或勞作成績在八十五分以上。上述各種獎學金，必須操行列爲甲等之學生，始能提出申請。名額無限制。其來源採籌募方式，不足數由學校撥款補充之。

獎學金之捐贈分常年及非常年兩種，常年捐贈者計有中央日報、聯合報、新生報、徵信新聞、英文中國日報、英文中國郵報、國語日報、大華晚報、自立晚報、中央通訊社、自由談雜誌、中國廣播公司、正聲廣播公司、民聲廣播電臺、華聲廣播電臺、民天廣播電臺。非常年捐贈計有民族晚報、香港時報、新聞天地、民本廣播電臺、中華廣播電臺、國聲廣播電臺、先聲廣播電臺、中興廣播電臺等。

（五）臺灣省立師範大學社教系新聞組

民國四十六年，臺灣省立師範學院改制爲師範大學，社會教育系亦於此時成立。創辦之初，系主任一職由教育學院院長田培林兼任，次年八月，改由孫邦正主持。該系旨在培育社會教育之專業人才，分爲新聞組、圖書館組、社會事業組。各組分別訓練，殊途同歸。而新聞組之設立，乃整個計劃中最重要的一環，卽透過新聞教育，訓練社教專才，並以大衆傳播爲社教媒介，以求達成改造社會的使命。

新聞組的教育方針，在培養具有教育訓練的新聞從業人員，以期發揮新聞教育的力量。在訓練方面，除編輯採訪之知識外，更注重教育學科的訓練。該系課程分爲共同必修、分組必修、及選修三類。新聞組必修科目計有卅種，選修科目有廿一種，授課期限爲四年，實習一年期滿授予學士學位。

該校對實習工作特別重視，學生在第五學年度必須分發至各中學或社教機構實習一年，始能畢業。新聞組學生除上述爲期一年的實習外，另在第三學年之暑假及第八學期，須赴新聞機構實習。新聞組之實習報紙有社教通訊，每月出版一次，編、採、校、印等工作均由學生輪流擔任。

師大新聞學會爲新聞組學生之聯誼組織，亦爲研究新聞學術的中心。凡對新聞學術有興趣的各院系學生，均可自由參加。該會於民國四十八年六月創刊「新聞學報」，作爲學生研究新聞學術及發表著作的園地。

此外，新聞組經常透過新聞學會，舉辦專題座談和專題演講，其中規模最大的一次爲四十九年十二月所舉行的「社會新聞專題研究座談會」。出席者有孫邦正、沈宗琳、戚長誠、趙友培、歐陽醇等三十餘人，討論內容包括：①社會新聞對社會教育之影響；②社會新聞受一般讀者重視的原因；③社會新聞與法律責任的關係；④社會新聞的登載尺度及其寫作要求等，均獲致具體結論。

師大學生在學期間均享受公費待遇，所有食宿、講義、制服及畢業旅行費用均由政府供給。迄民國五十四年七月止，新聞組學生已有七屆畢業。其就業情形除僑生返回僑居地從事新聞工作外，其餘多參加國內各新聞機構工作，且表現優異獲得新聞界人士一致好評。

（六）中國文化學院新聞系及大衆傳播系

私立中國文化學院於民國五十一年成立，以前教育部部長張其昀爲董事長。該學院最初先成立研究所，民國五十二年成立大學部。

新聞系（日間部）聘前國立政治大學新聞系主任謝然之爲主任；大衆傳播系（夜間部）聘前新聞局副局長龔弘爲主任。其課程大致與國立政治大學新聞系相同，另有「文化一週」週刊供學生實習。

（七）社會新聞教育

自由中國的新聞教育，除上述正規新聞學府外，社會新聞教育亦甚發達，其中成績較著者有蘇連城主持的中國新聞函授學校，臺北市記者公會主辦的「新聞講習班」，以及英文中國郵報所主辦的「英文新聞研習班」等。此外，社會各界捐贈新聞獎學金，對新聞教育之倡導與宏揚，亦獲顯著成效，茲分別略述如次。

一、中國新聞函授學校

中國新聞函授學校，於民國四十年初開始籌備，四十二年正式成立，校址設臺北市南陽街。該校籌備發起人為蘇連城、方雨庵、劉干雲等。首任董事長為李壽雍，校長為俞叔平。現任董事長為方青儒、校長為沈友梅，實際校務則由蘇連城負責。

該校分為普通班、高級班、及研究班三部。凡有志從事新聞事業或進修新聞學術者，不分年齡、性別、職業，均可報名入學。初中程度者入普通班，修業半年；高中程度者入高級班，修業一年。課程均屬必修，普通班計有新聞學概論、新聞史等十一科目。高級班則增添評論、編採等廿一科目。

該校以通訊方式授課，遴聘教授、專家、作家、記者編授課本，由學校按各班實際情形寄發。對規定作業，嚴格批改。此外，更有課外寫作，學生得自行撰寫短評、特寫、專訪寄校評改。

中國新聞函授學校自創辦以來，先後畢業者將近萬人。除臺灣本島及金、馬、澎湖外，其他如香港、澳門、新加坡、北婆羅洲、越南、緬甸、韓國、日本、秘魯等地區，均有華僑青年參加。

至於畢業生之就業情形，據該校統計，專就國內中央日報、中華日報、新生報、及聯合報之地方記者及特約通訊員而論，該校卒業者幾佔百分之六十以上。

二、新聞講習班

自由中國新聞團體所舉辦的短期新聞講習班，先後有臺北市新聞記者公會主辦的「新聞講習班」，政大邀請的美國南伊利諾大學客籍教授郎豪華所主辦的及英文中國郵報附設的兩個「英文新聞研習班」。前者以灌輸一般新聞知識爲主；後者以訓練英文新聞寫作人才爲主。

①臺北市新聞記者公會於民國四十六年五月成立「新聞講習班」，招收高中以上畢業的學生爲學員，利用每星期一、三、五晚間授課兩小時，訓練期間爲四個月。

該班共招收學員六十四名，准予畢業的有四十八名。班主任由當時新聞記者公會理事長曾虛白兼任。所授課程包括新聞學概論、編輯、採訪與寫作等十科目。此外並邀新聞界若干名流作專題演講，先後受邀者有陶希聖等十餘人。

該班於四十六年八月結束，同年九一記者節行結業禮，參加的學員分別獲得證書。

②美國南伊利諾大學新聞系主任郎豪華博士，應政治大學新聞研究所之聘，於民國四十六年來華講學。氏於授課之餘，曾舉辦英文新聞講習會，邀請臺北各報社及廣播電臺之外事記者參加。並獲南伊大校長之同意，其所辦講習會，視同該校夜間部在海外之機構，所修課程給予學分。郎教授所主講之課程共二學期：第一學期爲「英文新聞報導與特寫之研究」，第二學期爲「美國報刊社評寫作之研究」。參加講習之學員十餘人，其中數人以後曾獲南伊大之獎學金，入新聞研究院繼續深造。

該班結業時，曾假教育部禮堂舉行結業禮，並授予證書。

第二次英文新聞研習班爲英文中國郵報所主辦，該班成立於民國五十年春，旨在訓練英文新聞寫作人才，加强國際間之新聞報導。報考資格限卅五歲以下之大專畢業生，且須擅長英文寫作，對新聞事業具有興趣者。經招考後，錄取學員十二名，旁聽生十八名，旁聽生中有女生二人。

研習班的學員多已就業，故上課時間在每星期一、三、五下午八時至十一時。星期一的課程爲新聞學的一般討論；星期三爲新聞學理論及寫作研究；星期五爲新聞寫作。該班平日上課以英文爲主，在課室中固然着重理論的探討，在課外更注意實際訓練。研習時間共計六個月，成績優異的學員，郵報酌予錄用。

三、新聞獎學金

自由中國各新聞機構爲獎掖後學，培植新聞人才，先後在各新聞學府設置獎學金多種，其對新聞教育之鼓勵，收效至宏：

①新聞事業獎學金：由各新聞事業機構捐贈，目的在鼓勵新聞科系學生，使其學業品德有所精進。捐贈之對象爲政大新聞系與世界新聞專科學校。

②陳博生新聞獎學金：臺北市新聞記者公會爲紀念前中央社總編輯陳博生先生對新聞事業的貢獻，特設此項獎學金。凡國內主修新聞學之學生，在升入三年級時，如成績優良，均可申請。該項獎學金每名每學期一千五百元，得獎學生之成績如能保持八十分以上，便可繼續獲得，直至其在國內研究所畢業爲止。

③徐摶九新聞獎學金：徐君爲臺灣新生報記者，於民國四十七年九月廿六日赴前線採訪戰地新聞時，不幸因乘艇覆沒，在料羅灣失踪。新生報社爲紀念其冒險犯難精神，特在政大新聞系、政工幹校新聞系、及世界新聞專科學校設置獎學金。金額每名每年一千五百元。

④魏晉孚新聞獎學金：魏君爲徵信新聞報記者，於民國四十七年九月廿六日與新生報記者徐摶九等同時失踪。徵信新聞報社爲紀念其盡忠職守的精神，特在世界新聞專科學校設獎學金一名，年給一千元。

⑤晨社獎學金：爲旅美僑領宋元濯所捐贈，每名每學年美金卅元。申請者限於臺灣籍學生，且須有志終身從事新聞工作者。

本章註解

註一：李瞻：美國的新聞教育（臺北：教育與文化，第二九〇期，臺灣書店，民國五十一年七月十九日，第十五頁）

註二：同上。

註三：同上。

註四：戈公振：中國報學史（臺北，學生書局，民國五十三年）第三四六頁。

註五：曾虛白：我國新聞教育的沿革（臺北：教育與文化，第二九〇期，臺灣書店，民國五十一年七月十九日，第一頁）。

註六：戈公振：中國報學史，第三四九頁。

註七：同上。

註八：同上，第三五〇頁。

註九：同上。

註十：同上，第三五五頁至三五六頁。

註十一：謝然之：中國新聞教育的沿革（臺北：中華民國新聞年鑑，民國五十年）第二頁。

註十二：同上。

註十三：本章所用資料，大部係根據曾虛白先生之「我國新聞教育的沿革」與謝然之先生之「中國新聞教育的沿革」兩文改寫及補充而成。按上述兩文之撰寫，筆者均曾參與，特此註明，並向原作者誌謝。

註十四：戈公振：中國報學史，第三五三頁。

註十五：高向杲：燕京大學的新聞教育（臺北：「報學」半年刊，一卷五期，第二十頁，民國四十二年十月。）

註十六：同上，第十一頁。

註十七：袁昶超：中國報業小史（香港：新聞天地社，民國四十六年）第一二八頁。

註十八：同上，第一二九頁。

註十九：黃天鵬：新聞教育廿五年的回顧（臺北：「報學」半年刊，一卷五期，民國四十二年十月，第十一頁。）

註二十：同上，第十一頁至十二頁。

註二一：同上，第六頁至第七頁。

註二二：袁昶超：中國報業小史，第一二九頁。

註二三：同上，第一三〇頁。

註二四：同上。

註二五：同上。

註二六：黃天鵬：新聞教育廿五年的回顧（臺北：報學，一卷五期，第十頁。）

註二七：姚朋：將帥之學的新聞教育（臺北：報學，一卷五期，第十九至二十頁。民國四十二年十月）。

註二八：臺北市編輯人協會會務報告（報學，一卷四期，第一五六頁。民國四十二年三月）。

註二九：同上，第一五七頁。

註三十：國立政治大學新聞研究所教員完成之研究計劃：

研究計劃名稱	主持人	支持機關	完成年月
①英國新聞自由之演進對於民主政治之影響	李瞻	國家長期發展科學委員會	民國四十七年六月
②美國輿論對政治之影響	李瞻	同右	民國四十八年六月
③廣播聽衆調查	朱謙	中國廣播公司	民國五十二年六月
④大衆傳播在教育上之功能（電視教學實驗）	朱謙	教育電視臺	民國五十二年六月
⑤廣播、報紙對農村生活之影響	朱謙	亞洲基金會	民國五十二年六月
⑥恐懼因素對傳播效果之影響	朱謙		民國五十二年六月
⑦法國新聞自由及其弊端	李瞻	國家長期發展科學委員會	民國五十三年六月

⑧中國新聞史　曾虛白　李瞻　朱傳譽　亞洲基金會　民國五十五年元月

⑨電視對農村生活之影響　陳聖士　閻沁恒　朱謙　亞洲基金會　民國五十四年六月

⑩大衆傳播對青年婚姻觀念的影響　漆敬堯　朱謙　民國五十四年六月

⑪如何利用大衆傳播媒介改變社會價值觀念　朱謙　民國五十四年六月

註三十一：國立政治大學新聞研究所碩士論文題目：

姓名	論文題目	畢業年月
李瞻	我國政府公共關係的研究	四十五年七月
陳諤	匪共控制下的大陸報業分析	〃
程朱鑫	報紙企業化的道路	〃
張宗棟	誹謗的類型及其責任之研究	〃
李鑫矩	輿論與新聞	四十五年七月
荆溪人	標題製作的心理因素	〃
呉驥	報紙廣告的服務	四十六年七月
洪桂已	臺灣報業史的研究	〃
徐本智	報紙銷數與國民所得的相關	〃
章日春	報紙挿圖廣告編製之研討	〃
張身華	報紙與社論	〃
王瑞徵	日本新聞自由的發展	四十七年一月
陳聖士	近代中國報紙社論之演變	〃

作者	題目	日期
賀照禮	不良廣告與廣告道德	〃
黃胄	中央日報與聯合報處理新聞照片之比較研究	〃
葉天行	臺灣報紙經濟新聞之研究	〃
黃三儀	中國報紙新聞寫作之研究	〃
姚朋	專欄寫作之研究	〃
孫以繡	解釋性新聞之研究	四十七年七月
施肇錫	臺北各報處理罪惡新聞之比較研究	四十八年一月
莫索爾	廣播新聞之寫作與處理	四十八年一月
王世正	人情味故事的研究	四十八年七月
姜占魁	犯罪新聞之研究	〃
李致綱	報紙廣告圖稿與文稿之設計	〃
于宗先	臺灣報紙新聞可讀性之研究	〃
陳治平	臺灣高中學生新聞聽讀習慣之調查與分析	〃
楊允達	金門砲戰期間國際採訪的研究	〃
陳有方	報業自律之研究	〃
葉宗夔	限張政策下的新聞處理問題	四十九年一月
何光國	廣播節目製作之研究	〃
祝基瀅	臺灣鄉村讀者讀報習慣調查	四十九年七月
閻沁恒	漢代民意的形成與其對政策之影響	〃
梁雪郎	清初文字獄與輿論	〃
李炳炎	現階段中國新聞政策之研究	〃
潘君密	路透社與國際合衆社之比較與研究	五十年一月
李粉丹	韓國新聞事業之傳統	五十年一月

朱友龍	臺北報紙意見部份之比較研究	五十年七月
熊湘泉	廣播節目戲劇化之研究	五十一年一月
潘昇德	北宋輿論與黨爭之研究	〃　〃
石永貴	臺灣電視節目製作之實際研究	五十一年七月
李聖文	大學生新聞聽讀習慣研究	〃　〃
趙　嬰	瑠公圳案新聞報導之比較研究	〃　〃
常崇寶	汪康年與啓蒙時期之中國報業	〃　〃
袁　良	中美報紙編採制度之比較研究	〃　〃
呂康玉	中國通訊社事業的回顧與前瞻	五十二年一月
鄭貞銘	中國大學新聞教育之研究	五十二年七月
鄭惠和	大衆傳播的不良內容對少年犯罪的影響	〃　〃
潘乃江	我國現階段新聞自律之研究	〃　〃
吳觀濤	廣播廣告效果及技巧之研究	〃　〃
張力雄	報業與社會責任之研究	〃　〃
陳　勤	新聞小說研究	五十二年七月
粟顯龍	報紙新聞報導及評論在法律上的責任	〃　〃
黎劍瑩	恩尼派俄之特寫之研究	五十三年一月
徐文閱	我國交通事業推行公共關係制度之研究	〃　〃
亓冰峰	清末革命黨與保皇黨的言論鬭爭	五十三年七月
張玉法	先秦時代的傳播活動及其對文化與政治的影響	〃　〃
宋漢章	報紙廣告之法律責任	〃　〃
王應機	犯罪新聞之報導（及其法律責任）	〃　〃
高進興	綜合報導之研究	〃　〃

田平納	西非英語國家報業之演進	五十四年元月
張伯敏	新聞事業在法律上的責任	五十四年七月
陳　梁	蘇俄報業研究	〃
張慶孫	新聞誹謗的理論與實際	〃
明健華	臺灣報業廣告現狀之研究	〃
李　潙	二次大戰後韓國報業之研究	〃
邱榕光	臺北各報市長競選新聞之分析	〃
樊楚才	從廣播劇看臺灣社會價值觀念之變化	五十五年元月

註三二：國立政治大學概況（民國五十二年）第三十七、三十八、五十、五十一、五十二頁。

第十五章　華僑報業

第一節　僑報概述

我國華僑，散佈世界各地，約計一千六百萬人，不僅對我國政治、經濟、社會、文化具有深遠的影響，就報業而言，亦為我國報業之重要一環。

一八一五年（嘉慶二十年），英國傳教士馬禮遜於南洋馬六甲發行「察世俗每月統記傳」，為我國近代報業之嚆矢。該報雖由英人創辦，但係中文發行，讀者以華僑為主，並且我國近代第一位報人梁亞發亦參與編纂工作，故該報可說是我國最早的華僑報紙。

一八五八年（咸豐八年）伍廷芳於香港創辦「中外新報」，開我國近代報業之先河，同時也是華僑日報之鼻祖。

一八五四年（咸豐四年）舊金山發行金山新聞（Golden Hills News）為美國最早僑報。又據「中報」一八七四年（同治十三年）七月廿五日記載：同年六月二日，舊金山華僑發行華文日報一種，石印，惟未載報名。按此當係指「舊金山中國新聞」（San Francisco China News）而言。（註一）該報以黃色社會新聞為主。為美洲最早之華僑日報。

一八八〇年（光緒六年），薛有禮於星加坡發行「叻報」，直至民國二十一年（一九三二年）三月

卅一日始停刊，計發行五十二年。爲南洋最早的華僑報紙，亦爲持續最久者。(註二)

其他地區，創刊最早之僑報，尚有檀香山之「隆記報」(一八八一年)；菲律賓之「華報」(一八八八年)；日本之「清議報」(一八九八年)；緬甸之「仰光新報」(一九〇三年)；印尼之「泗水日報」(一九〇三年)；加拿大之「大漢公報」(一九〇七年)與秘魯之「民醒日報」(一九一一年)等。(註三)

甲午戰爭後，國父孫中山先生，創立興中會，首倡革命學說，同時於海外各地，創刊報紙，藉以糾合同志，鼓動革命風潮。未久，「戊戌政變」發生，康、梁流亡海外，成立中國保皇會(即保皇黨)，亦於各地發行報紙，高唱「保皇」及「君主立憲」學說。因之，兩派針鋒相對，各發宏論，使華僑報業隨之進入政論報紙之時代。

一八九一年(光緒十七年)，舊金山之「文憲報」創刊，不久即成爲保皇黨的機關報，該報於一九〇六年易名「世界日報」，迄今仍照常發行。民國五十年(一九六一年)，舉行創刊七十週年紀念，其在美洲僑報中歷史最久。保皇黨其他著名報紙，尚有日本之「清議報」(一八九八年)；「新民叢報」(一九〇二年)；菲律賓之「益友新報」(一八九九年)；香港之「維新日報」(一八八〇年)；「商報」(一九〇四年)；檀香山之「新中國報」(一九〇〇年)；星加坡之「天南新報」(一八九八年)與「南洋總匯報」(一九〇六年)等。而其中以「新民叢報」爲領袖。(註四)

興中會成立後，國父即以檀香山之「隆記報」(一八八一年)創刊爲革命黨機關報，該報數度改組，曾易名「檀香山新報」(一九〇三年)、「民生日報」(一九〇七年)與「自由新報」(一九〇七年）等。革命黨創刊之其他著名報紙，尚有舊金山之「大同報」（一九〇二年）；香港之「中國日報」（一八九九）；日本之「開智錄」（一九〇〇年）、「民報」（一九〇五年）；緬甸之「仰光新報」（一九〇三年）；星加坡之「圖南日報」（一九〇四年）、「中興日報」（一九〇七年）；印尼之「泗檳日報」（一九〇八年）；舊金山之「少年中國晨報」（一九〇九年）；加拿大之「新民國日報」（一九一〇年）；秘魯之「民醒日報」（一九一〇年）；與菲律賓之「公理報」（一九一一年）等。其中以東京之「民報」爲最著名。（註五）

民國建立以後，保皇黨之報紙，日趨衰微；而革命黨之報紙，亦因滿清政府之被推翻及主持人之紛紛返國，而失去朝氣。但當袁氏當國，中華革命黨在海外之活動乃趨積極，如加拿大多朗多創「醒華週報」，旋因反對北洋軍閥，黨部爲加政府所封閉，並拘捕黨員四十三人，醒華週刊停刊。至第一次世界大戰結束，始獲自由，重新籌備，于一九二二年始正式出版「醒華日報」。此後代之而起者，爲商業性報紙之勃興。其著名者有：香港之「華僑日報」（一九二五年）、「工商日報」（一九二五年）、「星島日報」（一九三八年）；菲律賓之「新聞日報」（一九二六年）；星加坡之「星州日報」（一九二九年）、「南洋商報」（一九二三年）；與馬來亞的「光華日報」（一九一〇年）、「星檳日報」（一九三九年）等。

民國三十八年，大陸淪陷後，共匪爲實行海外統戰工作，一面自己創刊報紙，一面積極向僑報滲透。故華僑報紙，目前以政治立場分，可分爲反共、親共及中立三派。據僑務委員會民國五十二年四月調查，世界各地，計有華僑報紙一五四家，雜誌一三〇家，共計二八四家。茲將其政治立場統計如左：

政治立場	報刊數目	百分比
反共	一四六家	五一%
親共	六二家	二二%
中立	七六家	二七%
總計	二八四家	一〇〇%

華僑報刊，遍佈五大洲，惟大部份分佈於亞洲地區，茲統計如左：（註七）

洲別	報刊數目	百分比
亞洲	二一五家	七六%
美洲	五三家	一八%
非洲	七家	二・六%
歐洲	六家	二・四%
大洋洲	三家	一%
總計	二八四家	一〇〇%

現以國家或地區爲單位，將海外華僑發行之報紙、雜誌統計如左表：（註八）

國家或地區名稱	日報數目	雜誌數目	合計	備考
港澳地區	五三	五三	一〇六	
馬來西亞	二四	五	二九	內含婆羅洲日報十二家

日本	一〇	一三	二三
韓國	二	一	三
越南	一一	一	一二
泰國	七	一〇	一七
緬甸	七	三	一〇
菲律賓	五	三	八
高棉		六	六
印度	二	一	三
帝汶		一	一
南非聯邦	一		一
模里斯	五		五
馬拉加西		一	一
英國		一	一
法國		二	二
德國		二	二
義大利		一	一
加拿大	五	五	一〇

美國	一二	四	一六
墨西哥	五	二	七
瓜地馬拉		二	二
占美加		三	三
多明尼加		一	一
千里達		三	三
蘇利南	二		二
巴拿馬	三	一	四
巴西		一	一
智利		一	一
澳大利亞		一	一
紐西蘭		一	一
飛枝群島		一	一
總計	一五四	一三〇	二八四家

依據上表，可知華僑報業，以香港、澳門地區、越南、泰國、馬來西亞、菲律賓、日本、美國爲最重要。茲爲明瞭起見，於以後各節中，分別敍述。印尼華僑報紙，雖於民國四十七年（一九五八年）被印尼軍方强力封閉，未能復刊，但其在僑報中居於重要地位，故仍單列一節，予以說明。

第二節　香港、澳門華僑報業

(一) 僑報的創始

一八五三年（清咸豐三年），麥都思（Walter Henry Medhurst），於香港發行遐邇貫珍（Chinese Serial）月刊（中英文對照），爲香港最早之華文刊物。一八五八年（咸豐八年）伍廷芳創刊「中外新報」，不僅開我國近代日報之先河，同時也是香港及海外僑報之鼻祖。（註九）該報原附「孖剌西報」（Daily Press）發行。後獨立經營，直到民國八年停刊。

「華字日報」係由「德臣西報」（China Mial）譯員陳藹亭於一八六四年（同治三年）所創辦。最初亦附「德臣西報」發行，至民國八年（一九一九年）獨立。直至民國三十年（一九四一年）十二月廿五日日軍佔領香港停刊，共計發行七十八年。

「中外新報」與「華字日報」在我國報業史上，都佔有重要地位，但眞正由華人自己創辦而影響最大者，首推「循環日報」。

「循環日報」於一八七四年（同治十三年）由王韜所創辦。一八六二年（同治元年）王氏以通太平天國之嫌，由上海避地香港，於教會從事翻譯工作。一八七一年承購「英華書院」之印刷設備，易名爲「中華印務總局」，一八七四年改組發行「循環日報」。王氏主持筆政十年，每日著論一篇。其中心思想爲提倡洋務，主張民治，要求變法及重視人才四項。以上論說集爲「弢園文錄」外篇，共十二卷，此

實爲我國近代思潮與變法維新之最早文獻。（註一〇）

（二）保皇黨及革命黨之報紙

民國以前，保皇黨在香港之報紙，計有「維新日報」、「粵報」及「商報」三家。一八八〇年（光緒六年）陸驥純發行「維新日報」，鼓吹君主立憲，爲保皇黨在香港的第一張報紙。一九〇八年，由劉少雲接辦。翌年易名爲「國民日報」，民國成立後，保皇黨日趨沒落，因之宣佈停刊。

「粵報」於一八八五年（光緒十一年）由滙豐銀行買辦羅鶴明所發行。未及一年，即由羅敬之承購。惟四年後因經濟困難停刊。

「商報」創刊於一九〇四年（光緒三十年），由康有爲弟子徐勤主持筆政，與「維新日報」同爲保皇黨之重要報紙，經常與「中國日報」論戰。

革命黨在香港之報紙，係以「中國日報」爲中心。其他尙有「世界公益報」、「廣東日報」、「有所謂報」、「東方報」、「少年日報」、「人道新報」及「時事畫報」等七家。（註一一）

「中國日報」創刊於一八九九年（光緒廿五年），係　國父派陳少白、王質甫自東京至香港開辦。最初每日出紙兩大張，並附「中國旬報」副刊。一九〇一年，橫濱「淸議報」助理編輯鄭貫一不容於康梁，　國父乃介紹其至「中國日報」。鄭氏學貫中西，並富革命思想，其論說大受讀者歡迎。

一九〇五年七月，馮自由由日本來香港組織同盟會。翌年「中國日報」改組，由馮氏任社長兼總編輯，爲同盟會機關報。一九〇八年，馮氏去加拿大，由謝英伯接任，一九一一年十一月廣州光復，廣還州出版。至民國二年，爲龍濟光封閉。該報對辛亥革命及民國之建立，貢獻至偉。

(三) 企業報紙的興起

民國以前，香港的商業僑報，以「中外新報」、「華字日報」及「循環日報」爲最著名。民國二年，尹文楷及其他僑商聯合創辦「大光日報」，但僅維持兩年；民國五年，有六十三年歷史的「遐邇貫珍」宣佈停刊。民國八年，創刊最早的「中外新報」亦由華商總會接辦，易名爲「華商總會報」。四年後，該會因無意續辦停刊。後由華南石印書局經理岑維休、陳楷承購，乃創辦今日規模巨大之「華僑日報」。

民國八年，「華字日報」正式脫離其母報「德臣西報」而獨立，與「循環日報」同執香港商業報紙之牛耳。「循環日報」自民國後，由何冰甫出任總編輯；民國十四年，由何雅選繼任。何雅選與「華字日報」之勞緯孟，都以能文見稱，至民國三十年香港淪陷前，兩人分別主持兩報筆政，戰後兩報均未復刊。

民國以後至抗戰期間，比較重要的新興商業報紙，除「大光日報」外，尙有「華僑日報」、「工商日報」、「星報」、「申報」香港版，「香港立報」、「星島日報」、「大公報」香港版，與「中國晚報」。前二者創刊於民國十四年，其餘均於抗戰發生後，民國廿七年創刊。在上列報紙中，而以「華僑日報」、「工商日報」與「星島日報」爲最成功。

「華僑日報」於民國十四年六月五日創刊，係岑維休承購「華商總會報」改組發行。(註一二)該報特別着重廣告經營及新聞迅速，在新聞方面要求與英文報紙同時刊佈。

「工商日報」創刊於民國十四年七月八日，由僑商洪興錦、黃德光等集資創辦。該報首創「爲祖國服務，爲僑胞謀福利」之說，進而「謀求工商兩界之聯合，以達眞正救國之目的」。除此之外，並特別注意「共產之禍」。民國十八年，增出「工商晚報」。

「星島日報」係永安堂主人胡文虎於民國廿七年八月一日創刊，並於同年十一月一日增出「星島晚報」，爲星系報團之重要報紙。當時適値抗日戰爭激烈進行之時，該報爲供給讀者「最後消息」，特延長截稿時間，同時儘量以新聞圖片、新聞地圖配合新聞刊出。此外並努力改進「文藝版」及「娛樂版」。一九六〇年「天天日報」出版，以彩色印刷照片及廣告，版面美麗，在香港獨創新格。因此，「星島日報」、「工商日報」、「華僑日報」與「天天日報」成爲香港新興的四家最成功的商業報紙；而工商日報在一九四九年雙十節，懸掛國旗(當時懸掛國旗者寥寥無幾)，抨擊共匪，振發香港正義人士之觀感，故其言論，迄今爲祖國特別重視。

(四) 政治性報紙

民國十七年後，香港亦有政治性報紙相繼創刊：主要者有廣東省政府的「新中國日報」(民國十七年)，汪精衞的「南華日報」(民國十九年)，日本政府的「香港日報」，陳銘樞的「大衆日報」(民國廿三年)，桂系的「珠江日報」(民國廿三年)，救國會派的「生活日報」(民國廿四年)，國民黨

香港時報創刊號

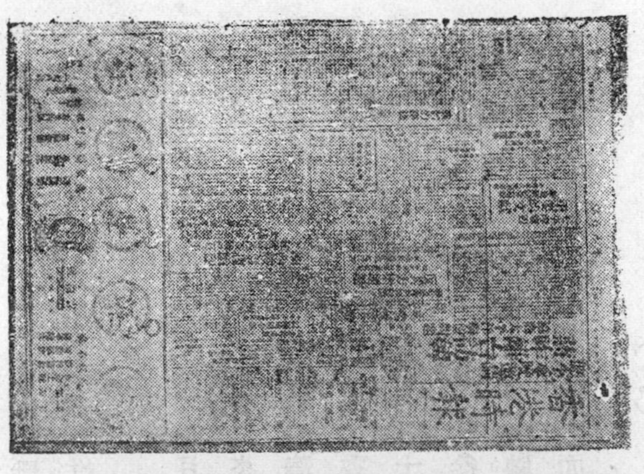

香港的僑報

的「國民日報」（民國廿八年），薩空了的「華商報」，兪頌華的「光明報」，與徐傅霖的「國家社會報」等。「國民日報」最初由陶百川主持，民國廿九年由陳訓畬接任。該報不僅須對左翼份子戰鬪，同時又要對汪系的「南華日報」論戰。「國民日報」至民國卅年十二月香港陷落而停刊。戰後復刊，因營業不振，復於三十八年春停刊。惟香港處反共前線，地位重要，中央乃於民國卅八年八月四日再創刊「香港時報」。

「香港時報」於三十八年四月籌備創刊，籌備委員計有陶希聖、蕭同玆、張明煒、謝然之、潘公弼、卜青茂及許孝炎等，並選許孝炎爲社長。該報設備，係接收香港前「國民日報」、天津「民國日報」及上海「中央日報」之部份設備湊合而成。同年八月四日創刊後，因訂價低廉，反共立場顯明，銷數達兩萬份。惟不久中共竊據大陸，香港人心惶惶，致反共最堅決之「香港時報」遭受嚴重打擊，銷數降至數千份。幸民國三十八年十一月十一日，該報正式登記爲「香港時報有限公司」，在香港取得合法地位，始逐漸化險爲夷，轉危爲安，徐圖發展。該報原每日發行兩大張，四十五年八月六日增至兩大張半。五十二年九月一日，實行改組，聘陳訓悆爲社長。該報自韓戰以來，隨國運之昌隆，營業日有起色，現有銷數約兩萬份；尤其在言論方面，發揮極大影響力，對反共戰爭貢獻至鉅。

（五）華僑報紙之現況

據民國五十二年僑委會調查，香港僑報四十九家，其中擁護我國及中立者卅六家，匪共報紙五家，附匪報紙八家。

擁護我國之主要僑報，計有：「工商日報」、「星島日報」、「華僑日報」、「香港時報」、「天天日報」、「大衆日報」、「工商晚報」、「華僑晚報」、「星島晚報」、「南華晚報」、「英文虎報」、「英文星報」、「天文臺」、「超然報」、「眞報」、「新生晚報」、「成報」、「快報」、「新報」、「越華報」、「自由報」（三日刊）、「新聞夜報」等。

畫報方面，計有「良友」、「亞洲」、「中外」、「東風」等。娛樂性的計有「國際電影」、「南國電影」、「新華畫報」等。雜誌方面，計有：「民主評論」、「新聞天地」、「工商觀察」、「人生」、「中國評論」、「兒童之友」、「星島週報」、「教育週報」、「晨報週刊」、「小說報」、「展望」、「群聲」及「時代批評」等。

政治期刊有「民主評論」、「祖國」與「現代雜誌」等。

匪共報紙，計有「大公報」、「文匯報」、「新晚報」、「週末報」、「經濟導報」。附匪報紙，計有「正午報」、「晶報」、「商報」、「中英日報」、「先生日報」及「天方夜報」。

（六）澳門華僑報紙

澳門僑報，始於滿淸末葉。一八九七年（光緒廿三年）康廣仁、徐勤發行「知新報」五日刊，爲保皇黨之重要報紙。民國以後，澳門僑報，一致擁護國策，完成北伐，抵抗日本侵略。

民國卅五年，李秉碩創辦「世界日報」，反共最力，惟不久停刊。後黃浩然發行「中華日報」，未久轉售老報人陳式銳，易名「精華日報」，該報言論正確，愛護祖國；對共產主義及共匪暴政，抨擊不遺餘力。惟不久亦被匪共滲透，被迫停刊。

目前澳門報紙，除葡文「澳門新聞報」外，計有中文報紙四家，一家態度中間偏右，一家態度偏左，兩家爲中共所有。

一、「市民日報」：民國卅三年由何曼公所創刊，現任社長爲嚴慶琪。該報言論嚴謹，守正不阿，維護僑胞利益。對祖國消息，僑團動態，均能做公正報導。

二、「華僑報」：於民國廿六年創刊，趙斑爛爲社長。立場原甚堅定，現態度曖昧。

三、「大衆日報」：民國卅五年爲中共所創辦，發行僅數百份，爲海外統戰宣傳工具。

四、「澳門日報」：民國四十七年爲中共所創刊，亦爲海外宣傳工具之一。

第三節　越、柬、寮華僑報業

越南、柬埔寨和寮國，過去爲法屬印度支那，統稱越南三邦。二次大戰後，脫離法國而各自獨立。現三國政治情況雖各不同，但在政治、經濟、文化各方面，仍有密切關係。關於華僑報業方面，亦有許多關聯，爲方便起見，將三國僑報合併予以敍述：（註一五）

（一）越南僑報的歷史

民國以前，越南尚無僑報。至民國七年，由法國牧師偉大烈創刊「華僑報」，爲越南三邦第一份僑報。惟閱者無多，虧累甚鉅，故輾轉讓予余奮公、岑琦波等接辦。岑刻苦經營，始有好轉。民國十四年，余奮公與岑琦波意見不同，乃另創「群報」，因之兩報常有論戰。

民國十八年，堤岸有「民國日報」創刊。民國十九年一月，僑商梁康榮創刊「中國日報」，以迄於今，爲越南現存報紙中歷史最久者（該報曾增出晚刊）。自「九一八」事變至「七七」抗戰，僑胞關心國事，因之僑報紛紛發行，其較著名者，計有：「民報」（民國二十年十月）、「全民報」、「越南日報」、「公論報」、「眞報」、「中華日報」、「僑衆報」、「華南日報」、「遠東日報」、「僑聲報」等。惟因本身及環境所限，各報經營均極困難。至民國廿八年底，僅餘「中國」、「中華」、「遠東」、「民報」四家。至廿九年秋，日寇侵越，僑報均被迫停刊。而日軍則發行「新東亞報」，直至第二次大戰終止。

勝利後，原有的「遠東日報」、「中國日報」及「僑衆報」，均以新姿態復刊。新創報刊，計有：張瑞芳之「婦女日報」（民國卅五年），國民黨西堤支部之「民星日報」（民國卅六年）。小型報及雜誌尙有：「自然日報」、「南亞報」、「自由報」、「新生報」、「朝報」、「正導報」、「星報」、「華南日報」、「新强報」、「娛樂報」、「中正日報」、「僑聯日報」、「前進雜誌」、「新生雜誌」、「電影雜誌」、「商業雜誌」等。

民國卅八年，大陸淪陷後，越南僑報，不斷有新報刊行，大都擁護政府，持反共立場。新刊報紙，計有：李達之之「和平日報」（民國卅九年九月），陸抗之「新聞日報」（民國卅九年十月），中華總商會之「經濟週刊」（民國四十年三月），張瑞芳之「世界日報」（民國四十一年三月由婦女日報改版），李桂之「中南日報」（民國四十一年十月由「自然日報」改版），張伯琦之「西南日報」（民國四十一年十一月)，王永健之「大夏日報」(民國四十二年一月)，馬中德之「每日論壇」(民國四十三年元旦)，劉永基之「亞洲日報」(民國四十四年四月)，李秉恕之「萬國晚報」(民國四十四年五月)，鍾裕光之「越華晚報」(民國四十四年十月)，范明聰之「新聞日報」(民國四十五國八月)，自由太平洋協會之「自由太平洋月刊」(民國四十六年)，何友文之「新越晚報」(民國四十八年八月)，丘桃之「成功日報」(民國五十年九月)，與余秋之「國際報」三日刊等。此外，有中共發行的「團結報」及近年發行的「解放通訊」等。惟後者係秘密發行，亦不定期，尚不能稱爲正式報紙。

(二) 越南僑報的現狀

越南僑報，目前刊行者，早報計有「中國日報」、「遠東日報」、「大夏日報」、「每日論壇」、「亞洲日報」、「成功日報」六家。晚報計有：「新聞日報」、「越華晚報」、「萬國晚報」、「新聲日報」、「新越晚報」等五家，共十一家。另有「自由太平洋月刊」、「國際報」三日刊及「越南週報」等。

銷數方面，最多者每日發行約一萬份，「遠東」、「亞洲」、「成功」三報合計二萬份。「中國」、「大夏」及「每日論壇」合計爲一萬二千份。其他五家晚報，合計約一萬八千份。三家雜誌約一萬份。據民國四十四年十一月僑報載，越南新聞局長報告：越南當時華文報紙十家，每日銷數約六萬份。法文日報兩家，約共一萬九千份。越文日報十八家，約計十六萬八千份。又謂：法、華、越三種報紙各有特色；法文報紙注重政治新聞及社論；華文報紙注重現實生活；越文報紙注重長篇及傳奇小說。越南僑報，不僅銷行越南全境，且遠至柬埔寨及寮國等地。

一九六五年，阮高奇主政，以華文報太多為理由，限令各華文報兩家合併為一家，于是「成功」與「大夏」併為「成功日報」；「遠東」與「新越」晚報併為「遠東日報」；「建國」與「國際」，併為「建國國際聯合報」；「越華」與「新聲」晚報合併為「越華報」；「亞洲」與「萬國晚報」併為「亞洲萬國日報」；「論壇」與「前鋒」併為「新論壇報」，「快報」與「新聞晚報」合併為「新聞快報」；共為七家報紙。

（三）北越華僑報刊

北越現已關入鐵幕，但過去亦有僑報，足資紀述。

海防方面，有「剛峰日報」、「中山日報」及「商訊日刊」等。「剛峰日報」於卅五年四月由王清創刊。日銷三千餘份。民國四十三年冬，以越南分割，該報自動停刊。「中山日報」於民國四十二年四月由陳振興所發行。「商訊日刊」係海防中華商會所主辦，以許柏之為社長。

河內方面，原有「太平洋日報」，係民國卅五年七月由王之五所創辦。並發行「太平洋週刊」，發行約三千份。該報亦因越南分割而自動停刊。

北越芒街，中共曾發行「正氣日報」及「農聲週報」，惟均發行不久停刊。

（四）柬埔寨的華僑報刊

柬埔寨在抗戰以前，華僑均係閱讀越南西堤發行之僑報。「七七」事變後，金邊出現「播音臺」三日刊。爲柬埔寨僑報之嚆矢，該報偏重低級趣味，貢献不大。

民國卅六年七月，國民黨於金邊刊行「公言日報」，以葉奮飛爲社長。後因經濟困難，於四十二年三月改組爲「救國日報」，但至是年十月被迫停刊。「工商日報」於民國卅九年三月創刊，以溫先彬爲社長。「湄江日報」於民國四十年七月創刊，以葉文長爲社長。兩報原均採用「中央通訊社」電訊，言論尚稱平穩，但自柬國政府承認中共後，即轉變態度，改變立場，現仍發行中。

自民國四十二年至四十三年，柬國新創刊之僑報，尚有「金邊日報」、「新生日報」、「華僑日報」、「文潮日報」、「環球日報」、「亞洲日報」、「亞洲週刊」、「人權月刊」、「春秋晚報」及「交通半月刊」等。但於民國四十七年前，各報或自動停刊或被迫停刊，無一家倖存。

中共與柬埔寨政府，於民國四十七年正式建立邦交，致反共報紙頓感重大政治壓力。原有之「華聲日報」，被迫於民國四十八年四月停刊。以後由愛國僑胞發行之報紙，計有：徐自克之「新報」（民國四十七年十月），鄧觀發之「眞報」（民國四十八年六月），傅求通之「大華報」（民國四十八年十月）與五十一年一月發行之「明報」，現除「新報」及「明報」（週刊）繼續發行外，餘均已停刊。

中共及左傾報刊，除上述之「工商日報」及「湄江日報」外，尚有「棉日報」、「生活午報」。至於從前的「海外週報」、「天壇報」及「熱風晚報」等，均已停辦。

（五）寮國的華僑報刊

寮國地理偏僻，華僑人數不多，其閱讀之中文報紙，均係自越南、柬埔寨及泰國等地輸入。民國四十八年五月，寮國人刁丹及僑胞何漢光聯合於永珍創辦「寮華日報」，日出四開一張，後因銷路不佳，數月即停刊。民國四十八年十二月，有香港「自然日報」寮國版發行，社長吳國華。每週三、週六出版，每版對開一張，以空運至寮。惟翌年二月，即被當地政府停止進口，民國四十九年二月，雲昌鎊創刊「萬衆報」半週刊，因無印刷設備，亦係於香港印刷，空運至寮發行，但不久亦因虧累不堪而停辦。此後，未聞再有僑報發行，由此可見僑報經營之困難。

第四節　泰國華僑報業

泰國華僑總數約三百八十萬人，在數量上僅次於馬來西亞。自民國四十七年（一九五八年）乃沙立元帥當政後，採取堅定反共政策，驅逐左傾人員，查封左傾報館，所以目前泰國僑報，在言論上頗爲一致。

（一）僑報的創始

據泰國廣肇醫局創立紀念碑文上記載，一九〇三年（光緒廿九年），泰國有華文「漢境日報」發行；但今已不可考。（註一六）一九〇六年（光緒卅二年），革命志士陳景華逃亡至泰國，創辦「美南日報」，通常被認爲是泰國最早的僑報。（註一七）

泰國初期僑報，亦分「革命」與「保皇」兩派。革命派先後有「美南日報」、「湄南日報」、「華暹日報」與「同僑報」；保皇黨則以「啓南日報」爲機關報。

「美南日報」發行不久改組爲「湄南日報」，翌年（一九〇七），該報因董事意見分歧，再改組爲「啓南日報」與「華暹日報」。前者由徐勤主持，宣傳保皇立憲，直至民元前停刊；後者由蕭佛成爲社長，陳景華主筆政，鼓吹革命，至民國廿一年（一九三二年）停刊。一九〇八年，革命志士尤烈創刊「同僑報」。同年　國父至泰，親自佈署革命組織，加强「華暹日報」，因此革命聲勢大振。（註一八）

（二）民國後僑報的發展

民國以後，僑報創刊者，計有蔡俊卿之「天漢日報」（一九一二年），劉茂新之「中華民報」（一九一二年），區盧俠等之「俠報」（一九一八年），林銘三之「暹京日報」（一九二三年），許超然之「聯僑報」（一九二六年），譚振三之「僑聲報」（一九二六年），勵靑書報社之「勵靑報」（一九二七年，鄭省一等主持）等。其中「中華民報」屬君憲派，歷史最久，至民國廿八年（一九三九年）被封。其次爲「聯僑報」，計發行八年。該報與「僑聲報」言論激烈，與「華暹日報」對立。其他僑報，壽命均很短。（註一九）

民國十六年（一九二七年），國內政治動盪不安，華南各省人民，大量移往泰國，因此僑報呈現新生機。在編排、內容方面，均有進步。此時發行者，計有吳碧岩之「國民日報」（一九二七年），熊文楷之「華僑日報」（一九二九年）。兩報言論，與「華暹日報」相近，而與「中華民報」對立。民國廿一年（一九三二年），「華暹日報」內部意見分歧停刊。翌年，國民黨另創「晨鐘日報」及其姊妹報「

中南晨報」，分由黎友民及洪白升負責，然因經營不善，至民國廿四年三月停刊。

「九一八」事變後，僑報言論日趨激烈，泰國政府，爲顧及與日本邦交，乃對言論激烈之僑報，時常吊銷執照。僑報爲維持繼續發行，免受損失起見，乃分別登記姊妹報，同時發行。當時主要僑報計有三家：①「國民日報」及其姊妹報「曼谷日報」；②「中華民報」及其姊妹報「中民日報」；③「華僑日報」及其姊妹報「華星日報」與「華聲日報」。此時「華僑日報」，已由陳守明承購，大事革新，營業鼎盛，爲泰國僑報之領袖，並於民國廿五年七月由中山文化教育館選爲全國十二大報之一。（註二〇）

民國廿五年多，「國民日報」因經濟困難停刊，其姊妹報「曼谷日報」仍照常出版。廿六年，「中華民報」與「曼谷日報」部份同仁另組「時報」，翌年停刊。中華總商會則以「時報」設備創辦「中國報」及其姊妹報「中原報」，由李其雄主持。而前「時報」主持人之一，李一新另發行「新時報」。

此時，正值抗戰期間，泰國政府對僑報言論、新聞控制甚嚴。民國廿七年七月，因「曼谷日報」刊載「敵侵潮汕我們當前應有的認識與任務」一文，被認抵觸出版法而吊銷執照。其他如「華僑日報」、「中華民報」等及其姊妹報九家，均先後被迫停刊。此時僅餘「中原報」一家僑報，繼續出版。不久，日軍侵入泰國，該報亦停刊。

（三）戰後時期

日軍佔領期間，計有三民主義青年團領導發行的「中國人報」、「反攻報」、「同聲報」、「警報」、「自由人報」、「青年報」、「建國報」等，均爲八開小報。共黨發行的有「眞話報」。戰後以上

小型報，除陳發春之「中國人報」正式註册繼續發行外，其餘均自動停刊。（註二一）

民國卅四年十月一日，「中原報」與「中原晚報」由李其雄主持復刊。初期因乏競爭，銷數很大。同時左傾報紙繼續出版者，有林國華之「光華報」與「光華早報」；中共之「全民報」（卅四年，丘及主持）；民主同盟的「民主新聞」（卅五年）與「曼谷商報」（卅八年，均由黃聲主持），均以大張出版。以上四報，對僑胞有惡劣影響。民國卅七年，泰國政府爲抑制左派言論，驅逐黃聲出境，民主同盟之兩報，因之停刊。

民國卅五年元旦，三民主義青年團創刊「天聲日報」，蔡學餘爲社長。國民黨繼之發行「正言日報」，由陳暑木等主持。同時商辦報紙，計有李慕逸新創辦的「華僑日報」，張蘭臣發行的「新中國報」。前者至四十一年（一九五二年）查封，後者發行不及兩年。

民國卅七年十月，曼谷僑報，除中共之「全民報」外，計有「中原報」、「正言日報」、「華僑日報」、「光華報」四家。是年十月，「中原報」增加篇幅，日出兩大張；同時各報亦增出晚刊，爲曼谷僑報有晚報之始。惟「正言日報」因經濟困難，未出晚報，並於是年十一月宣佈停刊。此後數年，未再有國民黨報紙出現。

（四）僑報之現狀（註二二）

民國卅九年（一九五〇年）元旦，星系報團於曼谷創辦「星暹日報」與「星泰晚報」。繼之創刊者，有親共之「南辰日報」（一九五〇年六月），反共之「民主日報」及「民主晚報」（一九五一年五月），莫樹三之「自由報」（一九五〇年），由三日刊改爲日刊的「新報」（一九五三年），陳弼臣之「世界日報」（一九五五年），李運鵬之「中國日報」（一九五六年）與「雷報」等。以上各報，除「星暹日報」、「世界日報」與「雷報」繼續發行外，中共之「全民報」與親共之「南辰日報」及「華僑日報」，均於民國四十一年十二月先後被泰政府查封，「華僑日報」負責人李慕逸並被判出境。其他「民主日報」於民國四十二年停刊。「中國日報」發行不及一年。而「新報」則於民國四十九年易名「中華日報」。

民國四十七年（一九五八年）泰國政變。乃沙立元帥當政後，以堅決態度，掃除左傾份子。「全民報」、「南辰日報」與「華僑日報」被查封後，僅餘之左派報紙「光華日報」與「光華晚報」，亦於民國四十七年（一九五八年）十月查封，自此以後，僑報言論漸趨一致。茲將曼谷現在發行之僑報，簡述於左：

「星暹日報」：民國卅九年元旦創刊，爲星系報團重要日報之一。五十二年由胡蛟任社長，每日對開四張。

「星泰晚報」：民國卅九年元旦創刊，屬「星暹日報」發行，每日對開一張。

「世界日報」：民國四十四年八月一日由陳弼臣創辦。現由饒迪華主持，每日對開四張。

「世界晚報」：民國四十四年八月一日創刊，附「世界日報」發行，每日對開一張。

「中華日報」：民國卅八年由陳純創辦，初名「新報週刊」，後改三日刊，民國四十二年改爲日報。四十九年三月十六日易今名，仍由陳純主持，每日對開四張。

「中華晚報」：民國四十九年三月十六日創刊，附「中華日報」發行，每日對開一張。

「京華日報」：民國四十八年一月廿九日創辦，林志昂主持，每日對開四張。

「京華晚報」：民國四十八年一月廿九日創刊，附「京華日報」發行，每日對開一張。

「雷報」：民國四十五年七月創刊，黎立榴主持。係政論性週報，兼有新聞報導，每期四開一張。因經費困難，于一九六四年停刊。

以上「世界日報」、「星暹日報」、「京華日報」與「中華日報」爲泰國四大僑報。

現在發行之雜誌，計有「展望」週刊、「虎報」三日刊、「聯友畫報」月刊、「良友週報」、「曼谷新聞」、「華僑週報」等。

第五節　馬來西亞華僑報業

(一)　僑報的先驅

馬來西亞聯邦共和國，於民國五十二年（一九六三年）九月正式獨立誕生，包括前英屬馬來亞、星加坡與婆羅洲三地區。

南洋一帶，爲華僑主要集居地，而其中以馬來西亞爲最多。據民國五十二年（一九六三年）英文中國年鑑記載，馬來亞計有華僑二百四十六萬人，星加坡一百廿五萬人，婆羅洲約卅六萬人，共計四百餘萬人，約佔全球華僑總數的四分之一。

馬來西亞的僑報

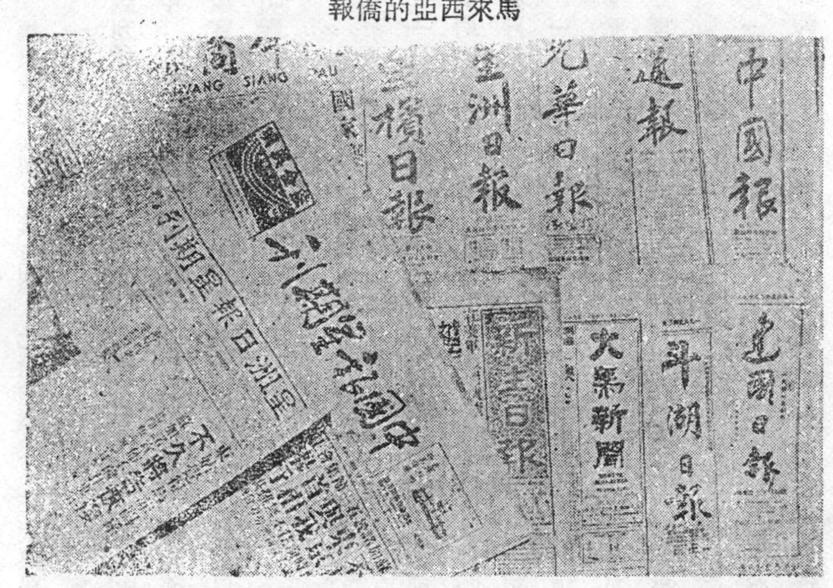

越南、韓國等地的僑報

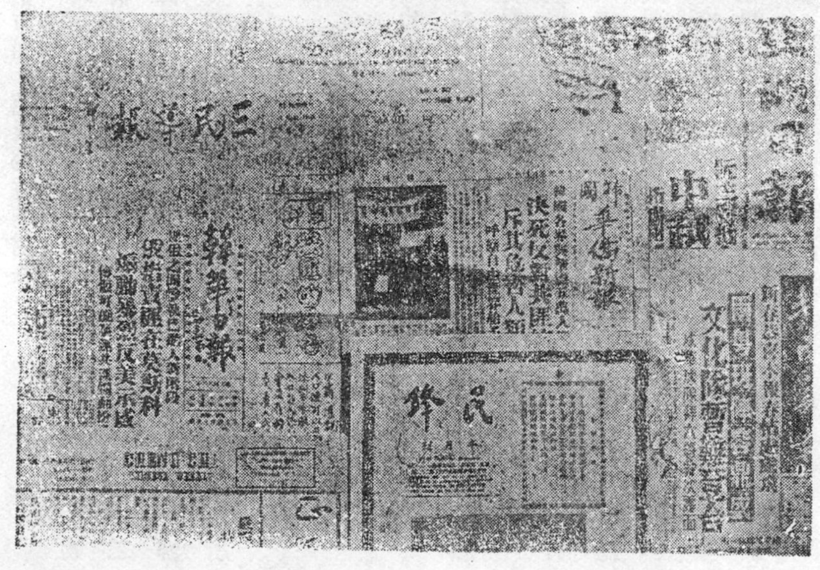

馬來西亞僑報，具有悠久光榮的歷史，在規模與數量方面，僅次於香港僑報。

一八一五年（嘉慶二十年），馬禮遜在馬六甲創辦「察世俗每月統紀傳」，爲近代第一種華文刊物，該刊發行七年，至一八二一年停刊。以後隨之出版的有麥都思在馬六甲發行的「天下新聞」（一八二八年），與郭實獵在星加坡主持的「東西洋考每月統紀傳」（一八三三年）。這些報刊，雖由外人創辦，以宣揚宗教，灌輸新知，傳播新聞爲主，但實際以華文刊出，以華僑爲對象，並有華僑參與經營，所以可說是華僑報刊的先驅。

（二）「保皇」與「革命」派的報紙

一八八〇年（光緒六年），新加坡華僑薛有禮創辦「叻報」，爲南洋第一張華僑自己發行的報紙（以前均爲雜誌型）。版式較八開報紙還小，全部用四號字長行排印，有電訊、新聞、社論、廣告等。該報發行至民國二十一年三月卅一日停刊，爲星馬僑報歷史最久者。（註二三）

一八九〇年（光緒十六年），林衡南在星洲創辦「星報」。未久，「戊戌政變」發生，康梁逃往國外，致星馬僑報亦分「保皇」與「革命」兩派。一八九八年，星加坡華僑邱菽園創辦「天南新報」，爲保皇黨最早報紙，惟不久停刊。一九〇六年，陳雲秋、朱子佩主持「南洋總匯報」，爲保皇黨機關報。該報數易其主，至一九四八年停刊。

一九〇四年，陳楚楠、張永福等，應　國父號召，在星加坡集資創辦「圖南日報」，爲南洋第一家革命報紙。最初以鄭貫公爲總主筆，後由陳詩仲繼任。至一九〇六年，因經濟困難停辦。（註二四）

「南洋總匯報」，原係革命黨人陳楚楠、張永福、許子麟、沈聯芳、陳雲秋、朱子佩等，於一九〇六年繼「圖南日報」而發行之革命報紙，旋因陳雲秋、朱子佩依附保皇黨，陳楚楠等退出，該報始落入保皇黨之手。國父鑒於宣傳之重要，乃於一九〇七年偕胡漢民至星加坡，創辦「中興日報」，以胡漢民、田桐、居正等爲主筆，與保皇黨之「總匯報」對抗。「中興日報」對革命宣傳極有貢獻，惜不善經營，至一九〇九年停刊。

革命黨報紙，繼之而起者，計有周之貞、謝心準的「星洲晨報」（一九〇九—一九一〇年），黃吉宸、盧耀堂的「南僑日報」（一九一一年創辦，不久停刊）。檳榔嶼方面，則有黃金慶的「檳城日報」（一九〇六年），莊銀安之「光華日報」（一九一〇年）。吉隆坡方面，則有林道南的「吉隆坡日報」（一九〇九—一九一〇），陳占梅的「四州週報」（一九一一年創辦，不久停刊），以上均爲宣傳革命的報紙。（註二五）

在此時期，檳榔嶼於一八九六年，由林華謙發行「檳城新報」與「叻報」，同爲守舊派之報紙；吉隆坡則由基督教華僑創辦「南洋時報」；均爲當地最早之僑報。惜後者不久停辦，而前者直至民國廿五年，始併於「光華日報」。

（三）民國以後的僑報

民國以後，星馬地區僑報紛紛創刊，唯就整個趨勢而言，政論性報紙日趨衰微，而新興之商業性報紙繼之而起。在商業性報紙中，又以「南洋商報」與「星洲日報」爲最成功。

民國後之僑報，計有星加坡陳新政等發行的「國民日報」（一九一四年），民國八年改組為「新國民日報」，由謝文進負責，民國廿七年併南洋報社經營，後遷吉隆坡，戰後未復刊；民國八年（一九一九年）吉隆坡林青山發行的「群益報」（一九三六年停刊）；民國九年（一九二〇年）檳榔嶼發行的「南洋時報」（一九三〇年停刊）與「華僑日報」。後者旋改組為「民國日報」，不久停刊。

「南洋商報」，係僑商陳嘉庚於民國十二年（一九二三年）九月六日在星加坡創刊。陳氏為橡膠鉅子，為節省廣告費及賬册單據印刷費用，乃創刊報紙。當時華文報紙，檳城有「光華日報」、「南洋時報」、「檳城新報」；吉隆坡有「益群報」；星加坡有「南洋總匯報」、「叻報」、「新國民日報」等。這些報紙的銷數，「新國民日報」與「南洋商報」自稱日銷五千份，實際前者約二千份，後者約一千二百份。而「叻報」、「總匯報」及其他報紙更少。（註二六）

民國十四年（一九二五年），劉贊臣在吉隆坡創辦「中華商報」，與「益群報」競爭，但至民國廿一年（一九三二年）停刊。「星洲日報」創刊於民國十八年（一九二九年），由星系報團主人胡文虎發行。自該報問世後，成為「南洋商報」的勁敵。

「南洋商報」於民國廿六年（一九三七年）改由李玉榮接辦，主持人為傅无悶，大事改革，民國廿七年收買「新國民日報」，廿八年（一九三九年）又編「南洋年鑑」，凡二百五十萬言。

「星洲日報」於二週年（一九三一年）紀念時，發行「新廣東專號」，翌年復出「新福建專號」；十週年紀念編「星洲十年」，計一千三百餘頁，極具參考價值。（註二七）

其他新創刊報紙，計有民國十九年（一九三〇年）李振殿在星加坡的「民國日報」（發行五年停刊）；檳城的「中南晨報」（一九二〇年）、「電訊新聞」（一九二一年）；怡保的「雷報」與「霹靂日報」，均壽命很短。

怡保民國廿三年（一九三四年）有「中華晨報」誕生，但亦僅發行五年。民國廿八年（一九三九年），劉伯群續辦「霹靂日報」；民國廿九年（一九四〇），梁偉華又辦「建國日報」，翌年，日軍佔領星馬，兩報均告結束。

檳城方面，「星洲日報」於民國廿五年（一九三六年至三八年）發刊檳城版，民國廿八年正式創刊「星檳日報」。廿五年，駱世光創刊「現代日報」（一九五〇年停辦），與舊有之「光華日報」鼎足而立。

星加坡方面，民國二十四年（一九三五年）胡文虎又發行「星中日報」午報。

吉隆坡方面，「益群報」於民國廿五年（一九三六年）停刊後，另組「新益群報」，翌年停刊。民國廿六年梁桑南辦「馬華日報」，但亦發行至戰事爆發爲止。

（四）戰後的星馬僑報

二次大戰期間，星馬華文報刊，完全爲日軍接管。「星洲」及「南洋」兩報併爲「昭南日報」，爲日本宣傳。

戰後，華文報紙，紛紛創刊或復刊。最早的爲民國卅四年（一九四五年）九月，由邵氏公司出資而由星加坡文化人氏發行的「中國報」，出版僅有五天。此外尚有「大衆報」、「僑聲報」、「新民報」

、「時代日報」、「北馬導報」、「蔴坡新報」、「森州民報」、「建國日報」、「怡保日報」與「華商日報」等，但除「建國日報」外均已停止出版。

吉隆坡方面，民國卅四年（一九四五年）光復後，李少中、林芳聲接收日人沒收的「新國民日報」而創刊「民聲報」。但僅發行三年。卅五年二月一日，李孝式發行「中國報」，成爲當地最大報紙，以後又有「聯邦日報」（一九五二—一九五五年）與「華僑報」週刊，現均停刊。民國四十八年，星洲英文「虎報」(Singapore Standard) 因虧損停刊，因之改至吉隆坡發行「虎報」中文版，但不成功，至翌年停刊。另有「公報」（一九六一年）與「馬來西亞通報」雙日刊，現尚發行。

檳城方面，「光華日報」與「星檳日報」復刊，業務繁榮，銷行網遍及北馬及泰南。「現代日報」亦復刊，民國卅九年（一九五〇年）被封。新發行之「中華公報」與「北斗報」，都未成功。

星加坡方面，戰後立即出刊者，計有「南洋商報」、「星洲日報總匯報聯合版」、「華僑日報」與「新民主報」四家。民國卅五年（一九四六年），胡昌耀發行「公報」（晚刊），傅无悶發行「中南日報」，均於翌年停刊。後者失敗後，傅氏於民國四十一年（一九五二年）另創刊「新報」。民國四十六年，因其言論極端左傾被捕，「新報」隨之夭亡。

戰後星加坡僑報，左傾報紙較佔優勢，民國卅五年（一九四六年），陳嘉庚與民盟人員辦「南僑日報」，由胡愈之主持，翌年增出「南僑晚報」，至卅九年（一九五〇年）因言論左傾同被查封。同時「星洲日報」亦曾發行「星洲晚報」，但未成功。民國卅九年（一九五〇年），「南洋商報」主人李玉榮發行「南方晚報」，極受歡迎，現易名「南洋晚報」，爲星洲唯一而最大晚報。其他左派報紙，尙有「

夜燈報」（一九五八年查封），與許則益於四十六年（一九五七年）發行的「大衆報」二日刊，現已停辦。

反共立場最堅定者，以「中興日報」爲最著。民國卅八年（一九四九年）初，李思轅承購「中南日報」繼續出版，至同年五月十六日易名「中興日報」，爲星洲唯一反共報紙，共匪爲破壞該報，民國卅九年（一九五〇年）三月七日曾投擲手榴彈，並火燒其在各「山巴」之代理處，殺害其代理人。但工作人員益增同仇敵愾之決心，堅守反共立場，與左派報紙奮鬪。惟至民國四十六年，因經費困難停刊，誠爲可惜。同年十一月王仲廣集資承購，易名「星馬日報」，然僅維持三月，以前反共報紙，尙有陳期岳的「新力報」（一九二〇年）與民國卅九年創辦的「新生報」，惜均已停刊。民國五十年有「新生日報」與「經濟時報」創刊，均爲中立性報紙。

此外，星加坡政黨之華文報紙，計有人民行動黨發行的「民報」二日刊（一九六〇年）與「行動報」週刊，人民統一黨發行的「統一報」。

（五）星馬僑報的現狀

星馬僑報，現在發行者，計有星加坡五家，吉隆坡三家，檳城兩家，怡保一家，共計十一家。

星加坡現有僑報：

①「南洋商報」：民國十二年（一九二三年）九月六日創刊，李玉榮爲社長，每日對開六大張，發行約六、七萬份，爲星馬最大日報。

②「南洋晚報」：民國卅九年（一九五〇年）創刊，李玉榮爲社長，爲「南洋商報」姊妹報，發行約二、三萬份，爲星馬最大晚報。

③「星洲日報」：民國十八年（一九二九年）五月創刊，爲星系報團重要日報之一，胡蛟爲社長，每日對開四大張，僅次於「南洋商報」。

④「新生日報」：民國五十年（一九六一年）二月創刊，梁潤之爲社長，言論中立。

⑤「經濟時報」：民國五十年（一九六一年）六月創刊，每週出版一次，言論中立。

吉隆坡現有僑報：

①「中國報」：民國卅五年（一九四六年）二月一日創刊，李孝式爲社長，每日兩大張半，爲當地最大報紙。

②「公報」：民國五十年（一九六一年）五月發行，二日刊，每期對開兩張，鄭棣爲社長。

③「馬來亞通報」：民國五十年（一九六一年）創刊，每期一大張半。

檳城現有僑報：

①「光華日報」：一九一〇年（宣統二年）十二月二十日創刊，劉問渠爲社長（王景成已故），每日對開四張，爲當地最大報紙。在星馬現在發行之僑報中，歷史最久，惜現爲共黨份子所滲透。

②「星檳日報」：民國廿八年（一九三九年）元旦創刊，爲星系報團重要日報之一，以胡蛟爲社長，每日三大張，爲「光華日報」勁敵。

怡保現僅有「建國日報」一家。該報民國廿九年九月一日創刊，每日一大張半，以梁偉華爲社長。

（六）婆羅洲僑報

婆羅洲原分北婆羅洲、砂勝越與婆羅乃三邦，自一九六三年九月馬來西亞聯邦成立後，除婆羅乃外，均納入聯邦。現介紹之婆羅洲僑報，亦以北婆羅洲及砂勝越為限。

砂勝越之主要城市，計有古晉與詩巫兩地，僑報多於此兩地刋行。民國十六年，「新民日報」於古晉創刋，為婆羅洲僑報之先驅。（註二九）以後出版者，計有「新聞日刋」、「砂勝越日報」、「新聞報」、「中華日報」、「中華公報」、「時事評論」三日刋，「砂勝越時報」（一九四六年）、「前鋒日報」（一九五二年）與「大衆日報」（一九六二年）等，但因經營困難、戰爭關係或言論左傾，所以除「中華日報」、「前鋒日報」與「大衆日報」繼續發行外，均已停刋。

詩巫方面，直至抗戰時期（一九三九年）七月一日，始發行一種油印的「詩巫新聞日刋」，為該地最早僑報，此後發行而已停刋報紙，計有「鵝江日報」（一九三九年）、「華僑日報」（一九四〇年）、「大同日報」（一九四八年）、「僑聲日報」、「新民報」（一九五六年）、「民衆報」等。現在發行的計有林啓化的「詩華日報」（一九五二年）與劉本超的「婆羅洲日報」（一九六二年），此外美里地方，尚有「華聯日報」（一九六三年）。

北婆羅洲僑報之發展較晚，民國廿五年（一九三六年）始有複印傳單，名曰「華僑日報」，抗戰勝利後，改為油印，民國卅九年始改為鉛印。北婆羅洲僑報，以首府亞庇及東海岸之山打根為中心，近年發展很快。

亞庇現有僑報兩家：

①「華僑日報」：民國廿五年（一九三六年）創刊，民國卅九年改爲鉛印，現由葉保滋爲社長，擁有四層樓報社，每日出刋兩大張，並另出英文「每日電訊報」一大張，爲當地最大日報。（註三〇）

②「亞庇商報」：民國四十三年（一九五四年）羅國泉創辦。初爲小型報，現改爲對開一大張，着重工商經濟新聞之報導。

山打根現有僑報三家：

①「婆羅洲時報」：民國四十五年創刋。

②「山打根日報」：民國四十九年創刋，何天文爲社長。

③「神山日報」：民國五十一年創刋，吳炳强爲社長。

此外，斗湖方面，尙有民國五十一年創刋的「斗湖日報」，謝大峰爲社長。

總之，婆羅洲華僑報業，創始較晚，至抗戰時期，僑報始紛紛創立。大陸淪陷後，國人移殖者日衆，因之僑報始欣欣向榮。近年政治獨立，政黨相繼產生，報紙日形重要。言論方面以前較爲紛歧，自砂勝越政府先後查封左傾之「僑聲日報」、「砂勝越時報」、「新聞報」、「民衆報」、「沙民日報」後，已趨正常。

第六節　緬甸華僑報業

（一）民前革命報紙的奮鬥

民國以前，緬甸革命報紙，前後計有「仰光新報」、「光華報」、「進化報」與「全緬公報」；而保皇黨有「商務報」。一九〇六年（光緒卅二年）後，「仰光新報」亦倒向保皇黨。（註三二）

秦力山是藉報紙在緬甸宣傳革命的第一人，一九〇五年自香港至新加坡，翌年經介紹至緬甸會晤僑領陳甘泉、莊銀安與莊贊周，三人最富革命思想，秦氏首先說服莊銀安宣佈脫離保皇黨，稍後便透過「仰光新報」宣傳革命。

「仰光新報」創刊於一九〇三年（光緒廿九年），爲緬甸第一家僑報，該報原爲莊伯英所有，以莊銀安爲經理，因股東太多，份子複雜，致無報紙宗旨。故莊氏同意參加革命後，秦力山即以所著之「革命箴言」一書，分章在「仰光新報」發表。該書共廿四章，計六萬餘字，（註三三）但刊至第十六章時，即被守舊派董事制止不准刊登。

事後莊銀安心有未甘，乃集資創辦「商務調查會月刊」，名爲振興實業，實爲宣傳革命。惟該報因經營不善，不久停刊。一九〇六年十月，秦氏去雲南，不幸重病去世，享年僅廿九歲。

此後，保皇黨氣燄高漲，革命黨則行動消沉。一九〇八年王群自日本至緬，組織同盟會，同年八月創刊「光華報」，爲同盟會機關報，該報以莊銀安爲總理，陳仲赫爲副理，以居正及楊秋帆爲主筆。「光華報」創刊一個月，同盟會會員便增至四萬人，革命勢力大增。

「光華報」大唱革命排滿學說，對康梁抨擊不遺餘力。後陶成章、呂志伊亦參加主筆工作，聲勢愈大，因此招滿清駐緬領事蕭永熙嫉恨，竟脅迫股東出售。更不幸者，該報竟爲康梁派購去，易名「商務報」，成爲保皇黨報紙。

同盟會爲對保皇黨反擊，乃再集資創刊「光華報」，以居正、呂志伊爲主筆，繼續與保皇黨展開論戰。後保皇黨論戰敗北，乃再透過清政府外務部向英使提出嚴重交涉，於一九一〇年，將居正、陳仲赫遞解出境。此案發生後，報中職員人人自危，莊銀安避去南洋，「光華報」隨之停刊。(註三三)「光華報」停刊後，呂志伊、徐贊周利用「光華報」設備再創「進化報」，繼續宣傳革命。然經八個月後，再被迫停刊。此後呂志伊返國，徐贊周等人再以學務總會名義，承購「進化報」易名「全緬公報」，直至民國成立，仍繼續發行。

(二) 民國以後之僑報

民國以後，相繼創刊之僑報，計有：「覺民日報」、「仰光日報」、「緬甸晨報」、「興商日報」、「中國新報」等。其中「覺民日報」爲國民黨所創辦，銷數最大。「仰光日報」爲左傾份子所把持。至「緬甸晨報」、「興商日報」及「中國新報」，均因經濟困難，不久停刊。

民國卅年多，日軍進攻緬甸，「覺民日報」及其他報紙均被停刊，二次大戰期間，僅有「正誼報」爲日本宣傳。

戰後首先創刊的是「中國日報」，繼續發行的有「新仰光報」、「先聲報」、「國民日報」、「青霜日報」、「人民報」、「中華商報」等。週刊有「觀察報」、「南國週報」、「生活週報」、「旋風報」等。其中「先聲報」、「青霜日報」、「觀察報」、「南國週報」、「旋風報」不久停版。「國民日報」、「中國日報」原擁護政府；「新仰光報」則爲左派報紙。「中華商報」係守中立，民國三十八年，大陸淪陷，同年十一月緬甸承認中共。於是「國民日報」於卅九年夏季停刊，「中國日報」倒向中共。因此反共僑報，竟無一倖存了。

（三）新反共僑報的創刊

大陸淪陷後，儘管環境惡劣，但愛國僑胞，仍再接再勵，不斷創辦反共報刊，其重要者，計有許文頂的「自由週刊」（民國卅九年六月），李義常的「自由日報」（民國四十年六月），陳文亨的「中國論壇報」（週刊，民國四十年十月），緬華聯合總會的「民衆呼聲報」（半月刊，民國四十一年四月），馬次伯的「亞洲日報」（民國四十五年），許斯仁的「時代報」（民國四十九年一月），高伯坤的「東南日報」（民國五十年二月）等。

（四）僑報的現狀

目前緬甸反共僑報，僅有「自由日報」與「中國論壇報」兩家。（註三四）其中「自由日報」爲緬甸華僑自由陣營的堅强堡壘，在極惡的政治環境中奮鬭，至一九六五年八月，緬甸政府竟拘捕反共僑胞十八人並禁自由日報及論壇報出版。其他尙有中共發行的「人民報」和「新仰光報」。「中國日報」與「中華商報」則爲附匪報紙。

緬甸華僑四十萬人，其中很多不懂中文，目前五家中文報紙，銷數最大者不過三千份。中共報紙，經濟來源係靠津貼，所以多半都是贈閱的。愛國僑報之收入，除發行外就是廣告，但近年緬甸商業不景氣，所以廣告收入減少，尤其民國五十二年緬甸政府沒收華人財產，迫害華僑，至於僑報更不堪想像了。

第七節　印尼華僑報業

（一）最早的僑報

印尼華僑，計有二百五十萬人，僅次於馬來西亞、泰國及香港。

一八二三年（道光三年），麥都思於巴達維亞發行「特選撮要」月刊，爲印尼最早的華文刊物。麥都思爲傳教士，與馬里遜、米憐有關，其刊物以宣揚宗教與傳播新知爲主。

一九〇三年，「泗水日報」創刊，爲印尼最早的華僑報紙。其次爲一九〇四年在棉蘭發行的「蘇島民報」。

一九〇八年，荷屬泗水發行「泗濱日報」，爲印尼最早的革命派報紙，該報由田桐主持筆政，宣揚革命思想，駁斥保皇言論，不遺餘力。此時，尚有泗水的「民鐸報」與棉蘭的「蘇門答臘報」，亦屬革命派報紙。（註三五）

「華鐸報」由愛國華僑白蘋洲於一九〇九年（宣統元年）創辦，初爲週刊，後改爲三日刊，該報以啓發革命思想，激勵愛國精神，促進僑胞團結爲宗旨。

（二）民國以後的僑報

民國以後，僑胞人數激增，華僑教育逐漸普及，因之華僑報業亦隨之欣欣向榮。民國廿五年，僑報已有十餘家，主要者有「民國日報」、「天聲日報」、「新報」、「洪報」、「商報」、「朝報」、「泗濱快報」、錫江「民聲報」、日里「黨聲週刊」、「民報」、「新中華報」、「晨報」與「僑聲報」等。

二次大戰期間，日軍佔領南洋群島，印尼僑報均被迫停刊，當時爪哇僅有「共榮報」爲日本軍閥宣傳。

盟軍勝利後，僑報紛紛復刊，新報亦相繼出版，因之印尼僑報，呈空前未有之繁榮。據印尼報業公會民國四十六年（一九五七年）統計，在一〇七家日報中，計有華僑發行的中文日報十八家，總銷數十萬七千份，分佈地區：計雅加達五家，棉蘭六家，泗水三家，錫江、坤甸各兩家。（註三六）

（三）反共的僑報

大陸淪陷後，印尼僑報分反共、中立與親共三派。（註三七）反共報紙，有雅加達之「天聲日報」、「自由報」與「中華商報」，泗水有「青光日報」，棉蘭有「新中華報」，望加錫有「僑聲報」，坤甸有「誠報」。

「天聲日報」：民國十年三月一日創刊，報頭爲國父手題，反共立場最爲堅定。民國四十二年二月五日，曾爲共特焚毀，損失很大，但二日後即復刊。該報編排、內容均佳，銷數一萬五千份。最後社長爲吳愼機、鄧廣喜，主筆有丘正歐、徐競先等。

「自由報」：民國四十年二月一日創刊，為愛國華僑集資創辦，中午一時出版、印刷、內客、編排均佳，銷數一萬份，董事長章勳義，社長徐琚清。

「中華商報」：民國四十二年八月廿四日由中華商會聯合會創辦，由該會理事長郭美丞為董事長，馬樹禮為社長。新聞偏重工商經濟報導，兼及世界、祖國、印尼及本地華僑新聞，言論方面，擁護國策，維護華僑利益，銷數約一萬份。

「青光日報」：民國卅四年日軍投降後，由三民主義青年團創辦，為東爪哇唯一反共報紙，民國四十一年八月由國民黨支部接辦，主要負責人有葉立庚、張銳等，銷數約二千五百份。

「新中華報」：民國十七年秋季創刊，戰後由蘇源昌主持。

「僑聲報」：民國四十年十月一日創辦，銷數一千餘份，負責人有盧家蕃、余達周等。

「誠報」：民國卅六年創刊，銷數二千餘份，社長鄧新賢。

中立派報紙，計有泗水之「華僑新聞」，與棉蘭之「蘇島時報」。

中共或親共報紙，計有雅加達之「新報」、「生活報」、「印華經濟」；蘇門答臘之「民主日報」、「華僑日報」；泗水之「大公商報」；錫江之「匡盧日報」；坤甸之「黎明報」等。

雜誌方面：反共的有雅加達之「藝友」、「動力」、「南風」週刊，「星期日報」，泗水的「黑白週刊」，與井里汶之「自由青年」等。親共的有「生活」、「覺醒」週刊。

（四）華文報紙的封閉

民國四十七年春季，印尼內戰爆發，印共宣稱我國同情革命政權，乃嗾使印尼政府對我忠貞僑胞採取敵對行動，是年四月十七日，印尼陸軍參謀長納壽申少將，以中央軍事執政權人身份頒佈條例，禁止華僑發行任何文字報刊，因之所有反共、中立及親共之華文報紙，均於短期內，先後被迫停刊。當時僑報新聞從業員因之失業者，約有一千五百人。（註三八）被捕之主要人員，計有「自由報」董事長梁錫佑，社長徐琚清；「天聲日報」董事長黃根源，社長鄧廣喜，主筆丘正歐；「中華商報」社長馬樹禮，主筆方希亮等。

以後中共之「新報」、「生活報」雖經交涉復刊，但至民國四十九年，再度被迫停止出版。此後又有親共之泗水「紅白報」，印尼軍方在雅加達發行之「社會報」，及由印尼人主持的「政治宣言報」均發行不久停刊。

目前發行的華文報，僅有印尼「火炬報」及「忠誠報」的華文版，與親共華僑司徒眉生於民國五十二年八月出版的「首都日報」。（註三九）

一九六五年九月三十日印尼共黨策動武裝叛亂，殺害反共陸軍將領多人，旋被擊敗，親共報紙，均于十月四日封閉，僅有棉蘭軍部所辦之新聞日報華文版發行。

第八節　菲律賓華僑報業

（一）僑報的創始

菲律賓計有華僑十餘萬人，其中約有半數以上居住馬尼拉，所以僑報均於馬尼拉發行。

民國以前，菲島前後計有五家僑報創刊，即「華報」、「岷報」、「益友新報」、「岷益報」與「警鐸新聞」。（註四〇）

「華報」是一八八八年（光緒十四年）僑商楊維洪獨資創辦，為菲島最早的僑報。楊氏精通中、西、英三國文字，為僑界傑出的人才。其自主筆政、編輯及翻譯工作，並聘社外記者。該報為十六開，每日出紙四版，在當時可說是一份很好的報紙，惜當時華僑識字者不多，而能閱報者更少，所以發行一年，即告停刊。

一八九〇年（光緒十六年）楊維洪與陸伯州等再創刊「岷報」，該報可說是「華報」的改版，但因銷數無法增加，又缺廣告收入，所以不到一年，亦告破產。

「戊戌政變」後，康梁奔走海外，組織帝國憲政會，宣傳君主立憲。岷埠華僑亦多響應，粵人潘遮蕃，乃於一八九九年（光緒廿五年）創刊「益友新報」，為憲政會機關報，該報自備印刷機、鉛字，其規模、篇幅、內容均較「華報」、「岷報」為佳，但開辦一年，亦遭「華報」同樣命運。翌年，潘氏以原有設備改組為「岷益報」，但發行亦不到一年。

「警鐸新聞」係中華商務局集資，於一九〇八年（光緒卅四年）創刊，以王漢全為總經理，日出兩大張，以上等白報紙印刷，其內容形式均較以前僑報為佳。該報係基於僑胞之愛國熱忱而創辦，有僑商會之贊助，報費每月亦僅收五角，但儘管有許多有利條件，祗因讀者太少，所以發行年餘，亦因經濟困難停刊。

（二）革命報紙之誕生

一九〇五年（光緒卅一年）同盟會於東京成立後， 國父派馮自由、宋震、胡漢民、李箕至菲島組織同盟會菲支會，該會爲展開工作，乃於各大城市成立「閱書報社」，藉以吸收會員，宣傳革命思想。一九一一年，同盟會菲支會發行小型「公理報」，創立言論機關。（註四二）翌年（民國元年），成立公理報印務有限公司，正式發行四開大張之「公理報」，以鄭漢淇爲總理，吳孟嘉爲編輯，葉楚傖爲駐上海之特約撰述員，該報現仍發行，爲目前菲島僑報歷史最久者。

「公理報」發行成功後，其他報紙亦隨之創刊。民國三年（一九一四年），有共和黨發行的「中華日報」，國民黨駐菲第二支部發行的「民號報」。但前者出刊年餘，售予白蘋洲君改組爲「新福建報」。此外，民國八年（一九一九年），華僑工黨創辦「平民日報」，並闢福建新聞版。資料豐富，印刷清晰，很受讀者歡迎，惜後來領導乏人，致僅發行兩年。

（三）僑報之發展

民國十年後，僑報創刊者增多，但維持仍很困難。民國十一年二月，于以同創辦「華僑商報」，是「公理報」後，第二家維持長久的僑報，二次大戰期間，于氏被日軍監禁罹難，戰後由其子于長誠復刊，現仍出版。

民國十一年三月，岷埠中華總商會發行「華僑公報」。僅八月停刊，翌年，陳餘生爲響應國內「五四」運動精神，創刊「救國日報」，祇出版一年。與「救國日報」同時創刊「南星晚報」，以文藝、詩詞著稱，發行數月。

「新閩日報」係南洋閩僑救鄉會於民國十四年二月創辦，自發行以來，一直壯大發展，目前爲菲島重要僑報之一，數年前增出早版，稱爲「晨報」，與「新閩日報」爲姊妹報。該報具現代化規模，營業鼎盛，除內銷臺灣外，並與香港「星島日報」合作，發行香港航空版。（註二四）

此後，菲島發行的僑報，尚有「中西日報」（一九二八年），「僑聲日報」（一九三〇年），「民情日報」（一九三一年），「新中國報」（一九三二年），「前驅日報」（一九三三年），「華僑日報」（一九三四年），「國民日報」（一九三八年）與「中山日報」（一九四一年）等。自一八八八年「華報」創刊至戰前之「中山日報」，計有報紙廿三家之多，但至戰後僅餘「公理報」、「華僑商報」、與「新閩日報」三家。

（四）戰後僑報概況

民國卅一年四月，日軍佔領菲島後，華文報紙，均被迫停刊，日軍當局乃創辦每日新聞華文報，定名「華文馬尼拉新聞」，由日人松岡正男爲社長，於民國卅二年三月十日正式出版，直至民國卅四年元月十九日美軍光復菲律賓停刊。

光復後，「公理報」、「華僑商報」、「新閩日報」相繼復刊。民國卅四年（一九四五年）新刊報紙，計有：「華僑導報」、「前鋒日報」、「大華日報」、「中正日報」、「僑商公報」，與「重慶日報」。民國卅六年有「民聲日報」，民國卅八年有「民族日報」。以上報紙，除「大華日報」與「中正日報」於民國卅七年合併，易名「大中華日報」，由中國國民黨黨員柯俊智主持，業務漸發達。且反共積極，提倡囘國勞軍，組織青年參加軍中服務，十餘年來菲僑胞愛國反共之踴躍，爲國內軍民所讚譽，該報同人堪稱難能可貴。

自「民族日報」停刊後，尙餘「公理報」、「華僑商報」、「大中華日報」三家早報，和「新閩日報」一家午報；數年前，「新閩」增刊「晨報」；而未幾「公理」改爲午報，所以馬尼拉現有早報三家，午報兩家。（註四三）其中以「新閩日報」規模最大，銷數最多，每日出刊六至八大張，日銷五千份，其「禮拜天晨報」銷九千五百份。

政治立場，除「華僑商報」言論左傾外，其餘各報均一致支持祖國爲自由民主而効力。

第九節　日本華僑報業

（一）保皇黨之報刊

「戊戌政變」後，梁啓超去日本，先後創辦「淸議報」與「新民叢報」，爲保皇黨報刊之領袖。前者除鼓吹君主立憲學說外，以攻擊慈禧太后及剛毅、榮祿爲事；後者最初以灌輸知識爲主，很受讀者歡迎，有時複印至十餘版。後與革命黨之「民報」對立，而形成兩派之論戰。（註四四）

「淸議報」係一八九八年十一月（光緒廿四年十月）由梁啓超於橫濱山下町創刊，爲日本僑報之鼻祖。該報爲書本型之旬刊，每期一册，每册約四十頁，有論文、著述、新書譯叢、文苑、外論彙譯、紀事、群報擷華等，越三年，失火停止。

「新民叢報」係一九〇二年二月繼「淸議報」而創刊。爲書本型之半月刊，發行人爲馮紫珊，每册約四十頁，所載分論說、學說、時局、政治、雜評、小說、文苑等，發行九十六册，一九〇七年七月停刊。

(二)革命黨之報刊

革命派之報紙，係以留日學生之雜誌開其端，至「民報」創刊則成同盟會之機關報，爲革命報紙之骨幹。該報鼓吹革命思想，抨擊保皇言論，不遺餘力，以後留日學生紛紛献身革命，實乃革命報刊之偉力，茲摘其要者，簡述如左：

「譯書彙編」：一九〇〇年（光緒廿六年）由留日江蘇學生楊廷棟、楊蔭杭、雷奮等發行，該刊以譯述歐美名著爲主。如盧梭之「民約論」，孟德斯鳩之「法意」及密勒之「自由論」等，譯筆流暢典雅，風行一時，爲留學生雜誌之嚆矢。

「開智錄月刊」：一九〇〇年夏秋間，由鄭貫一、馮自由創刊，在横濱「淸議報」館內發行，翌年春因不容於保皇黨而停刊。

「國民報月刊」：一九〇一年五月，由沈翔雲、楊廷楝、楊蔭杭、雷奮、王寵惠、張繼、秦力山諸人聯合在東京發行，首倡革命排滿學說，開留學界革命之先河。此報僅發行七、八月，因經濟困難停刊

。翌年，戢元丞在上海發行「大陸月刊」，仍延秦、楊、雷諸志士主筆政，鼓吹革命，駁斥「保皇立憲」學說。(註四五)

「游學譯編」及「新湖南」：一九〇三年(光緒廿九年)留學生黃軫、許直、楊篤生在東京發行「游學譯編」，介紹新思潮，翌年復發行「新湖南」。

「湖北學生界」及「漢聲」：一九〇三年(光緒廿九年)一月由湖北留學生程家檉、李書城、但燾、藍天蔚、劉成禺等所創辦，該刊有論說、學說、教育、經濟、實業、軍事、史地及國內外新聞等。至第五期易名「漢聲」。

「浙江潮」：一九〇三年由蔣方震、申江東在東京發行，有社說、學術、時事、記事、小說等，暢銷極廣。

「江蘇」：一九〇三年，由張肇相所發行。

「二十世紀之支那」：一九〇五年，由留日學生宋教仁、田桐、白逾桓、陳天華等在東京創辦。是年同盟會在東京成立，宋等加入同盟會，而使該報爲同盟會機關報。後因該刊揭載「日本政客之經營中國談」一文，觸怒日本政府，被禁止發行。九月中旬，經同盟會決議易名「民報」繼續出版。

「民報」：一九〇五年(光緒卅一年)十一月廿六日在東京創刊，爲中國同盟會之機關報，發刊詞由 國父所手撰，正式揭示民族、民權、民生主義，爲三民主義見於文字之始。執筆者有陳天華、胡漢民、章炳麟、朱執信、宋教仁、汪精衛、劉光漢、馬君武、廖仲凱等。發行人先後有張繼、章炳麟、陶成章等。該報主旨在闡揚革命理論，駁斥保皇立憲學說，與「新民叢報」經常論戰。「民報」銷行很廣，第十八期約有一萬二千份銷數。發行至第廿四期時，因清政府之要求，於一九〇八年十月被日政府封閉。一九一〇年一月，又續刊廿五、廿六兩期。

此外，革命派之報刊，尚有劉光漢之「復報」（一九〇五年）；雷鐵崖、董修武之「鵑聲」（本名「四川鵑聲白話報」（一九〇六年），楊秋帆、呂志伊之「雲南」（一九〇六年），陳家鼐、楊守仁之「洞庭波」（一九〇六）；燕斌之「中日女學界」（一九〇六年），同盟會員之「鐵券」（一九〇六）；高天梅之「醒獅」（一九〇六年）；河南留學生之「河南」（一九〇七年）；「民報」之臨時增刊「天討」；劉光漢之「天義報」（一九〇七年）；陳家鼐、景定成之「漢幟」（一九〇七年）；夏重民之「大江報」（一九〇七年）；雷鐵崖之「四川雜誌」（一九〇七年）；湯增璧之「江西」（一九〇八年）與「夏聲」等。以上報刊，對革命宣傳，貢獻極大。惟因環境及經濟關係，發行期間很短。辛亥革命前後，同盟會會員紛紛返國，參加革命工作，因之繁榮一時的革命報刊，隨之結束。

民國二年，袁世凱叛國，不久，二次革命失敗，　國父乃於民國二年（一九一三年）八月赴日本，組織同志，繼續革命工作。民國三年（一九一四年）六月，組織中華革命黨，並於東京發行「民國雜誌」為機關報，以胡漢民為總編輯，居正為經理，編撰有戴季陶、朱執信、廖仲凱等。民國五年，袁氏帝制失敗，　國父離日返國，積極準備統一工作，因之停刊。此後革命活動及新文化運動移於國內，與日本政府之積極侵略中國，致日本僑報，因之趨於低潮，此種情形，直至二次大戰後，大陸淪陷為止。

（三）僑報之現狀

民國卅八年，大陸淪陷後，旅日愛國僑胞爲了展開宣傳，計先後發行報刊二十餘種；除停刊者外，目前發行而較重要者，尚有左列十三種：（註四六）

「內外時報」：民國卅八年六月，臺籍僑胞蔡長庚創刊於東京，係日報型，以日文刊行。

「政治經濟新聞」：民國卅八年五月，由康啓楷於東京創辦，係報紙型之日文週報。

「中華週報」：民國四十一年十一月廿九日，我駐日大使館發行，爲十六開之週刊，中日文並刊。

「自由新聞」：民國四十三年十一月一日在東京創刊，汪少莛爲發行人，王雲慶爲社長，爲報紙型之旬刊。初稱「自由中國新聞」，後易今名。以日文爲主，兼用中文，在反共報刊中，其立場最爲堅定。

「新亞洲」：民國四十五年七月由王力鵬創辦，在東京發行，爲十六開型之中文月刊，以商業新聞爲主。

「東方文摘」：民國四十九年一月在東京創刊，係雜誌型之月刊，黃裕德爲發行人。

「自由中華」：民國五十年一月廿三日，由中國國民黨大阪直屬支部發行，爲四開一張之油印月刊

「華僑之聲」：民國五十一年五月十日在東京刊行，係雙週刊。

「臺灣經濟」：係黃遠竹在東京發行，十六開月刊。

「華僑生活」：民國五十一年六月由李献璋創辦，二十四開月刊。

「揚華僑報」：民國五十二年，由薛來宏在橫濱創刊，爲四開報紙型月刊。

「太平洋經濟」：李國卿創辦，十六開月刊。

「今日之中國」：民國五十二年六月刊行，劉天祿爲社長，十六開月刊。

已停刊之報紙，計有：「華僑自由導報」（日文旬刊）、「華僑新聞」（中日文旬刊）、「留日學生報」（中日文月報）、「華僑天地畫報」（半月刊）、「東洋新聞」、「華僑通報」、「世界華僑」（月刊）、「東亞工商新報」、「東亞通訊稿」、「春秋」、「大同」、「今日之世界」等。

中共或由中共支持發行之報刊，計有：「國際新聞」、「大地報」、「華僑報」等。所謂「臺灣獨立黨」廖文毅及其黨羽發行之報刊，計有「臺灣民報」（旬刊）、「臺灣公平報」（旬刊）、「臺灣青年」（月刊）、「臺灣自由新報」（月刊）、「臺灣新聞」與「臺灣獨立通訊」等。此種報刊，雖名旬刊、月刊，實際並不定期發行，有時發行一期或兩期卽停，讀者很少，影響不大。

惟自二次大戰後，日本左傾勢力抬頭，而日本新聞界亦普遍受其影響，使反共僑報之處境，頗爲困難。

（按廖文毅已於民國五十四年五月十四日自日本返臺，並自動解散臺灣獨立組織，作者註）

第十節　美國華僑報業

（一）舊金山

美國僑報，主要分佈於舊金山、檀香山、紐約、芝加哥與洛山磯五地，玆分敍於左：

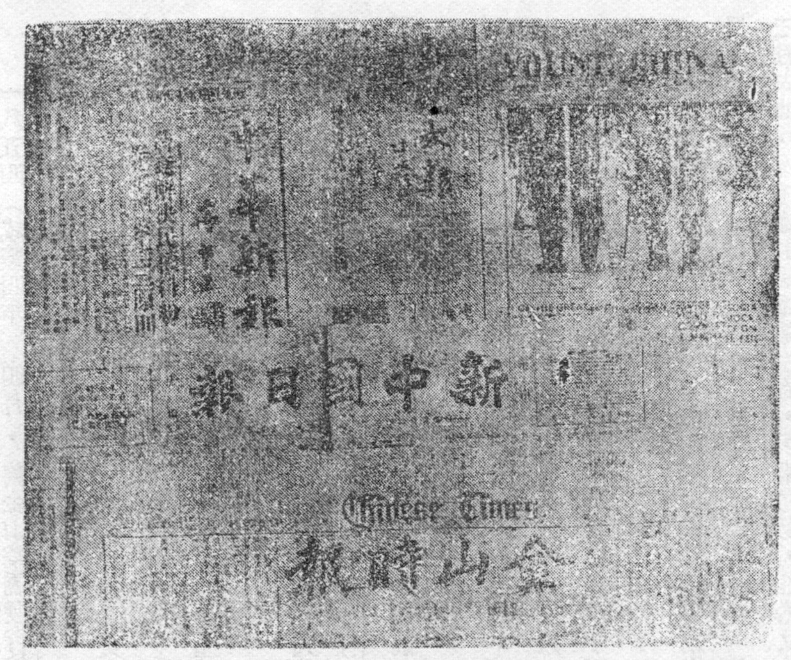
YOUNG CHINA
新中國日報
Chinese Times
金山時報

美洲的僑報

The New Republic
聯合日報
UNITED JOURNAL
NG CHINA
美洲日報
CHINESE JOURNAL
少年中國
華美日報
THE CHINA TRIBUNE

一八五四（咸豐四年）四月，舊金山華僑發行第一種中文週報，名為金山新聞（Golden Hills News），為美國最早的華僑報紙。（註四七）

一八七四年（同治十三年）六月二日，舊金山又發行「舊金山中國新聞」（San Francisco China News），為美國最早的華文日報。該報為四開型，手寫石印，分各貨行情，來往船期，上海新聞，花旗新聞，大埠新聞，羊城雜報諸欄。該報自創刊號連續四十六期存大英博物館，發行人由未士奇頓具名，編輯人當係華人。（註四八）

一八九一年，「世界日報」（原名文憲報）創刊，為保皇黨機關報，係目前美國歷史最久的僑報。（註四九）以後保皇黨報紙計有「文興報」、「金港日報」；革命黨報紙計有「大同報」（一九〇二年——一九二五年）、「少年中國晨報」等。民國以前，尚有一九〇〇年教會獨資發行的「中西日報」，該報發行很久，至民國四十年（一九五一年）停刊。民國以後新發行僑報，有中立派的「金山時報」（一九二四年）、國民黨的「國民日報」（一九二七年）與支持政府的「自由中國日報」（一九五五年）等，惟後者僅發行兩年停刊，而國民日報亦于一九六〇年停刊。目前舊金山之僑報，尚有「世界日報」、「少年中國晨報」、「金山時報」。另有紐約「中國時報」舊金山版，係民國五十三年（一九六四年）十一月九日創刊。

「世界日報」：一八九一年由中國民主憲政會創辦，初名「文憲報」，石印，一九〇六年易今名。民國卅四年四月一日，由李大明接管，並任發行人、主筆及總編輯，直至民國五十二年（一九六三年）三月去世。現任總主編為鄺佐治，該報立場，雖然反共，但對政府經常有不利批評。

「少年中國晨報」：該報前身爲「美洲少年」週刊，創刊於一九〇九年，以溫雄飛爲總理，黃超五爲總編輯，副刊李是男，翻譯兼發行黃伯耀。是年， 國父至美，將其改爲日報，爲同盟會宣傳。（註五〇）一九一〇年（宣統二年）七月十六日，易名「少年中國晨報」，以黃耀伯爲總理。以後總理有李是男、黃芸蘇、劉日初、鄺光銀、鄺光珍等。一九六四年夏季，再度改組，並發行英文「少年中國晨報」日刊，每日四開型兩張，編排內容均佳，很受讀者歡迎。

「金山時報」：爲美國同源總會（土生會）於民國十三年（一九二四年）七月十五日創刊。林耀華爲總理，兼任總編輯凡廿二年之久，民國卅八年（一九四九年）二月，因年高退休，由林康惠繼任。

「國民日報」：係民國六年（一九一七年）一月，由中國國民黨全美臨時代表大會決議籌辦，至同年六月十五日由陳披荆負責創刊，爲國民黨機關報。民國廿八年六月，改由中央主辦，並任黃君迪爲社長，廿九年黃氏去世，改由陳披荆繼任。陳坡荆離美時，將該報頂售與黃仁俊等，由劉伯驥主筆政，至一九六〇年停版。

除以上四家日報外，舊金山尚有週報三家，卽胡景南所辦言論左傾之「太平洋週報」、親共之「金門僑報」與英文刊行的「中國週報」（Chinese Press）。

最近香港星島日報出版美國航空版，在三藩市發行，頗受智識份子歡迎，銷數已達三千份。

（三）檀　香　山

檀香山先後共計發行十四種報紙，計有「隆記報」（一八八一年），「麗記報」（約一八九五年）

，「新中國報」（一九〇〇年），「檀山新報」（一九〇三年），「啓智報」（一九〇七年），「華夏報」（一九〇七年），「民生日報」（一九〇七年），「自由新報」（一九〇七年），「大聲報」（一九〇八年），「華興報」（一九一六年），「漢民報」（一九二〇年），「中華新報」（一九二八年），「檀報」（一九三七年），與「新中國日報」。（註五二）

「隆記報」係一八八一年（光緒七年），由程蔚南所創刊，初爲週刊，石印，爲檀島最早之僑報。一八九四年，國父組織興中會，該報卽成興中會機關報。以後幾經改組，先後易名爲「檀山新報」（一九〇三年），「民生日報」（一九〇七年），「自由新報」（一九〇七年）與現在發行之「中華新報」（一九二八年），名稱雖異，但均能繼承「隆記報」之光榮傳統，爲革命宣傳，該報在「民生日報」與「自由新報」時代，由盧信主持筆政，與保皇黨「新中國報」論戰，最爲出色。

「麗記報」：約創刊於一八九五年，詳情已無可考。

「新中國報」：係梁啓超於一九〇〇年（光緒廿六年）三月二十日創辦，自任主筆，鍾木賢爲總理。言論政策，以鼓吹「保皇立憲」爲主，並反對 國父之革命學說。梁返日本後，由黃紹純繼任主筆。其後主持筆政者，有陳宣庵、黎大年、梁文卿、陳文谷、黃顯操、李啓輝、李大明等。

「啓智報」：一九〇七年（光緒卅三年）由洪門會鄧秀隆、林懷創辦，不久停刊。

「華夏報」：一九〇七年，由福音堂教友創辦，爲該堂機關。發行十餘年，併於曾長福主持之「民生日報」。

「大聲報」：一九〇八年，盧信、孫科等再創大聲報，以壯大革命聲勢。

「華興報」：係中華商會承購「民生日報」改組發行。民國初年，接受袁世凱津貼，鼓吹帝制。未久，袁氏失敗，由馮成龍主持，至民國九年（一九二〇年）停刊。

「漢民報」：檀香山致公堂原有「漢民報」一種，民國九年（一九二〇年）再收買「華興報」，兩報合併發行。仍由馮成龍任主筆，至民國十八年（一九二九年）停刊。

現檀香山計有僑報三家，即「中華新報」、「新中國日報」與「檀報」。（註五二）

「中華新報」：民國十七年（一九二八）八月廿四日創刊，初名「中華公報」，由中國國民黨黨員集資創辦。初爲二日刊，民國卅六年（一九四七年）改爲日報，並易名「中華新報」。民國四十六年（一九五七年）由劉毅父任總理，林燦美任主筆，一本革命傳統，爲反共抗俄而奮鬬。現由趙初任董事長，何元炯任社長，林爲棟任主筆。

「新中國日報」：創刊於一九〇〇年，初名「新中國報」，爲保皇黨機關報。民國以後，言論失去中心，惟仍反對政府，民國三十年（一九四一年）改爲日報，後由李大明任主筆，言論傾向中共。

「檀報」（Hawaii Chinese Journal）。民國廿六年（一九三七年）十一月十二日創刊，由當地土生青年華僑發行，全部以英文刊出，每週發行一次。該刊已有二十多年歷史，基礎已穩固。

（三）紐約

自一九一〇年，紐約計有十二家重要華僑日報創刊，其中六家停刊，六家仍繼續發行。

停刊之僑報，計有革命黨發行的「民氣日報」（一九一〇年趙公璧創刊），「中山日報」；致公堂發行的「五洲公報」（一九四九年停刊）；華僑獨資發行的「紐約商報」、「紐約新報」（一九四三年創刊）與「紐約日報」。

現在發行的日報計有六家：（註五三）

「美洲日報」：民國卅三年（一九四四年）創刊，由中國國民黨發行，李覺之爲社長，銷數最多。

「華美日報」：民國卅九年（一九五〇年）大陸淪陷後創刊，由老報人潘公展爲社長。政治立場，反共，擁護國民政府，但對政府亦有積極性的批評。

「華僑日報」：創刊於民國廿八年（一九三九年），現爲中共海外宣傳之工具。但銷路極少，亦無廣告，完全由中共維持。

「聯合日報」：民國四十一年（一九五二年），由華僑獨資興辦，吳敬敷爲社長，政治立場反共，對政府有嚴格批評。

「中國時報」：民國五十三年（一九六四年）四月八日由國民黨評議委員陳兆瓊接辦，除於芝加哥發行外，並於同年十一月九日增刊舊金山版，該報現以輪轉機印刷，爲美國僑報以輪轉機印刷之始。現三地同時發行，儼然成一小型報團，總銷數自稱達一萬六千份。

「民治日報」：近五六年爲洪門民治黨美國總支部所創辦，反共態度良好。

紐約僑報，通常每日發行對開兩大張，仍用四號字排印。銷數約在一千份至四千餘份，戰時舊金山之「國民日報」，曾發行至六千餘份，但除「中國時報」外，從無達一萬份銷數者。

除以上日報外，雜誌方面，計有：「中美週報」、「大華旬刊」與「生活週刊」等。其中「中美週刋」銷行于加拿大、中南美，對政府批評最苛。

（四）芝加哥

芝加哥僑報，前有國民黨創辦之「工商日報」，曾易名「中央日報」，惜於戰時停刋。目前芝加哥僅有「三民晨報」與「中國時報」兩家，爲美國中部之兩大華僑日報。銷路廣及美國中、南部，加拿大中部及墨西哥等地。

「三民晨報」：於民國十九年（一九三〇年）三月十八日創刋，爲國民黨發行，首任總理爲譚贊，總編輯兼主筆高方。越年高去職，組織編輯委員會，由周宇凡爲主任，以迄於今。總司理黃逢，自開辦連任至今。但年事已老，言論隨執筆者個人喜惡，有時失常。

該報初期營業情況不良，自民國廿七年至卅一年，業務頗爲發達，此因僑胞關心抗日戰爭使然，戰後經濟又陷困境，目前已難維持。

「中國時報」：民國五十三年（一九六四年）創刋，爲紐約「中國時報」之芝加哥版。

（五）洛山磯

洛山磯爲美國西海岸新興大都市，人口約二百九十萬，有超越芝加哥而成爲美國第二大都市之趨勢，此地有華僑兩萬餘人，僅有「新光大報」一家中文僑報。

「新光犬報」創刋於民國四十年（一九五一年）九月二日，原名「大光報」，爲僑領朱文袞集資創辦。在言論上，堅持反共抗俄國策，激發華僑愛國思想，以加强僑胞對祖國向心力。

「新光大報」在發展上採穩健立場，至今仍以週報發行，每期四開型報紙四張，共計八版，第一版爲要聞綜合報導，第二版爲本市新聞，第三、四版專載；第五、六、七版爲副刊；第八版爲華僑新聞，其中廣告分於各版，總量約佔二分之一。

該報有印刷設備，兼營印刷業務，銷數約三千五百份，再加廣告及印刷收入，可有盈餘。民國五十年（一九六一年）四月增資二萬五千元，實行改組，易名爲「新光大報」，由中華會館主席爲董事長，朱文袞仍任社長、兼總編輯。（註五四）

第十一節　其他地區華僑報業

（一）韓　國

韓國原在日本統治之下，華僑很難創辦報紙，民國十九年（一九三〇年），有「朝鮮中華民衆」半月刊發行，可能是韓國較早僑報之一。

民國四十三年（一九五四年）十一月，韓戰停戰後，朱協於漢城發行「中華時報」，藉以加强中韓友誼，促進文化交流。（註五五）民國四十五年二月改組，成立董事會，以僑領王善之爲董事長兼發行人，但不久因人事及經濟困難停刊。

民國四十六年五月，僑領孫日昇、李子建、吳振宇等，以原有「中華時報」設備創刊「韓華日報」

，但因產權關係，延至民國四十九年二月始正式創刊。民國五十一年七月，擴大版面，增加韓文版，基礎頗為穩固，現由王守志為社長。

此外，民國四十九年，關石麟發行「韓華正聲日報」；同年鄭誠鎮、丁子松發行「韓華法政新報」（週刊），但均不久停刊。

民國五十二年（一九六三年）一月廿八日，孫日昇復於漢城創刊「華僑新報」，每週發行對開一大張，故目前韓國僅有華僑日報一家，週報一家，即「韓華日報」與「華僑新報」。另有月刊「華僑春秋」，以謾罵為事，搗亂性甚大。蓋韓國華僑現有派系存在，該刊無政治立場，無新聞道德，常引起華僑間風波。

(二) 印度

「警世月刊」為印度最早的僑報，創刊日期不詳。

「印度日報」於民國廿二年（一九三三年）七月三日在加爾各答創刊，發起人有李渭濱、王志遠、黎南興、張國基、梁為英等。抗戰期間，營業鼎盛，日銷三千餘份，廣及南洋各地。戰後因大陸淪陷，聲望不及以前，但一直擁護國策，為印度自由僑胞的唯一喉舌，現由張啓華為社長。

抗戰期間，我遠征軍進駐印度，除「印度日報」外，尚有遠征軍發行的「中國週報」、「軍聲報」（週刊）、與「新軍月刊」三種。（註五六）

大陸淪陷後，中共於民國四十年（一九五一年）多在加爾各答發行「中國新聞」小型日報一種，與

「印度日報」對抗，民國四十四年，改爲大張發行，注重政治及工商新聞，銷行亦廣。民國五十一年，中共與印度發生邊界衝突，因之該報曾被群衆搗毁，現仍發行。

西藏反共抗暴運動發生後，藏胞紛紛逃入印度，民國五十二年二月十二日，我有關單位與藏胞在加爾各答聯合創辦「中央周報」藏文版。對開一大張，頗受藏胞歡迎。

（三）加拿大

加拿大現有僑報五家，東部多朗多兩家，西部兩家。東部計有國民黨發行之「醒華報」與洪門民治黨發行之「洪鐘時報」；西部計有域多利國民黨發行之「新民國日報」與溫哥華洪門民治黨發行之「大漢公報」。

「醒華報」：民國十一年（一九二二年）十一月十八日，由國民黨美洲支部正式創刊於多朗多城，以何夢麟爲總理。該報之發行，源於民國初年，袁世凱圖謀帝制，愛國僑胞乃每週編輯壁報攻擊之。民國六年（一九一七年），應國父命先發行週刊，銷數約五百份。惟不久加政府應北洋政府堅請而將該報封閉，捕去四十三人之多，「醒華週報」因之停刊。直至民國十一年始復刊，並易名「醒華日報」。該報歷屆社長有何夢麟、林逸川、趙衞平、李鐵如、林善彰、麥錫舟、馮吉修等；現任社長爲張子田，主筆可英颷，自一九四六年連任迄今。業務穩定，言論爲加東、加中所重視。

「洪鐘時報」：民國十六年（一九二七年）三月廿一日，由致公堂與憲政黨人士捐款創辦，初由董壽如爲董事會主席，李君實爲主持人，現由黃良昭爲司理（社長）。

「新國民日報」：一九一一年（宣統三年），國父抵域多利鼓吹革命，倡辦「新國民日報」。由油印不定期刊改爲鉛印週刊，民國元年，始正式改爲日報。該報對加拿大之華僑文化之提倡、甚有貢獻。近遷至溫哥華，關崇穎任董事長，余超平任社長。

「大漢公報」：一九〇七年爲洪門民治黨創辦於溫哥華，每日出刊二張，立場中立，對政府有嚴格批評，現由王華進爲社長。

「僑聲日報」：一九五二年由鄭振衡創辦，鄭死後，由周幹芬任董事長，吳照光任社長，吳立民任總編輯，思想不純正。

中共及親共之僑報，計有「大衆報」（半月刊）與「華僑導報」。

（四）古　巴

古巴原有僑報四家，即「民聲日報」、「開明日報」、「華文商報」與「光華週報」。自卡斯楚掌握政權後，眞象不明。玆將上述各報，簡介於左：

「民聲日報」：係民國八年（一九一九年）創刊。初名「民聲雜誌」，石印，張梅初主持，越一年停刊，民國十年國民黨組「民聲日報」董事會，民國十一年九月二十四日正式創刊。「民聲日報」四字，由國父親題，發刊詞由蔡元培撰寫，首任董事長爲趙式睦，總理李月華。民國十六年購輪轉機，遷移新址。民國十九年，完全收歸黨辦，以黃雨亭爲社長，後爲蔣賜福、許榮暖。一九四九年，大陸淪陷，該報支持反共政策、最爲積極，卡斯楚政權得勢，卽停版。該報同人許榮暖有「古巴三十年」出版，表示其繼續奮鬪之決心，主筆顧任俠則出版蔗幕三年，抨擊卡斯楚之暴政，蔣賜福等則參加敢死隊，與古巴義士並肩作戰。該報負責同仁疾風勁草之志節，足以見中國國民黨黨員在海外奮鬪之一斑。

「華文商報」：原名「華文日報」，由李叔騰於民國三年（一九一四年）一月二十九日創刊。該報係華僑集資發行，言論公正，抗戰期間對祖國貢献極大，當時銷數有三千六百份，平時兩千多份。

「開明公報」：係古巴洪門民治黨發行。

「光華週報」：係中共發行。

（五）占美加

占美加僑報，前後計有「華僑公報」、「民治週刊」、「中山報」、「高塔英文報」四家。

「華僑公報」：原名「中華商報」，由鄭永康於民國十九年（一九三〇年）十月十八日創刊，以啓廸民智，溝通僑情爲宗旨。民國二十年讓售李談仁君，經營頗佳。民國廿四年由中華會館接辦，易名「華僑公報」，至民國四十五年，因經營不善停刊。

「民治周刊」：爲中國洪門民治黨創刊，係一抄寫刊物，每期廿四頁，民國四十五年停刊。

「中山報」：民國卅九年十一月一日，由國民黨支部發行，初爲小型日報，後改週刊。民國四十一年因經濟困難停刊。後再招募基金，於民國四十二年十二月一日復刊，每週發行二次，對開兩張。四十六年收支可平衡，現由李談仁爲社長。

「高塔英文報」：民國廿九年三月十六日由當地僑生鄭丁才創辦，

（六）中美、南美地區

墨西哥：「僑聲月刊」：民國廿五年（一九三六年）創刊，黃孟和爲社長，馮思敏任編輯，油印，通訊稿型，附西文版。

「中華報」：民國四十七年（一九五八年）創刊，油印，半月刊，盧萬雷爲社長。

「華僑通報」：民國五十年（一九六一年）創辦，週刊，余受之爲發行人。

「大中晚報」：週刊，黃盛和主持。

巴拿馬：「共和報」：民國卅五年（一九四六年）創刊，油印，日報，言論反共，以吳玉明爲社長。

「民治星期報」：週報，洪門民治黨創刊，中間偏左，吳銓英爲社長。

「嚴報」：日刊，言論中間偏右。

「大公報」：言論左傾。

瓜地馬拉：「華僑週報」：民國四十五年（一九五六年）創刊，油印，林時邁爲社長，爲該地唯一僑報。

多明尼加：「中華月刊」：油印，爲當地唯一僑報。

委內瑞拉：「中華會館月刊」：油印，爲當地唯一僑報。

千里達：「僑聲報」：民國廿九年（一九四〇年）創報，週刊，四開三張，言論左傾，余樂三爲社長。

「正氣報」：民國四十七年（一九五八年）創辦，週報，四開三張，陳家賢爲社長。

「自立報」：半週刊，言論左傾。

蘇利南：「南風日報」：民國卅二年（一九四三年）創刊，附荷文版，洪振勛為社長。

「自由日報」：民國四十六年（一九五七年）創刊，油印，四開五張，以李融和為社長。

巴西：「巴西僑報」：民國四十九年（一九六〇年）三月廿九日創刊，週刊，王之一為社長。

智利：「華僑週報」：民國廿九年（一九四〇年）創刊，以陳家禮為社長。

秘魯：「民醒日報」：原名「民醒報」，週刊。一九一一年（宣統三年）三月十日創刊，以周卓吾、李介平、劉伯擎等為發起人，為革命黨機關報之一。民國五年　國父贈送鉛字，同志集資購買機器，正式歸黨經營，改為日報。該報不斷進步，為南美最大僑報，現任社長為周劍平，吳名忠為主筆。

「公言報」：洪門民治黨創刊，言論偏左，楊步蟾為社長。

「東西月報」：中西文並刊，持反共主場，內容充實，編印精美。

（七）澳洲地區

澳大利亞：「澳華時報」：民國四十五年創刊，因財力不足，發行兩年停刊。

「僑聲月報」：民國五十一年六月創刊，油印，十六開本，以報導新聞為主。

紐西蘭：計有「紐西蘭華僑」月刊，「華農」月刊，「僑報週刊」等。均持反共立場。

飛枝：「國民半月刊」：民國卅九年八月二日創刊。油印，發行廣及澳洲華僑社會，由司徒炳璇為社長。

（八）歐洲地區

英　國：「自由中國新聞」：民國四十七年二月創刊，通訊性之油印刊物。

法　國：「三民導報」半月刊：民國二十二年創刊，油印，國民黨發行。五十四年中法絕交後，仍繼續出版，反共甚力。至五十五年三月十一日被法政府封閉。

德　國：「自由亞洲」：民國四十八年創辦。原有「和平報」，已停止發行。

（九）非洲地區

南非聯邦：「僑聲報」：民國廿年六月創刊，每週發行兩次，爲當地唯一僑報，魏煜蓀爲董事長。「好望角」季刊，已停止發行。

模里斯：「中華日報」：民國廿一年創刊，杜蔚文爲社長，言論反共。
「國民日報」：民國四十七年創刊，陳余美爲社長，已停版。
「中央日報」：民國四十九年創刊，古崇鑫爲社長，立場不穩定。
中共及親共報紙，計有「新商報」與「華僑時報」。
模里斯只有華僑二萬四千餘人，報紙多至四家，營業極不易維持，常互相攻擊。

馬拉加西：「民鋒報」：民國卅六年創刊，原爲油印，半月發行一次。民國四十九年改爲鉛印，言論反共，很受僑胞歡迎。

近數年，由于僑胞渴知中央消息，當地報紙不能滿足其需要，臺北中央日報乃發行世界性之航空版。三日之內，即可寄達美國；各地留學生、智識份子及特別關心祖國之人士，無不歡迎。臺北聯合報繼亦出版航空版，便利各地華僑購閱，並與馬尼拉新聞日報約定發行航空版。

至香港及馬尼拉之僑報擁護國策者，因臺北航空交通便利，請求內銷，皆被核可。如「工商」「華僑」兩家，且特編航空版（刪去本地廣告及不重要的地方新聞，減輕郵費），推銷國內。

而星島日報有航空版向三藩市推銷，並與馬尼拉新聞日報互相發行航空版，華僑日報有航空版向倫敦推銷。今後僑報之業務將更發達，競爭亦更劇烈，就航空版之發展可以概見。

海外各地現有僑報概況表

民國五十五年元月（註五七）

地區	名稱	創刊年月	社長或負責人	刊期	版型、張數	立場性質	備註
香港	香港時報	三八、八、四	陳訓悆	日刊	對開二張半		
	工商日報	一四、七、八	胡秩五	〃	四張		
	工商晚報	一八、十一、	〃	〃	一張半		
	華僑日報	一四、六、五	岑維休	〃	七張		
	華僑晚報	四五、	岑才生	〃	二張半		
	星島日報	二七、八、一	胡仙	〃	六張		附星島週報

香港星島晚報	二七、八、十三	〃	〃	對開三張半	
英文虎報	三八、三、一	〃	〃	四張半	英文
快報	五二、三、一	〃	〃	二張	
天天日報	四九、十一、一	韋基舜	〃	二張半	彩色
眞報	四一、十一、十八	陳秀蘭	〃	二張	
新生晚報	三四、十二、	張献勵	〃	一張半	
大晚報	四八、八、五	李鶴年	〃	二張	
天文臺報	二五、十二、七	陳孝威	雙日刊	四開一張	
自由報	四九、二、十六	雷嘯岑	三日刊	四開三張	
超然日報		蔣大方	日刊	對開一張	
越華報		謝啓初	〃	〃 一張	
成報	二八、五、一	何文法		〃 二張	
新報	四八、十、十四			〃 一張半	
大衆報	五一、七、	陸海安	〃	二張	與羅賓漢報合刊
勞工報	四四、五、一	陳行	〃	四開二張	
紅綠日報	二八、	任護花	〃	對開二張	
華聲報	三七、	楊錦全	〃	〃 一張半	

香港	眞欄日報		梅少芝	日刊	〃一張	娛樂消閒品	
	明燈日報		徐君哲	〃	四開二張	〃	一、四版彩色
	銀燈日報	三六、		〃	四開二張半	〃	〃
	遠東新聞報	五一、九、二九	李雪超	三日刊	對開二張		
	東風日報	五一、十、十四		日刊	〃一張	娛樂消閒品	一、四版彩色
	新聞天地		卜少夫	週刊		反共支持政府	
	中國評論		任畢明			反共支持政府	
	經濟商報	三九、四、十九	葉飛絮	日刊	四開七張	純商業性	中英對照
	炉峰夜報		溫仲山	〃	四開二張	娛樂消閒品	即原自然日報
	香港夜報	五二、三、		〃	對開一張	中立偏左	
澳門	市民日報	二三、八、十六	嚴慶祺	日刊	對開一張	中立偏右	
	華僑報	二六、	趙斑爛	〃	對開一張半	中立偏右	
菲律賓	公理報	一九一二、八、十三	莊銘淵	日刊	對開二張		
	大中華日報	三七、八、二九	柯俊智	〃	對開二張		
	新閩日報	一五、二、二八	吳重生	〃	對開三張半		附晨報週刊
	華僑商報	一一、二、	于長城	〃	對開二張半	左傾	

日本	內外時報	三八、六、一	蔡長庚	日刊	對開一張		日文
	自由新聞	四三、十一、一	張和祥	旬刊	〃半張	新聞報導性質	中日文併刊
	政治經濟新聞	三八、五、九	康啓楷	週刊	〃一張	〃	日文
	華僑之聲	五一、五、十		半月刊	四開一張	〃	〃鉛印
	揚華僑報	五二、	薛來宏	旬刊	〃一張	〃	鉛印
韓國	韓華日報	四五、五、十四	王守志	日刊	對開一張		附韓文版
	華僑新報	五二、一、二八	孫日昇	週刊	〃		
	韓華春秋		鞠柏嶺				
越南	遠東日報	二八、三、二九	朱聞義	日刊	對開一張半		
	亞洲萬國日報	四四、二、十四	劉永基	〃	〃二張		
	成功日報	五〇、九、二一	郭育裁	〃	〃		
	建國國際聯合報	一八、一、一	粱康榮	〃	對開一張		
	新聞快報	三九、十、十	陸抗	〃	〃		
	新聲報	四五、八、十二	范明聰	〃	〃		併於越華報
	新論壇報	四三、一、十一	馮卓勛	〃	〃		

大夏日報	四二、一、十五	王永健	日刊	對開一張	五四、十、十五併於成功
越華報	四四、十、二二	麥思源	〃	〃	
新越晚報	四八、八、十三	何文友	〃	四開一張	五四、十、十五併遠東
萬國晚報	四四、五、十二	李秉恕	〃	對開一張	同上
國際報	五一、六、	余秋	三日刊	十二開刊物型	
越南新報	五一、	潘文遠	週刊	十六開傳單型	言論分歧
越南快報	五三、十二、	鄺魯久	晚報		
前鋒晚報	五四、六、	李朝鈞			
泰國					
世界日報	四四、八、一	饒迪華	日刊	對開四張	
世界晚報	四四、八、一	饒迪華	〃	〃一張	
星暹日報	三九、一、一	胡蛟	〃	對開四張	
京華日報	四八、一、二九	林志昂	〃	〃〃	
京華晚報	〃	〃	〃	〃一張	
中華日報	四九、三、十六	陳純	〃	〃二張	
中華晚報	〃	〃	〃	〃一張	
星泰晚報	三九、一、一	胡蛟	日刊	對開一張	

柬埔寨	新報	四七、十、	徐自克	日刊	對開一張		
	明報	五一、一、		週刊	四開一張	中立	已停刊
緬甸	自由日報	二〇、六、一	李義常	日刊	對開二張		被緬甸政府停刊
	中國論壇報	二〇、十、卅一	陳文亨	週刊	四開一張		
印度	印度日報	二四、七、三	張啓華	日報	對開一張		
星加坡	星洲日報	一八、五、	胡蛟	日報	對開四張	中立偏左	
	南洋商報	一二、九、六	李玉榮	〃	〃六張	〃	
	南洋晚報	四九、二、	〃	〃		〃	原稱南方晚報
	新生日報	五〇、二、	周森茂	〃	對開二張	中立	
	經濟時報	五〇、六、		週刊	〃一張		
馬來亞	光華日報	一九一〇、一二、二十	蘇承球	日刊	對開四張		
	中國報	三五、二、一	李孝式	〃	〃二張半		
	建國日報	二九、九、一	梁偉華	〃	〃一張半		
	馬來亞通報	五〇、	周瑞標	雙日刊	〃〃		

	星檳日報	二八、一、一	胡蛟	日刊	〃三或四張	中立偏左	
	公報	五〇、五、二十	鄭棣	双日刊	〃二張	〃	星期二、四、六出版
沙巴暨砂勝越	華僑日報	二五、	葉保滋	日刊	對開二張		
	亞庇商報	四三、七、五	羅國泉	日刊	〃		
	山打根日報	四九、一、二三	何天文	日刊	〃		
	斗湖日報	五一、四、	謝大峰	日刊	〃		
	婆羅洲時報	四五、五、一六		日刊	〃	偏左	
	前鋒日報	四一、三、二一		日刊	〃		
	中華日報	三五、二、二七		日刊	〃	中立偏左	
	華聯日報	五二、五、五		日刊	〃	〃	
	大衆日報	五一、九、三	李英凱	日刊	〃		
帝汶	帝汶僑聲	四六、一二、二五	張夢齡	週刊	十六開本	新聞報導性質	油印
美國	少年中國晨報	一九一〇、八、十九	鄺灼良	日刊	對開二張		附英文週刊
	美洲日報	三二、十一、十二	李覺之	日刊	〃		
	華美日報	三九、四、	潘公展	日刊	〃		

地區	報名	創刊日期	創辦人	刊期	張數	言論	備考
美國	三民晨報	一九、三、八	黃逵	日刊	對開二張	言論紛政	
	新光大報	四〇、九、二	李華秀	週刊	四開四張		
	金山時報	一五、七、十五	洪耀宗	日刊	對開一張半	中立	
	中華新報	四〇、七、三	何文炯	〃	一張		
	聯合日報	四一、	吳敬敷	〃	一張	反共批評政府	
	世界日報	一八九一、	陳義生夫人	〃	二張	〃	洪門民治黨辦陳義生已亡紐約芝加哥舊金山三地發行
	民治日報	四九、九、四	陳華瑞	〃	〃	〃	
	新中國報	一九〇〇、五、十二	陳義生夫人	〃	一張	〃	
	中國時報	五三、四、八	陳兆瓊	〃	二張		
加拿大	新民國報	一九〇九、五、七	關崇穎	日刊	對開二張	言論分岐批評政府	洪門所辦
	醒華日報	十一、十一、十八	張子田	〃	〃		
	僑聲日報	四二、十、三十	周幹芬	〃	〃		
	大漢公報	一九〇七、	王華進	日刊	對開二張	中立批評政府	致公堂與憲政會創辦
	洪鐘時報	一六、三、廿一	黃良昭	〃	〃		
墨西哥	僑聲	二五、三、廿九	黃盛和	月刊	通訊稿型	新聞報導性質	油印附西文版
	華僑通報	五〇、三、廿九	余受之	週刊	十二開二張		油印

	中華報	四七、十、十	盧萬雷	半月刊		新聞報導性質	油印
	大中晚報		黃盛和	週刊			
瓜地馬拉	華僑週刊	四五、五、	林時邁	週刊	十二開本型	新聞報導性質	油印
巴拿馬	共和報	三五、十二、一	吳玉明	日刊	刊物型		油印
	嚴報		黃司嚴	〃		中間偏右	
	民治星期報		吳銓英	週刊		中間偏左	洪門民治黨所辦
占美加	中山報	三九、十一、一	李談仁	三日刊	對開二張		鉛印星期二、五出版
智利	華僑週報	二九、	陳家禮				
巴西	巴西僑報	四九、三、二九	王之一	週刊	四開一張		
秘魯	民醒日報	一九一一、三、十	潘勝元	日刊	對開一張		
	公言報		楊步蟾	〃	〃	偏左	洪門民治黨所辦
蘇利南	南風日報	三二、八、一五	洪振勛	日刊	對開一張		附荷文月刊
	自由日報	四六、六、五	李融和	〃	四開五張	立場不穩定	油印

法國	三民導報	二二、	蔣雲岩	半月刊	八開二張	新聞報導性質	油印
模里斯	中華日報	二一、八、十一	杜蔚文	日刊	對開一張		
	中央日報	四九、六、二五	古崇鑫	〃	〃		
南非	僑聲報	二〇、六、一		三日刊	四開一張		
馬拉加西	民鋒報	三六、二、十五	周應潘	半月刊	十二開本型	新聞報導性質	鉛印
澳洲	僑聲月報	五一、六、		月刊	十六開本型	〃	油印
飛枝	飛枝國民	三九、八、二	司徒炳璇	半月刊	十二開本型	新聞報導性質	鉛印
紐西蘭	紐蘭西華僑	四七、九、一		月刊	八開一張	〃	鉛印
	僑農		周耀星	〃	四開四張	〃	〃

說明：一、以上共列現有海外僑報一百餘家（凡已停辦者未列入）。

二、有少數地區的僑辦報刊，其出刊時間，雖爲週刊、旬刊、月刊，半月刊者，但其內容仍係新聞報導性質，故亦以僑報視之，一併列入。

三、其立場反共而對政府有所批評者；因環境或他種關係，其態度中立或言論左者，亦予列入，並加註明。

附：海外現有匪僞報刊名單

香港：大公報　文滙報　新晚報　週末報
正午報（附匪）　晶報（附匪）　商報（附匪）　中英日報（附匪）
先生日報（附匪）　天方夜報　經濟導報

澳門：澳門日報　大衆報（附匪）

日本：大地報　華僑報

高棉：棉華日報　工商日報（附匪）　生活午報（附匪）　湄江日報（附匪）

緬甸：人民報　中華商報（附匪）　中國日報（附匪）　新仰光報（附匪）

印度：中國新聞

砂勝越：新聞報（附匪）　砂民日報（附匪）　民衆報（附匪）
（上列砂勝越三家附匪報已於五十一年十二月十一日被查封）

印尼：社會報　政治宣言報　明燈日報　紅白報
（上列印尼之匪僞報刊，已被停刊）

美國：華僑日報　太平洋週報

加拿大：大衆報（半月刊）　華僑導報（不定期）

古巴：光華報

巴拿馬：大公報　華僑時報

模里斯：新商報

本章註解

註一：孫甄陶：美國華僑史略（臺北：華僑協會，民國五十一年）第一一〇頁。
戈公振：中國報學史（附錄，英京讀書記）第三七七頁。

註二：唐志堯：新加坡華僑志（臺北：華僑文化出版社，民國四十九年）第一五〇頁。

註三：本章華僑報業歷史部份，基本參考資料如左：
①馮自由：革命逸史（上海：商務印書館，民國三十五年）第一—五集。
②馮自由：華僑革命開國史（臺北：商務印書館，民國四十二年）。
③馮自由：華僑革命組織史話（臺北：商務印書館，民國四十三年）。
④陳少白：興中會革命史要（臺北：中央文物供應社，民國四十五年）。
⑤鄒魯：中國國民黨史稿（長沙：商務印書館，民國二十七年）。
⑥丁文江：梁任公先生年譜初稿（臺北：世界書局，民國四十八年）。
⑦黃福鑾：華僑與中國革命（香港：亞洲出版社，民國四十四年）。

註四：同上。

註五：同上。

註六：本表係根據僑務委員會及中央黨部第三組統計資料製成。

註七：同上。

註八：同上。

註九：戈公振：中國報學史（臺北：學生書局，民國五十三年）第一〇二頁。

註一〇：林友蘭：香港報業發展史略（報學：二卷十期，第一〇二頁，臺北市編輯人協會，民國五十一年）。

註一一：同上，第一〇四—一六〇頁。

註一二：同上，第一一一頁。

註一三：同上。

註一四：根據僑務委員會統計資料及「澳門華僑志」。

註一五：本節參考資料，計有：

①陳以令：越南華僑志（臺北：民國四十七年）。

②向大爲：越棉寮華僑報業史略（僑務月報第一三一期，第卅五—卅九頁，民國五十二年）。

③何燕生：越南華文報紙現狀（報學：三卷一期，民國五十二年）。

註一六：梁子衡：泰國華僑志（臺北：華僑文化出版社，民國四十八年）第九十六頁。

註一七：同上，第九十七頁。

註一八：同上，第九十七—九十八頁。

註一九：向誠：泰國華僑報業史略（報學：三卷二期第一〇〇頁，民國五十二年）。

註二〇：同上，第一〇一頁。

註廿一：梁子衡：泰國華僑誌，第一〇一頁。

註廿二：參考向誠：泰國華僑報業史略及僑務委員會統計資料。

註廿三：星檳日報銀禧紀念（一九六四年）第五十九頁，馬來西亞報業簡史。

註廿四：唐志堯：新加坡華僑志，第一五〇頁。

註廿五：向誠：星馬華文報業的過去與現在（報學：三卷三期，第一〇四頁，民國五十三年）。

註廿六：同上，第一〇五頁。

註廿七：同上。

註廿八：同上，第一〇六頁。

註廿九：宋哲美：北婆羅州、婆羅乃、砂勝越華僑志（臺北：華僑文化出版社，民國五十二年）第二九三頁。

註三〇：同上，第九十四頁。
註卅一：詳見革命時期的緬甸黨報（報學：一卷二期）
註卅二：詳見緬甸華僑報業史略（僑務月報，第一三七期，第廿九—卅一頁）。
註卅三：同上。
註卅四：同上。
註卅五：海外僑報發展簡史，詳見中華民國五十年新聞年鑑第二十八頁。
註卅六：詳見鍾廣興：印尼華僑報業史略（報學：三卷三期，民國五十三年，第一〇〇頁）。
註卅七：同上，第一〇一—一〇二頁。
註卅八：同上，第一〇二頁。
註卅九：同上，第一〇三頁。
註四〇：詳見菲律賓華僑報業史略（僑務月報一二八期，第廿七—卅四頁，民國五十二年四月）。
註四一：同上。
註四二：中華民國五十年新聞年鑑第八〇—八十一頁。
註四三：同註四〇。
註四四：詳戈公振中國報學史，第四章第八節君憲民主之論戰。
註四五：詳見日本華僑報業史略（僑務月報，第一二九期第卅一—卅五頁，民國五十二年五月）。
註四六：同上。
註四七：孫甄陶：美國華僑史略（臺北，華僑協會，民國五十一年）第一一〇頁。
註四八：戈公振：中國報學史（附錄：英京讀書記之舊金山唐人新聞紙）第三七七頁。
註四九：舊金山僑報，係根據劑伯驥之美國華僑教育，孫甄陶之美國華僑史略及其他報紙期刊整理而成。
註五〇：詳見少年中國晨報五十年簡史（報學：二卷八期，民國五十年）。

註五一：詳見檀香山僑報滄桑錄（僑務月報，第八十四期，民國四十八年；第十一—十四頁）。

註五二：同上。

註五三：根據中央黨部第三組資料及民國五十三年十一月自立晚報資料彙集而成。

註五四：詳見中華民國五十年新聞年鑑第九十二頁。

註五五：王治民：韓國華僑誌（民國四十七年）第一〇八頁。

註五六：吳俊才：印度華僑誌（民國五十一年）第八〇—八十一頁。

註五七：參照僑務委員會資料及最新報紙期刊彙編而成。

第十六章　中共控制下的新聞事業

第一節　報　業

(一) 中共的刼收報紙

民國卅八年，中共竊據大陸，不僅國民黨營、公營報紙全部被刼收，卽民營報紙亦難逃厄運。共黨深知宣傳的重要性，爲了不容異己的存在，遂對中立報紙加以「反動」的罪名，作爲刼收的藉口。如新民、大公、文滙等報，因被中共份子滲透，卒爲其控制。平津淪陷後，天津「大公報」曾易名「進步日報」。後上海、重慶「大公報」奉令停刊，而「進步日報」，恢復「大公報」原名，遷北平出版。雖仍由王芸生任社長；但報館中工作人員都換了中共幹部，王芸生僅是傀儡而已。

上海「新民晚報」也被迫與「大報」、「赤報」合併，由共幹趙超構任社長。廣州的民營報如「聯合日報」、「新商晚報」亦合併成「廣州日報」。北平的「華北日報」改爲「人民日報」；「世界日報」改爲「光明日報」。南京的「中央日報」改爲「新華日報」。歷史最悠久的「申報」被改爲「解放日報」。

總之，中共竊據大陸後，將大小報紙，均納入僞「中央宣傳部」之下，作爲宣傳工具。此在我國新聞史上，可謂最黑暗時期。

(二) 中共與報紙

中共認爲報紙的主要任務是宣傳黨的政策、貫澈黨的決議和反映黨在群衆中的工作，所以新聞政策均以黨的政治利益爲前提；他們更規定新聞內容必須具有階級性、鬭爭性，不僅用以教育人民，進而用來作打擊資產階級的武器。

上述這種理論，使新聞事業失去了它原有性質和目的，變成了黨的喉舌，在黨報工作的人，只是整個黨的組織一部份，一切要依照黨的意志，一言一動、一字一句、都要顧到黨的利益。「解放日報」曾有社論云：「黨報工作人員，不可自以爲是無冕之王，而應去做僕，應該要以恭謹勞勤的態度去服務。」事實上不僅黨報如此，卽其他黨派的報紙，亦均須遵守這一規則。

此外，中共更否定新聞學中的「性質說」，他們認爲「唯心論的性質說，歪曲了客觀現實。」進而認定「新聞的來源是物質，是人類在與自然鬭爭中以及與社會鬭爭中所發生的事實。」所以他們的新聞報導要「限於鬭爭性、階級性、與政治性。」

爲了要遷就鬭爭性、階級性、和政治性，所以新聞多流於誇張，甚或向壁虛構，根本缺乏客觀的事實報導。中共除了製造新聞，在運用上更懂得如何渲染「光明」和掩飾「黑暗」。

在大陸未淪陷前，中共的新聞政策是：用一切方法從地下組織變爲有力的在野黨，進一步便是攫取政權。抗戰期間他們一直嚷着要政治民主與言論自由，其刊物如「新華日報」、「群衆週刊」、「解放週刊」等，再攻擊政府，作出被壓迫狀，並利用外圍組織此呼彼應。世人不察，誤認其爲土地改革者。

民國卅四年會談破裂，中共實行全面叛亂，發佈各種破壞政府威信的新聞，造謠中傷，使民心士氣，大受影響，卒至神州陸沉，山河變色。而今新聞事業被扼殺，新聞從業員被奴役，大陸的政治民主言論自由何在？

大陸上新聞自由眞象，我們可以從下述事件得窺一斑：（註一）

新華社曾有一位叫鄒震的留美學生，建議僞「中央宣傳部」，要中共爲新聞自由「開放綠燈」。鄒震指出中共的黨報有三項缺點：第一、有些話不敢講，第二、有些話不便講，第三、有些話不准講。鄒某是「新華社」的工作人員，對中共的所謂新聞自由，當有深刻的瞭解，對上述建議，鄧拓（「人民日報」社社長）譏爲「資產階級的新聞學」。

（三）大陸報業現狀

現在大陸的報紙以區域而言，可分全國性、省級、專區級、縣級等四種。僞政權成立初期，更有軍區報，當時華東有「解放日報」、華南有「南方日報」、中南有「長江日報」、西南有「新華日報」、西北有「群衆日報」、東北有「東北日報」、華北有「人民日報」。後因軍區撤消各報亦有變動。此外各機關均有不同之報紙作代表，如「人民日報」爲中共中央機關報，「中國青年報」代表青年團體，「工人日報」屬僞全國總工會，「光明日報」屬於附庸黨派，「解放軍日報」爲僞解放軍總政治部機關報。地方報紙則多代表省、市黨部。如上海之「解放日報」、南京之「新華日報」、天津之「天津日報」

、西安之「陝西日報」、漢口之「長江日報」、廣州之「南方日報」等均是。

茲將中共重要報紙現狀略敍於后：（註二）

一「人民日報」——爲中共中央委員會機關報，卅七年六月十五日在北平創刊。該報代表中共中央政治局發言，其新聞與社論，均足顯示中共政治措施，它的地位與中共中央委員會發行的「紅旗」雜誌相等。凡中共決定某項政策，首在「紅旗」闡述理論，繼則以「人民日報」的社論相配合，以收此唱彼和之效。

「人民日報」社長鄧拓祇負內部行政責任，實際上的大權和言論方針都操在中共中央宣傳部的手中。報社除正副社長外，下設編輯委員會和秘書處。編採業務方面計有社論部、時事部、國際部、國內評論部、理論宣傳部，以及攝影、發行、農工、財政等廿四個部門。由「新華社」社長吳冷西任總編輯。

該報設北平。在廣州、昆明、重慶、成都、西安、瀋陽、烏魯木齊等地發行航空版，銷路遍及大陸各省，據云發行已超過九十萬份。

該報初爲對開一大張，四十五年擴爲兩大張，並改爲橫排。五年後再減爲一張半，常有「讀者來信」、「讀者論壇」等專欄。「人民日報」沒有固定名稱的副刊，除上述專欄外，另闢有「時事小品」、「國際通訊」等，藉佐宣傳。

二「光明日報」——卅八年六月十六日創刊於北平，原爲民主同盟機關報。四十一年十二月改爲各「民主黨派」之共同機關報，四十六年「大鳴大放」期間，社長章伯鈞、總編輯儲安平均被整肅。現在社長是楊明軒，實際上掌權的是中共中央宣傳部副部長張際春。「光明日報」主要工作是宣揚文學、科學以及中共的教育政策。

四十六年五月，展開鳴放運動，章伯鈞、以及該報主筆羅隆基、總編輯儲安平等發表攻擊共黨言論、力求革新。該報並表示：①編輯方針不受中共支配，要獨立自由發稿。②對「人民日報」的社評不每篇刊登。③少說僞政權的優點，多指出缺點。④派記者赴各處實地採訪，不專用「新華社」的通訊稿。⑤要在各地組座談會，廣詢各方意見。⑥國際新聞要多用資本主義國家通訊社的電稿。⑦對中共文告或演說盡量少刊。

這種明目張膽的反共主張，使中共大爲震驚，遂令「人民日報」予以激烈抨擊，說「光明日報」利用鳴放運動，爲資產階級張目，失去社會主義辦報的立場，犯了右傾的錯誤。在中共的壓迫之下，該報只好承認犯了言論、報導、編排方面的政治錯誤。以編輯部名義發表專文，把「罪名」完全推到章、羅、儲三人的身上。後來更表示要改過自新，說「我們將繼續努力，在黨的領導下，澈底批判錯誤，堅持發揚人民報紙的傳統，以爲人民服務、爲人民負責的精神，把我們的報紙，辦成爲眞正社會主義的報紙。」從此以後，「光明日報」在中共控制下，專替中共宣傳教育政策，負責文教方面的統戰工作。現該報發行約十一萬份。

三「大公報」—該報昔日爲民營，言論公正，歷史悠久。惜中共政權建立後，晚節不堅，由附逆報人王芸生領導附共，並由其出任社長。該報於四十二年在天津復刊、四十五年改爲「公私合營」，遷北平。鳴放期間，該報對中共新聞工作的不合理限制和錯誤領導，曾予以揭發，謂僞中央宣傳部對該報進行改造時，使它失去了以前的特點，王芸生並主張要革新一番。中共恐其言論產生反共影響，遂嚴予控制，令其專門報導財經、商業等消息，現該報由常芝青任總編輯，據稱發行廿八萬份。

四「文滙報」——該報一向左傾，屬附庸黨派，大陸淪陷後，立刻投靠中共。四十六年鳴放期間，曾與「光明日報」採取同一步驟，言論反共，提出不登應時文章，不寫翻版文章，不作「人民日報」的應聲蟲，不刊大人物的演說全文，不登指示或規定。中共認爲事態嚴重，令「人民日報」對其展開清算鬪爭，說它違反鳴放精神，把知識份子引入歧途。「人民日報」曾發表「對文滙報進忠言」以及「文滙報在一個時期內的資產階級方向」兩文，指其失去社會主義的立場，犯了不可恕的錯誤。

後來在中共壓迫之下，只好低首認罪。自認「曾否定和抹殺了過去黨對知識份子工作的成績，黨對知識份子無微不至的關懷愛護。」最後更一再引咎自責，說「文滙報一錯再錯，不但在政治上對不起人民和黨，而且在道義上也對不起人民和黨。文滙報是在黨的領導和人民的支持下長大的，如今我們對人民和黨，却以怨報德，人而無良，何至於此。」該報認罪之後，原社長徐鑄成被革職，由金仲華接任。文滙報的主要任務是宣揚中共的中、初等教育政策，一切文告命令等，均一字不漏照登，現該報在上海發行，日銷約十八萬餘份。

五「中國青年報」——「共產主義青年團」機關報，一九五一年創刊於北平，專報導共匪青年團團員活動，並刊登中央團部命令文告，社長胡克實是共黨青年團中央書記，該報有「向日葵」等副刊數種，以麻醉青年思想、傳播共產主義爲其主要任務。每逢星期二、四、六、日出版。銷數約爲四十八萬份。

六「工人日報」—爲中共「全國總工會」機關報，卅八年七月創刊於北平。自稱其任務在「促進工人團結，提高工人教育水準」，事實上專門闡述教條、歪曲眞理以及發佈共匪對工人的文告。該報現由高麗生任總編輯，據云發行廿一萬份。

七「解放軍日報」—係中共「人民解放軍總政治部」機關報，發行對象爲部隊，不對外銷售。

八「中蘇友好報」該報係中共「中蘇友好協會」機關報，分中文版與俄文版兩種，前者爲週刊。

九「中國少年報」——爲中共青年團所辦，分別在北平、上海兩地出版。一九五一年創刊，每週發行一次，銷數約爲一八〇萬份。

十「人民鐵道報」——係中共「鐵道部」所辦，每週出版兩期。

十一「健康報」——該報係中共「衞生部」主辦，每週出版一期。

十二「中國海員報」——爲中共「復員工人聯合會」機關報，每週出版兩期。

十三「公路和運輸工人報」——該報係中共「公路和運輸工人聯合會」機關報，每週出版兩次。

十四「中國郵電工人報」——爲僞「中國郵電工人聯合會」機關報，每週出版一次。

十五「電業工人報」——係中共「電業工人聯合會」機關報，每週出版一次。

十六「爭取持久和平爭取人民民主報」——係共黨國際情報局遠東局機關報，分俄文版與中文版，後者在北平刊行，每週出刊一次。

除上述「全國性」的報紙外，尙有地方性的報紙百餘種，各省及大都市中並有領導報一種，爲省委會或市委會機關報，規模較大者有「解放日報」（上海）、「北京日報」（北平）、「河北日報」（天津)、「山西日報」(太原)、「遼寧日報」(瀋陽)、「吉林日報」(長春)、「黑龍江日報」(哈爾濱)、「陝西日報」(西安)、「甘肅日報」(蘭州)、「大衆日報」(濟南)、「新華日報」(南京)、「安徽日報」(合肥)、「浙江日報」(杭州)、「福建日報」(福州)、「河南日報」(鄭州)、「湖北日報」(武漢)、「新湖南日報」(長沙)、「江西日報」(南昌)、「南方日報」(廣州」、「四川日報」(成都)、「貴州日報」(貴陽)、「雲南日報」(昆明)、「內蒙古日報」(歸綏)、「新疆日報」(廸化)、「廣西日報」(南寧)、「寧夏日報」(銀川)、「西藏日報」(拉薩)、青海日報(西寧)等。

重要之省轄市委亦均發行對開報紙。如「瀋陽日報」、「旅大日報」、「長沙日報」、「濟南日報」、「成都日報」、「廈門日報」、「廣州日報」、「青島日報」、「南京日報」、「杭州日報」、「齊齊哈爾日報」、「保定日報」等,均在各該城市發行。據聯合國教科文組織一九六四年統計,大陸現有報刊八百種,每日發行一千五百萬份。

此外,還有若干專業報、專區報、縣級報,以及人民公社等以農、工爲對象的基層報紙,或爲鉛印、或爲油印,惟每日出刊者不多。

在共區新聞領域中,除上述各級報紙之外,另有墻報和黑板報。所有的工礦、企業、學校、機關、以至共軍的連隊和大多數的村莊,都可以見到這種手寫的報紙。據中共自已稱:「墻報和廣泛流行的黑板報,是黨聯繫和影響廣大群衆最普及、最有力的工具。」

另有一種大字報,多貼於街頭巷尾,是人民對某種現象所發表的批評。香港大公報曾謂:「大字報就是發揚民主的一個極通俗的方法，人民有什麼意見，不管對人對事，均可盡量標貼出來，寫大字報的人，當然要實事求是，而那些被提意見的人，也就不能不檢查自己。」事實上，大字報並不具備報紙的條件，只不過是一種「路貼」而已。

（四）報紙的組織形式

中共報紙的基本組織形式，是「編採通合一」。即編輯、採訪、通訊不分開，三者混爲一體。編輯部的工作不以方式分工，而以性質分工。在總編輯下面，不分成編輯部和採訪部；而是按工作性質分爲秘書處、編輯委員會、新聞組、文教組、政治組、財經組、工業組、黨的生活組、讀者來信組、新聞攝影組、圖書資料組等。以上各組均有編輯、記者和通訊員，另設組長一人，指揮全組工作。每組中的記者，在獲得資料後即向該組組長彙報，不必告訴其他記者或編輯，由組長決定是否發表。擔任組長的人，必須黨性堅强，富於鬪爭經驗，稿件之處理完全以共黨的政策爲依歸。

與總編輯平行的爲秘書處，該處大權獨攬，控制一切，玆將幾個特殊部門略述於後：

①秘書處：該處有監督全部工作和指示編輯的特權，版面拼好之後，由其負責審閱，共產黨認爲它是報社的戰鬪參謀部，事實上是中共宣傳部執行新聞政策的黨方代表。秘書做着黨的工作，事無分大小，均得經過秘書。

按照規定，該處的職責是根據各部門主編的意見訂定社論計劃，並對準備工作隨時檢查。此外，秘書處更擬訂編輯部的總計劃，並監督執行與加以考核。至於報社內部工作秩序、勞動紀律、批付稿費等，莫不預聞，由於秘書處是代表黨的，所以能樣樣都管，形成報社中的特權部門。

②讀者來信組：中共利用「讀者來信」吸收所謂積極份子，使其參加報紙工作，達到組織群衆的目的。「人民日報」曾强調說：「報紙的編輯和編輯委員會，應該把來信工作，看作是全體工作人員的一項重要任務。」並且毫不諱言的要共區報紙加强來信工作的政治內容，並利用讀者來信推動各項工作。

③編輯委員會：由五至七人組成，普通是總編輯、副總編輯、主秘和組長。該會每天有人值日，由委員輪流擔任，負責當天的報紙出版事宜。每週得召開檢討會，除批評過去的得失外，並討論下期報紙的計劃。編輯委員會每月召開會議，聽取各組及特派記者的報告。此外，諸如審查計劃及專刊，舉辦工作競賽、執行奬懲等也是該會的職掌範圍。

④黨的生活組：該組也是共黨報紙的主要部門之一。其任務是將有關黨的文稿予以發表，要使黨內政治工作問題，經濟領導問題等均有深刻的反映。該組的編輯多在基層的中共組織之內，組長則經常出席各種共黨會議，必要時並得召開會議，商訂工作計劃。每週每月均擬訂工作大綱，由編委會核閱。

（五）報紙的發行

中共不僅控制報紙出版，更統制了報紙的發行。這種控制方式，使讀者無選擇報紙的餘地，只有充滿宣傳意味的報紙可讀，中共將報紙發行工作視爲編輯工作的延長，它有宣傳性與組織性，不僅是一種商業上的販賣行爲。

基於此一觀點，中共乃將郵政工作與報刊發行合而爲一，即所謂「郵發合一」制度（註三）。他們把發行業務交給郵局，算是郵局的政治任務。並在郵局職工之間，展開「發展人民報刊」的競賽運動。爲了要有充分的力量來實行這項計劃，更進一步建立由黨委領導的系統。在城市、機關、學校、社會團體中建立文化站，在鄉村中建立傳遞網，以農會或小學爲中心，規定文化站和傳遞網的送報酬金爲報費的十分之一。這樣將群衆組織起來，協助報刊發行和傳遞，他們的口號是要「村村有報、校校有報。」

中共還有另外一種强迫發行的辦法，就是將報紙列爲「學習」科目之一。不論機關學校或社會團體，規定一律訂閱，以資「學習」，同時還規定要按月或按季訂閱報刊，報費先繳，提前一個月付款。這種規定，曾引起大家的不滿，許多人都藉故不訂報，也有的投書「人民日報」去訴苦。

僞「文化部副部長」陳克寒曾謂：「不少地區發行報刊，不是以民衆自願訂閱爲原則，而是用攤派和强迫命令推銷的。」

中共以强迫的手段，藉龐大的郵政機構使報紙的發行增加，這不僅說明他們的利用報紙作宣傳工具，同時也說明了共區的讀者是沒有選擇的餘地，一般人民不敢不訂報，所以發行數目的上升，並不表示報業的發達。

在第二次「人民代表大會」中，中共「郵電部長」朱學範曾提出報告：自一九五〇年至一九五五年，報紙的發行數約增加了四倍。報告中透露大陸上有四分之一的鄉鎮沒有郵局，至於其餘四分之三設有郵局的鄉村，尚有若干地方傳遞不到，經常要託人携帶，因不能按日分送，所以仍不免造成許多困難。爲了改善上述缺點，不得不成立推銷報紙的特別機構，使這項工作不完全依靠郵局，中共各級黨部更是全體動員。但由於共區報紙的內容貧乏，推銷發行仍未能達到預期的目標。

（六）讀報小組與中共的宣傳

中共為了要利用報紙達到宣傳鼓動的目的，在中國大陸成立了許多「讀報小組」。由各級文教機構，下令各區鄉村政府，各工會、農會等生產單位以及學校社團，以十人至五十人分別組成，强迫訂閱報紙，由各組組員輪流閱讀並報告心得。讀報小組組長多是下級幹部或宣傳員，這種方式既推銷了報紙，更灌輸了共產教條，「教育」了人民，不失為一石兩鳥的辦法。

讀報小組進行的工作，分為讀報測驗、讀報問答、組織討論等項。至於閱讀的方式計有：①在報紙上選擇有關的文章一面讀、一面講。②將讀報變成講報和說報，即用通俗的口語講給大家聽。③把報紙上的重要材料，用口語編成快報。④在農忙季節用「地頭讀報」的方式進行，即由幹部到田中去談。他們的口號是「報紙上了地，休息談問題，生活和學習，結合在一起。」由此可見農民即使在農忙時，也無法拒絕宣傳員的騷擾。

組織討論多與宣傳工作配合，針對農民的各種思想問題，從報上選擇材料，然後組織群衆加以討論。此外便是使讀報小組討論報紙上刊載的各種問題。

中共自詡讀報小組的工作是「深入細緻的工作作風」並誇耀這種强迫宣傳的方式說：「要解決群衆某一具體思想問題，或向群衆宣傳某一具體工作任務，決不是單靠一兩次大報告能够達到目的的；一般大報告的主要作用，常常只能產生一種啓發作用，而要眞正解決群衆中各種不同的具體思想問題，那就非有深入細緻的說服解釋工作不可。」（註四）足證人民沒有不聽的自由，疲勞轟炸之餘，誰敢不唯命是從呢？

（七）對報紙的各種控制

中共對民營報紙也決不放鬆控制，他們自認是人民的「教師」，做教師者有義務和責任去控制大衆傳播的媒介，這種理論便是對民營報紙採取迂廻手段的第一步。首先中共宣佈若干民營報紙有「反動傾向」，這當然是非法的。只有政治色彩不顯明的以及前進的報紙才可繼續申請發行，讓若干靠攏份子先苟延殘喘一段時期。大陸變色兩年之後，中共又開始了整頓的第二個步驟：一方面減少民營報的數量，另一方面要改變它們的內容。在這雙管齊下的政策之下，於是民營報有被改造的，有被合併的，也有被整頓的。至四十二年，大陸的民營報只剩了四家，而且都已改頭換面。（註五）現在的所謂「公私合營」，事實上舊股並無權力，完全變成了中共的報紙，此外還分配各報一項固定的任務：如「大公報」專報導財經問題，「光明日報」報導文化教育方面的消息，「文匯報」以中等學校學生爲對象等，這數家報紙之所以能够繼續存在，因它們已變成中共新聞政策上的一種點綴，事實上他們既無獨立的言論，更談不到盡諍言的作用。

其次，中共對新聞從業員的選擇也極嚴格，其標準是思想上沒有問題，受過政治訓練。而且各級報紙發行人和編輯的任命，在省級黨部以下的，必須由同級黨部委員會提名，呈上級黨部批准。因此中共中央委員會有權任命全國性的報紙發行人和編輯。這種人事控制，不僅黨報或機關報是如此，任何報章雜誌亦莫不如是。

爲了培養思想靠得住的新聞人員，特別成立了許多短期訓練班，其中最大者爲北京新聞學院，該院以及各黨辦學校的班中，並未重視新聞專業訓練，課程方面幾乎全是思想教育，目的在提高受訓人員的社會主義意識，使其在將來新聞從業的活動中，能執行黨所賦予的使命。

中共除了在組織和人事方面加以控制之外，另外對報紙的內容亦橫加干涉，新聞報導和問題討論必須站在馬列主義的觀點。中共黨章中規定黨報在未得到黨的指示之前，不得討論黨的政策或發表任何意見。並規定各級報紙的編輯人員，應使報紙內容與上級黨部的當前任務及長期目標相符。

在多如牛毛的法令之外，黨政機構更隨時作政策上的指示。此外更以「新華社」的稿子壟斷新聞來源，祇有「新華社」才有採訪全國性新聞的特權，各報也有刊登該社通訊和特寫的義務，他們不能選用新聞稿或特寫，必須按月擬具新聞主題的方案，由有關機關核准，記者不得向當事人去採訪，新聞或特寫稿付印之前，須先送與文稿中涉及的當事人或上級核對無訛；同時，在報紙出版之後，由所在地的同級黨部予以審核，任何區域性或地方性的報紙必須接受上級新聞單位的檢查，看思想有無偏差，言論有無錯誤，是否違背社會主義辦報的立場；如發現有不妥當之處，立刻加以批評或指示，或由地位較高的黨報撰文矯正。

此外，在必要時，僞政權可以召集報紙編輯開會，會中除了討論批評，甚至上級人員可以「訓示」一番。

中共對報紙的控制，在經濟上更不放鬆。在僞政權未成立之時，黨報多靠黨的津貼，大陸變色後，因圾收了許多政府報紙，如援例津貼，經濟負擔很大，而且他們認爲報紙若靠津貼維持，則工作人員心理上有所依賴，不會力求改進以爭取讀者。

民國卅九年，僞新聞總署爲了要使各報能自給自足，曾採取下列幾項措施：（註六）①裁汰冗員。②定機器折舊辦法。③用成本會計。④減少浪費，獎勵超額生產。⑤用土法造紙。⑥改善讀者服務，報紙當天送到。⑦嚴格執行預算。⑧兼營副業。⑨刋登廣告。據中共自吹自擂地說，自從採取上述辦法後，省級以上報紙在經濟上均可獨立。事實上，當時中共的黨報仍然要靠黨來支援。

現在中共的報紙因爲是攤派性質，銷路頗大，經濟情況可能有所改善，但他們總是透過種種控制，使報紙變成了改造思想，策動群衆的政治工具，其他尾巴黨派，無法運用這項媒介與之競爭。這種比檢查制度還要澈底的手段，使中共政權獲益不少，大陸上輿論的一致與外表的團結便是證明之一；但由於言論沒有自由，即使是新聞，也是些枯燥無味的宣傳，讀者對之莫不厭惡，以致不得不强迫人民讀報，前面提到過的讀報小組，便是讀者厭惡之下的產物。

（八）報紙的形態

大陸上的報紙，現在和以前頗不相同，不獨是使用簡體字，而且一律橫排，這是漢字拉丁化的一個重要步驟。五十年年底，各報更開始實施難字注音，將報上不常用的字予以附註拼音，這是文字改革第二步。

另外中共認爲報紙是黨的宣傳工具，它代表團體，而非代表個人，所以他們的報紙上沒有報社負責人的姓名，他們認爲社長或發行人，只不過是奉命主持業務的人而已，因非報社主人，故姓名無刋出的必要，這是中共控制下的報紙在形式上的另一特徵。

中共控制下的報紙和自由世界的報紙內容方面的不同處至少有下列數點：第一是新聞有一定範圍，報紙分全國性的、區域性的、地方性的三種。全國性的報紙屬中央級，着重整個大陸的報導；區域性的屬省級，報導範圍限於某一省或某一行政區域；地方性的屬縣市級，新聞報導多爲當地發生的事情，這種呆板的「任務分配」式，與蘇俄報紙的形式如出一轍。第二點不同的是中共控制下的報紙的經濟、勞動、生產等新聞佔的比例極大。社論、特寫、專欄、均力求配合。閉門造車地說些「超額生產」，「人民勞動狀況」等杜撰的故事，甚至連副刊也要配合這一目標。第三中共控制下的報紙的新聞稿不重視時間性，有時因爲某種政治上的原因，一件事發生了很久，甚至事過境遷，消息才見報，因爲它的每一則消息均從政治觀點去衡量，對僞政權有利的才發表，沒有利的便永無見報的機會。第四中共控制下的報紙不刋社會新聞，他們認爲那是資本主義社會中報紙的「無聊作風」，共產主義社會中的讀者，沒有時間義看這類新聞。這種既主觀又霸道的措施，使讀者每天只能看到長篇累牘的生產數字，滿紙都是社會主義來的奇蹟和神話。自由世界的新聞學者，咸認爲讀者對一切發生的事件，均有知道的權利，中共却將這項權利予以否定。甚麼是應該知道的，甚麼是不應該知道的，他們已站在「社會主義辦報的立場」，代替讀者決定了。

（九）謂所「新聞自由」

民國四十三年中共的「第一屆全國人民代表大會」通過了僞憲法，其第三章中規定「公民有言論、出版、集會、結社、遊行、示威的自由。」在文字上看來，似乎不比西方國家的重視自由遜色；然而，事實上這只是一種自欺欺人的表面工作，共黨國家絕無新聞自由。

因爲新聞報導首重客觀公正，必須根據事實，然而中共認爲眞實與客觀無關，而且不主張樣樣事都報導，諸如婚姻糾紛，殺人越貨之類的社會新聞，一概不予報導；否則便是「有聞必錄」，是「對資產階級的客觀主義投降」。

他們認爲值得渲染的、應該報導的是所謂「國家的建設計劃與活動」。其次便是要「暴露民主的敵人和帝國主義與一切反動派的侵略陰謀，號召所有愛好和平的民族，爲爭取民主的原則，爲暴露法西斯餘孽和根除其思想而戰鬪。」這樣一來，匪區報紙幾乎全是一樣的嘴臉，天天是生產勞動，滿紙是思想教育，範圍窄狹，內容呆板。刊登方式是中共的新聞不論重要與否，照例刊於顯著地位；對西方國家發生的事情，則多加以歪曲，或斷章取義，不是用來爲自已宣傳，便是對民主國家作惡意的攻擊。

此外，在言論方面中共中央宣傳部設有社論委員會，他們撰出來的大塊文章除交給人民日報刊登外，還由新華社加以廣播，俾使其他地方的大小報紙可以一律照登。任何報紙如稍不注意，即將遭到嚴厲的批評，惟一靠得住的辦法是轉載「人民日報」的社論，結果是「人民日報」說什麼，大家便跟着說什麼。成了「一犬吠影，百犬吠聲」的局面。

至於新聞採訪，更是毫無自由，記者必須根據黨的指示，達成政治性的任務。換言之，匪區的記者只能在指定的範圍內活動，不准去的地方和不准報導的新聞都不得越雷池一步。總之，中共區的新聞自由，可以說是完全破產。

（十）雜誌與期刊

中共的雜誌與期刊，共約四百餘種（註七）。其名目繁多，不及備載。其中較為重要的約有下列數種：

「紅旗」半月刊，為共黨中央機關刊物，多發表政策性和理論性文章，由共產理論專家陳伯達主持。毛澤東、劉少奇等人亦曾為該刊撰稿，其重要性可知。

「學習」半月刊，卅九年創刊於北平，為政治理論性刊物，代表共黨中央政治局發言。嗣以「領導」成績欠佳，於四十七年停刊，由「紅旗」半月刊代替。

「政治學習」，專刊共黨理論及政策文字，屬共黨中央，內容較為通俗。

「時事手册」，以闡明共黨政策為宗旨，用以教育中下級幹部，內容偏重報導。

「新華半月刊」，專載共黨重要文件，其本身不約人撰稿，蓋稿件均摘自他處。該刊前身為「新華月報」，於三十八年創刊。

除上述數種外，其他較重要的政治類有「展望」、「世界知識」、「世界工會運動」；理論性的有「理論學習」、「思想戰線」、「解放」、「紅星」、「東風」；文藝類的有「解放軍文藝」、「世界文學」、「人民文學」、「文學評論」；屬於青少年類的有「中國青年」、「世界青年」、「兒童時代」、「農村青年」。另外，屬財經、醫藥、科學、教育等專門性刊物亦多。

中共區全國性刊物，都由共黨中央宣傳部控制，專業性的亦由各專業機構黨委掌握，稿件均須經過上級審查，認可後才可以刊登。

第二節　通訊社

(一)「新華通訊社」概況

中共現在的通訊社有二：一爲「新華通訊社」，另一便是「中國新聞通訊社」。「新華社」成立於一九三七年九月一日，時值日寇侵華，中共實行統一戰線運動，該社之成立，旨在配合政治攻勢，以期達到統戰的預定目標。目前該社的組織頗爲複雜，它直屬僞「國務院」，由文教辦公室領導；在業務上則由中共之中央宣傳部控制，其經費列入國家預算。

不獨「新華社」總社是受雙重領導，其下面的各級機構也是一樣。中共中央宣傳部曾有規定：新華社各級人員的思想與工作由總社領導；其組織和生活則由當地的行政主官或部隊長負責。因爲中共認爲「新聞事業是階級鬬爭的工具。同黨、政府、軍隊、法庭、報紙、學校等一樣，新華社也是鬬爭的武器之一」(註八)所以凡新華社發佈的消息或文件，中共控制下的報紙均一字不易地照登，任何編輯均不敢刪節，更不許斷章取義，形成獨佔壟斷之勢。

現「新華社」總社設於北平，由吳冷西任社長，朱穆之任總編輯，另設副社長五人(朱兼其一)。該社組織龐大，計總社之下有總分社、分社、支社、及通訊處等。總社中有編輯部、採訪部、對外業務部、電務部、國際部、工業組、農業組、攝影組、資料組、出版組、校對科等十餘部門。

該社工作人員，共分三十級，以十五級爲界，十五級以內者爲科長以上身份，階級分明，絕對服從。中共中央宣傳部對新華社記者的活動控制甚嚴，不獨禁止自由採訪，並規定不得批評中共和僞政權的政策，更不能評論個人，記者必須聽命於黨。他們認爲無產階級社會的新聞記者，對一件發生的新聞，不是有聞必錄，而應以極審愼的態度研究其前因後果，如果屬於有發展性的新聞，更須經過複查、討論和批准，才能正式發表，遇有重大新聞發生，必須要對中共有利的才公佈。所以陸定一指示新華社的記者和編輯說，「記者和編輯有兩種任務：一是搶，一是壓。有的新聞要搶時間發出去；有的新聞不該發表就要壓下來，都要從政治上來鄭重考慮。」（註九）足見「政治」是決定新聞發表或不發表的標準。

新華社對下面各級分支機構所採訪的消息處理方式如下：凡屬所在機關一般業務者，多由原地以油印發行；地方性的新聞則送給當地報紙；必須是具有全國性的新聞，才由各地送到總社，由總社審查核定之後，再轉發各地。任何分支機構，不得將新聞直接發到全國各地。

新華社的廣播稿計有下列數種：

一、對「中央」報紙和廣播電臺發稿六萬二千字，其中包括國內新聞與國際新聞。

二、對省級報紙發稿，每日約三萬五千字。

三、對省級以下之小報每日約發稿一萬字。其中包括城市小報六千字及鄉村小報四千字。

右列三種廣播稿包括國內與國際要聞、僞法令、社論、專論、通訊、特寫、時事分析、問題解答等項。

另外每日發英文稿一萬二千字，分向對海外廣播。對塔斯社則以俄語廣播，日發稿約一萬字。

僞政權成立初期，新華社除設在北平之總社外，另有東北、華北、中南、華東、西南、西北等總分社。總分社之下又分爲若干分社，縣設支社，鄉鎮設通訊處。現國內有分社四十處，總分社已隨行政區的改變而取消。

（二）「新華社」的海外組織

中共爲了展開對國際的滲透活動，對國際宣傳極爲重視，故新華社的海外分社，每年均有增加，現幾遍及世界各地，其分佈情形如后：

①與僞政權有邦交的國家設有分社的計有：蘇俄、羅馬尼亞、保加利亞、捷克、東德、阿爾巴尼亞、波蘭、匈牙利、北越、北韓、外蒙、南斯拉夫、瑞典、丹麥、瑞士、芬蘭、英國、荷蘭、挪威、阿聯、阿富汗、也門、伊拉克、摩洛哥、蘇丹、阿爾及利亞、幾內亞、法國、加納、馬里、索馬里、剛果、塞拉勒阿內、緬甸、印度、巴基斯坦、尼泊爾、錫蘭、柬埔寨、古巴、印尼等四十一個國家。

②與僞政權沒有外交關係，透過人民外交於其間建有分社的國家計有：比利時、西德、黎巴嫩、突尼西亞、尼日爾、賴比利亞、上伏塔、寮國、阿根廷、秘魯、哥倫比亞、厄瓜多爾、哥斯達黎加、委內瑞拉、巴西、智利、烏拉圭等十七國。

設在海外的新華社分社，並非眞正的通訊機構，實際上是專替中共搜集情報，從事統戰活動的變相組織，故其海外工作人員特別多，如新華社開羅分社新聞記者便達卅餘名，電務處更多達百餘人。如此龐大機構，足證負有其他任務。另外還有兩件事情，可以作爲新華社人員造謠生事，不受人歡迎的佐證。

一九六〇年，新華社新德里分社記者高梁，在發佈印度政府雇員罷工消息時，多與事實不符，尼赫魯曾大發雷霆，指責其所發消息毫無根據，並謂該分社心懷叵測，旨在打擊印度政府的聲望。乃勒令高某離境，後更令該分社關閉。

又新華社設於南斯拉夫的分社有記者丁曼者，每於通訊稿中大罵狄托，有時並攻擊南斯拉夫政府，深爲該國人士所不滿。一九六〇年十一月十五日，丁曼於赴一記者招待會途中，爲人狙擊。雖經中共提出抗議，但被南斯拉夫當局拒絕。

由上述二事，對新華社的淆混黑白，可見一斑。

（三）「中國新聞通訊社」的成立

中共除了新華社之外，四十一年十月曾成立「中國新聞通訊社」於廣州，專對海外發稿，以民營姿態，對海外僑胞以及國際間進行統戰工作。該社初期由王芸生、徐鑄成、金仲華等人負責，現屬僞廣東省黨部。

中共「中央宣傳部」曾規定海外發行的報紙及其他定期刊物，必須儘量採用中國新聞通訊社的稿件，以減少「新華社」的彩色。該社發佈的新聞有所謂僑鄉消息、建設性消息、廣播紀錄、新聞通訊等項。因爲主要是以海外僑胞爲對象，所以有關閩粵兩省的消息較多。

該社所發之普通稿件，多爲三百字左右一則。「紀錄新聞」則由僞「中央人民廣播電臺」播送，每天分早晨、下午、晚間三次播出，供海外僑胞採用。

「中國新聞通訊社」表面上是民營，事實上却完全受匪黨控制，等於「新華社」的一個支機構，只不過是中共的另一隻傳聲筒而已。

第三節　廣播事業

（一）僞政權初成立時的廣播界

中共除了利用報紙來宣傳鼓動之外，對另一項大衆傳播工具—廣播—也極力控制。

民國卅四年九月，中共在延安建立了第一座廣播電臺。當時設備簡陋，其發射强度僅三百瓦特。因爲他們宣傳的對象是政府地區的老百姓，所以每天播的都是新聞和政治評論，對共區人民的生活情形加以渲染，說得和天堂一樣舒適。那時候的延安電臺每天只播音兩小時。到民國卅五年，每天的播音時間增爲兩小時半，節目內容也有所改進。翌年再將廣播時間調整爲三小時，並增闢英語節目。

除了上述設在延安的電臺外，不久中共又在冀南、蘇北等地區增設電臺數座，至卅七年，中共所控制的地區計有電臺十六座。

卅八年大陸沉淪，中共將國民政府管制下的公私營電臺一律接收，全部改稱「人民電臺」。據中共一九五〇年四月的統計，當時共有廣播電臺八十三座，其中五十座爲政府的「人民廣播電臺」，其餘卅三座是民營電臺。（註一〇）

在僞政權成立初期，中共不僅對廣播界予以嚴格控制，而且更進一步利用廣播作宣傳工具。以上海地區而言，所有民營電臺不許播送新聞評論以及有關政治演說等節目。必須將節目內容，事先送到市政府新聞出版局，由中共幹部予以審查。各電臺不得擅以短波播送，每天必須重播人民電臺播過的節目。這樣一來，民營電臺變得毫無自由可言，成了人民電臺的附庸機構。

嗣後共黨更採取進一步的控制行動，一方面將許多電臺收歸「國」有，另一方面實行所謂公私合營，雙管齊下的結果，使得沒有一座電臺是眞正屬於民營的。

(二) 設立廣播站及推行新運動

中共在一九四九到一九五三這段時期，除了將廣播機構一步步加以掌握外，同時對聽衆也採取强迫收聽的手段。爲了要使廣播的效果增加，便在各地建立收音站、訓練收音員、成立收聽小組，就像「讀報小組」一樣，不管你願意與否，必須參加「集體收聽」。

一九五三年五月十日「文匯報」報導稱：「到本年二月爲止，全國有收音機站二〇、五一九處；收音員三二、六六七人，另在大小城市中有幾萬個街道、婦女、兒童、青年、收聽小組。」報導指出：「共有五七五個縣建立了有線廣播站。一九五二年中，有廿一省的收音員下鄉組織了一千八百萬農民收聽廣播。」

另僞「中央廣播事業局」曾於一九五二年十二月召開「全國廣播工作會議」，參加的人員計有七十一座人民廣播電臺的代表，另有十七個具有代表性的廣播站以及五個廣播器材廠的人員。會議由僞廣播事業局長梅益主持，照例通過了一套計劃和建設目標，梅益在報告中除誇耀上述收音站外，並指出大陸上另成了四三個可以自動播音的廣播站。（註一一）

中共建立收音機站和自動播音的廣播站時，莫不樣樣壓榨人民，無論是經費或器材，都是要當地人民自己籌措，甚至連人工也不例外。他們認為「要每村每社花百把塊錢，買幾百公尺電線，二三個喇叭、湊一些木桿、和動員農民參加一天半天的義務勞動，是完全可以辦得到的。」（註一二）

一九五五年十二月，北京舉行了「第三次全國廣播會議」。參加會議的五十四個人民廣播電臺臺長，大大地替他們自己吹噓一番。會議自十二月十五日開鑼，舉行了整整一星期。按照當時的建設計劃，七年後將有五千四百個廣播站，這些廣播站將帶有喇叭六七〇萬個，這一空頭支票，到一九六二年並沒有兌現，雖然後來廣播站與喇叭的數目，據說是略有增加，但其眞實性頗值得懷疑，因為中共建設廣播網的方式是「依靠群衆，利用現有設備」，換言之，在經費方面既無正式預算，材料方面也是東拼西湊，那些發表的成果統計，如果說不是玩數字把戲，又誰能相信？

中共一方面誇大成果，另一方面利用已成立的廣播站設備，配合政治需要。不斷地推行新運動，最近因為發展農業未能收到預期效果，又在大搞農業科學技術運動。一九六四年由偽「農業部」，偽「廣播事業局」，偽「全國科學協會」三個機構聯合組成「農業科學技術廣播小組」。主持這項工作的人有楊顯東（偽農業部副部長）、顧文華（偽廣播事業局副局長）、王文達（偽全國科學協會書記）以及農業部的席鳳洲和常紫鐘等人。「農科技廣播小組」成立後，便主動向各地有關單位提出加强農業科學技術廣播工作的要求，或增闢節目，或延長廣播時間；同時並發動組織農村中的知識靑年和基層幹部，

強迫大家來收聽這項節目。（註一三）

中共曾以上述三個機關的名義發出通知，要大家努力學習技術，以期達到發展農業生產的目的。通知內容包括下列六點：（註一四）

①各地廣播電臺要努力辦好農業科學技術節目，已經闢有此一節目的電臺，應設法增加播音時間；還沒有這項節目的電臺必須加入，廣為宣傳。

②這項節目的內容，重點在學習先進技術經驗，研究成果，灌輸基本知識。

③組織對象為基層幹部和受過中、小學教育的農民，題材要合乎科學，講解要通俗。

④舉行座談會以及專題討論。

⑤組織群衆，按時收聽。

⑥廣播稿經有關部門審查後，可以集印成册。

從通知的內容我們可以知道：第一、匪區的老百姓沒有「不聽廣播」的自由。第二、匪區的廣播節目不是以聽衆的愛好或利益為依歸，而是配合偽政權的施政。換言之，廣播機構只是政治工具之一。第三、樣樣事都要經過中共幹部的「審查」，連廣播稿的集印也不例外，這便是「社會主義新聞自由」的眞面目。

（三）共區廣播節目的內容

共區廣播節目的內容可分為新聞、政論、社教、文化、娛樂等項，然無論是上述的那一項，莫不以政治意義爲主體，甚至連文教、音樂、戲劇也是如此。

新聞和政論節目，主要是向人民說教，灌輸共產理論，傳達僞政權的法令規章，播送中共首要對政策的宣傳和解釋。各地電臺常邀請中共的「理論專家」發表演說，而且在時間上是連續安排，一播就是好幾個月，旣枯燥又冗長。講題包括唯物論、辯證法、人民民主專政、國家論、政治經濟學等共產八股，並規定老百姓要到「廣播課室」去收聽，或者是參加「集體收聽小組」。總之，聽衆決不能憑個人的好惡去選擇，這是中共改造思想的方式之一。

中共廣播節目中新聞多着重工場、礦場和農場的生產報導；「人民共和國」在外交、內政、經濟方面的「偉大成就」；以及蘇俄等共產國家的「進步情形」。對西方國家的國內新聞，則很少加以介紹，即或偶一爲之，也是爲了要證明「帝國主義的末落」。不惜斷章取義，歪曲事實，以期配合評論的觀點，擴大西方社會的「黑暗面」。

科學節目則多討論「國家工業」、「運輸系統」、「水土保持」等技術問題，這類節目常以問答方式大開講座。當然共黨並不是爲了科學，無非是藉此達到政治上的目的。他們需要廣大的群衆獲得這類知識，然後才能促進社會主義工業化，以建立共產社會。因此，這類節目裡面充滿了政治氣味。他們的模範總是蘇俄，並隨時强調社會主義的優越性。

至於文學節目，以「中央人民廣播電臺」而言，包括閱讀、討論和講話。閱讀的作品或爲散文，或爲詩詞，有時選現代人的作品，也有時選古典作品。在選材方面首先考慮到的便是作品的政治立場。衡量作品與當時所推行的某項運動是否觀點一致，換言之：要看作品本身有無政治價值可利用，以決定取捨。如果作品的內容有「反動性」，卽使文學價值高，也不會選用。

文學討論和文學講話，通常由名作家來主持，其內容或爲創作方法，或爲文學批評，有時也談點文學理論或文學政策，這些都得看共產社會的需要來決定，總是異途同歸地要達到同一目的。

音樂和戲劇方面的節目也不是爲娛樂和消閒。音樂節目多播送進行曲以及有政治性的歌曲，劇本的內容亦復如是，交響樂等的演奏則多用蘇俄作曲家的作品和新紅色作曲家的作品，其娛樂成份不高。至於相聲和書評之類節目，更是滿口標語和教條。

兒童節目的內容側重科學、想像和興趣。旨在培養兒童對「人民和祖國的愛」，其間雜以冒險故事，民間傳說，以及若干兒童自己的作品，由中共的教育專家選擇安排。這些民族幼苗很不幸地正被毒化。

除了上述各種節目外，「中央人民廣播電臺」還重播莫斯科電臺的華語節目，並偶爾介紹其他附庸國家的生活情形。一九五六年之後，該臺的國際廣播每天由十一小時增爲十四小時，分別使用英、日、韓、緬、泰、馬來、印尼等七種語言，努力向遠東及太平洋地區宣傳。(註一五) 由此，我們可以知道中共利用廣播媒介，的確是費盡心機。

(四) 中共「廣播事業局」的組織形態及各級電臺概況

我們前面說過，中共的廣播內容不是新聞、文教和娛樂的活動，而是一種政治鬬爭和宣傳教育，因此，在組織方面也就特別龐大。

中共廣播事業的最高機構爲「廣播事業局」，隷屬僞「國務院」，主其事者爲梅益。另設副局長七人，下分行政、編輯、技術三部，其組織情形如下：

一、行政部—由左漢野兼部長。該部下設人事、財務兩個處。人事處裡面又分爲「幹部科」與「福利科」。幹部科管人事、政教、職工會等業務；福利科則綜理補助、撥款、借貸等事。財務處下設採購、接聯、保衞、總務等四組。採購組會同技術部器材處負責採購工作；接聯組負責發給各地方電臺經費，並與僞「中央財政委員會」取得滯繫；保衞科會同公安部門負責監護、保衞等工作；總務科辦理庶務、伙食等業務。

二、編輯部—該部部長左瑩。下轄僞「中央電臺」和「文藝部」兩個單位。僞中央電臺臺長由左瑩兼任；文藝部內有方言、歌詠、播劇、曲藝等四組。此外還設有圖書室、資料室和唱片室。

三、技術部—由李伍負責。分掌各地電臺的修建、調配、發射、電力、週率等工作。內設器材處、基建處和工務管理處。器材處下面又分爲倉庫科和傳音科；基建處則因負責「五年大建設計劃」故較爲龐大，計分爲土建、器材、採勘三科；工務管理處則分爲服務、維護、週率等三個科。

中共電臺的電力，年有增加，目前僞「中央電臺」設於距北平四十公里處之雙橋，發射機爲一〇〇瓩，另有七五瓩發射機一部及干擾機數部。良鄉發電臺之電力爲三〇〇瓩，爲中共最大之中波機；另外新聞廣播電臺亦有七五瓩發射機四部。

一九五五年購置匈牙利和捷克製發射機，分別裝於南京及南昌兩地使用，並先後抽調幹部赴蘇俄、匈、捷等國研究裝置和設計技術。

地方性的廣播電臺則有省級和市級兩種。前者設於各省省會，後者多設在大陸的重要城市。省級電臺負責傳播僞政權的法規和條例，播送與省有關的新聞；市級電臺的主要任務是實行「社會教育」，至於其他節目和國外新聞，則多轉播「中央人民廣播電臺」的。

地方電臺均由「廣播事務局」管理，另外高一級的電臺亦有權監督。這樣一來，地方電臺便受到雙重管制。總之，中共控制下的廣播界的組織正如報界組織一樣，是採「黨政雙軌制」，無論中央級或地方級電臺，只不過是極權者的傳聲筒而已！

（五）電視

共區之有電視，始於民國四十九年。最初僞政權在北平、上海、哈爾濱三地設立電視臺，其設備簡陋，一切僅具雛型。目前設立電視臺的地方，計有北平、上海、福州、天津、南京、武漢、鞍山、青島、廣東、哈爾濱、瀋陽、長春等十二處。各地電視臺每天播放三小時，北平和上海的電視臺並設有轉播站，均置於集會場合與工人聚散之處。

中共的電視節目包括新聞、影片、體育、戲劇、舞蹈、以及兒童節目等。此外，自民國四十九年，先後在北平、上海、廣東、天津、哈爾濱等地並設有「電視大學」。現僅有電視機兩萬架，足見尚未能普遍。（註一六）

本章註解

註一：鄧拓：新聞戰線上的社會主義革命三—八頁。

註二：丁匡華：共匪新聞事業的剖析（報學二卷十期）。

註三：甘焯庭：陷匪後之大陸報業（五十年新聞年鑑）。

註四：一九五五、一、十二、人民日報

註五：曹志淵譯：中共控制下的報紙（報學二卷五期）。

註六：同前註。

註七：一九五九「人民手冊」。

註八：一九五七、九、二三、人民日報（陸定一講詞）。

註九：同前註。

註十：一九五〇、四、二五、人民日報。

註十一：一九五三、一、四、人民日報。

註十二：一九五五、一二、三、人民日報。

註十三：一九六四、三、一四、人民日報。

註十四：一九六四、三、一三、人民日報。

註十五：中共區的廣播與宣傳（報學二卷二期）。

註十六：World Communications（UNESCO, 1964, PP. 209, 211）。

第十七章　新聞自由與新聞自律

第一節　由壓迫而法制

(一)　胚胎時期

自由與政權，經常相互牽制而生均衡作用。統治者，懼政權之削減而要限制自由，被統治者恐政權之獨佔而要擴大自由。政權獨佔貽患固多，自由泛濫亦爲紛亂之源。尋求權力與自由均衡發展的來踪去跡，是研究新聞史的一個重要課題。

自由需表達，因此爭取表達是爭取自由最重要的手段。表達需媒介，大衆傳播就是這個媒介。報紙是大衆傳播發展初期最有力的傳播媒介，因此新聞自由的發展就代表了整個民權發展的過程。

新聞自由是跟着報紙的產生而發生了問題。因此，沒有報紙似乎就不應該有什麼新聞自由的研究。我國近代報紙的產生祇有一世紀的歷史，那末，新聞自由的研究，似乎祇應限制在這短短一百年左右中。但，最近新聞學的研究擴大了大衆傳播的範圍，凡傳播媒介之足以影響民意的形成與反映者都包括在新聞研究範圍之內。因此，新聞自由的研究亦不應局限於報紙。在報紙沒有產生以前，執政者之鉗制與論與輿論界的反抗壓迫，自亦爲新聞自由史中重要之一頁。本史第二章，撮要簡述我國有史以來民意的形成與發展，就在說明我國沒有報紙以前新聞自由的奮鬭經過。因此本章也可以說是第二章的延伸，敍述有了報紙之後，新聞自由如何由壓迫而發展至法制的過程。

報紙在我國，始於清初。在這以前，以唐代的邸報發展而至宋代的朝報、小報，都是抄錄朝庭施政措施供若干關心此事者的私人閱讀，都不符合構成報紙的主要條件，因此祇能算做報紙沒有出生以前的胚胎。在這報紙的胚胎時期，卻也配合着有了管制新聞自由的胚胎形態。

邸報的發展，到了宋代，從過去專供藩鎮以及地方官吏閱讀的政府公報，轉變而成關心政事者大家可以買得到的讀物，這是向報紙發展的一種趨勢。於是讀者人數的增加就連帶引起了管制新聞自由的胚胎形態了。

朝報、小報輾轉傳抄分送，執政者不願公之於世的宮廷秘密和施政內幕，逐漸變成了街談巷議的資料，自必提高執政者的警覺而欲予制裁。玆可引宋臣周麟奏稿中的一段來說明當時朝臣對這些小報的態度。那一段奏稿說道：（註一）

「方陛下頒詔旨，布命令，雷厲風飛之時，不無小人譸張之說，眩惑衆聽，如前日所謂召用舊臣。浮言胥動，莫知從來。臣嘗考究其然矣，此皆私得之小報。小報者出於進奏院，蓋邸吏輩爲之也。比年事有疑似，中外不知，邸吏必競以小紙書之，飛報遠近，謂之小報。如曰，今日某人能去，某遷除。往往以虛爲實，以無爲有。朝士聞之，則曰，已有小報矣；州郡間得之，則曰，小報到矣。他日驗之，其說或然或不然。」

跟着報紙的胚胎就產生了管制新聞自由的胚胎措施。綜合宋代先後頒佈管制小報的禁令有下列幾種

。(註二)

①管制發行：制定「保甲法」，要求邸吏五人連保，互相監視，不得發行小報。但禁者自禁，小報依然推行無阻。

②禁止洩漏機密：經孝宗下詔規定，「今後有私撰小報，唱說事端，許人告首，賞錢三百，犯人編管五百里。」

③防護軍機：哲宗下詔定釐刑罰謂：「凡議時政得失，邊事軍機文字，不得寫錄傳佈，本朝會要實錄，不得彫刻，違者徒二年，告者，賞緡錢十萬內。」

④事前審查與禁載戲褻文字：哲宗下詔規定，「國史實錄乃不得傳寫，即其他書籍欲彫刻者，選官詳定有益於學者，方許鏤版。俟印迄送秘書者，如詳定不當，取勘施行。諸戲褻之文，不得彫印。違者杖一百。委州縣監司，國子監覺察」。

這是限制新聞自由的初創形態。在那時期，管制新聞沒有一定的政策，一般禁令都由朝臣就耳目所及奏請帝王，下令實施，並無有系統的律例可循。

自宋以後，由元明而至清初，仍舊是朝報、小報盛行的時代，因此類似上述禁令，亦因人因事，零亂產生，忽張忽弛，無標準，無規例。

(二) 清室的新聞管制(註三)

清初管制新聞尚未專立條例，法院處理有關新聞自由的案件都引用大清律例，刑律，盜賊類中的「

造妖書妖言」條。其主要規定：「凡造䜟緯妖書妖言，及傳用惑衆者，皆斬。」「各省抄房，在京探聽事件，揑造言語，錄報各處者，係官革職，軍民杖一百，流三千里。」清初，清廷大都援引此法規定，予以擴大解釋，入人於罪。

鴉片戰爭以後，報紙蛻變而成近代形態，光緒銳意維新，除認識報紙的重要而鼓勵官報之發行外，復注意新聞的管制，因於光緒廿四年囑康有爲研究泰西報律呈覽。八年之後，光緒卅二年六月頒佈「大清印刷物專律」，這是我國管制新聞自由第一次的立法。

這項「大清印刷物專律」有兩大特點：第一、特設「印刷註册總局」專責管理出版品的註册登記；第二、規定訕謗條款，凡有侮慢皇室，皇族者，加重處分。

接着清室又參照日本已經廢止的「新聞紙條例」，擬具了「大清報律」在光緒三十三年頒佈實施。這項新法令比「大清印刷物專律」更進一步鉗制新聞自由。它也有兩大特點：第一、採取保證金制度，規定創辦報紙必需繳納一定數額的保證金；第二、實施事前檢查制度，規定報紙應於發行前一日晚十二點以前送審；月報，旬報，週報在發行前一日上午十二點以前送審。

清室就挾着這項新法令鉗制新聞自由，使報紙言論採訪動輒得咎，報界的抗議微弱未能生效。

（三）民初開朗時期

辛亥革命成功，民國誕生，　國父孫中山先生出任臨時大總統，頒佈「中華民國臨時約法」，明白規定人民有言論，著作，出版的自由，於是我國新聞自由的發展進入一個開朗的時期。

國父的尊重新聞自由立刻作了事實的表現。南京臨時政府宣佈臨時約法後，那時的內政部以爲遜清所頒佈的「大清報律」壓迫輿論，應予廢除。但新聞應有專法管制，在立法機構未暇訂立這專法的過渡時期，內政部就擬訂了「暫行報律」三條，通令全國一致遵行。

這時候，「全國報界俱進會」剛在上海開會，接到這通令之後，表示異議，提出兩點反對的理由。第一、這項「暫行報律」未經立法手續，不能生效。第二、議會將來必定會擬訂出版法，有了出版法是否應再單獨訂立「報律」，應留待出版法訂立之後詳加考慮，不應先訂「報律」。「全國報界俱進會」把這決議電致 國父，蒙 國父接納其意見，立飭內政部撤銷這項法令。 國父飭文重要一節如下：（註四）

「按言論自由，各國憲法所重。善從惡改，古人以爲常師，自非專制淫威，從無過事摧抑者。該部所布暫行報律，雖出補偏救弊之苦心，實昧先緩後急之要序。使議者疑滿清鉗制輿論之惡政，復見於今，甚無謂也。又民國一切法律，皆當由參議員議決宣布，乃爲有效。該部所布暫行報律，即未經參議員決議，自無法律之效力，不得以暫行二字，謂可從權辦理。尋繹三章條文，或爲出版法所必載，或爲憲法所應稽，無所特立報律，反形裂缺。民國此後應否置報律，及如何訂立之處，當俟國會議決，勿遽亟亟可也。」

國父的此篇飭文在我國新聞自由的發展史上具有重要的價值，因爲他給我國新聞法制釐定了一個原則，那就是：新聞紙既爲出版品之一，國家既制定了出版法，就不必另外再單獨制定新聞法來給新聞自由多加一重限制。因此，我中華民國自開國以來，出版法雖屢經修改，未必盡如理想，但除軍閥專權亂法不計外，這個原則始終保持不變，皆 國父所賜也。

（四）袁世凱的壓迫控制

民初新聞自由的開朗，經 國父謙讓由袁世凱爲總統而轉入更黑暗的階段。袁氏的控制新聞是三種方式齊頭並用。第一種方式，立法以繩異己；第二種方式，收買記者做鷹犬；第三種方式，直截了當，直接迫害。

先就第一種立法以繩異己的方式來講，遜清鉗制新聞自由的「大清報律」，民主政體中絕無保存的理由。但，袁氏執政後，在民國三年四月公佈的「報紙條例」一承「大清報律」的舊貫，祇取消了原定事前檢查的規定。袁氏更覺得祇靠「報紙條例」簡單的規定來鉗制新聞自由還是不够的，於是就在同年十二月制定了「出版法」。

袁製「出版法」第十一條規定，「淆亂政體」，「妨害治安」，「敗壞風俗」，「煽動曲庇犯罪人」，「揭露訴訟或會議事件」，「揭載軍事外交及其他官署機密」等的文書圖畫皆不得出版。袁氏爪牙以及後起軍閥都任意引用此條規定的禁載標準，歪曲解釋，以停刊查封威脅報館。

「報紙條例」經袁氏帝制叛國失敗後，黎元洪入京復職即下令取消，可是這份御製的「出版法」，迭經新聞界抗爭，直到民國十五年因上海五卅事件，工部局濫引此法，激起輿論反對，才由段祺瑞下令取消。

袁氏用立法方式控制新聞自由除訂製上述兩項直接法外，又在民國元年公布的「戒嚴法」，和三年公布的「治安警察法」中也作限制新聞自由的規定。戒嚴法十四條規定，戒嚴地區，司令官有權封禁「新聞雜誌圖畫等之認爲與時機有妨害者。」治安警察法第一、第廿一條規定，警察有權禁止在公共場所黏貼或散佈認爲擾亂秩序與妨害善良風俗的文書圖畫。袁氏及其後軍閥經常援用此二法以壓制新聞自由。

袁氏控制新聞自由的第二種方式是收買鷹犬。袁氏以爲民主政體來自海外，如由外國人出面主張中國環境特殊民主政體扞格難行，仍以恢復帝制爲宜，當可說服若干知識份子。因此，賄囑美人古德諾撰「君主與共和利弊論」登載在亞細亞報上。接着擁護帝制的籌安會籌備開始，楊度的「君憲救國論」，劉師培的「國情論」，等擁護帝制的文章紛紛出現在報紙上。同時，袁氏復囑其心腹薛子奇，在民國四年到上海去，創辦亞細亞報，做他宣傳帝制的喉舌。

袁氏除指揮其直接控制的鷹犬發動帝制宣傳之外，復以官爵賄賂政黨領袖，轉變各政黨爲其政治工具，並使各政黨所辦的報紙爲擁袁的言論機關。共和、民主、統一三黨合併爲進步黨，變成了袁世凱的御用黨即爲一例。實際此時政治混亂，政黨林立，而所謂政黨，大都係少數政客藉以攫取政權的工具。黨名隨時可改，黨綱隨時可換。利害相同，數黨可併爲一黨，利害衝突，一黨可分成數黨。此中祇有民黨報紙作孤軍奮鬭，激發民憤，到底掀起了反袁的高潮。至其他政黨的黨報，今天擁袁，明天反袁，有錢就辦，沒有錢就停。其中顯著給袁氏收買爲御用報紙者有北京的「民視報」，「京津時報」，「國華報」，「國民公報」，「新社會報」，「大自由報」；上海的「大共和報」（註五）等。

收買利誘尙難發生控制全面新聞的效果，於是袁氏更强調第三種直接迫害的方式。其迫害方法，在報紙推進業務之時，逐步予以種種阻碍。例如第一步於報導送達報紙之前檢扣郵電：袁氏下令不准報館用密碼發電，尤注意從北平發到上海的電報，指派專人常駐上海電報局檢查電稿，凡論及國事者，均不予發。（註六）其第二步於報紙上版之前，選定若干有問題的報紙，指派專人坐鎮編輯室，檢看大樣。最後於報紙出版之後阻碍其推銷，通令各地軍警，禁止其售賣，並布告人民不得購閱。如執行此三項控制步驟仍難見效則封閉其報館，逮捕其發行人。

武昌起義之後，新聞自由短期開朗，新報紙之產生，風發雲湧蔚為大觀。當時統計全國約五百家，而北平獨佔五分之一，約一百多家。不幸這種盛況祇像曇花一現，二次革命發生，國民黨與贊同國民黨的報紙，全被封禁。及袁氏發動帝制籌安，以威迫利誘的手段對付報界，其摧殘結果，北平的報紙祇剩了二十家，上海祇剩了五家，漢口祇剩了二家。報紙銷數也隨之減少。（註七）

袁氏稱帝陰謀發動的初期，敏感的新聞記者已有覺察，也曾經掀起過一陣反對的高潮，例如北平的國民公報、國風日報，天津的民意報，漢口的震旦日報，民國日報以及廣州、開封、南昌、福州、香港各地報紙都能據理力爭，可惜一一都被封禁了。及帝制籌安運動表面化之後，北平之天民報仍加評論立遭封禁。此後凡持反對論調的報紙，在內地發行的都强迫停版，在租界發行的勒停郵遞，在海外發行的禁止內銷。

當時的眞正民意雖已不能從報紙字面上求之，但仍能見之於行動。玆特舉二事為例。第一例，薛子奇奉袁命到上海創辦亞細亞報。事前接有自稱「君主之敵」的匿名信，警告其此報出版必以激烈手段對付他。薛不理，出版第二日報館門口即有人擲炸彈一枚，死三人，傷十餘人。出版第五日，又有炸彈一枚從二樓窗口擲入，主任幾遭不測。隣居大嘩，稟會審公廨迫薛遷居，薛以無地可遷不得不停刊。第二例爲名記者黃遠庸出國經舊金山，華僑認黃爲帝制派而遭誤殺。黃爲北平名記者，上海亞細亞報成立時約其爲總撰述，黃懾於該報背後支持之大力不敢遜辭，虛與委蛇，同時卽以遊歷爲名，離平赴美，以求擺脫。不料華僑誤會，認黃爲眞正亞細亞報記者，斷然加以毒害。黃氏之死固足令人惋惜，然華僑反對帝制憤激之情亦可於此軌外行動中得其眞相。（註八）

（五）軍閥時期的內外交迫

袁世凱倒行逆施的帝制運動失敗之後，我國轉入軍閥爭霸混亂的時期。在這時期，新聞自由之遭受迫害尤甚於往昔。

就法令方面說，袁製的「報紙條例」經黎元洪於民國五年下令廢止，袁製的「新聞法」亦經段祺瑞於民國十五年撤消，但北洋軍閥對於新聞自由的壓制並不放鬆，民國十四年安福系軍閥制定「管理新聞營業條例」的單行法，由京師警察總監朱琛頒佈實施。此法規定，創辦報紙者必須覓具殷實舖保並須取得房主的同意，實開新聞法聞所未聞的惡例。

實際在這時期中，軍閥割據稱霸，各抱「朕卽國家」的傲慢心理，早把法律條文看做汙腐書生的陳舊產物，束之高閣。不稱意的報館，封掉它；不聽話的報人，抓起來，已成了家常便飯。尤可怪者，地方政府竟也可以自由擬訂報紙條例來壓迫報紙。（註九）　報人之被害者，如邵飄萍、林白水之爲世週知者外，卽廣州一城在此時期陳炯明之殺陳聽香，龍濟光之殺康仲華，陸榮庭之殺李匯泉，桂系政客之殺陳耿夫，先後卽達五人之多。（註一〇）

軍閥迫害日益加厲，報人自全的消極辦法只能求託庇於外人勢力之下，於是租界就成了報紙的逋逃藪，更有若干報紙逕請外國人出面作發行人，以外商名義向外國政府註册，但這種辦法，雖暫免了軍閥的襲擊，卻又遭遇到租界當局的摧殘。

民國八年五六月間，五四運動激起了民族自覺的浪潮，上海學生和商人，罷課罷市，要求罷免親日派的閣員，街上滿貼揭發政府賣國和抵抗日本侵略的標語，報紙上更强調鼓吹「打倒帝國主義」，和「取消不平等條約」的論調。在租界當局看來，這種舉動是剝奪其既得權益，與過去中國人反對中國政府不關痛癢的事件，性質不同，應予以斷然的處理。

於是，上海工部局藉口報紙和印刷物的煽動影響治安，就擬訂「印刷物附律」，準備召開上海納稅人會議提會通過。上海書報業聞訊組織聯合會竭力反對，以為此種非法規定侵害了言論出版的自由。工部局召開納稅人會議多次，每次皆因不足法定人數而流會。

上海民間團體就因此與工部局展開了熱烈的鬪爭，從民國八年一直發展到十四年。在這幾年中間，工部局不斷爭取納稅人會議通過它所提的「印刷附律」案，上海商界各社團，不斷開會，反對此項附律（註一一），並進而求根本解決，要求收回會審公廨的管理權。社團中活動最力的是，上海書業商會，書報聯合會，日報公會，書業公所四團體。它們曾兩次發表聯合宣言，侃侃陳辭，根據法理，歷訴附律不應成立的理由。工部局的機關報，英文字林西報，為附律辯護，苦無充份理由，因作反面文章，懸賞五千元，徵求能根據英美法律原則證明附律之不合法理的文章。（註一二）

工部局因上海社團反對「印刷物附律」的劇烈，另籌鉗制新聞自由的新途徑，擬利用袁世凱公佈的

「出版法」來成立幾件案子，爲租界中創法例。

於是民國十四年五卅事件的爆發給工部局一個好機會。民國十四年五月卅日，上海公共租界老閘捕房在南京路門前，槍殺我國遊行演講群衆，激起了全市罷工、罷課、罷市運動。在罷工期間，商務印書館出版的第二十二卷第十三號「東方雜誌」不能按時出版。直延至七月初才先出版了「五卅事件臨時增刊」，這中間載有王雲五寫的「五卅事件之責任與善後」，陶希聖寫的「五卅慘殺事件事實之分析與證明」等文章。原定七月十日出版的「東方雜誌」，順延到八月中旬才出版。這一期的「卷頭插畫」，印的完全是有關「五卅」運動的圖片，計有「五卅事件之被難者」（四幅），「五卅事件之證物」（三幅），「嚴重狀態下之上海」（四幅），「五卅事件之全國響應」（十四幅），「六月二十五日之北京各界大示威」（十四幅）等。（註一三）

上述五卅增刊與東方雜誌發行後，上海公共租界總巡捕房，就向會審公廨控告王雲五，說這兩份刊物妨害治安，違反出版法第十一條，（註一四）和「特別警律」第二十八條。

商務印書館請的律師出庭申辯說，就文字部份檢討，兩份刊物都沒有違法之處，就圖片部份檢討，兩份刊物所登載的大半字林西報早已用過。因此都不構成罪責。況且，所引的「出版法」是袁世凱未經國會通過擅自公布的法令，不能生效。警律的規定，更沒有約束出版物的權力。商務律師的申辯，雖有充份理由，但會審公廨不勝工部局的壓力，卒於十月二十四日判王雲五交二百元保，一年以內不得發行同樣書籍。此案卽在這樣是非不明的狀態中草草了結。

袁製「出版法」經工部局利用以鉗制租界內的新聞自由，激起了國內輿論的憤怒，要求取消這叛國總統之遺毒，於是段祺瑞才在民國十五年一月二十八日正式下令取消袁製的「出版法」。

（六）北伐勝利到行憲時期

國民革命軍北伐勝利之後，北洋軍閥壓迫新聞自由的黑暗時代告一結束，新聞自由的發展也從無理的壓迫轉入合理的法制階段。

保護新聞自由，約法已有明文規定，再加以　國父在開國之初即以事實來確定了重視新聞自由的原則，國民政府之應尊重新聞自由自屬天經地義。但，保護新聞自由，從國家利益與社會福利方面着眼，仍應有相當限度。新聞濫用自由可能召致危害國家與流毒社會的不良後果。益以，國民政府雖已完成統一，軍閥餘孽未盡掃除而共產黨的顛覆陰謀逐漸萌芽滋長。國民政府奠定之初，正按照　國父建國方略之規定，從軍政時期轉入訓政階段，因此，開放新聞任其脫離管制，尚須有待，而管制新聞的法令則逐漸由消極的防制轉變而兼及積極的扶植。

民國十九年十二月十六日，國民政府根據政治會議通過的「出版條例原則」，公佈了民國十九年的「出版法」，到了民國二十六年七月十八日，國民政府又公佈了再度修改的出版法。這兩次公佈的出版法，因爲適當國民黨訓政時期，保留了一個共同的特點，那就是，新聞紙、雜誌的申請登記必須經過國民黨各級黨部的審核，藉以防止反動派濫用新聞自由的弊病。這項規定，到了民國三十六年一月一日，正式行憲之後，自然自動失效了。同時，這兩次公佈的出版法，仍舊承藉過去中國新聞法令的舊貫，主要目的，在消極的防範，未作扶植新聞事業的考慮。

直到民國三十六年實施憲政，新聞自由的亟須保障與扶植受到政府的特別注意，於是行憲後的第一部「出版法」，經過立法院反覆討論之後，卒於民國四十一年四月九日正式公佈施行。

這部行憲後第一部出版法的產生是經過十分愼重考慮的過程的。當民國三十六年，憲政實施的第一年，南京新民報因言論新聞觸犯了二十六年修改的出版法的規定而遭政府封閉。因此，輿論譁然，以爲憲政時期與訓政時期不同，二十六年公佈的出版法自不能適用於三十六年，要求修改出版法之呼聲甚囂塵上。於是，行政院就將原有五十四條的出版法，修改爲四十三條，提出「出版法修正案」咨請立法院審議。

立法院接到行政院咨文之後，前後歷時四年五個月，才把這份出版法修訂成案。第一次，由立法院內政及教育兩個委員會審議後在民國四十年五月，提出「修正審查案」，未經大會接受。第二次，再由內政、教育及民刑商法三個委員會重加審議，在同年十二月提出「重付審查修正案」提交大會討論。最後，由立法院大會於民國四十一年三月二十五日完成三讀手續，訂定了這份共有四十五條的行憲後第一部出版法。

這份出版法的立法精神，曾由立法委員吳望伋發表一文，題爲「修正出版法的感想」予以說明。吳委員是立法院審議出版法草案自始至終參加討論的一人，因之他的意見可以代表當時立法院訂定本法的共同意見。

吳望伋說：「這是一部行憲後建立出版制度的唯一法案，完全是根據中華民國憲法賦予人民出版自由之權利而釐訂。它是要用法律的力量來奬勵並保障一切出版事業，使政府能在合法的原則下，管理出版機構和一切出版品，以發展自由中國的文化事業。」

獎勵和保障出版事業，是這份出版法的特點，因此吳望伋指出，這份出版法「專門增訂第四章『出版之獎勵及保障』一章，都凡九條。對於出版事業之獎勵補助，免徵稅課，優待傳遞，便利採訪，供應資料，配給紙張印刷原料，以及保障發行人、著作人、編輯人、印刷人，規定官署行政法規處理違法案件期限等，均有詳明的釐訂與規定。」

此外，吳望伋又指出，這部新出版法進步之點：對新聞紙雜誌的發行，把舊法規定的須政府核准許可改爲只須登記備案；放寬禁載尺度，僅限於政治、軍事、外交之機密與危害地方治安事件；創減罰則，減輕處罰，尤於行政處分之中寓合法保障之意。

此法經 總統命令公佈施行之後，內政部就依據該法規定，擬訂出版法施行細則，送呈行政院核備。行政院提出四項修政意見，飭內政部重加審議。行政院的意見：㈠內政部所訂新聞紙雜誌資本數額過低，應酌量提高，以免濫於設立；㈡新聞紙雜誌發行人之資格規定太寬，應提高其教育水準與服務年資；㈢新聞紙張的供應應兼顧均衡文化發展及戰時勵行節約的原則；㈣確定負責審核機關及審核事項。內政部接奉行政院意見後重行修訂，再呈行政院核備後，於民國四十一年十一月廿九日由內政部公佈施行。

這部出版法及其施行細則是行憲以來一貫奉行的新聞法令。直到民國四十七年，因防止毒素新聞之泛濫，在臺灣重加修改。

（七）出版法的第五次修正

抗戰軍與前後，因配合戰時需要，政府厘訂各種檢查新聞法規，戰事結束之後概予取消，其經過將在下節詳述之，茲不多贅。

政府遷臺之後，新聞事業隨社會的繁榮而有飛躍的進步，伴隨而生的是新聞自由的過份泛濫，引起了社會人士的反對。茲摘錄民國四十三年七月二十六日臺灣各報所刊登的一則中央通訊社的社稿以見當時的實際情形：

「（中央社訊）一項文化消毒運動，正在醞釀展開中。據文化界某人士談，這項文化運動，可名之為『文化清潔運動』或『除文化三害運動』。該人士首先指出，遠在兩年以前，文化界人士鑒於出版界少數唯利是圖者流，專門編印誨淫誨盜却冒名為文藝的書籍，或出版雜誌，專門造謠生事揭發陰私，曾一度提出肅清文化陣容的口號。自　蔣總統手著「民生主義育樂兩篇補述」出版後，越發增加了文化界人士的決心。在那本巨著中，　總統慨嘆『一般國民不是受黃色的害，便是中赤色的毒，國民革命為建國而奮鬪已六十年，竟任這兩種毒來殘害我國民心理的健康，實在感覺到萬分的慚愧！』　總統並明白昭示，一面應除惡務盡，一面要加強優美的，表揚民族文化的創作。

「該人士繼謂，文化界欣然接受了正確的指示以後，正在不斷努力中，却不料多年來為社會所詬病，為一般人士所不齒的『黑色新聞』，透過部份所謂內幕雜誌，不但不稍斂跡，反而變本加厲，在反共抗俄的神聖堡壘中，肆無忌憚，公然散佈殘害國民心理健康的毒素。『黑色新聞』對於純潔青年，廣大的軍民以及海外僑胞已造成若干不良後果，使反共陣營業已蒙受鉅大損失。至於藉揭發他人隱私，所施敲詐勒索事實，以及由此助長是非混淆的社會風氣，更屬罪大惡極。其中部份雜誌之主張，不但已越出言論範圍，且已違背國策，觸犯出版法令。因此，文化、教育、新聞、文藝、青年、婦女等團體一面爲響應總統號召，一面痛感當前文化事業的畸形發展，擬即展開文化清潔運動，籲請各界一致奮起，共同撲滅文化三害：『赤色的毒』、『黃色的害』與『黑色的罪』。該人士最後並稱，關於『赤色的毒』，五年來經治安機關努力撲滅，成績卓著，惟仍不免遺漏。文化界人士正在檢舉某些影片書刊，治安當局正在採取處理步驟。對於『黃色的害』文化界人士正與警察機關合作，檢舉某些有傷風化的出版物。至於對於『黑色的罪』，文化界人士願喚醒部份內幕雜誌先行自我檢查，從速依照其出版申請登記之旨趣，改正寫作態度，嚴肅取材內容，考量文字道德，自清出版行列。否則，必聯合各界一致聲討，協力撲滅。」

上面這段中央通訊社報導裡所說的除「三害」是針對當時新聞自由過份泛濫文化界所發動的自律運動說的。政府配合民間的這種要求，經過立法院長時期的審議，在民國四十七年公佈了五度修正的出版法。

這五度修正出版法的修正重點在第六章行政處分裡邊。原法行政處分祗有「警告」、「罰鍰」、「禁售」、「定期停止發行」四項，新法增加「撤銷登記」一項。「警告」部份，除原法規定妨害風化應予警告外，新法增加「凡出版品對於尚在偵查或審判中之訴訟事件，或承辦該事件之司法人員，或與該事件有關之訴訟關係人不得評論，並不得登載禁止公開訴訟事件之辯論」，違者予以警告。原法「定期停止發行」部份，新法增加出版品連續三次警告無效者得定期停止其發行。新增「撤銷登記」部份計規定兩項：㈠出版品之記載觸犯或煽動他人觸犯內亂罪、外患罪情節重大經依法判決確定者；㈡出版品之記載，以觸犯或煽動他人觸犯妨害風化罪爲主要內容，經予以三次定期停止發行處分而繼續違反者。

本法經立法院通過公布之後，新聞界群起反對，掀起軒然大波，卽立法委員中之新聞界代表如成舍我與程滄波等亦發表個人意見，表示反對。臺北報業公會開會討論擬向立法院請願修改，會場辯論激烈，結果卒將長達萬餘言的請願書送達立法院。這份請願書的大要如下：

請願書提出的第一願望是根本廢止出版法。他們認爲言論出版自由，乃人民自由權利中最基本而又最神聖者。倘言論出版自由遭受不當限制，人民不唯對公共事務無表示意思之機會，抑且對本身權利無防禦侵犯之工具。

請願書繼表示，上項願望倘不爲立法院所採納，退而求其次，提出第二項願望，卽合理修改出版法，計歸納爲五項原則如下：㈠充份保障出版自由；㈡具體獎助出版事業；㈢行政管理合理化，不得妨害人民工作權、財產權、及民法上之權利；㈣限制登載合法化，不得作超出刑法，違警罰法及戒嚴法之規定；㈤簡化行政處分，以違反行政管理者爲限，不得侵越司法職權。

這份長達萬言的請願書重點還在㈢㈣㈤項反對行政處分，以爲這項修正把司法機關執行刑法的職權劃給行政機關處理有背司法獨立的精神。（註一五）

這份請願書送出後，臺北市報業公會內部爭執突然表面化。中央日報、中華日報、新生報和青年戰士報登啓事聲明，「臺北市報業公會爲商業同業公會，不應作商業以外之活動」所送立法院請願書，開會時會員中已有異議，今以報業公會名義分函立法院各委員，不能代表該會全體會員報紙。報業公會亦發表緊急聲明，辯護其手續的合法。

立法院在處理這份請願書的過程中，也掀起了爭論大波。本案先由程序委員會討論決定，送內政、教育、民刑商法三委員會參考，提交院會，院會決議再交程序委員會考慮，意指該委員會決議有需糾正之處。程序委員會堅持其決議並無不合之處，仍應依據立法院當例送交過去曾討論此案的三委員會。當經這三委員會聯席會議多數表決本案「不付審查」。若干出席該三委員會的委員事後還掀起餘波，提出異議，指摘主席失職，紀錄錯誤。

五度修正的出版法，其成立過程經過上述幾度風波，充份表現了政府予正反各方面以自由發表意見的機會。自認爲「堅決反對者之一」的聯合報於出版法修正後，四十七年六月廿一日即作社評表示：「如今草案既成了法律，作爲一個國民的我們，自然只有奉行，絕不應該知法而不守法。」尤足表現當時新聞界的動機純潔與其守法精神。同時，政府方面一再解釋，這次出版法修正的動機，純粹爲了制止所謂「內幕新聞」類型雜誌的流毒社會，絕對沒有鉗制正常新聞自由的企圖。事後證明，出版法修正之後，除「內幕新聞」類型雜誌的改變內容或相繼停刊外，政府很少引用該法規定的行政處分。

第二節　由鬥爭而自律

（一）民前的鬪爭

新聞自由的鬪爭，有史以來即有淵源可溯，惟實際史料，只能就清末報紙有正常發展之初，始可作有系統的整理。

在帝制淫威和軍閥暴力先後摧殘新聞自由的階段中，新聞事業雖散漫凌亂，沒有團結的力量，可是，愛國文人合配時代潮流，以各別的行動激發群衆的革命情緒，也匯合而成一股不可抵抗的力量。

甲午之役，打破了中國人妄自尊大的迷夢，憂國之士多借報紙來發抒他們救國救時的意見，影響清廷，也逐漸覺政治悟之亟待改革，於是醞釀而成光緒支持的維新運動。廣開言路以促新政之實施成了一時風尚，而支持報紙經營與鼓勵民間之讀報變成了各省大吏承旨執行的要政。當時得風氣之先者爲鄂督張之洞。他不獨補助時務報的經費，並且每期定購幾百份分送全省機關學校。聞風效尤的有浙江、湖南、廣西、直隸、四川等省大吏。當時大吏入奏，經常引述報紙的言論，而各地官紳也都籌設閱報公所，鼓勵閱報以開通民智。

但這新聞自由的開朗時期祇如曇花一現，跟着政府的轉變立卽陷入黑暗的階段。戊戌政變，慈禧復政，以專橫暴戾的手腕，盡掃新政的一切設施，於是禁止報館嚴拿主筆的上諭接連發下來，報館紛紛閉歇，所餘者寥若晨星。在這階段，新聞人士之欲繼續其爭取自由之鬬爭者，只能採取消極方法，一部份流亡海外發行報紙刊物，潛向國內推銷，一部份則以租界爲活動中心，以其警惕言論影響內地。

慈禧后之專橫愚昧，釀成八國聯軍入據國都之庚子鉅變。變後清室對新聞界的態度，因誠惧之深而益增其壓迫。有識之士頓悟滿清之不足與言改革，以此確認推翻清廷，實現民主政體爲惟一救國路線。這種革命意識的形成與革命種子的培養，新聞界曾作鉅大的貢獻，同時也因此而與清廷展開了直接的鬬爭。

鬬爭場地，一在海外，一在租界。海外地區非淸廷權力之所及，革命報紙的鬬爭轉變而以保皇派的報紙爲對象，另章已有詳述，不重贅。國內鬬爭集中於租界，而各埠租界中尤以在上海租界內之鬬爭最為劇烈。

當時革命報紙在上海發生鉅大影響力量者首推蘇報。清室密電兩江總督飭上海道封閉該報並逮捕章炳麟、鄒容等「革命匪人」六人究辦。後章炳麟、鄒容等三人先後被獲，由會審公廨開審四次，上海縣下諭稱，按律該犯等不分首從皆應凌遲處死，因適逢萬壽，減刑永遠監禁。輿情聞判嘩然，領事團受其影響，亦反對此項判決。因移京談判，改判鄒容監禁二年，（鄒瘐死獄中）章炳麟監禁三年。

蘇報案之發生與其發展，證明當時新聞自由即在租界中亦難得合理的保障。清廷仍能以其統治者之地位提出要求，強迫租界當局摧殘輿論。但，清廷凌遲極刑的原擬處罰，經輿論嘩噪，影響領事團出而干涉，竟減刑至二、三年。清廷當時檢討，咸認此為喪失政府威信的嚴重失敗，此後不願再請租界當局援蘇報例，查禁在上海租界內發行之革命報紙矣。例如，繼蘇報而起的革命報紙為國民日日報。清廷通令稱，該報在蘇報查禁之後，「依然妄肆蜚語，昌言無忌，實屬執迷不悟，可恨已極。」如此可恨，自應嚴辦了，可是它下文卻祗囑各省飭屬轉告商民不准看這份報，不准寄售這份報。足見清廷的色厲內荏，新聞自由在這場鬭爭中得到了小小的勝利。

革命志士在上海租界中的新聞鬭爭，不因受蘇報案之打擊而稍懈，及于右任因著書排滿不容於清廷，由陝遁滬又激起了高潮。于氏在滬初創神州日報，繼辦民呼報，昌言革命，攻擊清廷。清廷誣于在陝辦賑侵吞賑款，加以刑事罪責，要求租界當局逮捕。租界當局如請拘于，押捕房四十日後，判令驅逐出境。民呼報因此不得不出版了九十三天而停刊。于氏走日本，再接再厲，立囑同志談善吾在上海續辦民吁報。該報出版四十天之後，因言論有攻擊日本者，日本領事乃請上海道查封之。然于氏仍不因此而中止其鬪爭，續於次年秋，創辦民立報，改變叫囂謾駡而取溫和深入的說理，淸廷再也找不到摧殘的藉口，卒使這一份革命報紙在上海租界中打定了基礎，日銷達二萬份，一帆風順，一直到辛亥革命成功。這可以說是，新聞自由的鬪爭在這一階段中所獲得的最大勝利。（註一六）

（二）民初的組織

新聞界之有組織應溯源於宣統二年成立「中國報界俱進會」。那一年，中國第一次舉行的大規模工商展覽，「南洋勸業會」在南京開幕，各地記者群集南京，由時報跟神州日報發起成立「中國報界俱進會」。響應參加的上海四家、北京七家、奉天四家、廣州三家、杭州三家、天津二家、南京二家、南昌二家、吉林二家，其餘營口、贛州、福州、重慶、貴陽、蕪湖、汕頭、無錫各一家。這年八月初一日在南京開第一次成立大會。後在宣統三年，再在北京開第二次常會。民國成立，元年六月四日在上海開特別大會，通過「不認有報律案」，得國父的支持，在新聞自由的鬪爭中，獲得輝煌的成果，經過已另詳。可惜這個團體，因經費支絀，會務無法擴展，此後就停止活動無形消逝了。

民國成立之後的第一個全國性新聞組織是由廣州報界公會發起的「全國報界聯合會」。先由該公會電請上海日報公會主持在上海召開這個會議，經上海日報公會同意照辦，民國八年四月十五日在上海開成立大會，參加單位有海內外報館八十三家。這時候剛是五四運動蓬勃發展的階段，因此，大會決議政治色采甚濃，例如「對借款宣言案」、「拒登日商廣告案」爲其顯著者，同時議程復列入「維持言論自由案」，足以反映當時報界因響應愛國運動而受執政者之干擾。該會在民國九年五月五日，又在廣州開第二次常會，到一百十二單位，又通過「電請美國上院對於山東問題主張公道案」、「拒登日商廣告案」等政治性濃厚的議案，更强調前會通過的爭取新聞自由的決議爲「請願國會對自由保障言論出版條文加入憲法案」。這是進一步爭取確定保障新聞自由的辦法。不幸該會在順利發展過程中，內部忽生派別之爭。第三次常會民國十年在北平召開時，北京日報所招待的一部份與晨報所招待的一部份發生了歧見，致召分裂，各自開會。開會結果，一個決議第四次常會在福州開，一個決議在漢口開，致令各報館此後無所適從而會務也就停頓了下來。

民初時期的報業組織除上述全國性的團體之外，各地記者就地組織的新聞團體，計可分成兩類。一類是以報館爲單位的報業公會，一類是以記者爲單位的俱樂部或聯歡會。上海是新聞事業薈萃之區，因此，這類團體也是最先出現在上海。早在光緒末年，上海的神州日報因爲登載捕房印度巡捕違法事，給工部局控告，各報開始感覺到有團結以應付類似不平事件的必要，於是就組織了「上海日報公會」以爲被壓迫報館爭取新聞自由的後盾。這是新聞界團結以爭自由的開端，在五卅事件中，發生了很大的作用，已另詳不贅。此後各地報業相繼仿行，或稱「報界公會」，或稱「報界同志會」，命名雖有不同，其性質則是一致的。至以記者爲單位的團體，如「新聞記者俱樂部」，「新聞記者公會」，「新聞記者聯歡會」，「中國新聞記者懇親會」，「萬國新聞記者俱樂部」等名稱繁多，在各地先後組織成立。這些新聞團體雖章程大都規定以進修道德爲宗旨，實際內容腐敗不堪深究。若干團體，竟爲少數人把持，借以招搖或接受津貼，不爲社會所器重。

（三）怯懦與勇敢

民初政治混亂，從袁世凱到軍閥，封報館殺報人，習以爲常。袁世凱失敗之後，軍閥氣焰益張，在這樣環境下，辦報自多艱險，但報人以爭自由爲天職，是否可以因環境艱險而免除其應負的責任，是值得檢討的問題。

就其態度的表現作類別，民初報人可分成兩大類型：一爲勇敢，一爲怯懦。前者不畏强禦，仗義執言，後者卑躬屈膝，委曲求全，下焉者自毁報格，甘作虎倀。但，如作進一步深入的檢討，所謂勇敢，所謂怯懦，除矯矯不群的幾份民黨報紙之外，都還有商榷的餘地。

民國肇始，政治民主，於是政黨的產生，如雨後春筍，多不勝計。但，所謂政黨，大多數是少數政客借以招搖作獲取政權的憑藉，既無政綱可言，自無爲民造福的大計。同時每一個政黨要出頭露面，都想辦一份報紙做它宣傳的工具，因此，民初報紙，除掉鶴立鷄群的民黨報紙以外，都可以歸入這個類型。辦這些報的人，動機既這樣的不純，因此，他們編出來的報，缺乏一定的宗旨，沒有久遠的打算。要求滿足了就捧，不滿足就駡。在這種情形之下，捧的固不足道，就是駡的，旨在勒索，動機不純，說不上有什麽爭取新聞自由的勇氣。

（四）新聞檢查制度的建立

北伐勝利，國民黨根據三民主義規定的國策實行訓政。那時候，軍閥勢力雖已掃除，但若干軍人仍抱着割地稱雄的封建思想，蠢蠢欲動；寧漢分裂後實行清共，中國共產黨轉入地下，實行破壞政策。因此，國民黨執政之後，要締造民國，面對這雙重障礙，在積極宣導其三民主義爲民服務的信條之外，不得不消極方面作限制新聞自由的規定。當時宣傳政策的指導中樞爲國民黨的中央宣傳部。自民國十七年起卽加强組織，積極領導。先後訂定，新聞記者登記條例，檢查新聞條規等法規，以配合出版法的執行。（註一七）同時中央宣傳部爲明瞭全國輿論之實況，同年呈准國民黨中央黨部，頒行日報登記辦法，命各省舉行登記以便審核指導。

北伐勝利之後，中國內部不安旣如上述，同時又配合以日本軍閥的侵略態勢日增其威脅，構成內外交迫的緊張情勢。日本自民國十六年田中義一任首相兼外相之後，卽積極醞釀其對華侵略政策。田中以爲中國統一在國民黨統治之下，將阻礙日本的擴展計劃。故在國民黨北伐過程中，第一次援助孫傳芳反攻南京，第二次佔領濟南阻止革命軍北伐。（註一八）阻止不遂，故意製造種種惡化中日國交的事件，卒在民國二十年九月十八日砲擊我北大營，造成中日戰爭的導火線。因此，國民黨執政一開始，跟日本的關係就劍拔弩張，到了民國二十年「九一八」事件發生之後，中國永遠陷入準備應戰的戰事狀態之中。同時，國內共產黨，轉入地下發動暴動，建立叛變中心的「蘇維埃政權」，一方面裹脅農民組織武力，一方面煽惑青年，向都市社會散佈其破壞種子。中國共產黨所製造的戰爭氣氛並不下於日本軍閥外來的威脅，國民黨處在這種內外交迫的氣氛中，不得不提高警覺，加强其新聞管制。國民黨訓政時期所頒佈有關新聞的法令，仍以四度修正的出版法爲惟一母法。但，國民黨中央黨部卻先後規定了三種檢查新聞的條例：二十一年訂定了「宣傳品審查標準」，二十二年修正了「新聞檢查標準」，同年修正了「重要都市新聞檢查辦法」，同年外交部規定了「外籍新聞記者註册證規則」，嚴格執行新聞檢查制度。

當時檢查中樞是首都的「新聞檢查所」，由國民黨中央宣傳委員會會同軍事委員會及行政院派員組織，新聞團體得派代表參加。重要都市如南京、上海、北平、天津、漢口，經國民黨中央執行委員會的核准，亦得設立新聞檢查所，由國民黨中央宣傳委員會或當地高級黨部會同當地高級政府及高級軍事機關派員組織之，當地新聞團體亦得派代表參加。（註一九） 這個檢查制度，創始於「九一八」事變激起了戰時緊張局勢之後，一直維持到抗戰結束之時。抗戰開始，新聞檢查另增「軍機防護法」，「戰時圖書雜誌審查辦法」及「隨軍記者及攝影人員暫時辦法」以加强新聞的管理。凡諸新聞檢查辦法與全部新聞檢查制度於抗戰結束之後，即經政府明令取銷。

但在這時期，政府仍尊重新聞記者在不違反國家利益範圍內之自由。三十二年八月中國國民黨江蘇省黨部呈請中央轉請國民政府通令各級政府及軍隊，切實保護新聞記者，國府主席林森乃于九月一日令飭內政部通令各省市政府遵照。此令頒布後，引起全國新聞界莫大興奮，杭州記者公會乃向全國同業提議以是日爲記者節，各地紛表贊同，三十二年是日即自行集會紀念，嗣後歷年舉行。三十三年三月十一日行政院指令內政社會部聯合正式公布此日爲記者節。

抗日戰爭正式爆發之後，國民黨臨時全國代表大會，通過了「抗戰建國綱領」，呼籲全國人民犧牲一切爲爭取勝利而集中努力，激起了全民愛國奮鬭的高潮。國民參政會響應國民黨的號召，通過了「確立戰時新聞政策的決議」，建議政府改善新聞檢查制度，使「不僅實施消極的檢查工作，更應推行積極的指導任務」，除提高檢查人員的智識水準俾得隨時解釋檢扣的理由外，更建議應隨時召集當地報社編

輯人參加談話，共同商討各種新聞上之有關問題及法令等，以收切實領導之效，並接受報社貢獻之意見。（註二二）

本決議反映了一個重大的時代民意：國民參政會反映了戰時人民的意旨，一方面不反對合理的新聞檢查制度；另方面，卻十分不滿意當時執行新聞檢查的處理與人員的素質。這個問題，在抗戰八年之中，不斷激起了新聞界與政府爭執不已的浪潮。

（五）本國新聞界的反映

上海申報在抗戰結束後，民國三十七年的記者節社評中，追述抗戰時期本國新聞界對政府的態度，可以代表一個綜合性的說明，那篇社評中間的一段說：

「在八一三滬戰爆發之後，全國報紙無不挺身而出，將自己的一張報紙，完全貢献給國家，聽其使用。於是由文人論政的機關，一變而爲宣揚國策的利器。同時，全國報人也有了更進一步的認識，咸以爲報業與國家的命運不可分離，離開了國家就不能生存；就是過去力爭言論自由的報紙，也變爲相當接受政府指導的公共宣傳機關，不僅衷心歡迎政府檢查新聞，而且不論在言論或新聞方面，也無不恪守戰時新聞政策，嚴格奉行抗建綱領。所以在抗戰八年期間，我們報人對於抗戰勝利確有無上的貢献，不僅深得國人的信賴與尊重，而且也獲得國際上的榮譽。」

大公報主筆張季鸞在他代中國新聞學會起草的宣言內，對當時新聞界的心理作了一次坦白的表示。他在宣言內的一段說道：

「同人首先聲明，新聞記者本爲自由職業之一，今日亦然，而意義有異。自日人入侵，國危民辱，成敗興亡，匹夫有責。今日抗建之大義，即在犧牲個人一切之自由甚至生命，以爭取國家民族之自由平等。吾儕報人，以社會之木鐸，任民衆之先鋒，更應絕對以國家民族之利益爲利益，生命且不應自顧，何況其他。是以嚴格之戰時之中國報人，皆爲國家之戰時宣傳工作人員，已非復承平時期自由職業者之時矣！」

但，這篇張擬的中國新聞學會宣言的後半節，卻爲爭取新聞自由而指出了時弊，提出了建議。它指出「各省地方官吏，大抵漠視報界應有的地位，施政不容批評，事實不欲發表，」認爲這種舉動對抗建大業，伏有嚴重之障碍。何也，「蓋日人不能亡中國，而中國之自誤爲乎異也。」因此它建議應該「動員輿論，公開檢討，並不誨不隱不諱，在恪遵『抗建綱領』之正確意識而不涉及軍機，不妨害其威信，不影響前方士氣，不揭露行政機密，使一切政令之施行狀況及執行官吏之善惡得失，應皆聽任報紙爲公正之檢討，地方文武官吏，不得加以妨阻。」

上列兩篇引述的文章內都提到的「抗建綱領」，即指當時國民黨公布的「抗戰建國綱領」而言。這綱領的發布，樹立了抗戰時期全國上下共同努力的最高指導方針，同時「國防最高委員會」接着又頒佈了「國民精神總動員綱領」，更澄清了新聞界自由與統制的論爭。當時中央政治學校新聞系主任馬星野曾作文檢討這一個轉變說：（註二二）

「此項綱領，已將多年來新聞界爭執不決之問題，加以總解決，已將政府多年來推行之新聞政策作一最具體最明顯之宣佈，新聞界全體今後活動之範圍已定，而過去徬徨歧路之現象，可一掃而空。」他又說道：

「自國府奠都南京迄於今日，新聞界聚訟不決之問題，爲言論自由與言論統制之爭，兩者各有利弊而兩者各有其理論之根據與實行之困難。在政府方面，自出版法頒佈以來，雖有一貫之政策，但有時執法較嚴，有時較爲寬懈，新聞政策始終未能貫澈，致新聞界一致努力的方針始終未能確定。」

接着他說，國民精神總動員綱領揭露了「國家民族至上，軍事勝利第一及精神力量集中」三大原則之後，給言論界確定了立言的標準，政府與新聞界就合作無間了。

當時參政會響應國民黨「抗戰建國綱領」所通過的「確立戰時新聞政策案」的起草者，實際就是新聞界的青年記者學會。在參政會開會通過本案的前夕，青年記者學會曾開會招待參政員請予支持本案，當場發言贊助者有張伯苓、許孝炎、沈鈞儒、秦邦憲、鄒韜奮、盧冀野、史良等各黨各派的人。足見當時的精神團結與意旨集中的一斑。（註二三）

因此當時的新聞界對於新聞檢查原則上是不反對的，例如「青年記者學會」發刊的「新聞記者」第十一卷十一期的評論說道：

「在合理的限度下，我們不反對新聞檢查制度，尤其是在對外爭取民族獨立解放的鬬爭的現階段，爲避免無形中供給敵人情報材料，爲了健全戰時新聞政策，戰時新聞檢查局的設立，更是迫切的需要。」

中央政治學校新聞系出版的「報學季刊」，在第一卷第一期的評論裡也說道：

「作者並不否認新聞檢查的必要，因爲在陣容零亂的中國新聞界裡，沒有檢查，將令一切國防、軍事、外交機密洩漏，甚或擾亂人心，動搖國本，檢查確有必要。」

但「新聞記者」和「報學季刊」對當時新聞檢查處理的不理想，仍有嚴格的批評。綜合兩刊物指摘的要點：㈠檢查機構系統凌亂，標準不一致；㈡祗作消極檢扣，不作積極輔導，未能協助記者辨別消息的眞僞；㈢諱疾忌醫，報吉不告凶，使國人對新聞失去信心。因此「新聞記者」在第五期提出建議說：

「檢查工作，在戰時宣傳上負有警戒與發揮抗戰力量的兩種效能，責任之重大，不在執行宣傳工作者之下。故擔當這個工作者一定要有充份的學識、修養、判斷力、愛國心。……我們要認清自己不是官，而是民族抗戰中的一名鬪士，是宣傳戰中的別動隊。」

這顯明是對新聞檢查人員學識、修養不够理想的指摘。實際，這個時期的新聞界爭取新聞自由的努力，在不違反抗建綱領所規定的大原則下，並沒有鬆懈過。這可以舉政府公布「戰時圖書雜誌原稿審查標準及辦法」一案後所引起的風波來作一個舉例的說明。(註二三)

「戰時圖書雜誌原稿審查標準及辦法」經政府公布之後，民國廿七年八月二十日漢口商務書館、中華書局等十五家書商聯合呈請中央，撤銷這項辦法，列舉八大理由。這八大理由的大要說，圖書雜誌原稿審查與中央廣開言路的政策不符，國民思想應以積極教育着手，不應作消極性的審查，更何況書刊所載文字不同新聞，可事後審查不須事前檢閱等等，並引外國檢查制度不包括圖書雜誌在內以爲佐證。呈文送到國民黨中央宣傳部，未蒙採納。後參政會民國廿八年一月廿八日在重慶開會，由參政員七十四人提「撤銷圖書雜誌原稿審查辦法，以充分反映及保障出版自由案」，經以七十五票對五十五票通過，送交中宣部參酌辦理。中宣部接到此項決議，卽採取參政會的大部份意見把本案的審查標準及辦法重加修正。

（六）外國記者的抗爭

本國記者，澈底了解抗戰時期政府內外交迫之困苦情形，對新聞自由祇作積極性的抗爭，同情性的指摘，但，外國駐華記者多數沒有這種修養，爲了反對新聞檢查，曾引起好幾次嚴重的波瀾，尤以抗戰勝利結束的最後兩年爲甚。那時候，主持國際宣傳，特別負責外國記者新聞檢查事宜的是國民黨中央宣傳部副部長董顯光。

董顯光是在美國米蘇里大學新聞系和哥倫比亞大學新聞研究所深受新聞教育薰陶的一位新聞記者，因此，他認識新聞自由的價值比任何人都清楚，維護新聞自由的誠摯，比任何人都熱烈。當時政府選定他來負責新聞檢查，其動機已甚明顯。

但，八年抗戰期中，董氏雖以最寬大的尺度並運用最誠摯的勸告和說服來執行他的新聞檢查，仍遭遇到外國記者接連好幾次的反抗風波。到了抗戰快要結束的最後階段外國記者的抗爭達到了高潮。在董氏的回憶錄裡寫道：（註二四）

「抗戰最後兩年，重慶的新聞都是些通貨膨脹、軍事失利和共產黨分化活動的新聞。當我們向外國記者解釋，這些現象都是七年艱苦戰爭不能避免的副產品，他們無動於衷。他們做新聞記者所受的訓練，拒絕接受解釋就是新聞。他們祇知種種敗象是新聞，不願去追求原因。」

外國記者的抗爭高潮是由民國三十二年組織延安訪問團引起的。抗戰到這個階段，中共利用對外戰爭擴展勢力顚覆政府的陰謀已經暴露無遺。可是，在政治上他們卻以被壓迫人民的身份，誣陷政府獨裁，擁護民主，爭取自由。他們想把延安僞裝成一個前進民衆爭自由的中心堡壘，讓外國記者去實地採訪，歷經嘗試而未遂。最後他們乘中央宣傳部於民國三十二年易長的隙縫裡，慫恿某左傾外國記者，提出訪問延安的要求再作嘗試。意外地這個要求竟給核准了，其他外國記者不甘落後，爭先參加，外國記者延安訪問團的組織竟告實現。

參加這個訪問團的外國記者，多半是外國新聞界尚無固定崗位以投稿爲生的遊離份子。因爲訪問時期拉長到三個月，有固定崗位的記者不能久離職守，不得不予這些遊離份子以名義，囑其代表發稿。於是參加訪問團的幾個外國記者都身兼好幾個世界大通訊社與大報的代表身份，中共祇須拉攏這幾個人，就可以把全世界對它的觀感改變過來。

當外國記者從重慶出發之前，中央宣傳部祇向他們提出兩個要求：㈠不暴露軍事機密；㈡不使中央政府與中共間的談判發生困難。這兩個要求都經外國記者接受，但其中的第二個，標準模糊難求定義，使執行檢查者無所適從，致引起了外國記者的不滿。實際延安回來的這幾個外國記者，有的本來左傾早具偏見，有的渲染新聞以抬高其價值，動機不同而爲中共利用以欺世所犯的錯誤則一。然全世界對中國的看法卻因此改觀，中共的前進反映了中央政府的無能與落後。

執行檢查者面對這些歪曲眞理的報導，不得不委婉勸告，勸告不從，祇得該刪者刪該扣者扣。外國記者因起公憤初向中央宣傳部提出抗議，繼於民國三十三年四月聯名上書　蔣委員長要求糾正，茲譯其

全文如下：（註二五）

「具函者駐華外國記者，敬請注意中國檢查之嚴，祈考慮此擧之不智與不公而解禁。

「我們以代表聯合國的身份，爲了軍事安全，願以涉及軍事行動之新聞送請檢查。但目前所執行的檢查制度，使我們不能以今日中國平衡之眞相介紹於世界。我們雖然仍蒙允准描繪中國理想之圖，但新聞採訪之涉及下列各點或經禁止或經阻撓：㊀批評政府或其官員者；㊁暴露中國經濟之嚴重性者；㊂暴露政府與中共間關係之緊張者；㊃涉及中國與各國最正常關係以外的各種事態者；㊄涉及中國軍隊的指揮，現狀及運用者。我們更不准在報導中對中國問題各種方面發表意見。我們報導之眞意時因删扣而遭歪曲。檢查擴大竟至限制旅行，使中國與世界各地發生阻隔。我們在這阻隔中無法作忠實與完全的中國報導。

「中國政府中有若干官吏，讀國外報紙雜誌對中國壓制新聞之嚴厲攻擊，深表關切，我人亦有同感。蓋檢查將召致不信任，感情可能受刺激而作危險之發展，予中國爲聯合國一員之令譽以不公正之損傷。我們深信，我們在中國多年的經驗所作報導，必能較未能親自來華了解眞相之記者合理而公正。倘檢查之禁不解，我們就無法把中國眞相報導給讀者，我們本國人民在戰後就無法了解中國而與中國合作。

「中國眞相，雖然涉及許多不愉快的事實，然亦有值得中國自傲的許多方面。美英以及中國其他盟邦的人民要知道好的也要知道壞的新聞。新聞偏向一方面，就不能取得他們的信任。檢查使我們無法執行負責記者的任務，用特敬請檢討有關新聞檢查之原則與條例，爲大衆利益而予以解禁。

亟盼早取行動，並希有機會面陳種切。」

蔣委員長接函經審慎考慮後，囑中央宣傳部轉告外國記者，此後凡不違反中國抗戰利益及無碍促進聯合國共同目的之新聞必予以優越之考慮。這一個答復，字裡行間，實包含 蔣委員長當時必須執行檢查未便明言之隱衷。他二十年的反共經驗，了解中共之深，當時尚無法獲得西方人士的共鳴。

外國記者的反抗檢查，跟着史迪威將軍的傑傲無禮而起高潮，但魏德邁將軍繼任之後，外國記者的嚴厲批評就逐漸緩和下來。美國在華軍事代表人事的變遷，可以這樣影響美國記者的態度，實使我人之研究新聞自由得另一方面的啓示。

更有進者，抗戰時期，政府與外國記者的檢查爭執，實際是政府與中共冷戰的開始。中共經常利用敵人之矛來攻敵人之盾。自由是反共者的利器，可是在這場合，反給立志要消滅自由的中共利用來攻擊反共的政府。外國記者，特別是美國記者，爲了爭自由而受中共的利用，不知不覺中竟幫助中共在這場冷戰中贏得了勝利，構成中美兩國在抗戰勝利後彼此不諒解的鴻溝。中國所受的這一段歷史教訓，實値得研究新聞自由史者作深長的考慮。

這種情況，一直延伸到政府遷臺，因此民國四十七年七月二日美聯社一節新聞，報導美國南伊利諾大學教授朗豪華（Dr. Howard Long）在「翮羽」（The Quill）雜誌上發表訪問 蔣總統經面告對中國新聞政策的解釋，足以說明政府在反共鬬爭中不得不採取管制新聞政策的理由，茲摘譯如下：

「請你轉告美國新聞界，本人深切了解按照中華民國憲法規定儘速保證言論出版之自由，在國情許可下早日實現，關係至爲重大。但我人在大陸淪陷之前，曾犯錯誤予共產黨以過多新聞自由，使其得在種種僞裝方式中經常蹂躪新聞自由。我人不願再犯同樣的錯誤。」

同時，民國四十八年四月間國際新聞學會（International Press Institute）發表對遠東國家新聞自由的研究報告，其中涉及中華民國部份表示其惶惑不解的心情，說道：

「的確，臺灣的新聞自由問題是很奇特的。一方面，一部份有限制的新聞法已獲通過，而且係在議會的秘密會議中獲得通過。這一事實足以顯示新聞自由受到嚴厲的限制。在另方面，當這部新法律獲得通過前，臺灣報紙對它反對的猛烈卻顯示如按通常標準的字義言之，各報從未受到鉗制。」

西方人士對臺灣新聞自由的困惑，上節 蔣總統對郎豪華談話的解釋可以作一個坦白的說明。

（七）國際會議中的風波

抗戰勝利之後，民國三十七年三月二十三日聯合國在日內瓦召開國際新聞自由會議，邀請我國參加。當卽組織五人代表團，計政府委派者二人，一爲中國出席聯合國社會經濟理事會代表張彭春，一爲行政院新聞局副局長鄧友德，新聞界推選者三人，一爲南京中央日報社長馬星野，一爲上海新聞報社長程滄波，一爲天津益世報社長劉豁軒，以張彭春爲首席代表。

聯合國國際新聞自由會議業務之推動分四個委員會分別進行。計第一委員會討論新聞自由之原則暨新聞事業之權利與義務問題。第二委員會討論新聞採訪之自由及傳遞之自由問題。第三委員會討論新聞紙出版之自由及無線電廣播之收聽自由問題。第四委員會討論有關新聞自由之各種法律及永久性機構之設立問題。我國代表分別參加各委員會貢獻意見。張彭春在第一委員會發表演說，說明我國對新聞自由之態度，頗得與會人士的好評。在第二委員會中，中國代表提出關於限制外國通訊社在他國濫發干涉內政消息之提議，頗得大多數國家代表之同情。在第三委員會中，中國代表亦有關於新聞教育以及改進新聞質量的意見提出。在第四委員會中，中國代表積極參與有關法律及組織問題的討論。

四個委員會將其決議提請大會討論者，計有三種新聞公約，一項人權憲章，及四十三項決議案。討論時雖經蘇俄代表多方阻撓，卒由多數表決一一通過。決議由大會會長及秘書長簽字後提交聯合國社會經濟理事會整理後提請聯合國大會討論核定。

上述三種公約是美國提的新聞採訪傳遞自由公約，法國提的錯誤新聞更正公約，英國提的新聞自由公約。這三份公約分別反映了三國對新聞自由注意的重點。美國着眼於新聞自由的擴充，法國着眼於新聞自由濫用的限制，英國着眼於新聞自由權利義務的界線。

至這次會議通過的人權憲章，是受聯合國人權委員會的委託，代爲起草有關新聞自由一部份以備納入其人權宣言中的。本案提出大會時，引起西方國家與蘇俄集團的熱烈辯論。蘇俄方面認爲資本主義國家的新聞爲資本家所操縱，一般人民根本沒有新聞自由；英美各國則抨擊共產國家實行檢查制度，實行愚民政策，絕無新聞自由可言。辯論結果仍把委員會的建議通過了。

其他四十三項提案分成：㊀原則問題，㊁採訪自由問題，㊂傳遞自由問題，㊃發表自由問題，㊄收聽自由問題，㊅常設機構的設立問題六大類，都由大會一一通過了。

這一次聯合國在日內瓦召集的大會，是國際新聞界討論新聞自由的一次重要會議。我國代表在這會議中發現了世界新聞界兩大對立的形勢。一種是資本主義新聞事業與共產主義新聞事業的對立，一種是落後國家新聞事業與高度發達國家新聞事業的對立。因此他們帶回的報告指出，中國新聞事業的落後無可諱言，故如何一方面掃除資本主義與共產主義之障碍新聞自由缺點，而建立我們三民主義下的新聞事業體制，一方面積極發展本身的健全，以免新聞自由之偏枯而受國際新聞市場的壟斷威脅，將爲吾國新聞界此後共同努力的目標。(註二六)

這一次中國代表團參加聯合國召開專門討論新聞自由的會議，並且參加各小組委員會貢獻意見，足證中華民國是聯合國研究新聞自由組織原始發起國家之一，不料民國四十六年三月國際新聞學會在日本東京召開年會之時，竟以中華民國沒有新聞自由爲理由，拒絕中國記者參加。

國際新聞學會成立於民國四十年，總部設於瑞士的蘇黎吉(Zurich)。每年春季開年會一次，民國四十一年在巴黎開，四十二年在倫敦，四十三年在維也納，四十四年在法蘭克福，四十五年未詳，四十六年輪到日本東京。據其公報稱，此次會議的重要議程爲討論：㈠研究亞洲與亞洲人之採訪，俾增進亞洲國家間的新聞交流；㈡使亞洲國家成對或成團參加，以研究彼此間的新聞關係。國際新聞協會經常獲得亞洲國家不平的訴願說，一般國際性通訊社的報導不能爲亞洲人的需要着筆，而亞洲國家自己的國際新聞網又甚貧乏，因此亞洲國家不能得亞洲以外地區的正確與足够的報導。這次大會將以這個問題爲討論中心。

自由中國的臺北市記者公會，注意到這個會議的重要性，當立即設法跟該會秘書前英國「觀察者」(Observer)編輯羅斯 (E. J. B. Rose) 接觸。事前新生報社長謝然之曾由日本每日新聞社社長介紹參加該會，爲該會會長馬格爾 (Markel) 以臺灣無新聞自由爲理由而加婉拒。謝曾函馬格爾請書面答復被拒理由，馬覆函以待詳細調查實際情形後再行詳告予以搪塞。臺北市記者公會雖由此測知國際新聞學會態度之曖昧，然仍進行不懈。卒在紐約派代表約晤羅斯，羅斯囑其秘書代見稱，國際新聞學會不會邀請臺灣參加三月間東京召開的年會，因為國際新聞學會的活動，祗限於有新聞自由的國家。

東京年會前夕，羅斯在東京招待新聞記者時，涉及中華民國部份，既不提我國名而以「國民黨政府」代之，復將我與北韓及中共並列，謂無新聞自由，故不邀請。

臺北市記者公會理事長曾虛白當即去電抗議，電文如下：

「閣下稱中華民國為國民黨，並稱自由中國無新聞自由，實屬不公不當。此間既無新聞檢查，亦不干涉新聞採訪並得批評政府之政策。望將本電向大會宣讀，並歡迎貴會來臺作實地調查。」

四十六年三月十九日國際新聞學會大會討論亞洲新聞自由問題之時，羅斯於當場宣讀上電後說明道：「關於臺灣新聞自由問題，我們過去幾年曾作過調查，詢問在臺灣和離開臺灣的人，所得結論，臺灣新聞確無我人所謂之自由。新聞皆由政府指導，無反政府者之自由報導。此問題已由理事會決定不邀請該國編輯參加本會以及為本會會員。」

當場美國合衆社副社長兼遠東經理郝伯萊Earnest Hoberecht提出異議稱，以彼在遠東工作十五年之經驗他可確證中華民國新聞界爭取新聞自由的努力決不後人。至新聞採訪，彼亦可確證在中華民國的外國記者享受充份的自由。本會有人主張邀請共產國家記者參加，則邀請中華民國記者參加更不可忽視。

臺灣新聞界聞訊後，立即於三月二十日由報業公會九報社長聯名向羅斯抗議，其電文如下：

「悉閣下對過去批評中華民國無新聞自由之失言並無悔改之意，頗感駭異。深信此項無稽之談，爲閣下了解不深所作倉卒結論，並無故意誹謗之意。倉卒之誤解，可加深了解以補救之，惟故意誹謗則雖解釋亦難保持其莊嚴。希以公正之心情考慮，下列三點：㈠在自由中國無新聞檢查，我人新聞採訪及新聞發佈亦不受任何限制，政府政策如有錯誤，我人亦得自由批評，不識此外更有何情況足以證實其無新聞自由者。㈡公正的外國記者，特別來自美國者，來華採訪多年，爲最適當之證人，可以證明中華民國對自由採訪之未加干涉與限制。倘閣下未與此輩公正新聞記者有所接觸即作此倉卒之結論，深懼閣下已受共產黨宣傳之影響矣。㈢閣下如欲解除偏執，應來自由中國一行，必能看到事實眞相。閣下將發現眞正新聞自由祇存在於眞正反共的國家，決不在號稱民主而其新聞界已深被共黨滲透，假新聞自由之名以毀新聞自由。」

此電發後雖無反響，然自由中國新聞界主張正義的呼聲已在國際新聞學會中構成深刻的印象。民國四十七年年十一月羅斯赴東南亞國家考察路過香港，囑友人轉告臺北市記者公會理事長，謂其不便訪臺，希望有臺灣報人在港見面一談。時，英文中國日報社社長鄭南渭適在港，卽由鄭與羅斯詳談。羅斯承認過去倉卒結論容有錯誤，此後發言當予審愼。民國四十九年在日本再開年會，參加者之資格必爲國家會員，臺灣恐難參加，惟五十年在馬尼剌將開區域性會議，屆時臺灣可以個人會員身份參加。羅斯的態度雖有轉變，然其拒我參加之決心仍未動搖。

四十九年三月國際新聞學會再在東京召開年會，事前臺北中國日報發行人魏景蒙，社長鄭南渭及中央通訊社東京分社主任李嘉皆遵照規定手續申請以個人會員資格入會，經該會執行委員會考慮決定後由大會主席宣佈稱，該執行委員會仍認爲中華民國的新聞自由尙屬不够，中國三記者的入會申請保留考慮，留待十二月間下次執行委員會開會時再予解決。於是中國三記者發表共同聲明如下：

「國際新聞學會執行委員會之裁定我們國家的新聞記者不合格加入該會，已構成自由中國新聞界的一次激烈指控，亦爲對我們這些已畢生獻身此一職業的個別新聞從業的一種近乎歧視的行爲。

「在支持誠實及進步的新聞事業的職業標準方面，我們的努力已更見困難，因爲臺灣今天是在國家緊急狀態之上，我們是面臨着一重大任務。

「儘管對國家安全及民心士氣方面須予顧及，自由中國的報界仍享有合理程度的新聞自由。臺灣並無新聞檢查制度，且近年亦無報紙被封，或其編輯被捕的事情。我國今天對新聞的限制，較國際新聞協會現有很多會員國爲少。

「我們的申請之未能經該會以我們個人新聞從業員的身份按我們的貢獻和過去紀錄予以考慮，實屬不幸。我們顯然已被當作一項政治問題的犧牲者。

「我們雖覺得國際新聞協會執行委員會昨日對我們的裁定極欠公允和顯有成見，然我們對新聞自由的原則和實踐所具信心仍堅定不移。」

國際新聞學會繼續討論新聞自由的會場上，大多數發言者多給中華民國和申請入會的三位中國記者抱不平。討論會主席菲律賓代表，西德記者，美國記者以及許多身爲地主的日本記者都相繼發言，希望執行委員會重加考慮。繼由美國合衆國際社副社長郝伯萊正式提案，請執行委員會修正此項決議。中華民國臺北市記者公會亦以嚴厲的措辯提出强烈抗議。被批駁的三記者復撤回入會申請，招待新聞記者抗議該會執行委員會的專斷與不公。

國際新聞學會執行委員會見衆怒難犯，當卽修正其決議，改決遴派執行委員會秘書處職員蓋斯潑(Armod Gaspard)赴臺灣調查實際情形報告執行委員會再核定中國記者的申請。此後，蓋斯潑到臺調查所作報告雖仍多偏見，然該會執行委員會已不再拒絕自由中國記者以個人身份申請入會。至目前爲止，中國記者之爲國際新聞會個人會員者已有三人。民國五十四年國際新聞學會顧問美國教授賴恩斯(Louis Lions)應國際新聞學會的委託，訪問亞洲國家，調查這些國家的新聞問題，三月七日到臺灣遍訪中國報人，十一日在馬尼拉發表談話說，他發現「自由中國的報人和其他亞洲國家的報人享受着同樣的新聞自由。在自由中國沒有新聞檢查，只是新聞從業人員本身自行約束，自已愼重發佈新聞。」他又觀察到「在自由中國，除了反共國策不容異議外，政府在許多方面均容忍批評。無黨派的聯合報辦得很成功，卽爲自由中國新聞自由的說明。中國報人自認享有新聞自由，對於國際新聞學會沒有認清這一點，表示遺憾。」賴恩斯將把他調查所得向國際新聞學會在同年五月倫敦召開的會議中報告，但他本人並不參加這個會議

(八) 新聞自律的草創

政府遷臺之後，新聞事業隨着工商業的發達和一般生活水準的提高而日趨繁榮，新聞團體的活動也跟着事業的發達而活躍起來。臺北市記者公會成立最早，在光復後第一年就正式成立，逐漸擴大，會員增加到千人以上。跟着，陽明山、宜蘭縣、新竹縣、苗栗縣、臺中縣、彰化縣、南投縣、雲林縣、嘉義縣、臺南縣、高雄縣、屛東縣、花蓮縣、臺中市、臺南市、高雄市各縣市的記者公會也先後成立。三十九年，臺北市外勤記者成立臺北市外勤記者聯誼會。三十九年臺北市報業成立臺北市報業公會。四十

年臺北市編輯人成立臺北市編輯人協會。四十一年，民營報紙成立民營報業聯誼會。四十三年廣播同業成立中國廣播事業協會。四十四年全國報業成立中華民國報紙事業協會。四十九年僑報駐臺記者成立臺北市僑報記者聯誼會。五十年，廣告同業成立臺北市廣告人協會。五十二年，通訊事業成立中華民國通訊事業協會。在四十年中臺北市全體新聞從業員又組織成立記者之家，爲同業聯歡之俱樂部。

上述新聞團體活動範圍雖因其性質不同而各異其趣，惟有關新聞界共同問題亦嘗此唱彼和採取一致的步驟。例如，戰時中央政治學校新聞系主任馬星野草擬而經新聞學會通過採用的中國新聞記者信條十二條，重得各新聞團體的重視而先後提會通過採用。臺北市報業公會最先在三十九年一月二十五日成立大會時提出通過採用。中華民國報紙事業協會在四十四年八月十六日成立大會中通過採用。臺北市記者公會在四十六年九月一日第八屆會員大會中通過採用。中華民國通訊事業協會在五十二年元月廿一日成立大會時提出通過採用。

中國新聞記者信條是中國新聞記者自己規定執行業務時應守的信條。（註二七）全文十二條，首三條根據三民主義，建國綱領，確定新聞記者在民族、民權、民生原則下執行業務的規範，第四條到第七條，分別就新聞、評論、副刋、廣告四項不同業務部門規定新聞記者應該遵守的道德標準。第八條至第十二條則就品格修養，生活習慣，求知熱忱，健全身心與牢守崗位五個原則分別確定一個忠實記者應守的標準。此項信條業經各新聞團體先後採用，足爲中國新聞記者自律運動大家遵守的圭臬。

自由中國各新聞團體所以把這項信條重新捧出來愼重通過採用，實亦反映了當時的時代背景。伴隨着新聞事業的發達產生了新聞自由的不當運用而引起了社會的責難。內幕新聞雜誌的越軌行爲掀起了修正出版法的浪潮，政府雖一再解釋，修正動機與大衆傳播其他媒介無關，然經此波瀾的激盪，新聞從業者不得不提高警覺，作自我檢討的反省。中國新聞記者信條之採用，祇是這反省運動的開始。反省運動之實際見於行動，則在民國五十年八月廿五日至三十一日，政府邀集的海內外人士陽明山第二次會談中積極展開。

陽明山第二次會談是政府邀請專家研討中國當前文化及教育問題的一個重要會議。國內新聞界與會人士在會議有關「文化建設與新聞事業」分組討論中，建議「由新聞界制定積極性的自律公約，以代替消極性的出版法。」在提案中，他們建議的理由如下：

「政府年前修訂出版法，對於新聞事業加强行政管理，加重行政處分，當係基於當前國家安全的要求；政府之用心，縱可獲得國人之體諒，唯於國際間頗滋誤解，對於我國家民主聲譽，不無影響，此就我國新聞界參加國際性活動，每每頻遭排拒，卽爲明證。似此情形不唯有損我新聞界之榮譽，抑且在國民外交上，亦不失爲一項重大損失。我們深信，新聞界人士所具反共愛國之忱，未敢後人，當能自覺其對國家社會所負之責任。倘因新聞界於此責任感之自覺，制定『自律公約』，勵行自我約束，俾新聞自由及言論自由，能與社會安全與國家利益，維持平衡，無所扞格，則現行出版法實無存在之必要，宜乎予以廢止，藉振人心而增國譽。」

建議提出討論後，一部份出席人士反對取代出版法部份，力主出版法不應廢止，最後通過結論，其有關本問題者如下：

一、由新聞業制訂積極性的自律公約，其辦法如次：

①、公約內容依出版法立法精神擬訂，並包涵其內容。
②、組織新聞評論調查審議委員會及新聞業務調處委員會，分別調查審議新聞道德暨責任問題，及調處新聞同業間之爭端。另設秘書處、執行兩委員會之決議事項。
③、新聞言論紀載違反法律者，除由新聞審議委員會處分外並依法檢舉。

二、修改刑法，充實誹謗罪之條款，並增加藐視法庭之罪律。

三、修改出版法，從速制定出版法施行細則；在該法尚未修改前，對於該法第四十條關於出版品之處分，應在施行細則中，加以明確從寬之規定。

行政院於會後研討陽明山第二次會談所獲結論時，對新聞自律案曾作如下的決議：

「政府對於新聞界人士制訂自律公約一舉表示贊同，盼望擬訂具體推動辦法，早日實現。」

新聞界對新聞自律先後有了反應。臺北市記者公會在民國五十年九月即通過「敦促迅即擬訂新聞自律公約」案。臺北市編輯人協會於民國五十一年元月大會中通過「響應設立報業自律組織推行新聞自律運動」案。中華民國通訊事業協會於民國五十二年元月成立大會中亦有響應自律運動的決議。

中國國民黨對新聞自律問題早作研究，其主管宣傳的第四組，曾於五十年十二月十八日至廿三日邀請臺北市採訪社會新聞的記者三十一人研討改善社會新聞的報導，在總結報告中曾對新聞界自律問題作若干具體的建議。繼在五十二年四月十六日至十七日召開新聞工作會談，由臺北市報業公會，臺北市記者公會，臺北市編輯人協會，中華民國通訊事業協會，中華民國雜誌事業協會五個團體聯合提出「建議組織全國性新聞事業團體，積極推行新聞自律運動，以促進新聞事之業健全發展案」，與會人士考慮該案所列辦法，諸如成立「中華民國新聞事業協會」，下設評議委員會及業務調處委員會兩個單位，不僅規模龐大，無例可援，抑且籌組需時，非短期內所可成立。多數主張，組織全國性的新聞自律團體暫緩實行，新聞自律工作應分區分業逐步推進。

第一次新聞工作會談閉幕之後，臺北市報業公會卽根據會談結論籌組「臺北市報業新聞評議委員會」，於民國五十二年九月二日在臺北市自由之家舉行成立大會。

臺北市報業評議委員會是一個會議制的委員會，委員會的委員七人，由報業公會聘請國內新聞界先進、新聞學者及法律專家擔任，任期兩年，爲榮譽職；並明文規定，擔任政府行政工作及報業現任從業人員，不得聘爲委員。其第一屆委員爲：蕭同茲、黃少谷、成舍我、陶百川、程滄波、阮毅成、端木愷，互推蕭同茲爲主任委員。

至該會任務，其章程規定計有兩項：其一爲專題研究，就有關提高新聞道德標準之問題，委託新聞研究機構，定期作專題研究，其所提報告，經審議核定，印發報業公會各會員報。其二爲受理新聞、評論所涉及之當事人及社會各方面之陳訴及檢擧，經調查、聽證，參照「中國新聞記者信條」之原則加以審議後，作成裁定，答復陳訴或檢擧之當事人並送致報業公會。此種陳訴及檢擧，如同時已循司法途徑進行者，該會不予受理。

臺北市報業新聞評議委員成立迄今接得陳訴案三起：一爲吳馮璧池陳訴「臺北各報肆意汚辱其故夫吳家元」案，二爲俞雪莉、俞雪華陳訴「公論報及民族晚報惡意毀損名譽」案，三爲陳紀瀅、汪綏英分別陳訴自立晚報「連續刋載不實消息，蓄意誹謗及挑唆煽惑，揑詞誹謗」案。其中除第二案因原訴人中請免予審議無庸受理外，一三兩案，均經舉行會議各兩次，根據「中國新聞記者信條」，參照各國新聞團體自我約束之成文規範，翻覆推敲，愼重研討，作成並通過決定文，送致報業公會及原訴人，並予公開發表。第三案且因自立晚報申請覆議，經再度開會審議，決議維持原決定後，方告結束。

新聞自律旣爲新聞界本身倡議推動的運動，因此當臺北市報業評議委員會成立之初卽得新聞界之一致擁護，或評爲「開創自律新風範」（聯合報），或譽爲「新聞事業進步的里程碑」（新生報）。五十三年六月一日，該會評議吳馮璧池陳訴案送各報發表，各報一致揭載，並多附以評論。大華晚報以「道德責任」爲題，撰寫短評，指出此一決定文，「是對少數報紙的一個道義的譴責」，六月三日，中央日報副刊短評，題爲「冕的破碎」，認爲決定文將臺北少數報紙之譴責，「這一棒子，敲落了好幾粒『無冕』之冕上的珍珠，並期望能有「更多的吳太太，這個社會才能把這奇怪的冠冕完全埋葬起來」，同日正聲廣播公司在「新聞評論」節目中，亦認爲該會「成立以後評議的第一個陳訴案件，就能有如此良好的表現，實在是我們新聞史上一件值得標榜和欣慰的事情。」（註廿八）

（九）結　論

自由中國究竟有沒有新聞自由，言人人殊，未易得到一個結論。這是一個客觀環境不能配合主觀要求異常複雜的問題，也是一個自由中國新聞界躊躇滿志不能解決的困惑。英文中國日報社長兼主筆鄭南渭，民國五十三年九月一日記者節曾在該報全版刊載長文，充份表示他對這問題的困惑，這篇文章也可以說，說明了這一時期中國新聞界共同的困惑。茲摘譯其大要以代本節一部份的結論。

「本人在大陸一直到臺灣擔任新聞行政與編輯工作多年，願儘量客觀地把中國的新聞實際情況作一次估計，中國的新聞自由是永遠放在我心裡的一個問題，並且幾年以來為爭取這自由而作過不斷的努力。到今天為止，我是臺灣新聞界惟一參加國際新聞學會做會員的人，仍要追隨同業之後努力維持我國的新聞自由。

「臺灣新聞自由的威脅，實際並非來自新聞檢查或記者被捕那些事件，而是來自記者們心理上，有意無意間受到必需警惕的一種壓迫。這種提高警惕的心理作用經常像一把利刃般刺傷新聞自由。這是新聞記者，一方面警戒不當新聞的刊載會引起敏感官方的責難，一方面受着自己愛國心，道德觀念甚至普通常識所要求的合理判斷而形成的自我檢查。

「自我檢查壓在自由中國新聞記者心頭的重量比什麼都大。這一個職業的要求跟其他更重要問題的要求構成不能解決的矛盾煎熬著中國新聞記者的心。

「中國政府首長以為報紙既為大衆傳佈的重要媒介，應該帮助政府引導輿論向正確的軌道上發展。當國家作生死存亡鬪爭的今日，政府以為新聞不加限制將成為團結與安全的一大威脅，言之成理，自可得多數人的擁護。因此，新聞自由亦將如其他人權一樣，在緊急期中成為一種奢侈品了。

「政府當局經常要求新聞工作者之合作，支持國策。大家顧念臺灣面對共產主義不斷滲透與宣傳的威脅，確實處在一個緊急狀態之中，那末，政府的這種要求不能說是過分。因為，我們享受的自由生活，一旦受極權共產主義者的控制就將變成奴隸生活，沒有其他選擇。

「至於新聞記者接受政府要求到如何程度，還是由每一個記者自己決定的。因此，常有政府以愛國爲理由要求新聞記者合作而未經響應的事情發生。舉例來說，一九六四年中日外交矛盾高潮中，政府一再要求新聞界爲國自重，要鎭靜待變，而新聞界的反映剛走了反面的路線。

「臺灣報紙，特別是民營報紙對政府辦理日本售中共以維尼龍工廠和引渡周鴻慶兩件外交案件不斷作嚴厲的批評，當中日關係因此幾瀕破裂的階段，與論界的嘩噪達於顚峯。」

接着鄭南渭又列舉在自由中國其它新聞自由的障碍如「廣告業務的不發達」，「法律條文的繁瑣」，「報紙登記的限制」，和介紹報業評議委員會的業務現況後作結論說：

「最後對臺灣新聞自由，作者願作結論：在臺灣處於國家安全面臨緊急狀態之中，臺灣新聞應視作仍能享受比較程度的自由，雖有時此有限度的自由亦受到挑戰與威脅。

「再以臺灣比諸較穩定而較先進的歐美諸國，臺灣的自由也未見如何落後。放眼看世界，新聞自由的情況並不樂觀。亞洲、非洲、中東以及中南美國家限制新聞者比比皆是。

「受新聞限制國家如自由中國中之支持新聞自由之鬪士，看着美國、英國和西德也在侵犯新聞自由，實深感失望。英美政府因新聞記者拒絕透露新聞來源而加以拘捕，美國首長聲言新聞是冷戰的武器，以及斯比格事件 Spiegel affair 等例子，都授自由中國執政者以口實，要求新聞必與國策配合而時加干涉。」

此外，再引自由中國老報人成舍我在民國四十三年八月四日香港時報發表一篇題名「檢討臺灣的新聞自由」一文，來補充本節的結論。成氏在這篇文章裡說道：

「臺灣究竟有沒有新聞自由，雖然不少人曾對這一問題猜疑恍惚，但就我這兩年悉心體察的結果，原則上，在自由世界中，臺灣爲擁有新聞自由地區之一，確屬無可否認。不過由於技術上之缺檢討，以致某些部份濫用自由，某些部份，自由不够，爲澄淸這猜疑恍惚的氣氛，願提供我個人一些粗淺簡陋的意見。」

成氏接着提供構成新聞自由的四個基本原則爲：㈠將言論出版自由，列入基本大法，保障其神聖不可侵犯；㈡報紙雜誌出版無需請求允許領取執照；㈢不違反法律，任何新聞，任何批評，可以自由發表；㈣沒有歧視報紙的特種課稅。成氏以自由中國報紙雜誌所享受的自由實況與這四原則一一印證之後，說道：

「這樣逐項印證的結束，臺灣的新聞自由，即使不能百分之百如美國，無論如何，總可以證實如我所說，無法否認它是一個享有新聞自由的地區。

「雖然如此，我並不同意某些官方發言人所稱，臺灣新聞自由，確已完整無缺。從技術上檢討，濫用自由和自由不够，這兩種過與不及的畸形，在臺灣實普遍存在。如不迅作補救，則我們原則上，縱仍爲一個新聞自由的國家，但這是殘破而不健全的自由且將可能使整個新聞自由，變成了一具虛有其表，毫無生氣的軀殼。」成氏所指摘的濫用新聞自由即指前文所述臺灣文化界要清除的「三害」，而成氏認爲自由不够部份則爲「限制新報登記」和「限制報紙篇幅」兩項禁令，最後他作結論說：

「臺灣是自由世界中享有充份新聞自由的地區之一，原則上本已毫無問題，如果我們今後，對濫用自由的部份加緊糾正，對自由不够的部份趕快加强（禁止人民出版新報，即等於剝奪人民的新聞自由，亦卽憲法上的言論自由、出版自由），則臺灣的新聞自由，必更能燦爛光大；我們將迎頭趕上，完整無缺，與美國東西對峙，蔚爲自由世界標準的新聞自由國家之一，豈不漪歟盛哉！這就是我檢討臺灣新聞自由後一項最懇切的願望！」

本章註解

註一：見周陵所著海陵集卷三。
註二：下列資料根據呂光潘賢模所著「中國新聞法概論」第三頁。
註三：本節資料亦根據呂光潘賢模所著「中國新聞法概論」。
註四：詳見呂光潘賢模著「中國新聞法概論」第九頁。
註五：詳見民國二年八月十四日民立報。
註六：詳見民國二年五月三日、十二日、十六日—二十六日的民立報。
註七：詳見戈公振著「中國報學史」第五章。
註八：詳見戈公振著「中國報學史」第五章。
註九：詳見李抱一著「長沙報紙史略」。
註十：詳見譚汝儉著「四十七年來廣東報業史概況」。
註十一：詳見上海書業商會「二十週年大事記」。
註十二：詳見民國十三年五月十日「東方雜誌」第二十卷第九號時事評欄「上海印刷出版界後患未已」。
註十三：詳見東方雜誌「五卅特刊被控記」。有關此案全部紀錄，存東方雜誌社，已於一二八滬戰商務總廠被炸，全部被毀。
註十四：詳見戈公振著「中國報學史」三六四頁。
註十五：臺北市報業公會上立法院請願書全文如下：

立法院暨全體立法委員先生公鑒：

查現行出版法係於民國四十一年三月廿五日經貴院第九會期第十一次會議三讀通過，而於同年四月九日由總統令公佈施行；雖於言論出版自由，頗多限制，而同業等尊重法治，體念時艱，自當勉事奉行，未便有所異議。近年來由於政治風氣影響及於社會風氣，致有若干不良書刊之流行；倘行政、司法各有關當局，適用現行出版法，以及刑法、違警罰法等有關法條，嚴予取締，無稍寬貸，復於政治風氣及社會風氣，痛加整飭，澄本清源，當可切實奏效。誠所謂「法在行而不在嚴」非立法之未周，乃執法之不力。主管官署未能善盡厥職，竟捨本逐末，倒果爲因，以「現行出版法中部份條文間有未能適應當前需要」爲詞，擬具「出版法修正條文草案」一種，於本年三月二十日提經行政院第五五八次會議決議通過，而於本年三月二十八日以「密件」方式送請貴院審議。復於本年四月十八日，就該修正條文草案第四十條及第四十一條補提再修正草案，改以普通文件送請貴院併案審議。其送審之方式，前後不同，自相矛盾，殊屬費解。細研該修正條文草案其與中華民國憲法基本精神相牴觸者有之，其與貴院制定現行出版法立法原則相牴觸者有之，其與民法刑法以及其他法律相牴觸者亦有之……顯對人民出版自由之合法權利，圖作變本加厲之不當限制。本會非僅基於職業之權益，實亦本乎國民之天職，爰特依據憲法第十六條及請願法之規定，向貴院作緊急請願，擬請廢止出版法，或對其作合理之修改，以保人民自由權利，而維國家憲法尊嚴，敬祈貴院暨全體立法委員先生一本「代表人民行使立法權」之神聖立場，維護民權，採納民意，准將本請願書依照貴院議事規則第十三條規定處理，與行政院所提「出版法修正條文草案」合併審議，無任企禱。

第一項　願望根本廢止出版法

言論出版自由，乃人民自由權利中最基本而最神聖者；良以人民維護其他自由權利，須以具有言論出版自由爲先決條件，倘言論出版自由遭受不當限制，人民不唯對公共事務無表示意思之機會，抑且對本身權利無防禦侵犯之工具。是以言論出版自由，實一切自由之基石，爲民主國家人民所必具者，且須確保其充分與完整，以利民意之表達，而爲行使民權，發揮民力之張本。

英美等民主國家，對於人民言論出版自由，從未制定法律如出版法者，加以特別約束；美國聯邦憲法修正案（即所謂「民權法案」）第一條，明文規定「國會不得制定法律剝奪人民出版自由」。我國之有出版法，始於民國三年，北京政府爲圖控制人民言論出版自由，曾制定「報紙條例」及「出版法」各一種，對新聞業及出版業分別施以管制，經國人之反對，「報紙條例」於民國五年宣告廢止，「出版法」亦未切實施行，延至民國十五年正式廢止。民國十九年國民政府爲適應訓政時期之需要，頒佈「出版法」，而於民國二十四年、二十五年、二十六年逐年迭事修正，足證此項立法之難期合理，多所缺陷。民國三十七年實施憲政，訓政時期有關人民權利義務之法律，多與憲法精神不符，出版法爲其中最顯著之一種，內政部乃對之提出修正草案，經貴院斟酌損益，而於民國四十一年制定現行出版法。回顧往迹，具見出版法之在我國，時興時廢，可有可無，並非一項不可或缺之必需法律。且以現行出版法在大體上仍爲訓政時期之遺物，雖於貴院審議時，依據憲法基本精神，加强對於出版之保障與獎勵，刪除過去若干消極性條文而增列若干積極性條文，然其重心仍在第五、第六兩章關於登載事項之限制及其行政處分之規定，亦即以憲法第二十三條爲立法之主要依據，乃成限制人民言論出版自由之消極立法。查憲法第二十三條規定人民之自由權利，「除爲防止妨碍他人自由，避免緊急危難，維持社會秩序，或增進公共利益所必要者外，不得以法律限制之。」現行刑法、違警罰法暨戰時特別法，均分別基於防止妨碍他人自由，避免緊急危難，維持社會秩序，以及增進公共利益所必要，對於人民自由權利有所限制。言論出版自由應受之約束，業已抱括於各該法律之中，實無特別立法之必要。取法務上，立法貴簡，英美等國向不制定特別法律，約束言論出版自由如出版法者，良以此項立法，徒損國家民主精神及人民自由權利，而於國家安全及社會秩序，並無所補。借鏡以鑑，殊覺我國出版法亦無必要，似可廢止，以解人民自由之枷鎖，而宏國家民主之聲譽，對不當言論及不良出版品，得適用刑法及違警罰法以及有關法律處分之，如現行刑法及違警罰法不敷應用，亦可酌予增訂，以期周密。同時由言論界出版界自身建立評議制度，訂定自律條約，用以提高其榮譽責任，促進其道德精神。

第二項願望合理修改出版法

前項願望，倘不爲貴院所採納，用再退而求其次，就現行出版法及行政院所提「出版法修正條文草案」，謹提供修改之程序、原則及條文如後：

甲　程序

現行出版法之制定，雖未明定憲法條文之依據，然其立法精神，在對言論出版自由作適度之限制，同時並予以適當之保障及獎勵，亦即以憲法第十一條、第二十三條、第一百六十四條及一百六十七條等條文為原則性之依據，且尤以憲法第二十三條為其主要者。查憲法第十一條規定「人民有言論、講學、著作及出版之自由」，憲法第二十三條規定此類自由權利，除為㈠防止妨礙他人自由，㈡避免緊急危難，㈢維持社會秩序，或㈣增進公共利益所必要者外，不得以法律限制之。即限制人民言論出版自由權利之法律，須具有本條文規定之四項具體條件中一項或一項以上者，始有立法之依據，否則與憲法牴觸，依據憲法第一七一條規定，應屬無效。

現行出版法既以憲法第二十三條條文為立法之主要依據，其修改時，似應依據本條，提出具體條件，敍述充分理由，始為符合憲法精神及合法程序。此次行政院提出「出版法修正條文草案」，係根據內政部呈稱「現行出版法中部份條文間有未能適應當前需要」為理由，所謂「適應當前需要」，殊嫌含混其詞，並未具體構成憲法第二十三條條文規定之條件，在程序上似應視為不合者，此其一。

言論出版自由，為人民意思表示之基本權利，關係此項權利之法律，其全部立法程序，應公開行之，俾人民有充分表達意見之機會，以昭鄭重，而期允當；遵照 國父孫中山先生直接民權之主張，此類有關人民權利義務之法律，其制定及修改，更應屬於人民行使創制權或複決權之範圍，斷不宜以秘密方式進行，有違我國民主憲政之基本精神；行政院所提「出版法修正條文草案」，既未廣徵人民意見，更未公告人民週知，逕以「密件」送請貴院審議，在程序上似應視為不合者，此其二。

行政院提出「出版法修正條文草案」，既未依據憲法第二十三條敍述理由，且誤列為「密件」，貴院似可函請行政院自動撤回，依據憲法第二十三條規定之條件，對現行出版法之缺陷，列舉實際事例，補充修正理由，並改為公開文件，按照正常程序重新提出之。

乙　原　則

查現行出版法之制定，係於民國三十六年十月間由行政院就訓政時期國民政府頒行之前出版法，擬具修正草案，咨請貴院審議，經四年餘之再四審查，多所損益，而經三讀通過者，在貴院審議過程中始而於第七會期有內政、教育兩委會聯席審查會議決議之六項要點：即㈠發揚憲法精神，㈡加强出版之保障，㈢積極獎勵出版，㈣放寬登載限制，㈤簡化行政管理，㈥減輕處罰規定。繼而於第八會期有內政、教育、民刑商法三委會聯席重行審查議決議之七項原則：即㈠出版品範圍祇包括新聞紙、雜誌、書籍及發音片。㈡出版品之發行採登記主義，但爲有條件的規定，其精神包括許可主義在內。㈢强化保障及獎勵。㈣書籍之發行權，除屬於依法設立總公司或總店外，機關、學校有出版發行之權。㈤簡化限制登載事項，凡無須援引刑法者，應予免引。㈥行政處分須求簡化及合法化，除緊急處分外，盡量避免與司法職權重複。㈦本法不必明定憲法條文之依據。上述六項要點及七項原則，均經載於貴院會議紀錄在案，實爲現行出版法的立法原則之所在。

現行出版法施行及今，爲時六載，確有若干缺陷，有待補救，尤以其第二十四條規定對於出版事業或出版品合於本條所列五款情形之一者，應予獎勵或補助，附款規定此項獎勵或補助「另以法律定之」，倘再另行制定法律，殆或節外生枝，與立法貴簡之原理，似有未合，實不若就本法予以補充增訂，以期簡便，同時並參酌現代民主國家對於言論出版自由保障之情形，以及現行出版法施行以來之績效與缺陷，妥予修訂，求其臻於合理與完整，惟過去貴院制定現行出版法之立法原則（即六項要點及七項原則），已爲既有之基礎，不得動搖其根本，且爲進步之起點，不得形成開倒車現象。

爲求簡明扼要，謹依據貴院制定現行出版法之既定原則（即六項要點及七項原則），歸併爲五項，以爲合理修改現行出版法之基本原則：

第一：依據憲法第十一條規定，充分保障出版自由。

第二：依據憲法第十三章規定，具體獎助出版事業。

第三：行政管理合理化，不得妨害人民工作權、財產權，及民法上之權利。

第四：限制登載合法化，不得作超出刑法，違警罰法及戒嚴法之規定。

第五：簡化行政處分，以違反行政管理者爲限，不得侵越司法職權。

丙　條　文

茲就現行出版法及行政院修正草案，陳述合理修改之願望，並以現行出版法爲「原條文」，以行政院修正草案暨再修正草案爲「行政院修正條文」，以本會願望爲「請願人願望」，列述於後：（略）

註十七：詳見中國國民黨民國十六年年鑑第三編宣傳第七七頁。
註十八：詳見傅啓學著「中國外交史」。
註十九：詳見趙君豪著「中國近代之報業」第五章「新聞法制」。
註二十：詳見民國二十八年文滙報年刊「國民參政會之宣言暨決議案」第四頁。
註廿一：詳見「新聞學季刊」第一卷第一期。
註廿二：詳見青年記者學會發刊的「新聞記者」第九、十期第十頁。
註廿三：詳見「新聞學季刊」第一卷第一期沈錡所著「論戰時言論出版自由」。
註廿四：詳見董顯光著「Dateline: China」第二三九頁。
註廿五：原文見董顯光著「Dateline: China」第二四九頁。
註廿六：以上資料詳見馬星野著「新聞自由憲章」。
註廿七：中國新聞記者信條全文如下：

一、吾人深信：民族獨立，世界和平，其利益高於一切。決不爲個人利益、階級利益、派別利益、地域利益作宣傳，不作任何有妨建國工作之言論與記載。

二、吾人深信：民權政治，務求貫徹。決爲增進民智、培養道德、領導民意、發揚民氣而努力。維護新聞自由，善盡新聞責任，於國策作透徹之宣揚，爲政府盡積極之言責。

三、吾人深信：民生福利，急待促進。決深入民間，勤求民瘼，宣傳生產建設，發動社會服務。並使精神食糧，普及於農村、工廠、學校及邊疆一帶。

四、吾人深信：新聞紀述，正確第一。凡一字不眞，一語失實，不問爲有意之造謠誇大，或無意之失檢致誤，均無可恕。明晰之觀察，迅速之報道，通俗簡明之敍述，均缺一不可。

五、吾人深信：評論時事，公正第一。凡是是非非，善善惡惡，一本於善良純潔之動機、冷靜精密之思考，確鑿充分之證據而判定。忠恕寬厚，以與人爲善；勇敢獨立，以堅守立場。

六、吾人深信：副刊文藝、圖畫照片，應發揮健全之教育作用。提高讀者之藝術興趣，排除一切誨淫誨盜、驚世駭俗之讀材，與淫靡頹廢、冷酷殘暴之作品。

七、吾人深信：報紙對於廣告之眞僞良莠，讀者是否受欺受害，應負全責。決不因金錢之收入，而出賣讀者之利益，社會之風化與報紙之信譽。

八、吾人深信：新聞事業爲最神聖之事業，參加此業者，應有高尙之品格。誓不受賄！誓不敲詐！誓不諂媚權勢！誓不落井下石！誓不挾私報仇！誓不揭人陰私！凡良心未安，誓不下筆！

九、吾人深信：養成嚴謹而有紀律之生活習慣，將物質享受減至最低限度，除絕一切不良嗜好，剪斷一切私害之關係，乃做到貧賤不移、富貴不淫、威武不屈之先決條件。

十、吾人深信：新聞事業爲領導公衆之事業，參加此業者對於公衆問題，應有深刻之了解與廣博之知識。當隨時學習，不斷求知，以期日新又新，免爲時代落伍。

十一、吾人深信：新聞事業爲最艱苦之事業，參加此業者應有健全之身心。故吃苦耐勞之習慣，樂觀向上之態度，强烈勇敢之意志力，熱烈偉大之同情心，必須鍛鍊與養成。

十二、吾人深信：新聞事業爲吾人終身之職業，誓以畢生精力與時間，牢守崗位。不見異思遷，不畏難而退，黽勉從事，必信必忠，以期改進中國之新聞事業，作福於國家與人類。

註廿八：本節前段資料採自「報學」第三卷第二期「新聞自律運動專輯」，後段資料採自臺北市報業評議委員會秘書長沈宗琳報告。

第十八章　近年新聞事業的發展

本書自民國五十五年出版後，由於經濟之繼續成長，國民教育之不斷提高，所以我國新聞事業，均呈欣欣向榮之現象。茲分報紙、雜誌、廣播電視、新聞教育，新聞團體與新聞自律六項，分別予以介紹。

第一節　報紙

三年來的自由中國報業，一直在成長中。

以發行總數而言，五十五年爲七十五萬份。據最近估計，已達壹百萬份，增加約二十五萬份。雖然人口也在不斷增加，但增加之比例遠不及報紙迅速。以目前臺灣人口總數一千三百萬計算，每一百人可得報紙八份、三年前每一百人僅有報紙七份。

現在報紙已逐漸深入農村，讀者不僅是知識份子，慢慢的普遍到各階層。

以設備和內容而言，徵信新聞報於五十七年三月二十九日採用高速輪轉彩色印刷機，該機爲美國高斯（Goss）公司出品，全部操作均由電子控制。該報之副刊，增加五彩畫頁。予讀者耳目一新。最近該報更向美國訂購彩色印刷機三部，並籌建五層樓廠房一座，本年內預計可以竣工。

中央日報亦向美國高斯公司訂購快速環球型印報機三架，已於民國五十八年四月六日正式啓用。使該報印刷能力，每小時增加四萬份（每份兩大張半）。

聯合報爲充實內容，於五十七年九月，與美國洛杉磯時報、華盛頓郵報新聞供應社訂約，採用其專欄特寫。時報與郵報均爲第一流報紙，通訊員遍及全球，且擁有專欄作家多人，故常有透澈分析之專欄報導。

由此證明，各報不論在技術或內容方面，都在力求革新。

自民國五十五年至五十八年，自由中國有兩家報紙停刊，兩家報紙創刊；並有一家報紙易名發行。茲述於后：

一、「徵信新聞報」易名「中國時報」

五十七年九月一日，「徵信新聞報」易名爲「中國時報」。該報是日之社論曾說明易名之動機，略云：徵信新聞四字，就其辭義而言，已不足以適應我們今日精神和實質的一切。決定改用「中國時報」，是因爲深感作爲一現時代的報人，對國家、對世界負有更多的責任。其改用新名，並非揚棄過去經濟新聞的特色，而是在質的方面，力求充實。

二、「公論報」停刊「經濟日報」創刊

「公論報」於五十六年停刊後，其發行執照轉讓「聯合報」發行人王惕吾，並於同年四月廿日創刊「經濟日報」。該報爲自由中國唯一的經濟性日報。由范鶴言任董事長，王惕吾任發行人，社長爲閻奉璋。採發行人制，設言論、編輯、業務、工商服務四部、另設財務處及秘書室。

該報以經濟新聞爲主、其宗旨爲促進經濟發展、服務工農商業。延請專家學者撰文分析經濟問題、提供市場資料，對經濟活動，作廣泛深入之報導。

該報兩年來之發行及廣告業務、均有進展。

三、「農工日報」停刊「大衆日報」創刊

「農工日報」停刊後，以其發行執照於民國五十七年五月一日於臺北改刊「大衆日報」。發行人爲簡文發，社長林朝杲。該報初爲四開四張，每逢星期六或節日慶典、則加印彩色報一張。

該報提出三大原則：第一、不刊與國家民族利益相衝突的新聞；第二、說大家要說的話；第三、力求新聞和廣告的淨化。

同年十一月，更擴大篇幅，改爲對開兩大張，由李建和任董事長。該報內容、力求輕鬆、趣味、通俗，與一般報紙之格調不同。

第二節　雜誌

自民國五十五年至五十八年，雜誌數目的增加頗爲迅速。經內政部登記者，至五十七年六月，全省共有一一三五種（同年十二月增至一二二八種）。五十五年爲八三一種、計增加三〇四種。其中在臺北市出版者最多、計七四九種；澎湖縣最少、計三種。玆將各縣市雜誌數量，列表於后：（註一）

雜誌期刊統計表

縣市單位 \ 期刊	合計	週刊	旬刊	雙週刊	半月刊	月刊	雙月刊	季刊	備註
臺北市	749	126	15	8	80	380	31	109	
陽明山管理局	20	2	1		1	9	2	5	
基隆市	12	5	1			5	1		
臺中市	53	19	1		8	21	1	3	
臺南市	39	10		1	8	18	1	1	
高雄市	44	12	1	1	6	18	4	2	
臺北縣	73	13	7		11	36	2	4	
桃園縣	10	3	1		1	4	1		
新竹縣	10	2			2	5		1	
苗栗縣	10				3	6		1	
臺中縣	19	3	2		2	11		1	
南投縣	14	2			3	7	2		
彰化縣	15	3	2		3	6		1	
雲林縣	6	1			1	3		1	
嘉義縣	10	2			1	6	1		
臺南縣	6				4	1		1	
高雄縣	8	3			1	3		1	
屏東縣	12	2			3	6	1		
宜蘭縣	11	6			3	2			
花蓮縣	6	2			1	1	2		
臺東縣	5	1			1	3			
澎湖縣	3	1				2			
總計	1135	218	31	10	143	553	49	131	

茲將新創刊的雜誌，擇要略述於下：

㈠「**東方雜誌**」早在民國前八年（一九〇四年），由上海商務印書館發行。過去因戰爭關係，曾三度停刊。民國五十六年七月一日，在臺復刊，由王雲五任發行人。該刊「於綜合性之外，特重國際關係之題材」，其目標不在擴大銷數，而在增强對社會之影響力，欲步英國「經濟學人」雜誌之後塵。

㈡「**文化旗**」，五十六年十一月創刊於臺北，由鄒龍承任發行人兼主編。該刊封面印有「黑的就是黑的，白的就是白的」兩句口號，敢於批評。

㈢「**廣播與電視**」季刊，由中國廣播事業協會發行，李葉任發行人。編輯委員有王洪鈞、李荊蓀、何貽謀等多人。該刊於五十五年十二月廿五日創刊，以介紹當前世界各國廣播電視之新方法和新技術爲主。

㈣「**綜合月刊**」，五十七年十一月一日創刊於臺北。張任飛任發行人，內容有專論、專欄、本國文摘，且配合照片刊出，頗爲新穎。

㈤「**婦女雜誌**」月刊，五十七年雙十節創刊，發行人張任飛。內容分家政、服裝、營養衞生、娛樂、文藝等，並挿刊圖片、漫畫。甚受婦女界歡迎。

㈥「**中國人事行政**」月刊，五十七年元月創刊於臺北。發行人陳振榮，社長繆全吉。內容分爲專載、專論、研究發展、名著選譯等，爲一專業性刊物。

㈦「**中國文選**」月刊，五十六年五月創刊。由謝紹竑任董事長，孫如陵任發行人兼社長。該刊文章，均選自報章雜誌，詩歌、散文、小說不拘，於文尾註明出處，一如「讀者文摘」。其社址原設三重市、五十八年元月遷臺北市。

(八)「**水牛**」月刊，五十八年二月一日創刊，發行人彭誠晃。該刊於創刊詞中表示，要「加强人類生活中理性和眞情的力量」，發展新人生觀，欣賞文學和藝術。內容分爲論壇、論述、專欄、攝影、散文、小說等。

(九)「**中央**」月刊，原爲中國國民黨對內刊物，自五十七年十一月革新，擴充內容，對外發行。該刊紙張和印刷均爲第一流。內容分論著、文藝、詩文選讀、山川文物、時事論衡等。所挿圖片，甚爲精美。

(十)「**新聞自律資料彙編**」，半年刊、五十六年十月卅一日出版第一輯，由臺北市報業新聞評議委員會發行，現已出至第三輯。內容分專論，譯述等。該刊每期各有重點，旨在加强新聞學術研究，促進新聞自律。

(十一)「女性」月刊，五十五年十一月創刊於臺北，發行人王友蘭，該刊純以女性爲對象，以增進婦女常識，解答婦女問題爲宗旨。內容分婦女專欄、少女問題、社交常識、影劇沙龍、藝文小品等，爲時下暢銷雜誌之一。

(十二)「純文學」月刊，五十六年元月創刊於臺北。林海音任發行人兼主編，馬各擔任執行編輯。該刊內容包括文學理論、文學欣賞、散文、小說、戲劇、詩、文壇動態等。爲高水準之文學雜誌。

(十三)「中外雜誌」月刊，五十六年元旦創刊於臺北。內容分特稿、中外文選、萬花筒等。爲消遣性之雜誌。

(十四)「東西文化」月刊，五十六年七月一日創刊於臺北。內容以論著爲主，另闢書評、通訊等欄。由中華學術院發行。該刊每期刊出各篇文章作者之簡歷，多爲專家學者執筆。其宗旨在溝通中西文化。

(十五)「建築與藝術」月刊，五十六年十月廿四日創刊於臺北，由臺北市建築藝術學會發行。發行人吳民康，社長張紹載。該刊宗旨在使建築與藝術合而爲一，圖片精美，是其特色。

(十六)「大學雜誌」月刊，創刊於五十七年元旦。該刊以大專學生、社會青年，及學術界爲對象；以理性、公正爲言論方針；以提高國民知識，培養思考能力，促進國家現代化爲目的。創始人爲鄧維楨、林松祥。

(十七)「生力」月刊，五十七年四月創刊於臺北。董事長陳希偉、發行人莫萱元。該刊多析論時弊，以雜文爲主，語多辛辣，頗受讀者歡迎。

(十八)「智慧」月刊，五十七年十月卅一日創刊於高雄，發行人辛鐘珂。該刊以改良社會風氣、建設新社會、消除官僚鄉愿，啓迪民智爲宗旨。其內容有政論、科學新知、新舊詩篇、專論等。兼採新五號宋體字和四號正楷字，編排頗爲新穎。

(十九)「美哉中華」大型畫報月刊，五十七年十一月創刊於臺北。以「發揚國魂，昌明國勢，傳播國風」爲宗旨，文字說明採中英文對照，熔生活、新聞、藝術、娛樂於一爐，該刊創辦人爲張其昀，發行人姚國水、社長林子勛。所刊出七彩圖片，頗爲精美。

(二十)「今日遊樂」週刊，五十七年十二月十四日創刊於臺北。田長紹任發行人。其內容以娛樂爲主，評介及報導電影、戲劇、廣播、電視等娛樂活動，輔以專欄、漫畫，以期寓育於樂。該刊爲一小型刊物，以娛樂爲主要目的。

㈢「電視週刊」五十一年十月十日創刊，現已出至三四〇期。該刊發行人周天翔，社長齊振一，由張力耕主編。內容以介紹電視歌星、電視影星、電視劇、電視影片、電視新知等爲主。每期並刊有一週電視節目、電視評論摘要、及國內電視動態等。由於近年電視事業發展迅速，使該刊發行銷數，已達五萬份。爲當前銷數最大的娛樂性雜誌。

第三節　廣播電視

廣播方面：因受電視之影響，其收聽率及廣告收入，已有下降之趨勢。故各電臺在經營及節目內容方面，力求革新，以期繼續發揮廣播事業迅速、方便以及價廉之特性。如中國廣播公司正致力於調頻（FM）電臺之建設。

附收音機登記數量歷年增加統計表（民國五十八年四月）

年　度	收音機登記架數
民國四十八年十二月	五〇七、五〇五
民國四十九年十二月	六七九、二九七
民國五十年十二月	八六〇、二六〇
民國五十一年十二月	一、〇一一、一九七
民國五十二年十二月	一、一一三、六五五

民國五十三年十二月	一、二一二、七五六
民國五十四年十二月	一、三〇六、七七八
民國五十五年十二月	一、三六二、三六六
民國五十六年十二月	一、四〇二、〇七三
民國五十七年十二月	一、四二一、三〇七

說　明：

㈠以上係於交通部登記收音機架數，實際收音機量數，據估計至少已超出三百萬架。

㈡資料來源：中華民國廣播年鑑，民國五十八年三月出版，第一三〇一—一三四頁

電視方面：近年發展極爲迅速。如民國五十五年，全國約有電視機十萬架，目前已超出三十萬架，增加兩倍有餘，平均每百人約有電視機兩架。第二商業電視臺「中國電視公司」，已於民國五十七年九月三日成立，資本新臺幣一億元，由中國廣播公司與全省民營電臺各佔百分之五十。該公司由谷鳳翔爲董事長，黎世芬爲總經理。現正於中國廣播公司原址建築大廈，預計本（五十八）年雙十節開播。

附電視機登記數量歷年增加統計表（民國五十八年四月）

年　度	電視機登記架數
民國五十一年十二月	三、三三四
民國五十二年十二月	一六、二七九
民國五十三年十二月	三六、〇二六

民國五十四年十二月　六二、四三四
民國五十五年十二月　一〇八、四一五
民國五十六年十二月　一六三、九一八
民國五十七年十二月　二四三、七三五
民國五十八年三月　三〇〇、〇〇〇（約計）

資料來源：中華民國廣播年鑑，民國五十八年三月出版，第一三四—一三五頁

國際傳播方面：交通部自民國五十七年於陽明山靑山里積極建築我國第一座太空衞星接受站，經費新臺幣四億元，預計本年九月卽可竣工。屆時除可直接轉播歐美及日本現場電視節目外，並可加强我國與世界各地之通訊聯絡。

第四節　新聞教育

國立政治大學新聞研究所與新聞系，爲配合國際新聞與大衆傳播學之研究趨勢，與適應當前社會之實際需要，均先後修訂課程；私立中國文化學院新聞系近年亦頗多進步。

第一項　政大新聞研究所

政大新聞研究所創立之目的有三：

㈠培養新聞與大眾傳播學之研究人才；
㈡培養新聞教育師資；
㈢培養新聞機構理論與實務並重之領導幹部。
茲為達成教育之既定目標，特於民國五十六年七月修訂課程標準，並將課程區分左列五組：（註二）

新聞研究所各組科目表

科目	學分	
㈠中國新聞史組：		
1. 中國新聞史專題研究	四	
2. 新聞事業法	二	（必修）
3. 中國新聞自由發展史	二	
4. 中國出版事業史	二	
㈡民意與大眾傳播理論組：		
1. 民意原理	四	（必修）
2. 大眾傳播理論	四	（必修）
3. 新聞自由與社會責任	二	
4. 傳播媒介與現代社會	四	
5. 民意與外交政策	四	

㈢國際傳播與外國新聞組：

1.日本新聞學　二

2.美國大衆傳播學　四

3.比較新聞學　四（必修）

4.電子傳播媒介研究　二

5.國際傳播研究、　四

㈣研究方法組：

1.研究方法　四（必修）

2.統計學　四

3.內容分析　二

㈤廣告與公共關係組：

1.廣告原理　三

2.廣告媒介研究　二

3.廣告與現代社會　二

4.公共關係原理　四

研究生入學後，除必修課程外，每人應選定二至三組，專精研究，以期達成培養專才之目標。

研究生至少在校修業兩年，必須修滿三十二學分，始得參加碩士學位考試。

第二項　政大新聞系

民國五十七年八月，徐佳士教授接長政大新聞系。對於如何改進新聞教育，及如何達成培養現代新聞記者之目標，曾予細心籌劃，並認改進新聞教育應先從修訂課程做起。

此項修訂課程的計劃，係參酌新聞學教授，社會科學專家，與新聞事業領袖的意見綜合而成，其基本目標有三：（注三）

㈠提高語文能力；

㈡擴大知識基礎；

㈢培養專門記者。

新聞系新課程要點如左：

㈠語文及主要社會科學課程加强。　新聞系現屬文學院，文史課程原有很大比重，玆爲加强語文能力，在大學國文八學分外，增「現代文選」（讀寫並重）八學分，合計十六學分；在大學英文八學分外，將「新聞英文」增至十二學分，合計二十學分。此外並特別加强新聞寫作之課程。在社會科學方面，將政治學、經濟學、社會學、社會心理學、民法、刑法與地理通論等，全部改爲必修。

㈡增設副科。　爲達成培養專門記者之目標，特於新聞學課程外，另設政治學門、法律學門、經濟學門、國際關係學門、與企業管理學門五個副科。學生依個人興趣任選一個副科，而每個副科至少須選修該學門主課二十個學分以上，藉以奠定專門記者之基礎。

(三)減少新聞學專門科目。新課程標準因語文及社會科學課程增加，則新聞學專門科目必然減少。目前新聞學課程共爲四十學分，約佔總學分百分之二十五。此與世界各國新聞教育課程之配置標準頗爲相符。

(四)四年必修學分增加。新聞系四年，原來共修一四二學分，現因語文及社會科學課程之大量增加，致增至一五七學分。人文社會課程約佔百分之七十五。

新課程詳細內容，請閱徐佳士教授撰寫之「政大新聞系新課程報告」，刊於臺北「報學」半年刊四卷一期。

以上課程改進計劃，頗獲社會人士之贊揚，並由教育部核准試行。

第三項　中國文化學院新聞系

中國文化學院新聞學系成立於民國五十二年八月，由謝然之教授任系主任，日常系務則由執行秘書鄭貞銘處理。

該系的教育內容是理論與實務配合，在課程方面，務求人文社會科學與專業課程並重。民國五十四年九月一日創刊「文化一周」，這是一份四開的學生實習報紙，每週出版一次，由三年級學生負責；而二年級學生則分組編輯院刊「華夏日報」，該報爲自由中國大學中唯一每日出版的校內報紙。

該系創辦至今已有三屆畢業生共一百六十二人，其中大部份都參加了新聞界的工作。

文化學院新聞系爲求對外發展，先後創立輔導制度及導師制度。前者以高年級同學輔導低年級同學；後者由系主任聘請四位新聞界人士分任一至四年級的班導師，實施以來，頗具成效。

第五節　新聞團體

第一項　新聞學術團體

「中華新聞學會」於民國五十七年十月十一日在臺北成立，隸屬中華學術院，這是在臺灣成立的第一個新聞性學術組織。首任會長由中央通訊社社長馬星野擔任。會員包括各新聞教育及新聞事業代表。該會將出版「新聞學辭典」及「新聞學彙刊」，並負責籌備中外新聞學者參加民國五十八年第二屆華學會議之一切事宜。

第二項　報業團體

民國五十七年十一月十八日，「世界中文報業協會」於香港正式成立。由香港「星島日報」總經理胡仙與臺北「聯合報」發行人王惕吾任正副主席。這是中文報紙第一次的世界性組織。該組織包括十個國家，七十六家報紙，八家中文通訊社的代表，其會員報紙約佔世界中文報紙之半數。該會五十八年年會，將在臺北舉行。

第六節　新聞自律

第一項　新聞自律的創議

直接促成報業新聞評議會成立的是陽明山二次會談。這次會談在五十年八月舉行。與會新聞界人士王惕吾、李玉階、洪炎秋及余夢燕等，在「文化建設與新聞事業」分組討論中，建議「由新聞界制訂積極性的自律公約，以代替消極性的出版法」。因爲新聞界，反共愛國的熱忱從不後人，當能自覺對社會所負的責任。

與會人士對於新聞事業自行制定自律公約多表贊同，對於以「自律公約」代替「出版法」一點，則意見不一。但會議仍對此建議作成結論，要點如左：(註四)

㈠由新聞業制訂積極性的自律公約，其辦法如次：

(1)公約內容依出版法立法精神擬訂，而包涵其內容。

(2)組織新聞評論調查審議委員會，及新聞業務調處委員會，分別調查審議新聞道德暨責任問題，及調處新聞同業間之爭端。另設秘書處，執行兩委員會之決議事項。

(3)新聞言論記載，違反法律者，除由新聞審議委員會處分外，並依法檢舉。

㈡修改刑法，充實誹謗罪之條款，並增加藐視法庭之罪律。

㈢修改出版法，從速制定出版法施行細則，在該法尚未修改前，對於該法第四十條，關於出版品之處分，應在施行細則中，加以明確從寬之規定。

㈣改進新聞報導，多刊載文化、教育及學術思想之消息，對於社會新聞，應注重好人好事之宣傳，減少犯罪新聞之記載，並避免渲染烘托，以求發揮報紙雜誌之教育功能。

㈤積極改善新聞從業人員之福利。

行政院於同年十二月九日，在研討第二次陽明山會談所獲結論，而舉行的「文教措施研討會」中，就新聞及出版部分，作成七項決定，其中對於新聞自律案，決定意見爲：「政府對於新聞界人士制訂自律公約一擧，表示贊同，盼望擬訂具體推動辦法，早日實行。」(註五)

民國五十二年四月，中國國民黨召開第一次新聞工作會談，復有「組織全國性新聞事業團體，積極推行自律運動」的建議。此建議直接促成報業自律的誕生。蔣總裁在會中訓勉新聞界同志，「要本着良知良能，以國家、主義、負責爲自律的標準，以道德標準來衡量自己的工作。」又說：「要站在時代的前面，不要落在時代的後面，要站在道德的前面，不要落在道德的後面。」(註六)因而，臺北市報業公會首先響應，積極推行新聞自律運動，以促進新聞事業之健全發展。但該案所列辦法中，如「中華民國新聞事業協會」，下設評議和業務調處兩委員會，不僅規模太大，且短期不易成立，因而改爲分區、分業進行。

第二項　新聞評議會的成立

臺北市報業公會根據此一結論，推定中央日報社長曹聖芬，聯合報發行人王惕吾，徵信新聞報發行人余紀忠，和大華晚報社長耿修業成立四人小組，負責籌組「臺北市報業新聞評議委員會」。經過四個月的籌劃，洽聘委員和秘書，到五十二年九月二日，中華民國第一個報業評議機構，在臺北市自由之家

正式成立。此爲我國報業自律具體行動的開始。(註七)

第三項　新聞評議會的組織

新聞評議會之成立，主要在推行報業自律運動，提高新聞道德標準，與促進新聞事業之健全發展爲目的。

評議會委員七人，由臺北市報業公會聘請國內新聞先進、新聞學者及法律專家擔任，爲榮譽職。委員任期兩年，並互推一人爲主任委員。但擔任政府行政工作及報業現任從業人員，不得爲本會委員。第一屆七位委員姓名及職業如左：(註八)

姓名	職業
蕭同茲	中央通訊社管理委員會主任委員。
黃少谷	前掃蕩報及和平日報社長。
成舍我	前北平世界日報社長，現任立法委員及世界新專校長。
陶百川	曾任中央日報社長，現任監察委員。
程滄波	曾任中央日報社長，現任立法委員。
阮毅成	曾任中央日報社長。
端木愷	法學專家，現任立法委員。

第一屆主任委員，由蕭同茲擔任。民國五十四年八月，任期屆滿，委員全體連任，並推黃少谷爲主

任委員。民國五十五年六月因黃氏出任政府要職，於同月三十日改推成舍成繼任，並聘許孝炎爲委員。第二屆委員任期至民國五十七年五月二十六日屆滿，同年八月六日仍聘全體委員繼續連任。

評議會設秘書處，由秘書長一人及辦事員若干人組成之，均爲有給職。秘書長人選，由臺北市報業公會推薦，由評議會通過聘請之。首任秘書長爲中社央總編輯沈宗琳，第二任爲政大前新聞系主任王洪鈞；現任秘書長爲政大現任新聞系主任徐佳士教授。惟三人均未支領評議會之待遇。

第四項　新聞評議會的職權

根據組織章程第五條規定，評議會之職責有二：（註九）

㈠就有關提高新聞道德標準之問題，委託新聞研究機構，定期作專題研究，其所提報告，經本會審議核定，印發臺北市報業公會各會員報。

㈡受理新聞評論所涉及之當事人及社會各方人士之陳訴及檢擧，經調查、聽證後，予以裁定。

上述陳訴及檢擧，如同時已循司法途徑進行者，不予受理。

評議會審議案件所依據之道德規範，以參照「中國新聞記者信條」爲原則。並裁決案件，以出席委員三分之二之多數，始得通過。

評議會之權力，祇有被動接受當事人或社會人士之陳訴及檢擧，而無主動審查報紙之權力。至於裁決之效力，亦只有依賴會員報紙之合作，將評議會之裁決公佈，而無具體制裁之辦法。按章程第九條規定，臺北市報業公會及其會員報紙有左列之義務：

㈠對評議會進行之專題研究及新聞、評論之評議，不得作任何影響。

㈡對評議會之裁決，如有異議，得於十五日內申請覆議；如維持原裁定，即不得再作任何表示。

㈢經裁定某會員報有錯誤或疏失時，應由臺北市報業公會促使該報發表適當之更正啓事。

評議會之經費，每月由臺北市報業公會捐助新臺幣一萬元。組織章程之施行、修正，均由報業公會通過後實施。由此可知，臺北新聞評議會實爲報業公會之附屬及委託機構。

第五項　新聞評議會的工作

臺北市報業新聞評議會的工作，依照該會組織章程第六條規定，計分兩大項目：一爲接受案件之陳訴及檢舉；一爲有關提高新聞道德之專題研究。評議會自民國五十二年九月成立，迄今已有五年，茲將其工作，分述於後。

壹、案件的處理

在過去五年中，第一屆評議會計接受陳訴案三件，第二屆接受兩件，共計五件，平均每年一件。在第一屆之三件中，裁決兩件，自動撤回一件。在第二屆之兩件陳訴案，因與章程不合，全部未予受理。茲分別予以介紹。

㈠吳馮璧池陳訴臺北各報肆意汚辱其先夫吳家元案。新聞評議會經會議兩次後，於五十三年五月底發表該案決議文，決定譴責臺北少數報紙。該會認爲，對吳家元之渲染記載，其動機不僅毫無「本諸公衆權利之正當理由」，抑且明顯出諸迎合「公衆好奇心理」，其爲「侵犯私人的權利與感情，實爲報業

遮守之道德規範所不許。」（註十）

㈡關於俞雪莉、俞雪華陳訴「公論報」及「民族晚報」惡意誹謗名譽案，後因原陳訴人申請免於審議，自動撤回。

㈢陳紀瀅、汪綏英分別陳訴「自立晚報」「連續刊載不實消息，蓄意誹謗」及「挑唆煽惑，捏詞誹謗」案。經新聞評議會兩次開會，通過決議，認爲該報「新聞報導與記述」，未能獲得有關當事人的證實或說明，自與中國新聞記者信條之昭示不合。」同時對該報的新聞標題和漫畫也有指責。（註十一）該報接到裁決後，申請覆議，經評議會再度開會審議後，仍決議維持原決定。

㈣爲前中央日報駐斗六記者李家焜來會陳述：因「發表新聞遭當事人挾嫌誣陷；各級法院循私偏袒」，除向監察院及司法行政部等有關當局提出檢舉及訴願外，擬請本會就新聞內容加以評議案。

㈤基隆市政府秘書黃永春函該會「檢舉徵信新聞報及臺灣日報刊載新聞與事實不符」，除委託律師提出自訴外，並要求「依法查辦」案。

上述兩件因當事人已進行訴訟，與該會組織章程第六條第二項：「陳訴及檢舉，如同時已循司法途徑進行者，本會不予受理。」之規定不符，故未予受理。（註十二）

評議會對每一案件的處理都非常鄭重。秘書處於收到陳訴案時，即印發全體委員先行研閱，然後再舉行審議會，作廣泛討論，於獲得初步結論後，推定起草人，撰擬決定文初稿，然後再開會修正並通過決定文。至於決定文是否公開發表，以及如何發表，也都須經過討論後才能決定。

貳、專題研究

評議會另一重要工作爲專題研究，由於經費限制及缺乏專任人員，所以在第一屆兩年中，僅出版「英國報業評議會十年」一書。該書係根據英國報業評議會每年出版之「報業與人民（The Press and The People）年度報告翻譯重新組織而成，頗有參考價值。

第二屆於五十六年十月卅一日，出版「新聞自律資料彙編」第一輯，五十七年七月一日出版第二輯，係資料性質，頗受社會歡迎。第三輯已於民國五十八年一月出版。

第二屆評議會，依據「中國新聞記者信條」第七項之規定，於五十六年九月廿五日通過「臺北市報業新聞評議委員會關於報紙刊登醫藥廣告之決議文」，於徵詢各報負責人及專家意見後，提出左列建議：（註十三）

㈠醫藥廣告必須標出衛生官署所發藥品許可證或醫師開業執照之號碼。

㈡醫藥廣告不得使用近於猥褻或顯然誇大渲染藥品效力之文字。

㈢模仿新聞報導或專論之醫藥廣告，應於其標題附近加註顯明之「廣告」字樣，以資識別。

㈣拒登對醫師或藥品之鳴謝啓事。

㈤拒登未經主管機關依法許可之外科美容整形廣告。

在決議文中，並說明「上項建議逕請臺北市報業公會採納辦理。」但迄今已屆兩年，此項決議對臺北市報紙之醫藥廣告，似無任何影響。

第六項　新聞自律的檢討

壹、報業的反應

報業自律爲「社會責任論」的實踐。但社會責任論，是對傳統自由主義的一種修正，是正在發展中的一種新觀念。所以報業自律，雖然目前正風行世界各國，然而迄今爲止，尙沒有一種具體可行的制度。換言之，各國報業自律，都是在試驗階段。祇有虛心檢討，篤信力行，然後才有成功的希望。

五十二年新聞評議會的成立，對我國報業是極大的鼓舞，均認這是我國新聞事業一座新的里程碑。如中央日報社長曹聖芬，在評議會成立大會上代表報業公會致詞，强調評議會的成立，乃報業自覺決心的表現。並「保證報業公會的會員，對於評議會的建議和裁定，一定尊重，一定接受。」（註十四）

臺北報紙爲祝賀評議會的成立，紛紛發表社論，如新生報的「新聞事業進步的里程碑」；中央日報的「記者節談新聞自律運動」；聯合報的「記者節兩願」；中華日報的「由衷的心願，莊嚴的承諾」；大華晚報的「中國新聞史新頁」；與自立晚報的「新聞自由與新聞自律」等。（註十五）

五十三年六月一日，評議會對吳馮璧池陳訴案決定文發表，各報均一致刊載。大華晚報以「道德責任」爲題撰寫短評，認爲這決定文，是對少數報紙道義上的譴責。中央日報在「晃的破碎」短評中，希望有更多吳太太出來，勇敢指陳新聞界的錯誤。同時正聲廣播公司在「新聞評論」節目中，認爲評議會成立後的第一個陳訴案，就有如此良好的表現，實在是我們「新聞史上一件値得標榜和欣慰的事情」。（註十六）

五十三年八月五日評議會公佈對陳紀瀅、汪綏英陳訴案的決定文，各報全部或摘要發表。但自立晚報將申辯書和決定文同時刊載，似與評議會的章程不符。

貳、實際的表現

評議會成立後，報業的反應是熱烈的。從各報負責人的談話，以及從各報的新聞報導及評論中，都足可證明他們對報業自律的誠意，並誠摯迎接一個新時代的來臨。尤其在評議會對吳、陳兩案裁決後，臺北絕大多數報紙，都以事實來支持他們所做的諾言。

但在陳案申請覆議裁決後，依照評議會組織章程第九條第二款之規定，當事之「自立晚報」，似不應將申辯書與裁決文一併刊出。按申辯書係供評議會裁決之參考，裁決後，即應按照章程「不得再做任何之表示。」

在報業公會方面，依照第九條第三款之規定，應促使自立晚報「發表適當之更正啓事」。此事雖經評議會兩次函請敦促，但始終未見報業公會採取任何具體之行動。此對評議會之威望，社會之觀感，以及報業自律之成敗，均有深遠之影響。

醫藥廣告之氾濫，早已成爲不爭之事實。但評議會通過之「報紙刊登醫藥廣告建議文」已有二年，而臺北市報業公會及臺北報紙，迄今均無任何之表示。

本章註解

註一：民國五十七年內政部雜誌期刊登記表。

註二、民國五十六年七月國立政治大學各研究所聯席會議通過。

註三、徐佳士，政大新聞系新課程報告（臺北：「報學」半年刊四卷一期，民國五十七年十二月）

註四、潘乃江，我國新聞自律運動的發軔（臺北：報學，三卷二期，第十九頁，民國五十二年）
註五、沈宗琳，臺北市報業新聞評議會第一年（臺北：報學，三卷四期，十二頁，民國五十四年）
註六、謝然之，新聞論叢（陽明山：華國書局，民國五十四年）第二十頁。
註七、同前註。
註八、臺北市報業新聞評議會成立（臺北：報學，三卷二期，十頁，民國五十二年）
註九、臺北市報業新聞評議會組織章程（同右）
註十、民國五十三年六月一日「中央日報」。
註十一、民國五十三年八月四日「自立晚報」。
註十二、新聞自律資料彙編（臺北報業新聞評議會，民國五十六年）第一輯第四十七頁。
註十三、同上，第三十四頁。
註十四、報學，三卷二期，第十一頁。
註十五、同上，第十一頁至第十七頁。
註十六、同上，第十三頁。

中國新聞史作業題

第一章 總 論

一、請列舉五本有關「中國新聞史」之重要著作（內英文著作一本）。

二、試述現代新聞學研究之範疇。

三、試述漢唐邸報之性質、功能，以及現代報業之起源。

四、我國政論報紙起於何時？請列舉重要政論報紙之名稱。

五、我國企業報紙起於何時？請列舉重要企業報紙之名稱。

第二章 民意的形成與發展

一、試述孟子對於民意政治思想之貢獻。

二、試述我國古代輿論在政治上之地位。

三、試述漢代民意表現之方式。

四、試述唐代民意表現之方式。

五、試述宋代民意表現之方式。

六、試述明代書院對於民意之影響。
七、試述清末民意表現方式之改變。

第三章　漢唐邸報至清末官報

一、試述邸報之意義及其內容。
二、我國雕版印刷始於何時？試述其發展。
三、何謂「朝報」、「邊報」、「小報」？並述「小報」對於民意之形響。
四、我國活版印刷始於何時？並述邸報何時始用活版印刷？
五、試述京報之意義，並述其與宮門鈔之關係。
六、試述清末官報盛行之原因。

第四章　外人在華報業

一、試述「察世俗每月統記傳」創辦之經過、宗旨及其影響。
二、試述「上海新報」、「申報」及「新聞報」創刊之經過。
三、試列舉日人在華創辦之主要中文日報，並述其目的。
四、試列舉日人在華創辦之主要日文報紙。

五、試列擧英人在華創辦之主要英文報紙。
六、試簡述外報對於我國之影響。

第五章 政論報紙的發展

一、試述我國政論報紙產生的時代背景。
二、試述王韜創辦「循環日報」之經過及其貢獻。
三、試簡述清末保皇黨之主要報刋。
四、試簡述清末革命黨之主要報刋。
五、試述「蘇報案」之始末及其影響。
六、試述保皇、革命兩派爭論之問題，及革命黨獲勝之原因。

第六章 民國初年報業

一、試述清末民初政府對新聞自由之壓迫。
二、試述民初政治性之報紙及其背景。
三、試述民初政治性之雜誌及其背景。
四、試述民初新聞採訪、通訊及評論之概況。

第七——八章　從「五四」到「抗戰」的報業

一、陳獨秀、胡適各主持那些雜誌？並述其影響。

二、「學燈」、「覺悟」與「晨報副鐫」各為何報副刊？其內容及貢獻如何。

三、陳布雷曾於何報主持筆政？其貢獻如何？

四、成舍我曾創辦那些報紙？並述其辦報方針。

五、試簡述抗戰前「申報」、「新聞報」、「時報」及「時事新報」之演變。

六、試述「益世報」及「大公報」之發展。

第九章　抗戰時的報業

一、試述抗戰時期報業之特點。

二、試述抗戰時期重慶報業之概況。

三、試述抗戰時期上海忠貞報人之奮鬬。

四、試述國民黨黨報系統之建立及其貢獻。

五、試述軍報系統之發展。

第十章　抗戰勝利後的報業

一、抗戰勝利後，我國之報業概況如何？

二、抗戰勝利後，報團逐漸形成，請列舉主要報團之名稱及其報紙

三、試述南京、上海、北平、天津、漢口與廣州之主要報紙。

四、試述「大公報」、「文滙報」及「新民報」之轉變及其悲劇。

第十一章　自由中國的報業

一、試述臺灣報業之沿革。

二、試述臺灣主要報紙之發展及其進步之事實。

三、目前臺灣報業面臨之主要問題爲何？請略述之。

四、請根據上述問題，並提出適當之解決方案。

五、試述我國報業自律之發展，並請提供改進之途徑。

第十二章　新聞通訊社

一、試述外人在華通訊社之簡史。

二、試述我國通訊社之萌芽及其發展。
三、試述中央通訊社之演變及其現狀。
四、試述目前國內其他通訊社之概況。

第十三章　廣播電視事業

一、我國廣播事業始於何時?並述陳果夫對於廣播事業之貢獻。
二、試述抗戰前公營電臺之發展。
三、試述抗戰前民營電臺之發展。
四、試述抗戰期間廣播事業之貢獻。
五、試述中國廣播公司之創始、組織及其現狀。
六、試述目前民營廣播電臺之概況。
七、試述我國電視之發展及其問題。

第十四章　新聞教育

一、我國新聞教育起於何時?並述其與米蘇里大學之關係。
二、試簡述「聖約翰」、「燕京」、「復旦」、「政大」新聞教育之簡史及其特點。

三、試述臺灣新聞教育之概況。

四、試述世界新聞教育之趨勢。

第十五章　華僑報業

一、試述華僑報業之現狀。

二、試述香港、星馬華僑報業之簡史。

三、試述印尼、菲律賓華僑報業之簡史。

四、試述日本、美國華僑報業之簡史。

五、試述華僑報業面臨之問題。

第十六章　中共新聞事業

一、試述共匪對於報業與新聞自由之觀念。

二、試述共匪全國性報紙及重要雜誌。

三、試述共匪控制報業之方式。

四、試述僞「新華社」之概況。

五、試述共匪廣播電視之發展。

勘誤表

頁數	行數	字	誤	正
八	九	二	以一般	以應一般
三五	十一	二七	首。	首。」
四二	十三	三九	司相如	司馬相如
四四	十一	二三		第二類是利用諺語批評人物或評論時事，表現一般輿論對某人某事的看法
七六	四	四	唐傳宗三十年	唐懿宗咸通九年
一〇七	七	二九	士夫	士大夫
一一八	二	十九	章程調查	章程、調查
一六九	八	五	退休	退休，
一九八	八	十一	秋天	夏天，正式成立之前就
二一五	五	三三	走	從事
二二三	九	十	辦	辦報
二三三	一	七	脫	脫離
二三五	八	四五	九）	（註九）
二六六	十二	六	國風報	國風日報
二七三	十	三十	「晶報」	「晶報」，
二七四	六	二十	「民權」	「民權報」
二七七	九	五	繁華日報」	「繁華日報」，

頁數	行數	字	誤	正
三一一	七	五一	新坡	新加坡
三二六	十一	十五	離開，	離開（註三一）
三三二	十六	九	「晚報」	晚報開，
三四六	十六	八	述」	述要」
三七四	五	三四	總理處	總管理處
四一三	八	十四	我的	我們的
四一六	十二	十一	南昌……「羣報」	南昌有「大家日報」，成都有「星芒報」，西安有「老百姓報」，寶鷄有「通俗日報」，重慶有「羣報」，
四一八	十	二十	十二	十二月
四二六	十一	二三	、	劉祖澄
四二六	十二	三十	劉祖澄	、胡傳厚、
四二六	十四	八	胡傳厚、周思南等	周思南
四四七	十七	十二	忍天之……	忍天下之……
四四八	六	十五	中國之報業……二十三年	中國報業……三十二年
四五五	四	十八	抗戰期中	重慶時代
四五七	九	四一	「和平日報」	「和平日報」（註十一）
四五八	十三	十七	利	勝利

五二二	七	十七	主筆室	主筆室、
五四四	九	五	高雄	高雄市
五四四	十三	五	嘉義	嘉義市
五五八	十	十四	「新世紀」	「新世紀」，
五七〇	十	十八	「日聯」	「日聯」，
五七五	六	三三	委員，	委員會，
五七八	三	三二	同年	廿三年
六〇四	十七	三三	錄音	收錄
六一九	十一	十五	廿五	廿五年
六二七	六	十九	定	定回
六二九	十一	八	播器材	播音器材
六三五	十一	二	工部	工部局
六五九	十六	十二	颱風	颱風停播
六八三	九	四四	南溫泉	南泉快報
六九〇	十三	五	教育	教育系
七一五	十三	四二	一年	一年，
七一六	十	十六	異	異，
七二八	十六	三〇	（一八八一年）創刊	（一八八一年創刊）
七四四	十四	三一	棉	高棉
七七一	十五	十三	十一月（光緒廿四年十月）	十二月（光緒廿四年十一月）
七七二	十三	四	開智錄月刊	開智錄半月刊
八一四	十一	十四	艮	艮心
八六三	十五	十一	三民主義	建國大綱
八六八	十七	十四	報學	新聞學
八六九	三	十	報學	新聞學
八八〇	三	七	會	學會
八九五	三	加		註十六：以上資料根據戈公振著「中國報學史」。
八九五	十六	十二	妨建國	妨害建國
九二六	七	一	超	超的
九六九	二	七	之中國……二十三年	中國……三十二年
九七一	二	六	前演書	前漢書
九七二	十五		Instiwte	Institute
九七三	二	十一	三卷一期	二卷二期
九七三	十一	十二	戰時	記者
十四			東西洋……計	東西洋……記

附錄一：現行出版法

四十七年六月二八日立法院通過
四十七年六月二八日　總統公布

第一章　總　則

第一條　本法稱出版品者，謂用機械印版，或化學方法所印製而供出售或散布之文書圖畫。發音片視爲出版品。

第二條　出版品分左列三類

一、新聞紙類

甲　新聞紙：指用一定名稱，其刋期每日或每隔六日以下之期間，按期發行者而言。

乙　雜誌：指用一定名稱，其刋期在七日以上三月以下之期間，按期發行者而言。

二、書籍類：指雜誌以外裝訂成本之圖書册籍而言。

三、其他出版品類，前兩款以外之一切出版品屬之。

第三條　本法稱發行人者謂主辦出版品並有發行權之人。新聞紙雜誌及出版業，係公司組織或共同經營者，其發行權應屬於依法設立之公司，或從其契約之規定。

第四條　本法稱著作人者，謂著作文書圖畫發音片之人。筆記他人之演述登載於出版品者，其筆記之人，視爲著作人，但演述人予以承諾者，應同負著作人之責任。

關於著作之編纂，其編纂人視爲著作人，但原著作人予以承諾者應同負著作人之責任。

關於著作物之翻譯，其翻譯人視爲著作人。

關於專用學校公司會所或其他團體名義著作之出版品，其學校公司會所或其他團體之代表人視爲著作人。

出版品所登載廣告啓事，以委託登載人爲著作人，如委託登載人不明，或無負民事責任之能力者，以發行人爲著作人。

第五條　本法稱編輯人者，謂掌管編輯出版品之人。

第六條　本法稱印刷人者，謂主管印刷出版品之人。

第七條　本法稱主管官署者在中央爲內政部，在地方爲省（市）政府及縣（市）政府。

第八條　外籍人民得依本法規定聲請發行出版品，並遵守中華民國關於出版品之一切法令，但該外籍人民之本國出版法律對於中華民國人民有差別待遇時，不得享受本法所給予之待遇。

第二章　新聞紙及雜誌

第九條　新聞紙或雜誌之發行，應由發行人於首次發行前塡具登記聲請書，呈經該管直轄市政府或該管縣（市）政府轉呈省政府核與規定相符者，准予發行，並轉請內政部發給登記證。

前項登記手續，各級機關均應於十日內爲之，並不收費用。

登記聲請書應載明之事項如左：

一、名稱。
二、發行旨趣。
三、刊期。
四、組織概況。
五、資本數額。
六、發行所及印刷所之名稱及所在地。
七、發行人及編輯人之姓名、性別、年齡、籍貫、經歷、住所。

第十條　前條所定應聲請登記之事項有變更者，其發行人應於變更後七日內，按照登記時之程序聲請變更登記。

前項變更登記之聲請，如係變更新聞紙或雜誌之名稱發行人或發行所所在地管轄者，應於變更前附繳原領登記證，按照前條之規定重行登記。

第十一條　有左列情形之一者，不得為新聞紙或雜誌之發行人或編輯人：
一、國內無住所者。
二、禁治產者。
三、被處二月以上之刑在執行中者。
四、褫奪公權尚未復權者。

第十二條　新聞紙或雜誌廢止發行者，原發行人應按照登記時之程序聲請註銷登記。

新聞紙或雜誌獲准登記後滿三個月尚未發行者，或發行中斷新聞紙逾期三個月，雜誌逾期六個月，尙未繼續發行者，註銷其登記。

前項所定限期，如因不可抗力或有其他正當事由，發行人得呈請延展。

第十三條　新聞紙或雜誌，應記載發行人之姓名，登記證號數，發行年月日，發行所印刷所之名稱及所在地。

第十四條　新聞或雜誌之發行人，應於每次發行時，分送內政部、行政院、新聞局、地方主管官署，及國立中央圖書館各一份。

第十五條　新聞紙或雜誌登載事項，涉及之人或機關，要求更正或登載辯駁書者，在日刊之新聞紙，應於接到要求後三日內更正，或於接到要求時之次期爲之，但其更正或辯駁書之內容顯違法令，或未記明要求人之姓名住所，或自原登載之日起，逾六個月而始行要求者，不在此限。

更正或辯駁書之登載，其版面應與原文所載者相同。

第三章　書籍及其他出版品

第十六條　發行書籍或其他出版業，應依第九條第一項第二項之規定聲請登記。登記聲請書應載明之事項如左：

一、出版業公司或書店之名稱組織及所在地。

二、資本數額。

三、印製所之名稱及所在地。

四、發行書籍或其他出版品類別。

五、發行人及編輯人之姓名、性別、年齡、籍貫、經歷及住所。

第十七條　發行書籍或其他出版品之出版業公司，或書店之發行變更登記，準用第十條之規定。

第十八條　發行書籍或其他出版品之出版業發行人及編輯人，準用第十一條之規定。

第十九條　機關學校團體及著作人，或其繼承人、代理人，出版發行書籍或其他出版品者，不適用第十六條至第十八條之規定。

第二十條　書籍或其他出版品應記載著作人發行人之姓名住所發行年月日，發行版次，發行所印製所之名稱及所在地。

第二十一條　出版品之爲學校或社會教育各類教科圖書發音片者，應經教育部審定後方得印行。

第二十二條　書籍或其他出版品於發行時，應由發行人分別寄送內政部，及國立中央圖書館各一份，改訂增刪原有之出版品，而爲發行者亦同。但出版品係發音片時，得免予寄送國立中央圖書館。

第四章　出版之獎勵及保障

第二十三條　出版事業或出版品合於左列各款情形之一者，應予以獎勵或補助。

一、合於憲法第一百六十七條第三款之規定者，

二、對教育文化有重大貢獻者，

三、宣揚國策有重大貢献者，

四、在邊疆海外或貧脊地區發行出版品對當地社會有重大貢献者，

五、印行重要學術專門著作，或邊疆海外及職業學校教科書者。

前項獎勵或補助另以法律定之。

第二十四條　新聞紙雜誌教科書及經政府獎勵之重要學術專門著作之發行，得免徵營業稅。

第二十五條　出版品委託國營交通機構代爲傳遞時得予以優待。

第二十六條　新聞紙或雜誌採訪新聞、或徵集資料，政府機關應予以便利。

前項新聞資料之傳遞，準用前條之規定。

第二十七條　出版品所需紙張，及其他印刷原料，主管官署得視實際需要情形計劃供應之。

第二十八條　發行出版品之出版機構，或發行人、著作人、編輯人、印刷人之事業進行，遇有侵害情事，政府應迅採有效之措施予以保障。

第二十九條　新聞紙或雜誌違反第三十二條第三、五條之禁載及限制事項，發行已逾三個月者，不得再予處分。

第三十條　出版品因受本法所定之行政處分提起訴願時，其受理官署應於一個月內予以決定，訴願人如依法提起行政訴訟時，行政法院應於受理日起一個月內裁決之。

第三十一條　爲行政處分之官署，如因處分失當而應負法律責任，依有關法律辦理。

第五章　出版品登載事項之限制

第三十二條　出版品不得爲左列各款之記載：
一、觸犯或煽動他人觸犯內亂罪外患罪者。
二、觸犯或煽動他人觸犯妨害公務罪，妨害投票罪，或妨害秩序罪者。
三、觸犯或煽動他人觸犯褻瀆祀典罪，或妨害風化罪者。
第三十三條　出版品對於尙在偵查或審判中之訴訟事件，或承辦該事件之司法人員，或與該事件有關之訴訟關係人，不得評論並不得登載禁止公開訴訟事件之辯論。
第三十四條　戰時或遇有變亂，或依憲法爲急速處分時，得依中央政府命令之所定禁止，或限制出版品關於政治軍事外交之機密，或危害地方治安事項之記載。
第三十五條　以更正辯駁書廣告等方式登載於出版品者，應受第三十二條至第三十四條規定之限制。

第六章　行政處分

第三十六條　出版品如違反本法規定主管官署得爲左列行政處分：
一、警告，
二、罰鍰，
三、禁止出售散佈進口或扣押沒入，
四、定期停止發行，
五、撤銷登記。

第三十七條　出版品違反第三十二條第三款及第三十三條之規定，情節輕微者得予以警告。

第三十八條　出版品有左列情形之一者，得予以罰鍰。

一、違反第十四條或第二十二條之規定，不寄送出版品，經催告無效者，處一百元以下罰鍰。

二、不爲第十三條或第二十條所規定之記載或記載不實者處三百元以下罰鍰。

三、不爲十五條之更正，或已更正而與登載事項涉及之人或機關要求更正，或登載辯駁書之內容不符，經當事人向該主管官署檢擧，並查明屬實者，處五百元以下罰鍰。

第三十九條　出版品有左列情形之一者，得禁止其出售及散佈，必要時並得予以扣押。

一、不依第九條或第十六條之規定，呈准登記而擅自發行出版品者。

二、出版品違反第二十一條之規定者。

三、出版品之記載違反第三十二條第二款及第三款之規定者。

四、出版品之記載違反第三十三條之規定情節重大者。

五、出版品之記載違反第三十四條之規定者。

依前項規定扣押之出版品，如經發行人之請求得於删除禁載或禁令解除時返還之。

第四十條　出版品有左列情形之一者得定期停止其發行。

一、出版品就應登記事項爲不實之陳述而發行者。

二、不爲第十條或第十七條之聲請變更登記而發行出版品者。

三、出版品之記載違反第三十二條第一款之規定者。

四、出版品之記載違反第三十二條第二及第三款之規定情節重大者

五、出版品之記載違反第三十四條之規定情節重大者。

六、出版品經依第三十七條之規定連續三次警告無效者。

前項定期停止發行處分，非經內政部核定不得執行，其期間不得超過一年。

違反第一項第三款之規定者，得同時扣押其出版品。

第四十一條　出版品有左列情形之一者由內政部予以撤銷登記。

一、出版品之記載以觸犯或煽動他人觸犯內亂罪、外患罪，情節重大經依法判決確定者。

二、出版品之記載以觸犯或煽動他人觸犯妨害風化罪爲主要內容，經予以三次定期停止發行處分，而繼續違反者。

第四十二條　出版品經依法註銷登記，或撤銷登記，或予以定期停止發行處分後，仍繼續發行者得沒入之。

第四十三條　國外發行之出版品，有應受第三十七條及第三十九條至第四十一條處分之情形者，內政部得禁止進口。

前項違禁進口之出版品省政府或直轄市政府得扣押之。

第四十四條　違反本法之規定除依第三十七條第四十三條之規定處罰外，其觸犯其他法律者，依各該有關法律辦理。

第七章 附則

第四十五條 本法施行細則由內政部定之。
第四十六條 本法自公布日施行。

附錄二：出版法施行細則

民國四十一年十一月廿九日
內政部公布施行

第一條　本細則依出版法第四十四條之規定訂定之。

第二條　出版法及本細則關於地方主管官署之規定。於特區行政公署或設治局準用之。

第三條　出版法所稱新聞紙，包括報紙及通訊稿。

第四條　出版品審核標準，依出版法第五章各條規定者外。並適用中央政府依法頒發關於出版品之禁止或限制之命令。

第五條　出版法所稱之出版業公司，指一切發行書籍或其他出版品企業機構，依照公司法組織者。書店指一切出版書籍之獨資或合夥組織者，出版業之用書局、印書館、出版社或其他名稱者。視其性質分別適用。

第六條　出版業公司或書店另在他地設立分支機構者或同一新聞紙，或雜誌另在他地出版發行者，仍應依照出版法第九條之規定辦理登記。

第七條　新聞紙或雜誌之國外航空版運至國內發行者，視為獨立之新聞紙或雜誌，應依雜誌出版法之規定，向印刷所在地之地方主管官署登記。

第八條　出版法第九條第三項第五款所定登記聲請書，應載明之資本數額，如係發行新聞紙雜誌者，得分別依照左列各款之規定定其數額：

一、在人口百萬以上省政府或市政府所在地發行報紙者三萬元以上，發行通訊稿者一萬三千五百元以上，發行雜誌者二萬二千五百元以上。

二、在人口未滿百萬之省政府或市政府所在地發行報紙者三萬元以上，發行通訊稿者九千元以上，發行雜誌者一萬五千元以上。

三、在特區行政公署，縣政府或設治局所在地發行報紙者四千五百元以上。發行通訊稿者九百元以上，發行雜誌者二千三百元以上。

但該地尙無報紙、通訊稿、雜誌之發行而創刊報紙者，得減低至二千三百元以上，創刊通訊稿者得減低至三百元以上，創刊雜誌者得減低至一千一百元以上。

四、新聞雜誌國外航空版之資本數額，比照前三款之規定辦理。

前項第三款所訂區域以外之地方發行新聞紙雜誌者，其資本數額得由省市政府或特區行政公署酌定，分別呈報內政部查核備案。

第九條　出版法第十七條第二項第二款所訂登記聲請書應載明之資本數額，比照前條發行報紙之資本數額辦理。

第十條　出版業公司或書店除依前條規定辦理登記外，並應依商業登記法及公司法之規定，向主管官署辦理商業登記。

第十一條　本細則施行前已登記之新聞紙雜誌如聲請變更登記時。應依照第七條之規定之資本數額登記之。

第十二條　出版業公司或書店應於本細則施行後三個月內，爲發行之登記。不爲前項規定限期辦理登記者，得依出版法第四十一條之規定停止其發行。

第十三條　出版法第九條第三項第七款所定登記聲請書，應載明之經歷，如爲新聞紙之發行人時，以具有左列資格之一者爲合格。

一、在教育部認可之國內外大學或專科學校畢業，得有證書，取得新聞記者資格，並服務新聞事業一年以上，有證明文件者。

二、在教育部認可之高級中學畢業，取得新聞記者資格，並服務新聞事業三年以上，有證明文件者。

三、有新聞學術著作，經內政部審定註册者。

四、取得新聞記者資格並服務新聞事業五年以上，有證明文件者。

第十四條　出版法第九條第三項第七款所定登記聲請書，應載明之經歷，如爲雜誌之發行人時，以具有左列資格之一者爲合格：

一、在教育部認可之國內外大學或專科學校畢業得有證書者。

二、在教育部認可之高級中學及同等學校畢業，並從事文化工作三年以上有證明文件者。

三、有專門著作經內政部審定註册者。

四、從事出版事業或其他文化事業五年以上，有證明文件者。

第十五條　新聞紙，雜誌或出版業公司，書店之發行人依出版法第九條聲請登記時，應照規定格式聲請之。

第十六條　地方主管官署對於依出版法第九條及第十七條所爲之登記聲請，應切實加以審核，除不予核轉者得逕行飭知外，其與規定相符者，應於登記聲請書內加具審核意見，直轄市政府以一份存查，一份轉送內政部，縣（市）政府以一份存查，二份轉呈省政府，省政府複核與規定相符，准予核轉登記者，應於登記聲請書內加具意見，以一份存查，一份咨送內政部。

第十七條　前兩條規定於新聞紙，雜誌或出版業公司書店變更登記或註銷登記時準用之。

第十八條　新聞紙，雜誌或出版業公司，書店變更發行人登記者，應由前發行人與新發行人共同聲請之。

第十九條　出版法第四十一條第一項第一款第二款所規定之定期停止發行。得停止至該出版品完成爲合法登記時爲止。

出版法第四十一條第一項第三款第四款規定之情節重大者，得經核定後停止該出版品爲期一年以下之發行，但其情形特殊者主管官署得報請內政部延長之。

第二十條　新聞紙或雜誌依出版法第十三條應記載之登記證號數，在聲請核准後未領到登記證前應記載聲請核准之年月日。

不爲前項所爲之記載或記載不實者，準用出版法第三十八條之規定處罰之。

第二十一條　登記證因故遺失或損壞時，其發行人應即登報聲明作廢，並檢同所登聲明報紙，申請地方主管官署轉請補發之。

第二十二條　依出版法第二十三條規定應寄送之書籍或其他之出版品，應依左列規定時間內逕送之。

一　新聞紙或雜誌於每次發刊後即日寄送。

二　出版業公司或書店發行之書籍，應於每月底造具書目，並檢同本月份內所出版之書籍彙寄之。

三　機關學校團體及個人所出版發行之書籍，應於發行十日後內爲之。

前項應寄送之書籍或其他出版品，爲便於審核有無違反出版法第五章各條規定之禁止登載事項，並應檢送各該主管官署一份。

第二十三條　發行人依出版法第十四條第二十三條分送出版品等。應製備出版品分送簿。蓋用郵政機關或分送機關之遞寄或收發戳記，以備查考。

第二十四條　出版法第二十四條應予獎勵或補助之出版品，應經中央主管機關審定後依法辦理之。

第二十五條　出版法第二十五條規定之新聞紙、雜誌教科書及經政府獎勵之重要學術專門著作發行免繳營業稅者，須憑中央主管機關所發給之登記證審定執照或獎勵之證明爲之。

第二十六條　出版法第廿六條規定之出版品，如係新聞紙、雜誌、教科書委託國營交通機構代爲傳遞時，所予之優待，須憑中央主管機關所發之登記證或審定執照爲之。僑務委員會核准登記國外僑胞發行之新聞紙、雜誌向國內銷售時，其經銷人得憑內政部發給之登記證享受前項之優待。

第二十七條　戰時各省政府及直轄市政府爲計劃供應出版品所需之紙張及其他印刷原料應基於節約原則及中央政府之命令，調節轄區內新聞紙雜誌之數量。

第二十八條　關於出版品登載事項之限制由地方主管官署負責審核，如有觸犯出版法第三十三條至第三十六條之禁載及限制事項者，應即依法予以處分，若出版品違反禁載及限制之事項已逾三個月，除刑事部份依法辦理外，其行政部份依出版法第三十條之規定，不予處分，但地方主管官署首長應負失職之責。

第二十九條　地方主管官署依出版法第三十七條第一項第二款之警告處分，應以書面爲之。

第三十條　新聞紙或雜誌因發行中斷而暫行停刊者，其發行人應呈報地方主管官署轉報內政部備案。

前項停刊日數，每年積計新聞紙不得逾三個月雜誌不得逾六個月，違者視爲停止發行，註銷其登記，但合於出版法第十二條第三項之情形者不在此限。

第三十一條　出版法及本細則所規定之聲請書，登記證等格式另定之。

第三十二條　本細則自公佈之日起施行。

「中國新聞史」主要參考資料

(一)書籍部份

戈公振：中國報學史（上海，商務印書館，民國十六年；臺北，學生書局翻印，民國五十三年。）

黃天鵬：中國新聞事業（上海，現代書局，民國二十年）

胡道靜：新聞史上的新時代（上海，世界書局，民國卅五年）

趙君豪：中國近代之報業（長沙，商務印書館，民國廿九年）

袁昶超：中國報業小史（香港，新聞天地社，民國四十六年）

張靜廬：中國的新聞記者與新聞紙（上海，光華書局，民國十九年）

王新命：新聞史（臺北，中國新聞函授學校講義）

王新命：新聞圈裡四十年（臺北，中央日報社，民國四十六年）

上海通社：上海研究資料（上海，中華書局，民國廿五年）

上海通社：上海研究資料續集

馬星野：新聞自由論（南京，中央日報社，民國卅七年）

中宣部：全國報社通訊社一覽（民國廿四年，中央宣傳部）

葉明勳：光復以來的臺灣報業

王　民：通訊社及其業務（臺北，記者公會，民國五十三年）

呂　光
潘賢模：中國新聞法概論（臺北，正中書局，民國四十六年）

任白濤：國際通訊的機構及其作用（上海，商務印書館，民國廿八年）

黃天鵬：新聞學名論集（上海，聯合書店，民國十八年）

黃天鵬：新聞學綱要（上海，中華書局，民國廿三年）

董顯光：新聞學論集（臺北，中央文物供應社，民國四十四年）

成舍我：報學雜著（臺北，中央文物供應社，民國四十四年）

陳紀瀅：報人張季鸞（臺北，文友出版社，民國四十六年）

張季鸞：季鸞文存（天津，大公報社，民國卅六年；臺北，文星書店翻印，民國五十一年）

戴天仇：戴天仇文存（臺北，文星書店翻印，民國五十一年）

黃遠庸：遠生遺著（臺北，文星書店翻印，民國五十一年）

安藤德器：北支那文化便覽（東京，生活社，昭和十三年）

上海書業商會：二十週年大事

楊壽清：中國出版界簡史

陳固亭：各國報業簡史（臺北，正中書局，民國四十八年）

內政部：出版事業一覽（臺北，內政部出版事業管理處，民國五十二年）
程其恒：戰時之中國報業（桂林，銘眞出版社，民國二十三年）
鄧　拓：新聞戰線上的社會主義革命
馮自由：革命逸史（上海，商務印書館，民國廿五年）
孫甄陶：美國華僑史略（臺北，華僑文化出版社，民國四十八年）
唐志堯：新加坡華僑志（臺北，華僑文化出版社，民國四十九年）
陳以令：越南華僑志（臺北，華僑文化出版社，民國四十六年）
梁子衡：泰國華僑志（臺北，華僑文化出版社，民國四十八年）
王洽民：韓國華僑志（臺北，華僑文化出版社，民國四十七年）
吳俊才：印度華僑志（臺北，華僑文化出版社，民國五十一年）
宋哲美：北婆羅洲、婆羅乃、砂勞越華僑志（臺北，華僑文化出版社；民國五十二年）
黃福鑾：華僑與中國革命（香港，亞洲出版社，民國四十四年）
馮自由：中國革命運動廿六年組織史
馮自由：華僑革命開國史略（重慶，商務印書館，民國三十五年）
馮自由：華僑革命組織史（臺北，商務印書館，民國四十三年）
馮自由：中華民國開前前革命史

馮自由：中華民國前革命史續編
王樹槐：外人與戊戌變法（臺北，中國學術著作獎助委員會，民國五十四年）
張朋園：梁啓超與清季革命（臺北，中央研究院近代史研究所，民國五十四年）
史梅岑：印刷學（臺北，幼獅書店，民國五十四年）
開國文獻委員會：開國文獻第一、二輯（臺北，正中書局，民國五十二年）
孫毓修：中國雕板源流考
蕭一山：清代通史
吳相湘：現代史叢刊（臺北，正中書局，民國五十一年）
鄒魯：中國國民黨史稿（長沙，商務書館，民國廿七年）
陳少白：興中會革命史要（臺北，中央文物供應社，民國四十五年）
張文伯：吳敬恒先生傳記（臺北，文星書店，民國五十四年）
國民黨中央黨部：十年來之中國經濟建設（中央黨部國民經濟計劃委員會，民國廿六年）
時報彙編續集
丁文江：梁任公先生年譜初稿（臺北，世界書局，民國四十八年）
梁啓超：飲冰室文集
羅家倫：國父年譜初稿
龔德柏：龔德柏回憶錄（臺北，自版本）

參考書目

司馬遷：史記
班　固：前漢書
范　曄：後漢書
嚴可均：全漢文
嚴可均：全後漢文
司馬光：資治通鑑
顧炎武：日知錄
王應麟：困學紀聞
李　昉：太平御覽
王應麟：玉　海
王　符：潛夫論
馬端臨：文獻通考
徐天麟：西漢會要
徐天麟：東漢會要
趙　翼：廿二史劄記
趙　昇：朝野類要
周麟之：海陵集卷

沈　恬：夢溪筆談
談孺木：棗林雜俎
謝在杭：五雜俎
俞正燮：癸巳存稿
汲修主人：嘯亭續錄
宋史
宋會要
大清會要
Patterson, D.D., The Journalism of China (The University of Missouri, Bulletin, 1922)
Lin Yu-tang: A History of the Press and Public Opinion In China (The University of Chicago Press, 1936)
Hollington K. Tong: Dateline: China (Rockport Press, Inc. New York, 1950)
UNESCO: News Agencies, The Structure and Operation (Paris: 1953)
Roswell S. Britton: The Chinese Periodical Press (Shanghai: Kelly & Walsh, 1933)
Thomas Ming-heng Chao: The Foreign Press in China (Shanghai, China Institute of Pacific Relations, 1931)

（二）雜誌部份

報學半年刊　一卷一期—三卷三期（臺北，臺北市編輯人協會）
新聞學季刊　一卷一期至三卷十期（中央政治學校新聞研究會）
國聞週報　八卷四十七期；十三卷四十期
東方雜誌　一卷六、八期；二卷四、九、十一期；二十卷九期二十一卷六期：三十二卷廿一期；「五卅特刊被控記」
報學雜誌　一卷二、三期
新聞學研究　第二號（北平，燕京大學新聞系，民國廿二年）
新聞記者　一卷九、十四期；二卷五期；三卷一期。（青年記者協會，民國廿七年四月一日創刊號出版）
戰時記者　一卷十二期；三卷一、二、三、四期（浙江省，戰時新聞協會，民國廿七年九月一日）
新聞戰線　二卷二期（青年戰時學會重慶分會，民國卅年三月十六日。）
戰地記者　一卷七、十二期；二卷五期
廣播週報　復刊號；一七六期
通志館期刊　一卷一、二期，二卷一期
僑務月報　八十四期（臺北，僑務委員會，民國四十八年）；一二八、一二九、一三一期（五十二年）；一三七期（五十三年）
教育與文化　二九〇期（臺北，臺灣書店，民國五十一年）

臺灣的建設（臺中，省新聞處，民國五十一年）
申報月刊第一號（申報社）
文華圖書館季刊 三期一期
獨立評論 一卷四期
新潮 六十四號
聯合報社務月刊（民國五十三年七月十五日）
傳記文學創刊號及三卷二期（臺北，傳記文學雜誌社）

（三）特刊部份

申報五十週年記念
申時電訊紀念刊「十年」（上海，申時電訊社，民國二十三年）
中央社三十週年紀念刊（臺北，中央通訊社，民國四十三年）
民國四十四年廣播節年刊
星檳日報銀禧紀念（一九六四年）
中央日報新廈落成畫刊（民國五十二年七月一日）
聯合報十三週年特刊（民國五十三年九月十六日）

華字日報七十一週年紀念刊
民國四十六年三月十日、廿六、廿七中央日報
民國五十一年九月一日 China News
民國四十三年八月四日香港時報
申報創刊號
清議報創刊號
民報創刊號
大衆新聞創刊號
民國二年五月三、十二、十六—廿六日，八月十四日「民立報」
光緒三十年十一月二十八日「警鐘日報」
宣統元年九月十三日「民立報」
宣統二年十月廿二、廿三，十一月十九日「民立報」
宣統三年十月十九，十一月一日「民立報」
宣統三年八月九日「民立報」
民國元年九月十五日「中華民報」
一九五〇年四月廿五日「人民日報」
一九五三年一月四日「人民日報」

一九五五年一月十一日，十二月卅日「人民日報」
一九五七年九月廿二日「人民日報」
一九五九年「人民手册」
一九六四年三月十三、十四日「人民日報」

（四）年鑑部份

中華民國新聞年鑑（臺北，記者公會，民國五十年）
申報年鑑（民國廿三、廿四、廿五年）
中華民國雜誌年鑑（民國四十三年，臺北，雜誌事業協會）
內政年鑑（民國廿五年）
中國國民黨年鑑（民國十八、廿五年）
上海市年鑑（民國廿五、廿六年）
臺灣年鑑
臺灣光復廿年（民國五十四年，臺中，臺灣省新聞處）
第一回中國年鑑（商務印書館，民國十三年）
中華年鑑（民國卅七年）

英文中國年鑑（重慶版，民國卅三年）
湖南年鑑（民國廿二、廿六年）
中國年鑑（一九三六、一九三九年，香港，南華早報社）
廣州年鑑（民國廿三年）

（五）其他

陳杲夫民國卅八年九月十三日致張道藩便函
胡適致守常、豫才、陳獨秀函
陳獨秀致胡適函

二 十 劃

二十一劃

二十三劃

二十四)

十 八 劃

十 九 劃

十 六 劃

十 七 劃

十五劃

十四劃

十三劃

十二劃

十一劃

十　劃

九　　劃

八　劃

六　劃

五 劃

四　劃

二　劃

三　劃

索　引

▲本索引以報名、報人爲中心

▲如有原文者附原文

▲報名相同者另以括號註明

三民大專用書(十)

書名	著作人	任職
日本史	林明德	師範大學
美洲地理	林鈞祥	師範大學
非洲地理	劉鴻喜	師範大學
自然地理學	劉鴻喜	師範大學
聚落地理學	胡振洲	中國海專
海事地理學	胡振洲	中國海專
經濟地理	陳伯中	臺灣大學
都市地理學	陳伯中	臺灣大學
修辭學	黃慶萱	師範大學
中國文學概論	尹雪曼	中國文化大學
新編中國哲學史	勞思光	香港中文大學
中國哲學史	周世輔	政治大學
中國哲學發展史	吳怡	美國舊金山亞洲研究所
西洋哲學史	傅偉勳	美國費城州立天普大學
西洋哲學史話	鄔昆如	臺灣大學
邏輯	林正弘	臺灣大學
邏輯	林玉體	師範大學
符號邏輯導論	何秀煌	香港中文大學
人生哲學	黎建球	輔仁大學
思想方法導論	何秀煌	香港中文大學
如何寫學術論文	宋楚瑜	臺灣大學
論文寫作研究	段家鋒 孫正豐 張世賢 等人	各大學
語言學概論	謝國平	師範大學
奇妙的聲音	鄭秀玲	師範大學
美學	田曼詩	中國文化大學
植物生理學	陳昇明譯	中興大學
建築結構與造型	鄭茂川	中興大學

三民大專用書(九)

書名	著作人	任職
初級會計學（下）	洪國賜	淡水工商
中級會計學	洪國賜	淡水工商
中等會計	薛光圻 張鴻春	美國西東大學 臺灣大學
中等會計（下）	張鴻春	臺灣大學
商業銀行實務	解宏賓	中興大學
財務報表分析	李祖培	中興大學
財務報表分析	洪國賜 盧聯生	淡水工商 中興大學
審計學	殷文俊 金世朋	政治大學
投資學	龔平邦	逢甲大學
財務管理	張春雄	政治大學
財務管理	黃柱權	政治大學
公司理財	黃柱權	政治大學
公司理財	劉佐人	前中興大學教授
統計學	柴松林	政治大學
統計學	劉南溟	前臺灣大學教授
統計學	楊維哲	臺灣大學
統計學	張浩鈞	臺灣大學
推理統計學	張碧波	銘傳商專
商用統計學	顏月珠	臺灣大學
商用統計學	劉一忠	美國舊金山州立大學
應用數理統計學	顏月珠	臺灣大學
中國通史	林瑞翰	臺灣大學
中國現代史	李守孔	臺灣大學
中國近代史	李守孔	臺灣大學
中國近代史	李雲漢	政治大學
黃河文明之光	姚大中	東吳大學
古代北西中國	姚大中	東吳大學
南方的奮起	姚大中	東吳大學
中國世界的全盛	姚大中	東吳大學
近代中國的成立	姚大中	東吳大學
近代中日關係史	林明德	師範大學
西洋現代史	李邁先	臺灣大學
英國史綱	許介鱗	臺灣大學
印度史	吳俊才	政治大學

三民大專用書(八)

書名	著作人	任職
貿易英文實務	張錦源	交通大學
海關實務	張俊雄	淡江大學
貿易貨物保險	周詠棠	中央信託局
國際匯兌	林邦充	輔仁大學
信用狀理論與實務	蕭啟賢	輔仁大學
美國之外匯市場	于政長	東吳大學
外匯、貿易辭典	于政長	東吳大學
國際商品買賣契約法	鄧越今	前外貿協會處長
保險學	湯俊湘	中興大學
人壽保險學	宋明哲	德明商專
人壽保險的理論與實務	陳雲中	臺灣大學
火災保險及海上保險	吳榮清	中國文化大學
商用英文	程振粵	臺灣大學
商用英文	張錦源	交通大學
國際行銷管理	許士軍	新加坡大學
國際行銷	郭崑謨	中興大學
市場學	王德馨	中興大學
線性代數	謝志雄	東吳大學
商用數學	薛昭雄	政治大學
商用數學	楊維哲	臺灣大學
商用微積分	何典恭	淡水工商
微積分	楊維哲	臺灣大學
微積分(上)	楊維哲	臺灣大學
微積分(下)	楊維哲	臺灣大學
大二微積分	楊維哲	臺灣大學
機率導論	戴久永	交通大學
銀行會計	李兆萱 金桐林	臺灣大學
會計學	幸世間	臺灣大學
會計學	謝尚經	專業會計師
會計學	蔣友文	臺灣大學
成本會計	洪國賜	淡水工商
成本會計	盛禮約	政治大學
政府會計	李增榮	政治大學
政府會計	張鴻春	臺灣大學
初級會計學	洪國賜	淡水工商

三民大專用書(七)

書名	著作人	任職
經濟學導論	徐育珠	美國南康涅狄克州立大學
通俗經濟講話	邢慕寰	前香港中文大學教授
經濟政策	湯俊湘	中興大學
比較經濟制度	孫殿柏	政治大學
總體經濟學	鍾甦生	西雅圖銀行臺北分行協理
總體經濟理論	孫震	臺灣大學
總體經濟分析	趙鳳培	政治大學
個體經濟學	劉盛男	臺北商專
合作經濟概論	尹樹生	中興大學
農業經濟學	尹樹生	中興大學
西洋經濟思想史	林鐘雄	臺灣大學
歐洲經濟發展史	林鐘雄	臺灣大學
凱因斯經濟學	趙鳳培	政治大學
工程經濟	陳寬仁	中正理工學院
國際經濟學	白俊男	東吳大學
國際經濟學	黃智輝	東吳大學
貨幣銀行學	白俊男	東吳大學
貨幣銀行學	何偉成	中正理工學院
貨幣銀行學	楊樹森	中國文化大學
貨幣銀行學	李穎吾	臺灣大學
貨幣銀行學	趙鳳培	政治大學
現代貨幣銀行學	柳復起	澳洲新南威爾斯大學
商業銀行實務	解宏賓	中興大學
現代國際金融	柳復起	澳洲新南威爾斯大學
國際金融理論與制度	歐陽勛 黃仁德	政治大學
財政學	李厚高	前臺灣省財政廳廳長
財政學	林華德	臺灣大學
財政學原理	魏萼	臺灣大學
貿易慣例	張錦源	交通大學
國際貿易	李穎吾	臺灣大學
國際貿易實務詳論	張錦源	交通大學
國際貿易法概要	于政長	東吳大學
國際貿易理論與政策	歐陽勛 黃仁德	政治大學
國際貿易政策概論	余德培	東吳大學
貿易契約理論與實務	張錦源	交通大學

三民大專用書(六)

書名	著作人	任職
社會心理學理論	張華葆	東海大學
新聞英文寫作	朱耀龍	中國文化大學
傳播原理	方蘭生	中國文化大學
傳播研究方法總論	楊孝濚	東吳大學
大眾傳播理論	李金銓	美國明尼蘇達大學
大眾傳播新論	李茂政	政治大學
大眾傳播與社會變遷	陳世敏	政治大學
行爲科學與管理	徐木蘭	交通大學
國際傳播	李瞻	政治大學
國際傳播與科技	彭芸	政治大學
組織傳播	鄭瑞城	政治大學
政治傳播學	祝基瀅	美國加利福尼亞州立大學
文化與傳播	汪琪	政治大學
廣播與電視	何貽謀	政治大學
廣播原理與製作	于洪海	輔仁大學
電影原理與製作	梅長齡	前中國文化大學教授
新聞學與大眾傳播學	鄭貞銘	中國文化大學
新聞採訪與編輯	鄭貞銘	中國文化大學
新聞編輯學	徐昶	臺灣新生報
採訪寫作	歐陽醇	師範大學
評論寫作	程之行	紐約日報總編輯
小型報刊實務	彭家發	政治大學
廣告學	顏伯勤	輔仁大學
中國新聞傳播史	賴光臨	政治大學
中國新聞史	曾虛白主編	總統府國策顧問
世界新聞史	李瞻	政治大學
新聞學	李瞻	政治大學
媒介實務	趙俊邁	中國文化大學
電視與觀眾	曠湘霞	新聞局廣電處處長
電視新聞	張勤	中視新聞部
電視制度	李瞻	政治大學
新聞道德	李瞻	政治大學
數理經濟分析	林大侯	臺灣大學
計量經濟學導論	林華德	臺灣大學
經濟學	陸民仁	政治大學
經濟學原理	歐陽勛	政治大學

三民大專用書㈤

書名	著作人	任職
教育心理學	溫世頌	美國傑克遜州立大學
教育哲學	賈馥茗	師範大學
教育哲學	葉學志	國立臺灣教育學院
教育經濟學	蓋浙生	師範大學
教育經濟學	林文達	政治大學
教育財政學	林文達	政治大學
工業教育學	袁立錕	國立臺灣教育學院
家庭教育	張振宇	淡江大學
當代教育思潮	徐南號	師範大學
比較國民教育	雷國鼎	師範大學
中國教育史	胡美琦	中國文化大學
中國國民教育發展史	司琦	政治大學
中國現代教育史	鄭世興	師範大學
社會教育新論	李建興	師範大學
教育與人生	李建興	師範大學
中等教育	司琦	政治大學
中國體育發展史	吳文忠	師範大學
中國大學教育發展史	伍振鷟	師範大學
中國職業教育發展史	周談輝	師範大學
中國社會教育發展史	李建興	師範大學
技術職業教育行政與視導	張天津	師範大學
技職教育測量與評鑑	李大偉	師範大學
技術職業教育教學法	陳昭雄	師範大學
技術職業教育辭典	楊朝祥	師範大學
高科技與技職教育	楊啟棟	師範大學
工業職業技術教育	陳昭雄	師範大學
職業教育師資培育	周談輝	師範大學
技術職業教育理論與實務	楊朝祥	師範大學
心理學	張春興 楊國樞	師範大學 臺灣大學
心理學	劉安彥	美國傑克遜州立大學
人事心理學	黃天中	美國奧克拉荷市大學
人事心理學	傅肅良	中興大學
社會心理學	趙淑賢	
社會心理學	張華葆	東海大學
社會心理學	劉安彥	美國傑克遜州立大學

三民大專用書㈣

書名	著作人	任職
考銓制度	傅肅良	中興大學
員工考選學	傅肅良	中興大學
作業研究	林照雄	輔仁大學
作業研究	楊超然	臺灣大學
作業研究	劉一忠	美國舊金山州立大學
系統分析	陳進	美國聖瑪麗大學
社會科學概論	薩孟武	前臺灣大學教授
社會學	龍冠海	前臺灣大學教授
社會學	蔡文輝	美國印第安那大學
社會學	張華葆主編	東海大學
社會學理論	蔡文輝	美國印第安那大學
社會學理論	陳秉璋	政治大學
西洋社會思想史	龍冠海 張承漢	前臺灣大學教授 臺灣大學
中國社會思想史	張承漢	臺灣大學
都市社會學理論與應用	龍冠海	前臺灣大學教授
社會變遷	蔡文輝	美國印第安那大學
社會福利行政	白秀雄	政治大學
勞工問題	陳國鈞	中興大學
社會政策與社會行政	陳國鈞	中興大學
社會工作	白秀雄	政治大學
團體工作	林萬億	臺灣大學
文化人類學	陳國鈞	中興大學
政治社會學	陳秉璋	政治大學
醫療社會學	藍采風 廖榮利	印第安那中央大學 臺灣大學
人口遷移	廖正宏	臺灣大學
社區原理	蔡宏進	臺灣大學
人口教育	孫得雄	東海大學
社會階層	張華葆	東海大學
社會階層化與社會流動	許嘉猷	臺灣大學
普通教學法	方炳林	前師範大學教授
各國教育制度	雷國鼎	師範大學
教育行政學	林文達	政治大學
教育行政原理	黃昆輝主譯	師範大學
教育社會學	陳奎憙	師範大學
教育心理學	胡秉正	政治大學

三民大專用書㈢

書　名	著作人	任　職
公共政策概論	朱志宏	臺灣大學
中國社會政治史	薩孟武	前臺灣大學教授
歐洲各國政府	張金鑑	政治大學
美國政府	張金鑑	政治大學
中美早期外交史	李定一	政治大學
現代西洋外交史	楊逢泰	政治大學
各國人事制度	傅肅良	中興大學
行政學	左潞生	前中興大學教授
行政學	張潤書	政治大學
行政學新論	張金鑑	政治大學
行政法	林紀東	臺灣大學
行政法之基礎理論	城仲模	中興大學
交通行政	劉承漢	成功大學
土地政策	王文甲	前中興大學教授
行政管理學	傅肅良	中興大學
現代管理學	龔平邦	逢甲大學
現代企業管理	龔平邦	逢甲大學
現代生產管理學	劉一忠	美國舊金山州立大學
生產管理	劉漢容	成功大學
品質管理	戴久永	交通大學
企業政策	陳光華	交通大學
國際企業論	李蘭甫	香港中文大學
企業管理	蔣靜一	逢甲大學
企業管理	陳定國	臺灣大學
企業概論	陳定國	臺灣大學
企業組織與管理	盧宗漢	中興大學
企業組織與管理	郭崑謨	中興大學
組織行爲管理	龔平邦	逢甲大學
行爲科學概論	龔平邦	逢甲大學
組織原理	彭文賢	中興大學
管理新論	謝長宏	交通大學
管理概論	郭崑謨	中興大學
管理心理學	湯淑貞	成功大學
管理數學	謝志雄	東吳大學
管理個案分析	郭崑謨	中興大學
人事管理	傅肅良	中興大學

三民大專用書(二)

書名	著作人	任職
海商法	鄭玉波	臺灣大學
海商法論	梁宇賢	中興大學
保險法論	鄭玉波	臺灣大學
商事法論	張國鍵	臺灣大學
商事法要論	梁宇賢	中興大學
銀行法	金桐林	華銀資訊室主任
合作社法論	李錫勛	政治大學
刑法總論	蔡墩銘	臺灣大學
刑法各論	蔡墩銘	臺灣大學
刑法特論	林山田	政治大學
刑事訴訟法論	胡開誠	臺灣大學
刑事訴訟法論	黃東熊	中興大學
刑事政策	張甘妹	臺灣大學
民事訴訟法釋義	石志泉 楊建華	輔仁大學
強制執行法實用	汪禕成	前臺灣大學教授
監獄學	林紀東	臺灣大學
現代國際法	丘宏達	美國馬利蘭大學
現代國際法基本文件	丘宏達	美國馬利蘭大學
平時國際法	蘇義雄	中興大學
國際私法	劉甲一	臺灣大學
國際私法論叢	劉鐵錚	政治大學
國際私法新論	梅仲協	前臺灣大學教授
引渡之理論與實踐	陳榮傑	外交部條約司
破產法論	陳計男	行政法院庭長
破產法	陳榮宗	臺灣大學
中國政治思想史	薩孟武	前臺灣大學教授
西洋政治思想史	薩孟武	前臺灣大學教授
西洋政治思想史	張金鑑	政治大學
中國政治制度史	張金鑑	政治大學
政治學	曹伯森	陸軍官校
政治學	鄒文海	前政治大學教授
政治學	薩孟武	前臺灣大學教授
政治學	呂亞力	臺灣大學
政治學方法論	呂亞力	臺灣大學
政治學概論	張金鑑	政治大學
政治理論與研究方法	易君博	政治大學

三民大專用書㈠

書名	著作人	任職
比較主義	張亞澐	政治大學
國父思想新論	周世輔	政治大學
國父思想要義	周世輔	政治大學
國父思想	周世輔	政治大學
國父思想	涂子麟	中山大學
中國憲法論	傅肅良	中興大學
中國憲法新論	薩孟武	前臺灣大學教授
中華民國憲法論	管歐	東吳大學
中華民國憲法逐條釋義㈠㈡㈢㈣	林紀東	臺灣大學
比較憲法	鄒文海	前政治大學教授
比較憲法	曾繁康	臺灣大學
美國憲法與憲政	荆知仁	政治大學
比較監察制度	陶百川	前總統府國策顧問
國家賠償法	劉春堂	輔仁大學
中國法制史	戴炎輝	臺灣大學
法學緒論	鄭玉波	臺灣大學
法學緒論	孫致中	各大專院校
民法概要	董世芳	實踐家專
民法概要	鄭玉波	臺灣大學
民法總則	鄭玉波	臺灣大學
民法物權	鄭玉波	臺灣大學
民法債編總論	鄭玉波	臺灣大學
民法總則	何孝元	前中興大學教授
民法債編總論	何孝元	前中興大學教授
判解民法物權	劉春堂	輔仁大學
判解民法總則	劉春堂	輔仁大學
判解民法債篇通則	劉春堂	輔仁大學
民法親屬新論	陳棋炎	臺灣大學
民法繼承	陳棋炎	臺灣大學
公司法	鄭玉波	臺灣大學
公司法論	柯芳枝	臺灣大學
公司法論	梁宇賢	中興大學
土地法釋論	焦祖涵	東吳大學
土地登記之理論與實務	焦祖涵	東吳大學
票據法	鄭玉波	臺灣大學